os

D1932017

wälzschächten
Erholung der Be-

mik-Kunststofflegie-

sgegenstände
utern, Navigations-
ungsgeräte
skop mit Richtspie-
er Brennweite)
mit Panzerglaskup-
skop sowie acht Be-
tralanalysatoren
as
e Besatzung
ung von Planeten so-
nsysteme (mit Lan-

se für die Raumson-
den)

11. Energieumwandler zur Stromerzeugung
12. Kühlrippen für überschüssige Reaktorwärme
13. Bremsklappen (16 Stück) für den Landeanflug in der Atmosphäre
14. Treibstofftanks für die Raumfähren
15. Treibstoffschläuche zum Betanken der Raumfähren
16. Haupttanks (acht Stück) mit flüssigem Wasserstoff
17. Treibstoffpumpen mit Regelventilen sowie Wasserstoffvergasungsanlage
18. Treibstofftanks für Steuertriebwerke
19. Steuertriebwerksanlage (acht Stück) mit je fünf Schubdüsen
20. Kugeltanks mit flüssigem Sauerstoff
21. Induktionsplasmabrenner zur Umwandlung von Wasserstoffgas in Deuterium-Plasma
22. Photonenreflektorspiegel
23. Strahlungsquelle des Photonenantriebs
24. Federnde Halterungen für den Photonenantrieb

Perry Rhodan

Die Altmutanten

Perry Rhodan

Die Altmutanten

VPM Verlagsunion
Pabel Moewig KG, Rastatt

Redaktion: Horst Hoffmann
Titelillustration: Johnny Bruck
Druck und Bindung: Graphischer Großbetrieb Pößneck
Printed in Germany 1999
ISBN 3-8118-2085-0

Perry Rhodan

Die Altmutanten

Zum Inhalt dieses Buches:

Von unbekannten Parakräften gelenkt, verschafft sich der Supermutant Ribald Corello Zutritt zu einer uralten Geheimstation der Lemurer. In der Station unter dem Pazifik läßt er acht Synthokörper erschaffen. Noch während der Jagd auf Corello stellt sich heraus, für wen diese Körper sind: für jene Mutanten, die während der Second-Genesis-Krise vor über 500 Jahren ums Leben gekommen sind. Erst durch das PEW-Metall auf Asporc konnten ihre Bewußtseinsinhalte vom Hyper- in den Normalraum zurückkommen.

Ihre neuen Körper wollen die sogenannten Altmutanten nie wieder verlassen, doch diese übereilt gezüchteten Hüllen beginnen abzusterben. Ein verzweifelter Kampf gegen den Zerfall beginnt. Perry Rhodan versucht alles, um seinen alten Freunden zu helfen – doch die Mutanten haben andere Pläne. Sie brechen aus ...

Vorwort

Furios endete der letzte Band der PERRY RHODAN-Bibliothek, und nahtlos geht es weiter mit Ribald Corellos Flucht über den Erdball und mit den Geistern, die ihn beherrschen. Im weiteren Verlauf wagten sich die Autoren schon zur Mitte der siebziger Jahre an solch brisante Themen heran wie die Schaffung von menschlichen Körpern aus Gen-Pools. Es wurde dabei offengelassen, was mit den Synthokörpern geschehen wäre, hätten sie die vollen zwei Monate Zeit bis zu ihrer »Reife« gehabt.

Doch die Tendenz geht ganz klar dahin, daß es auch in der Zukunft nicht möglich sein wird, problemlos Leben aus der Retorte zu erschaffen – noch dazu »unbeseeltes« Leben, dem erst in einer komplizierten Prozedur so etwas wie Eigenbewußtsein aufgezwängt wird. Hinter dem ganzen Programm steht ein Alptraum, wie er den Gehirnen moderner Militärstrategen entsprungen sein könnte: willenlose Befehlsempfänger als Munition für zukünftige Kriege.

Die im Buch vertretenen Romane sind diesmal (wobei der letzte »geteilt« worden ist und im nächsten Band seine Fortsetzung findet): *Im Labyrinth der Toten* (578) von *H.G.Ewers; Die Psycho-Vampire* (579) von *Ernst Vlcek; Die Zeitritter* (580) von *Clark Darlton; Die Mutantenfänger* (582) von *Hans Kneifel; Der Ara und die Verzweifelten* (583) von *William Voltz; Der Mutantenplan* (584) von *H.G.Francis* und *Das Doppelspiel des Arkoniden* (585) von *William Voltz.*

Ich bedanke mich bei allen, die durch ihre Ideen und sachliche Kritik an den Originalromanen dazu beigetragen haben, dieses Buch in dieser Form zu realisieren.

Horst Hoffmann

Zeittafel

1971/84	Perry Rhodan erreicht mit der STARDUST den Mond und trifft auf die Arkoniden Thora und Crest. Mit Hilfe der arkonidischen Technik Einigung der Menschheit und Aufbruch in die Galaxis. Das Geistwesen ES gewährt Rhodan und seinen engsten Wegbegleitern die relative Unsterblichkeit. (HC 1–7)
2040	Das Solare Imperium entsteht und stellt einen galaktischen Wirtschafts- und Machtfaktor ersten Ranges dar. In den folgenden Jahrhunderten folgen Bedrohungen durch die Posbi-Roboter und galaktische Großmächte wie Akonen und Blues. (HC 7–20)
2400/06	Entdeckung der Transmitterstraße nach Andromeda; Abwehr von Invasionsversuchen von dort und Befreiung der Völker vom Terrorregime der Meister der Insel. (HC 21–32)
2435/37	Der Riesenroboter OLD MAN und die Zweitkonditionierten bedrohen die Galaxis. Nach Rhodans Odyssee durch M 87 Sieg über die Erste Schwingungsmacht. (HC 33–44)
2909	Während der Second-Genesis-Krise kommen fast alle Mutanten ums Leben. (HC 45)
3430/38	Das Solare Imperium droht in einem Bruderkrieg vernichtet zu werden. Bei Zeitreisen lernt Perry Rhodan die Cappins kennen. Expedition zur Galaxis Gruelfin, um dem Ganjo Ovaron zu seinem Recht als Herrscher der Ganjasen zu verhelfen und eine Pedo-Invasion der Milchstraße zu verhindern. (HC 45–54)
3441/43	Die MARCO POLO kehrt in die Milchstraße zurück und findet die Intelligenzen der Galaxis verdummt vor. Der Schwarm dringt in die Galaxis ein. Gleichzeitig wird das heimliche Imperium der Cynos aktiv, die am Ende den Schwarm wieder übernehmen und mit ihm die Milchstraße verlassen. (HC 55–63)
3444	Vom Planeten Asporc geht eine neue Gefahr für die Milchstraße aus. Die »Stimmen der Qual« verbreiten Chaos und Tod. (HC 64)

Prolog

Seit dem 8. Juni des Jahres 3443 ist die Schwarm-Krise beendet. Mit dem Cyno Nostradamus an der Spitze hat das riesige Sternengebilde die Milchstraße verlassen, um wieder seiner ursprünglichen Aufgabe gerecht zu werden und Intelligenz im Kosmos zu verbreiten. Die Verdummungswelle existiert nicht mehr. Überall in der Galaxis erholen sich die betroffenen Völker und gehen an den Neuaufbau. Allerdings wird es viele Jahre dauern, bis der frühere Zustand wiederhergestellt ist. Die Verdummung hat besonders kleinere Sternenreiche und Kolonien in den wirtschaftlichen Ruin getrieben. Zahlreiche Fragen sind offengeblieben, zum Beispiel die nach den geheimnisvollen Erbauern des Schwarms.

Perry Rhodan hat kaum Gelegenheit, sich diese Fragen zu stellen. Es gibt nicht nur die Probleme mit dem Wiederaufbau und der Betreuung besonders schlimm von der Verdummung Betroffener, sondern unerwartete innenpolitische Schwierigkeiten. Bestimmte Gruppen werfen ihm vor, während der Krise eine falsche Politik betrieben zu haben. Angesichts bald anstehender Neuwahlen ist er gefordert, sich zu behaupten und die Vorwürfe zu entkräften.

In dieser Situation erscheint an Bord eines längst überfälligen Robotschiffs ein Fremder auf der Erde. Mit dem Asporco kommen die »Stimmen der Qual«, geheimnisvolle, verheerende paranormale Mächte, die Chaos und Tod verbreiten. Perry Rhodan und seine Freunde fliegen mit dem Fremden an Bord des Raumschiffs TIMOR zum entfernten Planeten Asporc, der von einer Priesterkaste beherrscht wird.

Sie entdecken dort einen riesigen abgestürzten Meteoriten, der von Adern eines geheimnisvollen Materials – des sogenannten PEW-Metalls – durchzogen ist. In diesem Metall scheinen sich die »Stimmen der Qual« zu materialisieren und verstärkt zu werden.

Nach gefährlichen Abenteuern kehrt die TIMOR-Besatzung zur Erde zurück – nicht ahnend, daß die unbekannte Macht sich inzwischen im Supermutanten Ribald Corello manifestiert hat. Eine unheimliche Jagd auf Corello und Alaska Saedelaere beginnt, der von Corello geistig beherrscht wird …

1.

April 3444
Südsee, Tuamotu-Archipel

Der Mann mit der Gesichtsmaske schritt neben dem schwebenden Kegel den Pfad entlang. Er mußte sich anstrengen, um mit der Geschwindigkeit des roboterhaften Gebildes Schritt zu halten.

Hin und wieder warf er verstohlen einen Blick von der Seite auf den Teil eines Kopfes, der vom Insassen des Kegels als einziges zu sehen war, eine von bläulichen Adern überzogene riesige Stirn und darunter ein babyhaftes Gesicht mit faltiger Greisenhaut.

Das Gesicht zeigte einen für den geschulten Beobachter unverkennbaren Ausdruck: den Ausdruck eines Lebewesens, das unter hypnosuggestivem Zwang steht.

Der Mann mit der Gesichtsmaske überlegte, wie er sich verhalten sollte. Er, Alaska Saedelaere, trug eine ungeheure Verantwortung. Er wußte als einziger Mensch, wo sich Ribald Corello – das Wesen im Transportroboter – aufhielt und in welchem Geisteszustand er sich befand.

Er wußte auch genau, daß es eigentlich seine Pflicht war, Hilfe herbeizurufen. Ribald Corello stellte im gegenwärtigen Geisteszustand eine Gefahr für die gesamte Erde dar. Der Supermutant wußte das in klaren Augenblicken selbst, und hatte dann mehrfach versucht, Selbstmord zu begehen, um die irdische Menschheit vor Schaden zu bewahren.

Alaska war sicher, daß Corello seine neuen Fähigkeiten, wie beispielsweise die der Teleportation, nicht aus sich selbst heraus entwickelt hatte, sondern daß sie ihm von einer bislang unbekannten und unheimlichen Macht aufgezwungen worden waren.

Nach einer Reihe von Unternehmungen, von Alaska Saedelaere teilweise nur halb bewußt miterlebt, hatte sich der Supermutant aus dem Schweren Kreuzer TIMOR einen seiner Ersatztransportroboter geholt. Irgendwann danach war er mit Saedelaere zu einem Vergnügungsschiff im Pazifik teleportiert.

Dabei vernachlässigte er einige Zeit die geistige Kontrolle Saedelaeres, was dem Transmittergeschädigten die Gelegenheit gab, sich von den schockartigen Nachwirkungen der parapsychischen Beeinflussung zu erholen und sich unter die Kontrolle des eigenen Geistes zu bringen.

Später versuchte Ribald Corello, Saedelaere wieder voll unter seine geistige Kontrolle zu bekommen. Aber zu seinem eigenen Erstaunen vermochte der Transmittergeschädigte seinen eigenen Willen und den größeren Teil seiner eigenen Entscheidungsfreiheit zu behalten.

Alaska Saedelaere empfing und verstand von diesem Zeitpunkt an zwar die hypnosuggestiven Befehle des Supermutanten, aber er brauchte sie nicht zu befolgen.

Dennoch hatte er sie bisher befolgt, um sich gegenüber Corello nicht zu verraten. Er wollte den Supermutanten weiterhin begleiten, um ihn dann in einem günstigen Augenblick zu überwältigen.

Abermals warf er verstohlen einen Blick auf das, was von Corellos Kopf zu sehen war. Doch diesmal bemerkte der Supermutant es. Im nächsten Augenblick wurde Alaskas Bewußtsein mit einer Sturzflut neuer hypnosuggestiver Befehle überschwemmt.

Corello steuerte den Transportroboter emotionautisch zu einem Aussichtspunkt, von dem aus die hellen Lichter eines Badeortes als anheimelndes Lichtermeer zu sehen waren. Weiter draußen, über dem Meer, schwebte ein kugelförmiges Raumschiff im Antigravflug einem der zahlreichen kleinen Raumhäfen der pazifischen Inselwelt zu.

Plötzlich versickerten Corellos hypnosuggestive Befehlsimpulse.

Saedelaere trat einen Schritt vor, damit er das Gesicht des Supermutanten besser sehen konnte. Ribald Corello schien es überhaupt nicht zu registrieren. Sein Gesicht war völlig unbewegt; die grünen Augen wirkten starr und schienen in die Unendlichkeit zu sehen.

Alaska Saedelaere wollte ihn ansprechen, aber er brachte keinen Ton hervor. Die Erregung hatte ihm die Kehle förmlich zugeschnürt.

Er räusperte sich mehrmals, dann sagte er: »Corello?«

Der Supermutant reagierte nicht.

Alaska überlegte fieberhaft. Sollte er versuchen, den Supermutanten zu überwältigen und mit den Funkgeräten des Transportroboters um Hilfe zu rufen? Oder sollte er zu fliehen versuchen, um das nächste Not-Visiphon am Strand zu benutzen?

Über eines war er sich klar: Er mußte etwas unternehmen, um Perry Rhodan wieder auf die Spur Corellos zu bringen. Der Transmittergeschädigte entschloß sich schließlich für den offenen Angriff.

Zentimeterweise schob er sich näher an den Transportroboter heran. Als er nur noch wenige Zentimeter entfernt war, ergriff er mit einer Hand den unteren Rand der Kugelrundung, zog sich hoch und versuchte, mit der anderen Hand weit genug ins Innere des Transportroboters zu gelangen, um die Öffnungsschaltung zu betätigen. Er schaffte es – beinahe.

Seine Finger waren nur noch Millimeter von der Schaltung entfernt, als Ribald Corello aus seiner starren Versunkenheit erwachte.

Der Supermutant wirkte verblüfft – aber nur für einen Moment. Im nächsten Augenblick jagten seine Gedankenbefehle durch den positronischen Umsetzer zu den Steuerungselementen des Transportroboters.

Die Greifarme der Maschine rissen Alaska hart zurück, schleuderten ihn zu Boden und schlugen auf ihn ein. Saedelaere schrie vor Schmerz. Er rollte sich fort. Doch dann traf ihn ein Schlag zwischen die Schulterblätter.

Der Transmittergeschädigte gab einen erstickten Laut von sich und brach bewußtlos zusammen.

Als Alaska Saedelaere wieder zu sich kam, fühlte er sich seltsam leicht. Er schlug die Augen auf und bemerkte, daß Corellos Roboter ihn auf seinen Greifarmen trug, während er den Pfad zum Strand zurückschwebte.

Erst Sekunden später spürte Alaska die Körperstellen, an denen ihn die stählernen Arme getroffen hatten. Wenn er einatmete, durchfuhren stechende Schmerzen seinen Rücken. Er hatte das Gefühl, innerlich wund zu sein.

Der Transmittergeschädigte erkannte, daß er verloren hatte. Dennoch resignierte er nicht. Er handelte abermals. Mit der rechten Hand winkte er, um Corellos Aufmerksamkeit von der linken Hand abzulenken, mit der er im nächsten Augenblick die Plastikhalbmaske von seinem Gesicht riß.

Der Supermutant schrie wie ein durch Qualen zum Wahnsinn getriebenes Tier, als er in das flammende Cappin-Fragment sah. Ein gewöhnlicher Mensch hätte durch den Anblick des Dings in Saedelaeres Gesicht augenblicklich den Verstand verloren.

Nicht so Ribald Corello.

Seine hyperparapsychische Begabung verhinderte das Schlimmste, während die Greifwerkzeuge des Transportroboters die Maske des Transmittergeschädigten an sich rissen und auf Alaskas Gesicht preßten.

Dann machte ein harter Schlag mit einem Metallarm Alaska Saedelaere erneut bewußtlos. Und einen Herzschlag später sank auch Corello in seinem Kegelroboter in Bewußtlosigkeit.

Doch nicht für lange, denn die unheimliche Macht aus dem Dunkel sandte unerbittlich ihre Befehlsimpulse aus und trieb Ribald Corello dazu, ihnen zu gehorchen …

Der kegelförmige Transportroboter stieg gleich einem gasgefüllten Ballon taumelnd in die Höhe, den Gedankenimpulsen gehorchend, die vom Gehirn Corellos über den Bioponblock an die Schalt- und Steuerkreise des Fahrzeuges gingen.

Ribald Corello hockte zusammengekauert in der seinen Konturen angepaßten Einsitzvertiefung, die mit einer watteweichen, moosfarbenen Substanz ausgeschlagen war. Die Substanz strömte wohlige Wärme aus, und innerhalb des Transportroboters herrschte eine Temperatur von konstant 37 Grad Celsius. Der Supermutant benötigte diese Wärme nicht unbedingt zum Leben, aber sie war die von ihm bevorzugte Temperatur, und in ihr fühlte er sich geborgen.

Das nur handflächengroße, babyhafte Gesicht zeigte allerdings keine Spur von Geborgenheit. Im Gegenteil. Es war grotesk verzerrt, und die großen grünschillernden Augen flammten infolge der Anstrengung eines titanischen Kampfes, der unter Corellos Schädeldach ausgefochten wurde.

Der Anblick des tobenden Cappin-Fragments in Alaska Saedelaeres Gesicht hatte dem Supermutanten zwar nicht den Verstand geraubt, seiner Psyche aber doch einen nachhaltigen Schock versetzt. Und dieser Schock hatte sich primär auf jene geistigen Kräfte ausgewirkt, die das Gehirn Corellos seit Tagen mehr oder weniger stark beherrschten.

Ribald Corello nutzte diese Tatsache aus, sobald er ihrer gewahr wurde. Er gab sich nicht der Illusion hin, die Macht aus dem Dunkel besiegen zu können. Sie würde ihn über kurz oder lang wieder in ihre Gewalt bringen.

Folglich versuchte Corello, die Mutanten Perry Rhodans und die Agenten der Solaren Abwehr auf sich zu ziehen, indem er seinen Transportroboter in eine Höhe steuerte, in der er von den Ortungsgeräten der Raum- und Luftüberwachung geortet werden mußte.

Unter ihm, auf dem Aussichtspunkt, kam Alaska Saedelaere wieder zu sich. Er wälzte sich auf den Rücken und biß sich dabei auf die Lippen, um einen Schmerzensschrei zu unterdrücken.

Schwer atmend stemmte er sich hoch, lehnte sich über die Steinbrüstung und blickte zu den Lichtern des Badeortes hinab. Inzwischen waren viele erloschen; die Bewohner zahlreicher Appartements schliefen. Von mehreren Stellen klangen die lockenden Töne typischer Südseemusik herüber.

Alaska atmete tief ein, dann sah er sich nach Corello um. Bald entdeckte er den von innen heraus grünlich leuchtenden Transportroboter, der schaukelnd emporstieg.

Der Transmittergeschädigte fing verworrene Fragmente von hypnosuggestiven Impulsen auf. Offenbar kämpfte Ribald Corello dort oben gegen die Unbekannten, die ihn eben noch beherrscht hatten.

Saedelaere beschloß, diese Gelegenheit nicht unnütz verstreichen zu lassen. Er stieß sich von der Mauer ab und rannte den gewundenen Weg zurück, den er mit Corello gekommen war.

Als er den palmengesäumten Strand erreichte, war er völlig außer Atem.

Er lehnte sich gegen einen Stamm und ließ seinen Blick über den Sand wandern. Irgendwo ganz in der Nähe hatte er den Siegelring fallen lassen, unter dessen ovaler Siegelplatte sich ein Impulssender mit seinem persönlichen Kode befand.

Ihm war nicht entgangen, daß sich kurz nach seiner und Corellos Rematerialisierung an diesem Strand eine kleine, dunkelhäutige Gestalt hinter eine angeschwemmte Kiste geduckt hatte. Ein Kind zweifellos.

Alaskas Hoffnung bestand darin, daß das Kind den Ring fand und einem Erwachsenen gab, der bei gründlicher Untersuchung den Impulssender finden würde. Dann brauchte er ihn nur an die nächste Polizeidienststelle zu übergeben. Bald darauf würde Rhodan wissen, daß Saedelaere auf dieser Insel – wie immer sie heißen mochte – war oder jedenfalls vor kurzem gewesen war.

Während der nächsten Stunden durfte er allerdings damit nicht rechnen. Vielleicht vergingen sogar Tage, bis der Ring in die Hände der Verantwortlichen gelangte. Möglicherweise behielt das Kind den Ring auch für sich, warf ihn in seine Spielkiste, wo er bestenfalls die Aufmerksamkeit anderer Kinder, aber nicht die Erwachsener erregen würde.

Falls ihn doch zufällig ein Erwachsener dort sah, würde er ihn nicht sonderlich beachten. Ein Ring aus einer Kinderspielkiste konnte höchstens zehn Soli wert sein!

Alaska Saedelaere blickte wieder nach oben. Unwillkürlich hielt er den Atem an. Der Transportroboter war nicht mehr zu sehen!

Der Transmittergeschädigte zweifelte nicht daran, daß Ribald Corello sich wieder völlig im Bann der fremden Macht befand und nach ihm suchte.

Wie von Furien gehetzt rannte Alaska am Strand entlang. Der lockere Sand gab unter seinen Füßen nach und behinderte ihn erheblich, deshalb lief Alaska schließlich bis an die Wasserlinie und benutzte den nassen und deshalb festeren Sand.

Schon sah er vor sich die Lichter des Badeortes, da schwebte ein kegelförmiger Schatten heran und verstellte dem Transmittergeschädigten den Weg. Es sah nicht so aus, als hätte Corello Saedelaere bereits entdeckt, aber die Blockierung war nichtsdestoweniger wirksam.

Alaska kniete sich hinter einen Palmstamm und blickte sich suchend um. Er erkannte, daß er praktisch keine Möglichkeit besaß, an Corello vorbei zu einem Ort zu gelangen, an dem andere Menschen lebten. Jedenfalls nicht auf dem Landweg.

Der Transmittergeschädigte wandte das Gesicht dem Meer zu. Vom Bergpfad aus hatte er gesehen, daß sich etwa zwei Kilometer draußen ein Wallriff bogenförmig um die Küste schwang. In der dadurch gebildeten Lagune hatten andere Korallen eine kleine Insel geschaffen.

Alaska Saedelaere kam zu dem Schluß, daß er sich auf der Laguneninsel am besten verbergen konnte – jedenfalls so lange, wie Corello nicht in der Lage war, ihn parapsychisch zu orten.

Zentimeter um Zentimeter kroch Alaska durch das flach anrollende Wasser und durch die nur kniehohe Brandung. Als das Wasser tiefer wurde, stieß er sich mit den Füßen am Grund ab, während er die Arme unbeweglich nach vorn streckte.

Später schwamm er in einem ruhigen Seitenlagenstil geräuschlos zu der Insel hinaus. Geduckt überquerte er den schmalen Sandstreifen und hockte sich zwischen die Palmen.

Aber kurz darauf sah er abermals den kegelförmigen Transportroboter, aus dessen transparenter Kopfkugel grünes Licht fiel. Das Fahrzeug schwebte dicht über dem Meer auf die kleine Insel zu.

Saedelaere war einen Moment wie erstarrt. Hatte Corello ihn längst gesehen und spielte mit ihm nur wie die Katze mit der Maus?

Alaska knirschte mit den Zähnen. So leicht wollte er es dem Supermutanten nicht machen!

Er arbeitete sich durch teilweise dichtes Gestrüpp zur anderen Seite der Insel durch, watete ins Wasser und tauchte, sobald er den Boden unter den Füßen verlor. Sobald er unter Wasser war, schwamm er zügig los. Unter sich entdeckte er einen Adlerrochen, der sich wie mit mächtigen Flügelschlägen durch sein nasses Reich schwang. Eine Schule kleiner Abudefdufs, wegen ihrer Streifen von manchen Forschern scherzhaft »Hauptfeldwebel« genannt, wich ihm aus.

Links und rechts ragten Korallenbauten empor. Da es Nacht war, hatten die Millionen von Polypentierchen, die die Bauten bewohnten, ihre sternförmigen Tentakelkronen ausgestreckt, um nach Nahrung zu fischen. Das durch die Wasseroberfläche fallende Sternenlicht reichte aus, um die Unterwasserlandschaft wie einen blühenden Zaubergarten aussehen zu lassen.

Aber Alaska Saedelaere hatte kaum einen Blick für die Schönheit der Natur. Er versuchte, so weit wie möglich zu schwimmen, bevor ihm die Luft ausging. Als er wieder auftauchte, war er ungefähr fünfzig Meter vom Ufer entfernt. Der Transportroboter Corellos schwebte über dem diesseitigen Strand.

Saedelaere tauchte abermals. Er versuchte es mit einer neuen Taktik, indem er in weitem Bogen um die kleine Insel schwamm – mit dem Ziel, ans Festland beziehungsweise zur Hauptinsel zurückzukehren.

Jedesmal, wenn Saedelaere auftauchte, um Luft zu holen, kurvte Corellos Transportroboter in fünfzig bis hundert Metern Entfernung über der See.

Zuerst wurde der Grund tiefer und tiefer, dann stieg er allmählich wieder an. Doch statt des erwarteten Sandbodens fand Alaska bei seinen Tauchmanövern muschelbesetzte Felsenriffe vor – und plötzlich schwamm er in einen tiefen Einschnitt.

Abermals tauchte der Transmittergeschädigte auf. Ungefähr siebzig Meter hinter ihm schwebte der Kegel auf der Stelle.

Im nächsten Augenblick schlug ein Protonenstrahl wenige Meter neben Saedelaere ein. Das Wasser kochte; eine Dampfwolke breitete sich aus.

Alaska holte tief Luft und tauchte weg. Ribald Corellos letzte Handlung hatte ihm klargemacht, daß der Supermutant unberechenbar geworden war. Saedelaere mußte damit rechnen, daß der nächste Schuß traf, sobald er wieder auftauchte.

In dieser Situation klammerte sich Alaska Saedelaere an die Hoffnung, einen Ausweg zu finden – und der Einschnitt im Fels war, bildlich gesagt, der Haken, an dem er seine Hoffnung aufhängte.

Hier unten hatte sich Klippentang angesiedelt. Eine Blaukrabbe machte sich an der Eischnur einer Wellhornschnecke zu schaffen. Ein junger Schwertschwanz huschte über den gelblichen Sand am Grund der Vertiefung.

Und plötzlich fiel kein Licht mehr von oben herein, lediglich etwas Streulicht von hinten. Undeutlich nur vermochte Alaska die Umgebung zu erkennen.

Er zwang sich zur Ruhe, um seinen Sauerstoffvorrat nicht frühzeitig zu verbrauchen. Unbeirrt schwamm er weiter – und als er glaubte, seine Lungen müßten jeden Augenblick bersten, stieß sein Kopf durch die Wasseroberfläche.

Wie ein Ertrinkender sog Saedelaere Luft in seine Lungen. Vor seinen Augen flimmerten rote Kreise. Nach einer Weile beruhigte er sich. Behutsam schwamm er umher, entdeckte ein felsiges Ufer, eine schräg ansteigende Felswand, und zog sich hinauf.

Er war gerettet – vorläufig wenigstens. Hier konnte er einige Zeit warten, aber nicht bleiben. Vielleicht gab es einen Weg hinaus, der nicht ins Meer führte, über dem Corello lauerte. Alaska vermochte in der Finsternis nichts zu erkennen.

Er nahm sich vor, noch fünf Minuten zu warten und dann die Umgebung tastend zu erkunden.

Alaska Saedelaere fror. Zwar besaß seine Kombination eine Heizung, doch hatte Ribald Corello die Feldgezeitenbatterie der Anlage entfernt.

Die Tatsache, daß seine Augen immer noch nichts wahrnahmen, obwohl er sich nun schon eine halbe Stunde in der Meereshöhle befand, verriet dem

Transmittergeschädigten, daß auch nicht die Spur von Licht hereinfiel. Folglich gab es kaum eine Verbindung zur Oberwelt.

Alaska hatte nicht die geringste Lust, zurück ins Meer zu schwimmen. Dort würde mit an Sicherheit grenzender Wahrscheinlichkeit der Supermutant in seinem Transportroboter lauern – und er würde bestimmt nicht noch einmal danebentreffen.

Alaska Saedelaere lauschte. Das Wasser klatschte ab und zu gegen die Felskante, ansonsten war nichts zu hören.

Oder doch?

Von irgendwoher drang ein Wehen an Saedelaeres Ohr, eine Art Klagegesang, so leise, als sänge ein Kinderchor in tausend Kilometern Entfernung.

Ein Chor der Totengeister!

Alaska lächelte ironisch. Er wußte aus vielen Erfahrungen, daß es Dinge gab, die sich ein mathematisch-wissenschaftlich vorprogrammierter Geist – wie es auf die meisten Menschen dieser Zeit zutraf – nicht vorzustellen vermochte. Dabei ließen sich alle diese Dinge ebenfalls wissenschaftlich erklären, aber zum Verständnis solcher Erklärungen gehörten ein umfangreiches Wissen und eine geistige Offenheit, wie sie im 35. Jahrhundert nur wenige Menschen besaßen.

Der Transmittergeschädigte erinnerte sich, als wäre er ihm erst gestern begegnet, noch deutlich an den kamashitischen SolAb-Agenten Patulli Lokoshan, der von vielen Menschen mit Hochschulbildung als eine Art Scharlatan abgetan wurde, weil ihr Geist in konventionellen Bahnen arbeitete und zwar die Dinge erklären konnte, nicht jedoch das ureigenste Wesen der Dinge. So betrachtet, waren die »streng wissenschaftlich denkenden« Menschen die Scharlatane.

Dennoch: Wahrnehmung war Wahrnehmung!

Alaska strengte sein Gehör an, um herauszubekommen, aus welcher Richtung die nicht identifizierbaren Geräusche kamen. Falls es sich nicht nur um eine Halluzination des überreizten Geistes handelte, gab es einen Weg, der aus der Meereshöhle wegführte. Es fragte sich nur, ob er groß genug für Menschen war.

Der Transmittergeschädigte wandte den Kopf langsam hin und her. Nach einiger Zeit glaubte er, die Richtung festgestellt zu haben. Er ging mit ausgestreckten Händen vorwärts.

Einmal rutschte er aus und stürzte hart auf den linken Ellenbogen. Der Schmerz trieb ihm Tränen in die Augen. Keuchend stand er wieder auf und setzte den Weg fort.

Wenig später spürte er einen schwachen warmen Luftstrom in dem Teil des Gesichtes, das ihm und nicht dem Cappin-Fragment gehörte.

Die tastenden Hände vermittelten dem Gehirn den Eindruck eines halbmeterbreiten Spalts in einer buckligen Felswand. Aus diesem Spalt kam der dünne warme Lufthauch, aus ihm kam auch das seltsame klagende Geräusch.

Alaska Saedelaere überlegte. Die Warmluft rührte wahrscheinlich daher, daß es weiter unten alte Magmalagerstätten gab. Andererseits lebte er immer noch, was bedeutete, daß es sich nicht um reine Ausdünstungen eines Vulkans handelte, sondern um einen sauerstoffreichen Luftstrom, der irgendwo über heißes Gestein floß.

Saedelaere schloß, daß er das Risiko eines Abstiegs in Kauf nehmen durfte.

Vorsichtig zwängte er sich durch den Spalt. Seine Füße traten auf lockere Felsbrocken. Alaska beugte einem weiteren Sturz vor, indem er sich mit beiden Händen an den Wänden abstützte.

Etwa zwei Minuten lang führte ein relativ schmaler natürlicher Stollen im Winkel von vielleicht fünfzehn Grad hinab, dann griffen Alaskas Hände ins Leere. Offenbar hatte sich der Gang zu einer Höhle erweitert.

Einige Zeit suchte Saedelaere blindlings nach festem Halt, dann besann er sich auf eine Orientierungsmethode, die er bei den Höhlenbewohnern von Catussa kennengelernt hatte.

Er ging auf die Knie und suchte zwei glatte Steine von ungefähr gleicher Größe und gleichem Material. Dann nahm er in jede Hand einen Stein, schlug sie gegeneinander und lauschte auf die verschiedenen Echos.

Im Verlaufe der nächsten Minuten erkannte er, daß es erheblich leichter war, eine fremde Methode zu verstehen, als sie anzuwenden. Es genügte nicht, Echos zu erzeugen; man brauchte zur Auswertung auch ein geschultes Gehör.

Ein Eingeborener von Catussa hätte nach zwei Sekunden auf den Zentimeter genau die nächste Gangöffnung sowie ihre Größe und Form angeben können. Alaska Saedelaere war froh, als er nach zehn Minuten verbissener Anstrengung zu hören glaubte, daß die nächste Öffnung irgendwo schräg links sein müsse.

Er warf die »Echosteine« weg, streckte die Hände aus und machte sich auf die Suche. Seinem Gefühl nach war die Öffnung ungefähr zwanzig Meter entfernt. Alaska brauchte aber nur knapp fünf Meter bis zur nächsten Öffnung zu gehen.

Es war ein Loch im Boden – und der Transmittergeschädigte fiel eine bange Sekunde lang, bevor er mit den Füßen aufprallte. Er rollte sich im Moment des Aufpralls ab, lag einige Sekunden danach still und versuchte herauszufinden, was er sich gebrochen hatte.

Außer ein paar blauen Flecken hatte er jedoch keinen Schaden erlitten. Saedelaere richtete sich vorsichtig auf und horchte. Der »Klagegesang« war lauter geworden und klang anders als zuvor. Er hörte sich eher danach an, als strömten Luftmassen mit großer Geschwindigkeit durch enge Felskanäle. Außerdem war es wärmer.

Alaska Saedelaere bedauerte, daß er keine Lampe bei sich führte. Ribald Corello hatte ihm alles abgenommen, womit er sich allein weiterhelfen oder Hilfe herbeirufen konnte.

Langsam tastete er sich vorwärts. Der Boden bestand aus nachgiebigem Sand, der wellenförmig aufgehäuft war und sich leicht nach rechts neigte. Folglich wandte sich Alaska ebenfalls nach rechts.

Plötzlich verfing sich sein rechter Fuß in einem Hindernis. Der Transmittergeschädigte warf sich zurück. Er fürchtete eine Falle. Aber nichts geschah, was seine Befürchtung bestätigt hätte.

Nach einer Weile ließ sich Alaska Saedelaere auf Hände und Knie nieder und kroch unendlich behutsam vorwärts. Seine Finger ertasteten etwas, das sich im ersten Moment wie glattes, gebogenes Astwerk anfühlte – bis ihm der Totenschädel mit den beiden Augenhöhlen in die Hände kam.

Alaska zuckte unwillkürlich zurück. Dann streckte er die Hände abermals aus. Diesmal betastete er das Skelett systematisch und wertete die Ergebnisse mit erzwungener kalter Logik aus.

Saedelaere war kein Mediziner, doch verfügte er über ausreichend biologische Grundkenntnisse, um festzustellen, daß er das Skelett eines Menschen, und zwar einer erwachsenen männlichen Person, gefunden hatte.

Verschiedene Hartplastikteile schienen darauf hinzudeuten, daß der Tote mit einem Froschmannanzug bekleidet gewesen war. Kurz darauf stießen Alaskas Finger auf einen Druckluft-Tauchtornister, der etwa einen Viertelmeter neben dem Skelett lag.

Der Mann mußte durch den gleichen Gang getaucht, in der Meereshöhle angekommen und dann beim Abstieg in tiefere Regionen verunglückt sein. Das nahm Alaska Saedelaere jedenfalls an – bis er den Pfeilschaft fand, der aus dem linken Schulterblatt ragte.

Mit einem Ruck entfernte Saedelaere den Pfeil und wog ihn prüfend in der Hand. Der Taucher war also nicht verunglückt. Jemand hatte ihm einen Pfeil in den Rücken gejagt.

Aber wer?

Alaska spürte, wie sich seine Nackenhaare sträubten. Unwillkürlich horchte er auf Schritte des Wesens, das den Taucher ermordet hatte und sicherlich auch ihn ermorden würde, wenn es ihm gelang, ihn zu überraschen.

Doch wer konnte das sein? Wer schlich in dieser submarinen Höhlenwelt umher und brachte Eindringlinge um?

Einen Moment lang dachte Alaska Saedelaere an eventuelle Überreste des ausgestorbenen lemurischen Volkes, die sich an ein Höhlenleben gewöhnt hatten und eifersüchtig darüber wachten, daß kein Fremder ihr Reich betrat.

Aber dann schüttelte der Transmittergeschädigte den Kopf.

Kein Lemurer konnte hier leben. Selbst wenn einige Lemurer den Untergang ihres Kontinents wie durch ein Wunder überlebt und sich vermehrt hatten, mußte der Bestand nach einigen wenigen Generationen endgültig aussterben, weil der menschliche Organismus ohne die Einwirkung des Sonnenlichts Schaden nahm.

Oder sich durch Veränderung anpaßte?

Saedelaere seufzte resignierend. Er würde es selbst herausfinden müssen, und im Unterschied zu dem armen Teufel, der wahrscheinlich nichtsahnend den Tod gefunden hatte, war er nicht nur gewarnt, sondern auch in allen denkbaren Kampfarten geschult.

Er hockte sich neben das Skelett und tastete den Boden auf der Suche nach Steinen ab, denn er wollte abermals die Echomethode anwenden, um sich zu orientieren.

Als seine Fingerspitzen über einen kühlen, stabförmigen Gegenstand strichen, hielt er verblüfft inne. Im nächsten Augenblick hatte er den Gegenstand aufgehoben; seine Finger suchten nach einem Schalter und fanden ihn.

Trübes Licht flammte auf, sickerte als matter rötlicher Kegel über den bleichen Sand, färbte das Skelett und prallte von einer bläulich, von goldfarbenen Adern durchzogenen Felswand ab. Schließlich stieß der Lichtkegel in ein finsteres Loch und versickerte in dem Stollen dahinter.

Alaska Saedelaere stand auf. Er kannte diese Art Lampen. Sobald man sie in Betrieb nahm, luden die Speicherzellen sich durch Anzapfung des planetaren Schwerefeldes allmählich wieder auf.

Doch in die Freude über seinen Fund mischte sich die Frage, warum der Mörder des Tauchers sich die Lampe nicht angeeignet hatte. Sie besaß einen Wert von etwa dreihundert Solar, und wer immer in dunklen Höhlen umherstreifte, hatte jederzeit Verwendung für eine gute Lampe.

Es sei denn, der Mörder des Tauchers sah nicht mit gewöhnlichen Augen, sondern mit den Fernsinnen einer Maschine, etwa eines elektronisch gesteuerten Fallensystems, das mit Pfeilen tötete, um die Tat eines Menschen vorzutäuschen.

Alaska richtete den bereits helleren Lichtkegel auf das Tornister-Tauchgerät. Er überlegte, ob er mit dem Gerät nicht lieber den bisherigen Weg zurückgehen und unter Wasser zu einer belebten Stelle der Küste schwimmen sollte.

Aber er verwarf den Gedanken wieder, denn er war ein Mensch. Und Menschen sind neugierig.

2.

Alaska Saedelaere ließ sich den letzten Meter des Felsschlotes fallen. Seine Beinmuskulatur zitterte von der Anstrengung des Abstieges. Der Schlot war mindestens siebzig Meter hoch und teilweise von einem Durchmesser gewesen, bei dem man leicht mangels ausreichenden Haltes abrutschen konnte.

Der Transmittergeschädigte hatte den Abstieg dennoch geschafft. Und trotz der vorübergehenden Erschöpfung wußte er jetzt, daß sich die Anstrengung gelohnt hatte. Denn hinter einer Öffnung in der Schlotwand zeigte der Lichtkegel der bei dem Skelett gefundenen Lampe die fragmentarisch erhaltenen Magnet-Führungsschienen eines Kabinenlifts.

Geschmolzenes Plastikmaterial, vermischt mit geschmolzenem Gestein, war über die Reste der Schienen geflossen und hatte sie konserviert.

Saedelaere legte sich flach hin, rutschte mit dem Oberkörper über den Rand des Liftschachtes und leuchtete hinunter. Er atmete auf, als er entdeckte, daß der Grund nur etwa drei Meter unter ihm lag. Er bestand aus teilweise versinterten Trümmern, die wahrscheinlich den größten Teil des Liftschachtes füllten. Aber in einer der Wände klaffte ein Spalt – und durch den Spalt fiel ein winziger Schimmer bläulichen Lichts, der allerdings nur zu sehen war, wenn Alaska seine Lampe ausschaltete.

Vorsichtig ließ sich der Transmittergeschädigte hinab. Er rechnete mit Fallen, und er hoffte, daß seine Sinne scharf genug waren, um jede Bedrohung rechtzeitig zu »wittern« – und daß seine Reflexe gut genug funktionierten, um entsprechend zu reagieren.

Aber nichts geschah.

Alaska Saedelaere ließ sich neben dem Spalt nieder, hob einen Trümmerbrocken auf – er war seltsam leicht – und warf ihn durch die Öffnung. Der Brocken prallte mit hohlem Klang gegen ein Hindernis und fiel zu Boden. Ansonsten blieb alles ruhig.

Saedelaere zögerte noch. Er spürte mit den in zahllosen gefährlichen

Unternehmungen geschärften Instinkten, daß jenseits des Spaltes etwas auf ihn lauerte, vermochte aber nicht zu sagen, was.

Der Spalt war zu niedrig, als daß er hindurchspringen, sich abrollen und im Rücken eines eventuellen Gegners wieder auf die Füße kommen konnte. Er würde kriechen müssen, wodurch er natürlich ein nicht zu verfehlendes Ziel darstellte.

Nach einiger Zeit entschloß sich Alaska dennoch, diesen gefährlichen Weg zu beschreiten. Er schaltete die Lampe aus, schob sie in eine seitliche Beintasche seiner Kombination und kroch so schnell wie möglich hinüber.

Noch bevor er ganz auf der anderen Seite war, sah er, daß der bläuliche Lichtschimmer von einem Muster winziger punktförmiger Lichtquellen kam, die die ihm gegenüberliegende Wand bedeckten.

Der Raum besaß die Form eines Kegelstumpfs und war nicht sehr groß – und er besaß keine andere sichtbare Öffnung als den Spalt, durch den Alaska Saedelaere gekrochen war.

Der Transmittergeschädigte kniete sich auf ein Bein und sah sich nachdenklich um. Dicht vor der lichtgepunkteten Wand lag der Trümmerbrocken auf dem Boden. Ansonsten war der Raum leer.

Alaska war sicher, daß der alte Liftschacht und dieser Raum zu einer jener Tiefbunkeranlagen gehörten, die die früheren Lemurer während des fürchterlichen Haluterkrieges gebaut hatten.

Er fragte sich jetzt, wie es kam, daß hier ganz offensichtlich noch immer Energie floß, ohne daß dies längst von terranischen Ortungsstationen angemessen worden war.

Die einzige denkbare Erklärung dafür war seiner Ansicht nach, daß sich in der Nähe starke Kraftwerke befanden, die unter anderem auch fünfdimensionale Energien erzeugten, durch die die Streustrahlung der unterirdischen Anlagen überlagert wurde.

Seine Überlegungen wurden jäh unterbrochen, als die Lichtpunkte erloschen. Plötzlich war es finster.

Alaska Saedelaere wollte gerade nach seiner Lampe greifen, als mehrere Lichtpunkte wieder aufleuchteten. Es waren genau drei, und sie lagen so nahe beieinander, daß sie den Eindruck eines Striches erweckten.

Kurz darauf erloschen sie wieder – bis auf eine punktförmige Lichtquelle.

Alaska Saedelaere richtete sich auf.

Im nächsten Augenblick leuchteten sämtliche Lichtquellen wieder auf – erloschen abermals –, und dann kam System in die Sache.

Der Transmittergeschädigte hatte während seiner Sonderausbildung das alte terranische Morsealphabet lernen müssen, und nun erkannte er in dem Wechselspiel von Punkten und Strichen eine Botschaft.

»Kurz lang – kurz lang kurz kurz – kurz lang – kurz kurz kurz – lang kurz lang – kurz lang. Lang kurz kurz kurz – kurz lang kurz – kurz kurz lang – lang kurz kurz – kurz – kurz lang kurz. Kurz kurz kurz kurz – kurz kurz – kurz lang kurz kurz – kurz kurz lang kurz – kurz.«

Das bedeutete: »Alaska. Bruder. Hilfe!«

Saedelaere erschauerte. Wer rief da mit Hilfe des terranischen Morsealphabets? Wer nannte ihn »Bruder«?

Als keine neuen Morsezeichen mehr kamen, nahm Alaska die Lampe und blinkte, gegen die Lichterwand gerichtet, eine Antwort: »Wie kann ich helfen?«

Aber er wartete vergebens auf eine Reaktion. Nach einigen Minuten vergeblichen Wartens begann er zu rufen, zuerst auf angloterran, dann auf interkosmo und schließlich in den beiden Varianten des Tefroda. Doch auch darauf antwortete niemand.

Saedelaere verfolgte den Gedanken, eine vorprogrammierte Maschine könnte ihm die Botschaft zugeblinkt haben, sei aber nicht für Antworten programmiert. Aber er verwarf den Gedanken bald wieder.

Niemand konnte vorausgesehen haben, daß er, Alaska Saedelaere, zu einer bestimmten Zeit an diesem bestimmten Ort sein würde. Folglich hätte auch niemand eine Maschine mit einer Nachricht an ihn programmieren können.

Nein, der Absender hatte seine Botschaft direkt über die Maschinerie des alten Lemurer-Stützpunktes an ihn gerichtet, und zwar genau im richtigen Moment. Das bedeutete, er hatte gewußt, daß Alaska vor der Lichterwand stand. Folgerung: Dieser Jemand hatte ihn beobachtet und beobachtete ihn vielleicht noch immer.

Alaska Saedelaere holte tief Luft. Aber der Ärger über den »stillen« Beobachter verflog rasch. Dieses Wesen, höchstwahrscheinlich ein Mensch, hatte ihn Bruder genannt und um Hilfe gebeten. Natürlich war »Bruder« nicht im wörtlichen, sondern im übertragenen Sinne gemeint gewesen, etwa gleichbedeutend mit »Freund« oder »Mitmensch« oder »Gleichgearteter«.

Jemand wollte ihm also klarmachen, daß sie beide keine Feinde waren, daß es zwischen ihnen keine unüberwindlichen Gegensätze gab und daß Alaska irgendwann in irgendeiner Form helfen möge.

Der Transmittergeschädigte seufzte. Er steckte in einer Sackgasse – und das sowohl im wörtlichen als auch im übertragenen Sinn. Sollte er auf etwas warten, das vielleicht nie eintrat – oder sollte er lieber umkehren?

Erneut erloschen die Lichter – und zum zweitenmal benutzte jemand die Erfindung von Samuel Morse dazu, einem Menschen der Zweiten Menschheit über ein von der Ersten Menschheit gebautes Gerät eine Botschaft zu übermitteln.

»Kurz lang lang – kurz lang – kurz lang kurz – lang – kurz – lang kurz. Warten!«

Alaska hatte das Empfinden, sein Rückgrat verwandle sich in Eis. Die letzte Botschaft hatte eine Tatsache eindeutig erwiesen: Der Unbekannte las Saedelaeres Gedanken! Ein Telepath!

Aber der erste Schreck darüber verflog schnell, vor allem wohl deshalb, weil sich der Unbekannte nicht in der Rolle des Supermenschen befand, sondern in der eines Hilfsbedürftigen.

Alaska Saedelaere wartete. Ungefähr eine halbe Stunde verging völlig ereignislos im Lichterraum, dann hatte Alaska das Gefühl einer körperlichen Berührung.

Er zuckte zusammen. Aber es war niemand da, obwohl sich das Gefühl wiederholte, ein Gefühl, als wenn eine Hand ganz zart über seinen Kopf streiche.

Das Gefühl der Berührung schwand – und wiederholte sich verstärkt an der linken Hand.

Ein greller Schmerz explodierte gleichzeitig in allen Körperzellen Saedelaeres, verschwand schlagartig – bis auf ein charakteristisches Ziehen im Nacken.

Eine Transition oder Teleportation!

Auf irgendeine Weise war Alaska sicher, daß es sich um eine Teleportation gehandelt hatte.

Der kegelstumpfförmige Raum mit der Lichterwand war verschwunden. Alaska Saedelaere stand in einem bedeutend größeren, quaderförmigen Raum, fast einem Saal, dessen Innenflächen aus einem blaugrünen, gläsern wirkenden Material bestanden.

An zwei Wänden standen große schwarze Metallplastikschränke, aus denen ein schwaches Summen und Knistern drang: Maschinen. Die beiden anderen Wände waren leer.

Doch nicht lange, denn sie verwandelten sich plötzlich in große Bildschirme, auf denen dreidimensional und farbig eine bizarre Unterwasserlandschaft zu sehen war. Und die Bilder wechselten.

Eben noch war die Unterwasserlandschaft zu sehen gewesen, im nächsten Augenblick zeigten die Bildschirme künstlich hängende Algengärten, große, von Delphinen bewachte Fischherden – und schließlich kurz hintereinander mehrere Unterwasserstädte, die gleich gläsernen Trauben an die zerrissenen Felshänge einer Insel gehängt waren.

Und eine dieser Städte erkannte Alaska Saedelaere an den transparenten Wohntürmen, die aus einer Unterwassermulde bis dicht unter die Meeresoberfläche ragten.

Auf Terra existierte erst eine Unterwasserstadt dieser Bauart, nämlich Bolpole an der Südwestflanke der Tuamotu-Insel Ragiora, eine Stadt, die vor der Verdummung rund eine Million Einwohner gehabt hatte und sich nach der Verdummung sehr schnell wieder regenerierte.

Alaska zerbrach sich den Kopf darüber, wie er an ein leistungsstarkes Funkgerät gelangen könnte, um Perry Rhodan oder einen anderen Mitarbeiter des Suchkommandos zu benachrichtigen, wo er sich befand und wo man nach Ribald Corello suchen mußte.

Plötzlich änderten sich die Bilder auf den Schirmwänden abermals. Diesmal zeigten sie hallenartige Räume mit supermodern aussehender technischer Einrichtung, die teilweise an die Labors des Solaren Experimentalkommandos erinnerten.

»Interessant, nicht wahr?« fragte eine hohe Stimme.

Saedelaere fuhr herum und starrte Corello an, der wie ein materieloser Geist hinter ihm aufgetaucht war, ohne daß es zu den Begleiterscheinungen einer Teleportation gekommen wäre.

Doch dem Schreck folgte verstohlenes Aufatmen – denn Ribald Corello hatte endlich wieder einmal wie ein ganz normaler Mensch gesprochen.

»Allerdings«, erwiderte der Transmittergeschädigte. »Ich finde es darüber hinaus erstaunlich, daß wir diese alten lemurischen Anlagen erst heute entdecken. Ihre energetische Aktivität hätte sie längst verraten müssen.«

»Sie sind durch Milliarden eingelagerter Labyrinth-Kristalle gegen Entdeckung durch mechano-energetische und psionische Ortungsmethoden geschützt, Alaska.«

Alaska Saedelaere blickte den Supermutanten, der noch immer in seinem Transportroboter saß, grübelnd an.

»Wenn sich das so verhält, wie konnten dann Sie diese Anlage finden – und woher wollen Sie wissen, daß es Labyrinth-Kristalle sind, die sie gegen Ortung abschirmen? Was ist überhaupt ein Labyrinth-Kristall?«

Corellos kindliches Gesicht verzog sich, als wollte der Mutant weinen. »Sie kommen und gehen«, flüsterte er, »aus etwas jenseits von Raum und Zeit, wo die Existenz grauenhaften Verformungen unterworfen ist – und ihr Wissen ist groß.«

Er öffnete den Mund weit und stieß einen markerschütternden Schrei aus. Dann sackte er in der Einsitzvertiefung des Transportroboters zusammen.

Saedelaere zögerte, weil Corello eben noch normal gewesen war. Doch dann siegte das Pflichtgefühl. Er mußte Perry Rhodan unterrichten, damit Ribald Corello gefunden und in eine Parapsi-Klinik gebracht werden konnte.

Alaska Saedelaere sprang den dicht über dem Boden schwebenden Transportroboter an, zog sich am unteren Rand der Kopfhülle hoch und griff in

Richtung der innen angebrachten Öffnungsschaltung. Sein Finger berührte den Sensorknopf – und im nächsten Moment glitt das vordere Drittel des Kegelroboters auf.

Alaska streckte die Hände nach dem Minikom, einem hochleistungsfähigen Miniaturhyperkom, Corellos aus – und zuckte wie unter einem elektrischen Schlag zurück, als der Supermutant die Augen öffnete.

Der Transmittergeschädigte glaubte, in einem irrsinnig strahlenden Grün zu versinken. Lallend wich er weiter zurück.

Grauenhafte Schreie gellten auf parapsychischer Ebene in Saedelaeres Gehirn, Schmerzwellen peitschten durch alle Körperzellen – und ganz fern, hinter dem Hintergrund des bekannten Seins, brannte die unsichtbare Flamme einer undefinierbaren Sehnsucht.

Alaska Saedelaere prallte mit dem Rücken gegen eine Wand. Im letzten Augenblick, bevor sein Bewußtsein sich in unergründlichen Tiefen verlor, stieß er einen langgezogenen Schrei aus und riß sich die Maske vom Gesicht.

Das Cappin-Fragment in Alaskas Gesicht loderte, zuckte und verschoß grelle Lichtblitze; es tobte in zorniger Pein und strahlte dabei hellen Wahnsinn aus.

Ribald Corello hielt diesem Strahlen einen Herzschlag lang stand, dann brach der Irrsinn über seinen Geist herein. Der kleine Körper wurde von gräßlichen Zuckungen geschüttelt und wäre zweifellos aus dem Transportroboter gefallen, wenn die Stützklammern der Kugelrundung den übergroßen Schädel nicht festgehalten hätten.

Eine psionische Wellenfront schuf ein verrücktes Universum rings um Alaska Saedelaere und Ribald Corello – bis der Supermutant schlagartig verschwand.

An seiner Stelle pulsierte ein kugelförmiges schwarzes Wallen – und davor taumelte ein leerer Transportroboter ziellos durch den Saal.

Alaska Saedelaere wankte zwei, drei Schritte darauf zu, dann erschlaffte er und brach haltlos zusammen.

Als Alaska Saedelaere zu sich kam, lag er nackt in einem Bioplasmatank. Die fließende Masse war kristallklar und körperwarm. Eine Sauerstoffmaske preßte sich über Alaskas Gesicht.

Er richtete sich auf, wodurch Kopf und Schultern aus dem Plasma tauchten. Sofort fröstelte der Transmittergeschädigte. Es war ein Gefühl, wie es Babys im Augenblick der Geburt haben mußten.

Alaska nieste.

Es knackte, dann sagte die kindlich hohe Stimme Corellos: »Gesundheit,

Alaska! Der Tonspeicher wurde durch Ihr Niesen aktiviert. Ich hoffe, Sie haben sich gut erholt. Steigen Sie aus dem Plasmatank und bedienen Sie sich der übrigen Einrichtungen des Regenerierungssektors, um wieder einsatzfähig zu werden. Ihre Kombination liegt irgendwo bereit. In etwa zehn Minuten müssen Sie fertig sein, denn ich brauche Sie dann, Alaska. Beeilen Sie sich also. Ende!«

Alaska Saedelaere dachte nach. Allmählich sickerte die Erinnerung an die letzten Geschehnisse in sein Bewußtsein. Er schauderte. Widerwillig stieg er aus dem Plasmabad. Der Raum, in dem der Tank stand, war klein und aus fugenlosem Plastikmaterial.

Eine Türöffnung führte in den Nebenraum. Saedelaere legte sich auf die Massagepritsche und ließ sich von robotgesteuerten Massagewerkzeugen mit einer belebenden Emulsion bestreichen und durchkneten.

Danach begab er sich in die anliegende Naßzelle, duschte mit heißem und kaltem Wasser und ließ sich von Warmluftstrahlen trocknen. Einen Raum weiter fand er seine Sachen. Insgeheim hatte er erwartet, sie wären gereinigt; doch so weit wollte Ribald Corello den Service offenbar nicht treiben.

Als er angezogen war und seine Plastikmaske aufgesetzt hatte, öffnete sich direkt vor ihm ein Schott. Dahinter schwebte der Supermutant in seinem Transportroboter.

»Wie fühlen Sie sich?« fragte Corello. Seine Stimme klang anders als sonst; sie war irgendwie roboterhaft.

»Gut«, antwortete Alaska.

Dann gehen Sie voraus! Ich werde Ihnen jeweils die Richtung angeben! befahl Ribald Corello, aber diesmal sprach er nicht, sondern sandte einen hypnosuggestiven Gedankenbefehl aus.

Alaska Saedelaere prüfte sich und stellte dabei fest, daß der hypnosuggestive Zwang Corellos bei ihm weiterhin nicht mehr wirkte. Er konnte dem Mutanten gehorchen oder auch nicht.

Er entschloß sich allerdings wieder, so zu tun, als stünde er in Corellos Bann. Irgendwann, so hoffte er, würde er Gelegenheit erhalten, den Supermutanten zu überwältigen und Hilfe herbeizurufen.

Durch dieses Schott! kommandierte Corello. *Danach rechtsherum, hundert Meter geradeaus und nach links zur Treppe!*

Alaska Saedelaere marschierte los. Er mußte vier Treppen tiefer steigen und wurde zu einem geschlossenen Panzerschott dirigiert.

Öffnen Sie das Schott! befahl Ribald Corello.

Der Transmittergeschädigte hob die Schultern. Zu spät merkte er, daß er damit einen nicht wiedergutzumachenden Fehler begangen hatte.

Corello hatte die teils resignierende, teils verächtliche Geste gesehen, und er wußte natürlich, daß jemand, der vollständig unter seinem hypnosuggestiven Zwang stand, zu derartigen Äußerungen nicht fähig war.

Alaska merkte Sekunden später, daß die Zwangsimpulse Corellos sich verstärkten. Er konnte weiterhin klar denken, war sich seiner und Corellos Lage bewußt, aber er vermochte den hypnosuggestiven Impulsen des Supermutanten nicht länger zu widerstehen.

Er untersuchte das Schott. »Es läßt sich nur mit einem Kodeschlüssel öffnen«, berichtete er.

Zur Seite!

Saedelaere sprang zur Seite und warf sich hin, als er sah, daß Corello den Inpotronstrahler seines Transportroboters auf das Schott richtete.

Der Inpotronstrahler konnte seine Wirkung fokussieren, so daß sie sich erst im Zielgebiet – und nur dort – entfaltete. Sie bestand darin, daß bestimmte Atomgruppen zum Kernverschmelzungsprozeß angeregt wurden.

Durch seine Finger hindurch beobachtete Alaska Saedelaere, wie sich auf dem Material des Schottes kreisrunde blauweiße Flecken bildeten. Das benachbarte Material bog sich unter der Hitze, die die genau dosierte Kernreaktion ausstrahlte. Wenige Sekunden später wölbte sich das Schott birnenförmig nach innen und brach aus dem Rahmen.

Der Transportroboter schwebte auf Alaska zu. Die Greifarme packten den Transmittergeschädigten, hoben ihn hoch und trugen ihn über das völlig verformte Schott, das trotz erloschener Kernreaktionen eine mörderische Hitze ausstrahlte.

Als der Roboter Alaska absetzte, wandte der Transmittergeschädigte den Kopf – und entdeckte erst dann, daß er und Corello sich in einer Art Aufenthaltsraum befanden, in dem die mumifizierten Leichen von ungefähr zwanzig Männern saßen. Die Mumien trugen Kleidungsstücke, die den terranischen Kampfanzügen ähnelten, aber die Helme waren geöffnet.

Saedelaere sah, daß die Toten alle an einem langen Tisch saßen. Die meisten waren im Augenblick ihres Todes mit dem Oberkörper auf die Tischplatte gesunken.

Selbstmord! kamen Corellos Gedanken durch. *Vermutlich durch beabsichtigten allmählichen Druckverlust. Eine schmerzlose Methode. Die Tatsache, daß die Luft abgepumpt wurde, erklärt auch die Mumifizierung der Leichen.*

Unwillkürlich nickte Saedelaere. Er konnte verstehen, warum die Lemurer Selbstmord begangen hatten. Sie waren in ihrer Bunkeranlage mitsamt dem Erdteil Lemuria untergegangen, vermochten keine Verbindung zu anderen Lemurern aufzunehmen und wußten, daß sie das Tageslicht nie wiedersehen würden.

Weitergehen! kamen abermals Corellos Zwangsimpulse an. *Die gegenüberliegende Tür hat einen Öffnungsschalter. Drücken Sie ihn!*

Saedelaere gehorchte. Als er auf einen der beiden Knöpfe drückte, löste sich der Boden unter seinen Füßen auf – und er fiel auf ein orangerotes Feuermeer zu …

Alaska Saedelaere sah sich bereits in der Glut, als ihn eine unsichtbare Hand brutal zurückriß. Er landete auf den Greifarmen des Transportroboters, doch er war nicht der einzige, der darauf landete. Als er merkte, daß er auf einer mumifizierten Leiche lag, schrie er auf.

Ruhig bleiben! befahlen die parapsychischen Impulse Corellos. *Das war ein lemurischer Offizier. Er trägt einen Kodegeber an einem Kettchen um den Hals. Offenbar gingen die alten Lemurer absolut idiotensicher vor. Nehmen Sie den Kodegeber in die Hand und drücken Sie auf die geriffelten Flächen!*

Der Transmittergeschädigte gehorchte. Kaum preßten sich seine Fingerkuppen gegen die geriffelten Flächen des stabförmigen Gerätes, öffnete sich das eben noch so widerspenstige Schott.

Der Transportroboter ließ die Mumie fallen und schwebte mit Saedelaere weiter. Zielsicher bewegte er sich dicht über dem Boden durch ein System von breiten hellen Korridoren.

Nach etwa fünfzehn Minuten hielt der Roboter in einem Raum an, der offenbar eine Schaltstation war. Er setzte Alaska ab.

Pressen Sie den Kodegeber mit der breiteren Fläche auf alle blauen Schaltplatten! befahl Ribald Corello. Der Transmittergeschädigte gehorchte auch diesmal.

Plötzlich leuchteten überall an den Wänden Bildschirme auf. Die sonderbaren Grüfte energetisch konservierter Lemurer wurden sichtbar. Es handelte sich sowohl um Männer als auch Frauen – und es waren mehrere hundert Personen, die seit mindestens 50.000 Jahren hier lagern mußten.

Eine unsichtbare Lautsprecheranlage schaltete sich ein. Durch sie verkündete eine kraftvolle Stimme in lemurischer Sprache, daß alles bereit für die Herstellung der Normalsynthos sei. Sie erteilte genaue Anweisungen, was die Besucher zu tun hatten. Danach sollten sie zuerst eine Energiekonserve zu neuem Leben erwecken, und zwar die Konserve des lemurischen Biogenetikers Vauw Onacro.

Alaska Saedelaere wurde von Grauen geschüttelt. Er ahnte, daß hier Ungeheuerliches geschehen konnte, und er wollte etwas tun, um es zu verhindern. Aber er konnte es nicht.

Ribald Corellos hypnosuggestive Impulse klammerten seinen eigenen

Willen in einen imaginären Schraubstock, aus dem er sich nicht zu lösen vermochte. Wiederum führte er Corellos Befehle aus, präzise wie eine robotgesteuerte Maschine.

Mit tiefem Brummen liefen starke Kraftwerke an. Ein neuer Bildschirm leuchtete auf. Er zeigte einen einzelnen Lemurer mit langem rötlichem Haar, der unter einer blaßroten Energieglocke lag.

Diese Energieglocke strahlte stärker und stärker, bis sie sich nach langer Zeit zusammenzog und spurlos verschwand. Der Bildschirm erlosch.

Eine halbe Stunde danach öffnete sich das Schott der Schaltstation. Der Lemurer, der unter der Energieglocke gelegen hatte, trat ein – diesmal voller Vitalität.

Er sprach die traditionelle lemurische Grußformel – und Ribald Corello erwiderte auf die gleiche Art und in der gleichen Sprache. Alaska Saedelaere wollte auch etwas sagen, doch sein Sprechapparat war gelähmt.

»Wer sind Sie?« fragte Vauw Onacro. Er verschränkte die Arme vor der Brust und musterte Gesicht und Schädel des Supermutanten.

»Wir sind mutierte Nachkommen von Lemurern, die schon vor vielen Jahren in die Andromeda-Galaxis auswanderten«, sagte Corello. Er nannte die richtigen Namen.

»Wie lange liegt der Untergang von Lemuria zurück?« fragte Onacro weiter. Diesmal schwangen Trauer und Wehmut in seiner Stimme mit.

»Zweiunddreißig Jahre«, log der Supermutant. »Die halutischen Invasoren konnten zurückgeschlagen werden. Das System ist von ihnen gesäubert – aber unsere Verluste waren fürchterlich. Unsere geheimen Produktionsanlagen können täglich zweitausend Kampfschiffe bauen, aber wir haben keinen Mann, um auch nur eines der neuen Schiffe zu besetzen.« Er hob seine schrille Stimme. »Es ist an der Zeit, daß Sie Ihre Aufgabe erfüllen, Vauw Onacro!«

Alaska Saedelaere begriff nichts, absolut nichts. Zwar hatte er gesehen, daß in dieser Station die Energiekonserven von etwa sechshundert Frauen und Männern ruhten, aber sechshundert Personen lösten das Personalproblem der lemurischen Flotte nicht.

Einer Flotte, die seit mehr als fünfzigtausend Jahre nicht mehr existierte! Wahnsinn!

Kein Wahnsinn! wisperte es in Alaskas Geist. *Onacro muß belogen werden, sonst durchkreuzt er unsere Pläne. Passen Sie auf, Alaska! Als vor rund 50.000 Jahren der Haluterkrieg schon hundert Jahre lang getobt hatte, gingen den Lemurern ziemlich rapide die Schiffsbesatzungen aus.*

Man verfiel auf den Ausweg, die Nachwuchsmannschaften in sogenannten Schnellbrütern in Massen zu züchten, indem man weibliche und männliche

Fortpflanzungszellen in Brutmaschinen gab. Erfinder des Produktionsprozesses war der geniale Biogenetiker Vauw Onacro.

In vier Wochen sollten aus den Gameten »geburtsreife« Babys entstehen, die in weiteren vier Wochen körperlich einem Erwachsenen von vierundzwanzig Jahren glichen. Da sich in dieser kurzen Zeitspanne keine geistige Entwicklung erzielen läßt, sollte dieser Prozeß nachträglich durch elektronische Aufprägung vorgefertigter Bewußtseinsschablonen erfolgen. Übrigens gibt es Milliarden brutreifer Fortpflanzungszellen.

Das Wispern brach ab.

Saedelaere war entsetzt. Seinem Bewußtsein drängte sich die Vorstellung von Milliarden Menschen mit leeren Gehirnen auf, die mit elektronischen Schablonen sozusagen programmiert werden sollten. Der Transmittergeschädigte fragte sich, was Ribald Corello hier wollte.

Noch stärker aber fragte er sich, wer den Supermutanten dirigierte. Es mußte jemand sein, der aus erster Hand alle Einzelheiten des lemurischen Menschenbrutprogramms erfahren hatte – und Ribald Corello gehörte nicht zu jenem Personenkreis.

Abermals erschauerte Alaska. Waren die Unbekannten, die die geheimsten Geheimnisse der alten Lemurer kannten, identisch mit jenen, die ihm mittels terranischer Morsezeichen »Alaska, Bruder, Hilfe«! zugeblinkt hatten?

Aber noch bekam der Transmittergeschädigte keine Antwort auf diese Frage. Ribald Corello sagte etwas zu Vauw Onacro – und der uralte Lemurer trat zu den Schaltpulten, um die Erweckung der übrigen Energiekonserven der alten Station einzuleiten …

3.

Das ist also die neue Generation, die das lemurische Volk vor dem Untergang bewahren soll, dachte Vauw Onacro enttäuscht.

»Die Wiedererweckung wird bald abgeschlossen sein«, sagte der Biogenetiker zu den Botschaftern aus Andromeda. Aber er erhielt keine Antwort.

Ribald Corello saß in seinem Tragerobot, als wäre er mit ihm verwachsen, und starrte mit seinen riesigen Augen, die den größten Teil seines winzigen Kindergesichtes beanspruchten, fasziniert auf den Bildschirm. Alaska Saedelaere stand reglos im Hintergrund, das Gesicht hinter der Maske verborgen.

Vauw Onacro wurde aus den beiden nicht klug. Der Versuch, ihnen menschlich näherzukommen, war an ihrem seltsamen Verhalten und an ihrer Verschlossenheit gescheitert.

Er hatte von Anfang an den Eindruck gehabt, daß mit den beiden irgend etwas nicht stimmte. Er stieß sich keineswegs an ihrem Aussehen, es war vielmehr die Art, wie sie auf Reize reagierten, und überhaupt ihr ganzes Auftreten, das ihn mißtrauisch machte.

Ihre Reaktionen fielen immer anders als erwartet aus und konnten als anomal bezeichnet werden. Sie waren beide, jeder auf seine Art, unberechenbar, sie ließen sich in kein Schema einordnen. Wenn Corello und Saedelaere die besten Leute waren, die man in Andromeda für diese Mission aufgetrieben hatte, dann war es um das lemurische Volk schlecht bestellt.

Corello und Saedelaere hatten zwar behauptet, Mutanten zu sein, und Onacro wollte das ohne weiteres glauben. Aber die Tatsache, daß sie Mutanten waren, befähigte sie nicht von vornherein für diese Aufgabe. Onacro hatte herauszufinden versucht, welche besonderen Fähigkeiten sie besaßen.

Aber Corello war ihm immer wieder ausgewichen, wenn die Sprache auf ihn kam. Er hatte es bisher verstanden, Onacros Aufmerksamkeit auf andere Dinge zu lenken. In der Tat, es gab auch wirklich viel wichtigere Dinge als das Gefühlsleben des zwergenhaften Mutanten mit dem riesigen Kopf.

Und für Onacro sollte eigentlich nur zählen, daß sich die Exilregierung in Andromeda endlich dazu entschlossen hatte, das Überlebensprogramm anlaufen zu lassen. Aber es befriedigte ihn nicht ganz, daß es dafür keine anderen Beweise als Ribald Corellos Aussage gab.

Definitiv wußte Vauw Onacro nur folgendes: Als der Krieg des lemurischen Volkes gegen die halutischen Invasoren schon hundert Jahre andauerte, waren nicht mehr genügend Lemurer am Leben, um die Kampfraumschiffe ausreichend zu bemannen. Er, Vauw Onacro, war zusammen mit 592 Wissenschaftlern in diese gigantische biologische Versuchsstation abgestellt worden, um ein Programm zu verwirklichen, das den Fortbestand des lemurischen Volkes sichern sollte.

Vauw Onacro und seine Wissenschaftler hatten 1,9 Milliarden befruchtete menschliche Keimzellen energetisch konserviert. Diese genaktivierten Zellverbände konnten jederzeit in der Retorte innerhalb von vier Wochen zu Menschenkindern heranreifen. Der Prozeß, um aus diesen Kleinkindern voll ausgewachsene 21- bis 24jährige Männer und Frauen zu machen, dauerte nochmals vier Wochen. Es genügten also insgesamt nur acht Wochen, um aus einem befruchteten Ei einen erwachsenen Menschen zu erhalten. Man brauchte diese Normalsynthos dann nur noch mit dem nötigen Wissen auszustatten, dann besaß man vollwertige Kämpfer, mit denen man die Schiffe bemannen konnte.

Als der Kontinent Lemuria von den Halutern vernichtet wurde und im Meer versank, hatte man sich jedoch noch nicht zur Belebung der 1,9 Milliarden Normalsynthos entschließen können. Die lemurische Regierung hatte immer noch gehofft, sich gegen die Haluter mit herkömmlichen Mitteln behaupten zu können. Sollte das jedoch nicht gelingen, dann wollte man auch zu einem späteren Zeitpunkt auf das *Überlebensprogramm* zurückgreifen können. Deshalb wurden Vauw Onacro und die 592 Wissenschaftler in Tiefschlaf versetzt, und eine spezielle Erweckungsschaltung wurde programmiert, um sie bei Bedarf schnellstens ins Leben zurückrufen zu können.

Das war die Situation, als sich Vauw Onacro in der nunmehr subozeanischen Station in den Tiefschlaf begab. Er wurde von Ribald Corello und Alaska Saedelaere erweckt und erfuhr von ihnen, was in der Zwischenzeit passiert war.

Corello behauptete, daß seit dem Versinken Lemurias 32 Jahre Erdzeit vergangen seien. Auf jener Welt im Andromedanebel, auf der sich die frühzeitig von der Erde geflüchteten Lemurer niedergelassen hatten, entsann man sich Vauw Onacros. Corello und Saedelaere wurden ausgeschickt, um den Biogenetiker und sein Team zu wecken, damit sie ihre Pflicht erfüllten. Die 1,9 Milliarden Normalsynthos sollten erschaffen und der an Besatzungsmangel leidenden Raumflotte zugeteilt werden.

Vauw Onacro hatte keinen Grund, Corellos Geschichte zu bezweifeln. Wenn der Biogenetiker dennoch Unbehagen verspürte, dann war es lediglich auf Ribald Corellos seltsames Verhalten zurückzuführen. Ganz abgesehen von Alaska Saedelaere – der Maskenträger machte den Eindruck, als befände er sich ständig in Trance. Wenn er einmal sprach, was selten genug geschah, dann hörte es sich an, als müsse er sich jedes Wort in einem mühsamen seelischen Kampf abringen.

»Lassen Sie die Energietoten schlafen, Onacro!« schrie Alaska Saedelaere plötzlich. Es klang wie eine Warnung.

Vauw Onacro wirbelte herum. Er sah, wie der Maskenträger seine Beine ungelenk bewegte und mit den Armen eckig wirkende Gesten machte. Onacro schien es, als wolle er sich ihm nähern. Doch nach zwei Schritten erstarrte Alaska Saedelaere plötzlich. Unter seiner Maske zuckten in allen Farben des Spektrums schillernde Lichtblitze hervor. Die Feuerzungen erstarben schließlich, aber hinter den Augenschlitzen und an den Maskenrändern war ein Leuchten zu sehen, das in immer länger werdenden Intervallen pulsierte.

»Was ist passiert, Saedelaere?« erkundigte sich Onacro besorgt und wollte dem wie zu Stein erstarrten Maskenträger zu Hilfe kommen.

»Bleiben Sie hier und achten Sie auf Ihre Geräte!« herrschte ihn Ribald Corello mit seiner schrillen Stimme an.

»Aber Saedelaere …«, wollte der Biogenetiker aufbegehren.

»Er hat nur einen seiner Anfälle gehabt«, erklärte Corello. Als er merkte, daß sich Onacro damit nicht zufriedengeben wollte, fügte er hinzu: »Saedelaere leidet an Übersensibilität, wie eigentlich alle Mutanten. Aber bei ihm kommt noch eine starke Xenophobie hinzu. Er ängstigt sich in fremder Umgebung und verliert die Kontrolle über sich. Sie werden sich damit abfinden müssen, daß er von Zeit zu Zeit manische Anfälle bekommt. Aber seien Sie unbesorgt, im Grunde genommen ist er ungefährlich.«

Onacro runzelte die Stirn. »Was mag er nur damit gemeint haben, daß ich die Energietoten schlafen lassen soll?« fragte er.

»Wenn Sie für alles, was Saedelaere sagt, eine Erklärung suchen, dann werden Sie selbst noch irrsinnig«, antwortete Ribald Corello.

»Er tut mir leid«, sagte Onacro mitfühlend. »Ich würde ihm gerne helfen.«

»Ich bin gerührt«, sagte Corello spöttisch. In seinem Gesicht zuckte es. Er griff sich plötzlich mit seinen zierlichen Händen an die Schläfen seines riesigen Schädels und kniff die Augen zusammen. Über seine Lippen kam ein kurzes Stöhnen. Als er nach wenigen Sekunden wieder die Augen öffnete, tat er, als sei nichts geschehen. »Saedelaere braucht Ihre Hilfe nicht. Denken Sie lieber nicht über sein Schicksal nach, sondern konzentrieren Sie sich statt dessen auf Ihre Arbeit. Sie wissen, was davon abhängt.«

Onacro betrachtete ihn prüfend. »Ich glaube«, sagte er nach einer Weile, »Saedelaere ist nicht der einzige, dessen Psyche stark angegriffen ist. Ohne Ihnen zu nahe treten zu wollen, Corello …«

»Halten Sie den Mund!« fuhr der Mutant ihn an. In seinen großen Augen blitzte es gefährlich auf, und er preßte die Lippen fest zusammen. Als er den Mund nach einer Weile wieder öffnete, gab er ein erleichtertes Seufzen von sich.

»Entschuldigen Sie, Onacro«, flüsterte er. Er wollte offenbar noch etwas hinzufügen, aber dann verkrampfte sich sein Mund wieder; es schien Onacro fast so, als preßten sich die Lippen gegen seinen Willen zusammen, um ihn am Sprechen zu hindern.

»Wogegen müssen Sie ständig ankämpfen, Corello?« erkundigte sich Onacro. »Gegen sich selbst – oder gegen fremde Einflüsse?«

Diesmal blieb der Mutant völlig ruhig. Obwohl Onacro ihn scharf beobachtete, konnte er an ihm nicht die geringste verräterische Reaktion erkennen.

»Sie mögen ein genialer Biogenetiker sein, Onacro, aber ganz sicher sind Sie ein miserabler Psychologe«, entgegnete Ribald Corello ruhig. »Konzentrieren Sie sich auf Ihre Aufgabe. Es wäre fatal, wenn durch Ihre Unaufmerksamkeit einige Ihrer Kollegen bei der Wiedererweckung körperlichen oder geistigen Schaden erlitten.«

Ribald Corello hatte recht. Er, Onacro, durfte sich durch nichts von seiner Tätigkeit ablenken lassen. Zwar vollzog sich die eigentliche Erweckung der im Tiefschlaf befindlichen Wissenschaftler robotisch, aber er mußte die Schaltungen vornehmen, die den Vorgang auslösten, und die individuellen Weckprogramme abrufen und an jede Energiekonserve einzeln weitergeben. Das erforderte volle Konzentration.

Obwohl er versuchte, an nichts anderes als an die Erweckungsschaltung zu denken, schweiften seine Gedanken immer wieder zu Corello ab. Er spürte förmlich, wie ihn die großen Augen des Mutanten aufmerksam beobachteten, wie sie jeder Bewegung seiner Hände folgten und die Anzeigen der Armaturen registrierten. Corello entging nicht die geringste Kleinigkeit.

»Mir kommt es fast so vor, als wollten Sie mich bewachen«, sagte Onacro unbehaglich.

»Damit kommen Sie der Wahrheit ziemlich nahe«, bestätigte Corello. »Um Sie von der in Ihnen nagenden Ungewißheit zu befreien und um Kompetenzstreitigkeiten vorzubeugen, will ich Ihnen nicht vorenthalten, daß ich das Kommando über diese Station übertragen bekommen habe. Sie sind nach wie vor der wissenschaftliche Leiter, aber Sie unterstehen meinem Befehl, Onacro!«

Der Biogenetiker fragte: »Können Sie belegen, daß man Ihnen Befehlsgewalt über diese Station gegeben hat?«

Onacro hörte hinter sich ein Röcheln, als würde Corello nach Atem ringen. Dann sagte der Mutant mit krächzender Stimme: »Fragen Sie nicht – gehorchen Sie!«

Es klang nicht wie ein Befehl oder eine Drohung, sondern eher wie ein gutgemeinter Ratschlag oder eine freundschaftliche Warnung. Und wieder hatte Vauw Onacro den Eindruck, als müsse Ribald Corello in seinem Innern einen Kampf austragen. Nur glaubte er nicht mehr, daß dem Mutanten eine Bewußtseinsspaltung zu schaffen machte, sondern daß er gegen einen fremden Einfluß, gegen einen Zwang, ankämpfte.

Ribald Corello handelte wider seinen Willen – daran konnte kaum ein Zweifel bestehen.

Und Alaska Saedelaere? Er schien noch stärker im Bann des fremden Einflusses zu stehen. Aber wer, welche Macht, beherrschte die beiden Mutanten, die angeblich aus Andromeda kamen? Die Haluter?

Das war die einzig mögliche Antwort: Die Haluter hatten die beiden Mutanten hypnosuggestiv beeinflußt und dann ausgeschickt, die biologische Zuchtstation zu vernichten. Wenn das gelang, war das lemurische Volk verloren.

Vauw Onacro konnte es kaum mehr erwarten, bis die 592 Wissenschaftler erwachten, damit sie sich besprechen und etwas unternehmen konnten.

Es war ein Fehler gewesen, Vauw Onacro zu warnen. Alaska Saedelaere hatte sich dadurch eine Blöße gegeben und die Folgen sofort zu spüren bekommen. Er hatte dem lemurischen Biogenetiker in einem lichten Moment, als Corello sich voll auf Onacro konzentrierte, kaum zugerufen, daß er die Energietoten nicht erwecken solle, da war er von Ribald Corello augenblicklich mit einem starken hypnosuggestiven Zwang belegt worden.

Daraufhin war er für einige Zeit völlig hilflos und konnte nicht einmal klare Gedanken fassen. Seine Körperfunktionen gehorchten ihm nicht, und in seinem Geist war ein unentwirrbares Chaos. Er meinte wahnsinnig zu werden.

Aber das Chaos legte sich nach und nach, und Alaska fand langsam zu sich zurück. Er konnte wieder klar denken. Er erkannte seinen Fehler und schwor sich, nicht mehr so unvorsichtig zu sein.

Ribald Corello durfte weiterhin nicht merken, daß er ihn nicht stets völlig in seiner Gewalt hatte. Sicher, Alaska war nicht ganz frei von dem fremden Zwang. Er konnte sich nicht ungezwungen bewegen, weil sein Körper ihm nicht gehorchte. Jene Gehirnzentren, die für konstruktives Handeln verantwortlich waren, wurden von hypnosuggestiven Fremdimpulsen beherrscht und fast völlig lahmgelegt.

Alaska konnte nicht gehen, seine Arme nicht gebrauchen und den Kopf nicht wenden – er brachte lediglich ein schwaches Nicken zustande. Er konnte sehen, hören und atmen, aber er mußte feststellen, daß ihm die Fähigkeit des Sprechens genommen worden war. Wenn er die Lippen bewegte, kam kein Ton heraus.

Im ersten Moment ließ er sich von Panik überwältigen, aber dann beruhigte er sich schnell wieder. Denn bald merkte er, daß Corellos Aufmerksamkeit weiter nachließ. Der Supermutant mußte sich auf andere Dinge konzentrieren und mußte Alaska immer mehr Spielraum und Handlungsfreiheit lassen.

Nach einiger Zeit merkte der Maskenträger, daß er sogar wieder sprechen konnte. Aber er hütete sich, von seiner wiedergewonnenen Fähigkeit Gebrauch zu machen. Es war besser, sich unauffällig im Hintergrund zu halten, zu beobachten und einen günstigen Zeitpunkt abzuwarten, um den Lemurer zu warnen.

Wovor soll ich ihn warnen? fragte sich Alaska.

Immerhin konnte er dem lemurischen Biogenetiker die tatsächlichen

Zusammenhänge erklären. Er konnte ihm sagen, daß Lemuria nicht vor zweiunddreißig, sondern vor fünfzigtausend Jahren untergegangen war. Und daß sie, er und Corello, nicht aus Andromeda kamen und keine Lemurer, sondern Terraner waren.

Hatte Vauw Onacro nicht selbst schon Verdacht geschöpft? Der Biogenetiker mißtraute Corello, das war klar. Aber er war naiv genug, Corello zu glauben, daß er im Auftrag der neuen lemurischen Regierung in diese Station gekommen war.

Alaska beobachtete den großgewachsenen schlanken Lemurer, der mit ruhigen Bewegungen die Erweckungsschaltung bediente. Ribald Corello hatte sich mit seinem Tragerobot seitlich von ihm postiert und ließ ihn keine Sekunde aus den Augen. Auf dem Bildschirm über ihnen war die große Halle zu sehen, in der die Energietanks mit den 592 im Tiefschlaf befindlichen lemurischen Wissenschaftler standen.

Vauw Onacro nahm eine Schaltung vor, und auf dem Bildschirm erschien ein einzelner Schlaftank.

Durch das flimmernde Energiefeld war der steife Körper eines großgewachsenen Mannes zu sehen.

Alaska war, als hätte er gesehen, wie die Finger des im Tiefschlaf befindlichen Lemurers zu zucken begannen.

Aus dem Lautsprecher neben dem Bildschirm ertönte eine Robotstimme, in lemurischer Sprache: »Schlaftank eins, Lowo Phantroc, Biochemiker. Erweckung tritt in die zweite Phase; normal steigende Körpertemperatur; Herztätigkeit entspricht der Norm; Gehirnimpulse rege. Keine Komplikationen.«

Auf dem Bildschirm erschien der nächste Schlaftank.

Die Robotstimme verkündete: »Schlaftank zwei, Parolar Uym, Physiologe. Zweite Phase der Erweckung ...«

Als auf dem Bildschirm der achte Schlaftank erschien und die monotone Robotstimme den Zustand des darin liegenden Energietoten beschrieb, wurde Ribald Corello ungeduldig.

»Müssen wir diese einschläfernde Prozedur über uns ergehen lassen?« rief er ärgerlich. »Da es sich um eine vollautomatische Robotanlage handelt, können Sie sich die Überprüfung der einzelnen Schlaftanks ersparen.«

»Ich habe auf diesen Vorgang keinen Einfluß«, erklärte Vauw Onacro. »Außerdem interessiert mich verständlicherweise das Befinden meiner Kollegen. Aber ich kann die Prozedur, wie Sie es nennen, verkürzen.«

Der Biogenetiker nahm eine Schaltung vor. Daraufhin war jeder Schlaftank nur für wenige Sekunden zu sehen, die Robotstimme nannte nur den Namen und das Fachgebiet des Energietoten und fügte hinzu: »Keine Komplikationen.«

Während der Erweckung traten bei keinem der Wissenschaftler Komplikationen auf – und das, obwohl ihre Körper seit fünfzigtausend Jahren in den Energiefeldern der Tanks konserviert waren. Alaska empfand Bewunderung für die Technik der Lemurer, die nach einem halben Jahrhunderttausend immer noch funktionierte – und zwar so reibungslos, daß Vauw Onacro nicht auf den Gedanken kam, es könnten seit der Einschläferung seiner Kollegen mehr als 32 Erdjahre vergangen sein.

Als auf dem Bildschirm der vierhundertste Energietank zu sehen war, stellte Alaska fest, daß der darin liegende Lemurer bereits starke Lebenszeichen von sich gab.

Er wälzte den Kopf wie im Schlaf von einer Seite auf die andere. Seine Rechte zuckte in einer reflexartigen Bewegung hoch, die Finger spreizten sich wie in instinktiver Abwehr – dann glitt die Hand langsam zurück an die Seite des Körpers.

Die Energiefelder über den Schlaftanks gerieten immer mehr in wallende Bewegung. Sie umfächerten die Körper der Schlafenden, als wollten sie ihre Haut massieren und ihnen Luft zuführen. Energielinien drangen blitzartig an bestimmten Körperstellen ein, reizten die Nervenzentren und riefen Körperreflexe hervor.

Die Lemurer begannen tiefer zu atmen. Die Enzephalogramme zeigten eine gesteigerte Gehirntätigkeit an; bei einigen wurde bereits ein Alpha-Rhythmus der Gehirnfrequenz festgestellt, der auf einen Wachzustand bei völliger Entspannung schließen ließ. Als die Robotanlage diese Personen mit Licht und Geräuschen reizte, ging der Alpha-Rhythmus nach einer kaum meßbaren Latenzzeit in einen Beta-Rhythmus über – was eindeutig auf bewußte Denkprozesse hinwies.

Vauw Onacro atmete erleichtert auf. »Damit hätten wir die kritische Phase der Erweckung hinter uns«, stellte er fest.

»Das freut mich«, sagte Ribald Corello. »Damit können wir uns den eigentlichen Problemen zuwenden. Ich glaube, Onacro, ich habe Ihnen noch nicht gesagt, daß das neue Oberkommando sich zu einer Änderung des ursprünglichen Planes entschlossen hat. An die Stelle des gigantischen Überlebensprogramms soll ein *Testversuch* treten.«

»Was sagen Sie da?« rief Onacro überrascht.

Alaska traf Corellos Eröffnung nicht minder unerwartet. Was bezweckte Corello damit – oder besser gesagt: *Welche Änderung haben Corellos Beherrscher beschlossen?*

Es entging dem Maskenträger nicht, daß Corello offenbar wieder einen inneren Kampf ausfocht. Sein Körper begann im Sitz des Trageroboters zu wanken, und wäre die Kopfstütze nicht gewesen, hätte er bestimmt das

Gleichgewicht verloren. Er zwinkerte mit den Augen, als wolle er irgendwelche Bilder verscheuchen, und in seinem Gesicht zuckte es unkontrolliert.

»Was ist mit Ihnen?« fragte Onacro besorgt und kam auf Corello zu. »Kann ich Ihnen irgendwie helfen?«

»Kommen Sie mir nicht zu nahe!« schrie Corello. Die Greifarme seines Tragerobots streckten sich dem Lemurer drohend entgegen. Mit gemäßigter Stimme fuhr Corello fort: »So wertvoll Sie für unser Projekt sind, Onacro, ich werde Sie dennoch töten, wenn ich merke, daß Sie mir gegenüber eine feindliche Haltung einnehmen.«

Corello hatte sich beruhigt, er schien sich wieder in der Gewalt zu haben. Nur Alaska wußte, daß dem nicht so war. Denn genau das Gegenteil war der Fall. Er hatte gegen die fremde Macht angekämpft, versucht, sie abzuschütteln und wieder Herr über sich selbst zu sein – und er hatte verloren.

So niederschmetternd diese Erkenntnis für Alaska war, so hatte er zumindest erkannt, daß Corellos Widerstand noch nicht gebrochen war. Alaska empfand Mitleid mit dem Supermutanten, der unter dem fremden Zwang furchtbar leiden mußte. Er, der die parapsychische Kraft von mehreren Mutanten besaß, mußte sich diesem unsichtbaren Feind geschlagen geben.

Alaska konnte sich Corellos Leiden lebhaft vorstellen, denn ihm erging es ja nicht viel anders. Nur daß sein Geist völlig klar war – sein Körper ihm jedoch nicht gehorchte.

Er mußte unbemerkt mit Vauw Onacro in Verbindung treten und ihn zur Zusammenarbeit bewegen. Noch war es jedoch nicht soweit.

»Sie sagten etwas von einer Änderung des Überlebensprogramms«, erinnerte der Biogenetiker.

Corello nickte. »Jawohl, die Abänderung des ursprünglichen Planes wurde vom Oberkommando aufgrund verschiedener Überlegungen beschlossen. Das Überlebensprogramm wird weiterhin aufrechterhalten. Aber bevor wir es in Angriff nehmen, müssen wir einen Testversuch anstellen. Und zwar sollen vorerst nur acht Normalsynthos erschaffen werden.«

»Wir sollen nur acht Normalsynthos ins Leben rufen?« wiederholte Onacro verständnislos. »Aber wozu? Ich meine, was können acht Geschöpfe ausrichten? Wir brauchen Tausende, ja Millionen, um die Raumschiffe zu besetzen. Und wir haben auch die technischen Möglichkeiten, sie in der Retorte zu erschaffen. Warum dann nur acht?«

»Es handelt sich um einen Testversuch«, erklärte Corello unwirsch. »Mehr braucht Sie eigentlich nicht zu kümmern. Vergessen Sie nicht, daß *ich* das Kommando über die Station habe. Sie müssen meine Befehle widerstandslos befolgen, Onacro! Sie sollen lediglich acht Menschen in der Retorte erschaffen – und zwar sieben Männer und eine Frau.«

»Das gefällt mir nicht«, murmelte Vauw Onacro.

Alaska hielt den Atem an. Mit seiner seltsamen und unverständlichen Anordnung hatte Ribald Corello den ersten schwerwiegenden Fehler begangen. Wenn Onacro bis jetzt noch nicht argwöhnisch geworden war, jetzt mußte er es sein.

Alaska beobachtete Corellos Reaktion. Der Supermutant zeigte keine Anzeichen einer psychischen Auflehnung; seine Bewegungen waren beherrscht, er verhielt sich ruhig. Daraus schloß Alaska, daß Corellos Beherrscher diesen Lapsus ganz bewußt begangen hatten. Allem Anschein nach gehörte es in ihre Pläne, und sie hatten gar keine andere Wahl, als auf der Erschaffung von ausgerechnet acht Retortenmenschen zu bestehen.

Als Alaska zu dieser Schlußfolgerung kam, war er noch verwirrter als zuvor. Was hatten Corellos Beherrscher mit den Normalsynthos vor?

Vauw Onacro zitterte vor Erregung, als er fragte: »Was hat sich das militärische Oberkommando dabei gedacht, als es diesen Testversuch vorschlug? Welches Ergebnis soll dieser Test erbringen?«

Der Biogenetiker bemerkte Corellos Zögern und erwartete eine scharfe Zurechtweisung. Aber zu seiner Verwunderung antwortete der Mutant ruhig:

»Unter anderem wird uns der Test zeigen, wie gut das Material Ihrer Keimbank ist. Sie werden sicherlich einsehen, Onacro, daß wir nicht auf gut Glück ein Heer von Menschen erschaffen können. Was ist, wenn sich herausstellt, daß die genaktivierten Zellverbände durch die lange Lagerung Schaden genommen haben? Wenn wir probeweise acht Normalsynthos erschaffen und sich herausstellt, daß es sich um Fehlmutationen handelt, können wir sie leicht kontrollieren. Wenn wir aber Tausende solcher fehlentwickelten Geschöpfe erschaffen, werden sie uns womöglich überrennen. Vergessen Sie nicht, daß es sich um Menschen handelt, die, auch wenn sie biologische Schäden haben sollten, ein Recht auf Leben haben. Es wäre Mord, sie nach der Erschaffung zu töten!«

Vauw Onacro lächelte schwach. »Das sind keine Argumente, Corello«, sagte er. »Kommen Sie mit, ich möchte Ihnen etwas zeigen.«

Der Biogenetiker verließ das Pult mit der Erweckungsschaltung und ging auf die gegenüberliegende Wand der fünfzig Meter durchmessenden Hauptschaltzentrale zu. Aus den Augenwinkeln bemerkte er, daß Corello und Saedelaere ihm folgten. Doch während der zwergenhafte Mutant mit dem überdimensionalen Kopf gelassen in seinem Tragerobot saß und sich von diesem befördern ließ, schien der Maskenträger Schwierigkeiten mit der Fortbewegung zu haben. Als Onacro kurz in seine Richtung blickte, zuckten

Lichtblitze unter seiner Maske hervor; er bewegte seine Beine so steif und hölzern, als wären sie gelähmt, sein Körper schwankte von einer Seite zur anderen, und seine Arme ruderten ungelenk durch die Luft.

Nach wenigen Schritten wurden Saedelaeres Bewegungen jedoch geschmeidiger, bis sie schließlich völlig normal wirkten.

Niemand, der seinen Körper beherrscht, bewegt sich so! durchzuckte es Onacro. Aber er ließ sich nichts anmerken. Wenn er mit seinen Vermutungen recht hatte, dann war es lebensnotwendig, sie für sich zu behalten.

Er blieb vor der Schaltwand stehen und wartete, bis Corello ihn erreicht hatte. Dann erst schickte er sich an, die Instrumente zu bedienen.

»Was tun Sie da?« herrschte Corello ihn an. Ohne daß er mit den Händen eine Funktion ausgelöst hätte, schnellten die beiden Gelenkarme des Tragerobots vor und umfaßten Onacros Hände mit stählernem Griff.

»Ich möchte Ihnen nur demonstrieren, daß Ihre Befürchtungen grundlos sind«, begründete Onacro. Er wartete geduldig, bis Corello durch einen Gehirnimpuls an seine SERT-Haube den Griff der Roboterarme von seinem Handgelenk löste, dann ließ er seine schlanken Finger wie ein Virtuose über die Tastatur gleiten.

Dazu erklärte er: »Von hier aus kann ich den Zustand aller 1,9 Milliarden Keimzellen der genaktivierten Zellbank überprüfen. Jeden einzelnen Träger menschlichen Lebens kann ich auf seine biologische Qualität prüfen! Es ist also gar nicht nötig, die vierwöchige Entwicklungszeit vom befruchteten Ei zum lebensfähigen Kleinkind abzuwarten. Wenn eine der Keimzellen Schäden in sich trägt, die sich bei dem voll entwickelten Normalsyntho nachteilig auswirken würden, dann kann ich das jetzt schon feststellen. Passen Sie auf!«

Er drückte eine Taste, und auf dem Bildschirm vor ihnen erschien die Vergrößerung einer Eizelle.

»Ich werde aus der Positronik jetzt die Daten über diese Zelle abrufen«, erklärte Onacro. »Alles, was für uns von Interesse sein könnte, werden wir von der Positronik erfahren.«

Bevor Onacro den entscheidenden Knopf drücken konnte, schaltete sich Corello ein.

»So genau möchte ich das alles nicht wissen«, sagte er. »Sie vergeuden nur meine wertvolle Zeit mit Ihren Experimenten, die wahrscheinlich sehr interessant sind, aber im Endeffekt zu nichts führen. Mich interessiert nur, ob die Eizelle den Lebenskeim in sich trägt oder bereits abgestorben ist.«

»Wie Sie wollen.«

Der Biogenetiker drückte die entsprechende Taste, und die Keimzelle auf dem Bildschirm erstrahlte in einem grünlichen Licht.

»Was bedeutet das?« erkundigte sich Corello.

»Daß aus dieser Eizelle nie menschliches Leben hervorgehen wird«, antwortete Onacro. »Es handelt sich um eine Oozyte, also um eine unreife Eizelle. Sie muß sich noch zweimal teilen, wobei das genetische Material halbiert wird. Sehen Sie, so einfach ist das. Ein Knopfdruck genügt, und ich kann erkennen, ob ich eine unfruchtbare Zelle oder eine genaktivierte Zelle ausgewählt habe, die menschliches Leben in sich trägt. Ebenso leicht kann ich feststellen, ob die Zelle männliche oder weibliche Merkmale trägt. Es ist mir deshalb unverständlich, warum wir einen zeitraubenden Testversuch unternehmen sollen, obwohl Sie selbst erklärten, unter Zeitdruck zu stehen.«

»Das ist nicht Ihr Problem«, entgegnete Corello scharf. »Die Regierung und die Militärs werden schon einen Grund dafür haben, warum sie den Testversuch anordneten.«

Onacro versuchte, Corellos Blick zu widerstehen, als er sagte: »Das mag schon sein. Aber ich würde gerne den Grund verstehen. Meiner Meinung nach müßte es der dringendste Wunsch der Militärs sein, so viele Soldaten wie nur irgend möglich zur Verfügung zu haben. Sie selbst sagten, daß es für unsere Kampfschiffe nicht genügend Mannschaften gibt. Als Sie mich aus dem Tiefschlaf erweckten, dachte ich, daß die Zeit gekommen sei, um die fast zwei Milliarden Normalsynthos ins Leben zu rufen und sie unserer Kampfflotte zur Bemannung der Schiffe zu überlassen. Das war auch der ursprüngliche Sinn des Überlebensprogramms. Nur für diesen Zweck wurde diese Station erbaut. Wir rechneten damit, daß es Jahrzehnte dauern könnte, bis wir zum Einsatz kämen, deshalb ließen wir uns in Tiefschlaf versetzen. Und jetzt kommen Sie, wecken uns und behaupten, den Militärs genügten für ihr Vorhaben acht Normalsynthos. Das kann ich ohne plausible Erklärung nicht so einfach hinnehmen.«

Onacro straffte sich. Jetzt würde es sich seiner Meinung nach entscheiden, ob Corello von den Halutern beeinflußt war oder nicht. Wenn die Haluter ihn ausgeschickt hatten, um das Überlebensprogramm zu sabotieren, dann war jetzt der Augenblick zum Handeln für ihn gekommen.

Das würde aber auch bedeuten, daß er ihn, Onacro, töten mußte. Der Biogenetiker sah dem Tod gefaßt ins Auge. Er hatte mit dem Leben schon bei Corellos erster verdächtiger Äußerung abgeschlossen. Er wollte nur noch etwas Zeit gewinnen, bis die 592 Wissenschaftler vollends aus dem Tiefschlaf erwacht waren. Gegen diese Übermacht würde selbst Corello nichts ausrichten können.

»Ich habe meine strikten Befehle, Onacro, ich lasse nicht mit mir handeln«, erklärte Corello. »Ich habe den Auftrag, acht Normalsynthos – und zwar sieben Männer und eine Frau – zu beschaffen, und werde ihn auch ausführen. Die Militärs brauchen vorerst einmal acht synthetisch erschaffene Geschöpfe als Versuchspersonen für den Einsatz gegen die nach wie vor stürmisch angreifenden Haluter. Und ich bin hier, sie zu beschaffen. Mehr kann und darf ich Ihnen nicht verraten.«

»Hat die militärische Führungsspitze auch bedacht, daß die Erschaffung dieser acht Versuchspersonen zweimal vier Wochen dauert?« gab Onacro zu bedenken. »Ich weiß, darum kommen wir nicht herum. Aber es wäre sinnvoller, nicht nur diese Versuchspersonen ins Leben zu rufen, sondern die volle Kapazität unserer Retorten auszunützen. Dann würden wir zusätzlich zu den Versuchspersonen sofort einige tausend Normalsynthos in Reserve haben. Wir brauchen dann nicht nochmals acht Wochen zu warten.«

»Sie begehen einen Denkfehler, Onacro, wenn Sie dauernd von einer achtwöchigen Wartezeit sprechen«, meinte Corello und verzog seinen kleinen Mund zu einem spöttischen Lächeln. »Selbstverständlich sollen die acht Versuchspersonen Produkte des *Extremen Notprogramms* sein!«

Onacro wurde blaß. Er hatte geglaubt, Corello mit vernünftigen Argumenten davon überzeugen zu können, daß das Überlebensprogramm unbedingt anlaufen mußte. Ja, er war sogar bereit gewesen, von seinem Verdacht, Corello sei ein Agent der Haluter, abzugehen. Aber die Forderung, auf das Extreme Notprogramm zurückzugreifen, erschreckte ihn.

»Wissen Sie, was Sie da verlangen?« fragte Onacro.

Corello lächelte immer noch. »Sicher. Ich verlange, das Retortenverfahren von acht Wochen auf fünf Tage zu verkürzen. Das ist unter Anwendung des Extremen Notprogramms möglich. Oder irre ich?«

»Sie irren nicht«, sagte Onacro leise. »Es ist theoretisch möglich, den Wachstumsprozeß in der Retorte so zu beschleunigen, daß nach zweieinhalb Tagen ein lebensfähiges Kleinkind entsteht. Und es dauert nicht länger als noch einmal zweieinhalb Tage, einen Menschen mit abgeschlossener Entwicklung zu erschaffen. Aber ...«

»Egal, welche Bedenken Sie vorbringen, ich erkenne sie nicht an«, fiel Corello dem Biogenetiker ins Wort. »Der Testversuch findet statt – auch gegen Ihren Willen.«

»Aber«, fuhr Onacro unbeirrbar fort, »es sind enorme Gefahren damit verbunden. Durch den vielfach beschleunigten Wachstumsprozeß können Mißbildungen entstehen, die nicht unserer Kontrolle unterliegen. Aber was noch schlimmer ist, Mängel, die nicht sofort erkennbar sind, wie Gehirn- und Organschäden, könnten auftreten!«

»Halten Sie den Mund!« herrschte Corello ihn an. »Es wird an Ihnen liegen, die biochemischen Gefahren möglichst von vornherein zu verringern, indem Sie das beste Material aus Ihren genaktivierten Einzelbänken auswählen. Die Probleme, die dabei für Sie entstehen, kümmern mich nicht. Für mich zählt nur das Endprodukt. Ich muß innerhalb von fünf Tagen acht bestens geschulte Normalsynthos mit hervorragenden Erbanlagen haben.«

»Ich kann keine Garantie übernehmen«, sagte Onacro dazu.

»Sie werden es schaffen«, behauptete Corello. »Schließlich stehen Ihnen fast sechshundert der fähigsten lemurischen Wissenschaftler zur Seite.«

Onacro zuckte leicht zusammen. Es war ihm nicht entgangen, daß in Corellos Stimme ein seltsamer Unterton mitschwang, als er von den lemurischen Wissenschaftlern sprach. Er sprach von ihnen fast wie von Fremden. War er denn kein Lemurer ...?

Diese Äußerung Corellos schürte sein Mißtrauen neuerlich. Aber bevor er sich eingehender damit beschäftigen konnte, wurde seine Aufmerksamkeit auf ein anderes Ereignis gelenkt. Aus einem Lautsprecher der Bildsprechanlage ertönte eine Stimme.

»Hier spricht Lowo Phantroc. Ich rufe Vauw Onacro. Haben Sie uns aus dem Tiefschlaf geweckt, Vauw? Melden Sie sich und geben Sie uns Ihre Anweisungen. Wir sind vollzählig, es hat keine Ausfälle gegeben. Melden Sie sich, Vauw Onacro!«

Onacro wechselte einen Blick mit Ribald Corello.

»Meine Leute wissen, daß ich mich in der Hauptschaltzentrale aufhalte«, sagte er. »Das schließen sie daraus, daß sie geweckt wurden. Denn nur ich kann die Erweckungsschaltung bedienen. Sie werden mich zu ihnen sprechen lassen müssen.«

»Ich habe nichts dagegen, wenn Sie ein kollegiales Wort an sie richten«, entgegnete Corello gleichmütig. »Aber versuchen Sie nicht, ihnen die Lage zu erklären. Das werde ich übernehmen. Ich möchte nämlich verhindern, daß Sie Ihre Kollegen gegen mich aufwiegeln. Sie bleiben bei mir in der Hauptschaltzentrale und dürfen sich selbstverständlich auch in den angrenzenden Räumen aufhalten. Aber wenn Sie mit Ihren Leuten in Verbindung treten wollen, dann nur über die Bildsprechanlage – und nur in meiner Anwesenheit.«

»Bin ich Ihr Gefangener, Corello?«

»Nein, aber mein Untergebener«, antwortete der Supermutant. »Als der Kommandant dieser Station ist mir jedes Vorgehen recht, um das Projekt meiner Auftraggeber so reibungslos wie möglich abzuwickeln.«

Und wer sind diese Auftraggeber? fragte sich Vauw Onacro.

Obwohl er niedergeschlagen und ergeben wirkte, als er sich zum Bildsprechgerät begab, dachte er nicht daran zu resignieren. Im Gegenteil, von nun an würde er kämpfen.

Denn er war überzeugt, daß Alaska Saedelaere und Ribald Corello nicht im Auftrag der lemurischen Regierung handelten.

4.

In dem endlosen Meer des Nichts tauchten vereinzelt Inseln auf: Erinnerungen.

Sie waren noch blasse Bruchstücke, die langsam an Farbe gewannen und sich zusammenfügten. Ein großer Kontinent wurde daraus, auf dem sich vielfältiges Leben tummelte. Menschen waren zu sehen, die bedeutende kulturelle Errungenschaften besaßen und eine hochstehende Technik entwickelt hatten. Lemurer. Sie standen am Höhepunkt der Evolution.

Aber dann verschwand der ganze Kontinent im Meer. Diesmal war es nicht ein Meer aus Nichts, sondern aus Feuer und Wasser, lodernd, glühend, schäumend. Lemuria war versunken, aber die Elemente beruhigten sich nicht. Das Meer schäumte weiterhin, vom Himmel fiel Feuer. Große Gestalten mit Säulenbeinen und vier Armen warfen es auf die Menschen herab, bis keiner mehr von ihnen übriggeblieben war.

Lemuria tot!

Die Lemurer tot!

Übrig blieben brennendes Land und schäumendes Meer – ein Planet, der zum Untergang verurteilt war …

Erinnerungen!

Lemuria ist nicht tot!

Die Lemurer leben!

Tief unter der Oberfläche des versunkenen Kontinents war der Keim der Menschheit verborgen, eingehüllt in einen riesigen Tresor aus Metall und Energie. Es warteten 1,9 Milliarden genaktivierte Zellen darauf, daß jemand kam und sie aus dem Gefängnis befreite – warteten darauf, sich frei entfalten zu können und zu intelligentem Leben heranzureifen. 1,9 Milliarden potentielle Menschen.

Lemurer, die zum Leben erweckt werden sollten, um die kriegerischen Bestien zu verjagen.

Wann war es soweit? Wann endlich kam jemand und weckte die 593 Wächter, die tief unter dem Meeresboden in Tiefschlaf versunken waren?

Einer von diesen 593 Wächtern – nein, Wissenschaftlern – bin ich: Gorlan

Lym, Biochemiker und Assistent von Lowo Phantroc, dem Stellvertreter Vauw Onacros.

Ich denke! stellte Gorlan Lym erschrocken fest. Was mochte das zu bedeuten haben? War die energetische Konservierung noch nicht abgeschlossen, oder befand er sich bereits im Tiefschlaf, ohne daß dadurch sein Denkprozeß ebenso wie die physischen Vorgänge in seinem Körper gestoppt worden war?

Ein schrecklicher Gedanke, sich vorzustellen, wochen- oder jahrelang regungslos dazuliegen und dabei bei vollem Bewußtsein zu sein! Ein Lichtblitz – Gorlan Lym zuckte zusammen.

»Reaktionen normal!«

Gorlan Lym hatte plötzlich das Bedürfnis, seinen rechten Arm zu heben. Es gelang!

»Reflexe normal!«

Und plötzlich erkannte er die volle Wahrheit. Er wurde geweckt. Er hatte eine unbestimmbare Zeitspanne hindurch im Tiefschlaf gelegen.

Er öffnete die Augen. Über ihm spannte sich das violette Energiefeld, aber Gorlan merkte, daß es immer schwächer leuchtete. Schließlich erlosch es endgültig. Er schloß müde die Augen und versuchte sich zu entspannen. Aber es gelang ihm nicht. Irgendwelche Kräfte zerrten an seinen Gliedern und zwangen sie, sich zu bewegen.

Obwohl dieser Vorgang sehr schmerzhaft war, wußte Lym, daß er diese Prozedur über sich ergehen lassen mußte. Es war notwendig, daß seine erschlafften Muskeln massiert wurden. Bevor er sich in den Energietank gelegt hatte, war ihm von Vauw Onacro eingeschärft worden: »Nach der Erweckung werden Sie sich unsagbar müde fühlen. Ergeben Sie sich der Müdigkeit nicht, sondern kämpfen Sie mit aller Kraft dagegen an.«

Gorlan versuchte es. Er zwang sich wieder, die Augen zu öffnen. Seltsamerweise konnte er jetzt auch besser hören. Um ihn waren dumpfe Geräusche, die sich bald als Stimmen entpuppten.

Die Männer und Frauen, die aus dem Tiefschlaf erwacht waren und noch nicht Kraft genug besaßen, um sich aus den Energietanks zu erheben, sprachen wild durcheinander; sie stellten bange Fragen, stellten Vermutungen an, forderten eine Klärung der Situation.

»Wie viele Jahre sind vergangen?«

»Wie sieht es auf der Oberfläche aus?«

»Gibt es Überlebende?«

»Was ist mit dem Überlebensprogramm?«

Die Antworten auf die Fragen fielen zumeist unbefriedigend aus.

»Ich habe mich mit Vauw Onacro in Verbindung gesetzt.«

Die Stimme klang Gorlan Lym vertraut. Er brauchte nicht lange, um zu wissen, wer der Sprecher war: Lowo Phantroc, sein Vorgesetzter. Der Biochemiker fuhr fort: »Vauw Onacro sagte mir, daß zweiunddreißig Jahre seit dem Untergang Lemurias vergangen seien. Aber er weigerte sich, mir nähere Einzelheiten mitzuteilen. Das will er Ribald Corello überlassen.«

»Wer ist Ribald Corello?«

»Einer der beiden Botschafter aus Andromeda, die Vauw Onacro weckten. Sie sind in einer Geheimmission gekommen und besitzen absolute Befehlsgewalt über diese Station.«

»Aus Andromeda? Das kann nur bedeuten, daß unser Heimatplanet von den Bestien besetzt ist.«

»Keine voreiligen Schlüsse, bitte«, ermahnte Lowo Phantroc. »Ribald Corello hat versprochen, uns über die Situation aufzuklären. Er wartet nur, bis alle kräftig genug sind, um ihre Schlafstätten verlassen zu können.«

Das Stimmengemurmel in der Tiefschlafhalle schwoll an. Als Gorlan es endlich schaffte, sich mühsam auf die Arme zu stützen, tauchte Lowo Phantroc vor seinem Energietank auf.

»Wie geht es, Gorlan?« erkundigte sich sein Vorgesetzter.

»Danke, ich …«

»Sprechen Sie weiter!« raunte ihm Phantroc zu.

Obwohl Gorlan nicht begriff, was das zu bedeuten hatte, kam er Phantrocs Aufforderung nach. Während er laut von sich gab, was ihm gerade durch den Kopf schoß, sprach Phantroc so leise auf ihn ein, daß die anderen es nicht hören konnten.

»Onacro hat mir in einer versteckten Andeutung zu verstehen gegeben, daß mit den beiden Botschaftern aus Andromeda irgend etwas nicht stimmt. Ich werde versuchen, mit ihm in Verbindung zu treten. Bleiben Sie in meiner Nähe. Ich möchte, daß Sie mich begleiten!«

Laut sagte Phantroc zu ihm: »Ich bin überzeugt, daß Ribald Corello uns damit beauftragen wird, die Normalsynthos zu erschaffen.« Damit ging er.

Es dauerte nicht mehr lange, dann fühlte sich Gorlan kräftig genug, den Schlaftank zu verlassen. Nacheinander kamen auch die anderen Wissenschaftler auf die Beine und fanden sich zu diskutierenden Gruppen zusammen.

Gorlan erblickte in der Menge Nyva Streem. Sie nickte ihm kurz zu, dann war sie wieder verschwunden. Er ärgerte sich, daß sie nicht mehr als ein Nikken für ihn erübrigt hatte, mußte aber zugeben, daß andererseits eine überschwengliche Begrüßung unpassend gewesen wäre. Obwohl sie 32 Jahre geschlafen hatten, schien es so, als hätten sie sich erst am Abend zuvor in die Schlaftanks gelegt.

Zweiunddreißig Jahre! Man mußte sich erst an diesen Gedanken gewöhnen. Wie sah die Welt außerhalb dieser Station aus? Gorlan hoffte, daß sie es bald erfahren würden.

Auf der Breitseite der Tiefschlafhalle erhellte sich die riesige Bildschirmwand. Darauf erschien ein Mann, der in einer eigenwilligen Robotkonstruktion saß; er war klein und von zierlicher Gestalt und besaß einen überdimensionalen Schädel, in dessen winzigem Kindergesicht die fast faustgroßen Augen das hervorstechendste Merkmal waren.

Ein erstauntes Murmeln erhob sich unter den Wissenschaftlern, es verstummte aber sofort, als der Mutant zu sprechen begann.

»Meinen Namen hat Ihnen Vauw Onacro schon genannt. Ich bin der Mutant Ribald Corello. Das neue Oberkommando hat mich zum Befehlshaber dieser Station und des *Projekts Normalsynthos* ernannt. Wie ich schon Onacro mitteilte, wurde das Überlebensprogramm zugunsten eines Testversuchs verschoben. Onacro wird aus der Hauptschaltzentrale mit Ihnen in Verbindung bleiben und Ihnen die Einzelheiten, sofern sie für Sie von Bedeutung sind, mitteilen. Im Augenblick genügt es, wenn Sie wissen, daß der Test die Erschaffung von acht Normalsynthos – einer Frau und sieben Männern – im Verfahren des Extremen Notprogramms vorsieht. Das ist alles.«

Der Bildschirm wurde dunkel. In der Tiefschlafhalle brach ein Tumult los.

Gorlan erblickte in dem Durcheinander Lowo Phantroc, der ihn zu sich winkte und dann dem Ausgang zustrebte. Gorlan folgte ihm. Er hatte das Ende der Halle schon fast erreicht, als ihn jemand am Arm ergriff. Es war Nyva Streem.

»Gorlan, hast du Phantroc gesehen?« fragte sie. »Er als unser Sprecher muß Corello dazu bringen, uns mehr über die allgemeine Lage zu berichten. Wir haben ein Recht darauf, es zu erfahren. Unter diesen Voraussetzungen kann niemand von uns verlangen, daß wir seinen Befehlen gehorchen.«

»Ich habe mit Phantroc eben noch gesprochen«, sagte Gorlan und deutete in die falsche Richtung. »Dort ist er.«

Nyva entfernte sich in die Richtung, die er ihr gewiesen hatte, so daß er ungehindert den Ausgang erreichen konnte. Phantroc erwartete ihn bereits im Korridor.

»Glauben Sie jetzt, daß Onacros Verdacht begründet ist?« sagte der Biochemiker, während er dem nächsten Aufzugsschacht zustrebte und Gorlan am Arm mit sich zog.

»Die Erklärung des Mutanten aus Andromeda war unbefriedigend«, gab Gorlan zu. »Aber wessen verdächtigt ihn Onacro?«

»Das wird er uns mitteilen – falls er zu der Verabredung kommen kann«, erwiderte Phantroc. »Er konnte mir nur das Kodewort für höchste Alarmstufe geben, weil Corello ihn überwachte.«

Sie sprangen in den Antigravlift. Die Tiefschlafhalle befand sich in der dritten Etage der ingesamt achtgeschossigen Station. Während sie zur obersten Etage hinaufschwebten, in der die Hauptschaltzentrale lag, erkundigte sich Gorlan: »Warum tut Onacro so geheimnisvoll? Kann er nicht offen mit uns in Verbindung treten?«

»Nur über das Bildsprechsystem, und da würde Corello mithören«, antwortete Phantroc.

Gorlan folgte seinem Vorgesetzten, als der in der achten Etage aus dem Liftschacht sprang. Der Antigravlift war in der Mittelsäule eines kreisrunden Raumes untergebracht, von dem aus die Korridore sternförmig auseinanderliefen.

»Wir können nicht weiter«, stellte Gorlan enttäuscht fest, nachdem er sich umgeblickt hatte. »Sämtliche Korridore, die in die Hauptschaltzentrale und die angrenzenden Räume führen, sind durch Schotte versperrt.«

Tatsächlich endeten sechs der acht Korridore schon nach wenigen Metern vor verschlossenen Metallschotten.

In einem der offenen Korridore tauchte ein Schatten auf. Gorlan erkannte an der schlanken, hochgewachsenen Gestalt und an dem schulterlangen Rothaar, das von unzähligen silbergrauen Fäden durchzogen war, daß es sich um Vauw Onacro handelte.

»Hierher!« rief der Biogenetiker verhalten.

Dann verschwand er wieder im Korridor. Als Gorlan und Phantroc ihm in den Gang folgten, sahen sie gerade noch, wie er in zehn Metern Entfernung eine Tür öffnete und in den dahinterliegenden Raum eindrang.

»Schnell!« drängte Onacro, während er hinter Gorlan und Phantroc die Tür schloß. »Ich muß zurück sein, bevor Corello mein Verschwinden bemerkt.«

Gorlan erkannte auf den ersten Blick, daß es sich bei dem Raum um Onacros Privatlaboratorium handelte.

»Wir haben gesehen, daß alle Zugänge zur Hauptschaltzentrale versperrt sind«, sagte Phantroc. »Wie gelang es Ihnen, sie dennoch unbemerkt zu verlassen?«

Onacro winkte ab. »Das ist jetzt unwichtig. Ich habe mir einige Möglichkeiten offengehalten, von denen Corello nichts ahnt. Aber wer weiß, wie lange die Geheimanlagen dem Mutanten noch verborgen bleiben. Er hat unglaublich rasch gelernt, die Hauptschaltanlage zu beherrschen. Ich habe keine Ahnung, woher er sein Wissen hat und wie es ihm gelingt, sich immer wieder neue Informationen zu beschaffen. Es ist sogar möglich, daß er meine Gedanken lesen kann.«

»Wenn das so ist«, sagte Phantroc, »dann wird ihm auch nicht verborgen bleiben, daß Sie sich hier mit uns getroffen haben.«

»Das werde ich zu verhindern wissen«, versicherte Onacro. »Ich kann meine Gedanken abschirmen, ohne daß Corello es merkt. Außerdem wirkt er trotz seiner Wachsamkeit oft unkonzentriert. Es scheint, als kämpfe er ständig gegen eine unsichtbare Macht an. Das läßt mich vermuten, daß er beherrscht wird.«

»Warum versuchen wir denn nicht einfach, ihn zu überwältigen?« fragte Phantroc.

»Abgesehen davon, daß das nicht so einfach ist, wie Sie sich das vorstellen, möchte ich damit noch warten«, antwortete Onacro. »Wir müssen vorher herausfinden, welche Fähigkeiten er besitzt und welches Ziel er oder die Macht, die ihn beherrscht, verfolgt.«

»Was ist mit Corellos Begleiter?« erkundigte sich Gorlan. »Vielleicht ist er die Schlüsselfigur?«

»Alaska Saedelaere wird aller Wahrscheinlichkeit nach von Corello geistig versklavt«, sagte Onacro. »Ich weiß nicht, welche Rolle er spielt, aber ich hoffe, daß er mir weiterhelfen kann. Ich warte nur auf den Augenblick, daß Corellos Aufmerksamkeit einmal nachläßt, dann werde ich mich mit Saedelaere beschäftigen.«

»Entschuldigen Sie, daß ich mich noch einmal einmische, Onacro«, fiel Gorlan dem Biogenetiker ins Wort. »Aber für mich ergibt das alles keinen Sinn. Von wem sollte Corello beeinflußt werden?«

Onacro warf ihm einen erstaunten Blick zu.

»Von den Halutern selbstverständlich«, sagte er. »Alles deutet darauf hin, daß Corello von den Halutern ausgeschickt wurde, das Überlebensprogramm zu sabotieren. Warum sonst sollte er nicht zulassen, daß wir Normalsynthos in großer Zahl erschaffen? Nur die Haluter können nicht daran interessiert sein, ein großes Menschenheer zu züchten. Unsere Regierung und die Militärs dagegen müssen sich darüber klar sein, daß die Erschaffung von acht Personen in den Schnellbrütern des Extremen Notprogramms völlig nutzlos für Testzwecke ist. Denn die Reduzierung des Wachstumsprozesses von acht Wochen auf fünf Tage birgt große biochemische Gefahren ...«

»Sie werden doch auf Corellos Forderung nicht eingehen!« rief Phantroc erregt dazwischen.

»Doch – zumindest zum Schein«, antwortete Onacro. Dann erklärte er: »Corello soll sich in Sicherheit wiegen. Deshalb ist es besser, wenn Sie Ihre Kollegen nicht einweihen. Ziehen Sie nur drei oder vier besonders befähigte Leute ins Vertrauen, die anderen dürfen nichts von den tatsächlichen Zusammenhängen erfahren. Die Gefahr, daß Corello Verdacht schöpft, wäre zu groß. Wenn er erst merkt, daß wir gegen ihn arbeiten, könnte das für uns alle – und für unser Volk – schwerwiegende Folgen haben.«

»Aber wir müssen etwas unternehmen«, beharrte Phantroc. »Und wir müssen handeln, bevor es zu spät ist!«

»Wir haben fünf Tage Zeit«, beruhigte Onacro ihn. »Solange die acht Normalsynthos nicht voll entwickelt dem Ato-Mol-Beschleuniger entsteigen, droht uns keine Gefahr. Und dann wird die Entscheidung fallen. Ich habe schon die nötigen Vorbereitungen getroffen. Hören Sie meinen Plan: Sie, Phantroc, werden die Aufzucht der acht Normalsynthos leiten und von mir nur über Visiphon die erforderlichen Anweisungen erhalten. Wenn wir *offiziell* miteinander in Verbindung treten, werden wir uns auf fachliche, unverfängliche Dialoge beschränken, denn Corello hört unsere Gespräche bestimmt ab. Aber wir werden – sagen wir, in Abständen von einem halben Tag – über die unabhängige Bildsprechanlage meines Privatlabors in Kontakt bleiben. Sollten Sie mich hier nicht antreffen, dann können Sie Ihre Nachricht auf Band sprechen. Und jetzt zum wichtigsten Punkt. Erinnern Sie sich daran, daß ich ein Experiment begann, das ich *Einei-Sechs* nannte? Ich erzählte Ihnen davon, bevor wir uns in Tiefschlaf begaben.«

»Ich erinnere mich daran, als ob es gestern gewesen wäre«, sagte Phantroc. »Sagten Sie nicht auch, daß Sie noch nicht dazugekommen wären, das Einei-Sechs-Projekt zu vollenden?«

Onacro lächelte. »Jetzt habe ich Gelegenheit dazu.« Er überreichte Phantroc ein fünf Zentimeter langes und eineinhalb Zentimeter breites Plättchen aus einem fluoreszierenden Material. »Darauf ist das ganze Programm gespeichert. Wenn Sie die acht genaktivierten Zellverbände aus der Bank abrufen, stecken Sie dieses Zusatzprogramm unbemerkt in den Eingabeschlitz der Positronik. Sonst brauchen Sie nichts zu tun und können das Extreme Notprogramm ablaufen lassen. Sie sehen, mein Plan ist praktisch ohne Risiko.«

»Und was erreichen wir durch diese Zusatzprogrammierung?« erkundigte sich Phantroc.

»Das erkläre ich Ihnen bei der nächsten Kontaktaufnahme«, sagte Onacro. »Jetzt muß ich machen, daß ich in die Hauptschaltzentrale zurückkomme. Denken Sie daran, Phantroc, nicht zu viele Leute in unsere Pläne einzuweihen! Corello darf keinen Verdacht schöpfen. Gehen Sie jetzt!«

Nachdem der Biochemiker und sein Assistent Onacros Privatlaboratorium verlassen hatten und im Antigravlift in die dritte Etage hinunterfuhren, sagte Gorlan: »Ich bin immer noch der Meinung, daß wir versuchen sollten, Corello zu überwältigen. Wir brauchten nur die Bereitschaftsgruppen aus den vorgelagerten Wachstationen anzufordern und die Hauptschaltzentrale von ihnen im Sturm nehmen zu lassen. Dieser Übermacht wäre Corello selbst dann nicht gewachsen, wenn er parapsychische Fähigkeiten besitzt.«

»Onacro wird schon wissen, warum er nicht Waffengewalt anwendet«, entgegnete Phantroc. Er blickte zu Gorlan, und ein feines Lächeln umspielte seine Lippen. »Er hat mir gegenüber einmal einige Andeutungen über das Einei-Sechs-Experiment gemacht. Wenn es gelingt, dann fällt Corello auch ohne Waffengewalt in unsere Hände – egal, welche parapsychischen Fähigkeiten er hat!«

Vauw Onacro wartete, bis sich die Tür hinter den beiden geschlossen hatte, dann ging er zur rückwärtigen Wand seines Laboratoriums. Er preßte den Daumen seiner linken Hand auf eine kaum sichtbare Erhöhung. Im nächsten Moment begann die Wand auf einer Fläche von zwei mal einem Meter zu flimmern.

Wenig später hatte sich an dieser Stelle die Wand in nichts aufgelöst, und ein Durchlaß war entstanden.

Es gab an allen strategisch wichtigen Punkten der Station Geheimtüren, Kurzstreckentransmitter und Geheimgänge, die nur ihm, dem Kommandanten der Station, bekannt waren.

Diese und andere Sicherheitsmaßnahmen hatte man bei der Erbauung der Station für den Fall getroffen, daß die Haluter hier eindrangen und sie eroberten. Der Kommandant sollte trotz fremder Besatzungsmächte die Möglichkeit haben, die Anlagen entweder zerstören oder für den Widerstandskampf einsetzen zu können.

Das kam ihm jetzt zugute. Obwohl Ribald Corello ihn scharf bewachte und die ganze Sektion um die Hauptschaltzentrale hermetisch abgeriegelt hatte, konnte er sich ungehindert an jeden Ort der Station begeben.

Bevor er durch die Geheimtür schritt, blickte er sich noch einmal in seinem Privatlabor um. Es hatte sich in den 32 Jahren, die er sich im Tiefschlaf befunden hatte, viel verändert. Der Raum war peinlich sauber, fast steril, die Reagenzgläser und die Hilfsgeräte waren entweder blank geputzt oder, soweit sie Zerfallserscheinungen aufgewiesen hatten, von den robotischen Reinigungsmäusen fortgeschafft worden.

Für Onacros Geschmack fehlten zu viele Geräte, von denen er wußte, daß sie eine Lebensdauer von mehreren hundert Jahren gehabt hatten. Er konnte es sich nur damit erklären, daß das System der Reinigungsroboter aus irgendeinem Grund fehlerhaft geworden war.

Vielleicht konnte er sich später damit noch beschäftigen. Jetzt hatte er andere Probleme.

Er zwängte sich in den schmalen Gang und bewirkte durch einen Knopfdruck, daß sich an Stelle der Geheimtür eine Energiebarriere errichtete, die sich optisch nicht von der Wand unterschied und auch deren Festigkeit besaß.

In dem Gang, der gerade so breit war, um einem schlanken Mann Platz zu bieten, ging die schwache Notbeleuchtung an. Onacro legte an die hundert Meter zurück, bis er zu einer Abzweigung kam. Dort machte er halt und drückte wieder einen Knopf. Die Energieprojektion vor ihm brach zusammen und gab den Weg in seine Kabine frei. Er schlüpfte hindurch, preßte seinen Daumen gegen eine bestimmte Stelle, und die tarnende Energiebarriere errichtete sich vor der Geheimtür.

Erst jetzt konnte er aufatmen. Er hatte die ganze Zeit über die Befürchtung gehabt, Corello könnte ihn in seiner Kabine erwarten, wenn er zurückkam.

Bevor er seine Kabine verließ, um in die Hauptschaltzentrale zurückzukehren, holte er noch einige Male tief Luft.

Onacros Kabine lag ungefähr fünfzig Meter von der Hauptschaltzentrale entfernt auf einem der sechs Hauptkorridore, die zum Antigravlift mündeten. Während der Weg zum Lift durch ein Metallschott versperrt war, gab es in Richtung Hauptschaltzentrale keine Absperrungen.

Ribald Corello hatte angeordnet, daß die Sicherheitsschotte innerhalb der von ihm abgeriegelten Sektion offenbleiben mußten. Ebenso durften auch die Türen zu den Nebenräumen wie den Ersatzteillagern und den leerstehenden Unterkünften nicht verschlossen sein. Der Sinn dieser Anordnung war klar: Corello wollte alle Räumlichkeiten, an denen er vorbeikam, überblikken können.

Selbst der Zugang zur Hauptschaltzentrale stand offen. Während sich Onacro in schnellen Schritten näherte, konnte er einen Teil von Corellos Tragerobot sehen. Der Mutant aus Andromeda hielt sich bei einer der Schaltwände auf und schien die Instrumente zu studieren.

Onacro war sich klar darüber, daß Corello bald hinter die Funktionen der einzelnen Schaltelemente kommen und die gigantische Maschinerie der Station beherrschen würde. Aber Onacro störte das nicht sonderlich, denn es gab noch die geheimen Sicherheitseinrichtungen, die es ihm ermöglichten, die Kontrolle notfalls wieder selbst zu übernehmen.

Er hatte die Hauptschaltzentrale schon beinahe erreicht, als er ein Röcheln vernahm. Er blieb stehen und blickte sich um. Es gab nur eine Tür auf dieser Höhe des Korridors, und die führte in das Rechenzentrum. Von dort erklang neuerlich ein Röcheln.

Onacro warf einen schnellen Blick in die Hauptschaltzentrale, und als er feststellte, daß der Mutant noch nicht auf ihn aufmerksam geworden war, betrat er schnell den Raum mit der Großpositronik.

»Saedelaere!« entfuhr es ihm unwillkürlich, als er den Maskenträger in einer Ecke kauern sah, die vom Korridor aus nicht einzusehen war.

Onacro kam besorgt näher. »Was ist los? Hat Corello Sie gepeinigt?«

Alaska Saedelaere hatte die Arme über der Brust gekreuzt. »Sie wissen ...?« stammelte er.

»Ich habe vermutet, daß Corello Sie beherrscht«, sagte Onacro schnell. Als er sich über Saedelaere beugen wollte, erhielt er von ihm einen Stoß in die Seite.

»Kommen Sie mir nicht zu nahe, Onacro – es ist gefährlich«, sagte der Maskenträger keuchend. »Corello konzentriert sich auf die technischen Anlagen und hat mich vernachlässigt. Ich wollte diese Gelegenheit ausnützen, um Sie zu warnen. Sie sollen die Wahrheit erfahren. Ich ...«

Saedelaere bäumte sich plötzlich auf und fiel dann der Länge nach zu Boden. Über seine Lippen kam ein Schwall fast unverständlicher Worte. Onacro mußte sich ihm nähern. Aber selbst dann verstand er nicht alles – es hörte sich so an, als vermische Saedelaere Lemurisch mit Fragmenten einer fremden Sprache.

»Ich bin jetzt frei ... Aber Corello sucht bereits nach mir ... Terraner! Hören Sie, Onacro: Wir sind keine Lemurer, Corello und ich, wir sind Terraner! Sagen Sie nichts, lassen Sie mich zu Ende sprechen. Corello kann mich jeden Augenblick wieder beherrschen ...«

Onacro sah, wie winzige Flammen hinter Saedelaeres Gesichtsmaske hervorzüngelten. Der Mutant schrie unterdrückt auf und preßte die Hände gegen seinen Schädel. Dann wimmerte er leise vor sich hin, und wieder schien es, als ob über seine Lippen Worte einer fremden Sprache kämen.

Der lemurische Biogenetiker konnte nicht mehr länger an sich halten. Er mußte einfach jene Frage stellen, die ihn schon von Anfang an beschäftigte. »Ist Corello ein Agent der Haluter?« fragte er aufgeregt.

Alaska Saedelaere kicherte. Es klang irr.

»Nein ... Eine fremde, unbekannte Macht beherrscht ihn. Die Haluter führen schon lange keine Kriege mehr. Sie sind ein friedliches Volk ...«

Vauw Onacro starrte verständnislos auf den Maskenträger hinunter. Saedelaere mußte verrückt geworden sein. Was er sagte, klang – nun, eben verrückt! Die Haluter, diese kriegerischen Bestien, konnten sich unmöglich innerhalb eines Dritteljahrhunderts derart gewandelt haben.

Saedelaere schien seine Ungläubigkeit zu merken. Er bäumte sich verzweifelt auf.

»Begreifen Sie doch endlich, Onacro!« Saedelaere schrie es fast. »Seit dem Untergang von Lemuria sind nicht zweiunddreißig Jahre vergangen, sondern fünfzig...«

Saedelaere brach mitten im Satz ab, als sei ihm die Luft ausgegangen. Onacro vermutete, daß es ihm immer schwerer fiel, sich gegen den fremden Zwang aufzulehnen, der von Corello aus nach ihm griff.

Onacro sagte kopfschüttelnd: »Ich möchte Ihnen gerne glauben, Saedelaere. Aber selbst wenn fünfzig Jahre vergangen sind, kann aus den kriegerischen Halutern kein friedfertiges Volk geworden sein.«

Saedelaere machte eine Geste der Verzweiflung. »Nicht fünfzig Jahre, Onacro – sondern *fünfzigtausend!*«

Onacro zuckte zurück, als hätte er einen furchtbaren Schlag bekommen. »Das ... das ...«, stammelte er; ihm versagte die Stimme.

Saedelaere kam schwankend auf die Beine.

»Ich schaffe es nicht mehr«, sagte er stöhnend. Er griff unsicher in Onacros Richtung, aber seine Hand fuhr ins Leere. »Corello ist unschuldig, er handelt gegen seinen Willen ... Es kann nicht mehr lange dauern, bis er mich erneut bezwungen hat. Gibt es eine Möglichkeit, wie ich Ihnen weitere Informationen übermitteln könnte? Vielleicht bietet sich mir die Chance dafür. Ich muß Ihnen die Zusammenhänge erklären ... Verständigen Sie Perry Rhodan! Haben Sie verstanden?«

Onacro begriff nur, daß Saedelaere ihm angeboten hatte, weitere Informationen zu beschaffen. Im Augenblick war ihm dies jedoch nicht möglich, weil die fremde Macht nach seinem Geist griff.

Onacro merkte es daran, daß unter seiner Maske flammende Energieentladungen hervorzuckten.

Der Biogenetiker deutete auf einen Kleincomputer und aktivierte ihn. »Sie können alle Ihre Angaben in dieser Positronik speichern. Dieses Gerät ist nicht an die Großspeicher angeschlossen, so daß Corello die hier eingegebenen Daten nicht in der Hauptschaltzentrale abrufen kann. Wenn Sie mir etwas mitzuteilen haben, dann bedienen Sie sich dieser Positronik.«

Der Maskenträger nickte zum Zeichen, daß er verstanden hatte, dann stelzte er steif aus dem Rechenzentrum.

Onacro blieb noch eine Weile, dann folgte er in die Hauptschaltzentrale. Er war wie benommen.

Fünfzigtausend Jahre!

Das bedeutete, daß es schon längst kein lemurisches Reich mehr gab. Aber es gab noch Menschen, und obwohl fünfzigtausend Jahre zwischen ihm und ihnen lagen, fühlte er sich auf eine gewisse Weise ihnen zugehörig.

Fünfzigtausend Jahre – das war eine unvorstellbar lange Zeitspanne. Vauw Onacro konnte es nicht so einfach glauben, daß er so lange im Tiefschlaf gelegen hatte. Vielleicht hatte Saedelaere nicht die Wahrheit gesagt, und es handelte sich wiederum nur um einen teuflischen Schachzug.

Er mußte sich Gewißheit verschaffen, koste es, was es wolle. Als er in die Hauptschaltzentrale kam, empfing ihn Corello mit einem schrillen Lachen.

»Ans Werk, Onacro! Erschaffen Sie mir acht bestens veranlagte Menschengeschöpfe!«

5.

Alaska Saedelaere stand reglos wie eine Statue im Hintergrund. Nachdem Corello ihn mit parapsychischer Gewalt bezwungen hatte, war er wieder nur noch ein willenloser Sklave. Aber Onacro ahnte, daß der Maskenträger nach wie vor bei klarem Verstand und keineswegs so apathisch war, wie er sich gab.

Corello beachtete ihn überhaupt nicht, sondern konzentrierte sich auf die Vorgänge, die Onacro eingeleitet hatte.

Auf dem Beobachtungsbildschirm wurde die Halle sichtbar, in der die Schnellbrüter des Extremen Notprogramms und die Ato-Mol-Beschleuniger untergebracht waren.

Im Augenblick waren die Retorten noch ausgeschaltet. Erst wenn die genaktivierten Zellverbände von der Keimbank abberufen und auf den plumpen Metallsockeln deponiert wurden, würden sich über den Lebenskeimen jene für den beschleunigten Wachstumsprozeß verantwortlichen Energieglocken spannen.

Vier Menschen erschienen in der Halle – drei Männer und eine Frau.

»Was hat das denn zu bedeuten?« erkundigte sich Ribald Corello mißtrauisch. »Können Sie die Retorte etwa nicht ohne diese vier Helfer bedienen?«

»Doch«, entgegnete Onacro ruhig. »Ich schaffe es auch ohne fremde Hilfe. Aber das würde bedeuten, daß sich das Risiko vergrößert – und außerdem müßte ich die Hauptschaltzentrale verlassen. Das Extreme Notprogramm kann nicht vollrobotisch durchgeführt werden.«

Ribald Corello warf dem Biogenetiker aus seinen riesigen Augen einen langen, prüfenden Blick zu, dann gab er einen zustimmenden Laut von sich. »Wer sind diese Leute?«

Onacro stellte sie ihm vor. Zuerst Lowo Phantroc, den Biochemiker, der sein Stellvertreter war. Dann Gorlan Lym, seinen Assistenten, den Physiologen Parolar Uym und die Zytologin Nyva Streem.

Corello prägte sich das Aussehen der drei Männer kurz ein: Phantroc groß, füllig, breites Gesicht und schwarzes, wirres Haar; sein Assistent Gorlan Lym etwas kleiner, jung, muskulös, scharfgeschnittenes Gesicht; Parolar Uym alt, gebeugte Haltung, runzeliges Gesicht, Glatze.

An der Zytologin Nyva Streem blieb sein Blick länger haften. Es schien Onacro fast so, als bewundere er ihren geschmeidigen, katzenhaften Gang, die grazilen Bewegungen ihrer schmalen Hände und die Schönheit ihres ebenmäßigen Gesichtes, das von dem kurzgeschnittenen rotbraunen Haar abgegrenzt wurde.

»Sie sollen beginnen«, sagte Corello schließlich.

Onacro atmete auf. Er beglückwünschte Phantroc bei sich für die Wahl von Nyva Streem und Parolar Uym. Sie waren beide äußerst fähige Wissenschaftler und besaßen einen wendigen Geist. Man konnte sie auch mit Problemen betrauen, die außerhalb ihres Wissensgebietes lagen.

Onacro begrüßte sie und fügte anschließend hinzu: »Ich gehe von der Voraussetzung aus, daß Sie darüber informiert sind, was Sie zu tun haben. Oder hat Phantroc Sie nicht in das Unternehmen eingeweiht?«

Uym und Streem nickten.

Der Physiologe sagte: »Doch, wir sind *über alles* informiert.«

Er betonte seine Worte nicht so sehr, daß Corello Mißtrauen schöpfen konnte, aber immerhin hörte Onacro heraus, daß Phantroc den beiden Bescheid gesagt hatte.

»Wir wissen, was wir zu tun haben«, ertönte Nyva Streems melodische Stimme aus dem Lautsprecher. Die Zytologin schien vom Bildschirm geradewegs Onacro in die Augen zu blicken. »Aber haben Sie sich auch überlegt, ob sich das Risiko überhaupt lohnt, das wir bei der Durchführung des Extremen Notprogramms eingehen?«

Onacro warf Corello einen bezeichnenden Blick zu. Der Mutant näherte sich mit seinem Tragerobot der Aufnahmekamera so weit, daß die vier Wissenschaftler auf ihrem Bildschirm nur seinen Kopf zu sehen bekamen.

Seine Augen funkelten, als er sagte: »Ich trage die volle Verantwortung für dieses Projekt. Und jetzt machen Sie endlich, daß Sie an die Arbeit kommen!«

Nyva Streem zuckte bei seinen Worten sichtlich zusammen. Eingeschüchtert wich sie zurück.

Onacro hatte bereits im Kontursitz vor der Schalttafel Platz genommen. Seine Hände zitterten ein wenig, als er die Armaturen bediente. Von diesen ersten Schaltungen hing alles ab.

Wenn Corello sein doppeltes Spiel durchschaute, dann würde er ihm keine zweite Chance lassen.

Ohne seiner Stimme etwas von der Erregung anmerken zu lassen, die ihn überkommen hatte, begann er, seine Handgriffe zu interpretieren und den vier Wissenschaftlern Anweisungen zu geben.

»Ich werde jetzt die acht genaktivierten Zellverbände von der Keimbank abberufen«, erklärte er und drückte die entsprechenden Tasten, um die Großpositronik zu aktivieren. »Sie, Phantroc, werden die gelieferten Gen-Konserven überprüfen. Ich werde dann anschließend die Gegenprobe vornehmen. Sind Sie bereit?«

Der Biochemiker hatte vor dem Schaltpult in der Halle mit den Schnellbrütern Platz genommen.

»Die Geräte sind aktiviert«, erklärte er. »Sie können die Gen-Konserven abberufen. Haben Sie die Auswahl schon getroffen, Onacro?«

Onacros Mundhöhle war wie ausgedörrt. Er mußte sich räuspern, bevor er sprechen konnte.

»Ich werde Gen-Konserven der S-Chromosomen-Serie anfordern«, sagte er. »Sie sind am widerstandsfähigsten und eignen sich deshalb für unser Vorhaben am besten.«

Onacro merkte, wie Nyva Streem und Gorlan Lym einen überraschten Blick miteinander wechselten, und ihm wurde heiß. Diese Narren! Mußten sie ihre Verwunderung über sein Vorgehen so offen zeigen? Wenn Corello es merkte, dann bestand er womöglich auf der Heranziehung einer anderen Chromosomen-Reihe.

Der Biogenetiker wollte das Auswahlprogramm eintasten, als sich plötzlich ein metallener Greifer von Corellos Tragerobot um sein Handgelenk legte.

»Was haben die Zellverbände der S-Chromosomen-Serie so Besonderes an sich, daß Sie ihnen den Vorzug geben?« erkundigte sich der Supermutant mit schriller Stimme.

»Ich sagte schon, daß sie außergewöhnlich widerstandsfähig seien«, erklärte Onacro und begann zu schwitzen. »Aber wenn Sie wollen ...«

»Ich will nur, daß Sie das Extreme Notprogramm nicht sabotieren«, unterbrach ihn Corello. »Wenn sich herausstellt, daß die Normalsynthos irgendwelche Erbschäden aufweisen, dann ziehe ich Sie zur Verantwortung, Onacro!«

»Welches Interesse sollte ich an der Erschaffung von erbgeschädigten Normalsynthos haben!« rief Onacro mit gespielter Empörung. »In unserer Zellbank gibt es nur gesunde Gen-Konserven mit herausragenden Erbanlagen. Und jene aus der S-Chromosomen-Serie stellen die Elite dar.«

Onacro sagte bis zu einem gewissen Grad die Wahrheit. Alle 1,9 Milliarden genaktivierten Zellverbände waren von außerordentlicher physischer Güte. Aber – und das war der springende Punkt – sie besaßen unterschiedliche Erbanlagen. Als man das Überlebensprogramm projektierte, war man sich klar darüber gewesen, daß die 1,9 Milliarden Synthos nicht alle die gleichen geistigen und körperlichen Eigenschaften haben sollten.

Deshalb war in den 1,9 Milliarden genaktivierten Zellverbänden das gesamte Spektrum menschlicher Eigenschaften vertreten. Und die Gen-Konserven der S-Chromosomen-Serie waren die Keimzellen für Normalsynthos eines ganz bestimmten Typs. Sie besaßen zwar keine Mängel im Sinne des Wortes, aber es war fraglich, ob sie, wegen ihrer *besonderen Fähigkeiten,* Corello nützlich sein würden.

»Soll ich Gen-Konserven einer anderen Chromosomen-Serie anfordern?« erkundigte sich Onacro. Er gab seiner Stimme einen ungeduldigen Klang.

»Nicht nötig«, erklärte Corello.

Damit war für Onacro die erste schwere Hürde genommen. Er gab mit flinken Fingern die erforderlichen Daten in die Positronik ein. Wenig später erhielt er über die Sprechanlage von Phantroc die Bestätigung, daß er beide Vorwahlprogramme erhalten hatte. Auf dem Bildschirm war zu sehen, wie der Biochemiker aus einem Auswurfschlitz zwei fluoreszierende, fünf Zentimeter lange und eineinhalb Zentimeter breite Streifen nahm und sie in das Eingabeelement der Robotanlage stecken wollte.

»Halt!« befahl Ribald Corello.

Onacro zuckte zusammen.

»Wozu benötigen Sie zwei Vorwahlprogramme?« erkundigte sich der Mutant mißtrauisch. »Sind nicht alle acht Gen-Konserven von der gleichen Chromosomen-Serie?«

Onacro benetzte die Lippen, bevor er sagte: »Das stimmt schon. Aber Sie wollten doch sieben männliche Zellverbände und eine Keimzelle mit weiblichen Merkmalen. Obwohl sie alle derselben Chromosomen-Serie entstammen, brauchen wir für jedes Geschlecht eine eigene Matrize.«

Das schien Corello einzuleuchten. Ohne einen weiteren Einwand gab er seine Einwilligung zur Fortführung des Programms.

Damit hatte Onacro das zweite Hindernis genommen; es war ihm gelungen, Corello auch diesmal zu täuschen. Wie sollte der Mutant auch wissen, daß auf der einen Matrize die acht Gen-Konserven programmiert waren, während die zweite Folie nur das Zusatzprogramm beinhaltete, das Onacro und Phantroc bei ihrer geheimen Zusammenkunft besprochen hatten?

Nachdem Phantroc beide Folien im Eingabeelement deponiert hatte, konnte Onacro endlich aufatmen. Er entspannte sich, denn nun konnte Corello nicht mehr verhindern, daß zusammen mit der Erschaffung der Normalsynthos das Einei-Sechs-Experiment anlief.

Onacro schenkte den weiteren Vorgängen kaum mehr Beachtung. Alles Weitere war nur noch Routine.

Die von Phantroc vorgenommene Überprüfung der acht genaktivierten Zellverbände zeigte, daß sie die Konservierung gut überstanden hatten. Auch die von Onacro gemachte Gegenprobe änderte nichts an dem Testergebnis: Alle acht Gen-Konserven befanden sich in ausgezeichnetem Zustand, und die Positronik gab sie für die Retorte frei.

Die Gen-Konserven wurden mittels Leitstrahlen von der Zellenbank in die Bruthalle befördert und auf den Metallsockeln der Schnellbrüter deponiert. Onacro mußte noch eine Reihe von komplizierten Schaltungen vornehmen, bevor sich eine faustgroße Energieplazenta um die Gen-Konserven bildete.

»Ist das alles?« erkundigte sich Ribald Corello.

»Der folgende Wachstumsprozeß geschieht automatisch und bedarf nur ständiger manueller Kontrollen«, erläuterte Onacro. »Während sich die Keimzelle im Anfangsstadium der Entwicklung befindet, also während des embryonalen Zustands, wird sich die Energieplazenta ständig in ihrer Struktur wandeln und sich ausdehnen bis zur endgültigen Energieglocke. Nach nicht ganz einem Tag wird die Energieglocke ihre größten Ausmaße erreicht haben, was ein Zeichen dafür ist, daß das erste Drittel des Wachstumsprozesses abgeschlossen ist.«

Onacros Stimme klang ungeduldig. Er war mit den Gedanken schon ganz woanders. Er beschäftigte sich bereits mit der Frage, ob tatsächlich seit dem Untergang Lemurias 50.000 Jahre vergangen waren, wie Saedelaere behauptet hatte. Er mußte sich darüber Gewißheit verschaffen. Allerdings würde er das hier in der biologischen Station und unter Corellos wachsamen Augen nicht können.

Er mußte die Station verlassen. Doch um dieses Vorhaben durchführen zu können, mußte vorher Corellos Aufmerksamkeit abgelenkt werden. Während Onacro noch fieberhaft überlegte, kam ihm der Zufall zu Hilfe.

Mitten hinein in seine Überlegungen erklang ein Schrei, dann hörte er Saedelaere rufen: »Corello ist ...«

Onacro erfuhr nie, was Alaska Saedelaere hatte sagen wollen. Er hatte kaum die beiden Worte über die Lippen gebracht, da wirbelte Corello mit seinem Trageroboter herum und schoß auf den Maskenträger zu. Saedelaere stöhnte auf, sein Gesicht unter der Maske flammte auf, er schrie.

Onacro ergriff diese Gelegenheit blitzschnell, um sich unbemerkt mit Phantroc in Verbindung zu setzen. Er beugte sich über das Mikrophon und sprach mit gedämpfter Stimme hinein. »Ihr müßt Corello ablenken. Inszeniert irgend etwas, das seine Aufmerksamkeit voll und ganz in Anspruch nimmt. Ich muß mich für kurze Zeit aus der Hauptschaltzentrale zurückziehen können. Macht schnell!«

Phantroc blickte ihn vom Bildschirm kurz an und nickte.

Im nächsten Augenblick hatte Corello wieder von Alaska Saedelaere abgelassen und fand sich wieder an der Schaltwand ein. Er starrte auf den Bildschirm und sah, wie die Energiekugeln auf den Plattformen der Schnellbrüter zu pulsieren begannen.

»Was hat das zu bedeuten?« fragte er scharf.

»Nichts weiter«, erklärte Phantroc. »Wir müssen nur einige Korrekturen von Hand vornehmen, damit den Gen-Konserven nicht zuviel Energie zugeführt wird und sie nicht zu wuchern beginnen.«

»Können Sie die Korrekturen nicht von der Hauptschaltzentrale aus vornehmen, Onacro?« fragte Corello.

»Leider nicht, es gibt keine Fernbedienung dafür«, antwortete der Biogenetiker. »Es liegt jetzt an Phantroc, die Energiezufuhr zu regulieren. Ich kann ihm nicht helfen – es sei denn, Sie lassen mich in die Bruthalle ...«

»Sie bleiben hier!« entschied Corello. Er wandte sich dem Bildschirm zu. »Werden Sie es schaffen, Phantroc?«

»Ich hoffe ...«

»Und wenn Sie versagen?«

»Dann müssen wir von vorne beginnen«, lautete Phantrocs trockene Antwort.

Während des Dialogs zwischen Corello und dem lemurischen Biochemiker hatte sich Onacro erhoben und von der Schaltwand zurückgezogen.

»Nehmen Sie sich zusammen, Phantroc!« herrschte Corello den Lemurer an. »Wenn Sie versagen, dann töte ich Sie!«

»Ich gebe mein Bestes«, versicherte Phantroc. »Ich bin zuversichtlich, daß ich es schaffen werde.«

»Hoffentlich ...«

Corello stand so sehr im Bann der Geschehnisse auf dem Bildschirm, daß er nicht merkte, wie Vauw Onacro die Hauptschaltzentrale verließ.

Vauw Onacro mußte alles auf eine Karte setzen. Es war für ihn ungeheuer wichtig zu erfahren, wieviel Zeit tatsächlich vergangen war, seit er sich mit seinen 592 Kollegen in Tiefschlaf begeben hatte.

Als er seine Kabine erreicht hatte, öffnete er die Geheimtür und drang in den Gang vor, von dessen Existenz niemand außer ihm wußte.

Hier war er erst einmal in Sicherheit und konnte von Corello nicht mehr an seinem Vorhaben gehindert werden. Trotzdem wollte er keine Zeit verlieren, denn er hoffte, wieder in der Hauptschaltzentrale zurück zu sein, bevor der Mutant seine Abwesenheit bemerkte.

Er suchte den nahe seiner Kabine gelegenen Kurzstreckentransmitter auf und aktivierte ihn. Es gab insgesamt acht solcher Materietransmitter innerhalb der Station, so daß es ihm möglich war, schnell und unbemerkt in jede der acht Etagen zu gelangen. Da sie ihre eigene Energieversorgung besaßen und zusätzlich abgeschirmt waren, konnten sie von der Hauptschaltzentrale aus nicht geortet werden.

Ein neunter Kurzstreckentransmitter befand sich in dem der biologischen Station vorgelagerten militärischen Stützpunkt. Dort wollte Onacro hin.

Er schaltete den Transmitter auf Sendung und koppelte ihn mit dem Empfänger der militärischen Wachstation. Bevor er durch das wallende Energiefeld schritt, zögerte er. Was würde ihn an seinem Ziel erwarten?

Alte, auf ihren Posten ergraute Soldaten, die zweiunddreißig Jahre ausgeharrt hatten und noch immer auf den Tag warteten, an dem sie die biologische Station vor dem angreifenden Feind beschützen konnten? Oder – würde alles ganz anders sein?

Vauw Onacro hatte diese Überlegungen in Bruchteilen von Sekunden angestellt. Jetzt trat er entschlossen durch das Transmitterfeld.

Im Empfänger materialisiert, schaltete er das Gerät ab. Der Raum, in dem er sich befand, maß nur zwei Meter im Quadrat. Niemand von der Wachstation ahnte, daß es diesen Raum gab.

Onacro tastete die dem Transmitter gegenüberliegende Wand nach dem Öffnungsmechanismus für die Geheimtür ab. Als er ihn fand, preßte er seinen Daumen darauf und hielt den Atem an.

Er befürchtete schon, daß der Mechanismus, der die Energiebarriere regulierte, im Laufe der Zeit ausgefallen sein könnte. Doch seine Befürchtungen waren grundlos.

Ein Teil der Wand vor ihm begann zu flimmern, löste sich in nichts auf. Vor ihm lag eine mannsgroße Öffnung. Er trat hindurch und kam in eine Privatkabine.

Auch hier herrschte peinliche Ordnung, keiner der Einrichtungsgegenstände wies Zerfallserscheinungen auf. Das robotische Reinigungs- und Erneuerungssystem funktionierte reibungslos.

Ohne die Energiebarriere hinter sich zu schließen, trat Onacro auf den Korridor hinaus. Die Luft war rein, sogar irgendwie steril. Onacro verspürte eine leichte Übelkeit, die sich mit jedem Atemzug verstärkte.

Er fand den Grund dafür auch bald heraus. Es roch ganz schwach nach Desinfektionsmitteln, und das schlug sich ihm auf den Magen. Er hatte schon immer eine Allergie gegen Desinfektionsmittel gehabt.

Während er den Korridor in Richtung Kommandozentrale hinunterging, grübelte er darüber nach, woher der Geruch kommen mochte. War in dieser Wachstation eine Epidemie ausgebrochen? Immerhin lag es im Bereich des Möglichen.

Er öffnete versuchsweise einige Türen und blickte in die dahinterliegenden Räume. Sie waren alle sauber und aufgeräumt. Einrichtungsgegenstände, die Verfallserscheinungen aufgewiesen haben mochten, waren von den Robotern ausgetauscht worden. Es gab schließlich eine eigene Robotfabrik, in der von Uniformknöpfen bis zu komplizierten technischen Ersatzteilen alles erzeugt wurde.

Langsam begann Onacro daran zu zweifeln, daß er hier den Beweis finden würde, den er suchte. Die Reinigungsroboter hatten alle Spuren beseitigt. Die Station sah noch so neu aus wie an jenem Tag, an dem sie erbaut worden war.

Nur eines fehlte: menschliches Leben! Wohin hatte sich die überlebende Mannschaft zurückgezogen? Darauf gab es nur eine Antwort: in die Kommandozentrale.

Und dorthin wollte auch Onacro, denn es war der einzige Ort, an dem er Antwort auf seine Fragen erhalten konnte.

Onacro erreichte eines der vier Schotte, die in die Kommandozentrale führten. Es war zu und durch ein Energieschloß zusätzlich abgesichert. Es gab nur einen kleinen Kreis von Personen, die das Schott mittels ihrer Körper-Individualimpulse öffnen konnten.

Onacro gehörte dazu. Ob außer ihm noch einer der Privilegierten am Leben war?

Der Biogenetiker drückte seinen Daumen gegen den Öffnungsmechanismus und wartete gespannt.

Zuerst war ein durchdringendes Knirschen zu hören, als sich das Schott aus der Verankerung löste, dann ertönte ein lang anhaltendes Quietschen, als es sich ruckend in die Wand zurückschob.

Alterserscheinungen! dachte Onacro. Hier hatten die Reinigungsroboter keinen Zutritt gehabt, um schadhafte Teile auszuwechseln.

Onacro blickte gespannt durch den breiter werdenden Spalt des Schotts. Er konnte noch keine Einzelheiten erkennen, weil in der Kommandozentrale die Beleuchtung ausgefallen war und Dunkelheit herrschte.

Plötzlich merkte er hinter dem Spalt jedoch eine Bewegung und warf sich instinktiv zur Seite.

Im nächsten Augenblick schoß ein Energiestrahl auf jene Stelle zu, an der sich eben noch sein Kopf befunden hatte.

»Ich bin ein Freund!« rief Onacro, zog sich aber sicherheitshalber in den Schutz eines Seitenganges zurück. »Nicht schießen! Ich bin Vauw Onacro, der Leiter der biologischen Station.«

Er vermutete, daß sich ein Überlebender, vielleicht sogar der letzte, in der Kommandozentrale verbarrikadiert hatte. Er mußte in den Jahren der Einsamkeit den Verstand verloren haben und nun glauben, einen Feind vor sich zu haben.

Onacro wollte einen neuerlichen Appell an den offensichtlich Verrückten richten, doch kam er nicht mehr dazu. Zwei Ereignisse, die eng miteinander verknüpft waren, ließen ihn erkennen, daß hier jedes weitere Wort überflüssig war.

Zuerst sah er verblüfft, daß von allen Seiten Reinigungsmäuse auf das Schott der Kommandozentrale zurannten. Dann erst erkannte er den Grund dafür. Aus der Kommandozentrale kam ein Kampfroboter gestapft. Er mußte es auch gewesen sein, der auf ihn geschossen hatte.

Also kein Überlebender! durchzuckte es Onacro schmerzlich.

Der Roboter wies unübersehbare Alters- und Abnutzungserscheinungen auf, und offenbar hatte auch seine Positronik Schaden genommen, denn sonst hätte er nicht auf Onacro geschossen.

Wie viele Jahre hatte der Roboter in der Kommandozentrale ausgeharrt, ohne auch nur ein einziges Mal überholt zu werden? Es mußten viel mehr als zweiunddreißig Jahre gewesen sein.

Denn für die Reinigungsmäuse mit ihren empfindlichen Sensoren war er nur noch ein Haufen Schrott, Abfall, den sie beseitigen mußten. Bevor der Kampfroboter Onacro erneut aufs Korn nehmen und den Waffenarm auf ihn richten konnte, war er von den winzigen Reinigungsrobotern umringt, die ihn systematisch zu zerstrahlen begannen.

Wenig später war von dem Kampfroboter nichts mehr übrig. Die Robotmäuse beseitigten die letzten Überreste auf dem Korridor, dann zogen sie sich zurück. Die Klimaanlage lief an und sog die durch die Strahlenschüsse erhitzte Luft ab.

Irgendwann würde ein Reparaturrobot auftauchen, um die Einschußstellen an den Wänden auszubessern.

Onacro kümmerte sich nicht darum. Er ging langsam auf den Eingang der Kommandozentrale zu. Er machte drei Schritte hinein, dann wartete er, daß sich seine Augen an das Dämmerlicht gewöhnten.

Aber noch bevor er nähere Einzelheiten erkennen konnte, wußte er, daß die Kommandozentrale schon viele Jahre ohne Besatzung war. Er schien richtig vermutet zu haben, als er annahm, daß sich die Soldaten hierher zurückgezogen hatten – er sah ihre Skelette herumliegen.

Es war ein gespenstischer Anblick. Einige saßen noch in den Kontursesseln, in der gleichen Stellung, in der sie der Tod überrascht haben mochte; ihre Gebeine wurden von den Resten der halb zu Staub zerfallenen Uniformen zusammengehalten.

Selbst die meisten der Armaturen wiesen Zerfallserscheinungen auf. Bildschirme und Schutzgläser waren zerbrochen, Tasten und Schutzverkleidungen aus den Halterungen gefallen – und überall lagen dicke Staubschichten.

Onacro hatte nicht vor, sich länger als nötig hier aufzuhalten. Für sentimentale Gefühle war jetzt nicht der richtige Augenblick.

Er brach einen Unterarmknochen aus einem Skelett und kehrte damit über den Kurzstreckentransmitter in die biologische Station zurück. Anstatt jedoch seine Kabine aufzusuchen, begab er sich in sein Privatlaboratorium, das außerhalb des Bereichs der Hauptschaltzentrale lag.

Obwohl er dadurch wertvolle Zeit verlor, wollte er durch eine Analyse des menschlichen Knochens die Zeitspanne messen, die seit dem Untergang Lemurias vergangen war. Obwohl alles darauf hinwies, daß mehr als nur 32 Jahre vergangen waren, war er noch immer voller Hoffnungen und Zweifel.

Er mußte sie ein für allemal beseitigen.

Das ließ sich durch eine uralte, aber nichtsdestoweniger wirksame Methode bewerkstelligen, nämlich die Radiokohlenstoffmethode.

Menschen nehmen bekanntlich das ^{14}C durch die pflanzliche Nahrung auf; dieser Zyklus bewirkt, daß die Radiokohlenstoff-Konzentration in den Geweben lebender Organismen mit der des Kohlendioxyds übereinstimmt. Wenn jedoch ein Organismus abstirbt, kann er keinen Radiokohlenstoff mehr aufnehmen, und durch den radioaktiven Zerfall verringert sich die Radiokohlenstoff-Konzentration.

So verhielt es sich auch mit dem menschlichen Knochen, von dem Onacro eine Probe entnahm, chemisch in Gas umwandelte und in einer Art Spektrometer ionisierte.

Onacro sah gebannt zu, wie das ionisierte Gas zu einem Lichtstrahl gebündelt und durch ein Magnetfeld geleitet wurde. Während die Auffächerung der Isotope noch anlief, schaltete er bereits den Bildschirm ein. Wenige Sekunden später zeichnete sich in Form von Linien das Isotopen-Spektrum ab.

Der Biogenetiker hielt den Atem an, als er über den angeschlossenen Computer die Vergleichswerte anforderte.

Die Positronik warf nur eine Zahl aus: *neun!*

Das bedeutete, daß der menschliche Knochen neun Radiokohlenstoff-Halbwertszeiten alt war. Umgerechnet waren das ziemlich exakt fünfzigtausend Jahre!

Also hatte Alaska Saedelaere die Wahrheit gesagt. Es gab kein lemurisches Reich mehr, er und seine 592 Wissenschaftler waren die letzten Lemurer!

Aber es gab noch Menschen. Waren die Überlebenden vor fünfzigtausend Jahren alle nach Andromeda geflüchtet? Waren Saedelaere und Corello deren Nachfahren? Warum nicht? Schließlich sprachen sie Lemurisch nahezu perfekt – die geringen sprachlichen Unterschiede waren unbedeutend ...

Onacro hatte geglaubt, daß ihn die ^{14}C-Analyse einer Lösung näher bringen würde. Aber jetzt erkannte er, daß der Fragenkomplex ins Unermeßliche gestiegen war.

Er mußte sich sofort mit Lowo Phantroc in Verbindung setzen und dann versuchen, mit Alaska Saedelaere ins Gespräch zu kommen. Der Maskenträger war zwar in starkem Maße von Corello abhängig, aber wie sich gezeigt hatte, besaß er eine gewisse Bewegungsfreiheit und gelegentlich sogar einen eigenen Willen.

Er mußte versuchen, von Saedelaere weitere Informationen zu bekommen.

Was hatte der Maskenträger noch gesagt? *Verständigen Sie Perry Rhodan!*

Wer war das? Ein Feind Corellos? Befand er sich in Reichweite der Station unter dem Meeresboden?

Onacro spielte das Tonband ab, das an sein unabhängiges Bildsprechgerät angeschlossen war. Das Band war erst wenige Zentimeter gelaufen, als plötzlich Lowo Phantrocs Stimme ertönte.

»Onacro, seien Sie auf der Hut. Corello hat …«

Die Stimme brach plötzlich ab. Aus dem Lautsprecher kam kein Ton mehr.

Onacro vergaß alle Vorsicht und stellte die Bildsprechverbindung zur Schnellbrüter-Halle her. Er schaltete die Kamera aus, so daß der Bildschirm des Empfängers dunkel blieb.

Als das Freizeichen aufleuchtete, sprach Onacro leise ins Mikrophon: »Phantroc, können Sie mich hören?«

Er wartete eine Weile, dann wiederholte er seine Worte. Nach der vierten Wiederholung bekam er Antwort.

»Hier ist Phantroc. Wo sind Sie, Onacro? Corello sucht überall nach Ihnen.«

»Ich bin in meinem Privatlaboratorium …«

»Bleiben Sie dort! Ich komme zu Ihnen.«

Onacro wollte noch entgegnen, daß Phantroc auf eine günstigere Gelegenheit warten solle, doch der Biochemiker hatte die Verbindung bereits unterbrochen. Hoffentlich merkte Corello nicht, daß sich Phantroc davonschlich, und …

Vom Korridor her erklangen schwere Schritte. Sie stammten von mehreren Personen.

Onacro wartete nicht, bis sie seine Tür erreicht hatten, sondern sprang durch die Öffnung in der Wand in den Geheimgang. Noch bevor sich die Energiebarriere verdichtet und der Wandstruktur angepaßt hatte, sah Onacro, wie drei Kampfroboter ins Laboratorium stürmten.

Der Biogenetiker schüttelte verständnislos den Kopf. Warum hatte Phantroc die Roboter auf ihn gehetzt?

6.

Corello hatte also seine Flucht bemerkt. Das ging klar aus Phantrocs Worten hervor. Damit war auch Onacros Position geklärt.

Er hatte nun die Möglichkeit, sich in den Geheimgängen zu verbergen und von dort zu blitzschnellen Konterstößen gegen Corello auszuholen. Aber das erschien ihm im Augenblick nicht allzu verlockend. Er konnte sich nicht einfach zurückziehen, ohne eine Ahnung davon zu haben, was um ihn vorging.

Was war in Phantroc gefahren, daß er die Roboter auf ihn angesetzt hatte? Oder war es gar nicht Phantroc gewesen, der die Roboter entsprechend programmiert hatte? Wie Onacro von Anfang an feststellen konnte, lernte Corello schnell, und es konnte keinen Zweifel daran geben, daß er früher oder später die Hauptschaltzentrale beherrschen würde.

Vielleicht war es schon soweit, und Corello selbst hatte die Roboter so programmiert, daß sie gegen ihn, Onacro, Stellung bezogen.

Aber welche Rolle spielte Phantroc? Es konnte kein Zufall sein, daß die Roboter kurz nach dem Gespräch mit ihm Onacros Privatlaboratorium stürmten.

Daraus konnte nur ein Schluß gezogen werden: Onacro stand allein gegen Corello. Auf die Hilfe Phantrocs und seiner anderen Kollegen konnte er sich nicht mehr verlassen.

Deshalb war es wichtiger als je zuvor, sich mit Alaska Saedelaere in Verbindung zu setzen. Der Maskenträger mußte ihm Aufklärung geben. Vielleicht war es Onacro möglich, sich mit Corellos Feinden zu verbünden. Genau betrachtet war das sogar seine einzige und letzte Chance.

Er entnahm einem Depot des Geheimganges eine handliche Strahlenwaffe und betrat durch den getarnten Zugang seine Kabine. Als er die Tür einen Spalt öffnete und vorsichtig in den Korridor spähte, lag dieser verlassen vor ihm da.

Aber er entdeckte etwas anderes, das ihn erstaunte und nachdenklich stimmte. Das Schott, das den Korridor versperrt und die Hauptzentrale von der übrigen Station getrennt hatte, stand offen.

Was mochte das zu bedeuten haben? War Corello bereits so siegessicher, daß er es nicht mehr für nötig erachtete, die Wissenschaftler von der Hauptschaltzentrale fernzuhalten?

Onacro grübelte im Augenblick nicht weiter darüber nach. Er glitt in den Korridor hinaus und näherte sich der Hauptschaltzentrale. Kein Geräusch war zu hören, wenn man von dem Summen der gewaltigen Maschinerie absah.

Der Biogenetiker erreichte ungehindert das Rechenzentrum. Nachdem er es betreten hatte, lauschte er wieder angestrengt in den Korridor. Diesmal war ihm, als hätte er Stimmen gehört. Er konnte aber nicht sagen, ob sie aus den Lautsprechern der Hauptschaltzentrale oder aus der anderen Richtung kamen. Jedenfalls verstummten sie nach einer Weile wieder.

Wo waren Corello und Saedelaere?

Phantroc hatte gesagt, daß Corello nach ihm suchte. Aber mußte sich der Mutant nicht sagen, daß es leichtsinnig war, die Hauptschaltzentrale unbeaufsichtigt zu lassen?

Onacro wandte sich dem Computer zu, den er Saedelaere zur Verfügung gestellt hatte, damit er darin Informationen für ihn speichere. Er stellte den Regler der phonetischen Wiedergabe auf geringste Lautstärke und rief den positronischen Speicher an.

Eine Weile kam kein einziges Geräusch aus dem Lautsprecher, und Onacro befürchtete schon, daß Saedelaere nicht in der Lage gewesen war, ihm eine Nachricht zu hinterlassen. Aber dann, nach einer endlos scheinenden Zeit, als er seine Hoffnungen bereits begraben wollte, ertönte die keuchende Stimme des Maskenträgers.

»Onacro … wenn Sie diese Nachricht abhören, dann hat mich Corello wahrscheinlich schon wieder in seiner Gewalt. Ich habe nicht viel Zeit zur Verfügung. Ursprünglich wollte ich Ihnen einen umfassenden Überblick über die Entwicklung der Menschheit seit dem Untergang von Lemuria geben. Aber ich werde mich mit Stichworten begnügen müssen.

Nach dem Krieg gegen die Haluter haben sich die Lemurer in der Galaxis verstreut. Aus ihnen sind viele noch heute existierende Völker hervorgegangen. Einige sind aber auch auf der Erde geblieben – wir, Corello und ich, sind ihre indirekten Nachkommen. Wir nennen Lemur heute Terra und uns selbst Terraner.

Es stimmt nicht, daß Corello und ich Botschafter aus Andromeda sind. Corello benutzte nur das Wissen, das er über die Erste Menschheit, also Ihr Volk, besitzt, um Sie zu täuschen.

Ich kenne seine Beweggründe nicht, denn ich bin Corellos Gefangener. Er wiederum wird von einer unbekannten Macht parapsychisch beherrscht. Diese Macht vermittelt ihm nicht nur ungeheure Geisteskräfte, sondern von ihr dürfte er auch das detaillierte Wissen über diese Station erhalten haben. Vielleicht sind es die Geister der Vergangenheit, die ihn beherrschen. Er wehrt sich gegen die Unterdrückung, aber … Ah …«

Ein langgezogener Schrei, der plötzlich abbrach, ertönte aus dem Lautsprecher. Onacro wollte den Computer schon ausschalten, als erneut Saedelaeres Stimme aus dem Lautsprecher ertönte.

»Corello hat mich hier überrascht und sofort in seine Gewalt genommen. Aber er dürfte die tatsächlichen Zusammenhänge nicht erfaßt haben. Als er die Suche nach Ihnen wiederaufnahm, konnte ich mich seiner Kontrolle neuerlich entziehen. Ich weiß nicht, wieviel Zeit ich habe, aber ich hoffe, daß sie ausreicht, um Ihnen einige entscheidende Informationen zu geben.

Corello hat unbewußt und unter Einfluß der fremden Macht bereits großen Schaden auf Terra angerichtet. Er wird fieberhaft gesucht. Da er jedoch mit Hilfe der fremden Macht die Teleportation perfekt beherrscht, konnte er bisher immer wieder entkommen. Niemand weiß, daß er sich hier aufhält, denn die Existenz dieser Station ist auf Terra nicht bekannt.

Aber Sie, Onacro, hätten die Möglichkeit, Hilfe herbeizuholen. Über dieser Station gibt es auf dem Meeresboden viele dicht besiedelte Unterwasserstädte. Wenn es Ihnen gelingt, einen Funkspruch auf Normal- und Hyperfunkfrequenz abzuschicken, wird er aufgefangen werden. Benachrichtigen Sie über Funk Perry Rhodan, Onacro! Der Großadministrator des Solaren Imperiums hat Teleportermutanten zur Verfügung, denen allein es gelingen könnte, bis zu uns vorzudringen.

Handeln Sie, Onacro! Teilen Sie Perry Rhodan mit, daß sich Corello hier aufhält. Und sorgen Sie dafür, daß diese Station geortet werden kann. Das ist unsere einzige Rettung. Wenn Corello erst sein Ziel erreicht hat, dann ist es für Gegenmaßnahmen zu spät ...«

Die Botschaft war zu Ende.

Onacro hätte sie sich gerne noch einmal angehört. Denn viele der Einzelheiten, besonders jene, die die Jetztzeit und die heutige Menschheit betrafen, hatte er nicht ganz begriffen. Aber den Speicher konnte er später immer noch anrufen. Dagegen war nicht sicher, ob er nochmals Gelegenheit haben würde, einen Funkspruch abzugeben.

Onacro verließ das Rechenzentrum und machte sich auf den Weg zur Funkzentrale. Dabei mußte er die Hauptschaltzentrale durchqueren. Als er die fünfzig Meter durchmessende Halle betrat, zuckte er unwillkürlich zusammen.

Unter dem Armaturenbrett der Erweckungsschaltung hockte Alaska Saedelaere. Seine Gesichtsmaske war von einem pulsierenden Lichtschein umgeben. Als er Onacro gewahrte, schossen Energieentladungen unter seiner Maske hervor.

Onacro beschleunigte unwillkürlich seinen Schritt. Da Corello Saedelaere kontrollierte, war anzunehmen, daß er durch den Maskenträger von seiner Anwesenheit in der Hauptschaltzentrale erfuhr.

Als Onacro schließlich die andere Seite der Halle erreichte und in den Korridor eindrang, in dem sich die Funkzentrale befand, warf er einen letzten Blick zurück. Alaska Saedelaere hatte sich erhoben und folgte ihm mit hölzernen Bewegungen.

Onacro legte die letzten paar Meter bis zur Funkzentrale laufend zurück. Als er sie erreichte, drückte er die Tür zu und verschloß sie von innen. Erst dann wandte er sich dem großen Hyperfunkgerät zu.

Während er sich den Wortlaut des Funkspruchs überlegte, nahm er fast automatisch die ersten Schaltungen vor. Er wollte auf allen Wellenlängen des Normal- und Hyperfunkbereichs senden, den Funkspruch aufzeichnen und von der Automatik ständig wiederholen lassen. Davon versprach er sich den größten Erfolg.

Als er die dafür erforderlichen Einstellungen vorgenommen hatte, aktivierte er den Sender und begann hastig zu sprechen; er machte sich weiter keine Gedanken darüber, daß er sich des Lemurischen bediente. Für ihn stand es außer Frage, daß man ihn verstehen würde, denn schließlich beherrschten auch Saedelaere und Corello diese für sie antike Sprache.

»Ich rufe Perry Rhodan! Corello ist ...«

Onacro unterbrach sich, denn er erkannte erst jetzt, daß das Funkgerät nicht funktionierte. Irgend jemand pochte gegen die Tür.

Onacro wußte, daß Corello ihm zuvorgekommen war. Als der Mutant sein Verschwinden bemerkt hatte, mußte er augenblicklich die richtigen Schlüsse gezogen und entsprechend gehandelt haben.

Nachdem er sich mit den technischen Anlagen der Hauptschaltzentrale vertraut gemacht hatte, war es ihm nicht schwergefallen, die Kontrolle über die gesamte Station zu übernehmen.

Es war nun nicht mehr möglich, ohne Corellos Einwilligung auch nur einen einzigen Funkspruch abzugeben.

Aber damit nicht genug. Corello beherrschte außer den stationären Anlagen auch die beweglichen und impulsgesteuerten. Es war demnach also Corello selbst gewesen, der die Roboter zu ihm in das Privatlabor dirigiert hatte.

Damit sah Onacro seine letzte Hoffnung schwinden. Auf Hilfe von außen konnte er nicht mehr rechnen. Er konnte nur noch versuchen, mit Unterstützung seiner Leute eine Widerstandsgruppe gegen Corello zu bilden.

Ein Erfolg war allerdings mehr als fraglich, denn sie waren Wissenschaftler und keine Kämpfernaturen. Aber er hatte keine andere Wahl, er mußte es versuchen.

Mit schußbereiter Waffe ging er zur Tür und riß sie auf. Wie nicht anders erwartet, stand Alaska Saedelaere davor. Sein Gesicht unter der Maske war wieder unter dem kalten, unheimlichen Feuer aufgeflammt.

»Weichen Sie zurück, Saedelaere!« sagte Onacro. »Gehen Sie mir aus dem Weg, oder ich muß auf Sie schießen!«

Saedelaere begann zu wanken, während über seine Lippen ein Schwall fremder Worte kam. Er taumelte wie ein Betrunkener zurück, versuchte mit rudernden Armen das Gleichgewicht zu halten und wankte dann wieder auf Onacro zu.

»Ich ... Ihnen helfen!« röchelte er.

»Sie sind besessen, Saedelaere«, entgegnete Onacro. »Richten Sie Corello aus, daß ich mich noch lange nicht geschlagen gebe. Ich werde einen Weg finden, seine Pläne zu durchkreuzen.«

Alaska Saedelaere schlug mit den Armen um sich, als wolle er irgend etwas verscheuchen. »Nicht! Corello hat ...« Saedelaere krümmte sich wie unter Schmerzen.

Onacro starrte bewegt auf den Maskenträger hinunter, dessen Körper und Glieder konvulsivisch zuckten. Er wußte, daß er die qualvollen Schmerzen nicht einmal erahnen konnte, die Saedelaere unter den parapsychischen Schlägen Corellos litt. Aber er konnte ihm nicht helfen.

Er wandte sich ab und eilte den Korridor in Richtung des Antigravlifts hinunter. Er mußte unbedingt in die dritte Etage hinunter. Dort, in der Tiefschlaf-Halle, hielt sich der Großteil seiner Leute auf, die noch immer nicht wußten, was um sie vorging. Er würde sie warnen und zum Widerstand gegen Corello aufrufen!

Gerade als er den Antigravlift erreichte, fiel hinter ihm das Schott mit dumpfem Knall zu. Corello ließ die Falle zuschnappen! Aber zu spät – Onacro hatte die Hauptschaltzentrale bereits verlassen.

Während er im Antigravlift hinunterschwebte und an den einzelnen Etagen vorbeiglitt, war er ständig auf einen Roboterangriff gefaßt.

Aber er hatte Glück. Nur ein einziges Mal – in der vierten Etage – entdeckten ihn patrouillierende Roboter. Als sie jedoch beim Antigravschacht ankamen, hatte er die dritte Etage bereits erreicht. Bevor sie das Feuer auf ihn eröffnen konnten, sprang er in den Korridor hinaus.

Völlig ausgepumpt erreichte er die Tiefschlaf-Halle. Die Wissenschaftler schienen vollzählig anwesend zu sein – abgesehen von den vier an den Schnellbrütern. Sie standen oder saßen reglos und schweigend herum. Als einer dann zufällig in seine Richtung blickte und ihn gewahrte, wandten ihm alle wie auf Kommando die Köpfe zu. Ebenfalls wie auf Kommando setzten sie sich in Bewegung und näherten sich ihm.

Onacro wurde die Situation unheimlich. Er holte tief Luft und rief: »Wir müssen zu den Waffen greifen, um uns zu wehren! Corello hat falsches Spiel mit uns getrieben. Er ist kein Botschafter der Exilregierung in Andromeda. Er ist nicht einmal Lemurer!«

Die Wissenschaftler blieben unbeeindruckt.

»Haben Sie denn nicht verstanden?« rief Onacro verzweifelt.

Auf den Gesichtern der Wissenschaftler zeichnete sich kein Verständnis ab, sie blieben ausdruckslos. In der vordersten Reihe der schweigenden Prozession ging Froun Raboura, ein Biogenetiker wie Onacro, der mit ihm schon in vielen Fällen zusammengearbeitet hatte.

Onacro wandte sich an ihn. »Raboura, was ist in euch gefahren? Haben Sie nicht gehört, was ich sagte? Ribald Corello ist ein Verräter. Wir müssen ihn bekämpfen!«

Onacro sah erleichtert, daß der Biogenetiker ihm direkt in die Augen blickte und dann die Lippen bewegte. Aber als Onacro dann hörte, was er sagte, beschlich ihn unsagbares Entsetzen.

»Corello ist unser Meister. Wir müssen ihm helfen!«

Jetzt erst erkannte Onacro die volle Wahrheit. Corello hatte alle Wissenschaftler in seiner Gewalt. Er hatte sie geistig versklavt, beherrschte sie wie Marionetten.

Froun Raboura holte aus und schlug Onacro die Waffe aus der Hand. Onacro wich entsetzt zurück.

Die schweigende Prozession folgte ihm. Er wurde bis zum Antigravlift getrieben und dann in den Schacht gedrängt. Während er hinaufschwebte, sah er, daß sich die Wissenschaftler ebenfalls in den Schacht begaben.

Onacro wollte in der vierten Etage den Lift verlassen. Aber dort stand ein Roboter und versperrte ihm den Weg. In den anderen Geschossen erging es ihm nicht anders. Erst in der achten Etage konnte er den Schacht verlassen.

Er sah, daß an den Seitengängen und an den Türen überall Roboter postiert waren. Er konnte weder nach links noch nach rechts ausweichen. Zurück konnte er auch nicht mehr, denn hinter ihm kamen bereits die ersten von Corello beeinflußten Wissenschaftler aus dem Antigravschacht und drängten ihn auf die Hauptschaltzentrale zu, wo ihn bereits Corello auf seinem Trageroboter erwartete.

Onacro konnte die geistige Bedrohung förmlich spüren, die von dem Mutanten ausging. Nun war es aus mit seiner Freiheit. Er würde nicht mehr tun und denken können, was er wollte, sondern eine geistig versklavte Kreatur wie Alaska Saedelaere und die 592 Wissenschaftler sein.

Er bereitete sich auf einen vehementen parapsychischen Angriff vor, als er Corello erreichte. Doch es kam anders.

Die beiden Gelenkarme von Corellos Tragerobot schossen vor und umklammerten Onacros Hals mit tödlichem Griff.

Onacro rang verzweifelt nach Atem. Er bekam keine Luft. Er fühlte seine Kräfte schwinden, und ihm wurde schwarz vor den Augen.

Während er vergebens versuchte, gegen die Dunkelheit anzukämpfen, hörte er Corello mit schriller Stimme sagen: »Erinnern Sie sich, daß ich Ihnen den Tod angedroht habe, falls Sie mich zu hintergehen versuchen? Jetzt ist es soweit!«

Vauw Onacro glaubte zu fallen. War es der endgültige Sturz in den Tod? Hatte man dieses Gefühl, in die Tiefe zu fallen, wenn man vom menschlichen Dasein in eine andere, körperlose Existenzform überwechselte?

Seltsamerweise verspürte Onacro einen stechenden Schmerz, als er aufprallte. Er besaß also noch einen Körper. Er lebte.

Als die Benommenheit etwas von ihm abgefallen war und er klarer denken konnte, öffnete er die Augen.

Er befand sich immer noch in der Hauptschaltzentrale. Über ihm türmte sich der Trageroboter auf, und hoch oben, wie das lebende Denkmal eines Dämons, saß Ribald Corello.

»Ich will gnädig sein!« ertönte die schrille Stimme des Mutanten. »Sie sollen am Leben bleiben, Onacro.«

Corellos Stimme tat ihm in den Ohren weh. Onacro erhob sich mühsam. Seine Augen sahen noch nicht ganz klar, sie vermittelten ihm nur ein verschwommenes Bild des Mutanten.

»Wieso dieser Gesinnungswandel, Corello?« erkundigte sich der Biogenetiker. Seine eigene Stimme klang ihm fremd in den Ohren.

»Forschen Sie nicht nach den Gründen, sondern seien Sie froh, daß Sie leben«, erwiderte Corello. »Wenn Sie sich schwach fühlen oder Schmerzen haben, sagen Sie es. Dann werde ich Sie von meinem Roboter behandeln lassen. Er ist entsprechend ausgerüstet. Wenn das nicht nötig ist, dann gehen Sie wieder an die Arbeit.«

Das war es also!

Onacro gelang ein spöttisches Lachen, als er zu Corello sagte: »Sie benötigen mich, deshalb haben Sie mich am Leben gelassen. Sie müssen befürchten, daß Sie ohne mich die acht Normalsynthos nicht innerhalb von fünf Tagen bekommen. Und Sie haben damit recht, Corello! Ich bin für Sie unentbehrlich, deshalb können Sie mich nicht töten.«

»Seien Sie nur nicht zu sicher«, entgegnete Corello. »Ich habe noch immer Ihre Kollegen, die Ihnen kaum nachstehen.«

Onacro sah den Wissenschaftlern nach, die sich aus der Hauptschaltzentrale zurückgezogen hatten und den beiden Antigravliften zustrebten.

»Einst waren sie alle fähige Wissenschaftler«, sagte Onacro. Er blickte zu Corello auf. »Aber Sie haben ihnen ihre Persönlichkeit genommen und Roboter aus ihnen gemacht. Jetzt sind sie willenlose Sklaven, sonst nichts, und können nicht mehr als solche leisten. Aber selbst wenn Sie ihnen die Zügel lockern, können sie Ihnen keinen Erfolg bringen. Denn keiner von ihnen ist in der Lage, nicht einmal Lowo Phantroc, das Extreme Notprogramm durchzuführen. Das kann nur ich. Deshalb müssen Sie mich am Leben lassen.«

Corello nickte leicht mit dem riesigen Kopf – ohne ihn jedoch aus der Stütze zu heben.

»Zugegeben, Onacro, aber ich kann Ihnen dieses Leben zur Hölle machen«, sagte der Mutant mit gefährlichem Unterton.

Er hatte kaum ausgesprochen, da verspürte Onacro plötzlich einen Schmerz wie von tausend Nadeln; er spürte die Einstiche am ganzen Körper. Er sprang von einem Bein auf das andere, weil er glaubte, daß aus dem Boden spitze Dornen ragten, die sich in seine Fußsohlen bohrten.

Er schloß die Augen, weil er geblendet wurde. Seine Hautsinne vermittelten ihm brodelnde Hitze.

Seine chemischen Sinne rebellierten unter dem Eindruck eines abscheulichen Geschmacks. Übelkeit und Brechreiz waren die Folge.

Er roch Äther, Methan, Ammoniak ... Sein Körper wurde in Säure gebadet ... Seine Ohren wurden mit markerschütternden Geräuschen traktiert ... Hitze, Gestank, Lärm.

Und dann war alles wieder genauso schnell vorbei, wie es vorher begonnen hatte.

»Das alles kann ich mit Ihnen anstellen – und noch mehr, Onacro«, ertönte Corellos schrille Stimme. »Ich könnte Ihnen auch meinen Willen aufzwingen, aber darunter würden wahrscheinlich Ihre Leistungen leiden. Warum also wollen Sie nicht freiwillig mit mir zusammenarbeiten?«

Das war eine Frage, auf die Onacro keine Antwort wußte – so seltsam es auch klang. Seine feindselige Einstellung war lediglich gefühlsmäßiger Natur und auf Alaska Saedelaeres Aussagen zurückzuführen.

Er wußte weder, welche Ziele Corello verfolgte, noch welcher Sache er diente. Genaugenommen sprach nur ein Punkt wirklich gegen den Mutanten, nämlich, daß er mit jeder Handlung Gewalt säte. Und Onacro verabscheute Gewalt.

Corello schien seine Gedanken zu erraten – oder zu lesen –, denn er sagte: »Ihr Unglück ist, daß Sie einiges in Erfahrung gebracht haben und nun glauben, genügend Wissen zu besitzen, um sich ein Urteil erlauben zu können. Doch das ist ein Trugschluß. Sie wissen noch lange nicht genug, um Partei für Alaska Saedelaere zu ergreifen oder Abwehrstellung gegen mich einzunehmen. Sie sind ein Relikt der Vergangenheit, Onacro, und haben keine Berechtigung, in den Machtkämpfen der Gegenwart für irgendeine Stelle einzutreten.«

Onacro mußte sich eingestehen, daß Corellos Argumente etwas für sich hatten. Aber es gab dennoch etwas, das Corello übersehen hatte; das war Onacros Sinn für Gerechtigkeit, seine Eigenschaft, zwischen Gut und Böse, zwischen Unterdrücktem und Unterdrücker zu unterscheiden – und die zwangsläufige Folgerung, dem Geknechteten beizustehen und den Gewalttätigen als »Feind« einzustufen.

Onacro konnte gar nicht anders, als gegen Corello zu kämpfen.

Doch er hatte nicht vor, diese seine Überlegungen Corello mitzuteilen. Er würde ihn in dem Glauben lassen, auf seine Forderungen einzugehen – um gleichzeitig insgeheim gegen ihn zu arbeiten.

»Ich werde versuchen, die Rolle des Neutralen zu übernehmen«, sagte Onacro.

Aber der Mutant schien ihn gar nicht zu hören. Der Blick seiner großen Augen war auf einen bestimmten Punkt in der Ferne gerichtet. Sein zierlicher Körper war zur Bewegungslosigkeit erstarrt, die Arme waren auf den seitlichen Lehnen aufgestützt, die Hände hielten die Instrumente umkrampft.

Eine volle Minute lang rührte sich Corello überhaupt nicht. Als er schließlich mit entrückter, wesenloser Stimme sprach, bewegten sich nur seine Lippen.

»Verlieren Sie keine Zeit, Onacro. Es würde fatale Folgen haben, wenn durch Ihre Nachlässigkeit Normalsynthos mit physischen Mißbildungen entstünden.«

Onacro wartete noch etwas, um zu sehen, ob sich Corellos Zustand ändern würde. Aber als der Mutant weiterhin wie versteinert in seinem Tragerobot saß, wandte sich Onacro dem Instrumentenpult zu.

Die Robotstimme verkündete: »Die acht Gen-Konserven entsprechen in ihrer Entwicklung hundertachtzig Tage alten Fetussen. Achtung! Retorte eins zeigt Energieschwankungen. Das kann zu Wachstumsstörungen führen.«

Onacro war sofort zur Stelle, um die Energiezufuhr für den gefährdeten Schnellbrüter zu erhöhen, bis sich die Energieglocke stabilisiert hatte. Er konnte von Glück sagen, daß er in dieser kritischen Situation dagewesen war. Denn in der Retorte-I befand sich jene Gen-Konserve, die er in seinem Privatlabor für sein Einei-Sechs-Experiment vorbereitet hatte.

Wenn Corello dahinterkam, konnte das unabsehbare Folgen haben. Und auf jeden Fall hätte Onacro damit seinen letzten und wirkungsvollsten Trumpf ausgespielt.

Während Onacro die Energiezufuhr durch Fernsteuerung regulierte und Feinabstimmungen vornahm, reifte in ihm ein Plan.

Hatte Alaska Saedelaere nicht gesagt, daß sich über dieser Station Unterwasserstädte der Neuen Menschheit befanden? Solche Städte, die tief unter dem Meerespiegel lagen, konnten nur unter ungeheurem technischem Aufwand existieren. Es lag auf der Hand, daß es dort auch empfindliche Ortungsgeräte gab.

Wenn er nun den Energieverbrauch dieser Station erhöhte, nach und nach sämtliche Kraftwerke anlaufen ließ und die Reaktoren bis zur Leistungsgrenze hochfuhr, dann mußte das einfach in den Unterwasserstädten geortet werden.

»Wir brauchen mehr Energie«, sagte Vauw Onacro und ließ ein zweites Kraftwerk anlaufen.

Stunden später mußte sich Onacro verzweifelt die Frage stellen, warum sein Vorhaben nicht klappte. Er hatte bereits, von Ribald Corello nicht weiter beachtet, die Hälfte aller zur Verfügung stehenden Kraftwerke eingesetzt.

Er hatte immer wieder neue Ausreden ersonnen, um Energien freizumachen; einmal waren es die Reinigungsroboter, die für den steigenden Energiebedarf verantwortlich waren, dann die Fabrikationsanlagen für Ersatzteile und nicht zuletzt die gigantische Maschinerie, die für die Erschaffung der Normalsynthos angelaufen war.

Inzwischen war die Energieemission der biologischen Station bereits so groß, daß sie mit empfindlichen Geräten sogar aus dem All angemessen werden konnte. Onacro konnte sich nicht erklären, warum man in den Unterwasserstädten noch nicht auf sie aufmerksam geworden war.

Immerhin waren bis zur Vollendung der Normalsynthos noch drei Tage Zeit, und bis dahin konnte er die Energieproduktion weiter erhöhen. Es war fast ausgeschlossen, daß die Kraftwerke und die Maschinen, die auf hyperdimensionaler Basis arbeiteten, bis dahin nicht geortet wurden.

Er sagte sich immer wieder, daß man sie einfach entdecken *mußte!*

Doch seine Zuversicht schwand mit jeder Stunde. Warum kam Perry Rhodan nicht?

Wenn er tatsächlich so fieberhaft nach Ribald Corello suchte, wie Alaska Saedelaere behauptete, dann mußte er einfach jeder Spur nachgehen. Und die Energieemission tief unter dem Meeresboden war ein unübersehbarer Hinweis.

Warum kamen Perry Rhodans Teleporter nicht, um nach der Ursache der energetischen Tätigkeit in diesem subozeanischen Gebiet zu suchen? Waren die Energieimpulse noch nicht stark genug?

Vauw Onacro schaltete – als Corellos Aufmerksamkeit für einige Augenblicke nachließ – einige zusätzliche Maschinen ein, die einen ungeheuren Energiebedarf hatten, und ließ einen weiteren Reaktor anlaufen.

Dann suchte er seine Kabine auf, um einige Stunden zu schlafen. Er wollte zumindest ausruhen, bis die zweieinhalbtägige Geburtsphase der Normalsynthos in den Schnellbrütern beendet war.

Dann würde er vor einem neuen Problem stehen. Wie sollte er das Ergebnis seines Einei-Sechs-Experiments in den Atomar-Molekularen-Wachstumsbeschleuniger schaffen, ohne daß Ribald Corello etwas davon merkte?

Er verschob die Lösung dieses Problems auf einen späteren Zeitpunkt. Im Augenblick beschäftigte ihn immer noch die Frage, wieso man in den Unterwasserstädten die energetische Tätigkeit unter dem Meeresboden noch nicht angemessen hatte.

Über dieser Frage schlief er ein.

Als er Stunden später von Ribald Corellos Stimme geweckt wurde, hatte er sich zu dem Entschluß durchgerungen, einen Test durchzuführen. Bisher hatte er nur gehofft, geortet zu werden, jetzt wollte er selbst eine Ortung vornehmen. Vielleicht brachte ihn das weiter.

»Kommen Sie sofort in die Hauptschaltzentrale«, hatte Corello über die Sprechanlage gefordert. »Die Geburt der Normalsynthos steht unmittelbar bevor.«

Einige Minuten später war Onacro zur Stelle. »Ich bin um eine Viertelstunde zu früh dran«, stellte der Biogenetiker mit einem Blick auf die Armaturen fest.

Auf dem Bildschirm war zu sehen, daß die Energieglocken der Schnellbrüter noch immer in einem beständigen Violett glühten. Da sie nicht transparent waren, konnte man nicht sehen, wie weit das Leben in ihrem Innern gediehen war.

Das ist mein Glück, dachte Vauw Onacro. *Denn wenn Corello sähe, was in Retorte-I heranwächst, dann ...*

Die vier Wissenschaftler, die von Corello in die Schnellbrüter-Halle abgestellt worden waren, saßen vor den Prüfgeräten und bedienten sie mit unnatürlich wirkenden Bewegungen. Da sie immer noch von Corello beherrscht wurden, konnten sie nur für einfache Tätigkeiten wie die Kontrolle der Organtätigkeit, des Stoffwechsels und der Nahrungsaufnahme der ungeborenen Normalsynthos herangezogen werden.

Onacro wartete einen günstigen Zeitpunkt ab, dann stellte er eine Verbindung zur Ortungszentrale her und schaltete die Energie-, Masse- und Elementetaster durch Funkbefehl ein. Er brauchte die Reichweite der Geräte gar nicht weit auszudehnen und hatte bereits nach wenigen Sekunden ein Ortungsergebnis auf dem Bildschirm.

Dabei konnte es sich nur um eine der von Saedelaere erwähnten Unterwasserstädte handeln. Die Stadt, deren Umrisse Onacro auf dem Bildschirm sah, besaß riesige Ausmaße und war groß genug, um gut einer Million Menschen Platz zu bieten. Entsprechend gewaltig war auch die Energieentwicklung.

Onacro ließ von der Positronik blitzschnell einige Auswertungen vornehmen und Berechnungen anstellen, dann unterbrach er den Kontakt zur Ortungszentrale, bevor Corello Verdacht schöpfen konnte.

Für Onacro war nun alles klar: Die Ortungsergebnisse zeigten ihm deutlich, daß sich sein Vorhaben im Augenblick noch nicht durchführen ließ.

Die Unterwasserstadt verfügte selbst über eine Vielzahl gigantischer Kraftwerke, die auf Hochtouren liefen. Die Energietaster hatten eine zehnfache Kapazität der stationseigenen Kraftwerke angemessen. Selbst wenn es in der Unterwasserstadt noch so empfindliche Ortungsgeräte gab, konnten sie die Energieimpulse der biologischen Station nicht orten, weil sie von den Energien der eigenen Kraftwerke überlagert wurden.

Die Ortungsergebnisse waren für Onacro eine einzige Enttäuschung, aber er wollte das begonnene Vorhaben deshalb nicht gleich abbrechen.

Bestimmt läßt der Energieverbrauch in der Unterwasserstadt zur Schlafenszeit nach, sagte er sich – und ließ das nächste Kraftwerk anlaufen.

»Wann geben die Schnellbrüter die Normalsynthos endlich frei?« erkundigte sich Corello ungehalten.

»Überhaupt nicht«, sagte Onacro. Er begann zu schwitzen. Er hoffte, daß Corello auf sein Täuschungsmanöver einging. Denn wenn er darauf bestand, in Retorte-1 Einblick zu nehmen, dann war er endgültig verloren. Diesmal würde Corello bestimmt nicht zögern, ihn zu töten.

»Was wollen Sie damit sagen?« herrschte der Mutant ihn an.

»Nichts weiter, als daß die Normalsynthos mitsamt den Retorten zu den Ato-Mol-Beschleunigern überstellt werden«, sagte Onacro. Er blickte Corello überrascht an. »Wußten Sie nicht, daß die neugeborenen Normalsynthos nicht den normalen Umweltbedingungen ausgesetzt werden dürfen? Retortenkinder besitzen viele jener natürlichen Abwehrstoffe nicht, die im Mutterleib groß gewordene Kinder haben.«

»Das mag schon sein«, gab Corello zu. »Ich verlange auch nicht mehr, als zu sehen, ob die Retorten gesunde und überlebensfähige Menschen produziert haben. Sagen Sie nicht, daß sich das nicht machen läßt.«

»Doch, es geht, aber nicht durch Fernbedienung«, antwortete Onacro.

»Entlassen Sie Phantroc aus Ihrer Gewalt, dann kann er zwei oder drei Stichproben machen.«

»Es hat mit Gewalt nichts zu tun – es ist Dressur«, entgegnete Corello. »Es besteht für mich keine Veranlassung, Phantroc aus der Dressur zu entlassen. Ich werde Gorlan Lym befehlen, die nötigen Schaltungen vorzunehmen.«

Onacro starrte gebannt auf den Bildschirm. Dort sah er den jungen Biochemiker unbeteiligt vor den Armaturen sitzen. Jetzt wandte er den Kopf in Richtung der Aufnahmekameras und zwinkerte Onacro vertraulich zu.

Dann nahm er einige Schaltungen vor. Die Energieglocken von drei Retorten wurden transparent – und zwar die Nummern zwei, vier und sieben. In jedem Schnellbrüter lag, auf ein Energiekissen gebettet, ein neugeborener Normalsyntho; die Anschlüsse an den künstlichen Blutkreislauf, an das Atemgerät und die übrigen technischen Anlagen waren bereits durchtrennt; die Kontrollgeräte zeigten an, daß die Neugeborenen geistig und körperlich völlig gesund waren.

Onacro nahm davon keine Notiz. Er dachte über Gorlans seltsames Verhalten nach. War er einer Täuschung zum Opfer gefallen, oder hatte ihm Gorlan tatsächlich zugezwinkert?

Wenn er sich nicht getäuscht hatte, konnte das nur bedeuten, daß Gorlan von Corello nicht völlig beherrscht wurde.

7.

Gorlan Lym erfuhr auf eindrucksvolle Weise, was eigentlich hinter Onacros Einei-Sechs-Projekt steckte.

Es war bald danach, als er merkte, daß Phantroc, Nyva und Parolar Uym von Corello geistig versklavt wurden. Gleichzeitig spürte er in seinem Gehirn eine seltsame Leere, die von fremden Befehlsimpulsen angefüllt wurde. Aber während die anderen drei Wissenschaftler machtlos gegen die hypnosuggestiven Impulse waren, konnte sich Gorlan dagegen wehren.

Es gelang ihm, Corello unbedingten Gehorsam vorzuheucheln, obwohl er jederzeit Herr über sich selbst war. Bald fand er heraus, daß auch alle anderen Wissenschaftler von Corello beherrscht wurden. Nur Vauw Onacro, der das Extreme Notprogramm leitete, war von dem Supermutanten verschont worden.

Gorlan wartete auf seine Chance, mit dem Biogenetiker Kontakt aufnehmen zu können. In der Zwischenzeit verrichtete er seine Arbeit an den Schnellbrütern und führte Corellos Befehle so gewissenhaft aus wie die Beeinflußten.

Darüber hinaus machte er auch einige »Fleißaufgaben«, die Corello entgingen. Unter anderem überprüfte er von Zeit zu Zeit die sich rasend schnell entwickelnden Normalsynthos in den Retorten.

Dabei stieß er auf einen seltsamen Umstand. Retorte-1 benötigte viel mehr Energien als die anderen sieben Schnellbrüter. Zwar war ihm nicht entgangen, daß Onacro überflüssig viele Kraftwerke anlaufen ließ, doch betraf das wahrscheinlich wiederum einen anderen Plan des Biogenetikers.

Gorlan wußte von Phantroc, daß in Retorte-1 jene Gen-Konserve untergebracht war, die aus Onacros Einei-Sechs-Experiment stammte. Er konnte sich zwar immer noch nicht vorstellen, was dahintersteckte, doch war er überzeugt, daß der außerordentlich hohe Energiebedarf damit zusammenhing.

Von Neugierde getrieben, nahm er weitere Messungen vor.

Die Ergebnisse, die er nach und nach erhielt, waren in höchstem Grad erstaunlich.

So betrug das Gewicht des Synthos in Retorte-1 nahezu das Sechsfache der anderen Normalsynthos. Ebenso unterschieden sich die Gehirnimpulse wesentlich von denen der anderen und waren zudem viel stärker. Ein Blick auf die Kontrollgeräte zeigte ihm auch, daß Herzschlag und Atmung überdurchschnittlich kräftig waren und außerdem eine geradezu erschreckende Unregelmäßigkeit aufwiesen.

Als Gorlan diese Entdeckung machte, nahm er sofort an, daß entweder dieser Schnellbrüter schadhaft war oder daß der heranreifende Fetus darin physische Mängel besaß. Bevor er jedoch die nötigen Korrekturen vornahm, um den Normalsyntho in Retorte-1 vielleicht doch noch zu retten, wollte er sich einen optischen Eindruck von ihm verschaffen.

Nach den Meßergebnissen zu schließen, mußte sich unter der Energieglocke eine schwere, ungeheuerlich mißgebildete Kreatur befinden.

Er wartete einen Zeitpunkt ab, da Ribald Corello der Schnellbrüter-Halle keine Aufmerksamkeit schenkte, dann schaltete er die Energieglocke von Retorte-1 auf Transparenz.

Zu Gorlans größter Überraschung erblickte er innerhalb der energetischen Plazenta statt eines Fetusses deren sechs! Und da begann er zu begreifen, was Onacros Einei-Sechs-Experiment bedeutete.

Während es sich bei den genaktivierten Zellverbänden der anderen sieben Schnellbrüter um einfache befruchtete Keime handelte, befand sich in Retorte-1 eine *sechsfach genaktivierte Spezialzelle!*

Das also war Onacros Experiment. Er hatte eine Keimzelle sechsfach befruchtet, so daß aus ihr nicht nur ein Normalsyntho entstand, sondern sechs. Eineiige Sechslinge!

Deshalb also der überaus hohe Energieverbrauch, denn sechs Synthos benötigten mehr Nahrung als ein einzelner. Deshalb auch der verwirrende Rhythmus von Herzschlag und Atmung, denn in Retorte-1 atmeten sechs Fetusse, schlugen sechs Herzen!

Aber was war der Sinn dieses Manövers?

Corello hatte nur acht Normalsynthos angefordert, in Wirklichkeit wurden jedoch dreizehn geschaffen – und zwar in nur acht Retorten, so daß Corello keinen Verdacht schöpfen konnte.

Was hatte Onacro nun mit den verbleibenden fünf Normalsynthos vor? Es stand fest, daß er sie vor Corello verbergen mußte. Wollte er sie als Geheimwaffe gegen den Supermutanten einsetzen? Das schien naheliegend, aber Gorlan sah keinen Sinn darin.

Wie konnte Onacro hoffen, von fünf Normalsynthos Unterstützung zu bekommen, wenn fast sechshundert bestens geschulte Wissenschaftler nichts gegen Corello hatten ausrichten können?

Gorlan kam einfach nicht dahinter, was Onacro mit seinem Schachzug bezweckte. Aber er wollte ihn in seinen Bemühungen unterstützen und darauf achten, daß der Trick mit der *sechsfach genaktivierten Spezialzelle* nicht durchschaut wurde.

Als dann der Geburtsprozeß in den Retorten abgeschlossen war und Corello die frisch geborenen Normalsynthos sehen wollte, richtete es der junge Biochemiker so ein, daß er nur in die Retorten zwei, vier und sieben Einblick bekam.

Corello schöpfte keinen Verdacht. Gorlan leitete die Überstellung aller acht Retorten in die Abteilung mit den Atomar-Molekularen-Wachstumbeschleunigern ein.

Die Ato-Mol-Beschleuniger waren den Schnellbrütern nicht unähnlich. Sie bestanden aus hohen Metallsockeln, über denen sich zweieinhalb Meter hohe Energieglocken wölbten, und im Grunde genommen spielte sich in ihnen der gleiche Vorgang wie in den Retorten ab. Hier wie dort lief der Wachstumsprozeß der Normalsynthos mit millionenfacher Beschleunigung ab.

Aber während in den Schnellbrütern die Keimzellen zu Menschenkindern heranreiften, die nach zweieinhalb Tagen lebensfähig waren und keine technische Lebenshilfe mehr benötigten, wuchs in den Ato-Mol-Beschleunigern in rasender Schnelle das Neugeborene zu einem erwachsenen Menschen heran.

Dieser Vorgang war widernatürlicher und eher als Synthese zu bezeichnen als die Geburt in der Retorte.

Denn in den Ato-Mol-Beschleunigern wurden die Kindheit, die Pubertät und der gesamte physiologische Reifeprozeß des Menschen vorweggenommen. Ein Kleinkind, das in der Retorte erschaffen worden war, unterschied sich von einem im Mutterleib geborenen in keiner Weise. Nachdem sie das Licht der Welt erblickt hatten, war es nicht mehr ausschlaggebend, ob sie eine Reifezeit von neun Monaten oder von zweieinhalb Tagen hinter sich hatten.

Für die Zukunft besaßen sie gleiche Chancen.

Anders war es bei jenen Geschöpfen im Alter zwischen 21 und 23 Jahren. Ein Mann, der diese 23 Jahre durchlebt hatte und in dieser Zeit Gelegenheit hatte, sich Wissen anzueignen und Erfahrungen zu sammeln, dessen Entwicklung konnte als geistig und körperlich abgeschlossen gelten. Ein Mann im gleichen Alter, dessen Entwicklung im Ato-Mol-Beschleuniger nur zweieinhalb Tage gedauert hatte, war dagegen stark benachteiligt.

Körperlich konnte er sich mit jedem natürlich aufgewachsenen Menschen messen, aber geistig war er immer noch ein Neugeborenes. Sein Gehirn war zwar normal ausgebildet, aber es war leer, ohne das geringste Wissen, ohne irgendwelche Erfahrungswerte. Deshalb war es nötig, auch seinen Geist nachträglich künstlich zu formen, ihm Wissen und eine Persönlichkeit zu geben, die zu seinen Erbanlagen paßten …

»Gorlan Lym!«

Der junge Biochemiker fuhr erschrocken herum, als er die Stimme hinter sich vernahm. Onacro stand im Schatten des Eingangs und blickte zu den drei anderen Wissenschaftlern, die apathisch vor den Schaltanlagen saßen und durch die Armaturen hindurchzusehen schienen.

»Die merken überhaupt nicht, was um sie vorgeht«, stellte Onacro mitleidig fest. Er ließ seinen Blick über die acht Energieglocken gleiten und fuhr dann fort: »Bei Corello macht sich seit einigen Stunden eine steigende Erschöpfung bemerkbar. Er wehrt sich immer heftiger gegen die Macht, die ihn beherrscht, und das kostet ihn Substanz. Es fiel mir nicht schwer, mich aus der Hauptschaltzentrale zu schleichen.«

Gorlan nickte. »Ich weiß über Ihr Einei-Sechs-Experiment Bescheid«, sagte er. »Mir ist nur noch nicht klar, was Sie mit den fünf überzähligen Normalsynthos vorhaben. Was versprechen Sie sich von ihnen?«

»Wenn ihre Entwicklung abgeschlossen ist, müssen wir sie erst einmal vor Corello in Sicherheit bringen«, erklärte Onacro. »Wie sie uns nützlich sein können, weiß ich selbst noch nicht, denn ich habe keine Ahnung, wie das Experiment ausgehen wird. Allerdings besitzen sie einen recht vielversprechenden Gen-Kode.«

»Der wird ihnen nichts nützen, wenn sie geistig nicht geschult werden«, erinnerte ihn Gorlan. »Sie brauchen Wissen, um sich entfalten zu können. Wie wollen Sie ihnen das vermitteln, ohne daß Corello etwas davon merkt?«

»Ich habe bereits einen Plan, der sich mit Ihrer Hilfe verwirklichen ließe«, antwortete Onacro. Er blickte Gorlan prüfend an. »Er kann aber nur gelingen, wenn Sie völlig unbeeinflußt sind.«

»Corello kann mir nichts anhaben«, versicherte Gorlan. »Ich vernehme seine hypnosuggestiven Befehle und gehe auch zum Schein darauf ein, aber ich muß mich ihnen nicht beugen.«

»Das ist gut.« Onacro nickte zufrieden. »Dann hören Sie. Die Normalsynthos sind in drei Stunden voll entwickelt. Corello weiß das und wird zur fraglichen Zeit zur Stelle sein. Er weiß aber nicht, daß die Ato-Mol-Beschleuniger nicht mit voller Kapazität laufen. Es ist möglich, den Wachstumsprozeß um zehn Minuten zu beschleunigen.«

»Wollen Sie das wirklich riskieren?« sagte Gorlan eindringlich. »Dadurch würde sich das Risiko vervielfachen.«

»Dieses Risiko müssen wir eingehen. Es ist unbedingt notwendig, den Ato-Mol-Beschleuniger mit den Sechslingen auf Hochtouren laufen zu lassen. Die zehn Minuten, die wir dadurch gewinnen, können Sie dazu benützen, fünf von ihnen in Sicherheit zu bringen, bevor sie von Corello entdeckt werden.«

»Und wohin soll ich sie schaffen?« erkundigte sich Gorlan.

Onacro deutete in den Korridor. »Hinter der dritten Tür links befindet sich der Schulungsraum, wo die Normalsynthos ihr Wissen erhalten werden. Dorthin bringen Sie auch fünf der Sechslinge. Alles Weitere überlassen Sie mir.«

Gorlan blickte dem Biogenetiker nicht nach, als dieser sich in den Korridor zurückzog. Er wandte sich wieder seinen Instrumenten zu. Betont kraftlos führte er einige Bewegungen aus. Es schien, als überprüfe er nur die Automatik, während er jedoch in Wirklichkeit jene Schaltung vornahm, die bei einem der Ato-Mol-Beschleuniger eine Kapazitätssteigerung bis an die Leistungsgrenze bewirkte.

Hoffentlich geht das nicht schief, dachte Gorlan.

Er mußte von nun an dem Ato-Mol-Beschleuniger mit den Sechslingen besondere Aufmerksamkeit schenken. Der geringste Fehler in der Strahlungsdosierung konnte sich bereits fatal auswirken. Bei diesem vielfach beschleunigten Wachstumsprozeß konnte schon eine einzige mißgebildete Zelle, die nicht sofort abgeschieden und vernichtet wurde, zu verheerenden Mutationen führen.

Selbst in diesem Stadium, in dem die Entwicklung der Normalsynthos schon fast abgeschlossen war, konnten immer noch Krisen eintreten.

Man mußte sich vor Augen halten, daß in jeder Sekunde Millionen Zellen geteilt wurden, abstarben oder erhalten blieben und sich blitzartig wiederum teilten. Wenn auch nur eine kranke Zelle am Leben blieb und sich durch Teilung vermehren konnte, dann war innerhalb einer Minute eine Wucherung entstanden, die innerhalb des gesunden Gewebes immer weiter um sich griff und einen Gefahrenherd darstellte.

In der Regel wurden solche Tumoren zumeist von der Automatik rechtzeitig entdeckt, lokalisiert und abgebaut. Aber abgesehen von den Mißbildungen, konnten durch Mutationen der Gene andere Schäden entstehen, die nicht sofort offenbar wurden. Und das war die weit größere Gefahr.

Gorlan war klar, daß er den Wachstumsprozeß von Hand aus nicht regulieren konnte. Dennoch verschaffte es ihm eine gewisse Beruhigung, den Vorgang in dem Ato-Mol-Beschleuniger mit den Sechslingen auf seinem Bildschirm zu beobachten.

Als er die sechs voll ausgewachsenen Männer erblickte, hielt er unwillkürlich den Atem an. Es war nicht das erste Mal, daß er die Geburt von Normalsynthos beobachtete, und der beschleunigte Wachstumsprozeß barg auch keine Geheimnisse mehr für ihn. Aber der Anblick faszinierte ihn immer wieder.

Die sechs Männer standen dicht aneinandergepreßt, ihre Konturen waren nicht klar, sondern verschwommen, denn sie veränderten sich so rasch, daß das Auge nicht folgen konnte. Es war beklemmend zu sehen, wie die Bausteine des Lebens zu Reaktionen gezwungen wurden, die in der Natur millionenfach langsamer abliefen.

Gorlan stellte sich vor, wie die Atomgruppen zu Molekülen zusammengeballt wurden, die sich wiederum zu Zellen zusammenzogen und das Gewebe bildeten – so schnell er seine Gedanken zu einem visionären Gebilde formen konnte, so schnell lief der Wachstumsprozeß im Ato-Mol-Beschleuniger ab.

Manchmal schien es, als seien die Sechslinge zusammengewachsen, an den Schultern, dann wieder mit den Rücken oder den Händen. Aber dann wurden sie wieder getrennt, und es zeigte sich, daß es sich um eine optische Täuschung handelte, hervorgerufen durch die energetischen Ströme, die die sechs Körper umwallten.

Plötzlich fuhr Gorlan hoch. Er war so tief in seine Betrachtungen versunken gewesen, daß er nicht merkte, wieviel Zeit vergangen war.

Jetzt erst erkannte er durch einen zufälligen Blick auf seine Instrumente, daß die drei Stunden nahezu um waren. Er hatte die akustische und optische Warneinrichtung ausgeschaltet, um nicht die von Corello beeinflußten Wissenschaftler zu warnen.

Er schaltete den Ato-Mol-Beschleuniger mit den Sechslingen ab und wartete, bis die Energieglocke in sich zusammengefallen war. Dann zog er fünf der Normalsynthos wortlos vom Metallsockel und drängte sie in den Korridor, aus dem Bereich der Aufnahmekameras hinaus.

Sie warteten geduldig, bis er die Energieglocke über ihren im Ato-Mol-Beschleuniger zurückgelassenen Artgenossen wieder errichtet hatte und zu ihnen zurückkam.

»Los, vorwärts!« sagte er und drängte sie den Korridor hinunter.

Sie benahmen sich beim Gehen noch ungeschickt, weil sie ihre Beine nicht gebrauchen konnten. Sie gaben unartikulierte Laute von sich, klammerten sich aneinander und blickten staunend um sich. Erwachsene Männer mit der Psyche von Neugeborenen!

Als Gorlan sie ins Schulungszimmer drängte, wartete Vauw Onacro bereits. Gorlan wollte ihn schon fragen, wie er unbemerkt in diesen Raum gelangt war, als er die mannsgroße Öffnung in der rückwärtigen Wand sah. Ein Geheimgang!

»Kehren Sie auf Ihren Posten zurück!« rief Onacro, während er die Normalsynthos wie eine Herde Tiere in den Geheimgang trieb.

Als Gorlan Lym zu den Ato-Mol-Beschleunigern zurückkam, war auch der Wachstumsprozeß der übrigen Normalsynthos beendet.

Alaska Saedelaere spürte, daß sich etwas zusammenbraute. Und er mußte untätig zusehen!

Die Rolle des bedingungslosen Sklaven behagte ihm nicht, aber ihm blieb keine andere Wahl, als sie zu spielen. Seine Stunde würde schon noch kommen.

Wenn er im Augenblick selbst noch nichts unternehmen konnte, so erkannte er an Vauw Onacros Verhalten, daß der Biogenetiker nicht untätig war. Er verschwand nicht selten aus der Hauptschaltzentrale, wenn Corello mit sich selbst beschäftigt war oder einen seiner Anfälle hatte.

Saedelaere wußte, daß er dann immer gegen die fremde Macht ankämpfte, die ihn beherrschte. Corello blieb jedesmal der Unterlegene – die fremde Macht war stärker als er.

Dem Maskenträger war es auch nicht entgangen, daß Onacro nach und nach alle Kraftwerke anlaufen ließ und – von Corello ebenfalls unbemerkt – fast die gesamte Maschinerie der biologischen Station in Betrieb gesetzt hatte.

Alaska konnte sich den Grund dafür denken: Onacro wollte Perry Rhodan und seinen Leuten die Ortung dieser Station ermöglichen.

Bisher hatte dieser recht raffiniert inszenierte Schachzug nicht den erhofften Erfolg erbracht, und Alaska glaubte auch den Grund dafür zu kennen.

Wahrscheinlich hatten die Unterwasserstädte, die oberhalb der lemurischen Station lagen, unter den Auswirkungen von Corellos verheerender parapsychischer Tätigkeit zu leiden gehabt. Es mochte zu Katastrophen gekommen sein, so daß man sich veranlaßt sah, alle verfügbaren Kräfte zur Behebung der angerichteten Schäden heranzuziehen.

Das hatte einesteils zur Folge, daß die Ortung vernachlässigt wurde, andererseits war eine solche vielleicht sogar ganz unmöglich, weil die enorm leistungsstarken Schwarzschild-Reaktoren der Unterwasserstädte die Energieimpulse der lemurischen Station überlagerten.

Dennoch hoffte Alaska, daß Onacro die Kraftwerke weiterlaufen ließ. In ihnen sah er die einzige Möglichkeit, Perry Rhodan auf Corellos Spur hinzuweisen.

Eine Alarmsirene heulte. Alaska verspürte einen schwachen hypnosuggestiven Impuls, als Corello aus seiner Versunkenheit aufschreckte. Im gleichen Moment tauchte Vauw Onacro in der Hauptschaltzentrale auf.

Er tat, als hätte er sich die ganze Zeit über in der Nähe aufgehalten. Aber Alaska, der ihn vor einiger Zeit in seiner Kabine verschwinden gesehen hatte, wußte es besser.

»Der Wachstumsprozeß der Normalsynthos ist abgeschlossen«, verkündete Onacro.

Alaska sah, wie sich der große Bildschirm erhellte und sich darauf die acht Ato-Mol-Beschleuniger abbildeten. Die Energieglocken wurden zusehends schwächer und fielen schließlich gänzlich in sich zusammen. Darunter kamen die acht Normalsynthos zum Vorschein – sieben Männer und eine Frau.

»Ihre physische Entwicklung ist abgeschlossen«, erläuterte Onacro. »Sie benötigen nur noch eine psychische Schulung, dann sind sie voll einsatzfähig.«

Alaska schien es, als ob Corellos zierlicher Körper von einem Schauer erfaßt würde. Hatte die Erregung der fremden Macht auf ihn übergegriffen, oder hatte Corello nur wieder einmal vergeblich versucht, sich gegen die parapsychischen Gewalten aufzulehnen?

»Ich möchte die Psychoschulung persönlich beaufsichtigen«, sagte Corello.

Er steuerte seinen Tragerobot auf den Ausgang der Hauptschaltzentrale zu. Alaska mußte ihm gegen seinen Willen folgen.

Damit wurde dem Maskenträger wieder deutlich, daß er geistig zwar elastisch war und eigene Überlegungen anstellen konnte, daß er aber trotzdem immer noch unter dem Einfluß der fremden Macht stand, die von Corello ausging.

Er geleitete den Supermutanten in scheinbar hündischer Ergebenheit in eine der unteren Etagen, in der sich der Schulungsraum für die Normalsynthos befand.

An ihrem Ziel angekommen, war Alaska wieder nahezu bewegungsunfähig. Er war der stille Beobachter im Hintergrund.

Der Schulungsraum war in zehn Zellen unterteilt. In jedem der Abteile befanden sich zwanzig Hypnoschuler, die aus einer Sitzgelegenheit und einem Informationshelm bestanden, der eine gewisse Ähnlichkeit mit einer terranischen SERT-Haube besaß. Diese Glockenhauben bestanden aus einem metallisch schimmernden Material, waren kreisförmig um eine einen Meter durchmessende und ebenso hohe Mittelsäule formiert und mit dieser durch Kabel verbunden. In der Mittelsäule waren die Armaturen und die Bedienungselemente für die Psychoschuler untergebracht.

Die acht Normalsynthos trugen jetzt einfache graue Kombinationen. Sie saßen bewegungslos da, die Beine abgewinkelt, die Hände entspannt auf die Schenkel gelegt. Ihre Köpfe verschwanden bis zur Kinnpartie unter den Helmen. Am Instrumentenpult der Mittelsäule stand Gorlan Lym und beobachtete die Instrumente.

Onacro erklärte Corello: »Hier bekommen die Normalsynthos ihr Grundwissen, so daß sie nach Beendigung der ersten Sitzung geistig etwa Zehnjährigen entsprechen. Dies ist die wichtigste Phase der Schulung, denn hier lernen sie zu sprechen, logisch zu denken und die einfachsten Naturgesetze zu verstehen. Wir könnten ihnen natürlich auch sofort eine fachliche Ausbildung geben. Dann wären sie zwar auf einem Spezialgebiet Genies, aber sie könnten andererseits nicht einmal aus einem Glas trinken, weil sie nicht wüßten, daß man es anheben muß, um der Schwerkraft entgegenzuwirken.«

»Wie lange dauert diese erste Schulung?« erkundigte sich Corello unwirsch.

»Etwa vier Stunden ...«

»Ich möchte, daß Sie nicht länger als zwei Stunden dafür aufwenden«, verlangte Corello.

»Zwei Stunden sind zu kurz«, beschwor Onacro ihn. »Überlegen Sie, welche Vielzahl von Informationen die Normalsynthos aufnehmen und auch verarbeiten müssen! Es bedarf schon einer aufwendigen Vorbereitung, damit sie allein ihre Namen in Wort und Schrift beherrschen.«

»Welche Namen?« fragte Corello schneidend.

»Nun, wir müssen ihnen Namen geben, damit sie sich selbst und wir sie identifizieren können.«

»Keine Namen!« entschied Corello. »Wenn Sie den Normalsynthos Namen geben, dann bringe ich Sie um, Onacro.«

Keine Namen! Der Befehl kam so intensiv, daß sich Ribald Corello unter ihm krümmte.

Die acht Testpersonen sollen genügend Wissen erhalten, um auf sich selbst gestellt überleben zu können. Aber sie dürfen keine zu starke Persönlichkeit entwickeln!

Die »Macht« schien panische Angst davor zu haben, die Normalsynthos könnten zu ausgeprägte Individualität mit auf ihren Lebensweg bekommen.

Corello spielte einen Augenblick lang mit dem Gedanken, den Wünschen seiner Beherrscher entgegenzuhandeln, bereute ihn aber gleich darauf. Er bekam einen so starken parapsychischen Schlag, daß er meinte, in den Hyperraum geschleudert zu werden. *Keine Namen!* Corello leitete diese Forderung an Vauw Onacro weiter.

»Wie Sie wünschen«, sagte der Biogenetiker ergeben und wechselte einen schnellen Blick mit Gorlan Lym.

Corello entging das nicht. Er mißtraute dem Biogenetiker und seinem Helfer nach wie vor. Zwar kontrollierte er Gorlan Lym geistig, doch mußte er ihm einigen Spielraum lassen. Deshalb war es nicht ausgeschlossen, daß er eine gewisse Initiative entwickelte und versuchen würde, sich mit Vauw Onacro zu besprechen.

Corello ließ die beiden nicht aus den Augen und registrierte und analysierte jede ihrer Bewegungen, Gesten und Worte – obwohl er sich unsagbar müde fühlte.

Seine Beherrscher hatten ihm in den letzten fünf Tagen kaum Ruhe gegönnt. Wenn sie seinen Geist und seinen Körper nicht ständig mit Energien gespeist hätten, wäre er schon längst vor Erschöpfung zusammengebrochen.

Aber selbst sie, die Meister über Zeit und Raum zu sein schienen, waren nicht allmächtig. Sie konnten ihre Stärke auf ihn übertragen, aber die Schwächen seines Körpers und seines Geistes nicht vollkommen ausmerzen.

Corello hatte in den letzten Tagen viel von seiner physischen und psychischen Substanz eingebüßt – nicht zuletzt, weil er sich immer wieder gegen seine Beherrscher aufbäumte.

Während er auf der einen Seite hoffte, daß Onacro einen Plan ausgeheckt hatte und ihm die Ausführung auch gelingen möge, mußte er – dem Willen der »Macht« zufolge – gleichzeitig jeden Widerstand im Keim ersticken.

Diesem ewigen Dilemma hätte sich Corello nur entziehen können, wenn er sich seinen Beherrschern ergab. Doch das wollte er nicht. Er würde kämpfen – bis zur Selbstzerstörung.

Nachdem die zweistündige Grundschulung beendet war, sollten die acht Normalsynthos in die nächste Zelle gebracht werden, wo ihnen im Schnellverfahren eine »Vorbildung« zuteil werden würde.

Corello wartete, bis Onacro und Gorlan Lym das Abteil verlassen hatten, dann versperrte er dem weiblichen Normalsyntho den Weg, ehe er mit den anderen den beiden lemurischen Wissenschaftlern folgen konnte.

»Wie heißt du?« fragte der Mutant.

Sie starrte ein wenig verwundert zu ihm auf. »Ich heiße nicht«, sagte sie dann.

»Du hast also keinen Namen?«

»Ja, ich habe keinen Namen«, sagte die Frau und schien froh darüber zu sein, daß sie die richtige Antwort geben konnte. Sie trat ungeduldig von einem Fuß auf den anderen. »Darf ich jetzt vorbei? Ich möchte nämlich nichts von der weiteren Ausbildung versäumen.«

Corello fühlte, daß die »Macht« mit dem Gesamteindruck, den die Frau hinterließ, zufrieden war.

»Einen Augenblick noch«, sagte Corello im Auftrag seiner Beherrscher. »Ich möchte von dir noch etwas wissen. Was geschieht, wenn man einen Gegenstand in die Luft wirft?«

Die Frau runzelte die Stirn und schien nachzudenken. Wenig später erhellte sich ihre Miene.

»Der Gegenstand wird wieder zurückfallen und vielleicht zerbrechen – wenn er zerbrechlich ist.«

»Und was geschieht, wenn man den gleichen Gegenstand im Weltraum in die Höhe wirft?«

Diesmal dachte die Frau länger und konzentrierter nach. Plötzlich streckte sie den Arm aus, als müsse sie Halt suchen.

»Im Weltraum gibt es kein Oben und kein Unten – mir schwindelt!«

Corello war zufrieden. »Danke. Du kannst zu den anderen gehen.«

Als Corello in die nächste Zelle kam, saßen die Normalsynthos bereits unter den Psychohauben; Onacro und Gorlan Lym standen an der Mittelsäule und taten geschäftig.

Corellos übernatürlichen Sinnen fiel sofort auf, daß irgend etwas nicht stimmte. In dem Raum lag ein geistiger Aufruhr, irgendwo war ein psychischer Unruhepol.

Corello überprüfte Alaska Saedelaere, der hinter ihm in die Zelle gekommen war. Nein, von dem Maskenträger ging die knisternde Nervosität nicht aus.

Vauw Onacro? Er verbarg irgend etwas! Gorlan Lym? Der Biochemiker dachte: *Hoffentlich geht es nicht schief!*

Was sollte nicht schiefgehen? Corello drang tiefer in seinen Geist ein und fand heraus, daß seine Befürchtungen mit den Normalsynthos zusammenhingen.

Mehr konnte er nicht herausfinden, obwohl ihm seine Beherrscher ihre geballten telepathischen Fähigkeiten zur Verfügung stellten. Vielleicht besaß Gorlan Lym einen natürlichen Abwehrblock, oder aber die parapsychischen Fähigkeiten der »Macht« kamen nicht mehr so zur Geltung, weil Corello der totalen Erschöpfung nahe war und deshalb seine Funktion als Katalysator nicht mehr voll erfüllte.

Er wartete, bis die Vorbildung der Normalsynthos abgeschlossen war, dann nahm er sie sich einzeln vor.

Er stellte jedem von ihnen eine Frage aus der Grundschulung und dann eine leichte mathematische Aufgabe. Aus den Augenwinkeln stellte er fest, wie Gorlan Lym immer nervöser wurde. Onacro konnte er nicht beobachten, weil der Biogenetiker mit den entlassenen Normalsynthos in die nächste Zelle übergesiedelt war.

Corello war mit den Antworten, die er auf seine Fragen erhielt, zufrieden – bis auf eine.

Corello hatte gefragt: »Wo ist, von dir aus gesehen, links?«

Der Normalsyntho hatte lange überlegt, bevor er antwortete: »Darauf falle ich nicht herein. Diese Rechnung geht nicht auf.«

Corello ließ den Normalsyntho an sich vorbei. Dann überfiel er blitzartig Gorlan Lym mit einem Schwall von hypnosuggestiven Impulsen, noch bevor der junge Biochemiker an eine Abwehr denken konnte. Ohne den geringsten Widerstand zu leisten, dirigierte ihn Corello in die Zelle, wo die Normalsynthos ein Spezialwissen vermittelt bekommen sollten.

»Halt!« befahl Corello, als er sah, wie Onacro die Psychoschuler einschalten wollte.

Der Biogenetiker blickte unsicher auf. »Wollen Sie nicht, daß der Horizont der Normalsynthos erweitert wird?« erkundigte er sich erstaunt.

»Doch, aber ich verlange auch, daß alle eine Grundschulung erhalten!« rief Corello wütend – eine Emotion, die nicht ihm selbst entsprang.

»Wie soll ich das verstehen?« erkundigte sich Onacro nervös.

Corello glitt mit seinem Tragerobot auf den Normalsyntho zu, der ihm auf eine einfache Frage eine haarsträubende Antwort gegeben hatte, und entfernte mit einem Gelenkarm die Lernhaube.

»Sie haben mich hintergangen, Onacro!« schrie Corello wieder. »Dieser Normalsyntho hat keine Grundschulung bekommen. Er kann mir nicht einmal sagen, wo links und rechts ist.«

Der Normalsyntho hatte den Kopf schief gelegt und erschreckt zu Corello hinaufgestarrt. Jetzt gab er eine Reihe unartikulierter Laute von sich.

»Ich habe Sie gewarnt, Onacro!«

Corello spürte, wie sein Ich völlig zurückgedrängt wurde und sich die fremde Macht in ihm ausbreitete. Er wurde einer gewaltigen parapsychischen Entladung gewahr, dann sah er, wie Onacro durch den Raum flog und gegen die Wand prallte.

»Wieso kann dieser Normalsyntho jetzt nicht sprechen, obwohl er eben die Vorbildung absolviert hat?« Die schrille Stimme klang selbst Corello fremd. Er versuchte, seinen Körper wieder in seine Gewalt zu bekommen, aber die »Macht« hatte sich bereits in vollem Umfang in seinem Gehirn etabliert und schlug ihn zurück.

Wie konnte das geschehen? Welchen teuflischen Plan hat dieser Lemurer ausgeheckt?

Diese Fragen geisterten durch Corellos Gehirn. Er sah, wie Onacro langsam auf die Beine kam und dann den Daumen gegen eine bestimmte Stelle der Wand preßte. Ein Teil der Wand begann zu flimmern und löste sich auf. Aus der so entstandenen Öffnung strich ein kalter Hauch, der Corello erschauern ließ. Es war kein Luftzug, der aus der Öffnung kam, sondern eine psychische Kälte.

Und dann tauchten die Wesen auf, von denen diese Kälte ausging.

Es waren insgesamt fünf – und alle glichen sie sich wie ein Ei dem anderen. Sie sahen alle genauso aus wie jener Normalsyntho, der im Psychoschuler saß und nicht sprechen konnte.

Jetzt strahlte auch er diese Aura des Unheimlichen aus. Aber es war gar keine Ausstrahlung, sondern ein Sog.

Die Sechslinge sogen den Geist aus Corellos Gehirn!

Sechslinge, ja, das mußte die Lösung sein. Onacro hatte in einer Retorte aus einer Keimzelle sechs identische Geschöpfe erschaffen und sie dann unter dem Psychoschuler gegeneinander ausgetauscht.

Er hatte Mutanten gezüchtet, die wie Vampire den Geist aus den Gehirnen anderer sogen.

Fort von hier! befahl die »Macht« in höchster Not. Corello wendete seinen Tragerobot und flüchtete.

8.

»Jetzt haben wir ihn in die Enge getrieben!« triumphierte Gorlan Lym.

In der Schulungszelle herrschte ein unbeschreibliches Durcheinander. Die Normalsynthos rannten aufgescheucht umher. Sie wußten offenbar nicht, wie sie sich verhalten sollten. Niemand gab ihnen Befehle, niemand sagte ihnen, was sie zu tun hatten. So irrten sie durch den Raum, mit suchenden Augen und ausdruckslosen Gesichtern.

Vauw Onacro lehnte an der Wand und kämpfte gegen den Schock und die Schmerzen, die der harte Aufprall verursacht hatte. Die Sechslinge bewegten sich in geschlossener Formation langsam auf den Ausgang zu, durch den Corello verschwunden war. Einer von ihnen hatte die Grundschulung erhalten, ein zweiter die Vorbildung, aber die anderen vier besaßen die Psyche von Neugeborenen.

Sie wirkten alle sechs aufgeregt, was sich auf sie unterschiedlich auswirkte. Die beiden, die eine gewisse Ausbildung genossen hatten, murmelten zusammenhanglose Worte, während sie mit ausgestreckten Armen auf den Ausgang wiesen.

»Da! Weg! Ihm nach! Einholen-Hunger-Verlangen ihm nach ...«

Die anderen vier kreischten und lallten, sie strichen sich mit den Händen über ihre Körper, betasteten gegenseitig ihre Gesichter.

Gorlan drängte die sieben Normalsynthos in einer Ecke zusammen. Ihnen gegenüber kauerte Alaska Saedelaere, hinter dessen Maske wieder Lichtblitze hervorzuckten.

»Was hat der Mann?« fragten die Normalsynthos. Und: »Sollen wir das Feuer in seinem Gesicht löschen?«

»Ihr bleibt hier und rührt euch nicht vom Fleck!« befahl Gorlan Lym.

Die Normalsynthos gehorchten. Gorlan wandte sich dem Biogenetiker zu, der noch nicht ganz zu begreifen schien, was um ihn vorging.

»Fühlen Sie sich besser, Onacro?« erkundigte sich Gorlan besorgt. Als der Biogenetiker schwach nickte, fragte er: »Wie haben Sie es nur geschafft, Corello in die Flucht zu jagen?«

Onacro deutete auf die Sechslinge. »Es ist ihr Erfolg«, sagte er. »Sie haben Corellos Beherrscher parapsychisch angegriffen.« Er lächelte leicht. »Ich habe für mein Einei-Sechs-Experiment eine speziell sechsfach genaktivierte Keimzelle genommen. Damals konnte ich freilich noch nicht wissen, wie sich diese genetische Grundprogrammierung nach Beendigung des Wachstumsprozesses im Schnellbrüter und dem Ato-Mol-Beschleuniger auswirken würde. Jetzt weiß ich Bescheid.«

Der Biogenetiker umklammerte den Arm Gorlans und vertiefte sein Lächeln. Es war ein fast grausames Lächeln, das Gorlan erschauern ließ.

Onacro fuhr fort: »Die Sechslinge sind Willensräuber! Sie haben die Fähigkeit und den Drang, das Wissen, die Erfahrungen, ja das Ich aus den Gehirnen anderer Menschen zu saugen und es in sich zu speichern.«

Gorlan warf den Sechslingen, die sich noch immer langsam, aber zielstrebig dem Ausgang näherten, einen schnellen Blick zu und erschauerte erneut.

»Besteht nicht die Gefahr, nun da Corello verschwunden ist, daß sie sich auf unsere Gehirne stürzen?« fragte er.

Onacro schüttelte den Kopf.

»Sie konzentrieren sich auf jenes Individuum, das die stärkste psychische Ausstrahlung hat. Da Corellos Beherrscher auch noch parapsychische Fähigkeiten haben, werden sie von ihm magisch angezogen. Welche Kräfte in Corello auch schlummern mögen, wann immer er sie einsetzt und gegen die Sechslinge anwenden möchte, er wird damit keine Wirkung erzielen. Sie saugen alle parapsychischen Impulse auf und speichern sie in sich – und sie werden sich erst zufriedengeben, bis in Corellos Gehirn völlige Leere herrscht.«

»Und was ist mit Alaska Saedelaere?« erkundigte sich Gorlan. »Er wird von Corello beeinflußt, die fremde Macht ist auch in ihm. Warum verschonen sie ihn?«

Ohne eine Antwort zu geben, stieß sich Onacro von der Wand ab und begab sich zu den Sechslingen. Er stellte sich vor den Ausgang und deutete auf den Maskenträger, der in seiner Ecke kauerte.

»Da ist der Feind!« rief Onacro. »In Saedelaeres Gehirn steckt die fremde Macht. Saugt das Böse aus ihm heraus!«

Der vorderste der Sechslinge wandte sich in Saedelaeres Richtung, machte einen Schritt auf ihn zu, hob dann jedoch abwehrend die Hände und wich zurück.

»Nein!« kam es gurgelnd über seine Lippen. Es handelte sich dabei um jenen, der die Grundschulung erhalten hatte.

»Nein, nein!« jammerte auch jener, der unter dem Psychoschuler die Vorbildung genossen hatte. Es klang wie ein gequälter Aufschrei.

»Sie erkennen Saedelaere nicht als Feind an«, sagte Onacro erstaunt. »Dafür kann es nur eine Erklärung geben: Sie müssen zwischen dem Träger der Macht, in diesem Fall Corello, und seinen Opfern genau unterscheiden können. Anders kann ich ihr Verhalten nicht begründen. Sie erkennen Saedelaeres Notlage und akzeptieren ihn – vielleicht sogar als Verbündeten.«

»Das gibt uns die Möglichkeit, ihn als Köder für Corello zu verwenden«, sagte Gorlan eifrig. »Bisher hat Corello immer größten Wert darauf gelegt, daß der Maskenträger in seiner Nähe ist.«

Gorlan hatte kaum ausgesprochen, als die Sechslinge geschlossen aufstöhnten. Der Biochemiker wußte im ersten Moment nicht, was in sie gefahren sein mochte, als sie plötzlich vom Ausgang zurückwichen und in den Raum hineindrängten. Aber dann erblickte er Ribald Corello inmitten der Normalsynthos. Er war nur einige Sekunden lang sichtbar, dann entmaterialisierte er – und mit ihm alle sieben Normalsynthos.

Die Sechslinge schrien enttäuscht auf und stürzten sich auf Alaska Saedelaere. Sie zerrten den wild um sich Schlagenden auf die Beine und nahmen ihn in ihre Mitte.

»Sie wollen Saedelaere vor einem ähnlichen Schicksal bewahren, wie es den Normalsynthos widerfuhr«, stellte Gorlan verblüfft fest.

»Jetzt soll sich Corello sehen lassen«, sagte Onacro. »Wenn er tatsächlich versucht, Saedelaere zu entführen, dann wird das sein Untergang sein.«

Aber Vauw Onacro hatte Ribald Corello unterschätzt. Aus dem Korridor erklangen schwere Schritte. Gorlan war mit zwei Sätzen beim Ausgang und warf einen Blick hinaus.

»Roboter!« rief er. »Corello hetzt die Roboter auf uns!«

»Dann müssen wir flüchten«, erklärte Onacro ruhig und begann, die sechs Willensräuber zusammen mit Alaska Saedelaere durch die Öffnung in der Wand in den Geheimgang zu drängen.

Die beiden Lemurer führten den Terraner und die sechs eineiigen Retortenmenschen durch den schmalen Gang bis zu der getarnten Öffnung, die in die Halle mit den Ato-Mol-Beschleunigern mündete.

Dort wurden sie von Lowo Phantroc, Parolar Uym und Nyva Streem erwartet. Jeder von ihnen trug eine entsicherte Strahlenwaffe.

»Vampire des Geistes!« rief Nyva Streem und hob die Waffe.

Gorlan sprang dazwischen. »Du hast von ihnen nichts zu befürchten, Nyva«, erklärte er schnell. »Sie sind nur Corellos Feinde.«

»Wer des Meisters Feind ist, ist auch mein Feind«, zischte die Zytologin.

Da erst begriff Gorlan, daß sie noch immer von Corello beherrscht wurde. Der Mutant hatte sie und die beiden anderen Wissenschaftler bewaffnet und sie hier postiert.

Ohne lange zu überlegen, schlug Gorlan ihr die Waffe aus der Hand. Sie schrie vor Schmerz auf und stürzte sich dann mit den bloßen Händen auf einen der Sechslinge.

Gorlan merkte es erst zu spät, denn er hatte sich nach der Strahlenwaffe gebückt. Als er sich ihr jetzt mit der Waffe in der Hand zuwandte, schlug sie auf einen der Sechslinge ein.

»Nyva!« schrie er.

Aber sie hörte ihn nicht. Sie traktierte den Normalsyntho mit Schlägen und umklammerte dann seinen Hals. Der Normalsyntho wehrte sich nicht. Er gab fast tierisch klingende Laute von sich und versuchte, sich aus dem Griff zu befreien, ohne dabei Nyva Schaden zuzufügen.

Er sah in Nyva keinen Gegner; sondern – so wie in Saedelaeres Fall – nur eine von der feindlichen Macht versklavte Kreatur. Corello mußte diesen schwachen Punkt der Sechslinge erkannt haben, denn nur so war es zu erklären, daß er ihnen nicht selbst auflauerte und statt dessen die beeinflußten Lemurer auf sie ansetzte.

Während Gorlan sich anschickte, Nyva von dem Normalsyntho zu trennen, in den sie sich verkrallt hatte, sah er, daß Onacro mit Parolar Uym um die Waffe rang.

Plötzlich wurde die Umgebung von einem Blitzstrahl erhellt. Er schoß quer durch die Halle, umhüllte Nyva und den Normalsyntho, ließ sie kurz in blendender Grelle erstrahlen und erstarb dann.

Obwohl die Energieentladung Gorlan geblendet hatte, sah er die beiden schwarzen Klumpen zu Boden fallen, die einst Menschen gewesen waren. Er wirbelte zu Lowo Phantroc herum, der der Schütze gewesen war, und feuerte seine Waffe auf ihn ab, bevor er noch mehr Unheil anrichten konnte. Der Biochemiker starb, ohne einen Laut von sich gegeben zu haben.

»Ich habe ihn ermordet«, sagte Gorlan fassungslos. »Als ich sah, daß er Nyvas Tod verschuldet hatte, verlor ich die Beherrschung und schoß auf ihn.«

»Nicht Sie, sondern Corello hat ihn auf dem Gewissen«, ließ sich Vauw Onacro vernehmen. »Ich fühle mich auch nicht für Uyms Tod verantwortlich ... Ein Schuß löste sich, als ich versuchte, ihm die Waffe zu entreißen.«

Onacro beugte sich über den verrenkt daliegenden Physiologen und nahm ihm den Strahler aus den leblosen Fingern.

»Wir müssen Corello stellen, bevor er eine neue Teufelei aushecken kann«, sagte er und trieb die Sechslinge vorwärts, von denen nur noch fünf am Leben waren.

Fünf Willensräuber hetzten hinter Ribald Corello her. Wie Spürhunde nahmen sie seine Fährte auf und verfolgten ihn. Bereits zweimal hatten sie ihn gestellt. Aber jedesmal, wenn sie sich auf seinen Geist stürzen, ihn zersetzen und ihn in ihre Hirne aufsaugen wollten, konnte er sich rechtzeitig durch Teleportation retten.

Corello tauchte dann an einem entgegengesetzten Punkt der Station auf, und es kostete die fünf Psycho-Vampire einige Mühe, seine Gehirnimpulse zu orten.

»Es ist, als hätte sie ein parapsychischer Rausch befallen«, sagte Onacro keuchend, während er den fünf Normalsynthos durch die Korridore folgte und sein wirklich Letztes geben mußte, um ihnen auf den Fersen bleiben zu können.

»Diesmal werden sie Corello stellen«, sagte Gorlan zuversichtlich.

Sie erreichten einen riesigen Schlafsaal, in dem tausend Normalsynthos untergebracht werden konnten. Die Willensräuber wußten Corello darin und stürzten blindwütig hinein – da waren es nur noch vier!

Gorlan ahnte das Unheil, als er die zehn Roboter erblickte und sah, wie Corello entmaterialisierte. Er warf sich den Normalsynthos entgegen und stieß sie in den Korridor. Einer jedoch hatte sich von den anderen abgesondert und verglühte im konzentrierten Feuer der Kampfroboter.

Onacro erfaßte die Situation augenblicklich und versperrte den Zugang des Schlafsaals. Während die verbliebenen vier Sechslinge durch den Korridor irrten, begann das Schott des Schlafsaals bereits unter dem konzentrierten Beschuß der Roboter rot zu glühen.

»Da hinein!« ordnete Onacro an und deutete auf ein Lebensmitteldepot. »Dort befindet sich ein Kurzstreckentransmitter!«

Onacro und Gorlan hatten große Mühe, die vier eineiigen Normalsynthos und Alaska Saedelaere durch das Schott zu drängen. Der Maskenträger gebärdete sich wie ein Besessener – was offenbar auf Corellos hypnosuggestiven Befehl geschah.

»Schließen Sie das Schott ab!« befahl Onacro Gorlan, während er sich bereits an einer freien Stelle der Rückwand zwischen zwei Regalen zu schaffen machte. »Das wird die Roboter eine Weile aufhalten.«

Onacro ließ die Energiebarriere zusammenfallen und aktivierte gleichzeitig den Materietransmitter, der dahinter lag.

Er stieß zuerst einen Normalsyntho auf das flimmernde Transmitterfeld zu, dann ließ er den heftig um sich schlagenden Saedelaere folgen und trat selbst hindurch. Kurz darauf kamen noch zwei Normalsynthos und Gorlan. Der Biochemiker hatte eine klaffende Wunde über dem linken Auge.

»Was ist mit dem vierten?« erkundigte sich Onacro.

Gorlan schüttelte den Kopf. »Ribald Corello materialisierte, bevor wir den Transmitter erreichen konnten«, berichtete er. »Ich erhielt von den Greifarmen des Tragerobots einen Schlag vor den Kopf und stürzte hinter den beiden Normalsynthos durch das Transmitterfeld. Der vierte blieb zurück …«

… da waren es nur noch drei!

Sie waren in der untersten Etage der Station herausgekommen – direkt über den Kraftwerken. Der Boden wurde von starken Vibrationen erschüttert, in der Luft lag ein Singen.

»Anstatt daß wir Corello jagen, hetzt er uns!« sagte Gorlan verbittert. Er hatte den Tod von Nyva nicht überwinden können. Er war praktisch veranlagt wie wohl jeder gute Wissenschaftler und stellte die allgemeinen Probleme seinen privaten Gefühlen voran. Aber er mußte immer wieder an Nyva denken.

Sie war tot – nutzlos gestorben! Dafür hätte er Ribald Corello töten können.

»Die Kraftwerke sind überlastet«, sagte Onacro. »Es wird noch zu einer Katastrophe kommen, wenn nicht ...«

Die drei Normalsynthos drängten weiter, in Richtung des nächsten Antigravlifts. Sie empfingen wieder Ribald Corellos parapsychische Impulse und wurden davon aufgeputscht. Alaska Saedelaere war zwischen ihnen eingekeilt und wurde gezwungen, sich ihrem Schritt anzupassen.

Es schien fast so, als hätte Corello von dem Maskenträger abgelassen, denn dieser wehrte sich nicht mehr gegen die Bevormundung der Normalsynthos und ließ sich von ihnen widerstandslos dirigieren.

»Sehen Sie, sie haben Corellos Fährte aufgenommen«, sagte Onacro. »Sie werden ihn stellen und ihn zerreißen!«

»Sie werden in ihr Verderben laufen«, behauptete Gorlan, »wenn wir sie nicht unterstützen. Was nützt ihnen ihre Fähigkeit schon, wenn sie nicht intelligent genug sind, sie sinnvoll einzusetzen? Corello ist ihnen geistig in jeder Beziehung überlegen, deshalb weicht er einer parapsychischen Auseinandersetzung aus. Er macht einen nach dem anderen unschädlich, ohne daß wir etwas dagegen tun könnten.«

»Wir werden etwas tun«, versicherte Onacro. »Von jetzt an werden wir Corello nicht mehr nachlaufen, sondern ihn erwarten. Und zwar in der Hauptschaltzentrale. Wenn wir die gesamte Station kontrollieren, dann muß sich Corello zum Kampf stellen.«

Gorlan nickte zustimmend. Der Vorschlag hörte sich vielversprechend an – sie mußten Corello eine Falle stellen! Aber um dieses Vorhaben verwirklichen zu können, mußten sie zuerst die Hauptschaltzentrale erreichen. Und das war mit einigen Schwierigkeiten verbunden, denn Corello würde sie bestimmt nicht ungehindert vordringen lassen.

Onacro blieb stehen.

»Wir werden umkehren und den Transmitter benützen«, sagte er, während er sich gegen die drei vorwärtsstrebenden Normalsynthos stemmte, die wie Bluthunde nur schwer von der einmal aufgenommenen Fährte abzubringen waren. »Der Transmitter ist immer noch der sicherste Weg, denn Corello hat darauf keinen Einfluß.«

Hinter ihnen ertönten die metallenen Schritte von Robotern.

»Wir können nicht mehr umkehren«, rief Gorlan. »Die Roboter haben uns den Weg abgeschnitten.«

»Dann fahren wir im Antigravlift hoch«, beschloß Onacro.

Er ließ die Normalsynthos los, die sich daraufhin sofort wieder in Bewegung setzten. Gorlan, der hinter ihnen blieb, stieß sie ständig an, um sie zu größerer Geschwindigkeit anzutreiben.

Doch das hatte nicht viel Sinn. Die drei verbliebenen Normalsynthos des Einei-Sechs-Experiments konnten nicht schneller laufen, denn sie beherrschten ihre Körper sowenig wie Kinder, die die ersten Schritte taten. Sie konnten sehen und hören, konnten die empfangenen Eindrücke jedoch nicht verwerten, sie konnten nicht sprechen, nur Laute von sich geben, die ihre Gefühlsstimmungen ausdrückten – sie waren Säuglinge in Körpern von Erwachsenen.

Sie beherrschten nur ihre parapsychische Fähigkeit, aber selbst die setzten sie nur instinktiv ein. Dieses Instinktivhandeln war vergleichbar mit der Nahrungsaufnahme eines Neugeborenen. Die Normalsynthos esperten einen gewaltigen Geist, sogen sich an ihm fest und versuchten, ihn zu verschlingen.

Die Roboter waren ihnen schon dicht auf den Fersen. Als sie in einen Quergang abbogen, an dessen Ende sich der Antigravschacht befand, wartete Gorlan mit erhobener Waffe an der Abzweigung. Er ließ die Roboter – es waren insgesamt sechs – auf zwanzig Schritt herankommen, dann belegte er sie mit Dauerfeuer.

Erst als er sicher sein konnte, daß keiner von ihnen heil davongekommen war, setzte er die Waffe ab und folgte den anderen, die den Antigravlift bereits erreicht hatten. Onacro hatte die Spitze übernommen, Gorlan bildete den Abschluß – so schwebten sie im Schacht empor.

In Höhe der zweiten Etage ereignete sich der erste Zwischenfall.

Ein Roboter tauchte im Einstieg auf, griff nach Alaska Saedelaere und bekam seine Handgelenke zu fassen. Die Normalsynthos, die sich um Saedelaere bisher so hilfreich gekümmert hatten, rührten diesmal seltsamerweise keinen Finger für ihn. Ihre hektischen Bewegungen und die Laute der Ungeduld, die sie von sich gaben, ließen Gorlan ahnen, daß sie bereits zu stark im Bann von Corellos parapsychischer Ausstrahlung standen.

Der Roboter hatte Saedelaere aus dem Antigravfeld hinaus auf den Korridor gezogen, als Gorlan die Etagenöffnung erreichte. Er zerstrahlte den Schädel des Roboters mit einem gefächerten Energieimpuls und holte dann den Maskenträger in den Schacht zurück.

Saedelaere war im Augenblick viel zu apathisch, um eine Reaktion zu zeigen – nur sein Gesicht hinter der Maske strahlte in allen Farben des Spektrums.

Gorlan war kaum zurück im Antigravfeld, als hoch über ihm ein Geschrei anhob. Vauw Onacro fluchte. Aus dem Korridor der dritten Etage ragten ein Dutzend Arme in den Schacht hinein; einer der Psycho-Vampire wurde von ihnen gepackt und herausgezogen.

»Holen Sie ihn zurück, Gorlan!« rief Vauw Onacro, der sich inzwischen schon in Höhe der vierten Etage befand.

Als Gorlan die dritte Etage erreichte, kam für den Normalsyntho jede Hilfe zu spät. Die Meute der von Corello beeinflußten Wissenschaftler hatte ihn förmlich in Stücke gerissen. Gorlan vernahm das klägliche Wimmern des Sterbenden, aber er wagte sich nicht in den Korridor hinaus. Andererseits brachte er es auch nicht über sich, von seiner Waffe Gebrauch zu machen. Er wollte nicht noch einmal einen seiner Kameraden töten.

Während Gorlan zur achten Etage hinaufschwebte, fragte er sich, ob sie jetzt noch eine Chance gegen Corello hatten.

Sicher, sie konnten immer noch mit der Unterstützung der Psycho-Vampire rechnen. Aber es gab deren nur noch zwei!

Vauw Onacro hatte mit Corellos Hinterlist und Tücke gerechnet, aber damit nicht! Er hätte nicht geglaubt, daß der Mutant sie in der Hauptschaltzentrale erwarten würde!

Saedelaere, der für einen kurzen Moment die geistigen Fesseln abschütteln konnte, schrie noch: »Corello wird uns zermalmen!«

Aber weder Onacro noch Gorlan hatten eine Ahnung, was er ihnen damit sagen wollte. Die beiden Psycho-Vampire begannen immer schneller zu laufen, was grotesk wirkte, und stießen dabei winselnde Laute aus.

Onacro kam gleichzeitig mit ihnen in die Hauptschaltzentrale – und erstarrte.

Ribald Corello saß aufrecht in seinem Tragerobot und blickte ihnen gelassen entgegen. Er öffnete den Mund, um etwas zu sagen, aber plötzlich verzog sich sein Gesicht schmerzhaft.

Onacro wußte, daß es das Startzeichen für die Auseinandersetzung zwischen den beiden verbliebenen Psycho-Vampiren und den unsichtbaren Mächten war, die Corello beherrschten.

Die beiden Normalsynthos waren stehengeblieben. Sie hatten die Beine etwas abgewinkelt, die Füße nach innen gestellt, ihre Rücken leicht gekrümmt, und die Hände hatten sie in ihrer Brust verkrallt. Über ihre Lippen kam leises Seufzen. Ihre Köpfe bewegten sich wie im Takt einer einschmeichelnden Melodie hin und her – nur manchmal zuckten sie unrhythmisch. Dann wußte Onacro, daß sie eine parapsychische Attacke Corellos abgewehrt hatten.

Corellos Reaktionen waren dagegen viel eindrucksvoller. Seine großen Augen waren zwar die ganze Zeit über starr auf einen bestimmten Punkt gerichtet, aber in seinem winzigen Kindergesicht spiegelte sich das gesamte Register menschlicher Emotionen wider. Es drückte Triumph, Zufriedenheit, Schmerz, Verwirrung und Wahnsinn aus.

Manchmal trieben ihn die zersetzenden Kräfte der Psycho-Vampire zu Kurzschlußhandlungen. Er ließ seinen Tragerobot plötzlich durch die Hauptschaltzentrale kreisen, stieß gegen die Schaltwände, daß die Armaturen barsten, und ließ die Robotarme sinnlos rotieren.

Onacro vermutete, daß er diese scheinbaren Fehlreaktionen bewußt tat, wahrscheinlich nur um die durch die zersetzenden Kräfte hervorgerufenen Schwächeperioden zu überbrücken. Denn nach jedem dieser Manöver ging er selbst zum Angriff über.

Das erstemal gelang ihm dieser Überraschungsangriff fast perfekt. Er konnte die Psycho-Vampire überraschen und mit seinen telekinetischen Fähigkeiten in die Höhe schleudern. Doch verlor er seinen Vorteil sofort im folgenden Gegenschlag der Normalsynthos.

Wieder begann Corello zu rasen. Diesmal reagierte er sich jedoch mit Hilfe seiner parapsychischen Fähigkeiten ab.

Plötzlich wölbte sich der Boden in der Mitte der Hauptschaltzentrale auf und barst krachend. Armaturen, Bildschirme und Bedienungshebel verformten sich wie unter großer Hitzeeinwirkung.

Eine Alarmsirene heulte auf. Onacro sah, wie Warnlichter zu blinken begannen und die Zeiger der Meßgeräte über die Gefahrenlinie wanderten.

»Was hat das zu bedeuten, Onacro?« schrie Gorlan gehetzt.

»Die Reaktoren sind überhitzt«, antwortete Onacro ruhig.

»Und das läßt Sie so kalt?« herrschte Gorlan ihn an. »Wissen Sie, daß wir alle in die Luft fliegen können?«

»Sicher, mir ist bekannt, was ein außer Kontrolle geratener Reaktor anrichten kann«, versetzte Onacro lakonisch.

»Dann tun Sie etwas!«

Onacro rührte sich nicht vom Fleck. Einer der beiden Normalsynthos hatte seine Aufmerksamkeit erregt. Er setzte sich plötzlich mit hölzern wirkenden Schritten in Bewegung – und ging geradewegs auf das ausgezackte Loch in der Mitte der Hauptzentrale zu.

Gorlan war dieser Zwischenfall ebenfalls nicht entgangen. Ohne sich um Onacro zu kümmern, stürmte er nach vorne. Er hob im Laufen die Waffe und zielte auf den Mutanten.

Doch gerade in dem Moment, in dem er abdrückte, errichtete sich über Corello ein grün flimmernder Schutzschirm. Der Energiestrahl verpuffte daran wirkungslos.

»Das ist sinnlos!« rief Onacro dem Biochemiker zu. »Kommen Sie zurück!«

Gorlan hörte nicht auf ihn. Er hatte den Normalsyntho erreicht, der nur noch drei Schritte von dem klaffenden Riß entfernt war. Gorlan packte ihn an der Schulter und wollte ihn fortziehen. Doch der Retortenmensch stemmte sich mit aller Gewalt dagegen und ging unbeirrt weiter.

»Lassen Sie los, Gorlan!« rief Onacro, als der Normalsyntho den Abgrund erreicht hatte.

»Ich kann nicht, er hält mich fest ...«

Das waren Gorlans letzte Worte, dann stürzte er zusammen mit dem Normalsyntho, der sich in seine Arme verkrallt hatte, in die Tiefe.

Ihre Niederlage war endgültig besiegelt. Onacro wußte es. Und er versprach sich kaum Erfolg, als er seine Waffe auf Corello richtete. Es war mehr eine Art Selbstmordversuch als eine Attacke gegen Corello. Er wußte, daß er chancenlos war, und zog einen schnellen Tod einem ungewissen Schicksal in Corellos Gefangenschaft vor.

Deshalb feuerte er die Waffe ab.

Corello reagierte prompt und so, wie er es von ihm erwartet hatte: Der Mutant fuhr mit eingeschaltetem HÜ-Schirm auf Onacro zu und überrollte ihn mit dem Tragerobot. Onacro verspürte keinen Schmerz, denn über seinen Geist senkte sich gnädige Schwärze.

Als er irgendwann später zu sich kam und die Augen öffnete, waren Ribald Corello, der letzte überlebende Sechsling und Alaska Saedelaere verschwunden.

Aber Onacro stellte zu seiner größten Verwunderung fest, daß er nicht allein war. Er erblickte einen Mann und ein Pelzwesen.

»Perry Rhodan ...?« murmelte Onacro kaum hörbar.

9.

Das erste Ortungsergebnis kam von einer Weltraumstation. Es wurde wenig später von den Bodenstationen der Tubai-Inselgruppe und von Ragiora, einer der größten Inseln des Tuamotu-Archipels, bestätigt. Eine weitere Bestätigung kam von den Unterwasserstädten dieses Gebiets. Alle Meldungen waren bis auf geringfügige Details gleichlautend: 2100 Meter tief unter der Unterwasser-Millionenstadt Bolpole liefen gewaltige Kraftwerke und Maschinen, die auf normal- und hyperenergetischer Basis arbeiteten.

Diese Meldung erreichte Perry Rhodan am 9. Mai um 17.13 Uhr Ortszeit. Zehn Minuten später traf er mit den Teleportermutanten Gucky und Ras Tschubai in Bolpole ein. In seiner Begleitung befanden sich außerdem noch

Atlan, Galbraith Deighton und die Mutanten Fellmer Lloyd, Irmina Kotschistowa, Merkosh, der Gläserne, und Dalaimoc Rorvic. Alle neun Personen trugen modernste Kampfanzüge.

»Vermute ich richtig, daß Sie die energetische Tätigkeit unter dem Meeresboden mit Ribald Corello in Verbindung bringen?« erkundigte sich der Abwehrchef von Bolpole, als er die Ortungsergebnisse vorlegte.

»Es muß sich um einen Stützpunkt mit wahrlich gigantischen Ausmaßen handeln. Ich kann mir im Augenblick noch nicht erklären, warum uns seine Existenz bisher verborgen blieb. Es kann keinen Zweifel geben, daß es sich um eine Station der Lemurer handelt. Aber warum fanden wir nichts in den lemurischen Aufzeichnungen darüber?«

»Wahrscheinlich war diese Station schon vor fünfzigtausend Jahren so geheim, daß nur wenige Personen davon wußten«, vermutete Atlan.

»Und wie sollte dann ausgerechnet Corello sie gefunden haben?« wollte Rhodan von dem Arkoniden wissen.

»Corello besitzt vielleicht einen Informanten, der über die Erste Menschheit mehr weiß als wir – nämlich die unbekannte Macht, die ihn beherrscht.«

Der Abwehrchef von Bolpole räusperte sich und sagte: »Die energetische Tätigkeit unter dem Meeresboden nimmt in beängstigendem Maße zu. Wenn das so weitergeht, kommt es unweigerlich zu einer Explosion.«

»Dann treffen Sie alle erforderlichen Schutzmaßnahmen, um Bolpole vor einer Katastrophe zu bewahren«, befahl Rhodan. Er wandte sich Gucky zu. »Die Station der Lemurer liegt direkt unter der Unterwasserstadt. Kannst du dich anhand der Ortungsergebnisse orientieren und in sie teleportieren?«

»Welche Frage!« sagte der Mausbiber abfällig und entmaterialisierte.

Atlan schüttelte den Kopf. »Ich kann mir nicht vorstellen, was in Corello gefahren ist. Wenn er sich dort unten vor uns verbergen wollte, warum hat er dann sämtliche Kraftwerke anlaufen lassen? Er mußte doch damit rechnen, daß wir ihn orten würden.«

»Es wäre möglich, daß er das alles nur inszeniert, um uns zu täuschen«, sagte Galbraith Deighton. »Oder er brauchte diese gewaltigen Energien für einen bestimmten Zweck. Wie sich gezeigt hat, war das Risiko, geortet zu werden, für ihn gar nicht so groß. Immerhin ist er bereits seit einer Woche verschwunden, aber wir konnten die Station erst heute orten.«

»Corello ist so unberechenbar, daß wir seine nächsten Schritte nie vorausberechnen können«, meinte Rhodan. »Vermutungen führen uns zu nichts. Besser wir warten ab, was Gucky uns berichtet.«

Der Mausbiber materialisierte im nächsten Augenblick.

»Eine riesige Station«, berichtete er atemlos. »Soweit ich erkennen konnte, funktionieren die technischen Anlagen einwandfrei. Aber das Verblüffendste kommt erst: Ich bin in einem Raum herausgekommen, in dem sich einige hundert Menschen aufhielten. Alles Lemurer, die fünfzigtausend Jahre nach dem Untergang ihres Reiches zum Leben erweckt wurden. Wahrscheinlich befanden sie sich in Tiefschlaf.«

»Das genügt«, erklärte Rhodan. »Du, Gucky und Ras, ihr werdet mit uns in die Station teleportieren. Und zwar in die Nähe von Corello. Vielleicht können wir ihn diesmal stellen.«

Gucky teleportierte mit Fellmer Lloyd und Irmina Kotschistowa in die unterste Etage der lemurischen Station, Ras Tschubai sprang mit Merkosh und Dalaimoc Rorvic in das vierte Geschoß. Dann kehrten sie nach Bolpole zurück.

Während Ras Tschubai den Transport von Atlan und Galbraith Deighton übernahm, teleportierte der Mausbiber mit Rhodan in die oberste Etage der subozeanischen Station.

Atlan, der sich bei Fellmer Lloyd und Irmina Kotschistowa befand, berichtete: »Wir werden von lemurischen Robotern angegriffen. Ein Glück, daß wir unsere HÜ-Schirme eingeschaltet hatten. Wir haben den ersten Angriff abgewehrt, aber wir müssen uns zurückziehen.«

»Habt ihr eine Spur von Corello gefunden?«

»Nein«, gab Fellmer Lloyd zur Antwort. »Aber wie Gucky schon sagte, die parapsychische Fremdmacht scheint allgegenwärtig zu sein.«

»Da vorne, das scheint die Kommandozentrale zu sein«, sagte Gucky über Helmfunk. »Ich spüre die schwachen Gedankenströme eines Lemurers. Er scheint mit Corello aneinandergeraten zu sein und liegt im Sterben ...«

Rhodan beschleunigte seinen Schritt.

»Das hier ist kein Ort zum Meditieren«, meldete sich Dalaimoc Rorvic über Helmfunk. »Lemurische Kampfroboter, wohin man sieht. Merkosh bringt sie mit seiner ›Bösen Stimme‹ reihenweise zur Auflösung. Ich wüßte nicht, was ich ohne den Frequenzwandler tun sollte.«

»Rufen Sie Ras Tschubai zu Hilfe, wenn Sie in zu arge Bedrängnis kommen«, riet Rhodan. »Wissen Sie etwas von Corello?«

»Nein, Sir. Aber wir müssen ihm dicht auf den Fersen sein, denn die Fremdimpulse werden immer stärker. Sie verhalten sich überraschend neutral und versuchen nicht, uns zu attackieren.«

Eine ähnliche Meldung kam auch von Ras Tschubai. Er und Galbraith Deighton befanden sich in der zweiten Etage.

Rhodan und Gucky hatten den sterbenden Lemurer erreicht. »Er hat deinen Namen genannt!« rief Gucky überrascht aus.

»Woher kennt er mich?« wollte Rhodan wissen.

Der Mausbiber lauschte eine Weile Onacros Gedanken, dann sagte er: »Von Alaska Saedelaere. Er scheint zeitweise klare Momente zu haben, in denen Corello keine Macht über seinen Geist ausübt. Alaska setzte sich mit Vauw Onacro, so heißt dieser Lemurer, in Verbindung und klärte ihn über die Situation auf. Es war Onacro, der die Kraftwerke anlaufen ließ, um uns auf diese Station aufmerksam zu machen.«

»Weiß er, wo Corello sich jetzt aufhält?« fragte Rhodan.

Gucky meldete nach einer Weile, der Lemurer glaube, daß Ribald Corello bei seinen acht Normalsynthos sein werde. Der Mausbiber erklärte dazu auch, daß es sich dabei um Retortenmenschen handle, die Corello aus unbekannten Motiven für sich erschaffen habe.«

»Die annähernd sechshundert lemurischen Wissenschaftler sind dominierend. Außerdem ist da noch die parapsychische Macht, die die Impulse überlagert. Aus Onacros Gedanken erfuhr ich auch, daß die Normalsynthos praktisch die geistige Kapazität von Säuglingen besitzen. Es war noch nicht möglich, ihre Psychoschulung abzuschließen. Deshalb besitzen sie auch kein nennenswertes Individualmuster ...«

»Die Psychoschulung!« rief Rhodan aus. »Das wird der Grund dafür sein, warum Corello sich noch in der Station aufhält. Er wird versuchen, ihnen mehr Wissen zu vermitteln. Der Lemurer soll dir sagen, wo sich die Schulungsräume befinden.«

Während der Mausbiber mit seinen telepathischen Fühlern in den immer schwächer werdenden Geist Vauw Onacros eindrang, meldete sich Galbraith Deighton über Sprechfunk.

»Ich empfange seltsame Emotionen«, berichtete der Gefühlsmechaniker verwirrt. »Sie scheinen nichts mit Corellos Beherrschern zu tun zu haben, denn weder Ras Tschubai noch einer der anderen Mutanten hat sie bemerkt. Es sind Gefühle wie von Geistesschwachen oder wie von – Neugeborenen. Aber viel eintöniger, flacher, ohne besonderes Temperament, möchte ich sagen. Sie scheinen von fast apathischen, empfindungsarmen Geschöpfen zu stammen, die ...«

»Das genügt«, unterbrach Rhodan. »Ich glaube, Sie haben Corellos Normalsynthos gefunden, Deighton. Ras soll mit Atlan und den Mutanten zu Ihnen teleportieren. In spätestens einer Minute bin ich ebenfalls dort.«

»Normalsynthos?« wiederholte der Gefühlsmechaniker erstaunt.

Rhodan ging nicht darauf ein. Er wandte sich Gucky zu.

»Orientiere dich an Deightons Gedanken und teleportiere mich zu ihm. Du kannst dann zu dem Lemurer zurückspringen und versuchen, weitere Einzelheiten von ihm zu erfahren.«

»Ich habe alles Wissenswerte von ihm erfahren«, antwortete Gucky. »Jetzt ist er nicht mehr in der Lage, uns weitere Informationen zu geben. Er ist nämlich tot.«

Gucky drückte dem Lemurer die Lider zu, dann ergriff er Rhodans Hand und teleportierte mit ihm zu Galbraith Deighton.

»Die fremden Impulse werden immer stärker«, sagte Fellmer Lloyd.

Die Mutanten schienen sich unter einer unsichtbaren Last zu krümmen.

»Wir müssen auf der Hut sein«, mahnte Irmina Kotschistowa.

»Ja«, stimmte Dalaimoc Rorvic zu. »Wir müssen jeden Augenblick mit einer parapsychischen Attacke rechnen und bereit sein, uns zu einem Geistesblock zusammenzuschließen.«

»Ich empfange Alaska Saedelaeres Gedanken«, flüsterte Gucky. »Er kann klar denken, beherrscht aber seinen Körper nicht. Er rechnet jeden Augenblick damit, daß die Station in die Luft fliegt.«

Die neun Personen erreichten die erste Zelle in der weitläufigen Halle. Rhodan, Atlan und Galbraith Deighton hielten ihre auf Paralysewirkung geschalteten Kombistrahler schußbereit. Die sechs Mutanten hatten einen körperlichen Kontakt zueinander hergestellt, um sich blitzschnell zu einem Geistesblock zusammenschließen zu können.

Als sie in das Innere der Zelle blickten, entspannten sie sich. Sie war leer. Die Psychoschuler waren unbesetzt.

Die neun Personen setzten sich wieder in Bewegung und erreichten die nächste Zelle. Auch hier war Corello nicht.

Plötzlich kam es zu einem unerwarteten Zwischenfall. Ein Schrei erklang, und aus einer der weiter entfernten Zellen taumelte eine humanoide Gestalt.

»Alaska Saedelaere!« entfuhr es Atlan.

Der Maskenträger hatte sie ebenfalls entdeckt. Er rief irgend etwas Unverständliches und kam auf sie zu. Aber nach drei Schritten blieb er abrupt stehen.

»Corello beherrscht ihn wieder«, stellte Atlan enttäuscht fest und begann zu laufen.

Die anderen setzten sich ebenfalls in Bewegung. Sie brauchten jetzt keine Vorsicht mehr walten zu lassen. Denn das Überraschungsmoment hatten sie ohnehin eingebüßt. Corello würde über Saedelaere sofort erfahren haben, daß sie sich seinem Unterschlupf näherten.

Unter Saedelaeres Maske begann das Cappin-Fragment hektisch aufzuflammen. Er hob die Hände wie zur Abwehr, taumelte zurück und verschwand im Schulungsraum.

»Vielleicht gelingt es uns, Corello zu paralysieren«, hoffte Rhodan.

Sie erreichten den Schulungsraum und stürmten hinein, die Waffen im Anschlag. Aber es wurde kein einziger Paralysestrahl abgegeben.

Rhodan, Atlan, Deighton und die Mutanten konnten nicht mehr eingreifen. Fassungslos und enttäuscht mußten sie zusehen, wie Ribald Corello mitsamt seinem Trageroboter, Alaska Saedelaere und den acht Retortenmenschen in einer einzigen Massenteleportation entmaterialisierte.

Perry Rhodan verbarg seine Enttäuschung darüber nicht, daß ihnen Ribald Corello erneut entkommen war.

»Wenn wir diese Station nur etwas früher geortet hätten«, sagte er verärgert. »Wenn wir auf sie gestoßen wären, bevor der Wachstumsprozeß der Normalsynthos abgeschlossen war, dann hätten wir ihn in die Enge treiben können.«

»Ist es nicht seltsam, daß Corello ausgerechnet acht Normalsynthos erschaffen ließ?« meinte Gucky.

»Was ist daran seltsam?« wunderte sich Atlan. »Ob es nun acht, zehn oder zwanzig sind, ist wahrscheinlich bedeutungslos. Aber wozu benötigt er die Retortengeschöpfe überhaupt? Als Helfer wohl kaum, denn er kann sich mit seinen hypnosuggestiven Fähigkeiten eine beliebige Zahl von Sklaven unterwerfen.«

»Dennoch muß die Zahl Acht eine besondere Bedeutung für ihn haben«, beharrte Gucky. »Von Vauw Onacro weiß ich, daß die Keimbank der biologischen Station fast zwei Milliarden genaktivierte Zellverbände beinhaltet. Corello hätte sich eine ganze Armee erschaffen können. Warum begnügt er sich mit acht Normalsynthos?«

Rhodan starrte den Mausbiber an. »So gesehen ist das eine interessante Frage. Warum hat Corello lediglich die Erschaffung von acht Normalsynthos verlangt?«

Sie konnten diese Frage nicht mehr weiter erörtern. Eine Alarmsirene heulte auf.

Jemand schrie: »Die Reaktoren bersten!«

Gucky und Ras Tschubai teleportierten mit den sieben Personen in vier Sprüngen aus der lemurischen Station.

Sekunden nachdem sie vollzählig in Bolpole eingetroffen waren, erbebte der Meeresboden unter einer Reihe heftiger Explosionen.

Die letzten Lemurer, die den Untergang ihres Volkes um fünfzigtausend Jahre überlebt hatten, starben zusammen mit den 1,9 Milliarden Keimzellen.

Nur acht hatten überlebt. Aber sie waren zusammen mit Ribald Corello und Alaska Saedelaere spurlos verschwunden …

»Wir werden bestimmt noch von ihnen hören«, erklärte Atlan im Brustton der Überzeugung. Niemand widersprach ihm.

10.
Mai 3444
Feuerland

Dark Pendor versuchte, mit seinem unbeholfen wirkenden Boot gegen den auffrischenden Wind zu kreuzen. Gegen seine sonstigen Gewohnheiten war er diesmal allein hinausgefahren, mit einigem Proviant versehen und seinem nahezu seetüchtigen Schiff, der KAP HOORN. Das Boot war zwar nur knapp sechs Meter lang, aber durch seine wuchtigen Formen und den fest verankerten Mast war es äußerst seetüchtig und fast kentersicher. In diesen Breiten, in der Straße des Magellan, war das auch nötig. Siebenundfünfzig Breitengrade südlich des Äquators lebten noch immer Menschen, aber sie lebten so wie im 19. Jahrhundert.

Pendor wich einer winzigen Felseninsel aus, die es hier zu Tausenden gab, kahl und unbewohnt. Aber manchmal verirrten sich Pinguine hierher, sogar Seehunde und große Robben. Die Bevölkerung der kleinen Stadt Porvenir lebte von dem, was die Natur ihr gab.

Pendor band das Ruder fest, um seine Hände frei zu bekommen. Der Wind war stark, aber er blieb regelmäßig und deutete keine kommenden Böen an. Die KAP HOORN lag ein wenig schräg in dem bewegten Wasser und lief die noch vierzig Kilometer entfernte Küste der Halbinsel Brunswick an, eines Teils des südamerikanischen Festlandes.

Die Wellen zeigten weiße Schaumkronen ganz besonders dort, wo Klippen und Felseninseln dicht unter der Oberfläche verborgen lagen und gefährliche Riffe bildeten. Pendor kannte das Gewässer besser als jeder andere, aber er kannte auch das Risiko. Er war es eingegangen, weil die Stürme der letzten Wochen fast jeden Fischfang unmöglich gemacht hatten.

Und trotzdem sind wir glücklich, sann er vor sich hin, während er den Anker im Bug neu befestigte, damit er nicht verlorenging. *Wir sind glücklicher als alle Menschen, die in der Zivilisation leben und ihre sogenannten Vorteile genießen.*

Nein, Dark Pendor hätte für alle Reichtümer der Welt nicht mehr mit einem anderen Menschen getauscht, der seinen Wohnsitz in New York, Berlin oder Terrania hatte.

Vor mehr als dreihundert Jahren hatten Pendors Vorfahren vom Solaren

Parlament die Erlaubnis erhalten, sich auf Feuerland anzusiedeln. Offiziell war es eine Sekte gewesen, die das Gesuch damals einreichte. Das Solare Imperium garantierte jedem Erdbewohner religiöse und auch politische Freiheit. Eine Ablehnung des Gesuchs wäre einer Verletzung der Menschenrechte gleichgekommen. So konnte es geschehen, daß mehr als viertausend Menschen beiderlei Geschlechts die Strapazen auf sich nahmen, zur Natur zurückzukehren. Sie siedelten sich in der seit Jahrhunderten verlassenen Stadt Porvenir an, rissen die verfallenen Häuser ab oder bauten sie aus. Neue Wohnviertel entstanden, aber es handelte sich ausnahmslos um individuell angelegte Einfamilienhäuser, denn jeder baute so, wie es ihm gerade paßte. Die einen bevorzugten Blockhütten, die anderen winterfeste Bungalows, denn winterfest mußten sie sein. Trotz der weltumfassenden Wetterkontrolle war das Klima in Feuerland noch immer rauh und oft unberechenbar.

Die Sekte hatte vor dreihundert Jahren einen Pakt mit dem Solaren Parlament geschlossen. Man wollte auf jegliche Hilfe der Zivilisation so lange verzichten, wie es eben nur möglich war. Lediglich Medikamente und ärztliche Betreuung waren stets willkommen, und heute konnte die Stadt Porvenir auf fünftausend Bürger stolz sein, die Nachkommen jener tapferen und entschlossenen Auswanderer von vor dreihundert Jahren.

Weit voraus bemerkte Pendor eine Bewegung, die nicht in den natürlichen Rhythmus von Wind und Meer paßte. Eine Robbe war es nicht, das sah er auf den ersten Blick. Robben schwammen anders und verursachten eine ganz andere Wellenbewegung. Es mußte ein großer Fisch sein. Mit einer geschickten Handbewegung löste er das Steuer und korrigierte den Kurs des Schiffes. Schwerfällig, aber zuverlässig folgte die KAP HOORN. Mit der einen Hand hielt Pendor das Ruder, während er mit der anderen die Harpune bereitlegte. Die mit Widerhaken versehene Spitze bestand aus Fischbein, der Rest war Holz. Eine Leine verhinderte, daß die Waffe verlorenging.

Es war wie vor tausendsechshundert Jahren. Pendor hätte mit den modernsten Mitteln der Technik jagen können, aber das wäre gegen das Prinzip seiner Vorfahren gewesen, deren Motto schlicht und einfach lautete: Zurück zur Natur!

Der Fisch war etwa drei Meter lang, eine seltene Erscheinung in den hiesigen Gewässern. Vielleicht hatte er sich verirrt, oder er war durch die unberechenbare Strömung in die enge Straße zwischen Südamerika und Feuerland getrieben worden. Jedenfalls kannte er sich hier nicht aus und war durch die vielen Klippen und kleinen Inseln verwirrt. Pendor sah sofort, daß er es mit einer leichten, aber sicherlich lohnenden Beute zu tun hatte.

Der Fisch schwamm genau nach Westen, und der Wind kam stark aus Süden. Die KAP HOORN legte sich noch schräger, aber sie würde nicht kentern. Ein Kiel aus Blei – Produkt der modernen Zivilisation – verhinderte das.

Immer noch hielt Pendor das Ruder mit der linken Hand, während seine rechte die Harpune prüfend wog. Noch fünfzig Meter, und sein Schiff holte langsam und stetig auf. Vielleicht hatte der Fisch die drohende Gefahr nicht einmal bemerkt, denn er schwamm geradeaus, ohne seinen Kurs zu ändern.

Links zog eine Felseninsel vorbei, kahl und ohne Leben. Pendor achtete nicht auf sie. Das Wasser war so klar, daß er trotz der Wellenbewegung die steil in die Tiefe abfallenden Wände sehen konnte. Seine uralte Sehnsucht überkam ihn für einen Augenblick. Tauchen wollte er, so tief es möglich war, mit Hilfe der modernen Geräte, die ihn mit Atemluft versorgten. Es gab Mischungen, die den Wasserdruck ausglichen und Tiefen bis zu tausend Meter ermöglichten. Der moderne Mensch hatte sich der Welt unter Wasser angepaßt. Aber Pendor war kein moderner Mensch. Niemand, der in Porvenir wohnte, wollte jemals ein moderner Mensch sein.

Das Wasser wurde wieder tief und dunkel. Der Fisch war noch zwanzig Meter vor dem Bug der KAP HOORN.

Noch fünfzehn Meter.

Pendor hob die Harpune und machte sich fertig zum Wurf. Das Ende der Leine war im Boot befestigt. Weder sie noch der Speer konnten verlorengehen, wenn nicht gerade ein Ungeheuer harpuniert wurde.

Zehn Meter …

Pendor holte aus und schleuderte die Harpune. Die Spitze traf in den Rükken. Der Fisch drehte sich sofort mit dem Bauch nach oben, noch während die letzten Flossenbewegungen instinktiv einen Fluchtversuch einleiteten. Noch einmal peitschte der mächtige Schwanz in die ohnehin hochgehenden Wogen, dann trieb die Beute still und ruhig in den Wellen.

Pendor hatte es sich nicht so einfach vorgestellt und war erleichtert. Ohne Kampf konnte er den großen Fisch an Bord holen und begann sofort damit, ihn auszunehmen. Auf dem kleinen Boot durfte kein Platz verschwendet werden.

Mit festgebundenem Ruder kreuzte das Boot noch immer halb gegen den Wind, während Pendor hart arbeitete. Er wußte nur zu gut, wie schwer das Leben für ihn war, aber er hätte es sich anders nicht vorstellen können. Er war glücklich und zufrieden.

Mehrmals mußte er die Arbeit unterbrechen, um einer plötzlich auftauchenden Klippe auszuweichen. Dann endlich konnte er das Schiff wenden und Kurs auf Porvenir nehmen. Wenn der Wind so blieb und die Richtung nicht sehr veränderte, würde er in einer Stunde den Hafen erreichen. Felda, seine Frau, würde schon auf ihn warten.

Er warf die Reste des ausgenommenen Fisches über Bord und wunderte sich, wo die Möwen herkamen, sich ihren Teil zu holen. Sie mußten auf einer der häufiger werdenden Felsinseln schon gewartet haben.

Karos, sein Sohn, würde gleich nach seiner Ankunft den Händler Sam Katzbach holen können. Die Familie benötigte neue Schuhe und feste Winterkleidung. Geld kannten die Leute von Porvenir nicht, sie brauchten auch keins. Wer geschickte Hände besaß, fertigte sich alles selbst an, was er zum Leben benötigte, oder tauschte es gegen Lebensmittel ein. Einige der Zeitritter, so nannten sie sich selbst, waren sogar Bauern geworden, denn die Erde in den flachen Mulden oberhalb der Küstenfelsen war fruchtbar. Widerstandsfähiges Getreide wuchs hier, und in den milden Sommern gedieh sogar das Obst.

Sam Katzbachs Eltern hatten schon vor zweihundert Jahren die Tauschzentrale am Hafen erbaut und eingerichtet. Hier konnte jeder die Erzeugnisse seiner Arbeit hinbringen und bekam dafür den entsprechenden Gegenwert in Form fertiger Produkte. Für seinen Fisch, das konnte Pendor sich ausrechnen, erhielt er einige Paar Schuhe und mindestens einen warmen Winteranzug.

Er umfuhr die letzten Klippen vor der Einfahrt zum Hafen und kam plötzlich in ruhiges Gewässer. Die Landzunge und die vielen kleinen Inseln hielten Wind und Wellen ab. Die so eingeschlossene Bucht erinnerte ein wenig an eine Lagune.

Außerhalb der Bucht waren die Küsten felsig und steil und boten kaum Platz zum Ankern oder gar zum Anlegen. Man mußte schon die versteckten und sicheren Plätze genau kennen, wenn man nicht Schiffbruch erleiden wollte.

Mit einer gewissen Befriedigung stellte Pendor fest, daß alle Schiffe im Hafen waren. Außer ihm hatte es niemand gewagt, den sicheren Anlegeplatz zu verlassen. Sein Fisch war heute das Doppelte wert wie sonst.

Karos erwartete ihn am Holzkai. Pendors Sohn war dreißig Jahre alt, kräftig gebaut und hatte lange rotblonde Haare. Wahrscheinlich hatten so die legendären Wikinger ausgesehen. Er trug eine glatte Hose aus Seehundfell, Stiefel aus dem gleichen Material, eine lange Jacke und eine Pelzmütze. Im Gürtel der Hose steckte ein breites Messer mit Holzgriff.

»Hallo, Vater!« rief er Pendor entgegen, als dieser das Boot zwischen den Holzpfählen hindurchmanövrierte. Er fing die Leine auf und befestigte sie an dem Metallring am Ufer. »Hattest du einen guten Fang?«

»Einen Fisch nur!« rief Pendor zurück und bemühte sich, seiner Stimme einen traurigen Tonfall zu verleihen. »Und wir können froh sein, daß ich den noch erwischte.«

»Nur einen Fisch?« Karos zog die Leine straff und sprang dann an Bord. »Hoffentlich reicht er wenigstens zum Abendessen ...«

Er schwieg verdutzt, als er die schweren Fleischbrocken bemerkte, die säuberlich aufgestapelt in den Holzwannen lagen. Pendor grinste.

»Wie ich sagte – nur ein Fisch, aber er war drei Meter lang. Komm, hilf mir, ihn zu Sam zu bringen. Und dann holst du Mutter.«

Nick Madl, der Hafenmeister, kam mit seinen breiten und immer etwas unsicheren Schritten herbei. Er schien bereits einen kräftigen Schluck auf das nahende Unwetter genommen zu haben, und man brannte in Porvenir keinen schlechten Schnaps.

»Hallo, Dark! Nicht abgesoffen?«

»Du brauchst wohl einen Liegeplatz, was?« entgegnete Pendor und schleppte die erste Holzwanne von Bord. »Kannst du mir helfen, oder siehst du schon doppelt?«

Nick gab keine Antwort. Er packte kräftig zu, und bald hatten sie den Fang an Land gebracht. Pendor überzeugte sich noch einmal davon, daß sein Schiff gut vertäut am Kai lag, dann folgte er Nick Madl und seinem Sohn, die vorausgegangen waren.

Sam Katzbach zeigte sich erfreut und überrascht zugleich, als er den Fisch sah. In der Lagerhalle war es kalt, der Tausch würde bis morgen Zeit haben. Zuerst mußte er Pendor seine Ware geben.

»Was hast du dir denn so vorgestellt?« erkundigte er sich.

Pendor sah sich um, aber Karos war schon weg, um seine Mutter zu holen.

»Schuhe und einen Anzug – mal zum Anfang.« Als Sam abwehrend die Hände heben wollte, fuhr er hastig fort: »Nun reg dich nicht gleich wieder auf, Sam, wir kennen das ja. Glaubst du, ich bin nur zum Spaß bei dem Sauwetter hinausgefahren? Ich will auch etwas dafür bekommen. Felda wird mit dir reden, die kann das besser als ich ...«

»Das ist bestimmt ein guter Fisch«, sagte Nick Madl überzeugt.

»Ich will ihn ja auch nicht schlechtmachen«, verteidigte sich Sam erregt. »Aber Schuhe und ein Anzug sind zuviel dafür.«

»Hast du noch genügend Vorräte an frischem Fisch auf Lager, Sam?« fragte Pendor harmlos. »Heute früh hörte ich einige Leute recht abfällig über deine Fähigkeiten als Händler reden.«

»Woher soll ich denn Fisch haben bei dem Wetter?« empörte sich Sam. »Wenn mir die Fischer keine bringen, kann ich auch keine handeln ...« Er schwieg plötzlich und sah Pendor an. »Was willst du eigentlich von mir?«

»Ein Paar Schuhe und den guten Anzug, den ich gestern bei dir sah.«

Sam seufzte. »Du ruinierst mich, Dark Pendor«, stellte er fest und begann, im Lager herumzukramen.

Karos kam mit seiner Mutter, Pendors Frau Felda. Sie umarmte ihren Gatten und nahm Sam, der gerade herbeigeschlurft kam, den Anzug aus den Händen. Fachmännisch betrachtete sie ihn und nickte dann.

»Er ist nicht schlecht, aber ich muß ihn an einigen Stellen ändern – das vermindert den Tauschwert. Immerhin, Dark, wenn er uns die Schuhe dazugibt, vielleicht noch den eisernen Topf dort und ein neues Messer für die Küche ...«

Felda Pendor mochte sechzig oder siebzig Jahre alt sein, war jedoch rüstig und galt als äußerst energisch. Sam Katzbach duckte sich ein wenig, als er die verlangten Gegenstände heranschleppte und ihr übergab. Der Blick, mit dem er dabei Pendor streifte, hätte einen Stein zerschmolzen, nicht aber den rauhen Fischer.

Schwer bepackt zog die Familie schließlich davon, von den nicht gerade freundlichen Wünschen des Händlers begleitet.

Nick Madl zog seine Flasche aus der Tasche und nahm einen kräftigen Schluck. Dann schwankte er zurück in seine Behausung nahe am Kai. Für heute erwartete er kein Boot mehr zurück, weil keines ausgefahren war.

Die Pendors wohnten in der Hafenstraße in einem uralten, aber gut erhaltenen Blockhaus. Vielleicht hatte es früher in Feuerland keine Wälder gegeben, mittlerweile jedenfalls gab es welche, wenn auch nur an gewissen Stellen, wo der Boden fruchtbar und die Lage geschützt war. Wenn man unabhängig von der Zivilisation bleiben wollte, benötigte man in erster Linie genügend Holz. Aus Holz konnte man praktisch fast alles herstellen, außerdem heizte es angenehmer als Öl oder Elektrizität.

Pendor besaß oben auf der Ebene einen eigenen kleinen Wald. Bäume wuchsen von allein, er brauchte sich nicht darum zu kümmern. Wenn er einen Stamm haben wollte, ging er mit seinem Sohn in die Waldmulde und holte sich einen.

»Es war leichtsinnig von dir, heute auszufahren«, sagte Felda und schloß die Tür hinter ihnen. Der Schein des flackernden Kaminfeuers verbreitete in dem großen Wohnraum eine Atmosphäre von Wärme und Behaglichkeit. »So wichtig war das mit dem Winteranzug nun auch wieder nicht. Bis jetzt haben wir einen milden Winter.«

»Das kann sich ändern«, knurrte Pendor und setzte sich, nachdem er die Jacke ausgezogen hatte. »Gibt es Neuigkeiten?«

»Welche schon?« Felda schob die Suppe näher ans Feuer, um sie aufzuwärmen. Karos war in seinem Zimmer verschwunden, das über dem Wohnraum lag. »Mary war hier und sagte, die Versammlung fände erst morgen statt. Kantenburg hat sicher wieder neue Pläne wegen der Häuser im Ostgebiet der Stadt.«

Fell Kantenburg war der Bürgermeister von Porvenir und damit das politische Oberhaupt der sogenannten Zeitritter. Trotz seiner hundert Jahre war er rüstig und tatkräftig, verstand es, sich durchzusetzen, und hielt sich an demokratische Gepflogenheiten. Er faßte nie einsame Entschlüsse, sondern hielt regelmäßig Versammlungen ab, in denen sich jeder Bürger zu Wort melden konnte. Mary war Kantenburgs dreißigjährige Tochter.

»Im Osten ist der Fluß. Wenn er anschwillt, sind die Häuser an seinen Ufern gefährdet. Das habe ich doch schon oft genug ...«

»Dann tu es morgen wieder«, riet Felda. »Im übrigen ist Mary hübscher geworden. Ich glaube, Karos sieht sie sehr gern.«

»Mit bloßem Angucken ist es nicht getan, Felda. Er wird sich um sie bemühen müssen, wenn er sie heiraten will. Mit Fell habe ich schon gesprochen, er hat nichts dagegen. Die jungen Leute von heute sind viel zu schüchtern, da müssen wir Alten eben nachhelfen.«

»Mische dich da nur nicht ein, Dark! Kümmere dich um unsere Bäume, dein Boot und die Fische, aber überlasse delikate Probleme lieber mir, hast du verstanden?«

Dark Pendor seufzte und schwieg. Wenn er auch schon zu Hause nicht viel zu sagen hatte, morgen in der Versammlung würde er den Mund nicht halten. Dort hatte jeder das Recht, so laut und soviel zu sprechen, wie er wollte.

Auch Ehemänner.

Das Wetter hatte sich gebessert. Wahrscheinlich hatte die terranische Hauptkontrolle eine Korrektur vorgenommen und den beginnenden Sturm in die Antarktis abgelenkt. Dort konnte er keinen Schaden anrichten, denn die meteorologischen Institute lagen tief unter dem Eis, das noch immer den größten Teil des sechsten Kontinents bedeckte.

Südlich der Inutilbucht waren kürzlich Wale gesichtet worden. Da die Zeitritter nur zu ihrem Lebensunterhalt jagten, hatten sie von dem Solaren Parlament die Erlaubnis erhalten, jährlich eine bestimmte Anzahl der unter Naturschutz stehenden Tiere zu erlegen. Wenn sie auch praktisch keine Kontrolle spürten, so war diese doch vorhanden. Das wußte jeder von ihnen und richtete sich danach.

Sieben Boote fuhren an diesem Morgen aus, das Kommando der Expedition war abermals Dark Pendor übertragen worden, der als einer der erfahrensten Fischer der Gemeinde galt.

Ein Wal bedeutete nicht nur Fleisch für sie alle, sondern wertvolles Fett und leicht zu bearbeitende Knochen. Hinzu kam die lederartige Haut, mit der sich eine Menge anfangen ließ, ganz abgesehen von dem Tran, dessen Verwendungsmöglichkeiten schier unerschöpflich waren.

Diesmal begleitete Karos seinen Vater. Er würde die Harpune werfen, wenn ihm kein anderer Fischer zuvorkam. Aber bei einer solchen Jagd wurde der Anteil an der Beute ohnehin gleichmäßig aufgeteilt, es spielte also keine Rolle, wer das Tier erlegte.

Die See hatte sich beruhigt. Ohne Schwierigkeiten konnte die kleine Flotte den sicheren Hafen verlassen und Kurs nach Süden nehmen. Gegen Mittag würde man die Einfahrt zur großen Bucht erreichen.

»Was war gestern mit der Versammlung?« fragte Karos und rollte die Harpunenleine zusammen. »Hat sich Kantenburg durchsetzen können mit seinen Plänen?«

Pendor stand breitbeinig hinter dem Ruder. »Natürlich nicht. Die neue Siedlung wird im Norden gebaut, weil es dort sicherer ist – genau so, wie ich es vorgeschlagen habe. Der Hang dort ist nicht sehr steil, und vielleicht können wir das alles gleich mit dem Bau eines Weges zu den Feldern verbinden. Die Bauern sind es leid, jede Kartoffel einzeln vom Berg zu bringen.«

Karos nickte zustimmend, sagte aber nichts. Hoch über sich im grauen Himmel hatte er ein kurzes Aufblitzen bemerkt. Es beunruhigte ihn keineswegs, denn er wußte, was es bedeutete. Das terranische Fernsehen würde mal wieder eine Reportage über das Leben der Sonderlinge bringen, die sich freiwillig in die rauhe Einsamkeit Feuerlands zurückgezogen hatten. Die ferngesteuerten Robotkameras konnten oft auch direkt über Porvenir gesehen werden. Manchmal strichen sie auch dicht über die Hausdächer dahin und filmten dabei den Alltag der Zeitritter. Niemand kümmerte sich darum. Sollten doch die Menschen der Zivilisation ihr Vergnügen haben, wenn es für sie schon keine anderen Sorgen gab.

Nun wurde die Jagd auf den Walfisch mit den Kameras aufgenommen, und auf den Bildschirmen der ganzen Welt konnte man das Geschehen beobachten. Auf der anderen Seite, so tröstete sich Karos, sollte er diese Tatsache als einen Vorteil betrachten. Obwohl sie außerhalb der Zivilisation lebten und nichts von ihr wissen wollten, wachte sie über ihre Sicherheit. Vor mehr als hundert Jahren, so berichtete die Überlieferung, hatte es in Porvenir eine ansteckende Krankheit gegeben. Ohne Aufforderung war wenig später ein Gleiter gelandet und hatte Medikamente gebracht. Das Sterben hatte unmittelbar nach der Impfung aufgehört. Die Ärzte waren wieder gegangen, ohne den Dank der Zeitritter abzuwarten. Seitdem fühlten sie sich erst recht frei und unabhängig. Die Regierung der Welt wachte über sie.

Karos hätte gern einmal eine Fernsehsendung über sich und seine Freunde gesehen, aber in Porvenir gab es kein einziges Fernsehgerät. Solche Dinge gab es nur in der »anderen Welt«, zu der sie nicht mehr gehörten. Eines Tages, so hatte Karos sich vorgenommen, würde er sich diese Welt einmal ansehen. Es gab immer wieder Schiffe, die sich in ihre Gegend verirrten. Eins davon würde ihn mitnehmen.

Die Robotkamera kam tiefer, entfernte sich dann aber wieder in südlicher Richtung. Wahrscheinlich suchte sie schon die Wale in der großen Inutilbucht.

Pendor tat so, als habe er den Zwischenfall nicht bemerkt. Fliegende Robotkameras waren für ihn so eine alltägliche Erscheinung wie Möwen oder die Bergschafe auf den kargen Weiden an den Nordhängen der Stadt.

»Vorsicht, eine Klippe!« warnte Karos.

»Die kenne ich«, dankte Pendor und ließ die KAP HOORN dicht an den kahlen Felsen vorbeigleiten. Die anderen Boote folgten ihm in geringem Abstand. »Sie ist nur im Sturm gefährlich.«

Rechts war die Küste der Brunswick-Halbinsel, steil und wie eine graue Wand. Links lag das zerklüftete Felsufer von Feuerland, näher und deutlicher. An dieser Stelle mochte die Straße des Magellan etwa dreißig Kilometer breit sein.

Vor ihnen lag das Kap. Dahinter begann die Bucht. Wenn sie Glück hatten, waren die Wale hineingeschwommen. Hatten sie Pech, waren sie weiter nach Süden gezogen und in der offenen See verschwunden.

Karos stand im Bugteil des Bootes und lotete die Untiefen mit scharfem, geübtem Blick. Immer wieder kamen die Felsen bis dicht zur Oberfläche empor, dazwischen lagen tiefdunkle Gräben, über die sie einfach hinwegschwebten.

So wie die Kamera oder die Gleiter in der Luft, dachte Karos ein wenig sehnsuchtsvoll. Aber nicht nur das. Er selbst hatte Berichte gehört, denn noch vor sieben Jahren etwa war ein Schiff an den Klippen bei Porvenir gescheitert. Der Vorfall war in der Zivilisation sofort bekanntgeworden, und bereits am anderen Tag war die fliegende Rettungsexpedition eingetroffen und hatte die Überlebenden abgeholt. In der Zwischenzeit jedoch hatte Karos genügend Gelegenheit gefunden, sich mit den Leuten zu unterhalten. Das, was er damals hörte, war noch heute frische Erinnerung.

Der Mond – ein einziges Positronengehirn, wahrscheinlich der gigantischste Gedächtnisspeicher der ganzen Galaxis! Die Planeten des Sonnensystems – zum Teil besiedelt und von Menschen bewohnt! Die Sterne und ihre Planeten – man konnte die fernen Sonnen in den klaren Nächten gut von Porvenir aus sehen – gehörten zum Verband des Solaren Imperiums, und auch dort wohnten Lebewesen. Das ganze Universum war bevölkert, und hier in der Einöde lebten die fünftausend Zeitritter und hatten nichts damit zu tun.

Die Zivilisation bot alle Annehmlichkeiten, die man sich vorstellen konnte. Wunderdinge hatten die Schiffbrüchigen darüber erzählt. Als Karos seinem Vater gegenüber einmal ein Wort davon erwähnte, war dieser schrecklich wütend geworden und hatte ihm verboten, auch nur im Traum darüber nachzudenken.

»Wir leben hier, wie unsere Eltern auch gelebt haben«, hatte Pendor damals gesagt. »Sie haben gewußt, warum sie das harte und karge Leben der Zivilisation vorzogen. Die Sterne – pah! Was gehen uns die Sterne an, was die anderen Universen? Hier, Porvenir, *das* ist unser Universum, und es gehört uns allein! Denk nicht mehr an die andere Welt, mein Sohn, sondern suche dir lieber einen Platz aus, an dem du dein Haus bauen möchtest, wenn du einmal heiratest.«

Aber Karos konnte die Erzählungen der Schiffbrüchigen nicht vergessen, auch wenn er nicht mehr von ihnen sprach.

Sie bogen um das Kap. Vor ihnen lag die breite Bucht, die fast zwanzig Kilometer weit in das felsige Land hineinreichte. Der Wind kam jetzt von Osten und wurde von den Bergen abgehalten. Das Wasser war ruhig und nur wenig bewegt.

»Siehst du etwas?« fragte Pendor seinen Sohn. Er kümmerte sich um die nachfolgenden Boote und gab ihnen Zeichen, damit sie die Klippen vermieden. »Wir müssen jetzt kreuzen.«

Karos ließ sich mehrmals von weißen Schaumkronen täuschen, die aber nur von Unterwasserklippen und nicht von Walen zeugten. Er schüttelte den Kopf.

»Nichts, Vater, aber wir fangen ja gerade erst an mit der Jagd. Vielleicht sind sie weit eingedrungen, bis vor zum Land.«

»Wir werden uns verteilen, dann sehen wir mehr.« Er blickte über die Wasserfläche und deutete dann nach vorn. »Da, die Insel, dort legen wir an. Es gibt eine kleine Bucht, in der wir geschützt sind. Nach dem Essen fahren wir weiter. Wenn wir heute nicht mehr zurückkehren, kenne ich eine Bucht am Festland.«

Die sieben Boote liefen sanft im flachen Wasser auf den Kies. Es gab angeschwemmtes Holz, und wenig später brannte ein großes Feuer. Die vierzehn Männer vergaßen ihr schweres Handwerk und genossen unbewußt die Tatsache, daß die Welt ihnen gehörte, ihnen ganz allein.

Hoch über ihnen stand die Robotkamera und berichtete der Menschheit vom Leben der Sonderlinge, die sich inmitten der technisierten Zivilisation ihr eigenes Paradies erhalten hatten, und manche jener, die bisher immer nur mitleidig gelächelt hatten, wenn sie von den Zeitrittern hörten, bekamen nachdenkliche Gesichter.

Einer hatte ein halbes Schaf mitgenommen, das sie nun am Feuer brieten. Sie wurden alle satt. Dann tranken sie aus den hölzernen Krügen Wasser, mit Schnaps gemischt, und schließlich zündeten sich einige die selbstgerollten Zigarren an, deren Geruch allein schon genügt hätte, eine ganze Herde von Walfischen einzuschläfern.

»Sie sehen uns wieder zu«, sagte einer und deutete hinauf in den Himmel. »Einige von ihnen werden uns beneiden, die anderen bedauern.«

Sie sprachen nicht viel, denn jeder kannte die Sorgen des anderen. Alles war klar. Es gab keine Probleme, und wenn es welche gab, wurden sie in den Versammlungen gelöst.

Karos war auf den kleinen Berg gestiegen, der sich in der Mitte der Felseninsel erhob. Von dort hatte man einen guten Überblick und konnte die gesamte Bucht voll einsehen.

»Die Wale!« rief er plötzlich und deutete nach Osten. »Ganz nahe beim Land. In einer Stunde können wir dort sein.«

Pendor war aufgesprungen. Er rannte zum Gipfel. Als er neben seinem Sohn stand, nickte er.

»Eine gute Stunde, wenn nicht mehr. Wir haben wenig Wind.«

»Dann müssen wir eben rudern.«

»Das befürchte ich auch«, sagte Pendor und ging wieder hinab zu den anderen beim Feuer. »Wir brechen auf.«

Sie schoben die Boote ins Wasser zurück und setzten die Segel. Mit den Rudern halfen sie nach, und bald hatten sie die kleine Insel weit hinter sich zurückgelassen. Vor ihnen waren die Wale, eine ganze Familie. Einer von ihnen würde das Opfer sein müssen, auf keinen Fall aber ein Muttertier.

Auch die Zeitritter hatten ihre strengen Gesetze, an die sie sich halten mußten …

An diesem Abend war es Mary Kantenburg, die ganz überraschend die Initiative ergriff.

Die kleine Flotte war kurz nach Einbruch der Dunkelheit mit einem erlegten Wal zurückgekehrt. Der günstige Wind hatte ihnen geholfen, das riesige Tier gemeinsam in Schlepp zu nehmen und hinter sich herzuziehen. Morgen kam der große Tag des Ausschlachtens.

Müde und erschöpft von den Anstrengungen des Tages, wollten Pendor und sein Sohn sich bald zurückziehen, als es an der Tür klopfte. Es war Mary Kantenburg.

»So spät noch?« empfing sie Felda nicht gerade unfreundlich, doch ein wenig vorwurfsvoll und neugierig zugleich. »Schickt dich dein Vater?«

»Ich wollte Karos besuchen«, antwortete sie verschüchtert.

»Er ist müde von der Jagd.«

»Ich gehe gleich wieder und …«

»Bleib bitte ein wenig«, bat Karos und nickte ihr zu. Er deutete auf den freien Platz neben sich. »Setz dich zu mir! Noch brennt das Feuer im Kamin.«

Felda sah ihren Mann auffordernd an. »Wolltest du nicht schlafen gehen, Dark? Ich komme mit.«

Als sie allein waren, starrte Karos nachdenklich in die Flammen des Feuers, die den Raum nur notdürftig erhellten. Er schien auf das zu warten, was Mary zu sagen hatte. Sie tat ihm schließlich den Gefallen, denn sie kannte ihn nur zu gut.

»Ich muß morgen hinauf zu den Schafen, den ganzen Tag«, sagte sie ruhig. »Was wirst du morgen tun?«

Er beobachtete das Feuer, als hinge sein Leben davon ab.

»Vielleicht helfe ich beim Wal, Mary, ich weiß es noch nicht. Aber ich müßte auch in den Wald. Wir brauchen einige dünne Stämme für unsere Koppel.«

»Der Wald ist nicht weit von meiner Weide entfernt«, erklärte sie vorsichtig. »Vielleicht begegnen wir uns zufällig.«

»Das wäre schön«, gab er zu, ebenso vorsichtig. »Vielleicht um die Mittagszeit.«

»Ich nehme Vorräte für uns beide mit, Karos. Du hast sicher die schwere Axt zu schleppen, nicht wahr?«

»Ja, und den Wagen muß ich auch noch hinaufziehen. Ja, es wäre eine feine Idee, wenn wir uns träfen. Morgen mittag also?«

Sie wirkte erleichtert. Als sie lächelte, war sie schöner und anziehender als je zuvor. Karos versuchte sich vorzustellen, wie sie in einem der leichten Kleidchen aussehen würde, die damals von den weiblichen Schiffbrüchigen getragen wurden. Es würde ihr bestimmt gut stehen. Jetzt trug sie eine rauhe Lederhose und eine Pelzbluse, die sie allerdings aufgeknöpft hatte. Darunter trug sie nichts mehr.

»Wirst du bald mit dem Hausbau beginnen?« fragte sie plötzlich und tat so, als bemerke sie seine Blicke nicht. »Mir würde der Nordhang gut gefallen, in der Nähe der Weiden. Man kann die ganze Bucht von dort aus übersehen und hat keinen weiten Weg bis zu den Wäldern.«

Er begegnete ihrem forschenden Blick. »Mir würde es dort auch gefallen«, gab er dann zu. »Was würde dein Vater sagen, wenn ich ihm … wenn wir … ich meine, wenn …?«

»… wenn du ihn fragst, ob ich deine Frau werden darf … meinst du das?«

Er nickte verlegen. Sie lachte hell auf. »Ich habe ihn schon für dich gefragt, Karos. Er ist einverstanden. Mutter wäre es auch, wenn sie noch lebte. Aber Vater wird bald wieder heiraten, und dann würde das Haus zu klein, wenn wir nicht anbauen.«

Er wirkte erleichtert, aber nicht gerade glücklich. Wenn er erst einmal mit Mary verheiratet war, würde er nie Gelegenheit haben, die Zivilisation kennenzulernen. Kein Zeitritter ließ seine Frau allein, es sei denn, er ging auf die Jagd oder zur Arbeit.

»Ja, der Nordhang wäre richtig«, sagte er, dann sah er sie verblüfft an, als begriffe er erst jetzt, was sie gesagt hatte. »Du hast mit deinem Vater über uns gesprochen? Das ist soviel wie eine Hochzeit, Mary. Wir werden uns Gedanken machen müssen ...«

»Wir können morgen mittag damit beginnen«, schlug sie schelmisch vor. »Dann haben wir Zeit genug, wenigstens mittags. Weißt du, ich habe schon richtige Pläne für unser Haus.«

Karos fühlte sich nicht gerade überrumpelt, aber insgeheim war er über die Bestimmtheit, mit der Mary sprach, zumindest verblüfft. Sie hatten beide noch nie über ihre Zukunftspläne geredet, aber für das Mädchen schien es absolut sicher zu sein, daß sie heiraten würden. Nun schön, er hatte nichts dagegen einzuwenden – sie war nicht nur hübsch, sondern ihr Vater auch noch Bürgermeister –, aber er wollte sich noch ein wenig Zeit lassen.

»Meine Eltern werden staunen«, sagte er etwas besorgt.

»Vor allen Dingen werden sie sich freuen«, behauptete sie überzeugt. »Besonders deine Mutter.« Sie überlegte, ob sie ein Stück Holz nachlegen sollte, aber dann tat sie es doch nicht. »So, nun erzähl mal, wie es beim Walfang gewesen ist. Auch das sollte die Frau eines Mannes interessieren ...«

Es wurde in der Tat ein milder Winter. Die Eisberge aus der Antarktis trieben zwar bis in die Meeresstraße hinein, tauten aber dann schnell ab, wenn sie weiter nach Norden zogen. Mit den riesigen Schollen kamen aber auch Seehunde und Pinguine. Ihr Fleisch bereicherte den Speisezettel der Menschen von Porvenir.

Sam Katzbach tauschte von morgens bis abends und sorgte dafür, daß sein Profit nicht zu gering wurde. Die Männer paßten auf, sie feilschten mit ihm um jedes Gramm Fisch oder Leder. So kam jeder auf seine Kosten, ohne daß jemand benachteiligt wurde.

Nick Madl hatte eine Menge Arbeit, im Hafen für Ordnung zu sorgen. Dafür erhielt er von allen Bootsbesitzern Beuteanteile oder eingetauschte Waren. Den größten Teil davon tauschte er bei Katzbach wieder gegen

Getreide und Obst oder Kartoffeln ein, die er zu dem scharfen Getränk brannte, von dem er stets eine Probe mit sich herumschleppte.

Fell Kantenburg regierte weiter und war ehrlich darauf bedacht, jedem Bewohner von Porvenir das Dasein so angenehm wie möglich zu machen, ohne nach den Hilfsmitteln der Zivilisation greifen zu müssen. Niemand bezweifelte seine Wiederwahl im kommenden Sommer.

Dark Pendor war viel im Wald und fällte passende Bäume, wie man sie zum Bau eines Hauses oder Bootes benötigte. Da aber die KAP HOORN noch immer ein gutes und heiles Schiff war, konnte jeder ahnen, wozu das Holz benötigt wurde. Karos half ihm dabei, wenn er nicht gerade mit den anderen Männern der Nachbarschaft auf Fischfang war.

Sein heimlicher Wunsch bestand noch immer darin, seine Heimat für kurze Zeit zu verlassen, um die »andere Welt« kennenzulernen. Vielleicht hätte er es einfach getan, wenn Mary nicht gewesen wäre. Er konnte das Mädchen nicht allein zurücklassen, denn jeder in Porvenir wußte, daß sie seine Braut war. Er konnte es schon seinen Eltern nicht antun.

Eines Tages, in der zweiten Woche des Mai 3444, kehrte ein alter Fischer in den Hafen zurück und wartete kaum, bis Nick sein Boot übernommen und vorschriftsmäßig vertäut hatte. Ohne auf die Fragen des Hafenmeisters einzugehen, rannte er davon, so schnell ihn seine wackeligen Beine trugen. Nick Madl sah ihm kopfschüttelnd nach, ehe er den kärglichen Fang überprüfte und dann zu Katzbach schleppte.

Der Fischer aber hetzte durch die Straßen, bis er ganz außer Atem war und öfter pausieren mußte. Es dauerte fast eine halbe Stunde, bis er endlich sein Ziel erreichte – das Haus des Bürgermeisters.

Kantenburg war gerade damit beschäftigt, seine Haustür zu streichen. Er sah den alten Mann kommen und ahnte, daß Ole Pat mal wieder eine Räubergeschichte erzählen würde. Es wäre nicht das erste Mal gewesen, daß die Bewohner von Porvenir auf seine Märchen hereingefallen wären.

»Na, Ole, was rennst du denn so? Sind Haie hinter dir her?«

»Dir wird das Lachen bald vergehen, Fell«, prophezeite Ole Pat und setzte sich auf den nächsten Stein. »Aber ich muß mich erst ein wenig ausruhen. Der Weg hat mich angestrengt.«

Kantenburg war neugierig geworden, wenn er sich auch vorgenommen hatte, dem alten Schwätzer kein einziges Wort zu glauben. Aber anhören konnte man sich seine Geschichte ja ruhig. Viel geschah nicht in Porvenir, und das Leben konnte recht eintönig werden.

»Wird ein schöner Blödsinn sein, den du mir erzählen willst«, knurrte der Bürgermeister und tat so, als ginge ihn das alles nichts an. Er begann wieder zu streichen. »Wenn du einen Wal gesehen hast, so vergiß es.«

Ole Pat schnaufte noch immer. »Ein Wal – so ein Quatsch! Deswegen wäre ich nicht zu dir gekommen, das kannst du mir glauben. Ich möchte wissen, warum du dir dein Haus nicht gleich oben auf die Berge gebaut hast, damit man überhaupt nicht hinkann. Das ist ja eine halbe Weltreise.«

»Du hättest ja unten bleiben können. Heute wäre ich sowieso in Madls Kantine gegangen. Vielleicht hätten die anderen Leute deine Geschichte auch gern gehört.«

»Es ist besser, wenn nur du sie erfährst.«

»So schlimm ist sie?«

Ole Pat schüttelte den Kopf. Er hatte sich nun sichtlich erholt. »Nein, nicht schlimm, aber sonderbar.«

Kantenburg seufzte und strich weiter. »Alle deine Geschichten sind sonderbar, aber wenn man weiß, daß sie alle erlogen sind, braucht man sich nicht darüber aufzuregen. Es macht dir eben Spaß, anderen Menschen einen Bären aufzubinden.«

»Diesmal nicht, Fell, diesmal nicht! Du wirst staunen!«

»Das tue ich schon jetzt.« Er legte den Pinsel beiseite, kam zu Ole und setzte sich neben ihn. »Ich habe wenig Zeit, also fang endlich an! Ganz egal, was es diesmal ist ...«

»Drüben auf der großen Halbinsel ist ein Flugzeug abgestürzt. Ich habe die Trümmer gefunden.«

»Ein Flugzeug?«

»Ja, so ein Ding, mit dem man fliegen kann. Wir kennen sie doch.«

»Vielleicht ein Gleiter?«

»Ist doch egal, was es ist, jedenfalls muß es vom Himmel gefallen sein. Nun kann es bestimmt nicht mehr fliegen.«

Kantenburg überlegte. Wenn der alte Fischer die Wahrheit sprach, hatte er die Pflicht, sich um eventuelle Überlebende zu kümmern. Das war Teil des alten Abkommens mit der Weltregierung. Wenn er aber wieder ein Märchen von sich gab, würden sich die Männer des Suchtrupps nur unnötig in Gefahr begeben, und der alte Kerl lachte sich dabei noch ins Fäustchen.

»Ich will dir etwas sagen, Ole Pat, und hör genau zu: Ich muß mich um die Sache kümmern, das weißt du, aber wenn wir nichts finden, kannst du was erleben. Es ist sogar möglich, daß wir dich dann aus der Stadt jagen.«

»Einverstanden«, sagte Ole Pat, und Kantenburg sah ihn verblüfft an.

Damit hatte er kaum gerechnet. »Es stimmt also wirklich?«

»Ehrenwort! Diesmal lüge ich nicht. Ihr könnt euch sofort auf die Suche machen, und wenn du willst, führe ich die Männer.«

»Schön, dann werde ich den Trupp noch heute zusammenstellen, und morgen brecht ihr auf. Ziemlich früh, würde ich vorschlagen.«

»Ich warte vor Sonnenaufgang im Hafen.«

»Die geht jetzt ziemlich spät auf, komm also früher.«

Ole Pat erhob sich und ging auf die Straße. Er winkte noch einmal zurück, dann war er zwischen den Nachbarhäusern untergetaucht. Kantenburg erschrak, als hinter ihm seine Tochter sagte: »Ich gehe heute noch zu Karos, Vater. Soll ich ihm und Pendor gleich Bescheid sagen? Das erspart dir den Weg dorthin.«

»Vielleicht hätte ich gern andere geschickt«, meinte er und betrachtete sie forschend. »Es ist eine gefährliche Mission.«

»Sie sind Männer!« stellte sie trocken fest. »Alle beide.«

Er nickte und stand auf. »Gut, dann sage Dark Pendor bescheid, er soll sich morgen fünf Leute nehmen und drei Schiffe. Er soll Ole Pat nicht vergessen und ihn gleich drüben am anderen Ufer zurücklassen, wenn er gelogen hat.«

»Ich komme heute später«, sagte sie und ging ins Haus zurück, um sich anzuziehen.

Wieder führte Dark Pendor eine Expedition an.

Diesmal folgten der KAP HOORN nur zwei andere Boote. Die See war einigermaßen ruhig, aber im Westen standen dunkle Wolken am Horizont. Wenn die Boote erst einmal in den Windschutz der Halbinsel gerieten, konnte ihnen auch der Sturm nichts mehr anhaben, allerdings würden die Männer dann damit rechnen müssen, eine Nacht oder auch mehrere auf Brunswick zu verbringen. Das war weiter nicht schlimm, denn in den Felsenklippen gab es eine Unmenge Vögel, die man leicht erbeuten konnte, weil sie nicht scheu waren. Sie legten große, schmackhafte Eier, besonders in einem milden Winter.

Karos vermied es, seine Aufregung zu zeigen. Endlich wieder einmal würde er Menschen aus der Zivilisation begegnen, konnte mit ihnen sprechen und so erfahren, was draußen in der Welt vor sich ging. Und wenn niemand den Absturz überlebt hatte, so fand man wenigstens das Wrack. Mit einigem Geschick konnte man Instrumente daraus entfernen und reparieren. Vielleicht sogar ein Funkgerät.

Ein Funkgerät war Karos größter Wunsch, wenn er schon in Porvenir bleiben mußte. Es verband ihn mit der Welt, die er nicht sehen durfte.

Die Steilküste kam schnell näher, denn der Wind stand günstig. Er würde auch die dunklen Wolken vertreiben, die am Himmel drohten. Es würde keinen Schnee mehr geben. Es lag überhaupt wenig Schnee auf den Gipfeln der Berge. Wie im Frühling, dabei war noch Winter.

Karos überlegte, was der Gleiter in dieser abgelegenen Gegend zu suchen gehabt hatte. Eine Expedition vielleicht, oder man drehte einen Film für die naturhungrige Superzivilisation.

»Jetzt kommen gleich die Klippen«, rief Pendor. »Paß auf und sag mir Bescheid! Das Gewässer hier ist mir nicht sonderlich bekannt.«

»Eine Felsbank voraus, sehr langgestreckt und flach.«

»Daran müssen wir links vorbei, ich erinnere mich. Das Wasser dahinter ist ruhig und tief. Übrigens auch sehr fischreich, das kannst du dir für später merken.«

Sie fanden die Durchfahrt und passierten sie. Nun war die eigentliche Steilküste nur noch drei Kilometer entfernt. Pendor übergab seinem Sohn das Ruder und ging vor zum Bug, um nach einer geeigneten Landestelle Ausschau zu halten. Er fand keine.

Die Felsen fielen direkt ins Meer hinab und verschwanden in der dunklen Tiefe. Es gab keine noch so kleine Bucht.

Pendor ließ die anderen Boote näher kommen, bis er zu Ole Pat hinüberrufen konnte: »Wie bist du eigentlich an Land gekommen, Ole Pat? Kannst du mir deinen Ankerplatz verraten?«

»Weiter links, hinter dem Kap vor uns. Dahinter gibt es eine Bucht, von Felsen eingeschlossen wie ein kleiner See. Die Einfahrt ist schmal. Wir müssen vorsichtig sein. Es gibt dort einen abgebrochenen Hang, der die Landestelle versanden ließ und der leicht zu ersteigen ist. So gelangte ich aufs Hochplateau.«

»Wir werden sehen«, knurrte Pendor und gab seinem Sohn den neuen Kurs bekannt.

Auch er kannte Ole Pat nur zu genau, aber diesmal hatte er das Gefühl, daß der Alte die Wahrheit sprach. Ole Pat war in der Tat sehr alt, fast einhundertzwanzig Jahre. Vor mehr als fünfzig Jahren war er plötzlich in Porvenir aufgetaucht. Ein Schiff hatte ihn einfach an der Küste abgesetzt und war dann wieder verschwunden.

Ole Pat war in die Stadt gekommen und hatte den damaligen Bürgermeister gebeten, ihn als Bewohner des einsamen Landes aufzunehmen und ihm dieselben Rechte zu gewähren wie jedem anderen Zeitritter auch.

Er brachte Kenntnisse und einiges Wissen mit, erzählte aufregende Geschichten und Abenteuer aus seiner bewegten Vergangenheit, von denen niemand wußte, ob sie wahr oder nur erfunden waren. Er berichtete von fremden Welten, viele Lichtjahre von der Erde entfernt, auf denen er angeblich gewesen war. Immerhin konnte er Beweise dafür erbringen, daß er einst Agent der Solaren Abwehr gewesen war, bis er es vorzog, sich für immer in die Abgeschiedenheit Feuerlands zurückzuziehen.

Das alles war nun schon lange her. Inzwischen aber war aus dem ehemaligen Agenten der Abwehr ein Unikum geworden, eins der bekanntesten Originale von Porvenir. Er arbeitete längst nicht mehr und lebte von seinen Geschichten, die er seinen mehr oder weniger geduldigen Zuhörern erzählte. Je nach deren Zufriedenheit erhielt er dann Lebensmittel, Bekleidung und andere Dinge, die er zum bescheidenen Leben in seiner Hütte benötigte.

Sie fanden die schmale Einfahrt in den natürlichen Hafen, und sofort entdeckte Pendor den abgerutschten Felshang, der ins Meer gestürzt war und eine flache Landzunge gebildet hatte. Ein vorbildlicher Landeplatz, den Ole Pat entdeckt hatte.

Sie zogen die Boote so weit wie möglich aufs Land, obwohl in der von Steilhängen eingeschlossenen Bucht keine Gefahr bestand. Dann packten sie ihren Proviant zusammen und machten sich an den Aufstieg. Ole Pat war nicht zu bewegen, jetzt zurückzubleiben, obwohl er die Lage des Wracks auf dem Plateau genau hatte beschreiben können und man ihn nicht mehr brauchte. Allerdings mußte er zugeben, nicht zu den Trümmern selbst vorgestoßen zu sein. Das letzte Stück des Weges, so behauptete er, sei äußerst beschwerlich.

Es war später Vormittag, als sie ihren Marsch begannen.

Die Steilküste war ziemlich gleichmäßig bis zu vierhundert Meter hoch. An den meisten Stellen hätte man sie kaum mit Seilen und Haken bezwingen können, aber Ole Pat hatte recht gehabt. Es mußte an dieser Stelle einen Felsrutsch gegeben haben, der ein riesiges Stück aus dem Festland gerissen hatte. Die so entstandene Schneise war zweihundert Meter breit und relativ flach. An geschützten Muldenrändern wuchs sogar Gras. Die Mulden selbst waren meist mit Schmelzwasser angefüllt.

Aber das lockere Geröll gab leicht nach. Immer wieder rutschte dieser oder jener Teilnehmer des Suchtrupps Dutzende von Metern zurück und hatte Mühe, sich abzufangen. Man hatte keine Seile mitgenommen, und zur Umkehr war es zu spät. Es dauerte insgesamt sieben Stunden, bis sie endlich das Plateau erreichten und zurück aufs Meer blicken konnten.

Weit drüben am anderen Ufer lag Porvenir, ein unregelmäßiger, bunter Fleck in der Landschaft. Dazwischen die Magellansche Straße, hier fast dreißig Kilometer breit, von Hunderten kleinen Inseln durchsetzt, von denen einige dicht bewachsen waren. Die anderen bestanden nur aus nacktem Fels. Dazwischen trieben verirrte Eisschollen.

Eine Welt, die sich seit Jahrtausenden kaum verändert hatte, weil sie der Mensch vergaß. Das Paradies der Zeitritter.

»Nun, Ole Pat«, sagte einer der Männer und deutete hinab auf den Meeresarm mit seinen Inseln. »Du kennst doch die andere Welt ... Ist sie schöner als diese hier?«

Ole Pat schüttelte den Kopf mit dem schlohweißen Haar. »Das ist eine der dümmsten Fragen, die ich jemals hörte. Wäre ich hier bei euch, wenn die Antwort ›ja‹ lautete ...?«

Die Wolken im Westen hatten sich verzogen, aber es dunkelte bereits wieder. Längst war die kurze Wintersonne untergegangen. Es wurde kalt.

»Wie weit ist es bis zum Wrack?« fragte Pendor den alten Mann.

Ole Pat deutete nach Nordwesten.

»Das ist die Richtung, aber ich weiß nicht, wie weit es ist. Ich war zwei Tage unterwegs. Hin und zurück natürlich. Das Gelände ist viele Kilometer fast eben, aber dann kommt eine Schlucht. Auf ihrem Grund liegt der abgestürzte Gleiter.«

»In einer Schlucht?« Pendor blickte Ole Pat wütend an. »Und das sagst du erst jetzt? Wie sollen wir denn da hinabsteigen, wenn wir nichts mitgenommen haben? Keine Seile, absolut nichts!«

»Das hatte ich vergessen«, gab Ole Pat niedergeschlagen zu.

Am liebsten hätten sie ihn verprügelt, aber dann siegte die Vernunft. Sie fragten ihn aus und stellten fest, daß es sehr wohl einige Stellen gab, an denen man in die Schlucht absteigen konnte, wenn man einigermaßen geschickt war. Man mußte es eben versuchen.

»Gut!« Pendor sah sich suchend um. »Es gibt vereinzelt Bäume hier oben. Sammelt Holz, Männer, wir lagern hier. Ich habe Hunger und Durst. Es wird kalt werden in der Nacht.«

Es wurde wirklich kalt, gegen Mitternacht begann es sogar zu schneien, aber zum Glück nur sehr wenig. Dann verscheuchte der Wind die Wolken, bis es sternenklar wurde.

Karos lag neben seinem Vater in dem kleinen Zelt, das sie mitgenommen hatten. Sein Schnarchen störte ihn, und als es aufhörte zu schneien, stand er leise auf und ging nach draußen.

Die Sterne ...!

Ihr Anblick hatte ihn schon immer fasziniert, aber er begriff den Unterschied zu jenen Menschen des Altertums, die zwar zu den Sternen emporsahen, ihr Wesen jedoch niemals verstanden. Er wußte, daß sie Sonnen waren, mit oder ohne Planeten. Das Licht brauchte zehn oder zehntausend Jahre, um bis zu ihnen zu gelangen, die terranischen Raumschiffe benötigten für dieselbe Strecke nur Tage oder gar Stunden. Er lebte in der vollkommensten Welt, die der menschliche Geist und Intellekt sich vorstellen konnte, aber er genoß nicht ihre Vorteile, weil seine Eltern es nicht gewollt hatten.

War der Wille seiner Eltern auch der seine? Karos hatte sich fast einhundert Meter von dem kleinen Lager entfernt und stand auf einer kleinen Kuppe. Der Wind kam noch immer von Westen, aber er war trocken und brachte keinen Schnee. Über ihm funkelten die Konstellationen, die ihm nichts bedeuteten, höchstens Himmelsrichtungen und sagenhafte Bilder aus der Vergangenheit.

Für die Menschen der »anderen Welt« bedeuteten sie mehr, viel mehr. Sie waren sichtbare Zeichen hochstehender Kulturen, fremden Lebens und technisierter Zivilisation.

Er aber, Karos, stand auf einem kahlen Felsen und hatte nichts als sein Messer. Und er hatte seine Sehnsucht.

Den Großen Bären kannte er aus den Büchern, die er gelesen hatte, als er noch zur Schule ging. Ein paar Sterne, die in Wirklichkeit nichts miteinander zu tun hatten. Nur von der Erde aus gesehen wirkten sie wie eine Einheit, wie ein geschlossenes Bild. Oder die Wega, der Hauptstern einer anderen Konstellation. Siebenundzwanzig Lichtjahre entfernt, Planeten, die zum Solaren Imperium gehörten. Fremde Lebewesen, Intelligenzen, die er sich nicht einmal vorstellen konnte – aber es gab sie!

Er aber mußte in der rauhen See Fische fangen, damit er leben durfte!

Das Wrack!

Es war die größte, vielleicht sogar die einzige Chance seines Lebens, dem jetzigen Dasein zu entfliehen, das er zugleich verfluchte und liebte. Mary Kantenburg war schuld daran, daß er noch zögerte. Sie und die tiefverwurzelte Liebe zu seinen Eltern.

Ohne ihre Liebe gäbe es ihn nicht, es sei denn, er wäre nur ein Zufall gewesen. Karos glaubte nicht an Zufälle, das war entscheidend.

Dieses verdammte Wrack und seine Versuchung! Ole Pat hatte es gefunden, und er hatte den Mund nicht halten können. Welches Unglück – und welches Glück!

Noch einmal sah er empor zum Himmel und versuchte, die Sterne zu zählen. In den Büchern stand, daß man mit freiem Auge zwei- oder dreitausend erkennen konnte. Aber es gab Millionen von ihnen, sogar Milliarden. Und gerade jene, die man nicht sehen konnte, waren die entscheidend wichtigen.

Das verrückte war, daß die Zeitritter die neben ihnen existierende Zivilisation kannten, ohne sie zu fürchten. Sie war für sie ein notwendiges Übel, mit dem man die Welt zu teilen hatte. Und sie kannten den Begriff PERRY RHODAN, der ihnen im Namen des Solaren Parlaments die Freiheit garantierte, so zu leben, wie ihre Vorfahren es gewünscht hatten.

Karos war jung und fühlte in sich die Berechtigung, gegen das Herkömmliche zu rebellieren.

Das Wrack! Wieder dieses verdammte Wrack, das seit gestern seine ganzen Gedanken beherrschte.

Er wollte das Funkgerät, das vielleicht noch funktionierte und dessen Arbeitsweise er vom Unterricht her kannte. Es konnte ihn mit der Außenwelt verbinden. Er wollte wissen, was da draußen geschah.

Aber vielleicht gab es sogar Überlebende, und sie würden ihm erzählen, was er wissen wollte. Als vor sieben Jahren das Schiff strandete, war er noch zu jung gewesen. Jetzt war er es nicht mehr. Er würde ihnen Fragen stellen, und sie würden antworten.

Danach würde er sich entscheiden, ob er mit ihnen, wenn man sie abholte, in jene andere Welt gehen würde.

Mary Kantenburg!

Sie war das andere Problem. Er liebte sie, das wußte und das fühlte er. Sie gehörte zu ihm, aber gehörte er auch zu ihr? Gehörte er überhaupt in diese Welt der Vergangenheit? Sicher, er kannte nur das wilde und rauhe Leben mit seinem Vater, und es gefiel ihm. Das, was er sich ersehnte, kannte er nicht, es war nur eine vage Vorstellung, ein utopischer Traum, der nichts mit seiner Wirklichkeit zu tun hatte. War ihm der Traum lieber als die Realität?

Wie weit waren die Sterne – aber was bedeuteten Entfernungen, wenn man sie überwinden konnte? Auf fernen Planeten lebten Intelligenzen, die vielleicht so aussahen wie Wale oder Seehunde, und man durfte sie nicht töten, um ihr Fleisch zu essen. Vielleicht waren sie Freunde und Verbündete Terras. Wovon also sollte man leben?

Immerhin, es gab das Wrack, und morgen würden sie es finden. Ihn fröstelte, und er sah noch einmal, ganz kurz nur, hoch zu den Sternen, ehe er in das Zelt seines Vaters zurückkehrte.

Er wickelte sich in seine Pelzjacke, und ihm wurde warm. Dann schlief er endlich ein.

11.

Der Höhenunterschied von vierhundert Metern hatte sie in eine andere Landschaft versetzt. Um sie herum war nichts als die steinige Ebene mit verschiedenen Buschwäldern in flachen Mulden, in denen sich Erde angesammelt hatte. Die Ebene schien bis zum fernen Horizont zu reichen, und das Meer war verschwunden.

Ole Pat ging neben Pendor. Karos blieb bei den anderen Männern zurück, von denen noch keiner je hier oben gewesen war.

Sie sprachen nicht viel, auch wenn das Gehen nicht mehr so beschwerlich war. Vor ihnen deutete nichts eine Schlucht an, in der das Wrack angeblich liegen sollte. Ole Pat schritt rüstig voran; ihm schienen die Strapazen nichts mehr auszumachen, und in der Tat konnte niemand mehr Interesse als er daran haben, den abgestürzten Gleiter bald zu finden. Außer natürlich Karos.

»Die feine schwarze Linie vor uns«, sagte Ole Pat plötzlich und blieb stehen, damit sein ausgestreckter Arm nicht so sehr zitterte, »das ist der Rand der Schlucht.«

Pendor sah die Linie, aber er vermochte nicht, die Entfernung abzuschätzen. Vier oder fünf Kilometer. In einer Stunde konnten sie dort sein.

»Bist du sicher, Ole?«

»Ganz sicher. Ich erinnere mich, daß ich etwa hier stand und zurückblickte, als ich auf dem Heimweg war. In zwei oder drei Stunden sind wir dort.«

Nun gut, dachte Pendor, dann würden sie es in kürzerer Zeit schaffen.

Nach anderthalb Stunden standen sie am Rand des Abgrundes. Eigentlich war es keine Schlucht, sondern mehr ein riesiger Krater, fast zweihundert Meter tief und mit steilen Hängen. Der Abstieg würde nicht schwer sein.

»Da unten liegt es«, sagte einer der Männer und zeigte in die Riesenmulde hinein. »Fast in der Mitte.«

Sie sahen nun alle das Wrack. Es mußte ein Gleiter gewesen sein, vielleicht fünf bis acht Meter lang, mit kurzen Schwingen für den Gleitflug. Allem Anschein nach hatte der Pilot die Gewalt über die Maschine verloren und war hart auf dem inneren Kraterrand gelandet. Der Gleiter war weitergerutscht, bis er gegen einige Felsbrocken prallte, die ihn auseinanderrissen. Die Trümmer lagen weit verstreut zwischen den kargen Büschen, die im feuchten Talkessel wuchsen.

»Ich kann keine Bewegung erkennen«, sagte Karos, der die besten Augen hatte. »Wenn da noch jemand lebte, müßte er sich doch rühren.«

»Vielleicht verwundet.« Pendor sah hinauf zur Sonne. »Gehen wir. Notfalls können wir auch dort unten übernachten, wenn wir den Aufstieg nicht rechtzeitig schaffen.«

Sie setzten den Marsch fort, und eine halbe Stunde später standen sie vor dem Wrack.

Sosehr sie auch suchten, sie fanden weder Überlebende noch Leichen.

Pendor kratzte sich am Kopf. »Das verstehe ich nicht. Der Gleiter muß leer gewesen sein, als er abstürzte. Es befand sich niemand an Bord. Aber warum? Was soll das? Ferngesteuert vielleicht, so wie die Kameras, die wir oft am Himmel beobachten?«

»Solche Dinge gibt es«, stellte Ole Pat überzeugt fest.

Karos kümmerte sich nicht um die anderen. Nachdem er sich seiner Sache sicher war, begann er nach Gegenständen zu suchen, die heil geblieben waren. Niemand mußte wissen, was er haben wollte, und um die anderen abzulenken, kehrte er mehrmals mit unverfänglichen Einrichtungsstücken aus dem Wrack zurück und zeigte sie stolz vor. Das eine oder andere erregte das Interesse der Männer, und man beschloß, es mitzunehmen.

Ole Pat nickte Pendor zu.

»So, nun weißt du, daß ich nicht gelogen habe. Der Rest ist eure Angelegenheit. Ich werde mich dort drüben zwischen den Felsen niederlassen und das Lager für die Nacht vorbereiten. Holz werde ich sammeln und ein Feuer entzünden. Ihr könnt in aller Ruhe hier weitersuchen.«

Pendor sah ihm nach, dann wandte er sich wieder den Männern zu.

»Wir bauen alles aus, was wir mitnehmen können. Da es weder Tote noch Überlebende gibt, entfällt für uns die Verpflichtung, die Zivilisation extra von diesem Vorfall zu unterrichten. Das wäre Kantenburgs Aufgabe, falls in den nächsten Jahren mal ein Schiff vorbeikäme. Das Wrack ist unser rechtmäßiges Beutegut. Sucht in erster Linie nach Verpflegung.«

Mit der Zeit stapelten sich alle möglichen und unmöglichen Dinge neben dem Wrack auf. Pendor sortierte sorgfältig aus, denn alles konnten sie auf dem beschwerlichen Rückmarsch auch nicht mitschleppen. Für sich selbst baute er den nicht beschädigten Höhenmesser aus, den er als Barometer zu benutzen gedachte. Das Funkgerät mußte aus der Halterung gerissen und regelrecht auseinandergeplatzt sein, denn er fand es nicht mehr.

Später brannte das Lagerfeuer. Die Männer hatten einige Konservendosen gefunden und geöffnet.

Die ungewohnte Kost war eine Abwechslung, die sie freudig genossen. Ole Pat wühlte in seinem Gepäck und förderte eine von Nick Madls berüchtigten Flaschen zutage, die er kreisen ließ, bis sie leer war. Danach stimmten die Männer mit rauhen Kehlen einen Gesang an, der selbst Eisbären und Haifische in die Flucht geschlagen hätte. Ihnen aber gefiel er. Und das war schließlich die Hauptsache.

Karos lag ausgestreckt abseits vom Feuer, eingerollt in seine Decke und die Pelzjacke, den Kopf auf dem Rucksack.

Mit offenen Augen starrte er abermals hinauf zu den Sternen, deren Glanz selbst nicht von den hochflackernden Flammen des Feuers geschwächt werden konnte. Er hatte das Funkgerät!

Die Nacht verlief ohne Zwischenfall, und Pendor hätte sich auch nicht vorstellen können, was passieren sollte. Wilde Tiere gab es hier nicht, höchstens einen verirrten Luchs oder eine Wildkatze.

Schwer bepackt bereiteten sich die Männer des Suchtrupps am anderen Morgen auf den Rückmarsch vor. Das Wrack würden sie liegenlassen und vergessen. In einigen Jahren hatte die spärliche Vegetation es bedeckt.

Sie suchten sich die leichteste Stelle des ringförmigen Hanges aus und erreichten den oberen Rand der Ebene bereits eine Stunde später. Ole Pat, der ein wenig zurückgeblieben war, rief plötzlich hinter ihnen her: »Hier sind Fußspuren, Leute, und sie stammen von keinem von uns! Seht sie euch mal an …«

Pendor blieb ruckartig stehen und drehte sich um. »Spuren, Ole? Redest du wieder Unsinn?«

»Na, dann komm doch her! Aber oben bei dir müßten sie auch sein, denn der Mann ist ebenfalls emporgestiegen.«

Pendor sah sich um. Etwa fünf Meter neben ihrem eigenen Weg erblickte er den Abdruck eines Stiefels. Auf den Felsen hatte der Fremde keine Spuren hinterlassen, wohl aber an jenen wenigen Stellen, wo der Wind Staub und Erde hingetragen hatte. Keiner der Zeitritter trug derartige Stiefel.

»Dann hat doch jemand den Absturz überlebt, und er ist hinauf in die Ebene, um nach Menschen zu suchen«, sagte Pendor. »Wir werden der Spur folgen, dann müssen wir ihn finden. Ich wundere mich nur, daß wir ihm nicht auf dem Hermarsch begegneten.«

»Das Gelände ist unübersichtlich«, erinnerte ihn einer der Männer.

Sie rasteten kurz, dann versuchten sie, der Spur zu folgen, die nach Südosten führte. Sie brauchten also keinen Umweg zu machen, wie sie es zuerst insgeheim befürchtet hatten. Oft verloren sie die Spur, wenn der Untergrund steinig wurde und keine Eindrücke aufnahm, aber sie fanden sie dann immer wieder.

Der Hang zum Meer kam näher und näher. Die Spur verriet, daß der Fremde mehrmals hin und her gewandert war, um den leichtesten Abstieg in die Bucht zu finden, was ihm schließlich auch gelungen war. Jene Stelle, an der Pendor und seine Begleiter gestern noch den Aufstieg gewagt hatten, lag fast zweihundert Meter daneben.

Sie folgten der Spur.

Die drei Boote lagen auf der Landzunge, dicht daneben brannte ein Feuer. Sie hatten den aufsteigenden Rauch schon von weitem bemerkt und zuerst angenommen, die Boote wären in Brand geraten, wenn sich auch niemand vorstellen konnte, wie so etwas geschehen konnte. Das Feuer daneben war eine richtige Erleichterung.

Nicht aber der Mann, der aufstand, um ihnen entgegenzugehen. Schon aus der Entfernung war ganz deutlich zu erkennen, daß er eine Uniform trug, sogar die Uniform eines Offiziers. Die Rangabzeichen waren nicht zu übersehen, wenn auch weder Pendor noch einer seiner Begleiter etwas damit anzufangen wußten. Immerhin schien er unbewaffnet zu sein.

Zögernd gingen sie ihm entgegen, bis sie sich zwanzig Meter vom Feuer entfernt endlich gegenüberstanden.

»Wir haben in dem abgestürzten Gleiter nach Überlebenden gesucht, aber niemanden gefunden«, eröffnete Pendor die Unterhaltung, von der er noch nicht wußte, ob es überhaupt eine werden würde. »Es tut mir leid, daß Sie den Weg allein gehen mußten ...«

»Mein Name ist Leutnant Hatco Illroy, Triebwerkstechniker.«

Karos hielt sich abseits, denn er hatte so etwas wie ein schlechtes Gewissen, weil er das Funkgerät aus dem Wrack mitgenommen hatte. Ole Pat hingegen drängte sich vor und streckte dem Fremden die Hand entgegen.

»Ole Pat, Leutnant. Sie werden meinen Namen nicht mehr kennen, dazu sind Sie zu jung. Früher war ich einmal Offizier der Solaren Abwehr, aber seit fünfzig Jahren – oder sind es mehr ...? – lebe ich hier in Porvenir. Herzlich willkommen!«

Der Fremde war hochgewachsen, muskulös und schien sehr stark zu sein. Das scharfgeschnittene Gesicht und die hellen Augen wirkten entschlossen und tatkräftig. Seine Haare waren rotbraun und kurz geschnitten. Die Uniform war fast bis zur Unkenntlichkeit zerschlissen und an manchen Stellen abgewetzt. Sie sah so aus, als sei ihr Träger Monate durch die unwirtliche Wildnis geirrt.

»Danke«, sagte er, mehr nicht.

Pendor wußte im ersten Augenblick nicht so recht, was er mit ihm anfangen sollte. Illroy gab mit keiner Geste zu erkennen, daß er sich über die Rettung freute. Gänzlich unbeteiligt kehrte er zu seinem Feuer zurück und ließ sich daneben nieder.

»Sein Geist hat sich verwirrt«, vermutete Ole Pat und stieß Pendor in die Seite. »Wir müssen ihn mitnehmen, aber was tun wir, wenn er sich sträubt?«

»Er wird freiwillig mitkommen. Immerhin ist er intelligent genug, seinen Namen und Dienstgrad zu kennen. Er wird sich auch später noch an andere Einzelheiten der Katastrophe erinnern, wenn wir ihm Zeit lassen. Jedenfalls dürfen wir ihn nicht hier zurücklassen. Er würde verhungern und erfrieren.«

»Er hat ein Feuerzeug.«

»Das ist vielleicht auch alles, was er noch hat. Wir nehmen ihn mit, und damit basta!«

Sie gingen zum Feuer. Karos brachte sein Gepäck ins Boot und holte das seines Vaters. Dann sammelte er noch Holz und brachte es zum Feuer. Der Wind kam aus Westen, aber in der Bucht war nichts davon zu spüren. Draußen jedoch, im Meeresarm, waren weiße Schaumkronen zu sehen. In zwei Stunden höchstens konnten sie den Hafen von Porvenir erreichen.

Pendor versuchte noch einmal, die Unterhaltung mit dem Fremden zu beleben.

»Waren Sie allein in dem Gleiter? Wenn nicht, wo sind die anderen geblieben? Wir haben keine Spur von ihnen gefunden.«

»Ich war allein, als die Maschine abstürzte.« Er sah Pendor mit seinen ungewöhnlich hellen Augen an, aber sein Blick ging durch ihn hindurch. »Als ich wieder zu mir kam, mußten Tage vergangen sein. Ich fand Lebensmittel, sonst wäre ich verhungert. Ich bin froh, daß Sie da sind.«

»Und wir sind froh, daß Sie hier auf uns gewartet haben. Wir bringen Sie nach Porvenir. Dort können Sie warten, bis Sie abgeholt werden.«

»Abholen? Wer soll mich abholen?«

Pendor war für eine Sekunde verwirrt, dann meinte er: »Nun, Ihre Leute – oder wer auch sonst immer. Ihre Position muß bekannt sein, oder nicht?«

»Ich weiß es nicht.« Jetzt sah er Pendor richtig an. »Sie haben kein Funkgerät?«

»Natürlich nicht, mein Freund. Haben Sie schon einmal etwas von den Zeitrittern gehört? Unsere Vorfahren zogen sich nach Feuerland zurück, um der Zivilisation für immer den Rücken zu kehren. Seitdem leben wir hier. Wir brauchen keine Funkgeräte.«

Hatco Illroy schien erleichtert zu sein. »Wann bringen Sie mich nach … Wie hieß es doch?«

»Porvenir.«

»Richtig, Porvenir. Also – wann fahren wir?«

Pendor sah in den Himmel hinauf. »Der Wind ist günstig. Wenn wir gleich Segel setzen, können wir vor Einbruch der Dunkelheit dort sein. Sie fahren in meinem Boot mit, wenn Sie wollen. Es ist sicher und schnell.«

Zuerst mußten sie rudern, bis sie in den Wind außerhalb der Bucht kamen. Dann aber wurden die Segel prall gefüllt, und die Gischt spritzte bis zum Heck der drei Boote, die auf gleicher Höhe blieben, um sich nicht zu verlieren. Bald schon kam die Hafeneinfahrt von Porvenir in Sicht, und dann erschien Nick Madl, um sich nützlich zu machen. Er bestaunte den Geretteten, stellte aber keine Fragen. Einer der Männer ging, um Kantenburg zu holen.

Die Ankunft des Suchtrupps sprach sich schnell herum, und bald erschienen die Neugierigen, um sich den Fremden anzusehen. Sie bestaunten ihn wie ein Weltwunder, und das war er auch eigentlich.

»Doch, ich hörte von den Zeitrittern«, sagte Illroy, als Pendor seinen Sohn mit dem Beutegut nach Hause schickte, was dieser nur allzugern tat. »Es war immer mein Wunsch, Sie kennenzulernen. Nun half mir der Zufall.«

»Sie werden einige Fragen zu beantworten haben«, eröffnete ihm Pendor freundlich. »Der Bürgermeister wird sie Ihnen stellen. Wir müssen wissen, mit wem wir es zu tun haben, und wenn Sie es wünschen, können Sie bleiben, solange Sie wollen. In meinem Haus ist Platz.«

»Danke. Sie können mir glauben, daß ich erleichtert aufatmete, als ich heute früh Ihre Boote in der Bucht entdeckte. Ich war die ganze Nacht gelaufen, denn ganz in der Nähe der Absturzstelle gibt es Wölfe.«

Pendor sah ihn verblüfft an. »Wölfe? Wir haben noch niemals Wölfe hier gehabt, und in jener Nacht schon gar nicht. Die hätten wir aber bemerken müssen.«

Illroy versicherte: »Es waren Wölfe, ein ganzes Rudel. Ich habe sie doch heulen gehört, gestern abend war es, als ich die Wanderung zur Küste begann. Ich muß schon etwa einen Kilometer von der Schlucht entfernt gewesen sein, als sie mit ihrem schrecklichen Konzert einsetzten, das mir durch Mark und Bein ging.«

Pendor begann plötzlich zu grinsen. »Ach – *das* meinen Sie!« Er lachte. »Das waren wir, meine Freunde und ich. Wir haben gesungen.«

Illroy schien keinen Humor zu besitzen. Er wirkte nur erleichtert. »Dann habe ich mich umsonst geängstigt«, stellte er lediglich nüchtern fest.

Jemand rief: »Kantenburg kommt! Wir warten in Nicks Kantine.«

Viel Platz war nicht vorhanden, aber die Männer drängten sich wie die Heringe, saßen auf und unter den Tischen, redeten durcheinander und machten einen Krach, als gäbe es ein Volksfest. Erst als Kantenburg Ruhe gebot, wurde es still. Illroy saß neben Pendor an einem Tisch, sein Gesicht war ausdruckslos und unbeteiligt, wie man es schon von ihm gewohnt war. Wenn er antwortete, zögerte er manchmal, so als müsse er überlegen, dann wieder sprach er flüssig und schnell, fast hastig. Seine Geschichte war abenteuerlich.

Leutnant Hatco Illroy hatte auf einem Explorerschiff der Solaren Raumflotte als Antriebsmechaniker gedient und war erst kürzlich von einer Mission zurückgekehrt, die mehrere Jahre gedauert hatte. Während der Zeitperiode, in der die Verdummungswelle über die Galaxis hereingebrochen war, so behauptete er, hatte das Schiff weit außerhalb der Milchstraße im Leerraum gestanden und war somit nicht beeinflußt worden.

Man hatte Sonnensysteme entdeckt, die einsam durch den intergalaktischen Raum zogen. Viele von ihnen besaßen bewohnte Planeten, aber ihre zum Teil intelligenten Bewohner hatten noch niemals Kontakt mit anderen Sternenvölkern gehabt.

Die Männer von Porvenir lauschten der Erzählung des Fremden mit Staunen, aber nicht ohne Verständnis. Sie wußten, daß die Erde nur einer von Tausenden von Planeten war und daß Verbindungen zwischen all diesen Welten bestanden. Das war nichts Neues für sie und vor allen Dingen kein Wunder.

Aber dann fragte Kantenburg: »Sie sagten, Sie hätten uns kennenlernen wollen. Warum?«

Illroy erwiderte, ohne zu stocken: »Mein ganzes Leben verlief im sterilen Rahmen einer hochgezüchteten Zivilisation. Die Technik beherrschte es, selbst dann noch, wenn ich schlief. Ich habe auf meinen Reisen Welten gesehen, die nur aus einer einzigen Stadt bestanden, die Menschen lebten in künstlichen Höhlen und Betonschluchten, selten nur konnten sie den Himmel sehen. Aber ich besuchte auch Planeten, deren Oberflächen mit unübersehbaren Wäldern und Steppen bedeckt waren, wo die Ozeane noch klar und sauber waren und man die Luft ohne Zusätze noch atmen konnte. Damals faßte ich den Entschluß, auf einer dieser Welten zu bleiben und dort den Rest meines Lebens zu verbringen. Ich durfte und konnte jedoch nicht desertieren und mußte warten, bis der Auftrag, den wir hatten, erfüllt war. Dann nahm ich meinen Abschied, als ich von den Zeitrittern auf Feuerland hörte. Der Gleiter sollte mich zu Ihnen bringen. Er flog mit automatischer Steuerung und wäre bei der Stadt gelandet. Ein magnetischer Sturm muß es gewesen sein, der die Automatik störte und mich abstürzen ließ.« Er sah Kantenburg an. »Habe ich Ihre Frage beantwortet?«

»Sie wollen also bei uns bleiben und wünschen nicht, daß wir die Außenwelt benachrichtigen?«

»Nein, das wünsche ich nicht.«

Kantenburg sah die Männer fragend an. »Wie denkt ihr darüber? Hat jemand etwas dagegen, wenn er bleibt, als einer von uns? Natürlich steht ihm die einjährige Probezeit auch zu, ehe er sich selbst endgültig entscheidet.«

Niemand erhob Einspruch. Pendor wiederholte seine Einladung. Hatco Illroy nahm sie dankend an.

Karos hatte dem Gast sein eigenes Zimmer überlassen und war in das halbfertige Haus am Nordhang gezogen. Das geschah nicht ohne Grund. In aller Ruhe konnte er sich hier mit dem Funkgerät beschäftigen, das er aus dem Wrack geborgen hatte.

Er besorgte sich einige alte Bücher, die in der Bibliothek standen und von jedem Zeitritter ausgeliehen werden konnten. Niemand interessierte sich für moderne Funktechnik, denn sie war überflüssig. Es fiel auch nicht weiter auf, daß Karos sich gerade Fachbücher über dieses Gebiet auslieh.

Mary Kantenburg fühlte sich vernachlässigt. Immer wenn sie Karos besuchte, hatte dieser keine Zeit für sie, bastelte in seiner Kammer herum und ließ niemanden herein, auch Mary nicht.

Der Bau des Hauses schritt kaum weiter voran, und man konnte den Eindruck haben, daß Karos nur manchmal deshalb etwas daran arbeitete, um lästigen Fragen zu entgehen.

Mary ging zu Karos' Eltern, um mit ihnen zu sprechen. Der Fremde saß stumm am Kaminfeuer und starrte in die Flammen. Er war überhaupt sehr schweigsam geworden und kaum zu bewegen, das Haus zu verlassen. Felda kümmerte sich um ihn. Sie hatte den Eindruck, daß er krank sein müsse.

Pendor hörte geduldig zu, was Mary ihm zu sagen hatte, dann zuckte er die Schultern.

»Ich sehe ihn kaum noch, mein Kind, und ich frage ihn auch nicht, was ihn bedrückt. Er hat nun sein eigenes Haus und kann dort so leben, wie es ihm gefällt. Mir wäre es nur lieber, wenn du bald zu ihm ziehen könntest, damit er nicht so allein ist.«

Sie sah hinüber zu Illroy. »Karos ist erst so merkwürdig geworden, als der Fremde auftauchte.«

»Er hat nichts damit zu tun, denn sie sehen sich ja kaum.«

Sie nickte in Richtung des Kamins. »Was ist mit ihm? Er sieht so traurig aus, fast könnte man Mitleid mit ihm haben. Darf ich mit ihm sprechen?«

»Du kannst es versuchen, Mary, aber du wirst kein Glück haben. Er schweigt meistens und sinnt vor sich hin. Er ist gemütskrank, aber er will nicht, daß man ihm hilft. Vielleicht kann ihm auch niemand helfen.«

»Ich will es wenigstens versuchen«, sagte sie und nahm ihn noch einmal beiseite. »Kannst du Karos fragen, wann wir heiraten sollen?«

Sie ging zum Kamin und setzte sich neben Illroy. Der ehemalige Leutnant blickte nur kurz auf, sah sie aus seinen hellen Augen durchdringend an, dann starrte er wieder ins Feuer.

»Ich muß morgen hinauf zu den Schafen, und dann möchte ich Karos Pendor in seinem Haus besuchen. Warum kommen Sie nicht mit mir? Das Wetter ist milder geworden.«

Wieder sah er sie an, lange und forschend. In seinen Augen war etwas, das sie nicht zu definieren vermochte.

»Ich komme gern mit, wenn Sie es wünschen«, sagte er.

Sie war überrascht, denn sie hatte mit Ausflüchten gerechnet.

»Fein, dann treffen wir uns morgen hier, der Weg führt vorbei. In zwei Stunden können wir bei Karos sein. Ich freue mich.«

»Danke«, sagte Illroy und widmete sich wieder dem Kaminfeuer.

Mary verabschiedete sich von Pendor, der sichtlich erstaunt war. Er versprach, den Gast rechtzeitig zu wecken.

Am anderen Morgen schien die Sonne, und es versprach ein schöner, warmer Tag zu werden. Von dem Winter war überhaupt nichts zu spüren, aber die eigentliche Kälteperiode stand ja noch bevor. Illroy trug längst nicht mehr die zerschlissene Uniform, sondern einen Anzug aus Seehundfell. Er stand ihm gut.

Er nahm ihr den Korb ab, in dem Vorräte und einige Dinge für Karos waren. Sie winkten Pendor und seiner Frau noch einmal zu, dann erreichten sie den Pfad, der in die Höhe führte.

Viel sprachen sie nicht, aber wenn Mary eine Frage stellte, wurde sie sofort und ohne Zögern beantwortet. Überhaupt schien es, als habe der Fremde ihr gegenüber weniger Hemmungen als zum Beispiel Pendor gegenüber. Er wirkte freier und ungezwungener, manchmal lächelte er sogar.

Man muß ihm helfen, dachte Mary mitleidig. *Sicherlich hat er einen großen Kummer, den er nicht überwinden kann. Deshalb ist er auch zu uns gekommen, weil er ihn vergessen will. Er ist, wenn man es so sieht, regelrecht krank.*

Bei den Schafen war alles in Ordnung. Sie konnten gleich weitergehen, und eine halbe Stunde später sahen sie schon Karos' neues Haus. Es stand mitten zwischen ein paar verkrüppelten Bäumen, die nur alle drei oder vier Jahre Früchte trugen.

»He, Karos, sieh mal, wen ich dir mitbringe!« rief Mary mit heller Stimme, als sie ihren zukünftigen Mann auf dem Dach entdeckte. Er arbeitete an etwas herum, das sie nicht erkennen konnte.

Karos gab keine Antwort. Mit ungewöhnlicher Hast beendete er noch einige Handgriffe, dann rutschte er an einem Balken schnell vom Dach und ging seinen unerwarteten Besuchern entgegen.

»Sieh da, unser Freund aus der Zivilisation! Gute Idee von dir, Mary, ihn mitzubringen. Endlich habe ich Gelegenheit, mich mit ihm zu unterhalten. Ist er noch immer so schweigsam?«

Illroy sah noch immer hinüber zum Dach des halbfertigen Blockhauses. »Wozu benötigen Sie eine Antenne?« fragte er ruhig.

Karos machte sein unschuldigstes Gesicht. »Antenne? Wie kommen Sie denn auf die Idee? Was ist überhaupt eine Antenne?«

Illroy schien seinerseits auch nicht bereit zu sein, Fragen zu beantworten. Er betrachtete die Veranda, die auf Holzpfählen stand, dann die verkrüppelten Bäume zum Hang hin.

»Ein schönes Plätzchen«, sagte er dann, als habe er das vorherige Thema total vergessen. »Auf diesem Planeten findet man sie nur noch selten. Sie sind zu beneiden, Karos Pendor.« Er streifte Mary mit einem kurzen Blick. »Und nicht nur deshalb«, fügte er nachdenklich hinzu.

Für einen Augenblick schien Karos verstimmt zu sein, aber wenn er es wirklich war, ließ er sich nichts anmerken. Er deutete auf den Korb. »Ich habe Hunger. Wir können auf der Veranda essen.«

Später saß er mit Illroy allein auf der Terrasse. Mary war in ihren künftigen Garten gegangen, um nach den jungen Pflanzen zu sehen, die sie natürlich viel zu früh gesetzt hatte.

»Sie haben wirklich gesehen, daß ich eine Antenne baue?«

Illroy nickte. »Wenn ich Ihnen helfen kann, tue ich es gern, Karos. Haben Sie auch ein Funkgerät?«

»Nein, natürlich nicht. Es ist auch nur ein Blitzableiter. Ich weiß aus Büchern, daß sie notwendig sind, und wir leben später sehr allein hier oben. Wasser ist knapp.« Er zögerte. »Wie sieht es in der Welt aus? Gibt es diesen Schwarm noch, von dem Sie erzählten? Hat er die Menschen wirklich verdummen lassen? Wir haben hier nichts davon gespürt.«

»Dafür mag es eine Erklärung geben, aber ich kenne sie nicht«, sagte Illroy.

Eine Weile schwiegen sie, dann suchte Karos krampfhaft nach einem neuen Thema, obwohl er tausend Fragen auf den Lippen hatte.

»Ich wünschte, mein Haus wäre schon fertig«, sagte er endlich. »Es ist noch eine Menge Arbeit ...« Weiter kam er nicht.

Illroy war aufgesprungen, als habe ihn eine Wespe gestochen. Wortlos griff er nach der herumliegenden Axt, rannte zu den noch ungeschälten Baumstämmen und begann sie zu bearbeiten. Ehe Karos protestieren konnte, schleppte er dann die fertigen Balken zur Ostseite des Blockhauses, wo eine Wand bereits fertiggestellt war. Er nahm den Spaten und begann zu graben.

Karos erholte sich von seiner Überraschung. »Hören Sie, Illroy, so war das nicht gemeint! Ich schaffe das schon allein, Sie sollten sich noch erholen. Der Stamm dort ...« Er schwieg, denn er sah, daß sein Protest ungehört verhallte.

Illroy arbeitete wie ein Wilder und ließ sich durch nichts abhalten. Als die Sonne dem Horizont entgegensank, hatte er mehr geschafft als Karos vorher in zwei Wochen. Noch so ein Tag, und das Haus war endgültig bezugsfertig.

Mary hatte dem Geschehen in stummer Begeisterung zugesehen, dann kam sie zu Illroy und umarmte ihn begeistert.

»Sie sind ein prächtiger Kerl, Hatco! Sie haben uns sehr geholfen. Vielen Dank dafür. Warum aber haben Sie das getan?«

Illroys helle Augen sahen durch sie hindurch. »Ich mußte es tun«, sagte er und drehte sich um.

Ohne Abschied ging er auf den Pfad zu, der nach Porvenir führte. Erst als Karos seiner Braut einen sanften Schubs gab, lief sie hinter dem seltsamen Fremden her. Beide hatten das Gefühl, daß man ihn nicht allein lassen durfte. Er war noch immer krank.

Trotz einiger Warnungen von verschiedenen Seiten nahmen sie Illroy mit auf Fischfang. Wale waren gesichtet worden, und man benötigte weiteren Tran für die langen Winterabende. Pendor fuhr mit aus, Karos war zu Hause geblieben.

Was dann geschah, als sie in die Herde einbrachen und das ausgesuchte Tier harpunierten, war unglaublich und verrückt.

Der Wal war zu Tode getroffen, aber noch kämpfte er um sein Leben. Sein mächtiger Schwanz peitschte die Wogen und hätte das nächste Boot fast umgeworfen. Pendor wagte sich ziemlich dicht an ihn heran, um eine zweite Harpune zu werfen.

Illroy stand an der niedrigen Reling, in der Hand das breite Messer, das Karos ihm geschenkt hatte. In seinen hellen und sonst so toten Augen funkelte eine unbekannte Gier. Es war, als mache ihm der Todeskampf des bedauernswerten Tieres Spaß.

Aber vielleicht war auch das Gegenteil der Fall, denn ehe Pendor es verhindern konnte, schwang sich Illroy plötzlich über die Reling und hechtete mit einem riesigen Satz über Bord. Er landete auf dem sich aufbäumenden Rücken des Wals.

Die Männer in den anderen Booten schrien entsetzt auf, als sie das sahen. Was ihr Neuling da vor ihren Augen veranstaltete, war glatter Selbstmord. Das Leben mußte für Illroy sinnlos geworden sein, sonst hätte er es nicht so leichtfertig aufs Spiel gesetzt.

Aber so schnell schien er nicht aufgeben zu wollen. Er bückte sich und kroch auf allen vieren zum Kopf vor. Indem er das Messer tief in das Fleisch stieß, verschaffte er sich einen Halt. Immer und immer wieder stach er zu. Die Bewegungen des todwunden Tieres wurden schwächer und schwächer, und als der wahnsinnig gewordene Jäger den Kopf des Wales erreichte, war dieser tot und drehte sich auf den Rücken.

Illroy fiel ins Wasser und konnte von Pendor aufgefischt werden.

Später im Hafen wurde er mit Fragen bestürmt, aber er gab keine Antwort. Beharrlich schwieg er, erst als jemand spöttisch bemerkte, Illroy müsse wohl verrückt geworden sein, und sich dann direkt an ihn wandte und fragte, warum er das getan habe, erwiderte er ruhig: »Ihr wolltet den Wal doch haben, oder nicht?«

Schweigend starrten sie ihn an.

Der zweite Zwischenfall dieser Art ereignete sich am nächsten Tag. Wieder einmal bewies Illroy, daß ihm sein Leben nichts bedeutete, wohl aber das anderer Lebewesen.

Zusammen mit Mary hatte er einen Spaziergang in das steile Klippengebiet westlich des Hafens unternommen.

Ein alter, fast blinder Hund begleitete sie. Er gehörte einem Nachbarn von Kantenburg, der sich jedoch kaum um ihn kümmerte. Mary nahm das Tier fast immer mit, wenn sie Besorgungen zu erledigen hatte oder spazierenging.

Die Klippen fielen fast zwanzig Meter ins Meer hinab, glatt und senkrecht. Man mußte sie passieren, wenn man den Hafen in nördlicher Richtung verlassen wollte. Einige der Fischerboote hatten hier schon einmal Schiffbruch erlitten.

In den letzten Tagen waren sie sehr oft zusammen, Mary Kantenburg und Hatco Illroy. Manchmal besuchten sie Karos, aber der hatte keine Zeit für sie. Er bastelte an seinem Haus herum und tat sehr geheimnisvoll. Man spürte seine Erleichterung, wenn sie wieder gingen.

»Ein Boot!« rief Mary und stand dicht am Rand der Klippe. »Es segelt gefährlich nahe an den Riffen vorbei. Aber zum Glück ist das Wasser sonst recht tief.«

Illroy richtete sich auf. Er hatte den Hund gestreichelt und achtete nicht mehr auf ihn. Das Tier rannte auf Mary zu, deren Stimme es gehört hatte. Es rannte an ihr vorbei und stürzte in die Tiefe, hinab in die tosende Gischt der Brandung.

Mary stand wie erstarrt, die Augen weit aufgerissen und die Hände zu Fäusten geballt. Ein Schrei des Entsetzens erstickte in ihrer Kehle, und hilflos mußte sie zusehen, wie ihr kleiner Liebling plötzlich in den Fluten verschwand.

Als Illroy an ihr vorbeilief und einfach in die Tiefe sprang, hinter dem untergehenden Hund her, sank sie halb ohnmächtig auf die Felsen und bedeckte ihre Augen mit beiden Händen.

Illroy tauchte wenige Meter neben einer Klippe ins Wasser und ließ sich sinken. Seine hellen Augen waren weit geöffnet, so als mache ihnen das Salzwasser nichts aus. Er konnte weit sehen, denn kein Stäubchen trübte die gläserne Klarheit. Unter sich sah er die Felsen des Meeresgrundes, dazwischen Fische und Tang.

Langsam tauchte er wieder auf. Die Brandung war gute zehn Meter entfernt, und dicht davor bemerkte er den mit den Wellen ringenden Hund. Verzweifelt versuchte das arme Tier, nicht gegen die Felsen geschleudert zu werden, die es mehr hörte als sah.

Mit kräftigen Stößen schwamm Illroy hin und griff in das wuschelige Fell, dann suchte er das Boot, das er oben von den Klippen aus bemerkt hatte. Drei Minuten später zogen sie ihn an Bord.

Er beantwortete abermals nicht ihre Fragen, bedankte sich nur höflich für die Hilfe und hielt den zitternden und frierenden Hund in den Armen. Weiter nördlich setzten sie ihn an Land, und er ging den Weg zur Stadt zurück, bis er Mary Kantenburg fand, die sich erholt hatte und ihn suchte. Schluchzend nahm sie ihm den Hund ab, während er unbewegt dastand und ihr zusah. Dann aber richtete sie sich wieder auf, ließ den Hund laufen und schlang ihre Arme um ihn.

»Hatco!« rief sie mit tränenerstickter Stimme. »Was für ein Mensch bist du nur? Bist du überhaupt ein Mensch?«

Er lächelte, aber er antwortete ihr nicht. Schweigend kehrten sie in die Stadt zurück.

Karos war selbst erstaunt, als das Funkgerät funktionierte. Er benötigte keinen Strom, denn die langlebige Batterie war halb voll. Oben in seiner Dachkammer hatte er sich einen kleinen Verschlag eingerichtet, von dem aus unter der Holzleiste das Antennenkabel zum Dach emporführte. Die als Blitzableiter getarnte Antenne war nichts als ein einfacher Metallstab.

Die Kapazität des Empfängers wurde durch die mangelhafte Anlage stark verringert, trotzdem gelang es Karos, einige Sender gut hereinzubekommen. Er hörte wieder Nachrichten aus der anderen Welt.

Es hatte schon einmal ein Funkgerät in Porvenir gegeben. Sam Katzbach hatte es irgendwo aufgetrieben und seinen Tauschwaren einverleibt. Dort stand es lange herum, ehe sich jemand erbarmte und das kleine Transistorgerät für ein paar Fische eintauschte.

Einen Monat lang konnte jeder, der Lust dazu hatte, den nächsten südamerikanischen Verwaltungssender empfangen, dann erlahmte das Interesse an der Sensation. Schließlich war die Batterie aufgebraucht, und das Gerät landete, von wütender Hand geschleudert, im Hafenbecken von Porvenir.

Karos hatte von der Geschichte gehört und konnte sie nicht begreifen. Verbindung mit der Außenwelt konnte doch nur Wissen und vielleicht auch kulturelle Unterhaltung bedeuten, aber darauf legte in Porvenir niemand Wert. Sein Vater jedenfalls hätte ihm den Besitz eines Funkgeräts nicht erlaubt.

Eine Weile lauschte er den Stimmen aus dem kleinen Lautsprecher, dann glaubte er, draußen ein Geräusch gehört zu haben. Er schaltete das Gerät ab, kam aus seinem Verschlag und eilte über die Treppe nach unten.

Auf der Veranda stand Ole Pat, einen Rucksack auf dem Rücken und einen Wanderstab in der Rechten. Sein faltiges Gesicht drückte Entschlossenheit aus. Er deutete auf einen Stuhl.

»Hast du was dagegen, wenn ich mich setze? Ist ein verdammt anstrengender Marsch bis zu dir. Hast du Wasser?«

Karos hatte den alten Mann immer gut leiden mögen. Hinter seinen verrückten Geschichten, das ahnte er, steckten die schlummernden Erinnerungen an eine erlebte Vergangenheit.

Die Leute von Porvenir glaubten, Ole Pat würde lügen, wenn er den Mund nur aufmachte.

Karos holte einen Krug Wasser und setzte ihn auf den Holztisch. Er zog sich den zweiten Stuhl heran. »Wo willst du hin?«

Ole Pat nahm einen kräftigen Schluck. »Das hängt von dir ab, Karos. Wenn du mir hilfst, erspare ich mir eine lange Wanderung bis zum nächsten Stützpunkt der Regierung. Ich weiß, daß du das Funkgerät aus dem Wrack geborgen hast. Funktioniert es?«

Die Frage kam so plötzlich, daß Karos überrumpelt nickte.

»Fein, das also hätten wir. Doch weiter im Text. Kantenburg hatte einige Medikamente und sonstige seiner Meinung nach unentbehrliche Dinge angefordert, als der Kurier vor einigen Monaten hier war. Das Zeug wurde gestern geliefert.«

»Gestern? Davon habe ich nichts bemerkt.«

»Du sitzt ja auch hier auf deinem Berg und kümmerst dich um nichts, nicht einmal um Mary Kantenburg, obwohl doch jeder weiß, daß sie deine Frau werden soll.«

»Ich habe viel Arbeit ...«

»Ja, schon gut, Karos. Trotzdem hättest du ihr ein wenig mehr Zeit widmen sollen. Jetzt tut es dieser Fremde für dich. Aber nicht mehr lange, darauf kannst du dich verlassen.«

Karos sah Ole aufmerksam an. »Die beiden sind gute Freunde, nicht mehr. Was geht dich das überhaupt an, und was hat das alles mit den Medikamenten zu tun?«

Ole Pat lehnte sich bequem zurück.

»Eine ganze Menge, meine ich. Es war ein Gleiter der Regierung, der gestern am späten Nachmittag in Hafennähe fast unbemerkt landete. Der Pilot teilte Nick mit, daß er die gewünschten Medikamente, Lebensmittel und sonstigen Dinge brächte. Sam rannte herbei und half beim Ausladen. Auch andere Leute kamen, unter ihnen dein Vater mit seinem seltsamen Gast. Du weißt ja, was der in den vergangenen Tagen alles angestellt hat. Man könnte fast meinen, er sei lebensmüde – und dann kommt noch etwas hinzu, wenn mich nicht alles täuscht: Er faßt jeden Wunsch, der geäußert wird, wie einen Befehl auf, den er zu befolgen hat. Beim Walfang sagte nur einer der Männer, es wäre gut, wenn das Tier endlich verenden würde – und Illroy sprang ins Wasser, um mit dem bloßen Messer auf den Wal loszugehen. Dann die Geschichte mit Marys Hund! Sie schrie nur auf, als das Tier von den Klippen fiel, und schon sprang Illroy hinterher. Und nun das gestern!«

»Was war denn gestern eigentlich? Du spannst mich ganz schön auf die Folter.«

»Der Transportgleiter wurde ausgeladen, der Pilot unterhielt sich mit den Leuten. Illroy stand dabei, als jemand zu dem Piloten sagte, man solle der Regierung die Büchsen mit den Bohnen an den Kopf werfen und das Flugzeug im Hafenbecken versenken. Was glaubst du, was geschah?«

»Nun? Doch nicht etwa …?«

»Doch, genau das! Illroy ergriff einige der Dosen und bewarf den Piloten damit, den er wohl als einen Vertreter der Regierung betrachtete, und dann raste er zu dem Gleiter, zwängte sich hinter die Kontrollen und startete das Ding, ehe jemand etwas unternehmen konnte. Er flog in die Bucht hinaus und tauchte dann damit ins Wasser. Der Gleiter soff ab, Illroy erschien wenig später an der Oberfläche und schwamm an Land.«

Ole Pat schüttelte den Kopf. »Mit dem Mann stimmt etwas nicht! Man hört sehr merkwürdige Dinge, wenn man mit Leuten aus der Zivilisation spricht.«

»Was willst du tun?«

»Die Regierung auf Illroy aufmerksam machen. Sollen die sich um ihn kümmern. Ich glaube kein Wort von der Geschichte, die er uns erzählte. Wir wollen unsere Ruhe haben und nicht dauernd von einem Wahnsinnigen belästigt werden. Wenn ihm irgendein Dummkopf sagt, er sähe Porvenir gern einmal brennen, steckt uns der Kerl glatt die Stadt an.«

»Was ist mit dem Piloten des Gleiters?«

»Na, der war völlig durcheinander und begriff überhaupt nicht mehr, was geschah. Er hat kein Funkgerät und wohnt bei Kantenburg. Ich habe mich heimlich davongemacht und dachte mir, frage zuerst einmal Karos, der hat ein Funkgerät. Nun, wie ist es damit?«

Karos seufzte auf. »Du bist der einzige, der von dem Gerät weiß, ich bin also auf dein Schweigen angewiesen. Kannst du denn damit auch umgehen?«

»Die Technik hat sich in den vergangenen fünfzig Jahren in dieser Hinsicht kaum verändert. Sobald ich einen Regierungssender empfange, kann ich ihn auch anfunken. Laß das meine Sorge sein! Die Hauptsache ist, wir werden Illroy los, ehe er noch mehr Schaden anrichtet. Außerdem könnte es sein, daß Mary dann wieder öfter bei dir vorbeischaut.«

Karos erhob sich. »Nun komm schon, Ole, ich zeige dir das Funkgerät ...«

12.

Die beiden Männer passierten die positronische Identifikationssperre und gelangten in die stark abgesicherte Kontrollzentrale des Informationsspeichers. Sie lag fünfzig Meter unter der Mondoberfläche und war nur ein winziger Sektor des gigantischen Robotgehirns NATHAN, dessen Anlage einen Großteil des Mondes einnahm. Hier war das gesamte Wissen der Menschheit und das fast aller intelligenten Lebewesen anderer Sonnensysteme gesammelt worden und lag wohlgeordnet und abrufbereit in den positronischen Speicheranlagen.

Jede Information, die in den Computer gespeist wurde, konnte durch ein Koordinaten-Abruf-System in die Relationskanäle geleitet und ausgewertet werden. NATHAN erkannte jeden Zusammenhang zwischen scheinbar zusammenhanglosen Ereignissen und lieferte dann dazu sämtliche gewünschten Daten mit gekoppelter Wahrscheinlichkeitsberechnung.

Perry Rhodan und Atlan nahmen in den Sesseln Platz, nachdem sich hinter ihnen die schwere Metalltür hermetisch verschlossen hatte. Die Informationen und Fakten, die ihnen bekannt waren und von denen sie annehmen mußten, daß sie in engem Zusammenhang standen, waren in die Plastikkarten eingestanzt worden – in der Sprache NATHANS.

Erster Fakt: Das Robotraumschiff EX-887-VRT war von einer Expedition zu dem unbekannten Planeten Asporc unter geheimnisvollen Umständen und zu spät zur Erde zurückgekehrt. An Bord hatte sich statt der ursprünglichen Besatzung ein Fremder aufgehalten, der dank unerklärlicher Parafähigkeiten erheblichen Schaden anrichtete, bis man Herkunft und Ursprung seiner Persönlichkeit herausfinden konnte.

Zweiter Fakt: Rhodan unternahm einen Flug zu dem Planeten Asporc. Dort entdeckte man den riesigen Meteoriten, der aus dem sogenannten PEW-Material bestand, das die ungewöhnliche Eigenschaft besaß, hypnotische Beeinflussung verstärkt weiterzuleiten und entsprechende Emotionen hervorzurufen. Damit war die Relation zu Fakt eins hergestellt.

Dritter Fakt: Der Supermutant Ribald Corello wurde von einer unbekannten Geistesmacht übernommen, verschwand und kam als Monstrum zurück, das zur größten Gefahr für die Menschheit wurde. Ein wenig später geriet Alaska Saedelaere in die Gewalt Corellos und diente ihm zeitweilig als Ersatz für den vernichteten Trage- und Schweberoboter.

Vierter Fakt: Er schien der wichtigste zu sein, und es gab keinen echten Anhaltspunkt für den Zusammenhang außer Corellos Verhalten. Im Pazifik wurde eine noch intakte Unterwasserstation der Lemurer entdeckt. Mehrere hundert Wissenschaftler lagen dort im Tiefschlaf und wurden aufgeweckt. Corello tauchte auf. Dann waren in der Biologischen Zuchtstation insgesamt dreizehn künstlich gezeugte Menschen entstanden, darunter eine Frau. Ein vor fünfzigtausend Jahren unterbrochenes Experiment lief wieder an. Die überlebenden acht Normalsynthos verschwanden zusammen mit Corello spurlos, als die Station vernichtet wurde.

Vorher gelang es dem Mausbiber Gucky, Kontakt mit dem lemurischen Wissenschaftler Vauw Onacro aufzunehmen.

Das war der fünfte Fakt: Onacro hatte Gucky einige Mitteilungen gemacht, dabei aber wahrscheinlich die Tatsache übersehen, daß der Mausbiber ein ausgezeichneter Telepath war. Die wichtigsten Dinge habe er nämlich verschwiegen und um sie ginge es, behauptete Gucky. Trotz der bevorstehenden Vernichtung der Station habe der Lemurer heimlich triumphiert und sei von »freudvollem Haß« erfüllt gewesen. Diese Emotion stand in engem Zusammenhang mit den acht entflohenen Normalsynthos. Mehr hatte Gucky nicht erfahren können.

»Es sind nicht viele Fakten«, sagte Atlan und deutete auf die Karten in Rhodans Hand. »Wir können nur hoffen, daß NATHAN die Zusammenhänge erkennt und die richtigen Informationen liefert. Sie müssen bis in die Zeit des Krieges gegen die Haluter zurückreichen.«

Rhodan nickte und legte die fünf Informationskarten in den Aufnahmebehälter der Automatik. Dann drückte er auf einen Knopf, und der Vorgang lief an. Unter einem Bildschirm erschien ein Leuchtzeichen. Es bedeutete, daß die Teilanlage aktiviert worden war. Die voraussichtliche Dauer der Wahrscheinlichkeitsberechnung wurde mit wenigen Minuten angegeben.

Die beiden Männer blieben sitzen. Schweigend betrachteten sie die automatischen Kontrollgeräte und verfolgten die Spur der aufflackernden Lämpchen. Die fünf Karten waren längst verschwunden.

Nach zwei Minuten fragte Atlan plötzlich: »Die Neuwahl zum Großadministrator findet am 1. April statt. Ist es noch immer deine Absicht, nicht mehr zu kandidieren?«

Rhodan nickte. »Ja, das ist meine Absicht. Man kann eine Opposition, die ständig alles besser weiß, ohne echte Vorschläge einbringen zu können, nur dadurch außer Gefecht setzen, indem man sie regieren läßt. Dann zeigt sich, was hinter dem Gerede steckt.«

»Du willst diesen Verbrecher Bount Terhera regieren lassen? Das kann doch nicht dein Ernst sein!«

»Doch, Atlan. Außerdem ist nicht gesagt, daß er die notwendige Stimmenmehrheit bekommt. Wir haben noch andere und durchaus fähige Kandidaten. Aber ich würde Terhera die Bürde der Verantwortung gönnen.«

»Und darum willst du nicht mehr kandidieren?« Atlan schüttelte den Kopf. »Ich halte das ganz einfach für verantwortungslos, wenn du meine Meinung wissen willst.«

Rhodan seufzte. Dann meinte er: »Wir haben erst Mai, Atlan. Es ist noch lange bis August.«

Wieder schwiegen sie.

Nur noch Sekunden, dann mußten die ersten Ergebnisse vorliegen.

Beide spürten sie die innere Angespanntheit des anderen. Schon bald würden sie – vielleicht – wissen, welche Zusammenhänge zwischen den Ereignissen bestanden, die scheinbar nichts miteinander zu tun hatten.

Der große Bildschirm wurde hell, dann erschienen die ersten Schriftzeichen der optischen Informationsausgabe. Die Mitteilung konnte jederzeit abgerufen und in Form von Schriftstücken oder Mikrofilmen erhältlich sein.

Langsam wanderten Worte und Sätze über den Bildschirm. Rhodan und Atlan wagten kaum zu atmen, während sie das Ergebnis in sich aufnahmen.

Die Schriftzeichen lauteten:

»Erste Auswertung. Wahrscheinlichkeit 79 %:

Die geographische Lage der lemurischen Biostation muß einer oder mehreren Personen lange vor ihrer heutigen Entdeckung bekannt gewesen sein. Weiter müssen diese eine oder die mehreren Personen exakt gewußt haben, welcher Art die dort vor fünfzigtausend Jahren durchgeführten Experimente waren und welch große Bedeutung sie damals besaßen. Bevor die Station mit dem Kontinent Lemuria im Pazifik versank, sollten in ihr durch einen besonderen physikalischen und biologischen Vorgang binnen kürzester Zeit Menschen gezeugt und herangezüchtet werden, um die Verluste des Krieges gegen die Haluter auszugleichen.

Folgerungen aus vorstehenden Daten:

Die oben aufgeführten Kenntnisse sind nur Personen zugänglich gewesen, die während der terranischen Aktion gegen die Meister der Insel, Andromedanebel, vor eintausendachtunddreißig Jahren dabeigewesen sind und dank ihrer persönlichen Vertrauensstellung in der Lage waren, mit führenden Personen der Tefroder oder mit den Meistern der Insel selbst Kontakt aufzunehmen.

Nur die Tefroder und die Meister der Insel konnten damals wissen, daß trotz des Untergangs von Lemuria das noch intakte Laboratorium unter dem Meeresboden existierte und welchen Zwecken es ursprünglich dienen sollte.

Es ist auch möglich und wahrscheinlich, daß oben genannte Information nicht von Tefrodern oder Meistern der Insel direkt weitergeleitet wurde, sondern von ihren positronischen Speicheranlagen.«

Der Schirm blieb leer, nachdem die letzte Zeile abgewandert war, aber das Achtungzeichen blieb. Weitere Informationen würden demnach folgen.

Atlan hatte sich weit vorgebeugt. Seine Hände umklammerten die Lehnen des Sessels. Er atmete schwer. Dann sah er Rhodan an.

»Weißt du, was das bedeutet, Perry? Ungeheuerlich!«

»Keine voreiligen Schlüsse, Atlan. Warten wir, bis wir alles wissen.«

»Der Kreis jener Personen, die uns auf dem Flug nach Andromeda begleiteten, ist groß, aber wer von ihnen lebt heute noch? Wir können ihn demnach enger ziehen.«

»NATHAN hat nicht behauptet, die Person oder die Personen, auf die es hier ankommt, müßten noch leben.«

»Sollten uns die Toten jetzt Schwierigkeiten bereiten?« Atlan schüttelte entschieden den Kopf. »Bleiben wir realistisch, Perry. Der Täter, wenn wir ihn so nennen wollen, lebt! Und er lebt unter uns!«

»Beides klingt zu phantastisch. Vielleicht legen wir NATHANS Informationen zu wörtlich aus.«

»Sie sind klar und unmißverständlich. Und jetzt erscheinen sie mir auch logisch. Es stimmt, wer hätte schon von der Station wissen können? Corello vielleicht?«

»Ribald Corello wurde erst fünfhundert Jahre nach den Ereignissen im Andromedanebel geboren. Er kommt nicht in Frage.«

»Und die unbekannte Macht, die ihn und seinen Geist übernommen hat? Wann wurde die geboren?«

Rhodan schwieg und gab keine Antwort. Statt sich zu lösen, wurde das Problem geheimnisvoller und undurchdringlicher.

Atlan deutete auf den Schirm. »Achtung – es geht weiter ...«

»Erste Auswertung, Fortsetzung. Wahrscheinlichkeit 78 %:

Durch die Ereignisse im Robotschiff EX-887-VRT wurde Rhodan gezwungen, den Planeten Asporc aufzusuchen – auch das war geplant worden. Nur durch den direkten Kontakt mit dem sechsdimensionalen PEW-Metall konnte eine gewünschte Verbindung mit dem paraenergetischen Gehirn Corellos dauerhaft hergestellt werden. Der Supermutant wurde bereits auf Asporc übernommen, modifiziert und später manipuliert. Der Vorgang blieb vorerst unbemerkt. Zur weiteren Manipulation benötigte die unbekannte Macht im Fall Corello kein PEW-Metall mehr.

Folgerungen:

In der Station der Lemurer wurden in aller Eile und in Corellos Auftrag acht Normalsynthos hergestellt, die kein eigenes Denkvermögen besitzen. Demnach gibt es auch acht körperlose Paragehirne oder Parawesen, die wiederum acht Körper benötigen. Einen normalen Menschen zu übernehmen entspräche nicht ihrer Absicht und würde dieser sogar hinderlich sein. *Wiederholung*: Acht körperlose Personen benötigen für ihre unbekannten Zwecke acht Leergehirne, die sie nur in den Normalsynthos der Lemurer vorfanden.

Weitere Folgerungen:

Aufgrund der bisherigen Vorkommnisse ist mit hundertprozentiger Wahrscheinlichkeit gegeben, daß die unbekannten Personen oder Parawesen nicht in der Lage sind, normal herangewachsene Menschen mit erlerntem Wissen und einem selbständigen Bewußtsein erfolgreich zu übernehmen, um sie zu manipulieren.

Endfolgerung, Wahrscheinlichkeit 76 %:

Bei Auswertung aller vorhandenen Fakten und Daten kann es sich bei den acht Personen – Hyperkräfte genannt – nur um jene acht in der »Second-Genesis-Krise« verstorbenen terranischen Mutanten handeln, deren Namen bekannt sind.

Ende der ersten Auswertung.«

Der ungläubige Ausdruck auf Rhodans Gesicht schwächte sich allmählich ab. So phantastisch die von NATHAN aufgestellte Behauptung auch sein mochte, sie klang von Sekunde zu Sekunde wahrscheinlicher und logischer.

Corello war so zielstrebig vorgegangen, daß er alle Daten der untergegangenen Biostation kennen mußte. Er war aber nie im Andromedanebel gewesen, wo diese Daten lagern mußten. Die acht Mutanten jedoch waren dort gewesen, und sie gehörten zu jenem Personenkreis, der direkten Kontakt mit Tefrodern und den Meistern der Insel gehabt hatte.

Eine damals selbstverständliche Tatsache, die sich nun bitter rächte.

Aber warum eigentlich? Wenn es sich bei den Hyperkräften in der Tat um die verstorbenen Mutanten handelte, wenn ihr Bewußtsein noch lebte, warum versuchten sie nicht auf andere Art und Weise, Kontakt mit den Menschen, mit Rhodan oder mit den verbliebenen Mutanten aufzunehmen?

Atlan sagte mit geschlossenen Augen: »Ich glaube nicht an die verbliebenen 24 Prozent, die NATHAN als Unsicherheitsfaktor angab. Seine Endfolgerung muß richtig sein.«

Rhodans Gesicht blieb ausdruckslos, als er aufzählte: »Tako Kakuta, Teleporter! André Noir, Hypno! Wuriu Sengu, Späher! Son Okura, Frequenzer! Kitai Ishibashi, Suggestor! Tama Yokida, Telekinet! Ralf Marten, Teleoptiker! Und Betty Toufry, Telepathin und Telekinetin!«

»Gestorben im Jahre 2909!« fügte Atlan tonlos hinzu.

Rhodan starrte eine Weile auf den leuchtenden, aber noch leeren Bildschirm. Als er wieder sprach, war seine Stimme belegt. »Und Kitai Ishibashi ist Ribald Corellos Vater!«

»Achtung! Zweite Auswertung ist identisch mit erster Auswertung! Wahrscheinlichkeitsgrad der Endfolgerung stieg auf 83 %. Keine andere logische Erklärung möglich. Ende.«

Der Bildschirm erlosch. Die Gesamtauswertung war beendet. Die beiden Männer blieben noch sitzen.

»Die Asporcos waren also nichts als unschuldige Mittelspersonen, mit deren Hilfe der Kontakt mit uns hergestellt wurde, und natürlich besonders mit Corello.« Atlan seufzte. »Nehmen wir an, es ist alles wirklich so gewesen, und ich zweifle nicht mehr daran, so muß ich mich doch fragen: Welchen Sinn hat das alles? Was planen die Bewußtseinsinhalte der acht Mutanten? Sie können uns doch nicht feindlich gesinnt sein, im Gegenteil! Warum nehmen sie keinen Kontakt mit uns auf?«

»Ich habe mir diese Frage auch schon gestellt, Atlan, aber keine Antwort darauf gefunden.« Langsam stand er auf. »Ich glaube, wir müssen es den anderen mitteilen. Wir nehmen den Ausdruck mit. Würdest du bitte Galbraith Deighton unterrichten?«

Sie verließen die unterirdische Anlage durch die Sicherheitssperren und kehrten per Materietransmitter zur Erde zurück. Im Büro des Chefs der Solaren Abwehr wurden sie von Galbraith Deighton und Gucky erwartet, dem man natürlich keine Neuigkeit mehr überbringen konnte. Als Telepath war er schon unterrichtet. Auch wenn Rhodan und Atlan mentalstabilisiert waren, besaß der Mausbiber mittlerweile genügend Routine im »Gedankenschnüffeln«, um kleinste Informationen aufzuschnappen. Sein Gesicht drückte echte Betroffenheit aus, und mit Sicherheit war er jetzt nicht zum Scherzen aufgelegt.

Rhodan berichtete und übergab Deighton die Unterlagen. »Gibt es Neuigkeiten von Corello?« fragte er.

»Keine. Er ist nicht wieder aufgetaucht, aber es wird nicht mehr lange dauern, bis wir von ihm hören. Von ihm oder den acht verschwundenen Synthos. Sie besitzen nun ein Gehirn – ein denkendes Gehirn, das sie zum Handeln befähigt.«

»Zu welchem Handeln?«

Gucky hatte bisher beharrlich geschwiegen, aber als Atlan Deighton diese Frage stellte, schien er wie aus einem Traum aufzuwachen. Er wurde plötzlich munter, so als habe er den Schock überwunden.

»Zu welchem Handeln?« wiederholte er die Frage. »Die Hyperkräfte – ich bleibe bei *diesem* Ausdruck, wenn niemand etwas dagegen hat – haben die Synthos zwar übernommen, können sie, so nehmen wir an, zum Handeln veranlassen und sogar zwingen. Aber ist es wirklich so? Ich war in der Station, vergeßt das nicht. Und ich bin Telepath. Dieser Onacro konnte mich vor seinem Tod auch nicht übertölpeln. Er spielte den Freund, aber insgeheim hat er sich trotz seiner tödlichen Niederlage gefreut. Was also steckt nun wirklich dahinter?«

»Du meinst, wir seien hereingelegt worden?« fragte Rhodan.

Gucky nickte, daß seine Ohren nur so schlackerten. »Und ob, darauf gehe ich jede Wette ein! Das Schöne daran ist nur, daß diese acht Hyperkräfte ebenfalls hereingelegt worden sind. Sie werden sich noch wundern, wenn sie damit beginnen, ihren uns unbekannten Plan in die Tat umzusetzen. Mit den acht Synthos stimmt etwas nicht!«

»Was soll mit ihnen nicht stimmen?«

»Das weiß ich nicht. Ich habe nicht die geringste Ahnung.«

»Wie kannst du dann so etwas behaupten?«

Zum erstenmal grinste Gucky seit dem Schock. »Mein Gefühl! Es hat mich noch nie getrogen!«

»Wir können nicht mit Gefühlen allein arbeiten«, wies Atlan ihn zurecht. »Wir benötigen Fakten, nackte Tatsachen!«

»Ein unanständiges Wort«, tadelte Gucky ernsthaft und streichelte über seinen Uniformstoff. »Auch Tatsachen sollten nicht nackt herumlaufen.«

Atlan gab es auf. Er wußte, daß er nicht mehr aus Gucky herausholen konnte, wenigstens im Augenblick nicht. Aber es gab andere Probleme. Und sie fingen an, noch ehe die Sitzung beendet werden konnte.

Auf Deightons Tisch summte das Visiphongerät. Es war seine Nachrichtenzentrale, in der die Meldungen aus aller Welt und von allen Planeten des Solaren Imperiums zusammenliefen und nach Dringlichkeit sortiert und bearbeitet wurden.

Ein Computer, scherzhaft von den Operateuren auch »Mini-NATHAN« genannt, übernahm die Vorauswertung.

Rhodan, Atlan und Gucky unterhielten sich noch, als Deighton von dem Tisch zurückkam und sich wieder zu ihnen setzte.

»Merkwürdig«, sagte er, als die anderen ihn fragend anblickten. Sie waren es gewohnt, daß er ständig Meldungen empfing. »Wenn es nicht gerade die verrückte Zahl Sieben wäre, könnte ich ja versucht sein, voreilige Schlüsse zu ziehen. Es sei denn, ein achter Fall ist noch nicht bekanntgeworden.«

»Wovon reden Sie?« erkundigte sich Rhodan zurückhaltend. »Es wäre ein zu großer Zufall, wenn Sie auf die eben besprochene Angelegenheit anspielten. Es waren acht Synthos!«

»Genau die meine ich!« erwiderte Deighton. »Von sieben Dienststellen der Erde erhielten wir die Meldung, daß Identifikationsroboter manipuliert wurden.«

Diese Roboter waren komplizierte Maschinen zur Registrierung jedes einzelnen Menschen, der auf der Erde geboren wurde oder sich auf ihr aufhielt. Sie galten als unfehlbar, und noch nie hatte es Irrtümer gegeben. Jeder Mensch wurde bereits bei der Geburt registriert, und selbst dann, wenn er gestorben war, lebten seine Daten weiter.

Eine moderne Zivilisation war nicht mehr anders denkbar, auch wenn der Mensch dabei zu einer Nummer herabgewürdigt wurde.

»Manipuliert? Wie meinen Sie das?«

»Fehlschaltungen, genau sieben Stück, und das an verschiedenen Stellen – gleichzeitig! Eine glatte Unmöglichkeit und auf keinen Fall ein technisches Versagen! Es wurden sieben Legitimationen widerrechtlich ausgegeben. Aber das ist nicht alles …«

»Es muß sich doch feststellen lassen …«

»Bitte, ich bin noch nicht fertig. Das ist es ja, was ich sagen wollte: Die entsprechenden Speicherdaten, die zu der Legitimation führten, wurden in allen sieben Fällen gelöscht. Es läßt sich somit unter keinen Umständen mehr feststellen, für wen die Identifikationsmarken ausgegeben wurden und für wen sie bestimmt waren.«

Rhodan schüttelte den Kopf.

»Sie werden verzeihen, Galbraith, aber ich verstehe noch immer nicht. Meines Wissens beaufsichtigen hochspezialisierte Schalttechniker die Roboter. Die können doch nicht alle sieben gleichzeitig Mittagspause gemacht und die Maschinen unbeaufsichtigt zurückgelassen haben.«

»Natürlich nicht, aber sie haben alle die gleichen Symptome: Sie wurden alle für eine gewisse Zeit irrsinnig – wenigstens behaupteten das die Mediziner. Eine unbekannte Macht habe sie gezwungen, die Speicherung vorzunehmen, sagen diese Techniker, aber sie können sich sonst an nichts erinnern. Selbst unter Hypnobehandlung schwiegen sie.« Deighton wirkte ungewohnt ratlos, was unter den gegebenen Umständen nicht verwunderlich schien. »Im Augenblick gibt es sieben Menschen auf der Erde, die eine unbekannte Identität mit echten positronischen Kennkarten besitzen. Es ist nach menschlichem Ermessen unmöglich, sie zu finden.«

»Vielleicht kann das ein Telepath«, vermutete Gucky.

»Möglich, aber in diesem speziellen Fall nicht wahrscheinlich. Gegen eine solche Möglichkeit können Hyperkräfte und Paradenker sich absichern. Es kann dir höchstens so ergehen wie Corello und Saedelaere.« Deighton schüttelte den Kopf. »Wir können nur darauf warten, daß eine dieser sieben Personen sich auffällig benimmt und so den Verdacht der Abwehr weckt. Die entsprechenden Anweisungen gingen bereits an alle Dienststellen. Außerdem habe ich eine allgemeine Überprüfung angeordnet. So wird zum Beispiel festgestellt, in welchen Städten oder Verwaltungsbezirken Fremde auftauchten, auch wenn sie sich ordnungsgemäß ausweisen konnten. Mehr kann ich im Augenblick nicht tun.«

»Also abwarten«, meinte Rhodan.

»Wir haben noch andere Aufgaben«, unternahm Atlan den Versuch, ihn abzulenken. »Ich denke in erster Linie …«

Das Summen des Visiphons unterbrach ihn. Deighton meldete sich. Es war abermals die Nachrichtenzentrale der Abwehr.

»Sir, eine Meldung unserer Station auf Westfalkland. Es handelt sich um einen extrem langen Bericht, der noch ausgewertet und Ihnen dann in Kurzform zugeleitet wird.«

»Geben Sie mir schon jetzt Einzelheiten.«

»Wie Sie wünschen, Sir. In der Siedlung der Zeitritter … Ich weiß nicht, Sir, ob Ihnen die Bezeichnung ein Begriff ist. Wünschen Sie eine Erläuterung?«

»Zeitritter?« Rhodan war aufgestanden und kam zu Deighton. Er nickte. »Ich weiß Bescheid und werde Sie informieren. Erklärung jetzt überflüssig.«

Die Nachrichtenzentrale erkannte Rhodan. Sie meldete weiter: »Bei den Zeitrittern tauchte vor wenigen Tagen ein Fremder auf, der durch sein merkwürdiges Benehmen Aufsehen erregte. Keine Identifikation möglich. Der von ihm angegebene Name existiert in keiner Speicherung. Er scheint unter einem unerklärlichen Befehlszwang zu stehen und setzt sein Leben aufs Spiel, nur um eine noch so verrückte Anordnung bedingungslos auszuführen. Bei der Gelegenheit zerstörte er gestern einen Gleiter der Regierung, der Medikamente nach Porvenir brachte. Das ist Sabotage und muß geahndet werden.«

Deighton fing einen Blick Rhodans auf. »Unternehmen Sie auf keinen Fall etwas, Leutnant! Ich werde die Angelegenheit selbst in die Hand nehmen. Schicken Sie mir so schnell wie möglich die ungekürzte Meldung von Falkland zu. Ende.«

Sie kehrten an den Tisch zurück.

»Nun?« fragte Deighton und sah die anderen erwartungsvoll an.

»Das ist der achte Fall«, stellte Gucky fest. »Irgendwo also auf der Welt ist die Fehlschaltung bei einem Identifikationsroboter noch nicht entdeckt worden – oder der Fremde von Feuerland hat darauf verzichtet.« Er tippte Rhodan in die Seite. »Das wäre doch eigentlich eine Sache für uns, meinst du nicht auch? Wir dürfen kein Aufsehen erregen.«

»Wie soll das möglich sein, wenn wir dich mitnehmen?« erkundigte sich Atlan freundschaftlich.

Gucky warf ihm einen giftigen Blick zu. »Ist ja klar, daß eine Persönlichkeit wie ich auffallen muß, aber schließlich kann ich ja Maske anlegen wie alle großen Detektive der Vergangenheit und Gegenwart.«

»Maske?« Atlan verbiß sich das Lachen. »Als was willst du denn gehen ...?«

»Hört mit dem Unsinn auf!« unterbrach sie Rhodan, der sich inzwischen mit Deighton beraten hatte. »Wir lassen uns nach Falkland bringen und nehmen dort einen Gleiter. Deighton bleibt im Stützpunkt zurück, und wir drei sehen uns diesen merkwürdigen Fremden an. Wenn unsere Vermutungen stimmen, benötigen wir einen Telepathen, ob verkleidet oder nicht.«

»Siehst du!« sagte Gucky und nickte Atlan triumphierend zu.

Der Arkonide grinste nachsichtig zurück. Kurz darauf kam der ausführliche Bericht, den sie sorgfältig studierten. Die entsprechenden Unterlagen waren bereits beigefügt, und so konnte Rhodan abschließend zusammenfassen:

»Dieser Ole Pat gehörte der Abwehr an, er wird sich also hüten, eine falsche Information zu liefern, auch wenn er schon vor langer Zeit den Dienst quittierte. Wir werden zuerst mit ihm Verbindung aufnehmen und uns dann mit der Örtlichkeit vertraut machen. Diese Menschen in Porvenir sind eine Klasse für sich. Sie haben sich von uns isoliert und leben ganz für sich. Wir werden also sehr behutsam vorgehen müssen, um ihr Mißtrauen nicht zu wecken.«

»Als Sonderlinge?« fragte Atlan.

»Ja, wenn du so willst, könnte man sie als Sonderlinge bezeichnen, aber sie haben uns noch nie Schwierigkeiten bereitet. Sie wollen einfach für sich bleiben und so leben, wie es ihnen Spaß macht, das ist alles. Dagegen ist nichts einzuwenden, und deshalb erhielten sie auch vor etwa dreihundert Jahren die Sondergenehmigung, sich in Feuerland anzusiedeln. Heute sehen wir, daß auch das seinen Vorteil haben kann.«

»Auf die bin ich gespannt«, sagte Gucky und fügte erklärend hinzu: »Auf die Zeitritter, meine ich.«

»Du wirst nicht viel Freude mit ihnen haben«, prophezeite Rhodan.

13.

Der Raumgleiter brachte sie auf die westlichste der Falklandinseln, wo der Stützpunkt der Solaren Abwehr unmittelbar an der Küste lag, die Südamerika zugewendet war.

Porvenir lag fünfhundert Kilometer weiter südwestlich, dazwischen rollten die Wogen des Atlantiks.

Der Kommandant des Stützpunkts berichtete: »Wie üblich sendeten wir die Nachrichten für die Lokalstationen der Inseln und für die Ostküste Südamerikas, als wir plötzlich Funkzeichen auffingen. Unsere Techniker bemerkten sofort, daß es sich um den laienhaften Versuch handelte, Verbindung mit uns aufzunehmen, und peilten sich ein. Der Kontakt kam zustande, wenn er auch mangelhaft blieb. Dieser Pat muß einen sehr schwachen Sender benutzt haben.«

»Gab er einen Grund für seine Handlungsweise an?«

»Eigentlich nicht. Er behauptete nur, daß er es leid sei, mit einem Verrückten in einer Stadt zu leben. Er sagte etwas Komisches.«

»Komisches?«

Der Kommandant druckste herum, dann berichtete er weiter: »Ja, er meinte, wenn jemand Kopfschmerzen habe und seinen Brummschädel verfluche, müsse er damit rechnen, daß der Fremde käme und ihm den Schädel abrisse. Verstehen Sie das?«

»Ich fürchte, ich verstehe das«, sagte Rhodan.

Am gleichen Tag noch bestiegen sie den Gleiter, der von einem Piloten des Stützpunkts geflogen wurde. Der Sender Ole Pats war haargenau angepeilt worden, und als sie Karos Pendors Haus einsam am Nordhang von Porvenir stehen sahen, wußten sie, daß sie ihr Ziel erreicht hatten. Der Pilot landete den kleinen Gleiter in einer Waldlichtung, keine zwei Kilometer von dem Haus entfernt.

Es dunkelte bereits, und niemand schien ihre Ankunft bemerkt zu haben. Rhodan gab dem Piloten die Anweisung, beim Gleiter zu bleiben und sich nicht weit von ihm zu entfernen.

Rhodan und Atlan trugen Freizeitanzüge, die sich in keiner Weise von jenen der übrigen Bewohner der Erde unterschieden. Außer den winzigen Nadlerpistolen in der Hosentasche trugen sie keine Waffen. Gucky hatte seinerseits auf jede Bewaffnung verzichtet. Er vertraute ganz auf seine Fähigkeiten als Mutant.

Während sie sich dem Haus näherten, esperte Gucky und versuchte, Gedankenimpulse aufzufangen. Er blieb plötzlich stehen.

»Ach, du lieber Himmel!« sagte er und machte ein betroffenes Gesicht. »Was nun?«

Rhodan und Atlan verhielten ihren Schritt.

»Ist was?« Rhodan schüttelte den Kopf. »Warum bleibst du stehen?«

Gucky suchte sich einen flachen Stein und ließ sich gemütlich darauf nieder. »Setzt euch, Freunde, oder wollt ihr ungalant sein?«

Rhodan setzte sich gehorsam und stellte keine Fragen. Atlan hingegen blieb stehen und sah zu dem einsamen Haus hinüber, in dem Licht brannte.

»Da ist doch jemand zu Hause! Warum gehen wir nicht hin?«

Gucky seufzte tief. »Mein Freund, manchmal hast du eine irrsinnig lange Leitung! Sicher ist da drüben jemand zu Hause, aber er ist nicht allein. Dieser Karos hat ein Rendezvous mit seiner zukünftigen Frau, und sie versuchen gerade herauszufinden, ob sie dafür geeignet sind, die nächsten hundert Jahre miteinander auszukommen.«

Atlan setzte sich verblüfft. »Das hättest du auch gleich sagen können! Hoffentlich dauert es nicht zu lange.«

Gucky wühlte in seiner Tasche. »Da war doch noch etwas ...!« murmelte er und atmete erleichtert auf, als er fand, was er so verzweifelt suchte. Es war ein angeknabbertes Stück Mohrrübe. »Ich wollte sie nicht liegenlassen ...«

Sie warteten geduldig.

»Wo steckt dieser Ole Pat?« fragte Rhodan einmal, als es bereits so dunkel geworden war, daß man die Hand nicht mehr vor Augen sah. »Wohnt er nicht auch in dem Haus?«

»Ich kann ihn nicht espern«, entschuldigte sich der Mausbiber kauend. »Aber ich glaube kaum, daß er in dem Haus ist. Die beiden fühlen sich absolut ungestört.«

Er grinste und biß erneut in den Rübenrest.

Zehn Minuten später schlug sich Rhodan mit beiden Händen auf die Knie und stand auf. »So, und nun werden wir gehen und an die Tür klopfen. Wir können doch nicht die ganze Nacht hier sitzen bleiben und warten, bis sich die beiden einig geworden sind, ob sie hundert Jahre zusammenbleiben wollen.«

»Hundert Jahre sind eine lange Zeit«, philosophierte Gucky und erhob sich ebenfalls. »Aber jetzt können wir. Ich schätze, wir kommen gerade richtig zum Tee.«

Sie legten die letzten paar hundert Meter im Eiltempo zurück und klopften gegen die Tür. Eine Weile hörten sie nichts, dann öffnete sich die schwere Holztür, und ein Kopf erschien.

»Verzeihen Sie, Mister Pendor ... Sie sind doch Karos Pendor?«

Der Mann nickte. »Und wer sind Sie? Ich habe Sie noch nie gesehen.«

»Dürfen wir hereinkommen? Wir kommen, weil Ole Pat den Funkspruch ausschickte, und ...«

»Ach, das ist es!« Die Tür öffnete sich noch mehr. Karos war angekleidet. Im Hintergrund stand Mary Kantenburg und schob den Kessel mit dem Teewasser weiter ins Feuer. Sie wirkte ein wenig verwirrt. Als sie die Fremden bemerkte, war sie sichtlich erleichtert. »Kommen Sie, eigentlich wollte Ole heute noch vorbeisehen, aber es ist nun wohl zu spät geworden.«

Sie nahmen an dem grobgezimmerten Tisch Platz, dicht neben dem flakkernden Kaminfeuer. Von der Decke herab hing eine Dochtlampe, mit Tran gefüllt. Sie verbreitete ein angenehmes Dämmerlicht. Wände und Decke des Raumes bestanden aus Holz, auch der Fußboden.

Rhodan verspürte ein eigenartiges Gefühl, das ihn an seine Jugend erinnerte. Er hätte es nicht genauer zu definieren vermocht, aber er begann zu ahnen, warum die Zeitritter so lebten, wie sie es seit dreihundert Jahren taten.

Gemütlichkeit! Ein Wort, heute in der technisierten Welt fast vergessen.

»So hat der Funkspruch Sie erreicht«, sagte Karos und nahm nach ihnen Platz, nachdem sie sich unter einem anderen Namen vorgestellt hatten. Nur Gucky war Gucky geblieben, aber Karos hatte den Namen noch nie gehört. »Es ist Zeit, daß Sie sich um den Fremden kümmern. Zwar hat er noch keinen richtigen Schaden angerichtet – bis auf den versenkten Regierungsgleiter –, aber sein Benehmen gibt zu Besorgnis Anlaß. Ole Pat, der einige Erfahrung mit der Zivilisation hat, meint auch, es wäre besser, er würde von hier verschwinden.«

Mary Kantenburg kam an den Tisch heran. Karos stellte sie als seine Frau vor, was Gucky ein beifälliges Kopfnicken entlockte. Er mußte es schließlich wissen.

»Trinken Sie Tee mit uns?« fragte sie.

»Gern«, nahm Rhodan lächelnd an. »Es ist uns eine Freude, aber es tut uns leid, wenn wir Sie stören. Sie wollten sich sicherlich bald zur Ruhe begeben.«

Sie wurde sehr verlegen. »Oh ... nein, ich muß noch zurück nach Porvenir, zu meinem Vater. Er wird sich Sorgen machen.«

»Aber Mary, es ist schon Nacht. Du kannst oben in meiner Kammer schlafen.«

Gucky machte eine wegwerfende Geste. »Kleinigkeit, ich bringe Mary in ihr Elternhaus. Ich erkläre Ihnen das später, aber wir sind in einer Sekunde dort.«

Karos nickte begeistert. »Ja, die Zivilisation – sie hat auch ihre Vorteile.«

Der Mausbiber grinste, sagte aber nichts.

»Wir hätten einige Fragen an Sie«, begann Rhodan das Gespräch. »Sie betreffen den Fremden. Ich glaube, es ist der Mann, den wir suchen. Keine Sorge, er hat kein Verbrechen begangen, aber wir benötigen einige Auskünfte von ihm. Im Interesse der weiteren Isolierung Ihrer Gesellschaft halten wir es für ratsam, behutsam und möglichst unbemerkt vorgehen zu können. Diese Anordnung stammt von höchster Stelle.«

Karos sah Rhodan aufmerksam an. »Von Rhodan?« fragte er langsam.

Perry Rhodan nickte.

»Ja, von ihm. Er wird sich an die Abmachung halten, die er vor dreihundert Jahren mit Ihren Vorfahren traf. Wir brauchen *Sie* nicht, Sie brauchen *uns* nicht – oder doch nur sehr selten. Sie sollen weiterhin so leben, wie Sie es gewohnt sind.«

Gucky sah Karos plötzlich aufmerksam an, dann meinte er: »Sie haben Ihre Meinung gewechselt, nicht wahr? Lockt Sie die Zivilisation nun wirklich nicht mehr?«

Der junge Pendor war offensichtlich verwirrt. Er gab den Blick des Mausbibers verblüfft zurück, dann nickte er verlegen.

»Sie sind ein ausgezeichneter Menschenkenner, Mister Gucky. Es war immer mein Wunsch, die andere Welt kennenzulernen, aber nun … Ich meine, seit heute abend habe ich diesen Wunsch eigentlich nicht mehr. Ich habe das Mary zu verdanken.«

Gucky grinste flüchtig und sagte leise zu Rhodan: »Siehst du, unsere Warterei draußen auf den Steinen hat sich doch gelohnt …«

Atlan stellte noch einige Fragen, und dann servierte Mary Kantenburg den Tee.

Als der Mausbiber die Tochter Kantenburgs vor dem Haus absetzte, starrte sie ihn mit weit aufgerissenen Augen an.

»Gott, wie ist das möglich? Eben standen wir noch vor Karos' Haus, und nun …!«

»Teleportation«, erklärte Gucky leichthin. »Zerbrechen Sie sich nicht Ihren hübschen Kopf, es wäre schade darum. Und bitte, schweigen Sie über das Erlebnis. Es würde Ihnen doch niemand glauben. Es ist wie mit den Geschichten, die der alte Ole Pat erzählte. Ach ja, Pat! Wo wohnt er eigentlich? Ich wollte ihm einen kurzen Besuch abstatten.«

Sie erklärte ihm die Lage der Hütte und verschwand dann im Haus ihres Vaters.

Gucky beschloß, Ole Pat zwar heute nicht mehr zu stören, aber Rhodan hatte ihm einen Brief mit einer Botschaft für den alten Agenten außer Dienst mitgegeben. Den wollte er ihm zumindest unter der Türschwelle durchschieben. Rhodan bat Ole Pat, morgen so früh wie möglich zu Karos Pendors Haus zu kommen.

Gucky fand das Blockhaus und esperte.

Ole Pat war da und träumte. Nun schickte jeder Mensch, wenn er träumte, Gedankenströme aus. So auch Ole Pat. Und der Agent außer Dienst hatte noch immer eine rege Phantasie.

Gucky schmunzelte und setzte sich auf die roh gearbeitete Türschwelle aus Holz. Er stützte den Kopf in die Pfoten und genoß Ole Pats aufregenden Traum. Der Alte jagte einige Verbrecher durch das ganze Sonnensystem, ganz allein in einem Einmannschiff. Natürlich erwischte er sie und brachte sie als Gefangene vor das Solare Gericht. Gelassen nahm er Lob und Auszeichnungen in Empfang.

Dann ging er auf Walfang, erlegte gleich eine ganze Herde und wurde von den Bewohnern von Porvenir als ihr größter Held gefeiert. Ole Pat war glücklich, wenigstens im Traum.

Gucky stellte bei sich fest, daß ihm der alte Mann sympathisch war, sogar äußerst sympathisch. Vielleicht konnte er ihm helfen.

Ein wenig nachdenklich, aber zufrieden kehrte er zu den anderen zurück.

Karos hatte seinen Gästen ein halbfertiges Zimmer zum Schlafen angeboten, und sie nahmen dankend an. Die Anwesenheit des Gleiters sollte geheim bleiben. Gucky verkroch sich in eine Ecke, rollte sich in eine vorhandene Decke und war bald eingeschlafen. Nichts störte in dieser Nacht ihre Ruhe.

Am anderen Morgen machte Dark Pendor ein ernstes Gesicht, als Felda ihm das Frühstück brachte und sich zu ihm an den Tisch setzte. Er stocherte in dem Haferbrei herum und schien nicht zu wissen, was er sagen sollte.

»Du siehst aus, als wäre dir ein Seehund weggelaufen«, sagte Felda und aß mit Appetit. »Was hast du denn nur?«

»Der Fremde, unser Gast! Ich glaube, es war ein Fehler, ihn bei uns aufzunehmen. Wir werden nur Ärger mit ihm haben.«

»Pst, er könnte uns hören! Schläft er noch?«

»Er wird gleich kommen, glaube ich. Seitdem er den Gleiter im Hafen versenkt hat, wollen ihn die Leute nicht mehr haben. Sie befürchten, daß die Regierung uns Schwierigkeiten machen wird.«

»Wer sollte jemals erfahren, was geschehen ist? Ich meine, die da draußen.«

»Kann man's denn wissen? Jedenfalls werde ich mir Illroy heute mal vornehmen. So jedenfalls geht das nicht weiter. Der Kerl ist doch total verrückt!«

»Vielleicht kann man ihn zu einer vernünftigen Arbeit bewegen, wenn er schon alles tut, was man ihm sagt. Sag ihm doch, er soll Bäume fällen oder eine Straße bauen.«

»Die Bäume sollen noch wachsen, aber nicht gefällt werden!«

»Dir wird schon etwas einfallen – ruhig, er kommt!«

Hatco Illroy kam die Treppe herab, grüßte freundlich und setzte sich an den Tisch. Er aß gleichmütig seinen Brei und trank den starken Kaffee. Dann sah er Pendor erwartungsvoll an. »Gehen wir heute fischen?«

Pendor schüttelte den Kopf. »Ich habe einiges mit Ihnen zu bereden, Illroy. Vielleicht machen wir dabei eine Wanderung. Ich wollte mir sowieso Karos' Haus wieder einmal betrachten. Ich war lange nicht dort.«

Illroy stand auf. »Gehen wir«, stimmte er kategorisch zu.

Sie ließen die Stadt bald hinter sich und kamen zu den ersten Schafkoppeln. Als sie verschnauften und einen Blick zurückwarfen, deutete Pendor auf die Bucht hinab.

»Ich möchte wissen, warum Sie das mit dem Gleiter getan haben, Illroy. Es muß doch einen Grund dafür geben, oder hat der Pilot Sie geärgert?«

Illroy sah Pendor verwundert an.

»Warum sollte er mich geärgert haben? Jemand verlangte, daß der Gleiter im Meer versenkt würde, und da alle hier meine Freunde sind, habe ich es getan. Das ist alles.«

»Künftig werden Sie bitte nicht mehr das tun, was Ihnen hier jemand sagt, Illroy. Ich bitte Sie darum. Wollen Sie mir das versprechen?«

Illroy schwieg und sah geradeaus. Sein Blick ging ins Leere.

Pendor stieß ihn an. »Haben Sie verstanden? Geben Sie doch Antwort!«

Wieder keine Reaktion. Pendor wurde wütend.

»Hören Sie, Illroy, ich werde Sie nicht mehr als meinen Gast beherbergen, wenn Sie jetzt nicht antworten oder mir eine Erklärung für Ihr Verhalten geben. Ich warte eine Minute.«

Illroy sah ihn an und sagte: »Sie baten mich, nicht mehr das zu tun, was man mir auftrüge. Sie trugen mir auf, Ihnen etwas zu versprechen. Ich tat es nicht und befolgte damit einwandfrei Ihren Befehl.«

Pendor war sprachlos. Er starrte Illroy zehn Sekunden lang fassungslos an, dann hob er die Schultern und ging weiter. Ebenso wortlos folgte ihm der seltsame Fremde, der sich Hatco Illroy nannte.

Zur gleichen Zeit etwa befand sich Ole Pat auf der Wanderung. Er kam nur langsam voran, machte aber keine Pausen. Der Brief, den er vor der Türschwelle gefunden hatte, gab ihm ungeahnte Kräfte. Man hatte seine Botschaft also an die höchsten Stellen der Solaren Abwehr weitergeleitet und ihm geglaubt.

Und nun wollte ein Beauftragter dieser höchsten Dienststelle mit ihm sprechen. Es war nicht weiter verwunderlich, wenn der Treffpunkt Karos' Haus war. Dort stand ja auch das Funkgerät. Mit den modernen Mitteln hatte man ihn leicht anpeilen können.

Er hatte nicht die Absicht, jemals dieses Paradies zu verlassen. Hier würde er den Rest seines Lebens verbringen, nichts konnte ihn davon abhalten, aber er wollte auch nicht ewig als Märchenerzähler gelten, den niemand ernst nahm. Diesmal sollten sie sehen, daß er nicht der Dümmste war.

Daß mit dem Fremden etwas nicht stimmte, hatte er sofort bemerkt. Vielleicht war er sogar ein außerirdischer Spion.

Ehe er sich erneut in phantastischen Spekulationen verlieren konnte, erreichte er das kleine Plateau. Er sah das Haus vor sich und beschleunigte seine Schritte.

Auf der Terrasse sah er im außergewöhnlich warmen Sonnenschein einige Personen sitzen, von denen er nur Karos erkannte. Die anderen beiden waren fremd.

Sie sahen ihm entgegen, und Karos übernahm es, ihn vorzustellen. Die Namen der beiden Fremden verschwieg er, betonte jedoch, daß sie Beamte des Solaren Abwehrdienstes seien.

Ole Pat winkte ihnen leutselig zu und setzte sich. Dann erst bemerkte er Gucky, der gerade mit dem Kopf über die Tischplatte sehen konnte. Die beiden fixierten sich einige Sekunden, dann meinte Ole Pat mit einem Augenzwinkern: »Die Entwicklung schreitet immer weiter voran. Ich hätte zu meiner Dienstzeit nie geahnt, daß man sogar Kinder für den Geheimdienst ausbilden und dann als biberähnliche Mäuse verkleiden kann.« Er nickte voller Anerkennung. »Eine ganz ausgezeichnete Maske, in der Tat!«

Gucky verschluckte sich fast. Perry Rhodan lächelte nachsichtig.

»Sie waren selbst Mitglied der Abwehr und sollten wissen, daß es einen gewissen Gucky gibt, einen Mausbiber.«

Ole Pat nickte abermals, sehr gelassen. »Natürlich habe ich von diesem sagenhaften Gucky gehört, wenn ich ihm auch leider niemals begegnete, aber ich finde es ein wenig geschmacklos, so einen berühmten Mutanten in dieser Maske nachzubilden und ihn zu imitieren. Das hat dieser Held und mehrfacher Retter des Universums nicht verdient.«

Gucky zerschmolz fast vor Rührung, denn er las die Gedanken des alten

Mannes und wußte, daß er die Wahrheit sprach. Er hatte einen echten Verehrer gefunden.

Rhodan ahnte die Absicht des Mausbibers, vorerst als Attrappe zu gelten. Er tat ihm den Gefallen.

»Seltsame Methoden sind in seltsamen Fällen oft angebracht«, klärte er Ole Pat auf. »Aber wenn Sie Gucky kennen, so möchte ich, nur interessehalber, fragen, ob Sie noch nie Bilder von Rhodan und seinen engsten Mitarbeitern gesehen haben.«

Ole Pat schüttelte den Kopf. »Gesehen schon, aber wer merkt sich schon Gesichter? Menschen sehen einer wie der andere aus. Sie interessieren mich nicht. Ich verbringe hier meinen Lebensabend, und wenn Sie diesen verrückten Fremden mitnehmen, habe ich mein Ziel erreicht. Ich will meine Ruhe haben, nicht mehr. Habe ich recht, Karos?«

Karos nickte und sah hinab zu der Stelle, wo der Pfad am Hang verschwand. Von dort kam Mary immer, wenn sie ihn besuchte. Zum Glück tat sie das nun wieder öfter.

Gucky sagte plötzlich: »Impulse! Das muß dieser Illroy sein!«

Ole Pat setzte den Krug mit Wasser ab. »Donnerwetter!« stellte er anerkennend fest. »Das Kindchen hat sogar einen Detektor für Körperwärmeimpulse bei sich! Ich beginne, mich wirklich zu wundern.«

Gucky schüttete die Schafsmilch in sich hinein, als wolle er sich damit einen Rausch antrinken. Am liebsten hätte er in die hölzerne Tischkante gebissen, damit ihm das Ernstbleiben leichter fiel. Dieser Ole Pat war wirklich zu komisch!

Karos machte sich keine Gedanken. »Vielleicht ist es besser, Sie verstekken sich im Haus.«

Rhodan, Atlan und Gucky befolgten den Rat ohne Kommentar. Ole Pat sah sich in die Rolle eines Privatdetektivs gedrängt und ergriff die Initiative, als in der Tat Pendor und Illroy den Pfad entlangkamen und sich der Terrasse näherten. Er wußte, daß ihn die drei Beamten der Abwehr beobachteten, und gedachte, ihnen den Fall sogleich zu demonstrieren.

Er begrüßte Dark Pendor nur mit einem flüchtigen Kopfnicken und wandte sich sofort an Hatco Illroy: »Der Baum dort, sehen Sie ihn? Der einzelne Baum, wie froh wären Karos und ich, wenn er endlich weg wäre! Er steht uns im Weg!«

Er schnappte nach Luft, als Illroy gleichmütig nickte und sich sonst nicht rührte. Der sonst so überwillige »Helfer« machte keine Anstalten, den Hinweis aufzugreifen. Früher hätte er es getan, und wäre es mit den bloßen Händen gewesen.

Fassungslos fragte Ole Pat: »Was ist denn mit ihm los? Ist er krank?«

»Ich fürchte, du alter Geier, er ist endlich gesund«, klärte Pendor ihn auf und begrüßte nebenbei seinen Sohn. »Ich habe ihn gebeten, künftig nicht mehr das zu tun, was man ihm befiehlt. Es ist besser so, für uns alle.«

Ole Pat überlegte nur eine einzige Sekunde, dann hatte er das Problem gelöst.

»Der Baum dort!« Er drehte Illroy um seine eigene Achse und deutete auf den einzelnen Baum. »Der Baum da, er darf *nicht* gefällt werden!«

Illroy nickte, warf Pendor einen Ich-halte-mich-an-deine-Anordnung-Blick zu, rannte zum Werkzeugschuppen und erschien Sekunden später mit einer Axt. Wie wild schlug er auf den Baumstamm ein und hatte ihn in weniger als zwei Minuten gefällt.

Er kam zurück und gab Ole Pat die Axt. »Befehl nicht ausgeführt«, sagte er und sah mit seinen hellen Augen durch den alten Mann hindurch.

»Kommt auf die Veranda!« sagte Karos und ging voran.

Die anderen folgten ihm. Ole Pat machte den Abschluß. Er war davon überzeugt, seine Sache gut gemacht zu haben. Die Leute der Abwehr würden nun wissen, daß er keineswegs so dumm und einfältig war, wie die Bewohner von Porvenir annahmen.

Die beiden Pendors unterhielten sich mit Pat. Im Haus selbst konnten Rhodan und Atlan jedes Wort verstehen, das gesprochen wurde. Gucky las zur Kontrolle ihre Gedanken.

Illroy saß teilnahmslos zwischen Ole Pat und Karos. Er tat so, als ginge ihn das alles nichts an. In Wirklichkeit jedoch arbeitete sein Gehirn fieberhaft, wenn auch an ganz anderen Problemen.

Das war Guckys Gelegenheit. Durch das Fenster hindurch konnte er Illroy deutlich beobachten, und ganz vorsichtig versuchte er die Sperre zu überwinden, die sich zwischen ihm und dem Bewußtsein des anderen aufgebaut hatte.

Es mußte ohne Absicht geschehen sein, eine Art Reflexhandlung, auf die Illroy keinen Einfluß ausübte. Gucky schreckte instinktiv zurück, als er auf den Zwiespalt prallte, der das Bewußtsein des Unbekannten fast völlig ausfüllte. Befehlsimpulse kamen von irgendwoher, drängten sich in das Bewußtsein Illroys und versuchten, die Oberhand zu gewinnen. Ihnen gegenüber stand das Eigenbewußtsein des Körpers und seines Originalgehirns, das in gar keinem Fall als »Leergehirn« bezeichnet werde konnte.

Der unwiderstehliche Drang, jeden noch so sinnlosen Befehl unweigerlich ausführen zu müssen, mußte in der Erbmasse der Gene gelagert sein – das stand fest.

Die fremden Impulse hingegen versuchten, diese selbstmörderische Erbveranlagung zu dämpfen und zu unterdrücken, sie legten also Wert darauf, daß der Körper erhalten blieb.

Gucky wußte, daß seine schlimmste Vermutung sich bewahrheitete. Hatco Illroy war zweifellos einer der Synthos, die aus der Station der Lemurer geflohen waren. Eine der Hyperkräfte hatte ihn übernommen, jedoch schien sie Schwierigkeiten mit ihm zu haben. Der Syntho wehrte sich, daher der innere Zwiespalt. Der biologisch-synthetisch entstandene Körper besaß demnach ein Eigengehirn, das infolge einer Genmodifikation eigenständig dachte und jegliche Gefahr ignorierte.

Der Grund war klar. Vor fünfzigtausend Jahren benötigte die lemurische Raumflotte Besatzungen, die keine Angst vor dem Tode kannten und jeden, aber auch jeden Befehl widerspruchslos ausführten. Das eigene Leben durfte ihnen nichts bedeuten, der Befehl jedoch alles. Kreaturen also, Sklaven, bedauernswerte Opfer eines erbarmungslosen Krieges.

Gucky spürte, daß er vorsichtiger sein mußte. Das Eigenbewußtsein Illroys würde ihn nicht bemerken, das schien sicher zu sein, wohl aber das Fremdbewußtsein der unbekannten Hyperkraft, die Illroy unter ihren Bann zu zwingen suchte.

Flüsternd unterrichtete er Rhodan und Atlan von seinen Beobachtungen. Während er sprach, ließ er Illroy nicht aus den Augen. Immer wieder unternahm er kleine Stichproben, um vor jeder Überraschung sicher zu sein. Er würde jede Veränderung im mentalen Verhalten des anderen sofort registrieren.

»Ist es mit Sicherheit einer der gesuchten Synthos?« vergewisserte sich Atlan. »Und du kannst nicht feststellen, wer ihn zu beherrschen versucht?«

»Unmöglich!« Gucky gab ihm einen kurzen Wink, ruhig zu sein. »Ich versuche es trotzdem ...«

Karos, der ebensowenig wie sein Vater und Ole Pat ahnte, was mit ihrem Gast in Wirklichkeit los war, kannte seine Aufgabe. Rhodan hatte ihn gebeten, Illroy so lange wie möglich draußen auf der Veranda festzuhalten, ohne sein Mißtrauen zu erregen. Er hielt die Unterhaltung in Fluß, stellte immer wieder neue Fragen und hatte die wenigste Mühe mit Illroy, der still auf seinem Platz saß und sich nicht an dem Gespräch beteiligte. Nur wenn Fragen direkt an ihn gerichtet wurden, antwortete er kurz und einsilbig.

Dark Pendor sagte: »Hören Sie, Illroy, ich habe auf dem Weg hierher etwas zu Ihnen gesagt – Sie wissen schon, was ich meine. Nun seien Sie vernünftig und vergessen Sie das. Es könnte noch mehr Unglück als bisher entstehen, wenn Sie Wünsche oder Befehle von uns in umgekehrtem Sinne auffassen. Verstehen Sie? Mein Wunsch an Sie ist hiermit aufgehoben. Handeln Sie wie zuvor – aber seien Sie vorsichtig. Wir sehen uns das nicht mehr lange an.«

Karos nickte Ole Pat zu. »Ole, sei so nett und unterhalte dich ein wenig mit Illroy. Ich muß mit meinem Vater sprechen – Privatangelegenheit.«

Er entfernte sich von der Veranda. Pendor folgte ihm, und wie Gucky feststellte, berichtete Karos, was geschehen war. Er gab damit auch den Besitz eines Funkgerätes zu und verkündete zugleich, gewissermaßen als Trostpflaster, dem glücklichen Vater seine Verlobung mit Mary Kantenburg. Den Termin der Hochzeit überließ er seinen Eltern und dem Bürgermeister.

»So, du hast einen Funkapparat?« Pendor dachte einen Augenblick nach. »Und? Machen dich die Nachrichten aus der Zivilisation glücklicher? Kannst du besser schlafen? Hast du nun mehr Vertrauen in die Zukunft – und in *welche* Zukunft?«

Karos war erleichtert, daß die Reaktion seines Vaters nur ein milder Vorwurf war.

»Nein, Vater, ganz im Gegenteil. Ich glaube, es war gut, daß ich einige Tage mit der anderen Welt verbunden gewesen bin. Was man nicht kennt, macht neugierig und reizt. Man stellt es sich schöner vor als das, was man hat. Ich bin glücklich, dein Sohn zu sein, hier zu leben und Mary heiraten zu können. Mein Haus wird ein Paradies sein, so, wie unsere ganze kleine Welt ein Paradies ist.«

»Gut so, mein Sohn, ich habe es nicht anders von dir erwartet. So, kommen wir nun zu Illroy. Die beiden Männer und dieser kleine Kerl – wahrscheinlich ein Außerirdischer – sind also zu uns gekommen, um Illroy mitzunehmen? Ole Pat hat sie gerufen – das hätte ich ihm gar nicht zugetraut. Es ist in der Tat die beste Lösung. Aber glaubst du nicht, daß Illroy Verdacht geschöpft hat?«

»Wennschon? Gegen die Solare Abwehr kann er nichts unternehmen, außerdem brauchen sie sich nur zu wünschen, daß er mit ihnen geht, und er wird es gern tun.«

»Na schön, wir werden ja sehen. Es ist besser, wir gehen zurück. Wir haben Ole und Illroy lange genug allein gelassen.«

»Sie werden bestens bewacht. Ich werde die Männer jetzt aus dem Haus holen, dann sehen wir, wie Illroy reagiert.«

Gucky sagte inzwischen im Haus: »Wir können jetzt hinausgehen, Pendor weiß Bescheid. Achtet auf Illroy, ich werde ihn mental überwachen. Vielleicht kann ich etwas erfahren, wenn er überrascht wird.«

Sie warteten, bis Karos die Tür öffnete und sie rief. Pendor begrüßte sie mit Zurückhaltung, aber freundlich. Er schien noch wegen des versenkten Gleiters ein schlechtes Gewissen zu haben.

Illroy betrachtete sie aus seinen seelenlosen Augen. Gucky hielt sich im Hintergrund und überwachte ihn intensiv. Er konnte keine Reaktion feststellen.

Illroy hatte mit sich selbst genug zu tun. Der Ansturm der Fremdimpulse war stärker geworden, und er wehrte sich dagegen.

Ole Pat nahm auf die Vorgänge, die sich hinter den Kulissen abspielten, keine besondere Rücksicht. Er stand auf und näherte sich Gucky.

Verwundert fragte er: »Na, Kleiner, warum hast du denn so dicke Augen? Du stierst in die Gegend, als wäre unser Illroy ein Ungeheuer aus dem Weltraum. So schlimm ist er nun auch wieder nicht.«

»Halt dich da raus!« warnte Karos und gab ihm einen Wink.

Ole Pat wandte sich empört nach ihm um.

»Warum denn das? Schließlich bin ich es gewesen, der die Gentlemen hierhergeholt hat, oder? Ich war es doch, der wollte, daß Illroy von hier verschwindet! Und nun tut ihr so, als wäre das alles nichts, und ...«

Er hielt plötzlich den Mund und starrte hinter Illroy her, der aufgestanden war und ging.

»Danke, Ole Pat«, sagte Gucky und schob sich an ihm vorbei. »Tut alle so, als sei nichts passiert, und bleibt hier. Ich werde mich um ihn kümmern. Notfalls bringe ich ihn euch.«

Er folgte Illroy. Die anderen blieben auf der Veranda zurück. Als Illroy hinter der Wegbiegung verschwand und nach Porvenir abstieg, gab sich Ole Pat einen Ruck.

»Der Kleine kann nie und nimmer allein mit diesem Illroy fertig werden. Ich gehe nach und helfe ihm, wenn es nötig ist.«

»Du bleibst!« rief Pendor wütend.

»Ich bleibe nicht!« gab Ole Pat genauso wütend zurück und setzte sich in Bewegung.

Rhodan gab Pendor einen Wink. »Lassen Sie ihn, er richtet keinen Schaden an. Er ist alt, aber unterschätzen Sie ihn nicht.« Er überlegte nur eine Sekunde, dann fügte er hinzu: »Und unterschätzen Sie auch unseren kleinen Helfer Gucky nicht. Er ist Telepath und Telekinet, außerdem kann er teleportieren. Sie hätten von ihm gehört, wenn Sie eine stete Verbindung zur Außenwelt unterhielten. Er wird sich sowohl Illroy wie auch Ole Pat vom Leibe halten.«

Karos sah plötzlich in die andere Richtung. In seinen Augen leuchtete es auf.

»Da kommt Mary! Sie hat den zweiten Weg genommen. Fein, dann kann sie uns schnell das Frühstück machen. Sie werden hungrig sein, meine Herren ...«

Atlan nickte. »Wir versäumen jetzt nichts mehr«, sagte er.

14.

Hatco Illroy ging nicht sehr schnell, aber durchaus zielbewußt den Weg nach Porvenir, und als er die ersten Häuser erreichte und eine neue Richtung einschlug, wurde sein Ziel eindeutig klar. Er wollte zum Hafen.

Ole Pat hatte Gucky inzwischen eingeholt.

»Kleiner, ich werde dir helfen. Ich mag dich, weil du aussiehst wie Gucky. Schade, daß du es nicht bist. Allerdings macht mich da eine Tatsache ein wenig stutzig.«

Gucky behielt Illroy im Auge. »Und das wäre?«

»Karos erzählte mir von gestern abend. Du hast Mary nach Hause gebracht, und zwar verdammt schnell. Dieser sagenhafte Mausbiber, so erinnere ich mich, konnte teleportieren. Kannst du das etwa auch?«

»Ich *bin* Gucky!«

Ole Pat schüttelte den Kopf. Er war keineswegs beeindruckt.

»Du versündigst dich, mein Freund. Du magst ihm täuschend ähnlich sehen, aber der Fall Illroy ist niemals so wichtig, daß Rhodan ausgerechnet Gucky hierherschicken würde. Eine Nachbildung ist schon erstaunlich genug.«

»Wie du meinst«, knurrte Gucky und ging etwas schneller, um Illroy nicht zwischen den Häusern zu verlieren. »Was will Illroy im Hafen? Ich kann seine Gedanken leider nicht lesen.«

»Klar, du bist ja auch kein Telepath«, sagte Ole Pat. »Wärest du Gucky und keine billige Attrappe, gäbe es überhaupt keine Probleme, Illroy zu fassen.«

»Du wirst dich noch wundern!« prophezeite der Mausbiber.

»Na klar, ich werde dir ja auch dabei helfen.«

Illroy erreichte den Hafen und sprach mit Nick Madl, der geistesabwesend antwortete und Ole Pat und seinem seltsamen Begleiter fassungslos entgegenstarrte. Dann ging Illroy weiter, sprang in das nächstbeste Boot und stieß vom Kai ab. Hastig setzte er das Segel, und da der Wind günstig war, trieb das kleine Schiff sehr schnell auf den eigentlichen Kanal zu.

»Wir nehmen mein Boot, das ist schnell und sicher«, schlug Ole Pat vor, aber Gucky schüttelte den Kopf.

»Das können wir einfacher haben – wir teleportieren in Illroys Schiff. Dann haben wir ihn.«

»Laß doch den Quatsch!« riet Ole Pat. »Ich glaube fast, du bildest dir wirklich ein, Gucky zu sein.«

Gucky achtete nicht auf seinen Protest, sondern nahm ihn beim Arm, konzentrierte sich auf Illroys Boot – und teleportierte.

Zum Glück war der Fehlsprung nicht schmerzhaft, aber dafür recht naß. Gucky und Pat rematerialisierten knapp vor Illroys Boot und fielen aus fünf Metern Höhe ins Hafenbecken. Ein Hindernis im Pararaum hatte ein weiteres Vordringen unmöglich gemacht.

Als Gucky wieder an die Oberfläche tauchte, erwischte er Ole Pat gerade noch bei den Haaren.

»Verdammt und zugenäht!« spuckte der alte Agent und strampelte verzweifelt mit den Beinen. »Ich kann nicht schwimmen! Wie kommen wir überhaupt hierher? Kannst du fliegen?«

»Teleportation – hat nur nicht ganz geklappt.«

Sie sahen hinter dem Boot her, in dem Illroy saß und den Vorfall nicht bemerkt hatte. Es war Gucky klar, daß nicht er die Parasperre errichtet hatte, sondern jene Hyperkräfte, mit denen sein Eigengehirn kämpfte. In wenigen Minuten erreichte er den offenen Kanal, der sowohl zum Atlantik wie auch zum Pazifik führte.

Vorsichtig half Gucky ein wenig mit winzigen Teleportationssprüngen nach, um den Hafen zu erreichen. Diesmal befolgte er Ole Pats Rat. Sie setzten die Segel und kamen schnell in den günstigen Wind.

Erst als sie Kurs aufgenommen hatten, sagte der alte Agent: »Das versuch nur nicht noch einmal, mich ins Wasser zu werfen! Ist das der Dank für meine angebotene Hilfe? Teleportieren – pah! Wir segeln hinter Illroy her, und dann schnappen wir uns ihn. Alles andere ist Blödsinn!«

Den Eindruck hatte Gucky allerdings auch. Er konnte nicht einmal reguläre Gedankenimpulse von Illroy empfangen, der gerade um das Südkap bog und mit seinem Boot verschwand. Mit parapsychischen Mitteln war dem manipulierten Syntho nicht beizukommen.

Ole Pats Boot war nicht so schnell, wie dieser behauptet hatte. Sie konnten froh sein, wenn sie den Abstand überhaupt hielten. Als sie Illroy wiedersahen, steuerte er genau nach Westen, auf die Steilküste von Brunswick zu. Gischt spritzte am Bug seines Bootes auf, als er die Segel genau in den Wind stellte.

»Der Kerl will zu dem Wrack des Gleiters!« vermutete Ole Pat. »Er muß total übergeschnappt sein ...!«

Hatco Illroy dachte und überlegte nicht. Er handelte auf Weisung seiner programmierten Gene, die wiederum seinem Gehirn gehorchten, dessen Geistesinhalt ebenfalls künstlich erschaffen worden war. Illroy war kein Mensch, aber er sah aus wie einer.

Er hatte den Befehl erhalten, aus Porvenir zu verschwinden, also ging er dorthin zurück, wo er hergekommen war, an jenen Ort, an dem seine Erinnerung einsetzte.

Er mußte die runde Schlucht, den Krater, wiederfinden, in den sein Gleiter gestürzt war. Vielleicht hatte er Glück und entsann sich, was vorher gewesen war.

Die Fremden hatten ihn verwirrt. Er begriff, daß sie etwas von ihm wollten, besonders das kleine Pelzwesen, das bei ihnen gewesen war.

Sein Kopf drohte zu bersten, als das *Fremde* wieder stärker wurde und versuchte, seinen Willen zu brechen. Umkehren sollte er, sich dem Gegner stellen ...

Nein, er würde vor dem Gegner fliehen, er würde verschwinden.

Geschickt wich er einer der zahlreichen Klippen aus, die den Kanal blokkierten. Vor sich sah er bereits die langgestreckte Felsbank, hinter der die Bucht lag. Er blickte sich um. Die Verfolger lagen fast eine halbe Stunde hinter ihm. Er würde einen genügenden Vorsprung haben, das Wrack vor ihnen zu erreichen.

Er konnte nicht darüber nachdenken, was er dann unternehmen würde. Was wollte er tun, wenn er wirklich beim Wrack war? Konnte ihn die Rückkehr der verlorenen Erinnerung retten? Es war ihm egal und auch nicht sein Problem.

Die geheimnisvollen Kräfte, die von ihm vehement Besitz zu ergreifen versuchten, bombardierten ihn mit mentalen Befehlsimpulsen, die so stark waren, daß er seine restliche Konzentration benötigte, ihnen nicht völlig zu erliegen.

Er umschiffte den Felsen und kam in die windstille Bucht. Doch schon kurz hinter der Barriere fingen die Segel die Brise wieder auf. Das Boot machte so lange Fahrt, bis es auf den Kies lief.

Illroy sprang heraus und begann sofort mit dem Aufstieg. Er spürte keine Müdigkeit und keine körperlichen Beschwerden. Auch wenn er ausrutschte und zehn oder zwanzig Meter verlor, rannte er unbeirrt weiter, dem einmal gegebenen Befehl folgend, aus Porvenir ein für allemal zu verschwinden.

Er kam auf dem Hochplateau an und sah zurück. Das ihn verfolgende Boot war noch draußen im Kanal und kämpfte mit den Wogen. Der Vorsprung war gerettet.

Er trabte, um schnell voranzukommen, ohne seine Kraftreserven zu erschöpfen. Er achtete nicht darauf, ob er durch sandbedeckte Senken lief und Spuren hinterließ; die Geschwindigkeit, mit der er weiterkam, war wichtig, sonst nichts.

Nach einer Zeitspanne, die er nicht zu bestimmen vermochte, stand er endlich am Rand des Kraters. Unten lagen die Trümmer des Wracks. Seine Erinnerung kehrte noch immer nicht zurück. Er begann mit dem Abstieg.

»Wir sollten uns um Gucky kümmern«, sagte Atlan.

Rhodan schüttelte den Kopf. »Das hätte nur wenig Sinn. Wenn er uns brauchte, würde er Bescheid geben.« Er deutete mit dem Finger kurz auf den Telekom, den er am linken Armgelenk trug. »Es scheint auch für ihn schwierig zu sein, mit dem Syntho Verbindung aufzunehmen. Uns jedenfalls würde es überhaupt nicht gelingen.«

»Syntho?« Karos sah Rhodan fragend an. »Was ist das?«

»Es wäre zu kompliziert, Ihnen das zu erklären, Karos Pendor. Wahrscheinlich würde es Sie auch belasten, diese Dinge zu erfahren. Nur soviel: Illroy ist kein Mensch, wenigstens kein Mensch in unserem Sinne. Er wurde künstlich erschaffen. Vielleicht erklärt Ihnen das seine merkwürdige Handlungsweise.«

»Ein künstlicher Mensch?«

»Ungefähr. Keine Sorge, er bedeutet keine Gefahr für Sie, aber wir benötigen ihn, da er uns einige Auskünfte geben kann. Unser Mutant wird ihn zu uns bringen.«

Dark Pendor seufzte. »Es wäre für alle besser gewesen, wir hätten ihn nie gefunden. Warum haben wir die Geschichte Ole Pats geglaubt? Wenn er den Mund gehalten hätte, wäre das alles nicht passiert.«

»Wir sind froh, daß es passierte«, sagte Rhodan. »Und wir sind Ihnen zu Dank verpflichtet. Ich kann Ihnen garantieren, daß die Geschehnisse keine nachteiligen Wirkungen auf Sie haben werden. Im Gegenteil: Verlassen Sie sich darauf, daß Ihnen künftig jede nur erdenkliche Hilfe zuteil wird, um die Sie uns bitten.«

»Haben Sie solchen Einfluß?« Rhodan nickte. Atlan sah auf die Uhr.

»Darf ich einen Vorschlag machen?« Als Rhodan nickte, fuhr er fort: »Wir warten noch eine Stunde, dann versuchen wir, Gucky und Illroy zu finden.«

»Sagen wir, drei Stunden«, schlug Rhodan vor.

»Warum drei?«

Rhodan, der von Pendor die ganze Geschichte erfahren hatte, deutete nach Westen. »Weil es so lange dauert, bis ein Segelboot die Küste von Brunswick erreicht. Wir dürfen den Ereignissen nicht vorgreifen.«

»Du scheinst Ahnungen zu haben ...«

»Manchmal«, gab Rhodan trocken zu.

Mary kam und räumte die Reste des Frühstücks fort.

»Und hier fahrt ihr mit euren Booten herum und fangt Fische?« Gucky saß an der Reling und bemühte sich, nicht seekrank zu werden. »Das ist ja schlimmer als in einem magnetischen Sturm zwischen Sirius und Cinderella.«

»Da bin ich auch schon gewesen«, eröffnete ihm Ole Pat gelassen. Er sah die Felsbarriere näher kommen und korrigierte den Kurs des kleinen Schiffes. »Wir jagten damals einen Hoxtar, der versucht hatte, in eine Station der USO einzudringen. Kleiner, ich kann dir versichern, *das* war eine Jagd! Das kannst du dir überhaupt nicht vorstellen!«

»Doch, ich kann!« Gucky deutete nach vorn. »Paß auf, sonst prallen wir gegen die Klippen!«

»Kann mir nicht passieren …«, sagte Ole Pat und wäre fast über Bord gefallen, als ein Ruck durch das Boot ging. Nur mit Mühe gelangte er wieder in tieferes Wasser. »Oder nur ganz selten«, fügte er geistesgegenwärtig hinzu.

Gucky grinste und beschloß, wenigstens den Hang hinauf zu teleportieren, damit er sich nicht überanstrengte. Ansonsten, das wußte er nun, durfte er seine paraphysischen Fähigkeiten nur im äußersten Notfall einsetzen. Die Impulse würden die Aufmerksamkeit der Hyperkräfte nur auf ihn lenken, und gerade das mußte er vermeiden.

Das Boot fuhr mit voller Geschwindigkeit auf. In aller Eile reffte Ole Pat die Segel, dann folgte er Gucky aufs Festland. Skeptisch sah er auf den Hang.

»Das kostet uns eine glatte Stunde«, stellte er fest.

»Uns nicht«, sagte Gucky und ergriff seine Hand. »Jetzt werde ich dir beweisen, daß ich wirklich Gucky bin und nicht eine nachgemachte Attrappe!«

»Attrappen sind immer nachgemacht«, brachte Ole Pat gerade hervor, dann stand er bereits am Rand der vierhundert Meter hohen Steilküste und sah unter sich das Meer liegen. Er schnappte nach Luft, starrte Gucky verwundert an und fragte: »Wie hast du das nur gemacht? Kann man Teleportation inzwischen auch schon technisch bewerkstelligen?«

»Du glaubst es noch immer nicht?« Gucky war sichtlich erschüttert über soviel Skepsis. »Ich bringe dich noch zum Mars, damit du endlich kapierst, Ole Pat!«

In der Ferne sah er einen winzigen, dunklen Punkt, der sich bewegte. »Los, weiter, wir müssen ihn einholen.«

»Warum teleportierst du denn nicht?«

»Weil wir … weil ich … Ach, das verstehst du ja doch nicht!«

Sie marschierten hinter dem Flüchtigen her.

Erste winzige Impulsstöße der unbekannten Hyperkraft – von der NATHAN behauptete, sie müsse der Bewußtseinsinhalt eines längst verstorbenen Mutanten sein – drangen in das manipulierte Eigengehirn Hatco Illroys vor und versuchten, ihre Position dort zu festigen und ihren Einfluß zu vergrößern.

Er stand vor den Wracktrümmern und wußte, daß dies der Gleiter gewesen war, der ihn von irgendwoher gebracht hatte. War sein Ziel wirklich Porvenir gewesen, oder hatte er sich das später nur eingeredet, als man ihn danach fragte? Er wußte es nicht mehr.

Ziellos wanderte er auf dem Grund des Kraters herum, hob hier und da ein zerfetztes Stück Metall auf, betrachtete es – und warf es dann achtlos wieder fort. Was er tat, war ohne Sinn und Verstand. Solange die beiden Bewußtseinsinhalte um sein Gehirn kämpften, erfüllte auch der Körper keine vernünftige Funktion mehr.

Ehe jedoch die unbekannte Hyperkraft den Geist von Illroy endgültig übernehmen und beherrschen konnte, erschienen oben am Rand des Kraters zwei ungleich große Gestalten. Ole Pat und Gucky waren eingetroffen.

»So, nun haben wir ihn! Da kann er uns nicht entkommen!«

Gucky hielt Ole Pat fest, der gleich mit dem Abstieg beginnen wollte. »Warte noch, Ole! Ich möchte wissen, was er da unten macht.«

»Das möchte ich auch, aber wir bekommen es schneller heraus, wenn wir ihn fragen. Soweit ich das beurteilen kann, rennt er im Kreis herum. Was soll das?«

Gucky gab keine Antwort. Aufmerksam beobachtete er jede Bewegung Illroys und begann wieder zu espern. Der Widerstand war stärker geworden, das spürte er sofort, als er Telepathie einsetzte. Vorsichtig versuchte er es mit Telekinese. Er wollte Illroy festhalten, mehr nicht, aber er kam nicht durch.

Seine Fähigkeiten versagten, sobald er sie in Illroys Richtung einsetzte. Die unsichtbare Parasperre war nicht zu durchdringen.

Während sie noch überlegten, summte am Handgelenk des Mausbibers der kleine Telekom. Ole Pat nickte anerkennend, denn ein solches Gerät kannte er noch aus seiner Dienstzeit.

»Gucky?«

»Ja. Empfang gut. Wir haben Illroy eingeholt. Er steht bei den Trümmern der Maschine, die ihn hierherbrachte.«

»Ich weiß nicht, ob es etwas zu bedeuten hat«, sagte Rhodan, der seinen Namen nicht genannt hatte, »aber wir erhielten eben über Falkland eine Meldung aus Santa Cruz, etwa fünfhundert Kilometer nördlich von deinem jetzigen Standort. Der Gleiter war ein ferngesteuertes Modell, das zur Wetterbeobachtung eingesetzt wurde. Es befand sich niemand an Bord.«

Gucky war für eine Sekunde ratlos, dann vergewisserte er sich: »Mit anderen Worten: Illroy *kann* gar nicht an Bord gewesen sein?«

»Wenigstens nicht beim Start. Da die Maschine jedoch keine Zwischenlandung vorgenommen hatte, muß Illroy unterwegs an Bord gegangen sein – wenn überhaupt.«

»Dann besäße er mehr Fähigkeiten, als wir bisher annahmen.«

»Das ist der Grund, warum ich dich unterrichte. Ist Ole Pat bei dir?«

»Er steht neben mir.«

»Gut. Seid vorsichtig. Wir vermuten, daß Illroy nun wieder unter fremdem Einfluß steht. Sein Zwischenspiel in Porvenir war nichts als eine Flucht vor der Hyperkraft, die für eine gewisse Zeit die Kontrolle über ihn verlor, nun aber mit aller Macht dabei ist, sie zurückzugewinnen.«

»Dann wäre es nur ein Zufall gewesen, daß er sich verriet?«

»Ja, vielleicht ein einmaliger Zufall. Wir müssen den Leuten hier und insbesondere Ole Pat dankbar sein, daß sie uns auf Illroy aufmerksam machten. Wir sind damit der Lösung ein gutes Stück näher gekommen.«

»Noch haben wir Illroy nicht!« dämpfte Gucky Rhodans Optimismus. »Ich kann nicht an ihn ran! Parasperre!«

»Dann versucht, ihn abzulenken und aufzuhalten! Wir werden mit unserem Gleiter zur Verstärkung kommen. Vielleicht können wir Illroy paralysieren.«

»Na gut, dann kommt. Ich habe keine Waffe bei mir.«

»In fünfzehn Minuten. Die Pendors haben uns die Lage des Wracks genau beschrieben.«

»Wir warten.«

Gucky ließ den Arm sinken und sah Ole Pat an, der andächtig zugehört hatte. Seine Erinnerungen kehrten in jene Zeiten zurück, in denen er selbst Agent der Abwehr gewesen war. Er würde sie niemals ganz vergessen können, wenn er auch mit seinem jetzigen Dasein voll und ganz zufrieden war.

»Ole Pat«, sagte der Mausbiber freundlich, »du hast uns einen unschätzbaren Dienst erwiesen. Hättest du etwas dagegen, wenn ich dir einen Wunsch erfülle? – Ah, du hättest also nichts dagegen? Gut, dann sprich ihn aus. Willst du Geld – ach, stimmt, das hat ja hier keinen Wert. Was möchtest du dann? – Oh, ich sehe … du möchtest den Leuten hier imponieren, du willst, daß sie dich ernst nehmen und nicht immer als einen alten Trottel ansehen? Na, das kannst du haben. Aber wie?«

Ole Pat starrte Gucky etwas ungläubig an. »So langsam beginne ich nun doch zu glauben, daß du Gedanken lesen kannst, Kleiner. Nun sei mal ganz ehrlich: Bist du wirklich *der* Gucky? Du weißt genau, was für mich davon abhängt. Selbst wenn du es wärest, würde mir niemand glauben, daß ich mit dir zusammen einen Einsatz durchführte. Denn so isoliert wir hier auch leben, deinen Namen kennt man. Ich habe ihn oft genug erwähnt ...«

»... ja, und du hast ihnen dummerweise schon hundertmal erzählt, wie du vor zweihundert Jahren mit mir zusammen die halbe Galaxis entvölkert hast! Das kommt davon, wenn man aufschneidet.«

Ole Pat senkte beschämt den Kopf.

»Ja, du mußt wirklich Gucky sein, denn du kennst sogar meine eingebildeten Erinnerungen!« Er beugte sich ein wenig hinab und ergriff die beiden Pfoten des Mausbibers. »Sir, ich bin überglücklich, Ihnen vor meinem Tode noch begegnet sein zu dürfen.«

»Quatsch nicht so geschwollen, Ole! Wir sind doch alte Freunde, nicht wahr? Und so schnell wirst du zäher Knochen auch nicht sterben. Also, präzisiere deinen Wunsch, damit ich ihn dir erfüllen kann.«

»Du hast ihn ja schon erraten – aber trotzdem: Die Leute brauchen den Beweis, daß wir uns kennen. Und dann hätte ich noch gern ein neues Boot mit einer großen Kajüte, in der man wohnen kann, wenn man länger unterwegs ist. Das Schlafen im Freien bereitet mir schon Schwierigkeiten in den kalten Nächten. Mir würde niemand ein solches Boot bauen, weil ich nicht genügend Felle besitze, es zu bezahlen.«

»Felle? Du würdest Felle dazu benötigen?«

»Ja, die sind wertvoll, und man bekommt fast alles dafür.«

Gucky sah auf die Uhr. Rhodan und Atlan mußten nun jeden Augenblick eintreffen. »Du wirst so viele Felle von mir bekommen, daß du dir drei Boote bauen lassen kannst. Ich selbst werde sie dir bringen, und wenn die Leute von Porvenir vor Neid platzen!«

Ole Pat wollte etwas sagen, aber dann deutete er nach Osten. »Der Gleiter! Deine Freunde kommen ...«

Illroy wendete dem Wrack seinen Rücken zu und begann damit, den Hang wieder emporzuklettern. Er kam Rhodan, Atlan, Gucky und Ole Pat entgegen, die ruhig stehenblieben und auf ihn warteten.

»Warum kommt er zurück?« fragte Ole Pat verständnislos.

»Wir wissen es nicht«, sagte Rhodan und fügte nach kurzem Zögern hinzu: »Vielleicht weiß er, daß wir ihn mitnehmen wollen.«

Aber Gucky, der zu espern versuchte, widersprach: »Er ist nicht mehr jener Illroy, den wir kannten. Es ist ein anderer Illroy, der zu uns kommt. Und er will uns verjagen.«

Atlan überprüfte sorgfältig die Einstellung des Kombistrahlers. »Wir werden ihn betäuben und in den Gleiter bringen. Das dürfte relativ einfach sein.«

»Oder auch nicht«, murmelte der Mausbiber voller Ahnungen.

Illroy erreichte den Kraterrand und blieb stehen. Seine hellen Augen blickten sie an, und es war, als sähen sie durch sie hindurch. Die Haltung seines Körpers, der ihm nicht gehörte, war abwartend, vielleicht auch verteidigungsbereit. Es gelang Gucky nicht, auch nur einen einzigen Gedankenimpuls aufzufangen.

Rhodan trat einen Schritt vor. »Illroy, wenn Sie mich verstehen, dann nikken Sie. Ich will mit Ihnen sprechen.«

Illroy rührte sich nicht. Er sah sie nur an. »Wir nehmen Sie mit – wir *wünschen,* daß Sie mit uns kommen. Illroy, wir brauchen Sie.«

Das Etwas, das Illroy war, reagierte nicht.

»Es hat keinen Sinn«, sagte Atlan und hob seinen Strahler. »Er wird nicht freiwillig mit uns kommen.«

Rhodan gab ihm einen Wink. »Illroy«, setzte er seinen Versuch fort. »Wir wissen, wer Sie sind und was Sie sind. Wir wollen Ihnen helfen. Zehn Schritte trennen uns jetzt, kommen Sie uns nur fünf entgegen, dann wissen wir, daß Sie noch einen eigenen Willen besitzen.«

Illroy machte nur einen Schritt, dann blieb er wieder stehen.

Gucky flüsterte: »Das Fremde, die Hyperkraft – ich kann sie spüren. Sie ist stärker als er. Wenn er eine Waffe hätte, würde er uns töten. Er hat aber keine.«

Illroy bückte sich plötzlich und nahm einen Stein auf. Mit der rechten Hand holte er aus, und dann schleuderte er den Stein gegen die wartende Gruppe. Er verfehlte Atlan nur um wenige Zentimeter. Wieder bückte sich Illroy.

Atlan wartete Rhodans Einverständnis erst gar nicht ab. Sorgfältig zielte er und aktivierte den Feuerknopf. Das blasse Energiebündel hüllte Illroy ein, der sich inzwischen wieder aufgerichtet hatte. Wie erstarrt stand der Syntho da, als habe er sich in Stein verwandelt. Seine hellen Augen schienen plötzlich zu glühen, aber sie blickten noch immer ins Leere. Dann sackte er in sich zusammen.

Gleichzeitig jedoch geschah etwas anderes, mit dem niemand gerechnet hatte.

Als Atlans Paralysator-Energiebündel erlosch, war ein anderes Licht da, ein viel helleres und größeres Licht. Wie eine strahlende Kuppel wölbte es sich über Illroy und schirmte ihn hermetisch von der Außenwelt ab. Guckys Paraimpulse prallten ab. Und neben dem erschlafften Körper von Illroy materialisierte inmitten der Lichtkuppel eine phantastisch anmutende Gestalt. Wie ein gewaltiges Monstrum saß Ribald Corello in seinem Trageroboter und streckte Rhodan und seinen Begleitern drohend beide Hände entgegen.

»Bei allen guten Meeresgeistern«, stöhnte Ole Pat und setzte sich einfach auf den Boden, um nicht umzufallen. »Das ist doch ... das ist doch ...!« Es verschlug ihm die Sprache.

»Corello!« rief Rhodan. »Erkennen Sie mich? Überlassen Sie uns Illroy, wir brauchen ihn! Corello ... *Corello!*«

Die Erscheinung begann sich aufzulösen, und mit ihr wurde der am Boden liegende Körper Illroys allmählich transparent. Das alles geschah mit einer unglaublichen Langsamkeit, so als sähe man einen Film in Zeitlupe. Corello und Illroy wurden durchscheinend, schließlich ganz transparent, und dann waren sie beide verschwunden. Die Lichtkuppel erlosch jäh, von einer Sekunde zur anderen.

»Er hat ihn geholt«, sagte Atlan und schob den überflüssig gewordenen Strahler in den Gürtel zurück. »Wir sind zu spät gekommen.«

»Er hätte ihn überall und jederzeit holen können«, tröstete ihn Rhodan. »Wir haben Illroy zwar verloren, aber ich denke, wir haben dafür einige Erkenntnisse gewonnen.«

»Das Rätsel ist nicht kleiner geworden«, widersprach Atlan.

Gucky ging zu Ole Pat und rüttelte an seinen Schultern. »Nun steh schon auf, alter Kämpfer! Das war doch nur Corello, den du ja erkannt hast. Er hat sich Illroy geholt, das ist alles.«

»Es war furchtbar!« murmelte Ole Pat und stand mit Hilfe Rhodans auf. »Ich habe Filme von ihm gesehen, damals, als ich noch im Dienst war. Ribald Corello, der Supermutant.« Er sah Gucky an. »Zuerst Gucky und nun noch Corello? Das glaubt mir kein Mensch!«

»Seine Sorgen möchte ich haben«, murmelte Atlan befremdet.

»Eben, er hat keine anderen, und darum ist er glücklich«, belehrte ihn Gucky gönnerhaft. »Was machen wir nun? Zurück nach Porvenir, nehme ich an. Ich habe noch etwas zu erledigen.«

»Wir müssen auch noch mit den Pendors reden«, sagte Rhodan und sah hinüber zu dem Gleiter.

Bevor sie gingen, untersuchten sie noch die Stelle, an der Illroy, der Verschwundene, gestanden und dann gelegen hatte. Sie fanden keine Spur mehr von ihm. Es war so, als hätte es Hatco Illroy niemals gegeben.

Die Erinnerung an ihn aber konnte nicht ausgelöscht werden, insbesondere nicht bei der Bevölkerung Porvenirs.

Es war einige Tage später. Bürgermeister Fell Kantenburg hatte eine der regelmäßig stattfindenden Versammlungen einberufen, und da der Andrang diesmal ziemlich stark war, wurde die Versammlung in das Gemeindehaus verlegt. Nicks Kantine wäre geplatzt, wenn alle Männer hineingewollt hätten.

Hauptthema waren der kurze Besuch der drei Fremden und das spurlose Verschwinden von Hatco Illroy.

Niemand trauerte Illroy nach, der in seiner unglaublichen Willigkeit mehr Schaden als Nutzen angerichtet hatte, aber Ole Pat mit seinen haarsträubenden Geschichten ging den harmlosen Bürgern derart auf die Nerven, daß sie sich gleich dutzendweise beschwert hatten. Da es im Augenblick keine besonderen Probleme in der kleinen Gemeinschaft gab, schaffte man sich eben welche. Ole Pat wurde zum Problem.

»Das ist doch nicht zu fassen«, sagte Sam Katzbach zu Dark Pendor, der mit seinem Sohn am selben Tisch saß.

»Wißt ihr, was er mir gestern wieder erzählt hat? Zusammen mit Perry Rhodan und dem Arkoniden Atlan hätte er diesen Illroy gestellt und Gucky sei auch dabeigewesen. Na schön, den Gucky lasse ich mir noch einreden, das soll ja eine Mischung zwischen einem Biber und einer Riesenmaus sein, diese sogenannte Weltraumratte. Der Kleine, der bei ihm gewesen ist, sah ja so ähnlich aus. Aber Rhodan und Atlan! Das ist nun endgültig der Gipfel! Pat hält uns wohl für dämlich!«

»Ich habe doch mit den beiden Männern gesprochen, als sie am Haus meines Sohnes waren. Sicher, ich kenne den Großadministrator und den Arkoniden nicht, was geht es uns auch an, wie sie aussehen, aber ich kann mir unter keinen Umständen vorstellen, daß die leitenden Persönlichkeiten der Zivilisation hier bei uns erscheinen, um ausgerechnet mit Ole Pat zu sprechen.«

»Eben, das ist es ja! Der Kerl schwindelt, wenn er nur den Mund aufmacht.«

»Heute wird er ihm gestopft!« brüllte Nick Madl. »Endgültig! Er ist mir noch zwei Flaschen Selbstgebrannten schuldig.«

Genau in diesem Augenblick erschienen Ole Pat, von Kantenburg begleitet, in der Tür des Gemeindesaales. Pfuirufe begrüßten ihn, aber der alte Mann lächelte nur stillvergnügt vor sich hin, als er neben Kantenburg dem erhöhten Podium zuschritt und dann auf einem einzelnen Stuhl Platz nahm. Sein Gesicht war den Zuhörern zugewandt.

Kantenburg gebot Ruhe. Das Stimmengemurmel verebbte.

»Freunde, wir haben uns heute versammelt, um Anklage gegen diesen Mann hier zu erheben, der uns seit Jahrzehnten an der Nase herumführt. Da ich als neutrale Person gelte, bitte ich Sam Katzbach als Leiter der Anklage, das Wort zu ergreifen.«

»Das paßt mir!« knurrte Katzbach, erhob sich und ging stolz erhobenen Hauptes vor zum Podium. Er nickte Ole Pat triumphierend zu und begann zu sprechen: »Mitbürger! Ich klage diesen Mann an, die Ruhe und den Frieden unserer Gemeinschaft gestört zu haben. Abgesehen von den albernen Geschichten, die er uns erzählte, hat er uns auch noch die Vertreter der Zivilisation auf den Hals gelockt. Er macht sich wichtig, gibt an und pumpt nicht nur mich, sondern auch Nick Madl unverschämt an, indem er auf den Dank dieser Weltraumratte Gucky hinweist. Na, auf den Dank warten wir noch heute. Kurzum: Ich klage Ole Pat nicht nur der Gerüchteverbreitung, sondern auch des Betruges an und stelle den Antrag, ihn aus unserer Gemeinschaft zu verstoßen. Er bekommt sein Boot und von mir einige Lebensmittel, und dann soll er sich nicht mehr bei uns sehen lassen.«

Er nahm den Beifall dankend entgegen und kehrte zu seinem Platz zurück.

Dort flüsterte Mary Kantenburg gerade Karos zu: »Was wollen die Leute denn? Ole ist ein netter Mensch. Nur weil er gern Geschichten erzählt, wollen sie ihn vertreiben? Ich verstehe das nicht. Außerdem stimmt das mit Gucky!«

»Ruhig!« gab Karos zurück. »Ich glaube dir ja, aber warte mal, was dein Vater sagt.«

Kantenburg sagte nicht viel. Er erteilte ganz einfach dem Angeklagten das Wort.

Ole Pat erhob sich und schritt zum Podium. Er tat es mit einem Selbstbewußtsein, das nicht gespielt sein konnte. In aller Ruhe musterte er die Anwesenden, und dann blieb sein Blick auf Sam Katzbach hängen.

»So, also des Betruges klagst du mich an, ausgerechnet du! Jeder hier im Saale weiß, daß deine Waagen nicht stimmen und daß du uns übers Ohr haust, wo es nur möglich ist! Schön, das ist dein Geschäft. Aber wenn du einen Kredit gibst, dann gewährst du auch eine gewisse Rückzahlfrist, oder nicht? Ist die meine vielleicht schon abgelaufen? Das ist sie nicht, und darum ist deine Anklage ein Blödsinn! Außerdem kannst du gleich die beiden Felle haben, die ich dir als Bezahlung schuldig bin. Du übrigens auch, Nick! Ich bin dir zwei Flaschen schuldig, du bekommst dafür von mir zwei Felle – das ist das Zehnfache des normalen Tauschwertes. Schau nicht so dumm, du bekommst sie gleich nach der Verhandlung. Sie sind im Hafen auf meinem neuen Schiff.«

Im Saal entstand Unruhe. Alle sprachen durcheinander, und dann standen einige Männer auf und verließen den Raum. Ole Pat schaute ihnen voller Genugtuung nach.

»Wenn sie in zehn Minuten zurückkommen, werdet ihr einsehen, daß ihr mir unrecht getan habt«, fuhr er fort. »Zugegeben, ich habe manchmal ein wenig übertrieben, aber die Geschichte mit Gucky stimmt. Es *war* der berühmte Mausbiber, der uns die Ehre gab. Zusammen mit ihm stellte ich Illroy, der sich als Monstrum entpuppte und von Ribald Corello – eh – abgeholt wurde. Und Rhodan und Atlan waren dabei!«

Jemand pfiff, andere johlten. »Ich kann es natürlich nicht beweisen«, schränkte Ole Pat gelassen ein, »aber wer soll es sonst gewesen sein? Ihr könnt mir die Schuld geben, daß die beiden höchsten Persönlichkeiten des Solaren Imperiums uns aufsuchten, aber es wird uns keine Nachteile bringen. Im Gegenteil, meine Freunde!«

»Die werden gerade deinetwegen hierhergekommen sein!« rief jemand aus den hinteren Reihen. »Alter Quatschkopf!«

»Keine Beleidigungen!« warnte Kantenburg von seinem Platz her.

Ole Pat fuhr fort: »Noch ein letztes Wort, wenn es erlaubt ist. Die Klage wegen Betrugs wird in zehn Minuten vergessen sein. Ihr könnt mich nur noch meiner Geschichten wegen verurteilen, denen ihr alle so gern zugehört habt, ob ihr sie nun glaubt oder nicht. Aber seid ehrlich: Wäre euer Leben nicht einsamer und langweiliger gewesen *ohne* diese Geschichten, die ihr mir richtig aufgezwungen habt? ›Erzähl eine Geschichte, Ole, und du bekommst dies oder jenes‹. So war es doch, oder ...? Wer das abstreitet, der möge vortreten. Ach, keiner? Na, Kantenburg, da haben wir es doch ...«

Kantenburg entsann sich seiner Neutralität.

»Es geht nicht um die Geschichten, Ole Pat, es geht um den Betrug. Du hast Kredit bei Katzbach aufgenommen, aber du wirst ihn nie zurückzahlen können. Und das ist es, was uns ...«

Er schwieg, als mehrere Männer in den Saal stürmten.

»Da hat ein fremdes Boot im Hafen festgemacht!« rief einer von ihnen. »Ein neues, großes Boot mit drei Kabinen! Zwei davon sind angefüllt mit besten Seehundfellen und anderen Kostbarkeiten. Es steht an dem Platz, an dem bisher Ole Pats altes Boot lag. Verdammt ... was soll das?«

Katzbach war aufgesprungen. »Felle?« rief er aufgeregt. »Felle, habt ihr gesagt?«

Ole Pat übertönte die beginnende Diskussion:

»Ich habe euch gesagt, daß ich meine lächerlichen Schulden bezahlen werde. Das Boot wurde mit einem Transportgleiter gebracht, als ihr hier wart und herumgebrüllt habt. Niemand hat das bemerkt, außer vielleicht ein paar alte Frauen, die zufällig an den Fenstern ihrer Häuser standen. Es ist das Schiff, das mir Gucky versprach. Und es ist voller Felle. Die Hälfte davon ist ein Geschenk von mir an euch, die ihr mir schon so lange Gastfreundschaft gewährt habt.« Er seufzte und trat einen Schritt zurück, um Platz für den Bürgermeister zu machen. »So, und nun tut eure Pflicht und verurteilt mich!«

Kantenburg hatte Mühe, einigen halbfaulen Fischen auszuweichen, die man auf ihn warf, als er zum Podium ging. Nick Madl und Sam Katzbach wurden fast verprügelt, als sie heimlich den Saal verlassen wollten.

Dark Pendor, sein Sohn Karos und dessen junge Frau Mary aber gingen hoch zum Podium und reichten Ole Pat in alter Freundschaft die Hand. Dann begleiteten sie ihn zum Hafen, wo sein neues Boot auf ihn wartete.

Es war ein wunderschönes Boot, und es sah genauso aus, wie Ole Pat es Gucky geschildert hatte, als dieser ihn nach seinen Wünschen fragte. Man konnte in ihm wohnen, wenn man die wertvollen Felle ausgeladen hatte. Im Heck war ein Motor eingebaut, der lautlos und scheinbar ohne Treibstoff lief, solange man nur wollte. Der Mast war aus Metall, und die Segel bestanden aus einem feinen Stoff, den niemand kannte. Er nahm kein Wasser an.

»Das ist ja herrlich!« rief Mary Kantenburg begeistert. »So hat dieser kleine, süße Kerl sein Versprechen wahr gemacht …!«

Ole Pat nickte. »Ja, das hat er. Und für dich und Karos hat er ein Extrageschenk mitgeschickt. Dieser Schelm, würde ich sagen, aber als Telepath ist er ja auch fast allwissend …«

»Ein Geschenk für uns?« Mary Kantenburg, jetzt bereits Mary Pendor, drängte sich an ihrem zögernden Gatten vorbei und sprang zu Ole Pat an Bord des kleinen Schiffes. »Was ist es denn?«

»Kommt mit«, sagte Ole Pat schmunzelnd.

Karos blieb neben seinem Vater am Kai stehen und wartete, bis Mary mit Ole wieder auftauchte. Sie schleppten zwei Gegenstände mit.

In dem Paket war ein hübsches, kurzes Sommerkleid, so, wie Karos es sich immer für Mary vorgestellt hatte. Nicht verpackt hingegen war die buntbemalte Holzwiege, die Ole Pat etwas unbeholfen über die Reling schob, bis Dark Pendor sie endlich packte und an Land zog.

»Ich sagte ja bereits«, rief Ole Pat fröhlich und blieb an Bord seines neuen Heims, »daß der Mausbiber ein Telepath ist.« Er winkte ihnen zu und verschwand unter Deck.

Dark Pendor trug zusammen mit seinem Sohn die Wiege. Mary kam mit dem Kleid hinterher. Die Leute gafften sie staunend an.

Morgen würden sie alles wieder fast vergessen haben. Das Leben in Porvenir ging weiter. Was ging es sie an, was in der Zivilisation geschah, wenn man sie nur damit verschonte?

In wenigen Monaten war der Winter vorbei, und dann brach der Frühling an. *Das* war wichtig und sonst nichts!

15.
Sardinien/Tibet

Ein bis zwei Seemeilen nordnordöstlich von Porto Cervo liegen einige kleine Inseln. Von der Zeit an, als karthagische Schiffe diese Küste anliefen, bis gegen Ende des zwanzigsten Jahrhunderts lag eine totenähnliche Ruhe über der Küste. Nur die ewigen Begriffe des terranischen Mittelmeeres hatten hier Bedeutung.

Das Meer mit seinem minimalen Unterschied zwischen Ebbe und Flut schlug ununterbrochen mit seinen kleinen Wellen an die felsigen Strände, stäubte die Macchia, jenes undurchdringliche Gestrüpp, mit salzigem Wassernebel ein. Die Winterstürme rüttelten an den Büschen, und die Wellen gingen hoch und lösten sich in gewaltigen Gischtmassen auf. Die vielen Strände aus fast weißem Sand lagen ruhig da, still und ausgestorben – nur dann und wann fuhr ein Boot vorbei.

Das änderte sich gegen Ende des zwanzigsten Jahrhunderts.

Radikale Bauvorschriften verhinderten, daß das Geld über ein Mindestmaß an gutem Geschmack triumphierte. An den Hängen rund um den natürlichen »Hafen des Hirsches« entstanden Häuser, die sich zwischen die Felsen duckten, deren weiße und gelbe Mauern von Pflanzen zugewachsen waren und die innen mit allen Vorzügen der Zivilisation ausgestattet waren. Eine Unmenge idyllischer Plätze entstand, gleichermaßen von tiefer Ruhe umgeben und von gelegentlichen Phasen schöpferischer Unruhe. Sämtliche sichtbaren Teile der Villen und Apartmenthäuser waren im neosardischen Stil erbaut, einer Bauweise, die ziemlich glücklich – von einigen Architektenalpträumen abgesehen – eine Synthese darstellten zwischen Moderne und den Bauelementen rund um das Mittelmeer.

Das galt nur in eingeschränktem Umfang für die Unterwasserhäuser. Die Eingänge und die Kommunikationszentren waren in bewußtem Stil gehalten, die Unterwasserwohnungen aber mußten sich zwangsläufig den technischen Anforderungen ihrer Umgebung anpassen.

Die Menschen aber, die an der Nordspitze der Mittelmeerinsel Sardinien lebten, in Steinwurfweite von Korsikas Südspitze entfernt, waren nicht nur international, was für Terraner längst ein altes Schlagwort ohne rechte Bedeutung war, sondern interplanetarisch und zum Teil sogar galaktisch. Letzteres traf besonders für die Massentouristen zu, die immer und überall an jeder Stelle des Kosmos mehr als nur widersprüchliche Assoziationen auslösten.

So fiel es auch nicht weiter auf, als sechs Menschen, offensichtlich Terraner, bei einer bekannten New Yorker Agentur einen Unterwasserbungalow unweit des Strandes Piccolo Pevero mieteten, mit einem Luftgleiter landeten und eilig auf den Eingang der kleinen submarinen Siedlung zustrebten. Nur ein Mann fiel auf, der auf dem Rücken eines Robots saß und einen mißgestalteten Körper hatte.

Sie erreichten das sphärische Gebilde des Bungalows, betraten es durch die Sicherheitsschleuse der Landverbindung und waren zunächst in Sicherheit.

Ein Mann in leichter Kleidung ließ sich vorsichtig in einem Sessel nieder und sagte mit flacher Stimme, die vor Anstrengung rauh klang: »Jetzt sind wir sicher – aber für wie lange?«

Kitai Ishibashi antwortete ebenso erschöpft: »Sie hetzen uns schon seit langer Zeit. Und sie werden nicht damit aufhören. Aber wir sind am Ende unserer Kräfte. Wie wird alles enden?«

Tama Yokida hob mühevoll die Schultern und ließ sie wieder fallen. Wenigstens vier der sechs Personen boten einen Anblick, der nichts anderes als erbarmungswürdig war. Gehetzte, die nicht recht wußten, warum man sie mit allen Mitteln verfolgte. Ausgestoßene, deren Anderssein erschreckend war. Flüchtlinge, die sich selbst nicht kannten und deren Reaktionen und Aktionen den Stempel des wenig Sinnvollen trugen.

Trotzdem stellten sie, einzeln oder vereinigt durch die Kraft ihrer ungewöhnlichen Begabung, eine geballte Macht von tödlicher Lautlosigkeit dar.

»Was jetzt?« fragte Wuriu Sengu leise. Er atmete flach und lag ausgestreckt auf einem Konturbett, dessen unhörbare Vibrationen ihn beruhigten und den Schmerz des Zerfalls dämpften.

Der Mann aus dem Sessel sagte stöhnend: »Ich brauche einen Arzt. Dringend. Einen Spezialisten … Ich sterbe.«

»Wir haben bereits eine gute Adresse für dich. Und wir werden dir helfen, verlaß dich darauf!« entgegnete Ishibashi.

Alaska Saedelaere inspizierte die Küche, notierte sich die Posten, die fehlten, suchte ein wenig herum und gab dann eine Bestellung auf. Der Robot des nächstgelegenen Supermarktes versprach, sie binnen kürzester Zeit zustellen zu lassen. Dann ging der Mann mit der Halbmaske wieder zurück in den großen Wohnraum und schaltete das Mediensystem ein.

Er stellte den Ton ganz leise ein und blieb im Hintergrund des Raumes an die Wand gelehnt stehen.

Er wußte, wie diesen vier Verzweifelten zumute war, die einen verwirrten, aber kräftigen Geist in einem Körper besaßen, der von Tag zu Tag mehr verfiel. Alaska, der Mann mit der Halbmaske, wußte auch, wie es Rhodan zumute sein mußte und den Freunden seines Kreises, die von diesem Geschehen mehr als nur eine Ahnung hatten. Mittlerweile waren die Nachrichten weniger aufgeregt; man suchte noch immer und sehr energisch nach den zehn Personen, die vor dem Feuer der Kampftruppen des Oppositionsführers geflohen waren – Tako Kakuta hatte eine seiner kräftezehrenden Teleportationen durchführen müssen.

Alaska erinnerte sich noch sehr gut an die dramatischen Ereignisse. Es war gerade erst drei Tage her, daß Perry Rhodan über die Medien einen offenen Appell an die Geister der acht während der Second-Genesis-Krise gestorbenen Mutanten gerichtet und sie zu einem Treffen für den folgenden Tag aufgefordert hatte. Er wußte inzwischen, wer sie waren und daß sie in den acht Normalsyntho-Körpern lebten, die Ribald Corello vom lemurischen Wissenschaftler Vauw Onacro für sie hatte erschaffen lassen. Er wußte auch, daß einer von ihnen noch eine Identitätskarte benötigt hatte, und hatte die Solare Abwehr entsprechend in Alarmbereitschaft versetzt.

Was er nicht in vollem Ausmaß kennen konnte, waren die Probleme, die sie inzwischen mit ihren Synthokörpern bekommen hatten. Gucky hatte zwar in Porvenir bei Hatco Illroy festgestellt, daß zwei Mächte um den Besitz seines Gehirns kämpften – die »Hyperkräfte« und sein manipuliertes Eigenbewußtsein, das darauf eingestellt worden war, zwischen Freund und Feind zu unterscheiden und sich gegen Gegner des lemurischen Reiches zur Wehr zu setzen –, aber mehr nicht. Da hatten die Auflösungserscheinungen ja auch noch nicht begonnen.

Die Geister der Mutanten hatten sich schließlich zu dem Treffen mit Rhodan bereit gefunden und waren zum verabredeten Zeitpunkt in einem ehemaligen Stützpunkt des Overhead erschienen, wo sie von dem inneren Zwiespalt zwischen ihrem Ich und dem Eigenbewußtsein der Gastkörper berichtet hatten. Auch konnten sie mitteilen, daß ihre Bewußtseine im Zeitpunkt ihres »Todes« vor über 500 Jahren in den Hyperraum geschleudert worden waren, wo sie gefangen waren, bis es ihnen gelang, eine Brücke zum PEW-Metall auf Asporc zu schlagen und sich dort als die »Stimmen der Qual« einzunisten. Auf Asporc dann hatten sie von Ribald Corellos Geist Besitz ergriffen, um mit ihm zur Erde gelangen zu können.

Bevor man sich jedoch weiter näher kommen konnte, war das geheime Treffen von Truppen Bount Terheras gestört worden. Atlan, der bei dem Treffen ebenfalls zugegen war, hatte Kakuta das Leben gerettet, als dieser in seinem Gastkörper blindlings auf eine Strahlkanone zurannte. Danach war Ribald Corello aufgetaucht und hatte die acht Normalsynthos sowie Alaska Saedelaere erneut in Sicherheit gebracht.

Ishibashi wandte sich müde und mit schmerzverzerrtem Gesicht nach Alaska um und fragte: »Welchen Tag haben wir heute?«

»Es ist der fünfundzwanzigste Mai 3444.« Alaska deutete auf den Fernsehschirm, in dessen Bildhintergrund das Datum sichtbar war. »Zehn Uhr und ein paar Minuten morgens!«

Wuriu Sengu stöhnte auf und rief leise: »Und in zwei Wochen sind wir alle tot, wenn kein Wunder geschieht!«

Tama Yokida warf matt ein: »Es wird kaum ein Wunder geschehen, Wuriu.«

Die Szene war unwirklich und sehr niederdrückend. Jede Geste, jedes Wort und jeder Laut atmeten Zerfall und schleichende Auflösung aus. Die vier Männer rochen wie ein Stück schwarzes, brodelndes Moor. Ihre Haut war fahl und rissig, ihre Gesichter waren gleichermaßen von der tiefen, kreatürlichen Niedergeschlagenheit erfüllt und von den Spuren der dahinschwindenden Lebensenergie gezeichnet. Und wenn sie sich, der Not gehorchend, zu einer Aktion aufraffen mußten, kam eine übersteigerte, tödliche Wachsamkeit und Konzentration dazu. Alaska war oftmals nahe daran, eine Flucht zu wagen, aber er sagte sich dann stets, daß es einen Normalen geben mußte, der versuchen konnte, die ehemaligen Freunde zu beschützen.

Nein, es würde kaum ein Wunder geschehen. Alaska widmete seine Aufmerksamkeit wieder den Nachrichten und hörte nur hin, wenn eine Meldung kam, die sich mit den Verschwundenen beschäftigte – entsprechend vorsichtig formuliert.

Immer wieder schweiften seine Gedanken ab …

Ich vermute, dachte er, *daß ich gerade den Anfang vom Ende miterlebe.*

Die acht Mutanten, eine Frau und sieben Männer, denen man inzwischen die Bezeichnung Geistermutanten verliehen hatte, starben bereits vom Augenblick ihrer »Geburt« an. Die übereilte Züchtung ihrer Wirtskörper, der Synthokörper, ähnelte dem inkarnierten Wunschtraum eines mittelalterlichen Alchimisten, einen Homunkulus zu züchten. Selbst der große Paracelsus hatte sich damit beschäftigt. Die Erbanlagen, die in den synthetischen Körpern ausgereift waren, belasteten Kreislauf und Metabolismus derart stark, daß der Tod nur noch eine Frage der Zeit war. Merkwürdigerweise funktionierte die höchstentwickelte Eiweißverbindung, das Gehirn, am besten, während die niedriger organisierten Zellen zusehends verfielen.

Das ahnte, nein wußte auch Rhodan …

Er ahnte, daß Freunde zurückgekehrt waren, die er als längst verstorben betrachten mußte. Die Second-Genesis-Krise hatte sie dahingerafft, alle. Die Tätigkeit der Frau und der sieben Männer war auch für Rhodan und seine Freunde nichts anderes als eine Kette von Taten der Verzweiflung, und weil es solche waren, enthielten sie eine zusätzliche Gefahr für die Menschen und das Solsystem.

Fachberater Rhodans behaupteten sogar, daß die Mutanten während ihres Aufenthalts im Hyperraum geistige Schäden davongetragen hätten. Jene völlig unrealistische Zustandsform, eine Art Scheinleben auf gedanklicher Ebene, körper- und wesenlos, mußte auf einen Verstand einwirken – zumal Mutanten ohnehin durch ihre Andersartigkeit in gewisser Weise litten.

Inzwischen hatten sie aber aus Not und Verzweiflung und in gewisser Weise auch aus verständlichen Ursachen heraus Dinge getan, die zum Schaden der Menschheit hätten führen können.

Das alles ist Rhodan und seinen Freunden mittlerweile durchaus bekannt, dachte Alaska und ließ die Worte der Nachrichten auf sich einwirken.

Und was tat der Großadministrator? Mit einiger Sicherheit saß er im Kreis von Wissenschaftlern und Abwehrspezialisten irgendwo in Terrania, entweder in der Administration oder in Imperium-Alpha, und diskutierte verzweifelt die Möglichkeiten, wie man jene acht verwirrten Menschen einfangen und sie sowie die Menschheit vor weiteren Schäden retten könnte.

An diesem Punkt von Saedelaeres Überlegungen trat eine Störung ein. Der Türsummer zerschnitt mit seinem eindringlichen Ton die Ruhe des Unterwasserhauses.

Alaska fing einen warnenden Blick von Kakuta auf und nickte. Dann ging er an die Tür und öffnete.

Ein kleiner Roboter schwebte vor der Druckplatte des Schotts. In seinem Innern lief eine Automatik an. Er schnurrte mit höflicher Stimme: »Die gewünschten Waren, mein Herr, sind in dem Tragekorb auf meiner Rückenplattform. Würden Sie bitte quittieren? Guten Tag.«

Alaska unterdrückte ein Schmunzeln; die einprogrammierte Stimme des Robots sprach mit italienischem Akzent. Wäre die Lage nicht so hoffnungslos gewesen, hätte sich Saedelaere über die Aufmerksamkeit der Verwaltung freuen können.

Er dirigierte den Robot in die Küche, packte aus und schob seine Identifikationskarte in den Zahlschlitz. Irgendwo registrierte eine Biopositronik den Betrag und buchte ihn auf das Konto der fraglichen Mietwohnung.

»Danke, mein Herr«, sagte die Maschine mit ausgesuchter Höflichkeit und verließ das Haus. Verwundert sah Alaska, daß der Greifarm des Robots sogar die Sicherheitsschaltung des Druckschotts betätigte. Bei einem plötzlichen Wassereinbruch – was hierzulande noch niemals vorgekommen war – besaß dieses Schott lebensrettende Wichtigkeit.

Langsam kam Alaska zurück und blieb vor der angelehnten Tür des Zimmers stehen, in dem Ribald Corello und sein Tragerobot untergebracht waren. Corello erholte sich gerade und lag, seinen gewaltigen Kopf durch einen Berg Schaumstoffteile und Kissen gestützt, auf der Couch. Er betrachtete die großen Fischschwärme, die vor dem Fenster schwammen. Das Fenster war mehr ein Teil der Konstruktion; die nicht lichtdurchlässigen Teile hatten die Funktion von Stützelementen.

»Es geht Ihnen gut?« erkundigte sich Alaska, der seit dem Zeitpunkt nicht mehr unter Corellos Kontrolle stand, als sich die Geister der acht Mutanten in ihre Synthokörper begeben und Corello ihrerseits freigegeben hatten – bis sie ihn wieder brauchten.

»Angemessen. Den Umständen entsprechend«, sagte Corello. Er wußte genau, daß er einen lebenden Fluchtpunkt darstellte; unfähig, sich zu wehren, wenn sich die Mutanten retten wollten.

»Ich sehe nachher wieder nach Ihnen«, schloß Saedelaere und ließ die Tür zugleiten.

An der Stimmung der vier Mutanten und an ihrem hoffnungslosen Zustand hatte sich nichts geändert. Alaska bemerkte mit einem Blick, daß ein Zusatzschirm eingeschaltet worden war, dessen Aufnahmeoptik sich auf die jetzt geschlossene Schleuse des Unterwasserhauses richtete.

»Sie brauchen keine Angst zu haben«, sagte Saedelaere traurig. »Ich verrate Sie nicht.«

Tama Yokida nickte schwach aus seinem Sessel hervor. »Wir haben keine Angst, denn wir könnten Sie töten, ehe Sie Verrat begehen. Wir sind nur wachsam.«

Tako Kakuta stöhnte tief und langgezogen.

»Es geht ihm sehr schlecht. Er braucht Hilfe«, meinte Sengu voller Mitleid, obwohl es ihm nicht viel besser ging. Auch sein Körper befand sich im fortgeschrittenen Stadium der Auflösung. Die dünnen Kleider verbargen die gräßlichsten Anblicke.

»Wie mag es den anderen gehen?« erkundigte sich Ishibashi.

Alaska zuckte mit den Achseln. Die Gruppe hatte sich getrennt, und er kannte den Aufenthaltsort der Frau und der drei anderen Männer noch nicht. Jedenfalls würde auch der zweite Schlupfwinkel völlig sicher sein, wenigstens eine Zeitlang, denn er besaß den Vorteil der besten Tarnung: Ein einzelner Mensch verbarg sich in einer größeren Menge Menschen, die zudem ständig in Bewegung waren, am besten.

Alaska setzte sich, nachdem er aus der Küche ein großes Glas Fruchtsaft mit belebenden Zusätzen geholt hatte, in einen bequemen Sessel und blickte hinaus in das smaragdfarbene Wasser.

Langsam, im Rhythmus der Sonnensicheln auf den Wellen der Oberfläche, mit Hilfe der dahindriftenden Fische, der weit entfernten Taucher in ihren farbigen Anzügen, die lange Ketten von Luftblasen hinter sich herzogen, beruhigten sich die Gedanken des Mannes.

Wieder begann Tako Kakuta zu stöhnen. Es klang wie das Stöhnen eines Sterbenden, der sich gegen das Schicksal aufbäumte.

Inzwischen kam die Suche nach den acht Geistermutanten an einen toten Punkt. Niemand wußte weiter, jede Spur schien endgültig verlorengegangen zu sein.

Die zweite Gruppe, deren Zustand nicht weniger kritisch war, schien ebenfalls vom Erdboden, genauer gesagt: von dem Planeten Terra, verschwunden zu sein. Der Hypno André Noir gehörte zu ihr, zusammen mit Betty Toufry, Ralf Marten und Son Okura.

Sie hatten ebenfalls die verständliche Möglichkeit und Sehnsucht moderner Menschen ausgenutzt, den Wohnort oder Aufenthaltsort innerhalb eines bestimmten Rahmens zu wechseln. Überall auf dem Planeten, dessen Wohnkultur inzwischen dank zahlreicher Umstände einen Höhepunkt an Schönheit, Bequemlichkeit und Gesundheit erreicht hatte, gab es leerstehende Wohneinheiten.

Je nach Geschmack konnte man zwischen wohl allen denkbaren Versionen wählen. Es gab Unterwasserhäuser in landschaftlich und submarin interessanten Gebieten, und es gab für Menschen mit etwas exotischerem Geschmack, abgesehen von herkömmlichen und weiter entwickelten Anordnungen, sogar vorsichtig antikisierte Behausungen. Von denen wiederum schienen die Felsennester im tibetischen Hochland die am meisten exotischen zu sein.

Dorthin, in eine künstlich auf alt eingerichtete Wohnung, hatten sich die anderen vier Mutanten zurückgezogen. Sie waren hier ebenso sicher wie ihre Freunde in Sardinien.

Die Telepathin und Telekinetin Betty Toufry war die erste, die nach den Anstrengungen der Flucht aus dem Strahlenhagel der Geschütze Bount Terheras das Schweigen brach. »Vorübergehend sind wir hier sicher!« sagte sie.

Solange sie in der Wohnung blieben, fielen sie nicht auf. Aber ihre Gesichter waren derart gezeichnet, daß sie sich kaum in die Öffentlichkeit wagen durften. Zwar würde sie kaum jemand direkt ansprechen, aber aufgrund der zahllosen Meldungen mußte jemand, der Bescheid wußte, sie erkennen.

»Vorübergehend ja«, meinte Okura, der Frequenzseher.

Die Synthokörper, Züchtungen aus der lemurischen Unterwasserstadt, verfielen mehr und mehr. Schmerzen und körperliche Unbeweglichkeit waren die Folge. Auch für diese Gruppe galt, daß die schlummernde Energie zwar einige Spitzenleistungen hervorbringen konnte, in Todesnot etwa oder im Fall direkter Bedrohung, aber alle körperlichen Funktionen waren die eines Todkranken.

»Was können wir tun?« murmelte Noir. »Was können wir tun? Wir wären beinahe von den Truppen Terheras umgebracht worden!«

»Beruhige dich!« tröstete ihn Betty. »Ich glaube, daß Rhodan guten Willens war. Aber auch er hat Gegner und Feinde – nicht nur wir.«

Wie wahr! dachte Ralf Marten.

Sie befanden sich in einer der Höhlenwohnungen. Geschäftstüchtige Manager hatten in steilen und unzugänglichen Felswänden Höhlen ausbrechen lassen. Der Blick aus den Fenstern und den Galerien aus durchsichtigem Panzerplast war atemberaubend schön, aber es interessierte keine der vier Personen. Es interessierte sie auch nicht, daß diese Felshöhlen, deren Bestandteile wie Kanzeln an den Steilwänden hingen, in den wichtigen Bereichen wie Toiletten und Küchen hochmodern eingerichtet waren, verziert mit Stilelementen einer weit zurückliegenden Epoche. Auch die Inneneinrichtung folgte dieser Maxime; kahle Wände, grob verputzt unter der technisch wirksamen Isolationsschicht, weiß gestrichen, mit einigen echt antiken tibetischen Dekorationen und ansonsten Einrichtungsgegenständen, die schmuck- und zeitlos waren.

Betty schleppte sich zum Fenster und warf einen Blick hinaus auf die kahlen Felsen, die sonnendurchglühten Hochfelder und die breiten grünen Vegetationsstreifen, die sich überall dort ausbreiteten, wo man durch unterirdische Rohrsysteme Wasser pumpte, mit Nährstoffen angereichert.

»Flucht!« sagte Betty. »Flucht. Wohin können wir fliehen?«

Ihre Hirne waren gesund. Ihr Verstand arbeitete völlig klar. Sie sahen ein, daß sie in ihrer verzweifelten Eile einen Fehler begangen hatten, der sie bald das Leben kostete. Nicht direkt ihr eigenes Leben, sondern das der Wirtskörper. Starben aber diese Versorgungssysteme, starben auch die Hirne – damit wäre dies ihr endgültiger Tod. Keiner von ihnen konnte damit rechnen, daß ein zweites Mal ein ebenso unglaublicher Effekt auftreten würde.

Trotz ihres Zustandes, dem Sterben näher als dem Leben, fürchteten sie sich davor, ein zweites Mal als Energiestruktur innerhalb des Hyperraumes umherzuschweben wie losgerissener Tang im Meer.

Betty sagte leise und zweifelnd: »Ich glaube, wir werden uns Rhodan stellen müssen. Ich sehe ein Ende dieser Art voraus.«

Ralf Marten keuchte auf. »Nicht, solange ich lebe!« versicherte er.

Zuerst war es für sie wichtig, sich auszuruhen, die rasenden Gedanken unter Kontrolle zu bekommen und den geschundenen Körpern Zeit zu gönnen, sich wieder ein wenig zu erholen. Falls dies noch möglich war.

Zur gleichen Zeit, in Atlan Village, nur ein paar hundert Kilometer entfernt, blickte Sandal Tolk asan Feymoaur sac Sandal-Crater von seiner Arbeit auf. Chelifer Argas kam herein und stellte ein umfangreiches Paket voller Lesespulen vor ihn auf die Glasplatte, die als Schreibtisch diente.

»Hier, Bogenschütze«, sagte sie lachend und setzte sich auf die Lehne seines Sessels, »hast du die gewünschten Unterlagen. Wenn ich daran denke, daß ich stundenlang in öffentlichen Bibliotheken herumsitzen und Bücher und planetare Ökologie suchen würde ...«

Er legte einen Arm um sie und zog sie an sich. »Das alles wird sich in kurzer Zeit gelohnt haben«, sagte er. »Du wirst dann nicht mehr die Gefährtin eines Bogenschützen, sondern eines Fürsten sein.«

Sie lachte. »Ein würdiges Ende! Bist du gut vorangekommen?« Sie deutete auf die Karten, Weltraumbilder, Pläne und Blaupausen, die sich auf der Platte drängten.

»Ja, ganz gut. Aber ich bin unterbrochen worden. Rhodan braucht mich!«

Er lachte nicht, als er diese Auskunft gab. Als Zeichen seines ruhelosen und anstrengenden, aber auch interessanten Lebens standen noch immer neben seinem Tisch der riesige Bogen und der Köcher mit den terranischen Pfeilen. Seit dem Tag, da ihn Atlan mit einem einzigen Faustschlag niedergeschlagen hatte, war von dem Barbaren nicht mehr viel übriggeblieben. Nur das kühne Gesicht, das weiße Haar und die rote Koralle im rechten Ohrläppchen blieben – Sandal Tolk, einst »Krummarm« genannt, war zu einem klugen und wohltuend normalen Terraner geworden. Aber noch schwelte die Sehnsucht nach Exota Alpha in seinem Herzen ... und noch kannte er alle jene Dinge, die ein guter Krieger, Jäger und Fürst brauchte. Außerdem war er im Begriff, sich in allem unterrichten zu lassen, was ein kluger Herrscher brauchte.

»Rhodan braucht dich?« fragte sie und witterte eine neue Gefahr, die sie jedesmal um sein Leben und seine Gesundheit fürchten ließ.

»So ist es!« stimmte er zu und küßte sie.

»Aber«, sagte sie verwundert und sah ihm ins Gesicht, »Rhodan hat doch hier seine Spezialisten. Die Männer von der Solaren Abwehr oder mit Atlans Unterstützung auch die Leute von der United Stars Organisation.«

Sandal nickte ruhig. Innerlich hatte er von vielen Dingen bereits so viel Abstand gewonnen, daß ein endgültiger Abschied nur noch eine Formsache war. Seine wenigen, aber guten Freunde ... Nun, das war ein anderes Problem, an das er jetzt nicht denken wollte.

»Das mag sein«, stimmte er zu. »Aber mir vertraut er.«

Sie stand auf, ging in die Küche und schaltete den Kaffeeautomaten ein. Aus der Küche rief sie über die Schulter zurück: »Worum es sich handelt – das hast du nicht erfahren können?«

Er schüttelte den Kopf, begann die Buchspulen zu sortieren und schob die Pläne auf der Platte zusammen, um Platz für das Geschirr zu machen.

»Nein. Ich werde wie üblich abgeholt. Imperium-Alpha. Angeblich eine sehr delikate, schwierige Sache, von der nur ein bestimmter Personenkreis etwas erfahren soll!« antwortete er laut.

Kurz darauf saßen sie sich bei Kaffee und Gebäck gegenüber. Das waren die Stunden, die Chelifer und Sandal genossen. Man ließ ihnen nicht viel Zeit zu solchen Stunden. Der Wiederaufbau in vielen Gebieten Terras nach der wilden Zeit des Schwarms brauchte entschlossene, kluge Frauen und Männer, die mehr taten, als notwendig war. Eben Menschen wie Chelifer und Sandal.

»Wann holt man dich ab?«

Der große, schlanke Mann mit der Habichtsnase blickte auf die Digitalziffern der Ringuhr und entgegnete: »In einer Stunde, Liebste. Wir haben Zeit.«

Sandal war unsicher. Er hatte von Chelifer Argas, der Frau mit den schönsten grünen Augen, die er je gesehen hatte, die Erzählungen von einem mächtigen Helden der terranischen Geschichte gehört. Die Taten und das Leben des *Herakles;* er fühlte sich ein wenig wie jener Löwenbezwinger am Scheideweg. Was sollte er tun? Beide Möglichkeiten waren gleich reizvoll.

»Noch immer unschlüssig, Sandal?« fragte Chelifer halblaut. Sie kannte seine Probleme besser als jeder andere Mensch auf Terra.

Er lächelte. »Ja, noch immer unsicher. Beide Wege sind gleich interessant. Aber ich fürchte, ein Mann kann seiner Bestimmung nicht entgehen.«

»Sofern er weiß, was seine Bestimmung ist! Ich pflichte dir bei, Sandal. Weißt du es?«

»Noch nicht!« bekannte er.

»Und wann wirst du es wissen?« erkundigte sie sich.

Er lachte laut auf. »Ich weiß nicht, wann ich es wissen werde«, dachte er laut vor sich hin.

Dann fiel sein Blick auf die umfangreichen Vorstudien, die er bereits um sich herum aufgestapelt hatte. *Die Arbeit der vielen freien Stunden seit Monaten,* dachte er.

Er zog die Schultern hoch und sagte: »Aber ich glaube, die Waagschale senkt sich bereits. Langsam, aber in einer sicheren Bewegung.«

Er stand auf.

»Es wird Zeit«, meinte Sandal. »Ich fragte Rhodan, wie lang er mich brauchen werde. Er sprach von einer Woche. In einer Woche bin ich also zurück.«

Er trat hinter Chelifers Sessel, und sie lehnte sich schwer gegen ihn. »Darf ich in der Zwischenzeit deinen Schreibtisch aufräumen?« fragte sie leise.

»Untersteh dich!« grinste er. »Das darf nur ich.«

Er zog sich um und steckte die einzelnen Teile seiner Ausrüstung ein. Den Köcher warf er über die Schultern, Handschuhe und Armschutz verstaute er in dem runden Fach des Köchers. Dann warf er einen letzten Blick auf das Panorama des lebensfrohen Stadtteils Atlan Village.

»Ich gehe«, sagte Sandal und zog Chelifer näher zu sich heran. »Vielleicht ist es das letztemal, daß du warten mußt. Ich kann dich verstehen.«

Sie entgegnete: »Du wirst es kaum für möglich halten, Liebster ... aber ich glaube, ich verstehe dich auch!«

Sie küßten sich, und Sandal ging.

Auf dem Weg zum wartenden Gleiter überlegte er, daß seine Äußerung mit großer Sicherheit richtig war. Zwar stand er noch immer am Scheideweg, aber inzwischen blickte er ziemlich deutlich in eine der beiden Richtungen. Diese Richtung versprach, ähnlich wie bei Herakles, viel Arbeit und viel Schweiß, viele Wunden und Anstrengungen, aber auch sehr viel Ehre und Ruhm.

»Hoffentlich«, sagte er sich, »habe ich nicht auch denselben Tod wie Herakles.«

Dann fuhr er, um Rhodan zu treffen.

16.

Diese unförmigen Korbhüte kommen jetzt in Mode; es ist nicht auszudenken, welche Torheiten diese Touristen noch anstellen werden, dachte der Hafenkapitän von Quartu Sant'Elena. Er beobachtete den Mann, der diesen Hut trug, eine helmartige Scheußlichkeit, deren Wirkung noch von einer großen dunklen Brille mit viereckigen Gläsern und von einem Sommeranzug mit langen Ärmeln und hochgezogenem Kragen verstärkt wurde. Ende Mai in Sardinien, dazu noch an der Südspitze, gegen Afrika hin, das war ein Rekord törichter Art, denn die Sonne stach herunter und alles und jeder schwitzte.

Der Mann verließ das Tragflügelboot, blieb kurz an dem Steg stehen und studierte die Anschlagtafel. Ein schweigender Mann mit hängenden Schultern und vorsichtigen Bewegungen, als laboriere er an einigen schlechtheilenden Knochenbrüchen. Dann erlosch das Interesse des Hafenkapitäns.

Östlich von Cagliari gelegen, besaß Quartu erst seit wenigen Jahrzehnten einen kleinen, aber bildschönen Hafen. Er war künstlich angelegt, beherbergte jetzt erst wenige Schiffe, war in den Sommermonaten aber der Treffpunkt aller sportlichen Menschen, die auf höchst altertümliche Weise den Wind als Energie ausnutzten und versuchten, im Mittelmeer mit viel Spaß zu segeln. Einige halbversteckte Apartmenthäuser, die Hafenkommandantur, viele neugepflanzte Bäume – die herbe Landschaft hatte nicht gelitten durch diesen Eingriff.

Der Mann mit dem bemerkenswerten Korbhut nickte kurz und ging den Steg entlang, stieg langsam eine Treppe hoch und blieb vor der Glaskugel stehen, die halb aus dem Boden ragte und nichts anderes darstellte als den Eingang zu einer meist unterirdischen Schnellbahn, die nach Cagliari führte.

Der Mann wandte sich an einen Jungen, der auf einem Steinblock saß, der noch aus der Zeit Roms stammte und diesen Umstand auch nicht verbergen konnte. »Das ist richtig hier, nach Cagliari?« fragte er und schien zu gähnen. Jedenfalls verbarg er die untere Hälfte seines Gesichtes hinter der vorgehaltenen Hand.

»Sie meinen – nach Cagliari?« fragte der Junge zurück. Er betonte das Wort richtig auf der ersten Silbe und verwandelte die vierten und fünften Buchstaben in ein J.

»Das meine ich!« sagte der Mann.

»Sie sehen krank aus, mein Herr!« meinte der Junge nach einigen Sekunden. »Wenn Sie die Klinik von Gianni Degosciu suchen, müssen Sie eine Station vorher aussteigen.«

»Danke«, antwortete der Mann, ging die Stufen hinunter und stieg in den wartenden Robotwagen des Schnellwegs ein. Zwei andere Passagiere starrten seinen verwegenen Hut an; der Fremde sah hinaus durch das transparente Material des geschoßähnlichen Bahnelements.

Er stieg aus, als die bezeichnete Station von der Robotstimme ausgerufen wurde, orientierte sich an einem Stadtplan und ging zweihundert Meter weit durch leere Gassen und über einen Platz, der von Leben schier barst. Dann betrat er, nachdem er einen kleinen Park durchwandert hatte, einen Garten. Das Tor stand offen, aber neben der geschlossenen Tür des Hauses befand sich nur ein Schild, darunter ein altertümlicher Glockenknopf.

BIOMED-MODULATOR

Dr. Gianni Degosciu

»Aha!« sagte der Fremde, hob die Hand und drückte den Knopf.

Er wartete einige Minuten, dann öffnete sich die Tür. Eine junge Frau mit dunklen Augen und schulterlangem schwarzem Haar öffnete und fragte: »Sie möchten zu Doktor Degosciu?«

»Richtig. Ich möchte zu ihm!« sagte der Fremde und rückte mit der Hand an der Sonnenbrille.

Er sah an der jungen Frau vorbei in ein leeres Wartezimmer. Robotische Anmelde- und Diagnosegeräte standen darin und einige andere Geräte.

»Sie sind angemeldet?« erkundigte sich die Frau und wich einige Schritte zurück, als der Mann seinen Fuß nach vorn setzte und sich gegen die Tür stützte. Es war nicht zu erkennen, ob er einen Schwächeanfall erlitt oder eindringen wollte. Die junge Frau blickte von dem Korbgeflecht des Hutes auf die Hand, die am lackierten Holz der Tür lag.

Sie erschrak und wollte die Tür schließen, aber der Mann fiel schwer nach vorn und keuchte auf.

Die junge Frau ließ die Tür los, lief durch das leere Zimmer und riß im Hintergrund eine Tür auf. Sie sagte ängstlich: »Vater. Dort ...«

Dann erstarrte sie. In der offenen Tür, die in einen gepflegten Innengarten führte, standen vor einer Katze, die zusammengerollt in der Sonne schlief, und vor einer Schar Tauben, die sich um Körner stritten, drei Männer. Sie wirkten ähnlich bedrohlich, ähnlich hinfällig wie der Fremde, der jetzt das Wartezimmer betrat und hinter sich die Tür schloß.

Die junge Frau rührte sich noch immer nicht. Sie schien zu einer Skulptur erstarrt zu sein, ihre Reaktionen waren von einer Kraft beherrscht, die sie noch nie in ihrem Leben kennengelernt hatte. Der Fremde nahm den Hut ab, legte ihn achtlos irgendwo hin und sah sich um.

»Hier bin ich an der richtigen Stelle!« sagte er leise.

Er musterte die Frau, die in unnatürlich verkrampfter Haltung an der Tür lehnte. Der Fremde befand sich mit zwei anderen Personen und seinen drei Freunden in einer kleinen, aber hochmodern ausgestatteten Privatklinik. Der Inhaber und verantwortliche Arzt war Wissenschaftler, auf seinem Gebiet eine Kapazität. Er war noch nicht sehr alt, aber er behandelte grundsätzlich nur nach Anmeldung und langer vorheriger Konsultation; unter Betroffenen galt er als Geheimtip für aussichtslose Fälle.

Langsam, als trüge er bleierne Gewichte an allen Gliedern, schleppte sich Gianni Degosciu in den angrenzenden Raum. In seinem Büro trafen die beiden Männer aufeinander, inmitten von summenden Robotgeräten der verschiedensten Art.

Gianni Degosciu sprach wie ein Automat. »Was wollen Sie von mir?«

Der Fremde nahm die dunkle Brille ab. Er wußte, daß sich die Personen dieses Hauses unter der Kontrolle seiner Freunde befanden. Ein Alarm oder ein Verrat war unmöglich; selbst Ribald Corello und Alaska Saedelaere wurden in diesem Augenblick schärfer überwacht.

»Sehen Sie mich an!« meinte der Fremde hölzern.

Das Fachgebiet des Arztes war die Auffrischung von erschlafftem Zellgewebe; manche Frauen und, wie man munkelte, auch hochgestellte Persönlichkeiten männlichen Geschlechtes zahlten horrende Preise und unterzogen sich langwierigen Operationen. Gianni verpflanzte Glieder und Organe, betrieb plastische Kosmetik und kosmetische Plastik, beseitigte die Spuren von Unfällen und beherrschte alle anderen einschlägigen medizinischen Eingriffe. Er blickte den Fremden genau an und erschrak ebenso wie seine Tochter.

Die Haut des Fremden war rissig und aufgedunsen. *Die Haut einer Wasserleiche,* dachte Gianni, aber er konnte nichts tun, um sich irgendwie zu wehren oder abwehrend zu verhalten. Die Diagnoserobots summten angestrengt, und ihre Fühler streckten sich aus.

Die Haut war blutunterlaufen; viele kleine Gefäße waren geplatzt. Über manchen Rissen klebten kleine Verbandsstreifen. Die Haut roch wie nach Verwesung, wie nach Wundbrand. Überall ging das Haar aus. Auf dem Kopf zeigten sich daumennagelgroße kahle Stellen, die weiß und schwammig wirkten. Die Augen waren blutunterlaufen, die Lippen zitterten, die Zähne wackelten, wenn beim Sprechen die Zunge des Mannes dagegen stieß.

»Ich sehe einen Körper im Stadium des Zerfalls«, formulierte Gianni langsam. Er ging zwei Schritte näher an den Eindringling heran.

»Das sehen Sie richtig«, murmelte der Fremde. »Helfen Sie mir!«

Ein kugelförmiger Robot, etwa sechzig Zentimeter durchmessend, schwebte durch eine eigens dafür geschaffene Öffnung ins Zimmer.

»Ihr Name?« schnurrte er.

Der Fremde beachtete ihn nicht und sah aus trüben Augen den Arzt an.

»Ich weiß nicht, ob ich Ihnen helfen kann … und wie ich es kann!« sagte Gianni. Er meinte es absolut ehrlich.

»Ihr Name, mein Herr?« fragte beharrlich der Anmelderobot.

Der Mann suchte offensichtlich Hilfe, dazu brauchte Gianni nicht einmal mehr einen Blick auf die Haut zu werfen. Wenn schon die Epidermis so aussah, dann waren die inneren Organe ebenfalls betroffen, denn das Aussehen der Haut kam nicht isoliert von irgendeiner Krankheit.

»Helfen Sie mir!« drängte der Fremde. Seine Stimme war lauter geworden und forderte jetzt. Auch die Stimmbänder hatten gelitten, registrierte der Mediziner.

»Bitte Ihren Namen, mein Herr!« forderte der Roboter den Fremden auf. Er fuhr eine Linse, ein Mikrophon und einen Lautsprecher aus. Der Lautsprecher knackte aufgeregt.

Der Mediziner betrachtete gefesselt und mit fachlichem Interesse das alte, fast zersetzte Gesicht.

»Aber …«, sagte er. »Der modernen Wissenschaft des Jahres dreieinhalbtausend sind solche Erscheinungen völlig unbekannt!«

»Das habe ich geahnt!« sagte der Eindringling und begann zu zittern. »Helfen Sie mir! Versuchen Sie, meinen Tod hinauszuzögern! Tun Sie, was Sie können!«

Der Wissenschaftler nickte und versuchte, ein beruhigendes Gesicht zu machen. Wann hatte er zum letztenmal ein solches Hautgewebe gesehen? Er konnte sich erinnern, es mit wissenschaftlicher Gründlichkeit studiert zu haben ... Jetzt wußte er es wieder:

In der Pathologie, wo sie unter der Leitung eines berühmten Mediziners künstliches Zellgewebe betrachtet und seziert hatten.

Künstlich gezüchtetes Zellgewebe? Blitzartig folgte die nächste Assoziation. Dieser Mensch hier vor ihm war kein Terraner, der irgendwo diese verderbliche Krankheit aufgelesen hatte, sondern er war Besitzer eines synthetischen Körpers.

Noch heute morgen in den Nachrichten ... Der Mediziner erinnerte sich. Alle die Warnungen und Meldungen, die Kommentare und Rhodans Appell, die in den letzten Wochen die Bildschirme von Terra Vision gefüllt hatten.

Der Arzt ahnte nicht, wen er vor sich hatte, aber er wußte, daß es einer der gesuchten Mutanten war.

»Ihr Name! Ich muß Sie dringend auffordern ...!« sagte der Anmelderobot und hatte nun auf einmal eine weitaus energischere Stimme. Seine Identifikationslampe blinkte aufgeregt.

»Können Sie mir helfen?« fragte der Fremde und stützte sich mit einer zerfressenen Hand schwer gegen die Wand.

»Ja. Kommen Sie!« sagte Gianni.

Er drehte sich wie eine Marionette um, steckte die Hände in die Taschen seines dunkelgrünen Kittels und ging langsam aus dem Büroraum hinaus. Der Eindringling und der Robot folgten ihm gehorsam.

»Ihr Name! Ich bin gezwungen ...«, schrillte die Maschine.

Der Arzt deutete auf einen Untersuchungstisch und sagte: »Setzen Sie sich!«

Der Tisch faltete sich halb zusammen, die Hydraulik fauchte und zischte. Der Fremde setzte sich vorsichtig hinein. Noch immer stand die junge Frau bewegungslos an der Tür und sah in eine ganz andere Richtung. Der fremde Wille hatte sie erbarmungslos im Griff und lähmte sie.

Alarm! dachte Gianni verzweifelt.

Aber er konnte nichts in dieser Richtung tun. Er entschloß sich, mit einem Sprung zum Schalter des Visiphons zu eilen und den Notknopf zu drücken, aber als er an seinem Schreibtisch war, nahm er nur das biopositronische Stethoskop in die Hand.

»Ihr Name!« Die Maschine war jetzt auf ihre Art wütend. »Name, Adresse, Sozialversicherungsnummer – geben Sie mir Ihre Identifikationsplakette!«

Der Arzt zwang sich, nicht an die Programmierung dieses Robots zu denken. Weder er noch die Maschine konnten im entferntesten ahnen, daß in dem Körper, der ausgestreckt auf dem Untersuchungstisch lag und sich nicht rührte, weil seine Energie offensichtlich erschöpft war, der Verstand des vor fünfhundertunddreißig Jahren verstorbenen Teleportermutanten Tako Kakuta ruhte.

»Los! Untersuchen Sie mich schon!« sagte der Mann verzweifelt. Er stöhnte vor Schmerzen.

Der Arzt trat an ihn heran, knöpfte die Jacke des Fremden auf und zog das Hemd auseinander.

»Da Sie sich nicht ausweisen wollen, bin ich leider gezwungen, die nächste Polizeistation zu verständigen!« sagte der Roboter deutlich, zog seine metallenen Extremitäten ein und schwirrte aus dem Raum.

Plötzlich schien das Chaos auszubrechen.

Drei fremde Männer standen in dem Raum. Einer von ihnen sah in die Richtung des davonschwebenden Robots, dann flog ein Briefbeschwerer, der die Form eines altertümlichen Systemraumschiffes hatte, quer durch das Zimmer und schmetterte gegen den Robot.

Es gab eine klirrende Erschütterung, dann eine Reihe kleinerer Explosionen. Dann verschwanden alle Fremden.

Die Tochter des Mediziners stürzte ins Zimmer. Ihr Vater hielt sich schwankend an einem Bügel des Untersuchungstisches fest, dessen Polsterung noch warm war von einem Körper mit deutlich erkennbarer Übertemperatur.

»Was war das, Vater?« fragte sie und begann zu schluchzen.

Gianni Degosciu zog ihren Kopf an seine Brust und streichelte sie mechanisch. Er sagte leise: »Das war ein Toter, der zurückgekehrt ist unter die Lebenden. Er wurde ein zweites Mal geboren, und gleich nach der seltsamen Geburt begann er zu sterben. Er wird nicht mehr lange leben können.«

Er biß sich auf die Unterlippe, dann beschloß er, sich bei einem großen Glas Grappa zu sammeln. Noch ehe er reagieren konnte, summte der Interkom auf.

Gianni saß in seinem Schreibtischsessel, hatte vor sich das halbleere Glas und sagte gerade erschöpft und etwas wütend: »Hören Sie zu … Ich habe nicht das geringste Interesse, Ihnen etwas zu verschweigen. Ich bin schließlich selbst betroffen.«

Die Maschine hatte Alarm gegeben. Für diesen Zweck war sie mit einem Spezialprogramm versehen worden, seit ein rabiater Patient trotz mehrfacher

Aufforderung, sich auszuweisen, inkognito bleiben wollte und Gianni bedrohte. Damit hatte er nur erreicht, daß sein Inkognito von den Reportern aufgedeckt wurde und Gianni ihn mit sardischem Stolz nicht einmal eines Blickes gewürdigt hatte, als man ihn abführte. Ein anderer Mediziner hatte dann die Operation gewagt – und hatte die Aufgabe nicht gut gelöst.

»Das wissen wir, Doktor. Wir fordern Sie auch nicht auf, sondern wir bitten Sie, uns alles noch einmal zu erzählen. Es beweist sich immer wieder, daß bei der ersten Befragung wichtige Einzelheiten vergessen werden.

Gianni langte nach dem Grappa-Glas und fragte seufzend: »Ist der Alarm eigentlich schon durch?«

Der Polizeichef von Cagliari nickte. »Selbstverständlich«, sagte er mit Nachdruck. »Direkt nach Imperium-Alpha. Wir haben entsprechende Anweisungen erhalten.«

Die Robotanlage hatte schneller reagiert als die vier Mutanten. Der Alarm war an die nächste Polizeidienststelle gegangen. Als der Interkom summte, meldete sich der Arzt und sagte, daß vier der gesuchten Mutanten eben in seiner Ordination gewesen und jetzt verschwunden seien.

Der Polizist hatte kommentarlos genickt und sofort den Text, den Gianni sprach, weitergeleitet.

Die Positronik übermittelte ihn an das Großgerät in Cagliari, das einen Alarm im Büro des Chefs auslöste, die Wichtigkeit sofort erkannte und selbständig die Meldung weiterleitete in die Zentrale in Rom. Das waren schon zwei Sekunden Verzögerung. Von Rom via Satellit nach Terrania City dauerte es noch einmal eine Sekunde, und vier Sekunden nachdem Gianni den Text seiner Meldung beendet hatte, lag die gesamte Meldung, versehen mit den computereigenen Zusätzen, in dem betreffenden Büro, in dem Rhodan mit seinen Freunden saß.

Der Polizeichef nickte Gianni zu und fragte: »Sie wurden also von Ihrer Tochter gerufen. Was sagte sie?«

Gianni trank den Grappa aus und berichtete: »Meine Tochter öffnete die Tür und rief: ›Vater, dort!‹ Dann sagte sie nichts mehr.«

»Hatten Sie den Eindruck, daß ...?«

»Nein!« sagte Gianni Degosciu.

Perry Rhodan hob die Hand und nickte Sandal zu, der in diesem Augenblick den Raum betrat.

»Ausgerechnet Sardinien!« sagte der Großadministrator. »Ausgerechnet dort!«

Atlan bemerkte etwas spitz: »Was hast du gegen Sardinien? Es lebt sich dort angenehm! Außer wenn man im Hafen von Olbia, dem römischen Ulbia, vergiftet wird.«

Deighton fragte in völliger Unkenntnis der Sachlage: »Sie waren auf Sardinien, Atlan? Auf Urlaub?«

»So kann man es nennen«, antwortete der Arkonide trocken und überlegte indessen, wie sie am geschicktesten vorgehen konnten. Inzwischen waren sämtliche Polizisten, Geheimdienstleute und Vertrauenspersonen auf der Insel alarmiert. Sie suchten nach den vier Mutanten. »Allerdings liegt das schon ein paar Jahrtausende zurück, und Herr Nero beabsichtigte eigentlich, mich dort von entflohenen Bergwerkssträflingen ermorden zu lassen. Als ich ihm den Gefallen nicht tun wollte, vergiftete mich ein widerwärtiger Speichellecker des Dicken, mit dem ich später im Zirkus kämpfte ... mit einem fatalen Ausgang für ihn. Aber das ist eine Geschichte, an die ich mich nur höchst ungern erinnere.«

»Das möchte ich hören!« sagte Roi Danton. »Atlans Erzählungen sind stets voller Dramatik.«

Atlan winkte müde ab und erklärte: »Schon längst beschrieben worden, Roi!«

Die Konferenz war eilig zusammengerufen worden. Es war allerdings ein Zufall, daß nach zwei Stunden Diskussion mit Fachwissenschaftlern der Alarm eintraf. Man hatte die ersten Ermittlungen Sekunden später eingeleitet und konnte sich jetzt etwas Zeit lassen. Aber nicht zuviel Zeit, denn die Mutanten waren ebenso schnell wie Gucky oder alle SolAb-Männer zusammen.

»Das erhärtet meine Meinung und macht sie zu einer schlüssigen Beweisführung«, warf Paih Terzyu ein. Erst vor neunzig Minuten war er auf dem Raumhafen von Atlan Village gelandet. Er kam vom medizinischen Zentrum des Imperiums, dem Planeten Tahun.

Sandal wurde mitgeteilt, daß es um die Mutanten ginge und daß der Mann, der eben sprach, einer der hervorragendsten Parabiologen sei, die der Weltraum kannte; ein dünner, hoch aufgeschossener Mann mit rötlichen Augen und einem fast kahlen, etwas exotisch wirkenden Schädel. Es war ein Ara.

»Sie haben recht«, sagte Reginald Bull. »Die Frage ist nur, ob die Mutanten sterben, ehe wir sie in unsere Hände bekommen. Denn nur wir können ihr Leben retten, und das auch nur vermutlich unter allergrößten Schwierigkeiten!«

Vor wenigen Minuten hatte der Ara Paih Terzyu bewiesen, daß die synthetischen und im Eilverfahren gezüchteten Körper in allen Fällen schnell absterben würden. Da die Aufzucht oder Entwicklung, sagte er, nur fünf Tage lang gedauert habe, liege der Fehler nicht im Detail, sondern in der mangelnden Reife.

Reginald Bull bemerkte tiefsinnig, daß diese Eigenschaft der Synthokörper von vielen Menschen voll geteilt würde. Er meinte offensichtlich das Auftreten einiger Oppositionspolitiker.

»Das Thema ist ernst!« Der Ara richtete seine großen Augen auf Bully. »Die lemurischen Fachwissenschaftler haben für eine solche Entwicklung normalerweise einen Zeitraum von etwa acht terranischen Wochen veranschlagt. Auch das kann anhand meiner Unterlagen bewiesen werden. Die Mutanten, die schon zu diesem Zeitpunkt unsicher und verzweifelt gewesen sein mußten, machten genau den Fehler, der sie in Kürze das Leben kosten wird.«

Sandal Tolk hob die Hand und stellte eine Frage. Verwundert blickte der Ara von Atlan zu Sandal; auch er stellte eine gewisse optische Verwandtschaft, zumindest aber eine starke Ähnlichkeit fest.

»Was geschieht nach Ihrer Meinung, Paih Terzyu, wenn die Mutanten sterben? Oder wie würden sie versuchen, diesem Umstand auszuweichen?«

Der Ara erwiderte schnell: »Nach allem, was ich erfahren habe, gibt es nur eine Lösung. In dem Augenblick, da der Verstand der Mutanten begreift, daß ihr Lebensende sich nähert, werden sie unter allen Umständen versuchen, wieder in Ribald Corellos Gehirn zurückzukehren. Was das bedeutet, brauche ich Ihnen nicht zu sagen.«

»Nein!« sagte Rhodan.

»Ist Corello bei den vier Mutanten, die man auf Sardinien gesichtet hat?« erkundigte sich Roi Danton.

»Das wissen wir nicht!« bekannte Galbraith Deighton.

»Wann wissen wir es?« fragte Sandal.

»Wenn die vielen Helfer auf Sardinien eine Spur gefunden haben. Das kann in einigen Minuten sein oder nach Tagen. Wir sind ohne Informationen. Ich kann mir nur denken, daß – schließlich wurden nur vier gesichtet – sich die Mutanten in zwei Gruppen geteilt haben.«

Rhodan dachte laut: »Auf der gesamten Erde ist ausgerechnet Ribald Corello, weil er mit dem PEW-Metall von Asporc paramechanisch und energetisch irgendwie ›verwandt‹ ist, das einzige Individuum, das die acht Mutanten als Bezugspunkt wählen können!«

Atlan beugte sich vor und legte eine Hand auf den Arm des Freundes. »Was murmelst du da?«

»Ich stelle gerade betrübt fest, daß Corello das einzige Wesen in erreichbarer Nähe ist, in das sich unsere Freunde zurückziehen können. Normale Menschen oder die Mutanten des Neuen Mutantenkorps, die nicht Corellos erstaunliche Eigenschaften besitzen, können auf keinen Fall von den acht Mutanten bezwungen werden.«

Noch immer saßen sie am toten Punkt. Die Informationen, die sie bekommen hatten, waren geeignet gewesen, sie in eine kurzfristige Betriebsamkeit zu versetzen, aber viel mehr war nicht herausgekommen. Das, was der Ara gesagt und bewiesen hatte, bestätigte zwar eine Handvoll vager Vermutungen und Halberkenntnisse, aber führte auch nicht dazu, daß man die Mutanten unter die Obhut des Imperiums bekam – das einzige Mittel, ihnen zu helfen. Die Mitteilungen Paih Terzyus verwirrten eher noch mehr, denn sie bewiesen, daß sie alle, die Mutanten, die dahinstarben, und sie, die das Sterben verhindern wollten und vielleicht auch konnten, keine Sekunde mehr zu verlieren hatten.

»Was schlagen Sie vor?« fragte Rhodan.

»Finden Sie Ribald Corello, und schläfern Sie ihn ein!« sagte der Ara.

»Wie und womit?« Sandal fühlte sich keineswegs durch die Anwesenheit von zehn flüchtig bekannten Personen gehemmt, die hier den Rang von fachwissenschaftlichen Beratern besaßen.

»Wie – das ist das Problem Galbraiths!« meinte Reginald Bull und trommelte nervös mit den Spitzen seiner Finger auf der Tischplatte.

»Womit – damit kann ich dienen!« sagte der Ara.

Er griff unter den Tisch, wobei er einen langen, erschreckend dünnen Arm ausstreckte, und zog einen kleinen weißen Koffer heraus. Auf der Frontseite prunkte ein surrealistisches Gemälde: *Anatomie einer Pille von Aleksander Kanh.* Sandal blickte mit gerunzelten Brauen darauf und staunte. Das Bild sah fast so aus wie die halbzerstörte Burg Crater.

»Hier habe ich ein Mittel, das auch ungewöhnlich starke parapsychische Naturen binnen Sekundenbruchteilen einschläfert«, sagte Terzyu und hob eine Packung von länglichen Zylindern heraus.

Sandal betrachtete abwechselnd die Glaskapseln, die einen runden Mechanismus eingeschmolzen hatten, und das Gemälde, das in einer Fabellandschaft eine zur Hälfte einem aufgeschnittenen »anatomischen« Bild ähnelnde Pille zeigte.

Dann hob Sandal den Kopf und fragte: »Können die Kapseln auch mit Pfeilen verschossen werden?«

Sämtliche Köpfe fuhren herum, alle Anwesenden blickten ihn an.

»Selbstverständlich!« antwortete Paih Terzyu laut. »Diese Möglichkeit bietet sich geradezu an.«

Nach einem kurzen Blick auf die Uhr sagte Deighton: »Wir haben heute den Sechsundzwanzigsten. Vor nicht ganz einer halben Stunde waren vier der acht gesuchten Mutanten bei dem Mediziner in Cagliari. Es gibt einige Möglichkeiten für uns zu handeln.«

Rhodan nickte. Man sah es seinem ernsten Gesicht an, daß er nachdachte und daß ihn die Ereignisse ausschließlich beschäftigten.

»Eine dieser Möglichkeiten wird sein, daß ich einen zweiten, im Ton schonungsloseren Aufruf an die Mutanten richte. Wir wissen, daß die Synthokörper aus sich selbst heraus einen starken Drang besitzen, selbständig und rücksichtslos zu handeln; sie kennen das Gefühl der Angst und den Selbsterhaltungstrieb anscheinend nicht. Ich hoffe, daß der Verstand der Mutanten die Reaktionen der Körper unter Kontrolle bekommen kann. Bereiten Sie alles für eine Übertragung vor, ja?«

Die letzten Worte waren an einen Techniker gerichtet, dessen Gesicht auf einem Monitor erschienen war. »Selbstverständlich, Sir!« sagte er sofort.

»Danke.«

Atlan schnippte mit den Fingern. »Wir sollten uns bereit halten, schnell nach Sardinien zu fliegen oder, noch besser, den Transmitter zu benutzen. Wenn sich die Mutanten dort aufhalten, dürften Saedelaere und Corello nicht weit sein, denn wir wissen, daß die Mutanten die Nähe der beiden Männer als eine Art Lebensversicherung betrachten. Ich schlage vor, Sandal unterhält sich ein wenig mit unserem Freund Terzyu und hält sich bereit, mit uns zu kommen.«

Sandal und der Ara-Mediziner nickten sich zu, standen auf und verließen den Raum. Einer der Spezialisten folgte ihnen; er hatte eine Idee, die sich vielleicht nutzbringend verwenden ließ.

Reginald Bull hatte die Unterhaltung schweigend mitverfolgt. Jetzt stand er auf und meinte: »Die Zeit drängt, Freunde! Ich fürchte, daß die Mutanten nach ihrer Entdeckung halb wahnsinnig vor Angst und Ausweglosigkeit werden. Vielleicht nicht vor Angst, denn ihre Körper kennen dieses Gefühl angeblich nicht … aber sie werden reagieren. *Wie* reagieren sie vermutlich?«

»Indem sie sich in Corello zurückziehen«, sagte Atlan schnell, »oder dies wenigstens versuchen.«

»Richtig! Und was können wir dagegen tun?« fragte Bull hartnäckig.

»Mit Terzyus Hilfe versuchen, Corello auszuschalten«, sagte Deighton. »Darüber beraten Sandal Tolk und Paih gerade. Aber zunächst müssen wir wissen, an welchem Punkt sich die Mutanten befinden. Wenn sie überhaupt noch auf Sardinien sind. Und sie werden auch Alaska nicht eine Sekunde unbewacht lassen.«

Atlan biß sich auf die Unterlippe. Er dachte an die fast endlos vielen Möglichkeiten, sich zu verstecken … Er stellte sich vor, wie Hunderte von Polizisten und Agenten ausschwärmten und jedes Hotel, jede freie Wohnung, jede kürzlich erfolgte Vermietung kontrollierten. Waren es nun vier oder sechs oder acht oder gar zehn Personen?

»Vielleicht melden sie sich, wenn ich sie angesprochen habe!« sagte Rhodan niedergeschlagen.

»Unterschätze nicht den Rest der körperlichen Energien!« warnte ihn Atlan. Ein Bildschirm flammte auf.

»Ja?« Rhodan sah in die Aufnahmeoptik und hob die Brauen.

»Sir, die Vorbereitungen sind getroffen. Alle Sender sind verständigt. Wir können eine Unterbrechung der laufenden Programme haben, wann immer wir wollen. Sie können Ihre Ansprache also sofort halten. Kommen Sie zu uns herüber? Oder sollen wir die Kameras ...?«

Rhodan winkte ab. Er würde improvisieren müssen, aber die Überlegung eines Textes für diesen Anlaß fiel ihm nicht schwer. Er hatte zeit seines Lebens genügend Reden gehalten.

»Ich komme zu Ihnen«, sagte er und verließ den Raum.

Sandal setzte sich gegenüber dem zweihundertzehn Zentimeter großen Ara, der ihn aus albinotischen Augen aufmerksam musterte.

»Ich kenne dieses Problem ziemlich genau«, sagte der Ara, der selbst im Sitzen noch zerbrechlich und etwas hilflos wirkte. »Und aus diesem Grund habe ich aus Tahun ein völlig neu entwickeltes Medikament mitgebracht.«

Sandal entledigte sich des Bogens, zog einen Pfeil aus dem Köcher und legte den fast eineinhalb Meter langen Kunststoffschaft auf den Tisch.

»Was ist das für ein Zeug?« fragte Sandal und deutete auf die Ampullen.

Die Ampullen bestanden allem Anschein nach aus einem glasähnlichen Kunststoff, der transparent war und einen dunkelbraunen, wäßrigen Inhalt erkennen ließ. Winzige Bläschen bewegten sich in der Flüssigkeit.

»Parnomotio-B-Forte!« sagte der Ara leise und rollte eine Ampulle hin und her.

Sandal nahm sie auf und betrachtete sie aus der Nähe. An einem Ende der etwa fingerlangen, rund zwanzig Millimeter durchmessenden Röhrchen war ein kugelförmiges Element eingegossen. Es besaß außen einen Fortsatz, der wie ein extrem flacher Nagelkopf aussah. Der Stift verschwand in der undurchsichtigen Kugel.

»Ein Parabi-Narkotikum«, erklärte der Mediziner weiter und strich mit einer schmal und zerbrechlich wirkenden Hand über den glatten Schädel mit dem winzigen Kranz flaumförmiger Haare. »Es ist von uns Aras, die wir ja in solchen Dingen eine gewisse Kunstfertigkeit besitzen, speziell für die Behandlung von Mutanten oder parapsychisch stark begabten Menschen geschaffen worden.«

Der Spezialist, dessen Name Sandal nicht kannte, zog einen zweiten Pfeil aus dem Köcher und prüfte die Befestigung der auswechselbaren Spitze. Er nickte zufrieden und lächelte kurz.

»Wir haben die Möglichkeit«, meinte er, »eine solche Ampulle an der Spitze eines Ihrer Pfeile zu befestigen, Mister Tolk.«

»Das wollte ich geklärt wissen. Wie wirkt dieses Medikament?«

Der Ara fuhr fort, als müsse er Sandal dieses Parnomotio verkaufen und erhoffe sich einen riesigen Auftrag: »Auf einen Menschen wie Sie und mich spricht dieses Medikament kaum an. Sie werden bestenfalls etwas schläfrig. Eine gewisse Euphorie, ein kurzfristiges Glücksgefühl, erfüllt Sie. Aber auf Mutanten hat Parnomotio eine ausgesprochen verheerende Wirkung.«

Sandal nickte. Die Beschreibung entsprach den Vorstellungen, die er sich anhand dessen, was er über die voraussichtliche Natur des Einsatzes wußte, gemacht hatte.

»Es wirkt auf dem Umweg über Nasenschleimhäute und Lungenalveolen direkt und mit beträchtlicher, fast blitzartiger Schnelligkeit auf den Verstand, auf das Gehirn eines Mutanten. Daher auch der Zusatz *Forte.* B bedeutet, daß es aus der zweiten Versuchsreihe hervorgegangen ist.«

Der Techniker skizzierte schnell eine einschraubbare Halterung, gab die Maße an und ging dann zu einem Bildschirm unweit des Tisches. »Lassen Sie sich bitte nicht stören!« sagte er leise.

»Was ist die Folge, wenn dieses Medikament angewendet wird? Wie wird es überhaupt angewendet? Muß es in eine Wunde geschossen werden?« wollte der Mann von Exota Alpha wissen.

»Die Wirkung ist einschläfernd und betäubend, aber darüber hinaus fällt ein Mutant schlagartig in eine absolute parapsychische Taubheit. Sie ist von rund einem Tag Dauer, allerdings abhängig von der Menge des aufgenommenen Parnomotio. Deswegen ist es vorteilhaft, es direkt anzuwenden.«

»Wie tue ich das?«

»Wir könnten es spritzen oder den Patienten veranlassen, es zu schlucken. Der Vorteil dieser Ampullen besteht darin, es gasförmig wirken zu lassen.«

Sandal, dessen Erfahrungen als Jäger ständig präsent waren, begann sich vorzustellen, wie er in eine Wohnung hineinspringen mußte, sich blitzschnell orientierte, Corello sah und sofort schoß. Er lachte kurz auf – es war sehr schwer. Der Bogen war keine Waffe für kürzeste Distanzen.

»Gasförmig. An die Spitze eines Pfeiles geschraubt«, sagte er leise und nachdenklich.

»Richtig.«

Der Ara erklärte weiter. Die Ampullen besaßen einen Aufschlagmechanismus. Also hatten die Aras bei der Abfüllung von Parnomotio-B-Forte bereits genaue Spezifikationen erhalten oder von sich aus befolgt. Sandal wußte nach zwei weiteren Sätzen, daß es Ampullen für alle Zwecke gab, aber sie diskutierten hier nur über jene Art, die er für seine Waffe benötigte. Der Aufschlagzünder konnte für verschiedene Empfindlichkeiten eingestellt werden, und wenn er gegen ein Hindernis stieß, wirkte die eingebaute Aufschlagsschnellentlüftung. Sie zersprengte den Behälter in Sekundenbruchteilen, die unter der menschlichen Reaktionsgeschwindigkeit lagen. Also würde es nichts nützen, den Atem anzuhalten, denn selbst bei diesem halben »bedingten Reflex« war das Gas bereits wirksam ausgeströmt.

Sandal begriff und erkundigte sich zögernd: »Es ist also nicht nötig, daß ich Corello direkt ans Kinn oder an die Stirn treffe?«

»Nein!« wehrte der Ara ab.

Wenn Corello, führte er aus, die Ampulle als Teil eines Pfeiles an irgendeine Stelle seines Körpers plaziert bekam, würde sie schneller zerbrechen und das Gas förmlich nach allen Seiten schleudern, als der Supermutant reagieren konnte. Er wurde dann innerhalb einer Sekunde vollkommen taub, was seine parapsychischen Gaben betraf. Die betreffenden Gehirnsektoren wurden betäubt, narkotisiert und völlig ausgeschaltet.

Corello würde als sogenannter PEW-Katalysator völlig ausfallen. Für die anderen Mutanten würde er unbrauchbar sein. Die Geistermutanten hatten dann keine Möglichkeit mehr, Corello als Fluchtpunkt aufzusuchen.

Außerdem, schloß der Ara, würden durch das Gas, falls es in einem Zimmer angewendet werden würde, die anderen Mutanten zumindest teilweise gelähmt. Das sei aber unsicher, weil die Größe des Zimmers, die relativ kurzlebige Wirkung des Gases, die Raumentlüftung und die Reaktionen der Mutanten als Unsicherheitsfaktoren dazukämen. Er, Paih Terzyu, wäre aber durchaus optimistisch.

Der Türsummer ertönte, und der Techniker sprang auf.

»Das ist sicher der Bote unserer feinmechanischen Abteilung!« sagte er und öffnete. »Ja. Richtig.«

Sie hatten rasend schnell gearbeitet. Der Bote grüßte kurz und legte dann die zwölf Spezialhalterungen auf den Tisch. Sie bestanden aus engmaschigem, leicht federndem Draht, der für das ausströmende Gas kein Hindernis sein würde. Sie umfaßten die Hälfte der Länge einer Ampulle, was sogleich ausprobiert wurde. Mit ihrem hinteren Ende, das aus ballistischen Gründen beschwert worden war, ließen sie sich leicht in die Pfeilschäfte einschrauben.

Sandal wechselte eine Spitze aus, wog den Pfeil nachdenklich in der Hand und zeigte sich dann zufrieden: »Ich werde damit schießen können. Wie halten wir es mit der Empfindlichkeit der Aufschlagsentlüftung?«

»Mittlere Werte. Ich stelle es Ihnen ein«, entgegnete der Ara.

Sie tauschten zwölf Spitzen aus. Sandal ließ noch einige andere Pfeile im Köcher, schnallte ihn dann wieder über die Schulter und meinte: »Ich bin bereit. Wenn es auch Rhodan und Galbraiths Leute sind, können wir versuchen, den Mutanten zu helfen.«

Sie gingen zurück zu den anderen. Inzwischen waren auch Ras Tschubai und Gucky eingetroffen.

Während Rhodan sprach, warteten sie. Sie alle hatten das dumpfe Gefühl, daß die Versuche, die Mutanten einzukesseln und zu fangen, um sie retten zu können, mit erheblichen Unsicherheitsfaktoren belastet waren.

Was geschah auf Sardinien?

17.

Gegen Mittag desselben Tages unterbrachen sämtliche Sender ihre Programme.

»Wir bringen«, sagten die Sprecher, »einen Aufruf des amtierenden Großadministrators Perry Rhodan. Er wendet sich an sämtliche Bewohner der Erde und der Planeten des Sonnensystems. Wir unterbrechen unsere laufenden Sendungen für einige Minuten und bitten um Verständnis für diese Unterbrechung.«

So oder ähnlich lauteten die Ansagen, dann wechselte das Bild auf den Bildschirmen und in den Holo-Würfeln und zeigte dreidimensional, gestochen scharf und farbig, Perry Rhodan. Mit ernstem Gesicht wandte er sich in die Linsen der Kameras.

»Liebe Mitbürgerinnen und Mitbürger, Terraner«, sagte er. »Ich wende mich an Sie, um Sie auf ein schwerwiegendes Problem hinzuweisen, das uns Verantwortliche beschäftigt. Unter uns befinden sich acht Menschen, die eigentlich schon seit mehr als einem halben Jahrhundert tot sind. Sie werden ahnen, um wen es sich handelt, nämlich um die acht während der Second-Genesis-Krise umgekommenen Mutanten. Diese acht Menschen suchen wir.

Wir suchen sie dringend, denn folgendes ist geschehen: Die Mutanten, die nicht wirklich tot waren, sondern im Hyperraum weilten und dort in einer unfaßbar geheimnisvollen Zustandsform litten, konnten diesem Zustand entfliehen. Sie brauchten dazu aber Wirtskörper, die sie versuchten selbst herzustellen, in einer uralten Station der Lemurer. Das Experiment gelang nur scheinbar.«

Rhodan machte eine Pause. Die Weltöffentlichkeit hatte inzwischen gemerkt, daß es um einen ernsten Anlaß ging. Jeder Mensch, der sich in der

Nähe eines eingeschalteten Kommunikationsmittels befand, hörte zu. Endlich erfuhr man die exakte Wahrheit, nachdem in der vergangenen Zeit eine Unmenge von unklaren Meldungen und Nachrichten zirkuliert hatten.

Rhodan holte tief Atem und fuhr fort: »Ich wende mich an alle Mitbürger mit der dringenden Bitte, sich an die Sicherheitsorgane zu wenden, wenn sie in der letzten Zeit einschlägige Beobachtungen gemacht haben. Die Körper, in denen sich die acht Wesen aufhalten, sind überhastet aus Grundgewebe gezüchtet worden. Es sind Androiden, synthetische Menschen. Die überschnelle Züchtung, der beschleunigte Reifeprozeß, hat zu einem verhängnisvollen Fehler geführt. Normalerweise brauchen solche Androiden mehr als acht Wochen, um zu einem funktionsfähigen Körper heranzureifen. Dieser Fall trat nicht ein; sie wurden innerhalb weniger Tage angefertigt. Dadurch sind sämtliche Organe, die Kreisläufe und überhaupt die Lebensfähigkeit der Körper in ihrer Wirkung und Funktion entscheidend reduziert worden. Die äußeren Merkmale sind ...«

Er zählte auf, was er der Meldung des Arztes Gianni Degosciu entnommen hatte.

»Ich rufe die Mutanten, die wirklich Freunde der Menschheit sind, aber im Augenblick ratlos sind und sich wie Gehetzte vorkommen müssen!

Tako Kakuta! Kommen Sie zu sich! Besiegen Sie die Impulse Ihres Wirtskörpers! Er wird in wenigen Tagen abgestorben sein, und dann ist auch Ihr glänzender Verstand dahin!

André Noir! Versuchen Sie, die Lage realistisch zu beurteilen. Sehen Sie sich an! Sie sind ein lebender Leichnam mit einer kurzen Gnadenfrist.

Wuriu Sengu! Wir suchen Sie nicht, um Sie zu töten oder einzusperren, sondern wir versuchen nur, Ihr kostbares Leben zu retten. Hinter uns steht Tahun, steht das geballte medizinische Wissen der Galaxis!

Frequenzseher Son Okura! Hören Sie auf die Gedanken der Vernunft! Stellen Sie sich! Eine Gegenwehr ist nicht nur sinnlos, weil es nichts gibt, wogegen Sie sich wehren müßten!

Kitai Ishibashi! Ich beschwöre Sie, unsere Hilfe zu suchen, unsere Möglichkeiten anzunehmen. Es gibt nur eine Alternative, und das ist der endgültige Tod von euch acht!

Tama Yokida! In diesen Sekunden werden Sie gesucht. Unsere Helfer haben nur einen Wunsch und einen Befehl! Sie wollen Sie alle in die sichere Obhut unserer Mediziner bringen, der besten Mediziner, die es gibt.

Teleoptiker Ralf Marten! Kommen Sie zu uns! Drücken Sie die Notruftaste eines Interkoms. Jeder Polizist der Erde weiß, was er zu tun hat. Wir alle freuen uns, daß Sie alle wieder bei uns sind, und wir wollen Ihnen helfen. Nichts anderes.

Betty Toufry! An Sie appelliere ich besonders. Sie sind eine Frau! Sehen Sie in einen Spiegel und erkennen Sie, wie schrecklich Sie sich verändert haben. Wir werden alle unsere Möglichkeiten ausnutzen, um Ihnen einen Körper zu verschaffen, in dem Sie wieder das sind, was Sie waren – eine schöne, begehrenswerte Frau.

Das war mein Anliegen, liebe Mitbürgerinnen und Mitbürger. Wenn Sie etwas wissen oder gesehen haben, bitte, melden Sie es den Beamten. Sie denunzieren niemanden, sondern helfen mit, acht kostbare Menschenleben zu retten. Ich danke Ihnen für Ihre Aufmerksamkeit.«

Das Bild verblaßte, die Absage kam, die Programme liefen nach einer kurzen Schaltpause wieder wie gewohnt weiter.

Zehn Sekunden später traf die Aussage des Jungen ein, aus Sardinien, bei dem sich ein Mann mit einem ungewöhnlichen Korbhut nach der Klinik erkundigt hatte. Die Fahrgäste der Schnellverbindung meldeten ihre Beobachtungen. Der Hafenkapitän von Quartu. Schließlich einige Passagiere des altertümlichen Schnellboots, das von Porto Cervo aus gestartet war und diese Linie regelmäßig befuhr.

Der Leiter des Supermarktes ... Eine Gruppe Kinder, die den merkwürdigen Mann auf dem Rücken eines Roboters gesehen hatten ... Ein Taucher, der nachts das Feuer unter Saedelaeres Maske gesehen hatte, als er neben dem Unterwasserhaus vorbeischwamm.

Es dauerte nur einige Minuten, bis die Auswertung vorlag und in den Saal hineingegeben wurde, in dem das Katastrophenteam tagte.

»Los!« sagte Deighton. »Nach Sardinien.«

Die Teleporter und die Transmitter arbeiteten Hand in Hand. Sekunden später stand eine kleine Gruppe im Büro des Hafenleiters von Porto Cervo, links neben dem außerordentlich prachtvollen und skurrilen »Maison du Port« gelegen.

Der Mann war vorbereitet und sagte nur: »Die SANTU GIOVANNI ist ein Boot, das Stützpunkt einer Tauchschule ist. In einer Stunde sind Sie an Ihrem Ziel. Tauchanzüge, Kompressoren ... alles ist an Bord. Ich rufe Lorusso, den Besitzer und Kommandanten, ja?«

Atlan nickte entschlossen und sagte: »Einverstanden. Ich komme mit.«

Sie verließen den Raum und eilten über den mit weißen Platten ausgelegten Hafen. Sie fragten nicht, ob sie an Bord kommen durften, und brachen damit eine uralte und stets befolgte Regel der Schiffahrt. Aufgebracht kam Lorusso den Niedergang herauf und baute sich vor den Männern auf.

»Was zum Teufel ...«, fing er an.

»Ich bin Atlan!« sagte der Arkonide. »Wir brauchen Ihr Boot.«

Lorusso lachte kurz, sah kopfschüttelnd auf den Hafenleiter, der beschwörende Gesten machte, und erklärte in verbindlichem Tonfall: »Meinetwegen sind Sie Atlan, ich kenne Sie nicht. Mein Boot ist ein Unternehmen, das stundenweise oder tageweise gemietet werden kann: Zu einem ziemlich hohen Preis.«

»Wir zahlen alles!« versprach Atlan. »Und darüber hinaus auch noch eine Prämie. Rhodan muß die Mutanten retten. Haben Sie nichts gehört?«

Lorusso hob gleichgültig die Schultern und erklärte mit ausgebreiteten Armen: »Ich arbeite dort unten. Im Maschinenraum. Meine Maschinen sind meine Lebensversicherung. Und die der Taucher. Buono! Ich habe nichts gehört, nichts gesehen! Ecco! Wollen Sie das Boot mieten?«

Atlan rang mit sich, und der Hafenleiter rief vorwurfsvoll: »Lorusso! Das sind keine Touristen! Bist du wahnsinnig?«

Lorusso schüttelte den Kopf und versicherte völlig ungerührt: »Ich bin nicht wahnsinnig, sondern Privatmann. Wollen Sie das Boot für eine Stunde oder einen Tag?«

»Einen Tag!« rief Atlan erbittert.

»Zahlen Sie im voraus?« fragte Lorusso.

Atlan schaltete seinen Minikom ein und sagte: »Kommt an Bord! Ich muß nur noch einen Schiffsbesitzer niederschlagen und über die Reling werfen, ansonsten ist alles klar. Ich kann das Boot selbst fahren.«

Lorusso griff nach einer Harpune, aber Atlan sprang vor, gerade als Gucky und Sandal erschienen.

Atlans Hand schlug die ungeladene Harpune zur Seite. Er ergriff Lorusso genau an der Stelle an dem kurzen, bunten Hemd, auf der ein buntes Emblem prunkte, zog ihn an sich und sagte: »Wir machen keine Vergnügungsfahrt. Es handelt sich um Menschenleben, Sie Narr! Und wir müssen völlig unverdächtig vorgehen. Sie können sich darauf verlassen, daß ich rücksichtslos vorgehen und auch für die Konsequenzen haften werde. Los, hinunter in den Maschinenraum! Ich fahre!«

Lorusso heulte auf, als auch Rhodan und Ras Tschubai erschienen und plötzlich auf dem Dach des hölzernen Deckhauses saßen.

»Perché?« schrie er. »Warum haben Sie das nicht gleich gesagt? Menschenleben in Gefahr ...« Er sah sich wild um. »Sind alle an Bord?«

Der Hafenleiter rannte über die Gangway zurück an Land und schob sich durch den Kreis der Neugierigen.

»In Ordnung! Ablegen!« sagte er laut. »Schalte das Gerät ein, wir leiten alles von der Kommandantur aus weiter!«

»Capico!« bestätigte Lorusso und fing die Belegtaue auf. Atlan wirbelte herum, stellte sich in den Fahrstand und orientierte sich schnell. Dann brummten die beiden schweren Maschinen auf, drehten die Schrauben, die in Arbeitsstellung waren. Belegtaue und Gangway wurden befestigt und zusammengerollt, dann stellte sich Lorusso neben Atlan.

»Hier!« sagte er. »Bei sechstausend *giri* auf Fahrtstellung drehen!«

»Capisco!« sagte Atlan.

Es war offiziell verboten, mit voller Kraft in den Hafen ein- und aus dem Becken auszufahren. Dazu kamen die vielen Felsen, Unterwasserhindernisse von beträchtlicher Gefahr für Mann und Gerät. Das Schiff erzitterte, kam schnell von der Hafenmole frei und fuhr zunächst nach Westen, nach einigen Metern ging es auf Nordkurs und hob den Bug immer mehr aus der Verdrängerfahrt aus dem Wasser. Genau in der Mitte des Hafens steuerte Lorusso eine starke Kurve nach Osten aus, schob beide Gashebel nach vorn, und die Maschinen entfesselten ihre vollen Pferdestärken. Das Schiff, bewußt altertümlich gehalten, aber innen mit dem modernsten Komfort ausgestattet, ging in reine Gleitfahrt über, als sie noch nicht die Linie zwischen den beiden Hafenfeuern passiert hatten. Fünfzehn Seemeilen, achtzehn, dreiundzwanzig ... das Boot wurde immer schneller. Die Flaggen knatterten, aus dem Maschinenraum kam ein dumpfes Dröhnen, und Bug- und Heckwellen vereinigten sich zu einem weißen, aufgewühlten Wellenberg in der Form eines spitzwinkligen V.

»Kümmern Sie sich um die Taucherausrüstung!« brüllte Lorusso. »Meine Crew hatte Ausgang. Ich muß das Ruder führen ... Die Untiefen und Felsen!«

»Ich verstehe!« schrie Atlan zurück und winkte.

Sandal zog sich aus, rieb seinen Körper mit einem gelben Puder ein und ließ sich den Taucheranzug überstreifen. Dabei fiel sein Blick auf eine der vielen Harpunen. Während Perry Rhodan und Atlan die Säume schlossen und den Gürtel befestigten, verglich Sandal die Harpunenpfeile mit den Geschossen in seinem Köcher.

»Ein Taucher mit Bogen?« fragte er.

»Käme auch mir verdächtig vor!« stimmte Ras Tschubai zu.

»Ich muß es versuchen ...«, brummte der Mann von Exota Alpha und zerrte an der Kappe, bis sie saß. Das Band der Brille war zu eng für seinen Schädel. Schließlich, während das Boot mit fast dreißig Knoten Geschwindigkeit über die schwachen Wellen tanzte, immer wieder aufschlug, ständig seine Richtung änderte, verglich Sandal die Schraubenanschlüsse für den Dreizack mit denen seiner Pfeile. Er fand, daß sie paßten.

»Gut!« sagte er. »Improvisieren. Ich nehme die Harpune.« Er wog die schwere Waffe in den Händen.

Ras half ihm. Sie schraubten auf die drei Pfeile der Harpune drei der Gasampullen auf, luden das schwere Harpunengewehr und testeten es durch. Sandal vertiefte sich in den Mechanismus. Er wußte, daß diese Waffe für durchschlagende Wirkung auf kürzere Entfernungen gebaut worden war. Außerdem wirkte er dadurch unverfänglicher.

Lorusso schrie durch eine Telefonverbindung hinunter: »Wir sind in zwei Minuten da!«

»Wir sind bereit!« rief Rhodan ins Mikrophon.

Das Schiff wurde langsamer und näherte sich dem Punkt, an dem es in den letzten Wochen und Tagen mehrfach am Anker gehangen hatte. Von der Unterwassersiedlung befand sich dieser Punkt etwa sechshundert, siebenhundert Meter entfernt. Sandal ließ sich die schweren Preßluftzylinder auf den Rücken wuchten, testete auch sie und biß auf das Mundstück.

»Ausgezeichnet. Die Luft schmeckt nach Blech.«

»Für dich werden sie demnächst Atemluft mit sardischem Fischgeruch in die Kanister pumpen!« kommentierte der Mausbiber respektlos. »Soll ich dir an Deck helfen?«

Er hakte sein Händchen in Sandals Gürtel, rematerialisierte an Deck und stand plötzlich hinter Lorusso.

»Welche Richtung?« fragte Sandal.

»Atlan weiß es genau!« antwortete Gucky. Der Arkonide kam den Niedergang herauf, musterte die Geländemerkmale und entdeckte am Ufer den Eingang zum Unterwasserteil der Siedlung.

»Diese Richtung, Sandal!« sagte er. »Vorsichtig!«

»Selbstverständlich!«

Sandal watschelte mit den Flossen über Deck, hielt die gesicherte Harpune und die Maske fest und ließ sich hintenüber ins Wasser fallen. Er atmete bereits die Luft der Unterwasserlunge und streckte sich. Die Schrauben wurden hart gestoppt, die SANTU GIOVANNI trieb in den Wellen.

Sandal orientierte sich abermals, schob die Harpune auf den Rücken und schwamm mit langsamen Flossenbewegungen, mit den Händen steuernd, auf das Land zu. Er sah undeutlich vor sich die Umrisse der linsenförmigen Unterwasserhäuser. Von einigen ging ein schwacher Lichtschein aus.

Über ihm, an Deck des Bootes, warteten sie gespannt. Atlan setzte Lorusso bei einem Drink aus der Bordbar das Problem auseinander. Lorusso entschuldigte sich ununterbrochen und wortgewaltig.

»Vergessen Sie's!« war Rhodans Kommentar. Er ging zum Funkgerät und sprach lange mit dem Hafenkommandanten von Porto Cervo.

Inzwischen war die Aktion voll angelaufen; alle Kräfte standen bereit. Nun hing alles von einem Erfolg Sandals ab.

Er ging tiefer und bewegte sich vorsichtig dicht über dem Meeresboden auf die Küste zu. In welchem Haus lebten die Mutanten?

Im Unterwasserhaus tobte eine lautlose Hölle. Die vier Mutanten versuchten sich, nach dem Fehlschlag in der Klinik Gianni Degoscius und dem überstürzten Rückzug, zu retten. Sie hatten den Aufruf Rhodans gehört und gesehen, und sie konnten sich ausrechnen, daß man auf ihrer Spur war, obwohl Rhodan nichts davon gesagt hatte.

Aber Tako Kakuta hatte Spuren hinterlassen ...

Corello war völlig erschöpft, aber er konzentrierte alle seine parapsychischen Kräfte darauf, sich gegen den geistigen Zugriff zu wehren. Er errichtete eine geistige Mauer, und vier Mutanten versuchten, diese Mauer zu durchbrechen. Sie waren von nackter Panik befallen.

Sie wußten, daß sie sterben mußten. Sie wußten, daß es nur eine Rettung gab – RIBALD CORELLO!

Dieser Gedanke war übermächtig und beherrschte alle ihre Sinne. Immer wieder erbebte die Barriere Corellos unter dem wilden Ansturm der vier Gehirne. Ihn rettete noch immer der Umstand, daß sich die vier Mutanten nicht einig waren. Die Panikstimmung, in der sie sich seit zwei Stunden befanden, verhinderte, daß sie sich zu einem gedanklichen Block zusammenschließen konnten.

Alaska Saedelaere wußte, daß auch er gefährdet war. Er blieb freiwillig bei Corello, um ihm zu helfen, wo er nur konnte, und er sah auch ein, daß genau in dieser gefahrvollen Position er den Mutanten – gegen ihren Willen – würde helfen können. Man hielt ihn für beeinflußt und ungefährlich, aber das war ein doppelter Trugschluß.

Er war in dem Augenblick gefährdet, da er versuchte, die Mutanten zu »verraten«. Dann stellte sich nämlich für sie heraus, daß er über einen eigenen Willen verfügte. Sie würden ihn mit einem winzigen Bruchteil der Energie, über die sie noch verfügten, umbringen.

Ungefährlich war es nur dann, wenn die Mutanten nicht ihre geistige Fessel anwendeten. Sicherheitshalber waren er und Corello gelähmt worden, als die Mutanten in Cagliari versucht hatten, den Mediziner in ihre Gewalt zu bekommen. Und jetzt kämpften sie gegen den Block um Corello an.

Der Supermutant würde in kurzer Zeit ihr Opfer werden, das war klar. Seine lautlose Gegenwehr wurde immer schwächer, je länger die Angriffe dauerten. Er wehrte sich dagegen, wiederum als Fluchtpunkt dienen zu müssen.

Die vier Mutanten fühlten genau, daß der PEW-ähnliche Wirtskörper nahezu am Ende aller Kräfte und Widerstandsmöglichkeiten war.

Wieder erfolgte ein Angriff.

Alaska sah sich wachsam um und versuchte eine Möglichkeit zu finden, den Ort bekanntzugeben, an dem sich die Gesuchten befanden. Keineswegs wollte er wieder den todesmutigen Versuch unternehmen, sich direkt zur Wehr zu setzen.

Kitai Ishibashi lag mit seinem gefolterten, rissigen Körper, der an einigen Stellen blutete und große Geschwüre erkennen ließ, in einem Sessel. Er hatte die Augen geschlossen, atmete stoßweise und röchelnd. Der Mutant kämpfte schweigend und erbittert mit Ribald Corello.

Selbst in diesem Zustand wirkte das schwammige, gedunsene Gesicht scharf und voll von den Linien, die äußerste Anstrengung kennzeichneten und größte Konzentration.

Wuriu Sengu hockte verkrümmt in einem Sessel und preßte die Hand auf das schmerzende Schultergelenk. Er trug kein Hemd, und seine Brust sah aus, als habe er Stunden unter der Folter und Jahre in einem lichtlosen, nassen Keller verbracht. Auch er keuchte pfeifend und schloß die Augen.

Zwei geistige Pfeile bohrten sich in den Wall, der um Corellos Gehirn lag.

Alaska stand auf und zog sich schweigend und voller Mitgefühl zur Tür zurück. Dort setzte er sich wieder und überdachte sorgsam seine nächsten Schritte.

Tama Yokida lag, von Kissen gestützt, auf einer Liege des großen Raumes und hatte sein Gesicht zur Wand gedreht. Er schien zu schlafen oder halb besinnungslos zu sein, aber hin und wieder zuckten seine Schultern

Tako Kakuta hatte den Sessel, in dem er ausgestreckt lag, in die Richtung der gläsernen Wand gedreht und fixierte dort einen Punkt, vielleicht sein eigenes undeutliches Spiegelbild. Anscheinend uninteressiert sah Alaska hinüber und erschrak über die Fratze, die der Spiegel wiedergab – das in Auflösung begriffene Gesicht des Teleporters schien lautlos vor Schmerz aufzuschreien.

Wieder rollte eine Brandungswelle geistiger Energie auf Corello zu und verwandelte ihn in ein zitterndes Etwas, das mit allen Nerven und Ganglien versuchte, sich gegen diesen Ansturm zu wehren. Die Mauer bröckelte allmählich.

Wenn überhaupt, dann muß ich jetzt handeln! Der Augenblick ist einmalig günstig! dachte Alaska Saedelaere. Er stand ruhig auf, ging in die Richtung des großen Bades und bog davor in den anderen Raum ab, in dem er sich unbeobachtet fühlte.

Er blieb vor dem Visiphon stehen und drückte mit der Linken die Notruftaste, mit der Rechten faßte er an seine Halbmaske. Den Ton hatte er vor zwei Stunden bereits in beiden Richtungen abgeschaltet.

Das Bild war augenblicklich da. Ein junger Polizist saß da, blickte überrascht hoch und erstarrte dann.

Alaska zog die Maske ab. Das flammende, irrlichternde Gesicht mit den unwirklichen Farben erschien auf dem Bildschirm im Polizei-Bereitschaftsraum.

Der junge Beamte öffnete den Mund. In äußerster Gelassenheit deutete Alaska mit dem Zeigefinger zu Boden, setzte die Maske wieder auf und sah zu seiner grenzenlosen Beruhigung, daß er verstanden worden war. Der Polizist nickte und winkte verstehend.

Alaska ließ die Taste wieder los und ging ins Bad.

Die Meldung ging blitzschnell die bekannten Kanäle entlang, nachdem der Beamte die Nummer und damit den Standort der Unterwasserwohnung festgestellt hatte. Auf schnellstem Weg erreichte diese Information – unter anderem – auch die wartenden Männer auf dem Boot SANTU GIOVANNI.

Vollalarm für Imperium-Alpha … Die Aktion lief, sofern nicht schon kleinere Gruppen zu handeln begonnen hatten, auf breiter Basis an.

Als Sandal Tolk, sich langsam dem Haus nähernd, die erste Schleuse erreichte, wußte er inzwischen durch das winzige Gerät in seinem Ohr, daß er das Ziel eindeutig erkannt hatte. Er hielt sich mit der linken Hand an dem Griff fest und nahm das Harpunengewehr in die andere Hand. Er mußte schnell hinein und schnell wieder hinaus.

Die Schleusen, so hatte ihm Lorusso mehrmals versichert, waren von innen und außen leicht zu öffnen. Das war eine der Sicherheitsauflagen gewesen. Im Fall einer Rettung mußten die Retter ungehindert ins Haus eindringen können. Sandal stellte drei Schleusen fest – eine unterhalb des großen Wohnraumes, in dessen Decke er die vier Mutanten als verzerrte Spiegelung sehen konnte.

Die zweite Schleuse, das konnte nur die Bodenöffnung des Bades sein. Nachdem er unter dem Haus hindurchgeschwommen war, im Sichtschatten eines Trageelements, fand er die dritte Schleuse. Sie befand sich in einem leeren, kleinen Raum. Der Nachbarraum war die Robotküche.

Sandal befestigte, nachdem er wieder zielstrebig zurückgeschwommen war, an zwei der Schleusen Unterwasser-Haftladungen. Sie würden kurz brennen und die schweren Schlösser unbrauchbar machen, so daß die äußeren Schleusentüren nicht mehr geöffnet werden konnten, auch nicht mit den körperlichen oder geistigen Kräften der Mutanten.

»Zurück zur dritten Schleuse!« sagte er sich und schwamm wieder auf die andere Seite des Hauses. Eine junge Frau, die unter ihm durch die Decke des nächsttieferen Daches blickte, erschrak. Sandal beruhigte sie mit beschwichtigenden Armbewegungen. Trotzdem … vielleicht würde sie, an die Möglichkeit eines Einbruchs denkend, die Mutanten warnen.

Vorsichtig öffnete Sandal, die Harpune mit den drei Pfeilen in der Hand, die Außentür des Schotts. Zunächst geschah nichts, aber als das einströmende Wasser den Druckausgleich hergestellt hatte, schwang die Tür leicht nach außen. Gleichzeitig erhellte sich der Schleusenraum, ein zylindrisches Stück Rohr von zwei Metern Durchmesser.

»Der erste Schritt«, sagte sich Sandal und zog die Außentür wieder zu. Während eine kleine Servopumpe anlief und das eingedrungene Wasser wieder nach außen drückte, zog er die Flossen aus, schob die Tauchermaske auf die Stirn, klemmte die Luftbahn um und nahm das Mundstück aus den Kiefern.

Langsam sank das Wasser, der Schleusenraum wurde leer. Sandal griff in den Gürtel und befestigte eine dritte Ladung direkt auf der Zuhaltung der Innentür. Er nickte und bereitete sich auf die nächsten Sekunden vor.

Sandal kannte den großen Raum, in dem die Mutanten saßen. Ebenso erkannte er das Bad und die Küche und ein leeres Zimmer. Drei andere Räume blieben übrig. Er hatte nicht gewagt, von allen Seiten in das Haus hineinzustarren – man hätte ihn sonst entdeckt.

»Die Schleuse ist leer.« Sandal öffnete sie und machte einen lautlosen Schritt nach vorn. Er hörte nur merkwürdige Geräusche. Keuchen, Würgen, ein qualvolles Husten.

Dann ging er weiter, bis er an den Korridor kam, ein konisches Stück zwischen den vielen Räumen. Er legte den Sicherungshebel um, ließ Preßluft in alle drei Kammern ein – es gab ein schwach fauchendes Geräusch, das wie ein schwerer Atemzug klang.

Dann warf er sich nach vorn.

Die erste Tür rollte schnell zurück, Sandal warf einen Blick durch den sich öffnenden Spalt, huschte zurück zur anderen Tür und riß sie auf. Beide Türen zeigten leere Zimmer.

Dann sprang er wieder vorwärts und geriet in den Sichtbereich aus dem großen Zentralraum. Blitzartig nahm er wahr, daß Alaska Saedelaere ihn ansah und mit dem Finger in die Richtung deutete, in der er eben sprang.

Die Tür.

Sie rollte zurück. Sandal sah den unbeweglichen Robot und schräg dahinter Corello. Er schoß schnell, die Handlung erfolgte rein instinktmäßig. Von der Hüfte aus zischte das preßluftgetriebene Projektil schräg aufwärts und landete in Corellos rechter Gesichtshälfte.

»Damit ist mein Auftrag erledigt«, sagte sich Sandal, feuerte zur Sicherheit einen zweiten Pfeil in das Zimmer ab und rannte zurück. Er riß die Schleusentür hinter sich zu; er hatte sie offengelassen. Dann zog er den Hebel, der dem Wasser ungehindert Zugang verschaffte.

Als die Schleuse brusttief unter Wasser stand, hatte Sandal die Flossen übergestreift und sah nach der Ladung.

Er zog an der Schnur und drehte sich um. Die sehr heiße Ladung zerstörte das Schloß. Dann schob der Froschmann mit der Schulter die äußere Schleusentür auf und schwamm hinaus.

Er legte die Entfernung bis zum Schiff zurück, fand die Leiter und turnte an Deck. Nur noch Atlan war da und half ihm über die geschnitzte Reling.

»Ausgezeichnet!« sagte Atlan.

Sandal riß die Kappe und die Maske herunter und fragte: »Haben wir die Mutanten?«

Atlan zog die Schultern hoch und gab lange keine Antwort.

Eine Truppe des Geheimdienstes drang, mit Paralysatoren und Gasmasken ausgerüstet, durch die Landschleuse in die Wohnung ein.

Sie fanden innerhalb des linsenförmigen Unterwasserhauses folgende Personen: Mutanten aus dem neuen Korps. Sie standen in sämtlichen Zimmern und machten ratlose und zum Teil verzweifelte Gesichter. Ribald Corello.

Er war nicht nur bewußtlos, sondern auch erschöpft. Das Gas hing als ungefährlicher Geruch noch schwach im Raum. Die Männer schafften Corello in einen Spezialbehälter und dirigierten ihn sowie den Trägerrobot aus dem Haus und über das System der unterirdischen Gänge hinauf zu einer Rasenfläche, auf der ein schneller Luftgleiter stand.

Kaum hatten sich die Türen der Maschine geschlossen, startete sie bereits und nahm Kurs auf ein kleines Raumschiff, das mit arbeitenden Antigravtriebwerken über dem offenen Meer schwebte und wartete.

Der Luftgleiter wurde eingeschleust; augenblicklich startete das Raumschiff. Corello war nicht nur in Sicherheit, sondern er fiel auch als Möglichkeit des Rückzuges für die Mutanten aus. Und außerdem war er parapsychisch blind, taub und stumm …

Das Einsatzkommando, das die Unterwasservilla stürmte, fand, abgesehen von den einigermaßen ratlosen Verantwortlichen, zudem Alaska Saedelaere, der lange und intensiv mit Rhodan sprach.

»Es ging alles so verdammt schnell«, sagte Alaska gerade. »Die Gasampulle hat sich entladen; Sandal feuerte zur Sicherheit eine zweite Ampulle gegen die Wand ab. Corello war augenblicklich gelähmt. Was mich fast noch mehr verblüfft hat, war die Reaktion der Mutanten. Sie hörten wohl die Gasentladungen und schalteten wahrhaft blitzschnell. Ich stellte mich schlafend, das war vermutlich meine Rettung. Obwohl Tako Kakuta völlig …«

Er wurde unterbrochen. Ein Geheimdienstangehöriger, der zusammen mit

Ras Tschubai teleportiert war, kam auf Rhodan zu und unterbrach in sachlichem Ton: »Sir – auch der zweite Versuch war negativ. Wir entdeckten die Wohnung, deren Standort uns Alaska sagen konnte. Sie war leer. Wir sind zu spät gekommen.«

Rhodan biß sich auf die Unterlippe und fluchte: »Verdammt!«

»Tut mir leid, Sir!«

Langsam leerte sich das Haus. Nur noch einige von Atlans Spezialisten blieben da und suchten nach Spuren. Die Verantwortlichen setzten sich per Transmitter oder mit Hilfe der Mutanten des Neuen Mutantenkorps nach Imperium-Alpha ab.

Alaska und Rhodan blieben allein zurück; Ras Tschubai wartete am Ausgang.

»Wir sind, abgesehen von Ihnen und Corello, so weit wie zuvor!« sagte Rhodan und lachte bitter.

Er selbst hatte, Sekunden nachdem er eingetroffen war, von Alaska den Ort genannt bekommen, an dem die zweite Gruppe sich aufhielt. Saedelaere kannte ihn aus Diskussionsrunden der vier Mutanten. So, wie hier Tako Kakuta trotz des bedauernswerten Zustandes, in dem er sich befand, seine drei Freunde und sich teleportiert hatte, so waren auch – vermutlich auf geistiger Ebene von Ishibashi oder einem anderen von hier aus verständigt – die anderen vier, unter ihnen Betty Toufry, spurlos geflohen.

»Eigentlich konnten wir von den acht Mutanten nichts anderes als eine solche blitzschnelle Reaktion erwarten!« gab Alaska zu bedenken.

Rhodan ging langsam auf den Ausgang der Wohnung zu. »Wie meinen Sie das?« fragte er niedergeschlagen. Sämtliche Anstrengungen waren sinnlos gewesen.

»Nun, die Gehirne funktionieren hervorragend. Ich hatte schließlich Gelegenheit, ihnen zuzuhören. Sie waren fast ununterbrochen Herr ihres Verstandes.«

Rhodan nickte Alaska zu. »Ja«, sagte er. »Sie haben recht. Wir werden uns alle nach Imperium-Alpha zurückziehen, weiter auf den nächsten Geistermutanten-Alarm warten und unsere Wunden lecken.«

Nicht ganz eine halbe Stunde später befanden sie sich wieder in den unterirdischen Räumen dieser Großanlage.

Eine riesige Falle war aufgebaut worden. Sie hatte zugeschnappt, und durch das einzige Loch waren die acht Flüchtlinge entschlüpft.

18.
Kalahari

Am Morgen des achtundzwanzigsten Mai hingen die Wolken über Terrania City tiefer als sonst. Ihr Grau schien die Natur der Gedanken zu symbolisieren, die in Rhodan und seinen Mitarbeitern schwelten. Es regnete ununterbrochen.

Das Wasser verwandelte die riesige Stadt in ein dampfendes Häusermeer, unterbrochen von triefenden Parks. Gleichzeitig wusch der Regen den Staub weg, führte den Seen und Flüssen kurze Hochwasser zu und ließ die Menschen, die sich mit dem Mutanten-Problem beschäftigten, trübsinnig werden.

Sie saßen alle da wie auf glühenden Kohlen. Ein Gefühl drohenden Unheils und hoffnungsarmer Resignation, das sie bereits seit Tagen plagte, wuchs in diesen Stunden mehr und mehr und lähmte sie nicht direkt, sondern erfüllte sie mit einer stillen Wut.

Es war die Wut des Erfolglosen, der alle seine Fähigkeiten angewandt hatte und damit restlos gescheitert war.

Der Kreis der Berater und Freunde hatte sich entscheidend verringert. Aber die gewaltige Apparatur, die Galbraith Deighton befehligte, wartete sozusagen mit Maschinen im Leerlauf. Desgleichen hatte sich die Aufmerksamkeit jetzt auch auf Hafenanlagen, Raumschiffe, alle möglichen anderen Dienststellen und sämtliche Polizeiorgane Terras ausgedehnt.

Rhodan trank, ohnehin schon hochgradig nervös, eine Tasse Kaffee und stützte die Arme schwer auf die Tischplatte. »Wenn ich es nicht so genau ahnen würde …!« stöhnte er.

»Was ahnst du, Barbar?« fragte Atlan in gutmütigem Spott.

»Ich ahne, daß jede Sekunde ein weiterer Alarm erfolgen kann. Und ich ahne ferner, daß wir an die Stelle des Alarms rasen und wieder feststellen müssen, daß wir zu spät gekommen sind.«

Sandal fragte sich inzwischen etwas ganz anderes. Er hatte Zeit gehabt, Corello zu lähmen. Das war ein Erfolg gewesen, und man hatte auch Alaska retten können. Der Rückzug war den Mutanten dadurch versperrt, und ihnen blieb nur die Verteidigung nach vorn als einzige Möglichkeit der Aktion. Sein zweiter Schuß hatte die Wand getroffen – warum schoß er nicht auf Tako Kakuta, den einzigen Teleporter der Gruppe?

Auch er wäre durch das Parnomotio-B-Forte gelähmt worden. Dann wäre den Truppen nichts anderes mehr geblieben, als nach kurzem Kampf mit den Mutanten diese aufzusammeln und zu retten.

Sandal dachte darüber nach. Hier, an dieser Stelle, hatte Rhodan und hatten auch seine Freunde einspurig gedacht und sich selbst durch die Schnelligkeit der Vorgänge und durch den inneren wie äußeren Druck in eine gedankliche Sackgasse manövriert.

Es gab keine andere Erklärung dafür – oder gab es sie doch? Sandal schwieg jedenfalls. Er würde es Rhodan in einer stillen Minute sagen.

»Mit der Möglichkeit, wieder zu spät zu kommen, müssen wir rechnen!« sagte Galbraith.

»Nicht schon wieder!« stöhnte Rhodan und fuhr durch sein Haar.

»Wir starten vermutlich beim nächsten Alarm eine Verfolgungsjagd von einem Punkt der Erde zum anderen. Die Mutanten werden so lange vor uns herspringen und wir ihnen hinterher, bis die Lebensenergie dieser armen Kerle erschöpft ist!« bemerkte der Ara-Mediziner.

»So wird es sein!« sagte Sandal.

Wieder warteten sie. Die letzte Nacht, die sie ständig in voller Bereitschaft verbracht hatten, war ruhig geblieben. Keine Aktivitäten der Mutanten.

Vermutlich hatte sich Kakuta erst wieder von dieser einmaligen Anstrengung erholen müssen.

Atlan ging unruhig im Raum hin und her. Endlich beendete er seine unruhige Wanderung und blieb vor einem überdimensionalen Bildschirm stehen. Er überlegte kurz und wählte dann eine Kodenummer.

»Sir?«

»Geben Sie mir die Schiffsleitstelle. *Geheim!«* sagte er kurz und grüßte den Offizier.

Die Verbindung kam zustande. Neben dem Verantwortlichen im Flottenhafen von Terrania City stand ein USO-Spezialist. Er war für die Dauer dieses Einsatzes dorthin abkommandiert worden und war unmittelbar Atlan unterstellt.

»Lordadmiral? Was wünschen Sie?« fragte er.

»Können Sie einen Hyperfunkspruch, Bildverbindung, zu bewußtem Schiff herstellen?«

»Selbstverständlich.«

»Ich warte!« entgegnete Atlan, setzte sich auf eine Armlehne des schweren Sessels und schlug seine Beine übereinander.

»Verbindung steht, Sir!«

»Danke!« sagte der Arkonide.

Er blickte jetzt in die Zentrale eines der USO-Schiffe. Es war vor einem halben Tag von Terrania aus gestartet, mit einer kostbaren Fracht an Bord.

»Kodewort?« fragte Atlan scharf.

»Es ist wichtig, daß der Zielhafen schnell erreicht wird …«

» … denn Schnelligkeit und Entschlossenheit sind vielfach wichtiger als alles«, beendete Atlan. »Wie befindet sich unser Gast?«

»Ribald Corello«, war die Erwiderung, »liegt in einer pompösen Kabine unseres Schiffslazaretts. Er hat robotische und menschliche Pfleger. Er ist vor einigen Minuten aufgewacht.«

»Und?« fragte Atlan.

Hinter ihm im Raum war es still geworden. Alle anderen hörten zu.

»Er weiß, wo er ist. Er hat Schmerzen, aber nur dort, wo ihn ein Harpunenpfeil getroffen hat. Er erinnert sich an die letzten Minuten vor der Bewußtlosigkeit und ist allen Beteiligten sehr dankbar. Auch demjenigen, der auf ihn schoß.«

»Trefflich!« antwortete Atlan. »Ist bei Ihnen an Bord alles in Ordnung? Irgendwelche Beobachtungen?«

Der Kommandant des Kreuzers schüttelte den Kopf. »Nein, Sir!« sagte er.

»Ihr Ziel?«

»Es wird etwa in zwölf Stunden erreicht, Sir.«

Atlan nickte und zeigte zum erstenmal Spuren der Erleichterung. »Ich bin sehr zufrieden«, sagte er mit warmer Stimme. »Ich danke Ihnen. Bringen Sie Corello gut in den Schutz von Quinto-Center. Er muß auf alle Fälle in Sicherheit sein.«

Der Kommandant erwiderte: »Auf seinen eigenen Wunsch wird er mit ausgesucht nahrhafter Flüssignahrung versorgt. Auf eigenen Wunsch ist er noch einmal mit jenem Gas betäubt worden. Er wollte jede Möglichkeit ausschließen, geortet und übernommen zu werden.«

Atlan nickte. »Ausgezeichnet«, sagte er. »Ich komme nach, sobald ich kann.«

Atlan hatte den Tisch noch nicht ganz erreicht, als der Schirm wieder aufflammte und eine aufgeregte Stimme sagte: »Geistermutanten-Alarm!«

Alle sprangen auf. Sandal griff nach seinem Bogen und wandte sich dem Schirm zu. Das Bild wechselte und zeigte eine Gegend, die vor nicht allzu langer Zeit noch Wüste gewesen sein mußte; der Charakter war unverkennbar.

»Kalahari-Spaceport. Wir erbitten auf einem Nebenkanal die Daten für den Transmitter von Alpha!«

Eine aufgeregte Stimme mischte sich ein, dann kam eine Computerdurchsage und leierte Zahlenkolonnen herunter.

»Danke. Hier ist Kalahari-Raumhafen!« sagte die Stimme. »Was Sie im

Bildmittelpunkt sehen, ist die TOMPARINI. Dort scheint ein Kampf zu toben. Wir erbitten Ihre Hilfe!«

Rhodan gab einigen Technikern, die in den Raum stürzten, einen Wink. »Ich brauche eine Verbindung ins Schiff. Und ihr … geht alle in die Kalahari! Schnell!«

Wieder arbeiteten Mutanten und Transmitter zusammen. Sekunden später war nur noch Rhodan vor dem Bildschirm.

Jetzt begann, was vor Minuten prophezeit wurde: ein Wettrennen. In achtzig Mikrosekunden um die Welt. Kalahari-Raumhafen war ein wenig bedeutender Hafen, den nur Handelsschiffe bis zu einhundert Metern Durchmesser anfliegen durften. Das Schiff, das auf dem Bild gezeigt wurde, durchmaß nicht mehr als sechzig Meter, war also ein schnelles Schiff für kostbare Ladungen.

Rhodan rief aufgebracht: »Wo ist die Verbindung?«

Fast instinktiv ahnte er, daß zwischen dem Hafentower und dem Schiff eine Verbindung bestand, sonst hätte kaum jemand merken können, daß sich im Schiff ein erbitterter Kampf abspielte, und daß Mutanten daran beteiligt waren …

»Verbindung steht!«

Aus dem Lautsprecher schlug Stimmengewirr. Die Stimmen kamen aus dem Schiff und von allen möglichen Nebenstellen. Rhodan holte tief Luft und schrie donnernd: »Ruhe!«

Jetzt nur noch die Stimmen aus dem Schiff. Geräusche. Ein Schuß. Das Bild zitterte abermals, dann stand es.

Rhodan sagte: »Ich spreche zu Ihnen, den acht Mutanten. Ich weiß, daß Sie in der TOMPARINI sind! Ihre Körper zerfallen – Sie sind dem Tod nahe. Sie werden in wenigen Stunden tot sein! Corello ist unerreichbar für Sie! Kommen Sie zu uns! Lassen Sie uns zu Ihnen. Lassen Sie uns Ihnen helfen.«

Wieder ein Schuß. Wütendes Trappeln, ein zerschmettertes Schott.

Keine Antwort! Rhodan lief aus dem Raum, betrat den Transmitterraum und war plötzlich im Fuß des Towers von Kalahari-Spaceport.

Ein Mann kam auf ihn zu und sagte leise: »Wir haben den Alarm ausgelöst. Ein Mann der Besatzung konnte vor ein Mikrophon kommen und uns sagen, was los ist.«

Rhodan sagte: »Klärung der Lage. Was ist los?«

Die Mutanten seiner Umgebung hatten sich bereits parapsychisch auf das Schiff eingestellt. Sie versuchten, in einem langsamen und mit gesteigerter Intensität ausbrechenden Chaos das Innere des Schiffes zu »orten«. Schließlich stand fest, daß alle siebzehn Mann dieses Frachters als Geiseln verwendet worden waren. Sie waren in der Messe.

Rhodan deutete auf Sandal und den Mausbiber und fragte: »Sandal! Haben Sie einen Pfeil mit Betäubungsgas?«

Tolk nickte.

»Gucky!« befahl Rhodan. »Spring mit Sandal in die Messe des Schiffes, lähme die Luftverteilungsanlage für einige Minuten, und Sandal feuert den Pfeil ab.«

»Und anschließend?«

»Anschließend alle wieder hierher zurück!« ordnete der Großadministrator an.

Beim letzten Wort waren Sandal und Gucky verschwunden.

Clyde Napora war der Navigator des Schiffes. Jetzt lag er in einem Winkel der Zentrale, unterhalb der Aufnahmeoptik und außerhalb des Bilderfassungsbereichs.

Er bemühte sich, nicht zu stöhnen. Eine unfaßbare Kraft hatte ihn hochgehoben, als er vor dem Mikrophon gestanden hatte und die Warnung an den Tower durchgab. Dann war er quer durch den Raum geflogen und gegen das Pult geschleudert worden. Mit furchtbarer Wucht – obwohl ... Er versuchte sich zu erinnern.

Im letzten Augenblick, als er wußte, daß ihm der Aufprall die Wirbelsäule brechen würde, hatte ihn etwas umgeben, das wie Watte oder Wasser wirkte. Die Wucht der Beschleunigung war gemildert worden. Dann hatte ihn die unbekannte Kraft achtlos fallen lassen. Ein anderer Ausdruck für dieses Phänomen fiel ihm nicht ein.

Jemand bewegte sich hinter ihm. Er spürte es mehr, als er es sah. Eine Stimme, vor Schmerzen und Müdigkeit gebrochen, sagte leise: »Noch einer, Betty – bringe ihn zu den anderen!«

Wieder fühlte sich Clyde hochgehoben und von einer weichen Hand getragen. Die Hand, die überdimensional lang, mindestens zwei Meter lang, sein mußte, zitterte stark wie in tödlichem Fieber. Plötzlich lag er auf der Theke der Messe, sah direkt in einen Tiefstrahler hinein und fühlte den heißen Kaffee eines umgestürzten Bechers in seinem Nacken. Er bewegte den Kopf.

»Nein!« stöhnte er auf.

Der Riegel der Schottür schloß sich von selbst. Die magnetischen Zuhaltungen schnappten ein. Die Mutanten hatten ihn zu seinen Kameraden hierhergebracht und sie alle eingesperrt.

Plötzlich flirrte die Luft. Ein großer, schlanker Arkonide materialisierte, neben sich den bekannten Mausbiber. Der Mann spannte einen ungeheuren Bogen und schoß.

Eine schwache Detonation ertönte von der Säule her, die durch den Raum führte und Versorgungsleitungen beherbergte. Dann schlug die Finsternis einer zweiten Bewußtlosigkeit über Clyde Napora zusammen.

Kitai Ishibashi versuchte sich an eine Zeit zu erinnern, deren Wirklichkeit ihm so fern war wie seine eigene Kindheit. Er saß in dem Sessel des Piloten und dachte darüber nach, wie dieses Schiff zu starten sei.

Wuriu Sengu rief: »Verdammt! Sie haben sämtliche Geiseln betäubt. Ich habe es gesehen. Ein weißhaariger junger Mann schoß einen Pfeil ab.«

Wuriu schwankte wie ein Betrunkener quer durch die kleine, aber hochmoderne Zentrale und fiel in einen Sessel. Betty Toufry zertrümmerte eine Kamera über einem Bildschirm.

»Unbrauchbar!« murmelte Tako Kakuta. »Als Helfer sind sie unbrauchbar. Ich habe gerade den Kommandanten heraufholen wollen.«

Er kauerte neben dem Kartentisch und war unfähig aufzustehen. In seinen Beinmuskeln wütete ein Krampf. Aber sein Körper reagierte noch immer mit jeder gesunden Faser gegen die letzte Alternative, die Rhodans hallende Stimme eben in allen Räumen des Schiffes aufgezeigt hatte.

»Flucht!« schrie Ishibashi.

Er war geboren worden, hatte gelebt, war gestorben. Eine Reaktion seines ihm selbst als Funktion unbekannten Verstandes hatte ihn zusammen mit den sieben Freunden aus dem Tod herausgerissen und in ein halbes Jahrtausend eines Lebens gestürzt, vor dessen Schilderung die menschliche Phantasie streikte, versagen mußte. Und jetzt starb er abermals. Er wußte es, und doch war er noch nicht an dem Punkt angelangt, an dem er selbst die Konsequenzen ziehen konnte.

»Flucht!«

Die Panik hatte ihn im Griff und schüttelte ihn unbarmherzig. Betty holte den Kommandanten kraft ihrer telekinetischen Gabe aus der Messe und legte ihn in den Sessel des Funkers. Dann brach sie zusammen und begann hemmungslos zu weinen.

André Noir schrie den Kommandanten an: »Wach auf! Aufwachen! Du bist nicht betäubt ...«

Der Suggestor wandte seine Kräfte an, redete unhörbar auf den Mann ein, der nur schwach den Kopf schüttelte und flach atmete.

Yokida legte den Hauptschalter telekinetisch um und rief: »Starte das Schiff, Kitai!«

Ishibashi erinnerte sich. Da waren bestimmte Hebel, die man ziehen mußte, um die Maschinen einzuschalten. Aber wo? Er streckte einen Arm aus und drückte einige Knöpfe. In den Schiffen, die er vor fünfhundert Jahren geflogen hatte, bedeuteten sie, daß die zentrale Antriebskraft verteilt wurde.

»Die falschen Schalter! Die Energie wird falsch geleitet!« schrie der Frequenzseher und sah der Rauchwolke nach, die aus einem platzenden Bildschirm brach.

Ishibashi überlegte. Seine zitternden Hände lagen auf dem Pult und wurden kraftloser. Der psychische Terror kam hinzu. Er wollte das Schiff starten, und die Panik des Fluchtversuches vereitelte jeden vernünftigen Gedanken. Er schloß die Augen und versuchte, die veränderte Anordnung der vielen Hebel zu ergründen.

Wieder kam ein Teil seiner Erinnerung zurück. Das Schiff war viel zu modern! Er würde es nicht schaffen!

Er schaltete nacheinander die Triebwerke ein, dann die Antigravanlagen. Jetzt kreischte Son Okura auf. »Die richtigen Schaltungen! Ich sehe den Strom, ich höre die Relais! Wir starten …!«

»Sie machen uns kaputt!«

Stille trat ein.

In der Zentrale zerfielen acht Körper. Sie waren fast nicht mehr fähig, koordinierte Handlungen der Grobmotorik eines menschlichen Körpers auszuführen. Ein Gedankenbefehl, der, ob es sich um die Bewegungen der Finger oder Füße eines Organisten handelte oder um jemanden, der einen Baum mit dem Beil fällte, die Bewegungen veranlaßte, endete irgendwo unterwegs in der zerstörten Nervenbahn. Sie mußte dramatisch verstärkt werden. Und auch dann funktionierte der Finger nicht.

»Tako!« sagte Ishibashi.

»Ja?« stöhnte der Teleporter.

»Bring Betty hierher!«

»Wozu?«

Ishibashi zwang Kehlkopf, Rachenraum und Stimmbänder. Er schrie unbeherrscht: »Gehorche!«

In seinem Verstand wisperte unablässig eine Stimme: *Ihrseidverloren, ihr seid verloren. Ihr-Seid-Verloren! IHR SEID VERLOREN!*

Tako Kakuta hob mit der Kraft seines mutierten Verstandes Betty Toufry hoch und setzte sie auf dem Pult neben der Schaltung ab. Die Not trieb die Mutanten dazu, alle ihre Fähigkeiten einzusetzen. Wenn die Finger nicht mehr gehorchten, dann wurden die Schaltungen mit der Energie der Telekinetin durchgeführt.

»Betty – hier!« ächzte Ishibashi.

Ein Schalter bewegte sich, wie von Geisterhand geführt. Heulend erwachten die Triebwerke. Die Düsen spukten lange Feuerstrahlen aus; ein unirdisches Heulen hochgefahrener Aggregate erfüllte das Schiff. Zeiger kletterten alarmierend schnell in die Rotwerte hinein.

»Nein! Zuviel! Weniger!«

Das Heulen nahm ab. Es war wichtig, das Schiff zu starten und in den freien Raum hinauszubringen. Wenn die Schaltungen ausgeführt waren, dann brauchten sie während des Fluges nicht mehr so genau überwacht zu werden.

Wuriu Sengu wimmerte aus seinem Sessel: »Sie kommen! Rhodan und seine Leute sind da!«

»Schneller!« keuchte Ishibashi.

Wieder erfolgte eine Serie von Schaltungen. Nach seinen Anweisungen drückte Betty diesen Hebel, betätigte diesen Schalter, regulierte jenen Regler ein. Die Besatzung des Schiffes fiel als Helfer aus – man hätte den Kommandanten zwingen können, das Schiff zu starten, wenn sein Verstand zugänglich gewesen wäre. Langsam pegelten sich die Werte ein.

Tama Yokida erinnerte sich ebenfalls an wichtige Geräte und Schaltungen, die zu benutzen waren. Aus einem versteckten Lautsprecher quäkte die leise Stimme des Mannes aus dem Tower.

Yokida schaltete telekinetisch den Hauptsynchronisator ein. Dieses halbbiopositronisch arbeitende Gerät verhinderte im Normalfall, daß die Stärke der Schubleistung auf sämtlichen Düsen variierte. Jetzt, nachdem Betty völlig irreale Werte einspeiste, die der Ausführung torkelnder Bewegungen im freien Raum entsprachen, verweigerte das Aggregat seinen Dienst.

»Was ist los?« schrie Kakuta gellend.

Sie saßen und lagen in der Zentrale, ein Bild des Jammers und des Zerfalls, kaum mehr fähig, ihre Körper zu bewegen. Ein weiterer Rest der Körperenergie ihrer hilflosen Wirtskörper war bei dem Kampf verbraucht worden, den sie mit der Besatzung geführt hatten. Sie mußten die siebzehn Männer überwältigen, weil der Navigator sie erkannt hatte.

Die Stellen, an denen Faustschläge der Terraner die Körper der Mutanten getroffen hatten, sahen aus wie offene Wunden. Sie schmerzten höllisch, und nur die abgestumpften Nerven und die schlecht arbeitenden Nervenleiter verhinderten, daß alle acht Personen vor Schmerz laut schrien. Aber die Körper waren noch immer ohne den Willen, sich zu ergeben, zurückzukehren in die Gemeinschaft, die ihnen – vielleicht – helfen konnte.

»Warum startet ihr nicht?« murmelte Ralf Marten.

Jetzt heulten die Triebwerke auf, hoben das Schiff auf einer Seite hoch. Als sich der Neigungswinkel verstärkte, sprach eine Startsicherung an und schaltete die Triebwerke wieder ab. Da die Antigraveinrichtungen zu schwach eingestellt waren, kippte das Schiff zurück und schlug hart auf. Die Landebeine federten kreischend und mit überlasteten Hydrauliken durch.

Kitai Ishibashi wurde aus seinem Sessel geschleudert, überschlug sich und fiel hart in die Mitte der Zentrale. Betty Toufry schlitterte vom Pult, rollte über den Boden und krachte mit dem Rücken gegen den Sockel des Kartentanks. Sie schrie laut auf.

André Noir schleppte sich zum Pult, betrachtete die Anzeigen und Uhren, die Skalen und Hebel und ging dann kopfschüttelnd wieder zurück. Er verstand diese Technik nicht mehr. Er konnte nichts tun.

Er näherte sich einem Sessel, der in seinem Weg stand. »Ruhe!« stöhnte er auf. »Friede! Tod ...«

Als er den Sessel erreichte, setzte er sich langsam. Die Druckstellen seiner Haut machten ihn halb rasend vor Schmerz. Schweiß lief über sein Gesicht. Er klammerte sich an den Sessellehnen fest, zog die Knie an und beugte den Kopf. Seine Finger, deren Kuppen bluteten, berührten einen Knopf. Langsam faltete sich der Kontursessel auseinander und bildete schließlich eine fast ebene, weiche Fläche. Klickend schaltete die Lage-automatik aus.

F-r-i-e-d-e

Eine Stimme flüsterte. Der Gedanke wurde stärker und stärker. Körper und Verstand verschmolzen zu einer Einheit. Der Verstand flüchtete sich ins rettende Dunkel. Der Körper versuchte, diese Flucht nachzuvollziehen, und nahm eine Haltung an, die aus kollektiven Erinnerungen aller Zellen zu kommen schien.

Der Synthokörper rollte sich zusammen und blieb in der Haltung eines menschlichen Ungeborenen. Noir schlief.

Tako Kakuta raffte sich, als der Blitz aus der Hauptsynchronisator-Anlage übersprang, zu einer neuen Aktion auf. Noch funktionierte sein Verstand in den alten, hervorragenden Bahnen. Aber der Druck der Verzweiflung war stärker geworden und beherrschte als Impuls sämtliche Reaktionen. Irgendwo im Schiff schaltete jemand die Energieerzeuger ab und blockierte die Schaltungen – ehe einer von ihnen reagieren konnte, waren die gesamten Antriebsmechanismen des Schiffes tot. Unwiderruflich.

»Ralf!« sagte er.

Ralf Marten hob gequält den Kopf. »Was willst du?« fragte er. »Ich sterbe.«

»Wir gehen zurück zu Corello. Kannst du ihn entdecken? Sieh nach, los, Mann! Es geht um uns alle!«

Eine Aktion, der nackten Verzweiflung entsprungen. Ralf Marten schüttelte nach einer Weile den Kopf und sagte leise mit seiner heiseren Stimme:

»Es wird uns nicht mehr gelingen. Corello ist irgendwo im Hyperraum. Außerdem ist er noch immer parapsychisch taub.«

»Verloren!« flüsterte Wuriu Sengu.

Sie alle sahen es nunmehr ein: Sie waren am allerletzten Punkt ihrer langen Reise durch den Hyperraum und die schreckerfüllte Gegenwart angekommen. Hinter ihnen lagen unzählige Erlebnisse, vor ihnen gab es nur noch eines: den endgültigen Tod. Sie hatten keine andere Wahl mehr. Die zu schnell gezüchteten Körper waren praktisch schon tot und existierten nur noch, weil übermächtiger Wille sie aufrecht hielt. Alles schien nur noch eine Frage von Stunden, höchstens Tagen zu sein.

Auch der Widerstand der »leeren« Gehirne und der gezüchteten Nervenreflexe war abhängig von der vorhandenen Energie. Diese Energie nahm laufend ab und hatte nun einen absoluten Tiefstwert erreicht. Der Widerstand der Körper erlahmte und verebbte schließlich.

Sie mußten sich stellen. Die Aussicht auf Heilung oder wenigstens Lebensverlängerung war besser als die Alternative. Solange noch ein winziger Rest Hoffnung bestand, war es sinnvoller und logischer, diese Hoffnung auszunutzen.

Betty Toufry kam auf die Füße. Sie kroch auf Händen und Knien zum Schaltpult und zog sich langsam daran hoch. Die Angst vor dem Tod trieb sie zu einer letzten Anstrengung. Sie schaltete das Funkgerät an, ein Bildschirm erhellte sich und zeigte eine Gruppe Menschen, unter ihnen den Großadministrator. Langsam drehten sich die Menschen um und blickten sie an.

Rhodan stammelte: »Toufry! Betty Toufry ... Sie ...«

Betty sagte mit der fast tonlosen Stimme einer Sterbenden: »Wir geben auf. Kommen Sie und holen Sie uns. Es ist furchtbar. Wir möchten nur ... Ruhe und Frieden.«

Die Energie verließ sie. Sie löste den Griff ihrer blutenden und aufgerissenen Finger, brach sich beim Fallen Elle und Speiche und sackte vor dem Pult zusammen. Als sie sich ausstreckte und glaubte, sterben zu müssen, spürte sie, daß noch mehr Leben in ihr war, als sie vermutete. Sie konnte deutlich die Sirenen und Summer der Gleiter hören, die sich jetzt vom Rand des Raumhafens lösten und in rasender Eile auf das Schiff zuschwebten.

Zunächst teleportierte Ras Tschubai in die Zentrale. Er öffnete die Polschleuse des Schiffes und sämtliche Ladeluken sowie alle anderen Verbindungen, die von den Mutanten zufällig oder bewußt geschlossen worden waren. Langsam ließ der furchtbare Geruch des Todes nach, der in der Zentrale der TOMPARINI herrschte.

Es war ein Kommandounternehmen, das nach generalstabsmäßiger Exaktheit ablief. Es stand unter dem Zeichen der schnellstmöglichen und bestmöglichen Hilfe. Kalahari-Spaceport war die letzte Station der Jagd um die Welt gewesen und für die Mutanten vielleicht der Punkt, an dem sie wieder echte Hoffnung schöpfen konnten.

Gucky brachte Perry Rhodan und dann Atlan in die Zentrale.

Rhodan blickte sich lange und schweigend um, ging langsam zu den Zusammengebrochenen und Hilflosen hin und sah sie an. Dann murmelte er erschüttert: »Das habe ich nicht erwartet.«

Er kannte den Tod in fast allen Darstellungsarten. Er hatte zerfetzte Raumfahrer gesehen, die durch explosive Dekompression gestorben waren. Er kannte die Leichen vieler Wesen, auch anderer Völker, von vielen Schlachtfeldern. Er kannte Aussatz und Krankheiten, schnelles Sterben und langsames Dahinsiechen. Was er hier sah, übertraf alle jene Bilder aus seiner langen Erinnerung.

Sechzehn Medorobots schwebten aus dem Antigravschacht. Hinter ihnen kamen Männer in weißen Anzügen und Frauen in der Kleidung von Medizinern. Atlan dirigierte sie vorsichtig, mit sparsamen Gesten und leisen Anordnungen. Je eine Liege schwebte zu einem der acht Mutanten.

»Vorsichtig!« sagte Atlan.

Die Medorobots waren in aller Eile mit einem Spezial-Zusatzprogramm gespeist worden. Sie hoben, unterstützt von den Menschen, mit maschinenhafter Vorsicht die acht Körper auf die Antischwerkraftliegen. Injektionsspritzen zischten auf und sprühten schmerzlindernde Mittel in das halbzerstörte Gewebe.

»Draußen stehen acht Spezialmaschinen mit Sonderklasse-Piloten«, sagte Rhodan. »Die Teams bleiben bei den Mutanten und tun alles, um den Transport so leicht wie möglich zu gestalten.«

Der Einsatzleiter, ein weißhaariger Arzt, richtete sich vom Körper André Noirs auf und sagte erschrocken: »Sir!«

Rhodan hörte den Alarm aus der Stimme des Arztes. »Ja bitte?«

»Es sieht sehr schlecht aus. Wir müssen mit einem baldigen Exitus rechnen. Wenn nicht ein Wunder geschieht.«

Rhodan und der Mediziner sahen sich an und verstanden sich. War alles umsonst gewesen? Perry Rhodans Gesicht wurde hart und verschlossen. Ein eigensinniger Zug zeichnete sich um Mund und Kinn ab.

»Ich habe es erwartet«, sagte er. »Fliegen Sie mit, ja?«

»Natürlich.«

Die erste Liege schwebte, begleitet von einem Team aus zwei Medorobots und vier Menschen, langsam durch den Antigravschacht nach unten. Rhodan erhaschte einen Blick in das Gesicht von dem Körper, in dessen Gesamtheit sich Tama Yokida aufhielt. Einen Augenblick lang blitzte der alte, noch immer unbeantwortbare Gedanke auf, ob der Sitz der Seele eines Menschen der Verstand sei – betrachtete Rhodan das zerfurchte und verwüstete Gesicht dieses künstlichen Körpers, mußte er es verneinen. Es war nicht der Verstand allein – es war mehr, es war alles. Das Gesicht des Mutanten-Wirtskörpers war friedlich, entspannt, ruhig.

»Wir bringen sie in die gut ausgerüstete Klinik von Imperium-Alpha«, sagte der Großadministrator.

Die zweite Liege wurde abtransportiert. Die Absauganlage der Klimaregelung heulte plötzlich auf. Frische Luftmassen wurden in den Raum gedrückt. Es zog mörderisch durch die verschiedenen offenen Luken.

»In der Klinik wartet Paih Terzyu, ein Ara-Mediziner von Tahun. Er wird Ihnen helfen – er ist Spezialist für derartige Fälle.«

»Ausgezeichnet!« sagte der Arzt.

»Wir werden kämpfen!« bemerkte Rhodan nachdenklich. »Wir werden mit allem, was wir haben, mit sämtlichen Möglichkeiten, die uns zur Verfügung stehen, mit allem Einfallsreichtum und den besten Kapazitäten von drei oder mehr raumfahrenden Völkern um das Leben dieser acht Menschen kämpfen. Bis zum äußersten Punkt.«

»Richtig!« sagte Atlan. »Jetzt höre ich wieder den alten Rhodan! Wir werden sie retten! Nötigenfalls verleihen wir unsere Zellschwingungsaktivatoren.«

Die letzte Liege verließ die Zentrale. Die Tragen wurden in die Transporträume von schnellen Luftgleitern geschoben. Die Teams kletterten hinein und hörten nicht auf, unter der Assistenz der Medorobots sich um die acht Patienten zu kümmern. Alles, was in diesen fliegenden Krankenstationen unternommen werden konnte, war und blieb provisorisch. Es war nur eine Lebenssicherung.

Richtiggehende Untersuchungen und eine exakte Diagnose waren nur in der gut ausgerüsteten Klinik von Imperium-Alpha möglich. Dort wartete bereits ungeduldig der Ara Paih Terzyu: Man hatte ihn soeben davon verständigt, daß die Gleiter gestartet waren.

Die Luftstraßen wurden geräumt. Die Maschinen rasten nach Nordosten, auf Terrania City zu. Die acht Mutanten hatten wieder heimgefunden zu ihren Freunden. Waren sie gekommen, um zu sterben?

Oder gibt es noch irgendwo eine winzige Chance? dachte Perry Rhodan, als er das zweite Team besuchte, das sich um die noch immer betäubten Männer des Schiffes TOMPARINI kümmerte.

19.

Terrania

30. Mai 3444, abends 20 Uhr, Ortszeit Terrania City: Rhodan seufzte kurz auf; es war spät, und er wollte endlich in sein kleines Haus am Goshun-See zurückfliegen.

Soeben hatte sich Deighton über die interne Verbindung gemeldet. Er hatte mitgeteilt, daß der Alarmzustand aller Exekutivorgane aufgehoben war. Das Leben auf Terra wurde nun nicht mehr von der Sorge um die Mutanten überschattet. Auch die entsprechenden Meldungen und Verlautbarungen waren an die Medien hinausgegangen. Die Menschheit war exakt informiert worden; aber man hatte vermieden, den Opponenten auch den tiefsten Rest der Wahrheit mitzuteilen. Schließlich waren da noch die Prognosen NATHANS …

Rhodan schob den Schreibtischsessel zurück, ging langsam zum Fenster und sah hinaus. Natürlich war es kein Fenster, sondern ein riesiger Bildschirm, der das zeigte, was versteckte Kameras aufnahmen. Es wurde Abend über Terrania.

Eine kurze Unterhaltung mit Atlan stand noch auf dem Programm. Dann konnte er heimfliegen und ausschlafen. Falls nicht weitere Störungen eintraten.

Der Türsummer unterbrach Rhodans Gedanken. Es konnte nur ein wichtiger Besucher sein.

»Ja?« Rhodan drückte den Kontakt. »Oh! Sie sind es!«

Der Ara-Mediziner, jetzt in einem schneeweißen Arztanzug, schob sich durch die Sicherheitstür. Er bückte sich, um nicht an den oberen Rahmen anzustoßen; eine überflüssige Reaktion, denn der Rahmen lag in mehr als zweieinhalb Meter Höhe. Der dünne und zerbrechlich wirkende Mann kam näher und blieb vor Rhodans Schreibtisch stehen.

»Nehmen Sie Platz«, sagte Rhodan und setzte sich. »Worum geht es?«

Der Ara stieß einen langen Seufzer aus und sagte erschüttert: »Ich habe vor einigen Minuten die erste einigermaßen gründliche Untersuchung beendet.«

»Und das Ergebnis …?« Rhodan blickte in die rötlichen Augen inmitten des schmalen, weißen Gesichtes.

»Wir haben alles getan, was wir konnten. Die Mittel dieser Klinik sind sehr groß, für diesen speziellen Zweck reichen sie vermutlich nicht aus. Aber das ist es nicht, weswegen ich mit Ihnen sprechen wollte. Die Diagnose ist niederschmetternd.«

»Was bezeichnen Sie als niederschmetternd?«

Der Ara seufzte abermals und meinte tonlos: »Der Zustand der Körper ist tatsächlich so, wie es der äußere Anschein vermuten ließ. Das Aussehen der Epidermis entspricht der Minusfunktion sämtlicher Organe bis auf das Gehirn. Es wird, was schon fast ein Wunder ist, trotzdem noch gut versorgt. Ich nehme an, daß der Lebenswille der Hirne, des Verstandes, so groß und elementar ist, daß er sich auf Herz und Lungen auswirkt. Alles andere ist ja von zweitrangiger Bedeutung. Wir haben die Frau und die sieben Männer in ein heilendes Nährbad gelegt, um die Haut zu entlasten. Dann überzogen wir die Körper mit einer Schicht frisch gezüchteten Gewebes.«

Ruhig erkundigte sich der Großadministrator: »Zu welchem Zweck?«

»Um einerseits der Haut die Giftstoffe zu entziehen, die nicht mehr durch die Nieren ausgefiltert werden. Andererseits, um die Haut vor Flüssigkeitsverlusten zu bewahren, drittens als Medikamententräger. Dann schienten wir zwei unbedeutende Brüche, lähmten die betreffenden Schmerznerven und umwickelten die Körper mit weichen Binden. Die acht Mutanten befinden sich in schwerelosem Raum, um den Kreislauf zu entlasten und Druckstellen zu vermeiden, die vom Liegen kommen. Sie schlafen jetzt und werden künstlich mit höchstwertiger Nahrung gefüttert. Das ist der derzeitige Stand.«

»Ich sehe«, warf Rhodan ein, »daß es soweit nicht beunruhigend aussieht.«

Der Ara lachte verzweifelt. »Nicht beunruhigend? In weniger als einer Woche sind die Mutanten tot. Wie gesagt – wenn nicht ein Wunder geschieht. Aber ich bin jetzt außerstande, Ihnen zu erklären, wie ungefähr das Wunder aussehen müßte.«

Rhodan überlegte eine Weile, dann fragte er weiter: »Es kann also im Augenblick nichts getan werden?«

»Nein«, antwortete der Arzt. »Morgen mittag werden wir eine ganz gründliche Untersuchung einleiten. Im Augenblick sind unsere Patienten so gut versorgt, wie wir es vermochten. Darüber hinaus kann nichts mehr getan werden. Aber – die Einschränkungen, die ich machte, gelten unverändert.«

»Paih Terzyu«, sagte Rhodan und beugte sich über den Schreibtisch, »ich danke Ihnen. Ziehen Sie sich jetzt zurück. Schlafen Sie aus. Morgen treffen wir uns wieder und erörtern die Lage. Wenn Sie auch nur halb so müde sind wie ich, dann haben Sie Ihren Nachtschlaf wahrlich bitter nötig.«

Terzyu lächelte und schüttelte Rhodans Hand. »Das sagte mein Arzt auch!« scherzte der Ara und ging.

Die nächste Störung kam vom Interkom. Der Mann am Schaltpult hatte Weisung erhalten, wirklich nur die wichtigsten Anrufer durchzustellen. Also war es ein wichtiger Anruf.

Reginald Bull befand sich in Überlebensgröße auf dem Bildschirm. »Gute Nacht, Perry«, sagte er. »Nur eine kurze Störung, damit du in deinen Träumen ein paar Überlegungen durchspielen kannst.«

»Ich höre. Sie fordern wieder meinen Kopf?« erkundigte sich Rhodan und verschränkte die Arme auf der Tischplatte.

»Daß es politische Widerstände gegen dich gibt«, meinte Bull und schien die Überschrift eines Leitartikels in einer gedruckten Zeitung zu lesen, der sich außerhalb des Bildfeldes befand, »ist dir sicher nicht neu.«

»Kaum!« war die Antwort.

»Ich habe mich mit den Psychologen unterhalten. Da sie ja bekanntlich alles über die Seele des Menschen wissen, kennen sie auch die Seelen der Opposition. Die neuartige Lage macht ihnen Kopfzerbrechen.«

Rhodan nickte und grinste; sein Gesichtsausdruck war durchaus sarkastisch. »Nicht nur ihnen! Auch mir!«

»Verständlich. Ich bin gleich fertig. Noch wurde nichts deutlich genug ausgesprochen. Aber wenn die politischen Gegner ihr Konzept fertiggestellt haben, werden sie – sagten die Psychologen – etwa folgendermaßen argumentieren: ›Aus dem Geld der Steuerzahler wurde eine gigantische Hetzjagd auf die acht Mutanten gestartet! Rhodan und seine irregeführten machtlüsternen Freunde besitzen jetzt wieder zusätzliche Macht. Sie haben eine Kapazität von acht alten oder neuen Mutanten und sind damit unangreifbar. Sie werden, falls sie es nicht schon sind, zu Diktatoren‹. Solche Meinungen und Kommentare werden wir in den nächsten Tagen von allen Seiten hören. Das war es, ich schalte ab, gute Nacht.«

Rhodan hob die Hand und blickte in Bullys Augen. »Ich habe keine Angst, einen solchen Kampf bis zum Ende zu führen«, sagte er, »aber falls du von mir jetzt hören willst, ob ich ihn wirklich auf mich nehme, dann muß ich dir sagen …«

Bully grinste breit. » … daß du dich noch immer nicht entschlossen hast. Das wußte ich genau. Ich wünsche einen guten Schlaf.«

»Danke.«

Der Bildschirm wurde wieder dunkel. Bull hatte Rhodan nichts Neues berichtet; nur der Aspekt des Machtzuwachses war neu und würde, obwohl Rhodan an die traurige Verfassung der acht denken mußte, innenpolitisch einen gewaltigen Aufruhr verursachen. Rhodan nickte und verschob die Überlegungen auf einen späteren Zeitpunkt.

Auch an dem Arkoniden war die letzte Zeit nicht spurlos vorübergegangen. Atlan war müde und erschöpft und sehnte sich nach dem Luxus seines Bades und einigen Stunden tiefster Ruhe. Außerdem hatte er es eilig; wie so häufig schien ein Besucher eindeutig weiblichen Geschlechts auf ihn zu warten.

»Ich habe eben mit dem Schiff gesprochen. Corello ist auf dem Weg nach Quinto-Center und befindet sich in vergleichsweise hevorragendem Zustand«, sagte er und ging in dem kleinen Büro hin und her.

»Und die anderen Mitbeteiligten an dieser Jagd?« erkundigte sich Perry Rhodan.

»Alle sind wie wir müde und freuen sich über den grundlegend positiven Ausgang.«

Noch ehe Rhodan etwas einwenden konnte, drehte sich Atlan um, hob die Hand und sagte einschränkend: »Ich habe ebenfalls mit Bully und Terzyu gesprochen. Ich weiß, wie bitter dieser kleine Sieg schmeckt.«

Atlan schwieg eine Weile und schloß dann: »Die Mutanten sind versorgt, und die Geschichte ist zu einem vorläufigen Ende gebracht worden. Darüber sollten wir froh sein. Morgen kommen alle Probleme wieder mit voller Wucht auf uns zu.«

Sie schüttelten sich die Hände. Rhodan blieb mit einem unguten Gefühl zurück. Er begann zu ahnen, daß noch lange nicht alles zu Ende war. Aber dann sagte er sich, daß er hier nichts mehr tun konnte. Er ordnete seine Unterlagen und ließ sich an der Oberfläche einen Gleiter bereitstellen.

Perry Rhodan stand noch einige Minuten an einem mechanisch betriebenen Expreßlift und unterhielt sich mit einem Bekannten, als er den hier ungewohnten Laut hörte.

Zunächst war es nur ein Summen, dann schwoll dieses Summen an und endete schließlich im grellen Heulen einer Sirene. Eine Roboterstimme rief: »Alarm! Alarm!«

»Nicht schon wieder!« seufzte Rhodan.

Er ließ den jungen Mann stehen und spurtete los. Unweit des Lifteingangs gab es eine fast vollpositronische Wachstation. Dort sprangen gerade die Sicherheitsbeamten auf und riefen wild durcheinander. Rhodan betrat den Raum, hob den Kopf und fragte: »Woher kommt der Alarm?«

Auf einer Schautafel blinkte ein Planquadrat auf. Die Tafel war in der Form des Grundrisses von Imperium-Alpha gehalten, und jetzt leuchtete in grellem Rot eine bestimmte Stelle.

Einer der Männer rief: »Die Klinik! Alarm in der Klinik!«

Die Beamten betätigten die Tasten ihrer Geräte. Sie lösten nacheinander die einzelnen Schaltungen aus. Schotte glitten herunter. Strahlenschutztüren schlossen sich. Meiler und Schalträume wurden abgesichert. Roboter schalteten sich ein und bewegten sich summend an die programmierten Plätze. Die Wachen fielen aus ihren Betten, zogen sich in rasender Eile an und rannten oder fuhren an die Plätze, die ihnen zugeteilt worden waren.

Das können nur die Mutanten sein! sagte sich Rhodan.

Er griff an die Hüfte. Sein Strahler war in einem Fach seines Schreibtisches. Rhodan warf einen zweiten Blick auf die Schautafel; jetzt blinkte ein zweites Feld auf. Es war die Registratur mit ihren Modellen und der großen Positronik, die Dinge wie die Belegung der Räume unter sich hatte und für alles mögliche zuständig war.

»Zuerst in die Klinik!« sagte sich Rhodan, nahm einem Posten die Waffe ab und sprang in eine der kleinen Kabinen, die hier als Teil des Transportsystems dienten.

»Klinik!« rief er dem Robotmechanismus zu. Die Kabine schoß los, schwebte sehr schnell durch Stollen und Röhren, fauchte schräg aufwärts und hielt dicht vor dem Eingang des Klinikbezirks.

Ein Wächter stürzte auf Rhodan zu, grüßte flüchtig und rief: »Einer der Mutanten ist verschwunden!«

Das kann nur der Teleporter sein, Kakuta! dachte Rhodan verzweifelt.

Sie liefen durch einige Gänge, kamen durch leere und teilbelegte Säle, rannten eine Treppe hinauf und befanden sich dann vor den riesigen Panoramascheiben der Intensivstation. Terzyu kam, halb angezogen, aus einem Zimmer heraus und fuchtelte aufgeregt mit den dürren Armen. Er bot einen fast grotesken Anblick. Hier hörte man nichts mehr von den Sirenen.

»Ich weiß nicht, was …«, begann er.

»Vermutlich ist der Körper Tako Kakutas entkommen«, sagte Rhodan. »Die anderen schweben, wie ich sehe, in ihren Antischwerkraftbetten.«

Was hatte der Alarm in der Registratur zu bedeuten?

Rhodan sah durch die einseitig verspiegelten Scheiben. Die Gestalten schwebten meist waagrecht in der Luft etwa einen Meter über dem Boden. Unter und über ihnen befanden sich zwei große Platten, die wie silbernes Mosaik aussahen. Viele kleine Projektoren erzeugten in dem Zwischenraum ein Feld absoluter Schwerelosigkeit. Die Mutanten waren mit dünnen, federnden Bändern in annähernd ruhiger Lage, waagrecht und längsorientiert, gehalten. Sie konnten sich im Schlaf ungehindert bewegen, aber sie konnten das Feld nicht verlassen.

Die robotisch gesteuerten Halterungen für die Schläuche, mit denen man ihnen flüssige Nahrung zuführte, bewegten sich lautlos und langsam wie Tangsträhnen im seichten Uferwasser.

Der Ara-Mediziner zitterte am ganzen Körper und flüsterte betroffen: »Es kann nicht anders sein. Es muß der Teleporter sein. Man konnte sie ohnehin nicht identifizieren. Aber einmal sagte er seinen Namen … ja. Das ist er.«

Die nächsten Schritte unternahm Rhodan bereits als lang eingespielten Reflex. Er erkundigte sich nach dem nächsten Büro, betrat es und schaltete den Interkom ein.

»Rhodan hier!« sagte er hart. »Ich bin mit der Registratur verbunden?«

In dem Raum sah es aus, als habe eine kleine Explosion stattgefunden. Ein Mann kam vor die Linsen und sagte: »Richtig, Sir. Wir kamen eben hier herein und fanden den Raum in einem solchen Zustand.«

»Haben Sie festgestellt, ob etwas fehlt, etwas gestohlen wurde?«

»Einen Augenblick!«

Dann wurde ein Robotwächter eingeschaltet. Er sagte mit eintöniger Stimme zunächst die Zeit, dann fuhr er fort: »Zweiundzwanzig Uhr dreizehn betrat ein Mensch diesen Raum. Es wurden keine Türen geöffnet oder gewaltsam aufgebrochen. Anschließend wurde die Raumbeleuchtung aktiviert. Fragliche Person schaltete sämtliche Servogeräte ein und durchwühlte dann einen Schreibtisch. Ich führe sofort das Ampexband vor.«

Pause.

Dann sagte der Robot: »Fragliche Person befragte schließlich den Automaten, der die Raumkontrolle und die Anwesenheitsliste sowie die Visiphonanschlüsse kontrolliert. Auskunft wurde erteilt. Ende.«

Dann lief das Ampexband auf einem gesonderten Schirm ab. Rhodan und der Wachbeamte, um die sich binnen weniger Sekunden andere Menschen scharten, sahen einen grotesken Vorgang.

Eine große, weiß bandagierte Figur erschien übergangslos hinter einem Schreibtisch und griff mit dicken, verbundenen Händen nach Knöpfen und Schaltern. Unkoordinierte Bewegungen wurden deutlich. Schubladen kippten um und verstreuten ihren Inhalt auf Platten und Boden. Die Gestalt verschwand und tauchte neben der Schalttafel auf.

Wieder wurden Schalter gedrückt. Skalen und Schreibgeräte schalteten sich ein. Die Lichter tauchten die weißbandagierte Gestalt in flackerndes Farblicht. Eine Robotstimme begann zu tönen. Sie leierte Statistiken herunter. Man erfuhr einen Ausschnitt aus den Daten für Stromverbrauch, für die Kalorien, die in Form von Heißwasser, und jene, die in die Raumheizung eingespeist worden waren.

Die Gestalt verschwand und wurde schließlich, nach einer Reihe schneller Zickzacksprünge durch den großen Raum, vor der Auskunftei sichtbar. Viele Namen ertönten.

Schließlich, bevor die Gestalt sich abermals in Luft auflöste, sagte die Auskunftei laut: »Perry Rhodan, Großadministrator. Visiphonanschluß ...«

Rhodan nickte. Sein vager Verdacht hatte sich bewahrheitet. Er sagte abschließend: »Ich weiß Bescheid. Danke.«

Er schnallte die Waffe ab, nickte dem fassungslos dreiblickenden Ara freundlich zu und verließ dann mit eckigen Bewegungen und starrem Gesicht den Raum. Er ging zu der Schnellbahnkabine, nannte sein Ziel und war zwei Minuten später dort. Sein Weg führte durch eine Schaltstation, in der fast alle Menschen nach etwas suchten, was sie kaum finden würden. Ein Mutant, der sich praktisch ohne Zeitverlust von einem Ort zum anderen bewegen konnte, wobei Entfernungen kaum eine Rolle spielten, war schwer zu fangen. Rhodan wußte es.

Er drückte seinen Daumen an die Schaltleiste, die Tür rollte langsam auf. Der Raum war fast dunkel, nur der Fenster-Bildschirm zeigte die Silhouette Terrania Citys und darüber den Sternenhimmel mit dem Mond.

Rhodan fühlte die Tür hinter seinem Rücken zurollen, fuhr mit der Hand über den Kontakt und unterbrach einen unsichtbaren Strahl. An vier Punkten des Zimmers flammten Lichtinseln auf.

»Ich habe Sie erwartet!« sagte Rhodan ruhig und ging näher.

Hinter der leeren Schreibtischplatte, zwischen dem Schaltkasten für ein akustisches Kommunikationsgerät, einem Modell der STARDUST und dem Interkom saß eine Gestalt, die merkwürdig genug aussah. In der rechten Hand, von der eine Binde sich über die Tischplatte ringelte wie eine Schlangenhaut, ruhte Rhodans schwerer Strahler. Die Mündung des Projektors deutete auf Rhodans Brust.

»Bleiben Sie stehen!« sagte Tako Kakuta.

»Ich möchte mich wenigstens hinsetzen – nach all dem Schrecken«, erwiderte Rhodan und setzte sich in den Besuchersessel. Er sah den Kopf des Mutanten an.

Kakuta war von den Zehen bis zu den letzten Haarwurzeln in breite Binden gehüllt. Er sah aus wie eine Mumie. Dort, wo die Augen waren, ließen die Binden einen gut daumenbreiten Streifen frei. Man sah die Nasenlöcher und die Klammer für die Halterung der Flüssignahrung-Schläuche. Der Mund war ein schwarzes Oval. Der untere Teil des Strahlers, der Griff, ruhte auf der Tischplatte, und der Lauf zitterte ein wenig und bewegte sich mit jeder Bewegung Rhodans mit.

»Was wollen Sie?« fragte Rhodan und starrte in die Augen, die keinen Ausdruck erkennen ließen.

»Mit Ihnen reden.«

Kakutas Stimme war die eines Mannes, der aus der Hölle zurückgekehrt war, erfüllt mit Milliarden von unbeschreiblichen Eindrücken. Dann sagte sich Rhodan, daß dies weder die Stimme eines lebenden Menschen noch die Kakutas war – es handelte sich hier um die Stimme eines gezüchteten Körpers.

»Das tun Sie bereits. Was wollen Sie also?« Rhodan bereitete sich auf einen verrückten und zum größten Teil sinnlosen Dialog vor.

»Warum hetzen Sie uns?«

»Ich hetze niemanden. Ich habe mehrmals versucht, mit Ihnen zu reden. Um Sie zu retten, mußten wir Sie haben. Wir haben Sie. Alle acht Mutanten!«

»Was ist los? Warum bin ich hier?«

»Weil Sie aus dem einzig sicheren Ort geflohen sind!« sagte Rhodan hart. »Aus der Klinik. Wollen Sie mich umbringen?«

»Ich will nur verhindern, daß Sie oder Ihre Freunde mich umbringen. *Uns* umbringen.«

Rhodan hob die Schultern. »Das hätten wir schon mehrmals tun können. Das wissen Sie genau. Wir wollen im Augenblick nichts anderes als Sie retten. Wenn Sie noch länger hier sitzen, erkälten Sie sich. Dann kommt auch noch eine Grippe dazu.«

Kakuta reagierte auf diesen ironischen Einwurf fassungslos. Er keuchte: »Uns retten?«

»Mann!« sagte Rhodan. »Ich würde nicht mit Ihnen reden, wenn ich nicht genau wüßte, daß Ihr Verstand ebenso glänzend funktioniert wie immer. Ihre Freunde und Sie haben vielleicht noch sieben Tage zu leben, wenn Sie hier in denkbar günstigen Umständen in der Klinik schweben. Warum sollten wir Sterbende töten wollen? Haben Sie eine Erklärung dafür?«

»Was geschieht mit uns?«

Rhodan fühlte einen sehr bestimmten Ärger in sich aufsteigen. Er berücksichtigte die Verwirrung, unter der Kakuta handelte. Gleichzeitig fand er es rührend, daß er sich trotz seines Zustandes – er schien sich tatsächlich leicht erholt zu haben – Sorgen um das Schicksal der Kameraden machte.

»Sie werden vermutlich gerettet!« sagte der Großadministrator.

»Vermutlich?«

»Alles, was das Imperium leisten kann, werden wir tun. Aber wir sind nicht allmächtig. Zumindest können wir die Zeit bis zum Tod nicht zu einer Marter werden lassen.«

»Es sind die Körper, nicht wahr?«

»Die übereilten Züchtungen!« versicherte Rhodan.

»Warum lassen Sie uns nicht zu Corello zurückgehen?«

Rhodan holte tief Luft. Diese Frage hatte er gefürchtet. »Weil es dann neun Leichen statt acht geben würde. Corello ist nicht der Hyperraum.«

»Wo ist er?«

»Der Hyperraum?«

»Weichen Sie nicht aus! Corello meine ich.«

»Auf eigenen Wunsch, todkrank und aufs äußerste erschöpft, befindet er sich nahezu am anderen Ende der Galaxis. Für uns und Sie unerreichbar. Wir wissen selbst nicht, wo er ist.«

»Sie lügen!«

Die Waffe zitterte. Ein dicker, aufgedunsener Zeigefinger, aus dessen Nagelblatt Blut durch die Salbenschicht sickerte, krümmte sich um den Abzug.

»Warum sollte ich einen Sterbenden belügen? Ihr Tod ist für uns kein Vorteil. Nicht einmal für Sie. Außerdem lüge ich nicht.«

Eine qualvolle Stille breitete sich aus.

»Wie lange leben wir noch?« fragte Kakuta dann.

»Wenn kein Wunder geschieht, nicht länger als eine Woche«, gab Rhodan zu. »Sie können Ihre Kameraden mit sich nehmen und an irgendeinen Ort springen. Dort werden Sie dann qualvoll verenden.«

»Was haben Sie *hier* mit uns vor?«

Das Gespräch drehte sich im Kreis.

»Zunächst versuchen wir alles, um Ihnen Ihre Lage sowenig unangenehm wie nur eben gerade möglich zu machen. Inzwischen gehen Hilferufe in alle Richtungen der Galaxis. In einigen Tagen kommt diese Hilfe. Ihre Lebensrettung oder wenigstens der Versuch kostet die Arbeitszeit und die Nervenkraft von vielen Menschen, von einigen Millionen Solar ganz abgesehen. Warum glauben Sie mir eigentlich noch immer nicht?«

Kakuta gurgelte: »Ich kann es nicht glauben. Ich kann nicht glauben, daß dieser Aufwand getrieben wurde, um uns zu retten. Ich weiß, daß wir sterben müssen.«

Rhodans Geduld war vollkommen am Ende. Er stand auf und ging bis zum Schreibtisch.

Er stützte beide Handflächen auf die Platte. Jetzt deutete der Strahler auf seinen Magen.

»Ich mag nicht mehr!« stellte Rhodan fest. Seine Stimme war kalt und schneidend geworden. »Wenn wir vorgehabt hätten, Sie sterben zu lassen, hätten wir Saedelaere und Ribald Corello gerettet und dann gewartet. Dann wären Sie alle ohne unser Zutun gestorben.«

Er hämmerte mit der Faust auf die Tischplatte und rief dann: »Ihretwegen und wegen Ihres Starrsinns schläft hier kein Mensch. Hunderte opfern den Schlaf wegen des Alarms. Gehen Sie zurück in Ihr Antischwerkraftbett, schlafen Sie sich aus, und denken Sie daran, daß wir uns morgen wiedersehen. Dann können Sie mir vielleicht Ratschläge erteilen, wie man die stümperhafte Arbeit der zu schnellen Züchtungen retten kann.«

In blindem Zorn bewegte sich seine Hand blitzschnell und schmetterte den Strahler aus der Hand des Mannes. Die Waffe rutschte polternd über die Tischplatte, drehte sich mehrmals und landete auf dem Teppich.

Rhodan ging drei Schritte rückwärts und sagte: »Glauben Sie mir jetzt, Tako Kakuta?«

»Ja!« sagte der Mutant.

Rhodans Augen blitzten, als er rief: »Dann nehmen Sie Ihren restlichen Energievorrat, und teleportieren Sie zurück in Ihr Bett! Schlafen Sie dort! Gut und lange. Auf Wiedersehen!«

Er ging zur Tür. Als er sich dort, die Hand auf dem Öffnungsmechanismus, umdrehte, saß Kakuta noch immer da. Dann, plötzlich, flimmerte die Luft.

Als Rhodan das Geräusch hörte, mit dem die Luft in das Vakuum zurückströmte, nickte er und sagte draußen zu den Wartenden: »Der Alarm ist vorbei. Kakuta liegt wieder in seinem Antigravbett. Danke für alles!«

Etwa gegen Mitternacht war er in seinem Haus und versank alsbald in einen todesähnlichen Schlaf.

20.

Chelifer Argas blieb vor einem Schaufenster stehen, das Schmuck aus fernen Kulturen enthielt. Sandal gehorchte dem Druck ihrer Hand und bremste ebenfalls.

»Möchtest du etwas?« fragte er.

Sie sahen nicht anders aus als unzählige andere Paare aus Terrania, die in den Abendstunden einen Spaziergang in Atlan Village unternahmen.

»Du weißt genau, was ich möchte!« sagte sie. »Keinen Schmuck. Das heißt schon, aber nicht diesen dort.«

Sandal lachte gutgelaunt. »Du möchtest, daß ich mich endlich entscheide, nicht wahr?« fragte er und ging weiter. Sein Arm lag über ihrer Schulter.

»So ist es, Mann von Exota Alpha!« sagte sie.

Er ließ eine wirkungsvolle Pause verstreichen, ehe er erwiderte: »Ich habe mich entschieden!«

Sie fuhr herum. »Nein!« rief sie überrascht.

Sandal steuerte die Treppe an, die in ein kleines Restaurant hinaufführte, von dem aus sie das Treiben auf einem Platz gut beobachten konnten.

»Doch!« widersprach er.

»Ich bin … nun, ich bin glücklich«, flüsterte die Frau mit den grünen Augen. »Wofür hast du dich entschieden, Sandal?«

Er grinste. »Du hast es eigentlich immer geahnt, nicht wahr?« fragte er und schob ihr den Stuhl zurecht.

Sie nickte und sah ihn mit leuchtenden Augen an. »Ja!«

»Ich habe mich entschieden, zurück nach Exota Alpha zu gehen. Und dort werde ich einen Planeten so weit bringen, daß er sich der galaktischen Zivilisation anschließen wird. Ich werde der Fürst – oder wie immer ich das bezeichnen will – dieses Planeten werden. Und du bist die Fürstin.«

»Das ist nicht gerade ein kleines Vorhaben, Sandal.«

»Ich weiß das sehr genau.«

Sie gaben die Bestellung auf, und der Robotkellner schwebte im Zickzack sicher zwischen den Tischen hindurch. Überall saßen Menschen und unterhielten sich, diskutierten, sahen einander zu und taten all die nutzlosen und lustigen Dinge, die man zu dieser Zeit an einem solchen Ort tun konnte.

»Das da werde ich vermissen!« sagte Sandal Tolk leise.

Er deutete auf den Platz, auf die Arkaden und auf die eckigen und runden Formen der farbigen und lichtdurchfluteten Schaufenster. Atlan Village, rund um den Handelshafen Terrania Citys gebaut, war ein erstaunlicher Stadtteil, in dem nur Individualisten und Studenten zu wohnen schienen.

Exotische Schiffsbesatzungen verkehrten hier ebenso wie die leichten Mädchen. Fremde Wesen von bekannten und unbekannten Planeten erhielten hier ihren Eindruck von terranischer Zivilisation, Kunst und Kultur. Der Trubel und der Wirrwarr begannen am späten Vormittag erreichten um Mittag einen zweiten und jetzt, im sinkenden Abend, einen dritten Höhepunkt. Die Betriebsamkeit nahm erst in den frühen Morgenstunden ab.

Hunderte von kleinen Cafés, ebenso viele Bars und Restaurants, die für jeden Geschmack und Gaumen etwas boten, luden ein. Menschenmassen schoben sich durch die Grünanlagen, über Treppen und Rampen, über Brükken und Stege, wogten hin und her. Es war ein unvergleichliches Bild, das vor Lauten, Farben und Bewegungen barst.

»Ich nicht weniger!« stimmte Chelifer Argas zu.

Ihr Essen kam; es waren nur ein paar Kleinigkeiten.

»Merkwürdig«, schränkte Sandal irgendwann ein, »ich wurde mir eigentlich erst zu einem sehr späten Zeitpunkt darüber einig, was ich wollte, welchen Weg ich einschlagen würde.«

»Wann?«

Sandal trank vorsichtig einen Schluck des heißen Kaffees und erwiderte: »Ich saß mit Atlan nach dem Verlassen des Unterwasserhauses und der langen Strecke unter Wasser auf dem Schiff dieses rasenden Bootsbesitzers. Wir unterhielten uns, während wir auf Informationen warteten, über einige Begriffe wie Verantwortung, Sinnlosigkeit und so weiter. Und da sagte Atlan etwas Merkwürdiges. Er meinte, daß die Position eines Menschen, der viele andere Menschen führt, keineswegs zu beneiden ist. Seine Stärke hält man für Machtlust, seine Schwächen werden ausgenutzt, seine Güte wird für Dummheit gehalten.«

»Das mag sein. Aber was hat das mit deinem Entschluß, Exota Alpha zu zivilisieren, zu tun?«

»Einiges«, sagte er und schnitt das Fleisch auseinander. »Einiges. Ich weiß seit einiger Zeit, daß ich Hilfe brauche. Zunächst einmal deine Hilfe; das ist das wichtigste.«

»Sandal«, sagte sie, freudig erschrocken, »was ist über dich gekommen? Du machst ja direkt Komplimente.«

»Feststellungen sind's«, korrigierte er gutgelaunt. Jetzt, da er sich eindeutig entschieden hatte, waren sämtliche Zweifel wie weggewischt. Als hätten sie niemals bestanden. Er sah sein Ziel und seine Aufgabe klar vor sich.

»Auch gut. Wen oder was brauchst du noch?«

Er hob die Schultern. »Ich denke da an meinen Freund Atlan, der mir sicher helfen wird. Und dann Joaquin Manuel Cascal und Edmond Pontonac. Und natürlich Rhodan. Ich werde mit ihnen allen reden. Schließlich bringe ich irgendwann einen Planeten in das Imperium ein, mit allen Vorzügen und Nachteilen.«

»Das ist wahrscheinlich«, sagte Chelifer.

Sandal dachte sehnsüchtig an die Welt, die er vor Jahren verlassen hatte. Exota Alpha …

Ein schöner, fast jungfräulicher Planet. Die Bewohner waren, von Ausnahmen abgesehen, friedlich und arbeitsam, die Natur gab ihnen alles, was sie brauchten. Ein Planet ohne stinkende Essen und mit einem milden, ausgeglichenen Klima, das in weiten Teilen zweifache oder dreifache Ernten gestattete. Und eine Zivilisation, die eine seltsame Mischung war zwischen der Stufe, die Terra anfangs des Mittelalters erreicht haben mochte, und vereinzelten Vorposten des galaktischen Zeitalters.

Sandal sah eine Vision: Burg Crater, neu aufgebaut und viel schöner und heller als je zuvor, war das Zentrum. Ein großer Raumhafen wurde gebaut, eine Stadt entstand, Handel mit fremden Welten wurde getrieben. Ein Freihandelsplatz? Warum nicht? Seine Freunde würden ihm mit Rat und Tat beistehen. Er brauchte nur eine Pionierflotte und einige Millionen Roboter …

Die Vision zerstob: Es würde langsam und hart aufwärtsgehen, unterbrochen von vielen Rückschlägen und vielen Sorgen.

Sandal erwachte aus seinem Traum und wandte sich wieder Chelifer zu. »Wirst du mit mir fliegen?« fragte er leise.

»Selbstverständlich!« sagte sie heiter. »Was ist schon eine Karriere als Robotpsychologin gegen den Status einer Duodezfürstin?«

»Du sagst es!« rief er und zahlte.

Sie verließen ihre Plätze und wurden wieder zu Teilen des Fußgängerstroms, der sich durch die schmalen Gassen dieses Viertels schob. Als Sandal durch die Bäume eines Parks hindurch ein großes Handelsraumschiff starten und im Himmel verschwinden sah, wußte er endgültig, daß sein Traum in Erfüllung gehen würde. Nach Jahren ...

»Was tun wir jetzt?« fragte er.

»Dasselbe wie vorher!« meinte Chelifer. »Wir bummeln, bis wir müde sind.«

Sie machten einen ausgedehnten Spaziergang durch das Viertel, sahen fremde Menschen und nichtmenschliche Fremde und stiegen schließlich, gegen Mitternacht, in das unterirdische Verkehrsmittel, das sie in die Nähe des Hauses brachte, in dem sie wohnten.

Im Wohnraum blieb Sandal vor seinem Schreibtisch stehen und betrachtete nachdenklich das unaufgeräumte Durcheinander von Karten und Plänen.

»Ja«, sagte er. »Das alles bekommt plötzlich eine ganz neue Bedeutung. Bis jetzt ist es Spiel gewesen. Ab heute wird es Ernst.«

Chelifer schmiegte sich an ihn und entgegnete behutsam: »Hast du nicht ein bißchen Angst, Sandal?«

»Wovor?«

»Du bist noch nicht einmal fünfundzwanzig Jahre alt. Jemand, der sich eine solche vergleichsweise gigantische Aufgabe stellt, ist normalerweise älter. Denk an Sandal, den Großvater!«

Sandal zeichnete mit dem Finger den Ring des Kraters nach, der im Mittelpunkt einer Karte lag.

»Ich denke häufig an Großvater«, sagte er. »Wir fangen ganz klein und in einem überschaubaren Rahmen an, Chelifer. Und dann ziehen wir immer größere Kreise. Bei dieser Arbeit werde ich älter und weiser.«

Sie nickte und deutete auf die Hunderte von Lesespulen und die Projektoren in verschiedenen Größen.

»Und außerdem wächst der Mensch mit seiner Aufgabe!«

»Das will ich meinen!« bestätigte Sandal. Als er zur Hausbar ging und gerade die beiden Gläser in den Fingern hielt, summte das Visiphon.

»Wer mag das sein?« Chelifer hob fragend die Brauen.

»Ein später Gast«, murmelte Sandal, »ist selten Last.«

Chelifer schaltete den Schirm ein; es war Edmond Pontonac. »Ich versuche«, sagte er nach der Begrüßung, »schon den ganzen Abend lang, euch zu erreichen. Eben erfuhr ich, daß Sandal zusammen mit Atlan einen Einsatz hinter sich gebracht hat. Es gibt viele interessante Neuigkeiten zu berichten.«

Im Sichtbereich der Linsen schaltete Sandal eine Lampe an und schenkte die beiden Gläser voll. Dann hob er eines davon und blickte Edmond an.

»Aufregende Neuigkeiten?« fragte er.

»Ja. Ich habe nun endlich, nach vielen Eingaben, den gesammelten Urlaub der letzten Jahre bekommen. Fängt in zwei Wochen an.«

Sie sahen sich an. Pontonac gehörte zu den nicht sehr zahlreichen, aber dafür um so besseren Freunden, die Chelifer und Sandal hatten. Mit der Klugheit, seiner Erfahrung und schwachen Mutanten-Begabung war Pontonac für Sandal in der ersten Zeit so etwas wie ein Vorbild gewesen. Pontonac hatte beobachten können, wie aus dem wilden, starken Barbaren unter Chelifers Anleitung ein natürlicher, wenn auch manchmal etwas zu ernster junger Mann mit einer umfangreichen, aber unsystematischen Bildung und Ausbildung herangereift war. Pontonac, der offensichtlich die Gefühle eines väterlichen Freundes für Sandal und auch Chelifer hatte, grinste breit.

»Ich sehe in euren Gesichtern, daß da etwas im Gang ist. Kann ich es erfahren?«

Sandal platzte heraus. »Ich gehe zurück nach Exota!«

»Das hatte ich nicht erwartet!« meinte Pontonac. »Du willst also wieder Burg Crater bewohnen?«

»Genau das habe ich vor.«

Sandal reichte Chelifer das Glas und stellte die Flasche ab.

Pontonac war ehrlich verblüfft. Er hatte bisher, abgesehen von gelegentlichen Unsicherheiten, immer geglaubt, daß Sandal sich von dem Planeten Terra und allen seinen positiven Umständen würde einfangen lassen. Dadurch, daß er ununterbrochen in Rhodans Nähe war und die schwierigsten Einsätze mitgemacht und oftmals an prominenter Stelle selbst durchgeführt hatte, erhielt er Kontakt zu Menschen, Vorgängen und Aktionen, die dem Durchschnittsterraner meist für immer verborgen blieben.

»Du siehst, daß ich ehrlich überrascht bin!« meinte Pontonac. »Wann willst du starten?«

Sandal hob zögernd die Schultern und ließ sie wieder fallen. Dann starrte er eine Weile in sein Glas und antwortete: »Bald. Ich weiß es noch nicht.«

»Was steht dagegen?«

Sandal sagte etwas schärfer betont: »Ich habe Exota Alpha mit einem

Bogen und einem Köcher voller Pfeile verlassen. Ich habe in den dazwischenliegenden Jahren mehrmals mein Leben aufs Spiel gesetzt, um Rhodan und damit dem Imperium zu helfen. Ich beabsichtige nicht, mit einem Köcher voller Pfeile und einem Bogen zurückzukehren.«

Pontonac begann schallend zu lachen, schnappte nach Luft und sagte: »Du hast völlig recht! Jede Arbeit ist ihren gerechten Lohn wert! Und deine Arbeit war in vielen Fällen mehr als gut. Paß auf! Ich werde meine Beziehungen spielen lassen. Ich weiß etwa, was du brauchst. Ich werde allen meinen Freunden in der Flotte und vielen anderen wichtigen Leuten in den Ohren liegen. Wir werden ein volles Raumschiff bekommen und vielleicht auch noch das Schiff dazu.«

Sandal fragte, von so viel Hilfsbereitschaft überwältigt: »Wir, Edmond?«

»*Wir,* Sandal!« sagte Pontonac und schaltete ab.

21.

Juni 3444
Bericht Paih Terzyu

Ich erwachte, öffnete die Augen, lag auf dem Rücken und lauschte. Da mein Zimmer, fünfhundert Meter unter der Erdoberfläche gelegen, keine Fenster besaß und alle Beleuchtungskörper ausgeschaltet waren, herrschte völlige Dunkelheit. Es war vollkommen still, doch ich wußte, daß ich mich auf meine innere Alarmanlage verlassen konnte. Trotzdem lag ich wie erstarrt auf dem Bett; unbewußt zögerte ich, mein Bewußtsein mit den schrecklichen Vorgängen zu konfrontieren, zu denen es in den letzten Tagen innerhalb der Krankenstation von Imperium-Alpha gekommen war.

Meine Hand, scheinbar losgelöst von Willen und Gefühl, tastete über die Oberfläche des Tischchens neben meinem Bett, fand die Reaktionsplatte und tastete darüber hinweg.

Es wurde hell, die an den Wänden aufgestellten Möbel traten aus den Schatten hervor und gewannen an Kontur. Doch allein durch das Licht wurde das Zimmer nicht gemütlicher, dazu war es zu klein und zu nüchtern eingerichtet. Die völlige Zweckmäßigkeit dieses Raumes hatte mich schon bei meinem Eintreffen gestört, doch um nicht als sentimental zu gelten, hatte ich darauf verzichtet, irgendwelche Änderungen vorzunehmen.

Natürlich war das idiotisch, denn kein Terraner hätte auch nur mit den

Augen gezwinkert, wenn ich beispielsweise die Möbel verrückt, einige Bilder aufgehängt, persönliche Dinge auf den Schreibtisch gelegt und ein paar Blumen aufgestellt hätte. In dieser Beziehung sind die Menschen großartig. Sie kümmern sich nicht um die privaten Belange ihrer Gäste, bevor diese es nicht ausdrücklich wünschen. Aber das ist auch der einzige Bestandteil terranischer Mentalität, den ich bewunderte.

Ich lag auf dem Rücken und ärgerte mich darüber, daß ich mich unbewußt dazu zwingen ließ, in einem Zimmer zu leben, das mir nicht gefiel. Sie hätten mir sofort ein anderes gegeben.

Weil ich mit den Terranern zusammenarbeitete, wurde ich damals von vielen meiner Artgenossen gemieden, sie wollten einfach nicht einsehen, daß ich meine Fähigkeiten und mein Wissen optimal nur bei den Terranern einsetzen konnte.

Spätestens nach diesem Fall, den ich zusammen mit den terranischen Kollegen seit ein paar Tagen bearbeitete, hätten meine Freunde mir recht geben müssen, doch ich konnte sie natürlich nicht über alle Einzelheiten so genau informieren.

Mir wurde ganz schwindlig, wenn ich bis zur letzten Konsequenz überlegte, in welche Sache ich da hineingeraten war. Etwas Ähnliches hatte es niemals zuvor gegeben.

Und ich, Ara-Mediziner Paih Terzyu, Chef einer Spezialklinik auf dem medizinischen USO-Zentrum Tahun, war eigens nach Terra geholt worden, um mich an der Behandlung der acht ungewöhnlichsten Kranken zu beteiligen, die jemals in einer terranischen Krankenstation gelegen hatten.

Ich richtete mich auf und schob die Beine über den Bettrand. Wie immer hatte ich auch diesmal nackt geschlafen. Ein Terraner wäre wahrscheinlich fürchterlich erschrocken, hätte er mich ohne Kleider auf dem Bettrand hokken sehen.

Wir Aras sind so hager, daß unser Skelett zerbrechlich wirkt. Vor meinen geistigen Augen entstand mein eigenes Spiegelbild. Eine unglaublich dürre, zwei Meter und zehn Zentimeter große Gestalt mit einem eiförmigen Schädel, der von einem kaum noch sichtbaren weißen Haarkranz umrahmt wird. Dazu blütenweiße Haut und Albinoaugen.

Vom Standpunkt der Aras war ich ein gutaussehender Mann, doch nach Ansicht der Terraner ein klappriges Gestell mit einem Eierkopf. Doch ich darf nicht ungerecht sein. Ich kann mich nicht erinnern, daß irgendein Mensch einmal eine abfällige Bemerkung gemacht hätte; noch nicht einmal in ihren Gesten oder in ihren Handlungen hatten sie zum Ausdruck gebracht, daß sie sich körperlich überlegen fühlten.

Entweder verstehen sie es großartig, ihre wahren Gefühle zu verbergen (was ich aufgrund anderer Erfahrungen bezweifle), oder sie haben sich daran gewöhnt, Fremdintelligenzen als das zu akzeptieren, was sie sind – in meinem Fall als einen Ara.

Ich stand auf und griff nach meinen Kleidern. Seit ich mich in Imperium-Alpha aufhielt, trug ich einen gefütterten Umhang aus festem Stoff und eine Hose mit weiten Beinen. Dazu Ledersohlen mit Hautmagneten und einen bunten Schal, den ich mir lose um den Hals zu schlingen pflegte.

Neben meinem Zimmer befand sich eine Toilette, doch ich hatte instinktive Scheu, sie zu benutzen. Der Metabolismus eines Aras gestattet uns, ein paar Tage zu leben, ohne Verdauungsrückstände abgeben zu müssen.

Meine Gedanken kehrten zur rätselhaften Ursache meines Erwachens zurück. Ich hatte jetzt alle Schläfrigkeit abgeschüttelt.

Ich dachte an die Synthokörper. Möglicherweise war etwas passiert.

Als ich auf den Gang hinaustrat, lag er verlassen vor mir. Ich hatte auch nicht damit gerechnet, irgend jemanden anzutreffen, denn bis auf den diensttuenden Arzt schliefen um diese Zeit alle, wenn man einmal von den Mitgliedern des Mutantenkorps absah, die sich in der Bewachung der acht Synthokörper ablösten.

Vor allem Gucky, Ras Tschubai und Fellmer Lloyd hielten sich ständig in der Nähe der Synthokörper auf. Diese drei, die die Second-Genesis-Krise überlebt hatten, hofften, daß es irgendwie gelingen könnte, wieder eine echte Verbindung zu den alten Freunden herzustellen. Dabei wußten wir nicht einmal genau, in welcher Form die Mutanten zurückgekehrt waren. Es schien sich nur um Bewußtseinsinhalte zu handeln, denen es gelungen war, sich in irgendeiner Form zu stabilisieren. Eine Klärung der Sachlage konnte nur ein vernünftiges Gespräch bringen, aber es gab immer wieder Kommunikationsschwierigkeiten.

Plötzlich hörte ich Stimmengewirr. Es kam aus dem kleinen Büro am Ende des Ganges.

Sicher hätte man mich geweckt, wenn etwas Bedeutsames geschehen wäre. Trotzdem interessierte es mich, wer sich dort mitten in der Nacht aufhielt und unterhielt.

Perry Rhodan, Atlan und Professor Andresen, einer meiner terranischen Kollegen, hielten sich in dem Raum auf. Als ich eintraf, sah ich im Hintergrund des Raumes auch Alaska Saedelaere stehen. Das Cappin-Fragment unter Alaskas Gesichtsmaske leuchtete diesmal nicht besonders stark. Ich gestehe, daß ich mich für Saedelaere als Patienten stark interessierte, aber hinter den Synthokörpern mußte er natürlich zurückstehen.

»Da ist Paih Terzyu!« rief Rhodan, als er mich sah. »Wir wollten Sie gerade wecken lassen.«

»Hat sich eine neue Situation ergeben?« erkundigte ich mich.

»Das kommt auf den Standpunkt an«, erwiderte Atlan. »Wir haben eine neue Auswertung von NATHAN erhalten. Er empfiehlt uns, nach Asporc zu fliegen und dort PEW-Metall zu beschaffen. Damit sollen wir Tierkörper präparieren, die damit zu empfangsfreudigen Katalysatoren für die Bewußtseinsinhalte der Mutanten würden. Nach dem Absterben der Synthokörper könnten die acht Bewußtseinsinhalte in Tierkörper überwechseln.«

Ich starrte ihn fassungslos an. »Das kann doch nicht Ihr Ernst sein!« brachte ich schließlich hervor. »Wollen Sie das Bewußtsein eines Mutanten auf einen Hund oder auf eine Katze übertragen?«

»Es wäre nur eine vorübergehende Lösung«, mischte sich Andresen ein. Ich begriff, daß er NATHANS Vorschlag bereits akzeptiert hatte und bereit war, bei der Ausführung zu helfen. Ich bin nicht so leicht zu erschüttern, denn auf Tahun muß ich Experimente aller Art durchführen, aber die Vorstellung, menschliches Bewußtsein auf Tiere zu übertragen, löste doch leichtes Grauen in mir aus.

Mein Gesichtsausdruck schien meine Bedenken zu verraten, denn Atlan sagte: »Für die Bewußtseinsinhalte wäre es besser als der Tod oder die Rückkehr in den Hyperraum.«

»Die Mutanten haben klar zum Ausdruck gebracht, daß sie nicht in den Hyperraum zurückwollen«, sagte Rhodan. »Sie sind bereits beim erstenmal wahnsinnig geworden und haben Dinge getan, die sie jetzt bedauern. Sie befürchten, daß es beim zweitenmal noch schlimmer werden könnte. Deshalb werden sie lieber in den Synthokörpern sterben, als noch einmal in den Hyperraum zurückzukehren.«

»Wären sie denn damit einverstanden, auf Tiere übertragen zu werden?« fragte ich wie benommen.

»Ja«, sagte Atlan.

Mit einem vorwurfsvollen Blick in Rhodans Richtung fügte Professor Andresen hinzu: »Aber dazu benötigen wir natürlich PEW-Metall. Das gibt es nur auf Asporc.«

»Perry weigert sich, Asporc noch einmal anzufliegen«, erklärte Atlan.

»Das ist richtig«, stimmte Rhodan zu. »Sie wissen alle, warum ich den Befehl zu einem solchen Einsatz nicht mehr geben kann. Die Sache wäre zu riskant. Wir wissen, was nach unserem letzten Flug nach Asporc alles geschehen ist.«

»Es gibt keine Alternative, wenn Sie die Mutanten retten wollen«, sagte Andresen.

Ich beobachtete ihn unauffällig. Er war fast zwei Meter groß und massiv gebaut. Nur seine Hände waren schlank. Sein Gesicht war nichtssagend, seit vielen Jahren war es ihm gelungen, jeden Gefühlsausdruck daraus zu verbannen. Andresen erinnerte mich immer an eine fleischgewordene Maschine, die nach einem sturen Programm ablief. Natürlich war er eine Kapazität, aber das machte ihn nicht sympathischer.

Ich fragte mich, ob die Mutanten eine Umpflanzung auf Tierkörper überhaupt verkraften würden. Die Gefahr, daß es danach zu neuen, willkürlichen Übergriffen kommen konnte, war nicht zu übersehen. Vielleicht war das auch der eigentliche Grund, warum Rhodan es ablehnte, noch einmal nach Asporc zu fliegen.

Rhodan warf einen Blick auf die Uhr. »Ich habe eine Konferenz einberufen, die in einer halben Stunde beginnen wird. Alle Verantwortlichen, vor allem die Mitglieder des neuen Korps, werden dabeisein. Wir können dann noch einmal ausführlich diskutieren, wie wir vorgehen wollen.«

»Inzwischen werde ich noch einmal nach den Patienten sehen«, sagte ich schnell.

Ich fing einen Blick Andresens auf, erwiderte ihn kurz und wandte mich dann ab. Andresen hatte es nicht gern, wenn einer der verantwortlichen Ärzte ohne ihn zu den Synthokörpern ging; es war das ewige Mißtrauen eines Könners gegenüber weniger bekannten Kollegen. Andererseits wollte er die Konferenz nicht versäumen, denn nur dort konnte er helfen durchzusetzen, daß PEW-Metall von Asporc geholt wurde.

Wenn sie noch lange stritten, überlegte ich, würde es für die Mutanten zu spät sein. Lange würden die Synthokörper nicht mehr leben.

Ich blieb stehen und holte tief Luft. In irgendeiner Weise empfand ich das kurze Zusammentreffen mit den vier anderen Männern im Büro als unwirkliches Erlebnis.

Hatte Atlan tatsächlich gesagt, daß man beabsichtigte, die Bewußtseinsinhalte von acht längst vergangenen menschlichen Körpern auf Tiere zu übertragen, oder war alles nur ein wirrer Traum gewesen?

Ein Blick zurück überzeugte mich davon, daß ich alles wirklich erlebt hatte. Rhodan und die drei Männer traten gerade aus dem Büro, um sich zum Konferenzraum zu begeben.

Ich beeilte mich jetzt, die Krankenstation zu erreichen. Aber allein durch meine Eile konnte ich den Synthokörpern nicht helfen. Am Eingang zu den Behandlungsräumen wurde meine Identität geprüft, dann durfte ich passieren.

Obwohl ich Arzt bin und mich fast ausschließlich in Krankenstationen aufhalte, überfiel mich auch diesmal eine dumpfe Vorahnung von Unheil. Das Bewußtsein, daß Krankenzimmer aller Art stets eine Vorstufe zu den Räumen des Todes sein können, läßt sich bei mir nie völlig ausschalten. Ich hatte jedoch längst gelernt, solche Empfindungen zu ignorieren, denn sie können einen Arzt bei seiner Arbeit beeinflussen.

Trotz der Warnungen einiger Wissenschaftler und Ärzte hatten wir die Mutanten wieder in einem Raum zusammengelegt. Sicher war das nicht ungefährlich, aber Perry Rhodan hatte darauf bestanden. Er wollte dem starken Zusammengehörigkeitsgefühl dieser Bewußtseinsinhalte Rechnung tragen.

Fellmer Lloyd kauerte im Halbschlaf auf einem Sessel neben dem Eingang. Als er mich sah, war er sofort hellwach.

»Es geht ihnen schlecht«, sagte er mit nicht zu überhörender Verzweiflung in der Stimme. »Die Körper verfallen immer schneller.«

Ich nickte nur, weil ich nicht wußte, was ich darauf erwidern sollte.

Die Synthokörper lagen jetzt in acht nebeneinander aufgestellten Nährbetten. Sie waren an verschiedene Schläuche und Elektroden angeschlossen, die wiederum zu den Maschinen und Instrumenten führten, mit deren Hilfe wir die Synthokörper retten wollten.

Doch alle Versuche hatten sich bisher als Fehlschläge erwiesen. Die auf mehr oder weniger unnatürliche Art entstandenen Körper reagierten auf keine Behandlungsmethode. Und die Bewußtseinsinhalte, die sich in diesen Körpern aufhielten, wußten das.

Scarteus, der diensttuende Arzt, hatte sich über eines der Betten gebeugt und untersuchte den darin liegenden Patienten. Scarteus war erst dreiundzwanzig Jahre alt, ein mittelgroßer blauäugiger junger Mann, und sicher der größte Optimist, der mir jemals begegnet war.

Er unterbrach die Untersuchung und kam zu mir. Nur auf Terra konnte es anerkannte Spezialisten dieses Alters geben, es sprach für die Vorurteilslosigkeit der Terraner. Als Scarteus mich begrüßte, war von seinem sprichwörtlichen Optimismus nur noch wenig zu spüren.

»Man kann mit zusehen«, sagte er bitter. »Sie verfaulen geradezu. Es ist schrecklich. Wir können aber nichts dagegen tun.«

Lloyd, der alles mitgehört hatte, stöhnte auf und verbarg das Gesicht in den Händen.

»Warum gehen Sie nicht hinaus?« fragte ich scharf.

Er sah mich an, sagte aber nichts. Freiwillig wäre er sicher nicht gegangen.

Ich murmelte eine Entschuldigung. Dann, um ihn aufzumuntern, sagte ich: »Es gibt einen neuen Plan, der uns hoffen läßt.«

Sein Blick ließ mich nicht los. Ich ahnte, daß er in diesem Augenblick meine Gedanken durchforschte, obwohl er das unter diesen Umständen nicht hätte tun dürfen. Es war, als stünde ich völlig nackt vor ihm. Dieses Gefühl war äußerst unangenehm.

»Tiere!« rief er aus. Entsetzen zeigte sich in seinem Gesicht. »Ihr wollt sie auf Tiere überwechseln lassen?«

Von seiner heftigen Reaktion erschreckt, wich ich zurück.

»Noch ist es nicht soweit«, sagte Scarteus, den man inzwischen offenbar informiert hatte. »Wir brauchen PEW-Metall, aber der Großadministrator weigert sich, noch einmal ein Schiff nach Asporc fliegen zu lassen.«

Lloyd schwieg.

Ich trat an eines der Betten. Die Synthokörper waren inzwischen so verfallen, daß die Gesichter kaum noch zu unterscheiden waren. Haare und Zähne der Biozüchtungen waren ausgefallen. Die Haut war weiß und stellenweise graugelb, einzelne Gewebeteile begannen abzufallen. Der Anblick war auch für einen Arzt alles andere als angenehm. Ein Mensch, der unvorbereitet mit dem Anblick dieser Körper konfrontiert worden wäre, hätte ihn wahrscheinlich nicht ertragen können.

Ich warf einen Blick auf das Schild am Fußende des Bettes. *Kitai Ishibashi* stand da in großen Buchstaben.

In diesem armseligen Körper hielt sich also das Bewußtsein von Ribald Corellos Vater auf. Die in dem verquollenen Gesicht kaum noch sichtbaren Augen blickten mich an. Es war der Blick eines Wesens, das keine Hoffnung mehr hatte.

»Sie sollten versuchen, zu schlafen«, sagte ich leise, um keinen der anderen aufzuwecken – wenn überhaupt einer von ihnen schlief.

»Ja«, krächzte er.

»Denken Sie nicht zuviel nach«, beschwor ich ihn. »Wir werden eine Möglichkeit finden, Ihnen zu helfen.«

»Ja«, sagte er wieder. Resignation schwang in seiner Stimme mit. Die Bewußtseinsinhalte waren realistisch genug, um zu erkennen, daß sie in eine Sackgasse geraten waren. Der zunehmende Verfall dieser Körper hatte allerdings auch einen Vorteil: Die natürliche Veranlagung dieser lemurischen Biozüchtungen war verlorengegangen. Die Synthos wollten nicht mehr kämpfen. Ihr Verlangen, sich blindlings in den Kampf zu stürzen und dann zu sterben, war endgültig gestorben.

Ich ging ein Bett weiter. *Betty Toufry* las ich auf dem Schild. Ich mußte sehr genau hinblicken, bis ich erkannte, daß vor mir eine Frau lag.

Ihre Augen waren fest geschlossen, aber auf den Aufzeichnungsinstrumenten las ich ihre Gehirnströmungen ab und sah, daß sie nicht schlief. Was ging in ihren Gedanken vor? Hatten sie sich schon mit dem Tod abgefunden?

»Hallo, Betty!« sagte ich.

»Hallo, Ara!« gab sie zurück.

Ihre Stimmbänder waren noch nicht angegriffen, so daß sie einwandfrei sprechen konnte.

»Welche Nachrichten bringt der große Medizinmann?« erkundigte sie sich. »Scarteus hat gesagt, daß vielleicht ein Schiff nach Asporc aufbrechen würde, um PEW-Metall zu beschaffen.«

»Irgendeinen Ausweg werden wir schon finden«, versprach ich ausweichend.

Ihr zerklüftetes Gesicht verzog sich zu einem Lächeln. Es sah schrecklich aus.

Die Atmosphäre des nahen Todes erschien mir plötzlich unerträglich. Ich wandte mich ab und wollte den Raum verlassen. Scarteus trat mir in den Weg.

»Es wird Zeit, daß wir etwas unternehmen«, sagte er verbissen. Er hatte noch immer nicht aufgegeben, er wollte einfach nicht daran glauben, daß alles zu spät war.

»Lassen Sie mich in Ruhe«, sagte ich grob.

Ich wollte ihn zur Seite schieben, denn er stand mir im Weg. In diesem Augenblick kamen Rhodan und Atlan herein.

»Wir haben noch ein bißchen Zeit«, erklärte der Arkonide. »Wir wollen noch einmal mit den Synthos sprechen. Vielleicht sind sie kräftig genug, daß wir sie nach Tahun bringen können.«

»Das habe ich bereits gestern gefordert«, erinnerte ich den Lordadmiral. »Auf Tahun haben wir bessere Möglichkeiten, die Kranken zu behandeln.«

»Wir werden mit ihnen sprechen«, sagte Rhodan noch einmal.

»Ich glaube, daß sie zu allem bereit sind«, mischte Scarteus sich ein. Allein die Vorstellung, daß die Synthos nach Tahun verlegt werden sollten, brachte seinen Optimismus wieder in Schwung. Ich merkte ihm an, daß er am liebsten sofort mit den Vorbereitungen für den Transport begonnen hätte.

Rhodan trat an das Bett von Tako Kakuta. Der Körper des Teleporters war besonders angegriffen.

»Chef!« stieß Kakuta hervor. »Wir freuen uns, daß Sie uns so oft besuchen.«

Ich konnte deutlich sehen, daß Rhodan eine Gefühlsaufwallung unterdrükken mußte. Die Persönlichkeiten, die sich in den acht Körpern aufhielten, zählten zu den ältesten Freunden des terranischen Großadministrators.

Ich fragte mich, ob etwas Wahres an dem Gerücht war, daß Perry Rhodan sich am 1. August nicht mehr zur Wahl stellen wollte. Er machte einen energischen und unverbrauchten Eindruck. Vielleicht war es diese Frau, Orana Sestore, die ihn beschäftigte und von seinen politischen Geschäften abhielt.

Doch geredet wurde viel! Die Wahrheit kannte sicher einzig und allein der Mann, der jetzt am Bett eines Wesens stand, das man wegen seines Egos Tako Kakuta nannte.

»Warum wollen Sie sich nicht in den Hyperraum retten?« erkundigte sich Perry Rhodan. »Das wäre eine Chance, die sterbenden Körper rechtzeitig zu verlassen.«

»Nein!« stammelte der Mutant. »Wir sterben lieber endgültig, als dorthin zurückzukehren, wo wir Schlimmeres erlebt haben, als sich mit Worten beschreiben läßt.«

»Warum haben Sie sich nicht sofort gemeldet und mit mir in Verbindung gesetzt, nachdem Sie mit Hilfe Corellos die Erde erreicht hatten?« erkundigte sich Rhodan. »Damals wäre vielleicht noch Zeit gewesen, etwas zu Ihrer Rettung zu unternehmen.«

Ich wußte, daß diese Frage längst beantwortet war. Aber Rhodan stellte sie immer wieder.

»Wir waren wahnsinnig«, sagte Kakuta. »Zunächst einmal mußten wir unsere aus dem Pararaum zurückgekehrten Bewußtseinsinhalte geistig stabilisieren. Als wir schließlich in die Synthokörper schlüpfen konnten, bereitete es uns unverhoffte Schwierigkeiten, diese völlig zu beherrschen. Hinzu kam, daß wir immer wieder geistige Krisen hatten. Die Angriffe auf die Asporcos und die gewaltsame Übernahme Corellos und Saedelaeres mit allen damit verbundenen Folgen gehörten zu den unkontrollierbaren Existenzebenenverformungen. Wir waren einfach irre.«

»Wie konnte es geschehen, daß Sie die toten Körper damals während der Second-Genesis-Krise verlassen und in den Hyperraum gehen konnten?« erkundigte sich Rhodan.

Kakuta mußte sich mit einer Antwort Zeit lassen. Das viele Sprechen strengte ihn an. Als er wieder redete, waren seine Worte kaum zu verstehen.

»Ich will versuchen, es zu erklären«, mischte sich der neben Kakuta liegende Wuriu Sengu ein.

Kakuta schwieg erleichtert.

»Gegen Ende der Second-Genesis-Krise bildeten wir einen Parablock«, berichtete der Späher. »Damals waren wir bereits verrückt, aber es gelang uns, einen Brocken Psi-Materie zu bilden. Als wir starben, verließen unsere Bewußtseinsinhalte die Körper und gingen auf die Psi-Materie über, die in den Hyperraum flüchtete. Es war eine Transitmission. Die Einbettung unserer Bewußtseinsinhalte mit ihrer vollen Kapazität geschah völlig ungewollt. Es kam zu einem Effekt, den man als astralsche Koexistenz in der übergelagerten Zustandsebene bezeichnen könnte.«

Ich kannte die Theorie der Astralkörper, hatte mich aber niemals eingehend damit beschäftigt. Die Mutanten mit ihren Psi-Fähigkeiten hatten es jedoch offenbar geschafft, ihre sterbenden Körper zu verlassen und ihre Bewußtseinsinhalte in den Pararaum zu versetzen. Der Preis, den sie dafür gezahlt hatten, war der Verlust ihrer geistigen Stabilität gewesen. Sie waren vor ihrem Tode wahnsinnig geworden und es auch im Hyperraum geblieben. Erst vor ein paar Tagen hatten sie sich wieder stabilisiert.

»Das klingt phantastisch«, sagte Rhodan. »Wir hielten Sie damals für tot.«

»Unsere Körper waren auch tot«, lautete die Antwort.

»Wer will jetzt noch bezweifeln, daß alle Lebewesen ein Bewußtsein haben?« fragte Atlan leise. »Die Mutanten haben es bewiesen. Der Körper ist nicht mehr als ein Haus, in dem man für einige Zeit wohnt. Wenn man die entsprechenden geistigen Fähigkeiten entwickelt, kann man dieses Haus nach Belieben verlassen.«

Ich war erschüttert. Schon immer hatten wir Aras daran geglaubt, daß dem Geist keine Grenzen gesetzt sind. Hier schien ein endgültiger Beweis für die Behauptung vorzuliegen. Allerdings war alles noch unkontrolliert geschehen. Welche Aussichten ergaben sich jedoch, wenn man voraussetzte, daß es einst Wesen geben würde, die solche Handlungen bewußt vollziehen und ihr Bewußtsein dabei unter Kontrolle halten konnten?

Rhodan sprach noch weiter mit den Mutanten, doch ich hörte kaum noch zu, denn ich war zu sehr mit meinen eigenen Gedanken beschäftigt. Ich konzentrierte meine Aufmerksamkeit erst wieder auf Wuriu Sengu, als er von den Erlebnissen der Bewußtseinsinhalte im Hyperraum berichtete.

»Wir suchten verzweifelt Kontakt zum Normalraum und dortigen Energieformen«, sagte er. »Doch es gelang uns nicht. Wir verloren alle Hoffnung. Unser Zustand verschlimmerte sich allmählich. Nur noch selten konnten wir vernünftige Überlegungen anstellen. Es schien, als sollten wir für alle Zeiten im Hyperraum verbannt bleiben und zwischen den Universen schweben, die im Pararaum wie rote Riesenquallen aussehen.«

»Wie kam es dann zum Kontakt mit den Asporcos?« wollte Atlan wissen.

»Es geschah ganz plötzlich!« Jetzt setzte André Noir den Bericht fort, denn auch der Späher war erschöpft. »Inzwischen wissen wir, daß die Kontaktaufnahme zu den Asporcos genau mit dem Zeitraum der durch den Schwarm ausgelösten allgemeinen Verdummungswelle übereinstimmt. Das kann kein Zufall sein.«

Ich rechnete nach. Zu diesem Zeitpunkt hatten die acht Bewußtseinsinhalte sich länger als fünfhundert Jahre im Hyperraum aufgehalten. Das war ungeheuerlich.

Im Gegensatz zu allen anderen Intelligenzen waren die Asporcos bei Eintritt der Verdummungswelle intelligenter geworden. Dieser Effekt war durch ihre Kopfspangen aus PEW-Metall ausgelöst worden. Das PEW-Metall absorbierte einen Bruchteil der Verdummungsstrahlung und unterlag damit einer fünfdimensionalen Frequenzmodifizierung. Damit war völlig klar, daß nicht die Asporcos, sondern das eigenartige PEW-Metall der Bezugspunkt für die Kontaktaufnahme der Bewußtseinsinhalte gewesen war.

Ich ahnte, daß wir längst nicht alles über dieses seltsame Metall wußten. Die Asporcos, das stand jetzt fest, hatten als Träger dieses Metalls nur eine sekundäre Rolle gespielt. Dem riesigen Meteor auf Asporc kam jedoch eine besondere Bedeutung zu.

»Das ist auch kein Zufall«, hörte ich Rhodan sagen. Er erklärte das, was ich bereits überlegt hatte, den acht Synthos.

Abschließend fragte Rhodan: »Können Sie uns garantieren, daß dieses PEW-Metall jetzt, nachdem Sie aus dem Hyperraum entkommen sind, völlig ungefährlich ist?«

Ich verstand diese Frage genau.

»Betty hat sich mehr als wir alle mit diesem Metall beschäftigt«, antwortete Noir. »Sie kann dazu etwas sagen.«

Ich folgte Rhodan zum Bett des weiblichen Synthokörpers, in dem das Bewußtsein von Betty Toufry Zuflucht gefunden hatte. Toufry war Telepathin und Suggestorin.

»Haben Sie meine Frage gehört?«

»Ja«, sagte Betty. Es war deutlich zu sehen, daß sie mit einer Antwort zögerte. Sie wußte, wieviel davon abhing, daß Rhodan ein Schiff nach Asporc schickte, damit es PEW-Metall nach Terra brachte.

»Die Wahrheit, Betty!« ermahnte Rhodan die Mutantin.

»Ja«, sagte sie schwach. »Es kann nicht sinnvoll sein, wenn wir uns etwas vormachen. Wir können nicht garantieren, daß das Metall jetzt ungefährlich ist. Durch die jahrelange Hyperaufladung hat es seine chemischen, physikalischen und hyperphysikalischen Eigenschaften verändert. Ich befürchte, daß es bei dem PEW-Metall zu einem frequenzbedingten Machtbewußtsein und zur verformungsmateriellen Paradoxintelligenz ge-kommen ist.«

»Was?« entfuhr es Rhodan.

Ich blickte ungläubig auf die Mutantin hinab. Wollte Betty Toufry allen Ernstes behaupten, daß das Metall eine gewisse Intelligenz besaß? Sie hatte zwar von einer Paradoxintelligenz gesprochen, wobei nicht ganz klar war, was sie darunter verstand, aber allein die Tatsache, daß sie diesem Meteor bewußtes Handeln unterstellte, war unglaublich.

»Deshalb«, fuhr Betty stockend fort, »wissen wir nicht, was inzwischen auf Asporc geschehen ist. Es kann zu einer Katastrophe kommen, wenn ein terranisches Schiff dorthin fliegt, um PEW-Metall zu holen.«

Ich konnte sehen, daß Rhodan die Lippen aufeinanderpreßte. Es war klar, welchen Entschluß er in diesem Augenblick faßte. Auch im Interesse der Mutanten konnte er kein Risiko eingehen.

»Wir werden noch einmal darüber sprechen«, sagte Perry Rhodan nach einer Weile. »Jetzt müssen Atlan und ich zu der Versammlung. Terzyu und Scarteus werden vorläufig bei Ihnen bleiben, damit jemand hier ist, wenn es zu einer Krise kommen sollte.«

Fast hätte ich spöttisch aufgelacht. Die Krise war längst da! Das wußte auch der Großadministrator! Im Grunde genommen hatte die Second-Genesis-Krise nie aufgehört. Wir erlebten ihr dramatisches Ende.

Ich blickte zur Tür. Dort saß noch immer Fellmer Lloyd. Ich erwartete, daß der Chef des neuen Korps Rhodan und Atlan begleiten würde, doch er verließ seinen Platz nicht.

»Wir sind keinen Schritt weitergekommen«, beklagte sich Scarteus.

»Doch«, widersprach ich. »Es bestehen Pläne, die Synthos nach Tahun zu bringen. Ich kann das nur begrüßen. Auf Tahun können wir den Mutanten besser helfen.«

»Sofern sie noch transportfähig sind«, gab Scarteus zu bedenken. Unterschwellig fürchtete er, diese Patienten zu verlieren, denn ihm war klar, daß er den Flug nach Tahun nicht mitmachen würde. Auf Tahun gab es genügend Ärzte, die über mehr Erfahrung verfügten.

»Ich nehme an, daß sich während der bevorstehenden Konferenz entscheiden wird, ob die Mutanten zum Medo-Planeten der USO gebracht werden sollen oder nicht.«

»Terzyu!« rief eine schwache Stimme.

Ich drehte mich zu den Betten um. Ralf Martens Synthokörper hatte gerufen. Ich trat an sein Bett.

»Eine seltsame Heimkehr«, sagte Marten. »Man hat uns nicht mit offenen Armen empfangen. Kein Wunder, denn wir haben in unserer Verrücktheit schwere Fehler begangen. Ich komme immer mehr zu der Erkenntnis, daß wir nicht mehr zu dem Volk gehören, das von dieser Welt aus die Galaxis eroberte. Wir sind anders geworden. Im Grunde genommen sind wir Fremde. Man bemüht sich zwar um uns, doch in Wirklichkeit wäre jeder froh, wenn das Problem durch unseren Tod gelöst würde.«

»Wie können Sie das sagen?« rief Scarteus empört.

Marten beachtete ihn nicht. Er streckte seine Hand aus. Obwohl es mich große Überwindung kostete, ergriff und drückte ich sie.

»Sie sind ein Ara«, stellte Marten fest. »Sie können das objektiv beurteilen.«

»Ich glaube nicht, daß man Sie loswerden will«, erwiderte ich. »Man versucht, Ihnen zu helfen. Und Sie haben viele Freunde, die starken Anteil an

Ihrem Schicksal nehmen. »Ich deutete zum Ausgang, wo Fellmer Lloyd als stummer Wächter saß. »Die Mutanten, die schon zum alten Korps gehörten, haben Sie noch nicht vergessen.«

»Sie haben vergessen, mit uns zu verschwinden«, meinte Marten.

Hatte er nicht recht? Wer konnte diese Wesen schon verstehen? Wer wollte aus Überzeugung ihr Freund sein? Sie waren in dieser Form tatsächlich völlig Fremde, denen man sogar mißtraute.

»Schlafen Sie jetzt!« befahl Scarteus.

Doch Marten schüttelte den Kopf. Dann tat er etwas Schreckliches. Mit einer Hand packte er ein lose an seinem Arm hängendes Gewebestück, riß es ab und schleuderte es in Scarteus' Richtung. Dabei stieß er wilde Beschimpfungen aus.

Der junge Arzt stand wie versteinert da. Das Blut war ihm aus dem Gesicht gewichen.

Ich drückte Marten auf sein Bett zurück. Er beruhigte sich augenblicklich.

»Wie können Sie so etwas tun?« fuhr ich ihn an. »Der junge Arzt opfert sich für Sie auf.«

»Ich verlor die Beherrschung«, sagte Marten niedergeschlagen. »Es tut mir leid.«

Ich glaubte ihn zu verstehen. Scarteus kam jedoch nicht so schnell darüber hinweg. Er wandte sich ab und begab sich in den kleinen Nebenraum. Ich hörte, wie er sich dort übergab.

Ras Tschubai kam herein. Er nahm Lloyds Platz ein. Der Telepath ging hinaus. Es wirkte wie eine unheimliche Szene aus einem alten Film, bei dem der Ton ausgefallen war.

Ich hatte das Gefühl, daß die Mutanten, die sich bei der Bewachung ihrer alten Freunde ablösten, uns Ärzte nicht aus den Augen ließen. Sie beobachteten uns. Wahrscheinlich würden sie eingreifen, wenn wir einen Fehler begingen. Ich ging zu Scarteus. Er hockte niedergeschlagen auf einem flachen Bett.

»Nehmen Sie es sich nicht zu sehr zu Herzen«, forderte ich ihn auf. »Sie als Arzt müssen verstehen, was in diesen Wesen jetzt vorgeht.«

»Muß ich das?« schrie Scarteus. »Kein Mensch kann verstehen, was mit ihnen los ist.«

Ich schloß hastig die Tür, damit die Mutanten ihn nicht hören konnten.

»Es sind Monstren«, sagte Scarteus. »Ja, Marten hatte völlig recht. Sie gehören nicht mehr zu unserem Volk.«

Ich ergriff eine Injektionspistole und lud sie mit einem Beruhigungsmittel. Ohne zu zögern drückte ich sie gegen Scarteus' Arm und jagte ihm durch die Kleider eine Ladung in die Blutbahn. Die Wirkung trat augenblicklich ein. Scarteus entspannte sich.

»Danke«, sagte er.

»Sie haben in den letzten Tagen zu wenig geschlafen«, betonte ich. »Gönnen Sie sich jetzt ein paar Stunden Ruhe. Ich bleibe bei den Mutanten, bis das Ärzteteam seinen Dienst antritt.«

Er willigte widerspruchslos ein.

Eine Stunde später kam Rhodan zurück in die Krankenstation. »Die Konferenz ist beendet«, berichtete er. »Ärzte und Wissenschaftler haben den Entschluß gefaßt, die acht Kranken nach Tahun zu bringen. Dort haben sie vielleicht noch eine Chance.«

»Und das PEW-Metall?« fragte ich.

Unsere Blicke kreuzten sich. Ich spürte den unbeugsamen Willen meines Gegenübers.

»Vorläufig wird kein Schiff nach Asporc fliegen«, sagte er.

22.

Meine Vermutung, daß die Nachricht von ihrer Verlegung die acht Mutanten in Aufregung versetzen könnte, bestätigte sich nicht. Die Bewußtseinsinhalte in den Synthokörpern wurden offenbar immer apathischer. Sie begannen sich mit allem abzufinden, was um sie herum geschah.

Obwohl ich mich nicht um terranische Politik kümmerte, wußte ich, daß Rhodans innenpolitische Schwierigkeiten stiegen. Rhodan hatte sich entschlossen, alle Mutanten des neuen Korps ebenfalls mit nach Tahun zu nehmen.

Vor ein paar Tagen, so erfuhr ich von Galbraith Deighton, waren zwei Raumschiffe der Antis auf Terra gelandet. Offiziell handelte es sich um eine Delegation von Geschäftsleuten, doch die SolAb wußte längst, daß es sich bei den Antis um angeworbene Söldner handelte. Radikale Gruppen der Opposition wollten sich mit diesen Antis gegen die Mutanten schützen. Es war außerdem ein offenes Geheimnis, daß Rhodans Gegner keinerlei Interesse hatten, daß sich die Großadministration mit acht für verschollen oder totgehaltenen Mutanten verstärken konnte. Deshalb mußte sogar mit einem Angriff auf die Kranken gerechnet werden.

Ich vermutete, daß die Anwesenheit der Antis der Hauptgrund für die Entscheidung Rhodans war, *alle* Mutanten von der Erde abzuziehen.

Bis zur Wahl des Großadministrators waren noch zwei Monate Zeit, aber niemand glaubte daran, daß Rhodan bei dieser Wahl eine ernsthafte Chance haben würde – wenn er sich überhaupt als Kandidat aufstellen ließ.

Die Hetzkampagne der Opposition hatte ihren Höhepunkt erreicht und war nicht ohne Erfolg geblieben. Immer wieder wurde Rhodan als Verräter angeprangert. Selbst Rhodans politische Freunde konnten es sich kaum noch erlauben, öffentlich für ihn Partei zu ergreifen.

Doch das waren Ereignisse, die mich wenig berührten. Ich nahm sie nur am Rande wahr. Ich hatte auch den Eindruck, daß Rhodan sich wenig um die politische Zuspitzung kümmerte, so sehr ihn seine Freunde auch bestürmten, diese Passivität endlich aufzugeben.

Vom Plan, die Mutanten nach Tahun zu bringen, wußte nur das Ärzteteam. Die Verantwortlichen von Imperium-Alpha waren ebenfalls informiert.

Um so erstaunter war ich, als Andresen mir sagte, daß die Öffentlichkeit schon wenige Stunden nach Beendigung der entscheidenden Konferenz von den Führungskräften der Opposition über Rhodans Absichten informiert worden war. Das konnte nur bedeuten, daß es in unserem System Lücken gab, daß Einzelpersonen oder Gruppen mit Bount Terhera oder anderen Männern zusammenarbeiteten.

Rhodan, der vorgehabt hatte, die kranken Mutanten über die Transmitterstation von Imperium-Alpha an Bord der MARCO POLO zu bringen, mußte dem Widerspruch Tschubais und Lloyds nachgeben.

»Es wäre verantwortungslos«, sagte Fellmer Lloyd, den ich selten so nervös und reizbar erlebt hatte, wie während des Abtransports der Synthokörper. »Wir wissen nicht, was während der Entstofflichung alles passieren kann. Es ist denkbar, daß die Bewußtseinsinhalte den Kontakt zu den Synthokörpern verlieren und in den Hyperraum zurückkehren müssen.«

»Fellmers Bedenken sind berechtigt«, stimmte Ras Tschubai zu. »Wir sind gegen den Transmittertransport.«

»Es geht aber schnell und ist sicherer als alles andere«, beharrte Andresen auf dem von ihm gemachten Vorschlag.

»Wir wollen die Kranken entscheiden lassen«, schlug Rhodan vor. Er trat an das Bett von Son Okura. »Glauben Sie, daß es ein Risiko wäre, Sie durch den Transmitter zu schicken?«

»Möglich!« krächzte der Verunstaltete. »Ich weiß es nicht.«

»Wir transportieren sie mit Antigravprojektoren«, entschied Rhodan. »Oben soll ein schwerer Gleiter zurechtgestellt werden.«

»Das kostet Zeit!« protestierte Andresen. »Wir verlieren dadurch über zwei Stunden. Vergessen Sie nicht, daß wir die Synthokörper während des Transports nur an tragbare Lebenserhaltungssysteme anschließen können, die nicht die Kapazität der Anlagen von Imperium-Alpha haben.«

Aber auch dieser Einwand änderte Rhodans Entschluß nicht mehr.

An den Nährbetten wurden Antigravprojektoren angebracht. Ein paar Minuten später schwebten die Betten in einer langen Reihe zum Lift, wo sie nach oben gefahren wurden. Das Ärzteteam blieb auf der Erde zurück, nur Andresen und ich würden den Flug nach Tahun mitmachen.

Die Kranken ließen alles mehr oder weniger teilnahmslos mit sich geschehen. Ich hatte den Eindruck, daß sie mit ihrem Leben abgeschlossen hatten.

Die Verladung der Betten in den Gleiter verlief ohne Schwierigkeiten. Kaum hatte die Maschine das Sperrgebiet von Imperium-Alpha verlassen, als ein paar Fluggleiter von Terra-Television auftauchten und uns auf dem Flug zum Raumhafen begleiteten.

Rhodan, der neben mir saß, blickte aus dem Seitenfenster und sagte grimmig: »Die wissen genau, was wir vorhaben. Nun, gute Aufnahmen werden sie nicht bekommen.«

Unmittelbar vor dem Raumhafen mußten die TTV-Gleiter wieder abdrehen, denn das Landefeld der MARCO POLO gehörte zum Sperrgebiet des Raumhafens.

Ich blickte nach hinten. Professor Andresen war mit den Kranken beschäftigt. Man würde sie in die Klinik für paraabstrakte Phänomene auf Tahun bringen. Chef dieser Klinik war ich. Ich fragte mich, wie Andresen diese Tatsache hinnehmen würde. Bisher war er Leiter des Ärzteteams gewesen, das sich um die Synthokörper gekümmert hatte.

Auf Tahun würde sich das ändern. Als Leiter der Klinik konnte ich mir von meinem terranischen Kollegen keine Vorschriften machen lassen. Unbewußt bedauerte ich, daß nicht Scarteus an Andresens Stelle mit nach Tahun kam. Mit dem jungen Arzt hätte ich mich gut verstanden.

Rhodan schien von den Spannungen zwischen Andresen und mir nichts zu ahnen.

»Alle anderen Mutanten sind bereits an Bord gegangen«, informierte er mich, als der Gleiter neben der gigantischen MARCO POLO landete. »Das bedeutet, daß wir sofort starten können, sobald die Kranken an Bord gebracht sind.«

»Deighton und Tifflor waren nicht damit einverstanden, daß Sie *alle* Mutanten von der Erde abziehen«, sagte ich.

Er nickte. »Ich halte es für die beste Lösung.«

»Es ist Ihr Problem!« gab ich zurück.

Er warf mir einen rätselhaften Blick zu. »Sie sind ein Ara«, sagte er beiläufig. »Ich habe Sie beobachtet. Sie setzen sich völlig für die Kranken ein. Wie kann ein Extraterrestrier sich so engagieren? Sie wissen doch, daß das Solare Imperium noch stärker wird, wenn es uns gelingt, dieses Problem zu lösen. Das läge doch sicher nicht im Interesse Ihres Volkes, zu dem wir keine besonders guten Beziehungen haben.«

»Ich bin Arzt – kein Politiker.«

»Sind Ärzte keine Patrioten?«

»Sie reden wie meine Gegner unter den Aras«, warf ich ihm vor.

Er wurde sehr ernst. »Ich frage mich, ob wir Ihnen vertrauen können.«

Ich verstand sofort. Er dachte, daß ich die Lücke im Sicherheitssystem sein könnte. Er hielt mich für den Informanten, der alle wichtigen Nachrichten an die Opposition gab. Das Blut stieg mir in den Kopf.

»Ich arbeite seit zwölf Jahren für die USO«, sagte ich heftig. »Bisher gab es noch nie Schwierigkeiten.«

»Ich werde mich bei Ihnen entschuldigen, wenn sich herausstellen sollte, daß ich Ihnen unrecht getan habe.«

Ich war so wütend, daß ich nicht antwortete. Ich blickte nach vorn, wo Atlan saß. Halb entschlossen, mich bei dem Lordadmiral der USO zu beschweren, erhob ich mich von meinem Platz.

In diesem Augenblick erklang Andresens Stimme: »Kommen Sie jetzt, Dr. Terzyu! Wir müssen uns während der Verladung um die Kranken kümmern.«

Meine Wut schwand schlagartig. Hier ging es nur um die acht Patienten.

Ein gewisses Unbehagen blieb jedoch in mir zurück. Hatte Rhodan nicht unbewußt recht? Sah ich in den Synthokörpern wirklich nur Patienten, denen geholfen werden mußte?

Ich trat an das Bett von André Noir. »Wir haben unser Ziel erreicht. Sie werden jetzt an Bord der MARCO POLO gebracht.«

Noir blinzelte. Entweder besaß er nicht die Kraft zu einer Antwort, oder er wollte nicht mit mir sprechen.

Die Betten schwebten nacheinander aus dem Gleiter. Draußen standen Robotwachen. Gleiter flogen über dem Landefeld und achteten darauf, daß niemand in das Sperrgebiet eindrang.

Ich trat in die offene Schleuse. Vor mir ragte die MARCO POLO wie ein stählerner Berg in den Himmel. Diese fliegende Stadt war die beeindruckendste technische Konstruktion, die ich jemals gesehen hatte. Dieses Schiff war gleichzeitig ein Symbol. Besser als alle Worte demonstrierte es die Entschlossenheit der Terraner, sich weiter im Universum auszubreiten.

Warum tun sie das? fragte ich mich. *Warum begnügen sie sich nicht mit den Planeten, die sie besitzen?*

Es war nicht die Sucht nach Macht, das hatte ich längst erkannt. Die Menschen suchten Antworten auf ihre Fragen. Die uralte Frage nach der Schöpfung ließ diese Wesen nicht los. Und jedesmal, wenn sie eine Tür aufgestoßen hatten, entdeckten sie neue Rätsel.

Sie würden immer tiefer in das Universum vorstoßen und schließlich den Kontakt zueinander verlieren. Das war ihr Problem.

Das Universum war zu groß, als daß sie es hätten erforschen können. Das Universum würde sie aufsaugen und sie in unzählige kleine Völker zersplittern. Perry Rhodan hatte das längst erkannt. Ich wußte das aus allen seinen Worten. Längst überlegte er, ob es nicht einen anderen Weg gab.

Denn die ständige Expansion, getragen von einer übermächtigen Technik, würde schließlich verebben. Die Menschheit würde verschwinden, einem winzigen Fluß gleich, der ins Meer fließt.

Die ersten Anzeichen für einen solchen Prozeß zeichneten sich bereits ab. Es gab von Menschen bewohnte Planeten, auf denen niemand mehr etwas von der Erde wußte. Und in Imperium-Alpha, der Zentrale auf Terra, kannte man längst nicht alle Welten, auf denen sich Menschen niedergelassen hatten.

Längst waren kleine, von Menschen geschaffene Sternenreiche entstanden, die nicht zum Solaren Imperium gehörten. Die Zersplitterung schritt unaufhaltsam fort.

»Träumen Sie?« fragte Andresen schroff. Er stand hinter mir in der Schleuse, ein großer, unbeugsam wirkender Mann, den nichts aufhalten konnte.

Ich spürte meine innere Bereitschaft, mich diesem Terraner unterzuordnen, doch gleichzeitig flammte Widerstand in mir auf.

»Auf Tahun«, entgegnete ich so gelassen wie möglich, »werde ich einen neuen Plan ausarbeiten.« Ich sah ihn von oben bis unten an. »Sie werden mein Stellvertreter sein, denn Sie haben ein gutes Verhältnis zu den Kranken.«

Er grinste unverschämt. »Es ist mir gleichgültig, ob ich Ihr Stellvertreter oder irgendein Arzt in Ihrem Team sein werde, Terzyu. Hauptsache ist, daß ich mich weiter um die Synthos kümmern kann.«

So war das also. Er hatte sich bereits über die neue Situation Gedanken gemacht und war entschlossen, mich auf Tahun zu ignorieren. Das würde ihm nicht gelingen!

Wir stiegen nebeneinander die Gangway hinab, so daß für einen uneingeweihten Beobachter der Eindruck entstehen mußte, daß zwei sich gut verstehende Ärzte noch einen Gedankenaustausch vor dem Start hatten.

Am unteren Ende der Gangway blieb Andresen stehen. Er schien unsere kurze Auseinandersetzung bereits vergessen zu haben.

»Was für ein Schiff!« sagte er bewundernd und blickte an der MARCO POLO empor. »Ich bin glücklich, daß ich mit ihm durch den Raum fliegen kann.«

»Es ist ein terranisches Schiff«, sagte ich. Er ging nicht darauf ein.

Wir mußten in einen Gleiter steigen, der uns zu einer der Hauptschleusen des Schiffes hinaufbrachte. Ein junger Offizier des Schiffes erwartete uns dort.

»Sie sind die Ärzte«, stellte er fest. »Ich habe den Befehl, Sie sofort nach Ihrer Ankunft in die Krankenstation des Schiffes zu bringen.« Er lächelte unverbindlich und ging voraus.

Wir traten in einen beleuchteten Korridor. Alles an diesem Schiff war größer als bei anderen Raumfahrzeugen. Meine Augen mußten sich erst an diese Dimensionen gewöhnen. Viel bekam ich jedoch nicht zu sehen, ein Antigravschacht nahm uns auf und wir schwebten in ein tiefer gelegenes Deck hinab.

Die Krankenstation war eine Sensation. Sie bestand aus achtzehn Räumen und besaß eine Einrichtung, die jeder Spezialklinik zur Ehre gereicht hätte.

»Großartig!« rief Professor Andresen. Er stürmte durch die einzelnen Räume, als müßte er auf dem schnellsten Weg sein neues Reich ausmessen.

Die Kranken waren bereits in ihrer Unterkunft, in der sie vorübergehend leben würden, eingetroffen. Lloyd, Tschubai und Gucky, die ständigen Wächter, waren ebenfalls da.

Wir wurden den Bordärzten vorgestellt, mit denen wir für kurze Zeit zusammenarbeiten würden. Eine Untersuchung der Synthos ergab, daß der Verfall ihrer Körper durch den Ortswechsel nicht beschleunigt worden war. Er hatte sich aber auch nicht verlangsamt. Der Chefarzt, Prof. Dr. Heyne Kaspon, ein fast zwei Meter großer Terraner, blickte erschüttert in die Nährbetten.

»So schlimm hatte ich es mir nicht vorgestellt«, gestand er. »Es sieht so aus, als wären sie verloren.«

»Dr. Terzyu hofft, ihnen auf Tahun helfen zu können«, sagte Andresen. Der spöttische Unterton in seiner Stimme war unüberhörbar.

Kaspon, der als einer der besten lebenden Chirurgen galt, ging darauf nicht ein.

Wir begannen zu diskutieren, und während des Gesprächs lösten sich die Spannungen zwischen Andresen und mir. Ab und zu blickte ich in Richtung der Nährbetten.

Am Ende der langen Reihe stand Ras Tschubai. Er bewegte sich nicht. Seine Augen waren halb geöffnet. Er wachte über den alten Freunden, die niemand retten zu können glaubte.

Der Start war in der Krankenstation nicht zu spüren. Mächtige Andruckabsorber nahmen der Beschleunigung ihre Wirkung. Nur an den Kontrollen konnte man ablesen, wie schnell das Schiff an Höhe gewann.

Wir rasten in den Linearraum und nahmen Kurs auf Tahun. In der Klinik für paraabstrakte Phänomene sollte der Kampf um das Leben der Synthos in seine entscheidende Phase treten.

Der Flug verlief ohne Zwischenfälle. Perry Rhodan und Atlan kamen einmal in die Krankenstation, um nach den Kranken zu sehen und um mit ihnen zu sprechen. Außer Lloyd, Tschubai und Gucky bekam ich keinen der anderen Mutanten zu sehen. Ich wußte jedoch, daß alle Mitglieder des neuen Korps an Bord waren. Sie hielten sich in ihren Kabinen auf.

»Wir haben einen Funkspruch an Geoffry Waringer auf der Hundertsonnenwelt abgestrahlt«, informierte Rhodan Andresen und mich. »Er wird in ein paar Stunden mit einem Schiff in Richtung Tahun aufbrechen. An Bord dieses Schiffes werden sich ein paar Zentner Zentralplasma und zahlreiche Matten-Willys aufhalten. Waringer hofft, daß er uns damit helfen kann.«

Andresen wurde sofort mißtrauisch. »Wir haben aber andere Pläne!«

»Dr. Terzyu will versuchen, die Bewußtseinsinhalte auf andere Träger zu verpflanzen«, erinnerte Perry Rhodan. »Jedenfalls sagte er mir das.«

Ich nickte. »Alles hängt davon ab, ob wir einen Katalysator finden, der dem PEW-Metall entspricht. Das ist sehr fraglich, aber es wird alles auch ein bißchen von der Bereitschaft der in Frage kommenden neuen Trägerkörper abhängen. Jedenfalls ist es besser, Versuche mit dem Plasma und den Matten-Willys durchzuführen, als die Bewußtseinsinhalte auf animalische Körper zu verpflanzen.«

»Tiere können wir am leichtesten kontrollieren«, widersprach Andresen. »Doch es ist sinnlos, wenn wir uns jetzt darüber streiten. Zunächst einmal haben wir keine Möglichkeit, die Bewußtseinsinhalte aus den lemurischen Körpern herauszuholen. Sie können sich nur freiwillig in den Hyperraum zurückziehen, aber dazu sind sie offenbar nicht bereit.«

Ich ahnte, daß Andresen nicht von seinen Plänen abgehen würde. Das bedeutete Ärger. Als Rhodan und Atlan die Krankenstation verlassen hatten, wandte sich Andresen an mich.

»Sie versuchen, diese beiden Männer von Ihren Ideen zu überzeugen«, warf er mir vor.

»Unsinn!« widersprach ich. »Wir sollten uns im Interesse der Kranken auf eine gemeinsame Behandlungsmethode einigen.«

Er antwortete nicht, aber seine Blicke sagten mir mehr als alle Worte, daß es für ihn nur eine akzeptable Behandlungsmethode gab: die von Professor Andresen.

Tahun. Vom Weltraum aus gesehen eine paradiesische Welt! Eine Welt mit Wäldern, Parks und Seen. Dazwischen eingebettet die verschiedenen Kliniken, Verwaltungs- und Wohngebäude.

Ein Paradies? Bestimmt nicht!

Kaum eine andere Welt hat derartig viel dramatische Schicksale erlebt wie Tahun. Auf keinem anderen Planeten sind so viele Wesen unter unheimlichen Umständen gestorben wie auf Tahun. Auf Tahun sind die großen Quarantänestationen für Zentrumspest, Axalogie und Lashatpocken. Wer immer als Kranker auf diese Welt gebracht wird, weiß, daß er ein besonders schwerer Fall ist – ein Todeskandidat.

Tahun. Dieser Name wird von vielen Raumfahrern nur zögernd und flüsternd ausgesprochen. Er hat für viele Menschen einen unheimlichen Klang.

Wer Tahun sagt, meint Warten, Leiden und Sterben. Er meint aber auch erbitterten Wettlauf mit dem Tod, der oft genug von den Ärzten der USO gewonnen wird.

Das ist das Tröstliche an diesem Namen: Mehr als die Hälfte aller Patienten, die nach Tahun gebracht wurden, konnten als geheilt entlassen werden.

Deshalb sind mit dem Namen Tahun nicht nur Angst und Schrecken verbunden, sondern auch Hoffnung und Zuversicht für jene, denen man nirgends mehr zu helfen glauben konnte.

Daran mußte ich denken, als die MARCO POLO auf Tahun landete. Als die Landestützen des riesigen Schiffes den Boden des USO-Planeten berührten, war meine Niedergeschlagenheit wie verflogen. Es lag an der vertrauten Atmosphäre. Hier war mein Arbeitsbereich, wo ich mich sicher fühlte und viele spektakuläre Erfolge erzielt hatte. Hier konnte vielleicht auch den Mutanten geholfen werden. Ich vergaß sogar meinen Groll gegenüber Andresen.

»Wir sind da!« sagte ich fröhlich. »Jetzt können wir mit unserer Arbeit beginnen. Es wird schwierig sein, aber wir werden es schon schaffen.«

Sein wuchtiger Körper schob sich quer durch den Schreibraum. Vor der Kontrollwand blieb er stehen. Auf dem Bildschirm waren einige Einzelheiten von der Planetenoberfläche zu erkennen, darunter auch die Hauptklinik.

»Ist das Ihr Reich?« erkundigte sich Andresen .

»Nein, Professor. Das ist die Hauptklinik. Die Klinik für paraabstrakte Phänomene ist ein kleineres Gebäude, etwa dreihundert Meilen von hier entfernt.« Er schien darüber enttäuscht zu sein, sagte aber nichts.

Ich begab mich zu den Kranken. Etwas von der allgemeinen Aufregung hatte auch sie angesteckt. Vielleicht spürten auch sie jetzt wieder Hoffnung.

»Wann werden Sie mit der Behandlung beginnen?« erkundigte sich Tama Yokida.

»Ein Ärzteteam, das in alle Einzelheiten eingeweiht ist, wartet bereits auf Sie«, antwortete ich. »Professor Andresen und ich werden uns nach einer Ruhepause ebenfalls wieder um Sie kümmern.«

»Und wie wollen Sie vorgehen?« fragte Wuriu Sengu.

»In zwei Richtungen«, erklärte ich meine Pläne. »Wir wollen zunächst versuchen, den körperlichen Verfall zum Stillstand zu bringen. Gleichzeitig werden wir mit anderen Trägerkörpern experimentieren. Wir hoffen, daß uns eine Verpflanzung der Bewußtseinsinhalte auf andere Körper auch ohne PEW-Metall gelingt.«

»Sie denken an Tiere?« fragte Betty Toufry.

Ich zögerte mit einer Antwort. Da trat Andresen an meine Seite.

»Wir werden es auch mit Tieren versuchen«, sagte er ruhig. »Wenn es gelingt, wird es natürlich kein Dauerzustand sein. Aber wir wollten unter allen Umständen Ihr Leben retten.«

»Ich verstehe«, sagte Betty. Ich wurde das Gefühl nicht los, daß sie mit ihren telepathischen Sinnen mein Bewußtsein nach weiteren Informationen durchforschte, die sie dann an ihre sieben Freunde weitergeben würde.

Ein paar Medo-Roboter kamen herein. Sie bereiteten alles für den Transport der Kranken in meine Klinik vor.

»Sie haben neue Hoffnung geschöpft«, sagte ich zu Andresen. »Wenn sich ihr seelischer Zustand weiter bessert, ist ein gewisser Anfang gemacht.«

Ohne mich anzusehen, erwiderte der große Mann: »Sie sind starken emotionellen Schwankungen unterworfen, deshalb ist jeder Optimismus verfrüht. Außerdem kommt es nicht darauf an, ihre Seelen zu heilen. Die kommen allein wieder in Ordnung, wenn sie eine Überlebenschance haben.«

Er war noch abweisender geworden. Vielleicht mißfiel ihm der Gedanke, daß er der einzige Terraner im Ärzteteam auf Tahun sein würde.

Die kranken Mutanten wurden in ihren Betten hinausgefahren und zum Lift gebracht. An Bord eines Gleiters würde man sie zur Spezialklinik fahren.

Ich war überzeugt davon, daß die Mitglieder des neuen Korps in der Nähe meiner Klinik Quartier beziehen würden. Rhodan und Atlan würden direkt in der Klinik wohnen.

Beide hatten deutlich gemacht, daß sie sich nicht in die Arbeit der Ärzte einmischen wollten. Ich wußte, was die acht Mutanten für das Solare Imperium bedeuteten, deshalb konnte ich es Rhodan und dem Arkoniden nicht verübeln, wenn sie die weitere Entwicklung aus unmittelbarer Nähe beobachten wollten.

Als ich die MARCO POLO verlassen wollte, wurde ich in die Zentrale gerufen. Korom-Khan und sein technisches Personal waren bereits von Bord gegangen. Nur Atlan und der Großadministrator hielten sich noch in der Zentrale auf.

Ich vermutete, daß sie mit mir über die Kranken sprechen wollten. Doch der Grund, daß sie mich gerufen hatten, war ein anderer.

»Wir möchten, daß Sie ein gutes Verhältnis zu Professor Andresen haben«, sagte Rhodan.

So war das also! Andresen hatte sich offenbar bei Rhodan beschwert. Wahrscheinlich wollte er durchsetzen, daß er auch auf Tahun Leiter des Ärzteteams blieb.

»Von meiner Seite aus wurde nichts unternommen, was das Verhältnis zwischen Andresen und mir belasten könnte«, entgegnete ich. Ich sah, daß Rhodan und Atlan einen Blick wechselten. Wahrscheinlich hatten sie sich über mich unterhalten.

»Andresen wirft Ihnen nicht vor, daß Sie Ihre Arbeit vernachlässigen«, fuhr Perry Rhodan vorsichtig fort. »Aber er glaubt, daß unterschwellig Vorbehalte wach werden könnten. Es ist schließlich kein Geheimnis, daß Ihrem Volk nicht an einer Verstärkung des Mutantenkorps gelegen ist.«

»Verdammt!« sagte ich.

»Sie fluchen wie ein Terraner«, lächelte er. »Aber Sie sind ein Ara.«

»Vorurteile? Ausgerechnet Sie?«

»Ich habe nichts gegen Aras«, sagte er. »Und ich glaube, daß Sie zuverlässig sind. Aber es ist immerhin möglich, daß Sie auf die Idee kommen könnten, daß es besser wäre, wenn die Bewußtseinsinhalte der Mutanten wieder im Hyperraum verschwänden.«

Ich war eher verblüfft als wütend. Im stillen bewunderte ich sogar das Geschick, mit dem Andresen Mißtrauen gesät hatte. Der terranische Mediziner rechnete offenbar damit, daß ich unter diesen Umständen zurücktreten würde. Doch daran dachte ich nicht.

»Ich werde für die Kranken tun, was ich kann«, sagte ich zu Rhodan.

»Andresen wird Teamleiter bleiben«, erklärte Rhodan.

»Hier auf Tahun? Er kann ohne unsere Hilfe nicht arbeiten!«

»Wollen Sie ihm diese Unterstützung, die er braucht, etwa verweigern?«

»Nein!«

»Es gibt Dinge, über die man nicht einfach hinwegsehen kann«, sagte der Großadministrator.

»Ich verstehe!«

»Nehmen Sie es nicht zu tragisch«, empfahl mir Atlan. »Sie werden es schon schaffen.«

Ich sah Rhodan an. »Was werden Sie tun, wenn mir eine Heilung der Synthos gelingen sollte? Mich zum Terraner ernennen?«

Bevor er oder Atlan darauf antworten konnte, wandte ich mich ab und verließ die Zentrale. Jetzt gab es zwischen Andresen und mir keine Möglichkeiten einer Versöhnung mehr. Wie ich ihn kannte, würde er seine Vormacht-stellung gründlich ausnutzen. Ich war sozusagen nur ein besserer Fremdenführer.

Als ich in die Krankenstation kam, war niemand mehr anwesend. Ich erfuhr, daß auch Andresen bereits in meine Klinik aufgebrochen war. Ich ließ mir Zeit. Es war sicher besser, wenn ich mich beruhigte, bevor ich wieder mit dem Professor zusammentraf.

Vielleicht, überlegte ich, mußte man ein Terraner sein, um die Denkweise eines Terraners verstehen zu können.

Als ich ein paar Stunden später in der Klinik eintraf, sagte man mir, daß Andresen in sein Quartier gegangen war, um zu schlafen. Von Tarpan Alkin, dem Arzt, der während meiner Abwesenheit die Klinik geleitet hatte, erfuhr ich, daß meine Kollegen bei Ralf Marten einen totalen Blutaustausch vorgenommen hatten. Marten ging es besonders schlecht, aus irgendeinem unerklärlichen Grund hatte sich der Verfall seines Synthokörpers beschleunigt.

Obwohl ich müde war, begab ich mich in die Station, wo die Mutanten lagen. Am Eingang saß der übliche Wächter. Diesmal war es Gucky.

»Marten ist bewußtlos«, sagte Alkin.

»Wird der Körper durchhalten?«

»Schwer zu sagen. Das Herz muß ständig angeregt werden. Ich hoffe, daß er noch einmal hochkommt.«

»Und die anderen?«

»Unterschiedlich! Besonders gut geht es keinem – aber das wissen Sie ja.«

Ich wanderte an der Bettreihe entlang und starrte in die verunstalteten Gesichter. Vor meinen Augen begann es zu flimmern. Ich war übermüdet.

»Ich werde jetzt schlafen«, sagte ich zu Alkin.

Er spielte nervös mit seinen Jackenknöpfen. Ich merkte, daß er noch etwas auf dem Herzen hatte.

»Was bedrückt Sie?«

»Dieser Terraner, Andresen – ist er jetzt hier der Chef?«

»Ja.«

»Hm!« machte Alkin. »Das war eigentlich alles.«

Er wich meinen Blicken aus, aber ich wußte auch so, daß er mit Andresens Ernennung zum Chefarzt dieser Klinik nicht einverstanden war. Das galt sicher nicht nur für Alkin. Das gesamte Team würde gegen den terranischen Professor sein. Die Mitglieder des Teams würden die Anordnungen Andresens nur widerwillig befolgen. Das konnte den Kranken schaden.

Ich packte Alkin an der Schulter. »Es geht hier um die Kranken«, sagte ich. »Vergessen Sie das nicht und sagen Sie es den anderen. Andresen wird wieder verschwinden, sobald die acht Mutanten geheilt sind. Es besteht also kein Grund zur Aufregung.«

Damit verließ ich ihn. Ich konnte nur hoffen, daß Alkin und meine anderen Kollegen vernünftig sein würden. Wenn sie etwas gegen Andresen unternahmen, würde es den Synthos schaden und außerdem auf mich zurückfallen.

23.

Ein Kayberri ähnelt einem großen, aufrecht gehenden Vogel. Seine mit bunten Schuppen bedeckten Beine bestehen aus zahlreichen Segmenten, die er nach jeder gewünschten Richtung einknicken kann. Das verleiht dem Tier die Fähigkeit, trotz hoher Laufgeschwindigkeit plötzlich die Richtung zu ändern. Der Körper eines Kayberris ist flaschenförmig und mit einem federähnlichen Pelz bedeckt. Zwischen einem Federkranz an der höchsten Stelle des Körpers sitzt der kugelförmige Kopf mit dem Sackmaul und drei ausfahrbaren Augen.

Die Kayberris leben auf Sangalun II und sind relativ zutraulich, so daß sie leicht einzufangen sind.

Irgendein Wissenschaftler hatte herausgefunden, daß Kayberris besonders leicht parapsychisch zu beeinflussen sind.

Daran mußte ich denken, als Andresen die acht Kayberris hintereinander in das Krankenzimmer der acht Mutanten treiben ließ. Die Vogelwesen lebten schon seit Monaten zu Experimentierzwecken auf Tahun. Trotzdem hatte man sie nie an einer Leine festgebunden. Sie waren nervös und stießen kehlige Laute aus.

Andresen stand mitten im Zimmer. Er beobachtete den Vorgang schweigend. Er spürte offenbar, daß ich ihn ansah.

»Bindet an jedem Bettende ein Tier fest!« befahl Andresen jetzt. »Ich will nicht, daß es zu Verwechslungen kommt. Jeder Kranke soll genau wissen, auf welches Tier er sich konzentrieren kann.«

Ich stand neben dem Bett von Kitai Ishibashi.

»Was hat er vor?« fragte der Syntho mit undeutlicher Stimme.

»Ruhe!« rief Andresen. »Ich werde jetzt alles erklären. Dies sind Kayberris. Sie sind parapsychisch besonders leicht zu beeinflussen, denn sie haben eine Art organischen Sensor für psionische Energie in ihrem Gehirn. Das sollte unseren Versuch begünstigen. Doch wir haben uns damit nicht zufriedengegeben. Das Willenszentrum im Gehirn dieser Tiere wurde weitgehend lahmgelegt.«

Andresen machte ein paar Schritte auf die Betten zu. »Jeder von Ihnen wird jetzt versuchen, in einen Kayberri überzuwechseln, und zwar in das Tier, das an seinem Bett festgebunden ist.«

»Nein!« stöhnte Ishibashi entsetzt.

Auch die anderen Mutanten begannen zu protestieren.

»Professor!« rief ich Andresen zu. »Die Kranken sind damit nicht einverstanden. Sie weigern sich. Das habe ich befürchtet.«

»Ihre Befürchtungen interessieren mich nicht!« gab Andresen gelassen zurück. Er trat an das Bett von Betty Toufry und beugte sich über die Kranke. »Sie wollen also nicht?«

Sie schüttelte den Kopf. Einen Augenblick lang hatte ich den Eindruck, Andresen wollte sich auf sie stürzen und sie schlagen. Doch er wich zurück und starrte sie an, als könnte er nicht verstehen, daß sie seinen Plan ablehnte. Ohne sich von ihr abzuwenden, sagte er: »Bringt einen großen Spiegel!«

Niemand rührte sich. Es wurde so still, daß ich das angestrengte Atmen der Synthos hören konnte.

»Dr. Terzyu!« rief Andresen. »Einer Ihrer Mitarbeiter soll einen großen Spiegel holen!«

»Gehen Sie, Alkin!« befahl ich.

Wenige Augenblicke später brachte Alkin einen Spiegel und übergab ihn an Andresen. Der Professor umklammerte ihn wie eine Waffe. Er beugte sich wieder über Betty Toufrys Bett.

»Sie wollen also nicht!« stellte er fest. »Moralische Bedenken, nehme ich an. Anscheinend sind Sie sich nicht über Ihre Lage im klaren. *Dann sehen Sie sich doch einmal an!«*

Die letzten Worte schrie er förmlich hinaus. Gleichzeitig hob er den Spiegel hoch und hielt ihn so, daß Betty Toufry sich darin sehen konnte.

»So ist es um Sie bestellt!« rief Andresen und machte ein paar Schritte zum nächsten Bett, in dem Ralf Marten lag. »Und Sie! Sehen Sie sich an.«

Er ging von Bett zu Bett und hielt den Kranken den Spiegel hin.

»Vielleicht«, sagte er, als er sich wieder aufrichtete, »sind Sie nicht in der Lage, sich mit diesen Körpern zu identifizieren, weil es nicht Ihre eigenen sind. Aber Sie können sehen, daß diese Körper am Ende sind. Sie haben keine Chance mehr, wenn es Ihnen nicht gelingt, Ihre Bewußtseinsinhalte in einen anderen Körper zu bringen. Sie müssen das ohne PEW-Metall schaffen, denn wir haben auf Tahun kein PEW-Metall oder ein damit vergleichbares Material.«

Seine Stimme wurde versöhnlicher. »Ich will Sie nicht quälen, aber Sie müssen lernen, die Realitäten anzuerkennen.«

Ich gewann nur allmählich die Fassung zurück. Keiner, auch ich nicht, hatte mit einem solchen Vorgehen Andresens gerechnet. Ich konnte mir nicht vorstellen, daß er dafür die Zustimmung Perry Rhodans bekommen würde.

Doch bevor ich eingreifen konnte, kam es zu einem Zwischenfall. Wie von geheimnisvollen Kräften lösten sich die Stricke, mit denen die Kayberris an den Betten festgebunden waren. Gleichzeitig setzten sich die Tiere in Bewegung und rannten auf den Ausgang zu.

Andresen stieß eine Verwünschung aus. »Haltet sie fest und bringt sie zurück!«

Während die Ärzte die Tiere einfingen, näherte sich Andresen dem Bett Tama Yokidas.

»Geben Sie zu, daß Sie die Schlingen mit Ihren telekinetischen Kräften gelöst haben?«

»Ja«, sagte Yokida.

»Und Noir oder Ishibashi haben die Tiere mit Psi-Impulsen in die Flucht geschlagen«, fuhr Andresen fort. »Es ist ein Wunder, daß die Bewußtseinsinhalte nicht *mich* angegriffen haben, denn ich bin ja der Initiator dieses Plans.«

»Wir wissen, daß Sie uns helfen wollen«, sagte der Synthokörper, der den Bewußtseinsinhalt Yokidas beherbergte. »Aber Sie können uns zu nichts zwingen.«

»Ich zwinge Sie zu nichts!« sagte Andresen grimmig. »Aber der Zustand Ihrer Körper wird Sie schließlich veranlassen, das zu versuchen, was ich vorgeschlagen habe.«

Er blickte sich um und stellte fest, daß alle Tiere wieder eingefangen worden waren.

»Bindet sie wieder fest!« ordnete er an. Er wandte sich an mich. »Ab sofort wird nichts mehr gegen den zunehmenden Verfall der Synthos unternommen.«

Ich glaubte, mich verhört zu haben. Doch die nächsten Worte des terranischen Arztes bewiesen mir, daß er entschlossen war, seinen Willen unter allen Umständen durchzusetzen.

»Wir werden sie zwingen, die Kayberris zu akzeptieren. Ich habe Rhodans Zustimmung.« Diese Auskunft versetzte mir einen Schock. »Ja«, sagte Andresen triumphierend. »Er würde zulassen, daß wir die Bewußtseinsinhalte in die Körper von Ratten verpflanzen, wenn er sicher wäre, daß er seine geliebten alten Freunde auf diese Weise retten könnte.«

Ich lag in dem kleinen Wohnraum, der zum Haupttrakt der Klinik gehörte. Ich war innerlich viel zu aufgewühlt, um schlafen zu können. Auch Andresen hatte eine Ruhepause eingelegt, das verschaffte mir immerhin die Gewißheit, daß die Synthos im Augenblick vor ihm sicher waren. Ich fragte mich, warum Ras Tschubai, der während des Zwischenfalls mit den Kayberris »Wächter« gespielt hatte, nicht zu Rhodan gegangen war, um gegen Andresens Behandlungsmethoden zu protestieren. Akzeptierten die Mitglieder des neuen Korps etwa den Professor?

Denkbar war alles. Ich durfte niemals vergessen, daß ich ein Ara und daß mir die terranische Denkweise nicht vertraut war.

Vielleicht war ich zu sensibel. Es mochte richtig sein, die Synthos unter Druck zu setzen.

Andresen erkannte die Lage zweifellos besser als jeder einzelne der Synthos. Trotzdem konnte ich mich nicht mit seinem Vorgehen einverstanden erklären.

Die Kayberris waren wieder an den Betten angebunden worden. Sie standen auch jetzt noch dort. Die Bewußtseinsinhalte gingen nicht mehr gegen die Tiere vor, aber sie akzeptierten sie auch nicht als Trägerkörper. Mehr als ein Patt hatte Andresen nicht erreicht. Konnte er überhaupt hoffen, daß die Kranken nachgeben würden? Ich bezweifelte es.

Ich hatte mich geweigert, die Kranken von den Lebenserhaltungssystemen abzuschließen. Andresen hatte schließlich in dieser Beziehung nachgegeben, aber er hatte durchgesetzt, daß keine zusätzlichen Rettungsmaßnahmen ergriffen wurden.

Hinter meinen halbgeschlossenen Lidern nahm ich plötzlich eine Bewegung wahr. Ich riß die Augen auf. Vor mir stand einer der Synthos!

Die Überraschung lähmte mich. Meine Gedanken wirbelten durcheinander. Ich sagte mir, daß das nur der Körper Tako Kakutas sein konnte. Der Teleporter hatte sich von seinen Lebenserhaltungssystemen losgerissen und war in mein Zimmer teleportiert.

Kakutas verunstalteter Körper schwankte. Seine Beine gaben nach, und er sank mit dem Oberkörper auf einen Tisch. Ich sprang aus dem Bett.

»Tako Kakuta!« rief ich entsetzt. »Sind Sie wahnsinnig geworden? Wollen Sie Selbstmord begehen?«

Er rang nach Atem. Offensichtlich wollte er etwas sagen, aber es fehlte ihm die Kraft dazu.

In diesem Augenblick war ich völlig ratlos, wie ich mich dem Syntho gegenüber verhalten sollte. Zweifellos wäre es am besten gewesen, wenn ich jemand gerufen hätte. Kakuta mußte schnellstens in sein Nährbett zurück.

Doch ich überlegte, daß er sicher nicht ohne Grund zu mir gekommen war.

Warum hatten die Ärzte, die sich in der Krankenstation aufhielten, noch keinen Alarm geschlagen? Ich erriet, daß sie von Noir und Ishibashi daran gehindert wurden.

Wieder flimmerte die Luft in meinem Zimmer. Gucky materialisierte. Ich schloß daraus, daß er als Wächter fungiert und die Flucht Kakutas bemerkt hatte. Der Ilt war dem Kranken gefolgt.

»Ich störe dich nicht, Doc«, sagte der Mausbiber. »Du kannst so tun, als wäre ich nicht hier.«

»Es wäre mir lieber, du könntest mir sagen, was ich jetzt tun soll«, erklärte ich. »Er muß in sein Bett zurück, sonst wird er schweren Schaden erleiden.«

Endlich hatte ich mich zu einem Entschluß durchgerungen und trat an den Interkomanschluß meines Zimmers, um die anderen Ärzte zu alarmieren.

Der Kakuta-Syntho hob den Kopf. »Warten Sie!« brachte er hervor.

Ich zögerte.

»Wir … wir haben uns entschlossen, einen Versuch … zu … zu riskieren«, sagte Kakuta stoßweise.

»Mit den Kayberris?«

Als er den Kopf schüttelte, löste sich ein Hautfetzen von seinem längst kahlen Schädel und fiel auf den Tisch.

»Wir möchten … es … mit intelligenten Wesen versuchen.«

Ich verstand plötzlich.

»Aber das geht nicht!« lehnte ich ab. »Wir können niemand zwingen, daß er sich zur Übernahme der Bewußtseinsinhalte bereit erklärt.«

»Er denkt an Freiwillige!« mischte Gucky sich ein.

»Frei…willige!« wiederholte Kakuta dankbar. Dann brach er endgültig zusammen.

Ich starrte auf ihn hinab. Es war mir unmöglich, ihn in diesem Augenblick anzurühren. Ich trat an den Interkom und gab Alarm.

»*Er* hat sie mit diesem Gedanken infiziert!« Andresens Arm stieß wie ein Speer durch die Luft und deutete auf mich. »Von Anfang an haben er und sein Team meine Pläne zu durchkreuzen versucht. Heimlich haben sie die Kranken gegen mich aufgehetzt. Und nun kommt – *das!*«

Wir befanden uns im Verwaltungshauptraum der Klinik. Rhodan, Atlan, alle Ärzte und Mitglieder des Neuen Mutantenkorps waren anwesend. Ich hatte geahnt, daß Andresen heftig ablehnen würde, aber daß seine Ablehnung in einen heftigen Angriff gegen mich einmünden würde, überraschte mich.

»Ich hätte sie dazu gebracht, die Kayberris zu akzeptieren!« Andresen sprach jetzt langsamer. »Doch dazu wird es jetzt nicht mehr kommen, nachdem diese verrückte Idee von Freiwilligen in den Köpfen der Synthos herumspukt.«

Rhodan schwieg. Er schien nachzudenken.

»Vielleicht gibt es tatsächlich acht Freiwillige«, sagte Atlan. »Wir brauchen doch nur auf Tahun überall herumzufragen. Sicher gibt es viele Kranke, die ihr Leben lang auf Tahun bleiben müssen, für die die Übernahme eines Mutantenbewußtseins eine willkommene Abwechslung wäre.«

»Auch ein Kranker verdrängt nicht gern sein eigenes Bewußtsein zugunsten eines anderen«, sagte Fellmer Lloyd.

Doch Atlan ließ sich nicht irritieren. »Denken wir zum Beispiel einmal an einen Gelähmten!« schlug er vor. »Wäre ein solches Wesen nicht glücklich, könnte es mit Kakutas Bewußtsein wieder eine neue Fortbewegungsmöglichkeit bekommen?«

»Das hört sich alles sehr makaber an!« rief ich.

»Sie wollen wohl den Kopf aus der Schlinge ziehen, indem Sie jetzt Ihren eigenen Plan bekämpfen?« fragte Andresen.

»Wenn wir diese Freiwilligen finden, werden wir den Versuch riskieren«, entschied Perry Rhodan.

Andresen senkte den Kopf und murmelte Verwünschungen. Er empfand Rhodans Entscheidung als persönliche Niederlage. Ich dagegen wußte, daß mit dieser Entscheidung neue Schwierigkeiten auf uns alle zukommen würden. Wahrscheinlich würden sich mehr als acht Freiwillige finden, dann mußte eine Auswahl getroffen werden. Die meisten Intelligenzen würden sich aus Egoismus melden, nicht etwa, um den Kranken zu helfen. Man würde ihnen zunächst einmal klarmachen müssen, was es bedeutete, ein zusätzliches Bewußtsein in den Körper aufzunehmen.

Doch würde es überhaupt funktionieren? Reichte die innere Bereitschaft einiger Wesen aus, um einen Wechsel der Bewußtseinsinhalte aus den todkranken Synthokörpern in lebensfähige Körper zu vollziehen? Diese Frage konnte nur durch entsprechende Versuche beantwortet werden.

Der Mann ohne Namen war in einem treibenden Wrack östlich des Algol-Systems gefunden worden. Seine beiden Beine waren über den Knien von einer herabstürzenden Verstrebung abgeschnitten worden. Er trug jetzt Prothesen. Seine vollkommene Amnesie war auch mit den Mitteln der modernen

Medizin nicht zu beheben gewesen. Die Mediziner rätselten seit Jahren an diesem Fall.

Kein Wunder, daß man ihn vor vierzehn Monaten terranischer Zeitrechnung nach Tahun gebracht hatte.

Er trug jetzt auch einen Namen. Algol. Er hatte ein bißchen sprechen gelernt und konnte Entscheidungen treffen.

Algol hatte sich freiwillig gemeldet.

Es war Alkins und meine Aufgabe, mit ihm zu sprechen, bevor man ihn in die Spezialklinik ließ. Er saß auf einem Stuhl, sein Gesicht erinnerte mich an das eines Kindes, und die groß blickenden Augen verstärkten diesen Eindruck noch. Die Ärzte, die ihn untersucht hatten, schätzten, daß er zwischen siebzig und neunzig Jahre alt war.

»Wissen Sie, worum es geht?« fragte ich Algol. »Sind Sie sich darüber im klaren, was Ihre Entscheidung unter Umständen bedeuten kann?«

»Ich möchte wissen, wer ich bin«, antwortete er. »Vielleicht kann das Mutanten mich ein bißchen helfen dabei.«

Alkin warf mir einen Blick zu. *Sollen wir ihn von der Liste streichen?* bedeutete dieser Blick.

»Wir machen weiter!« sagte ich. »Wahrscheinlich werden wir an allen Kandidaten irgendwelche Fehler finden. Wir müssen uns umfassend informieren.«

Alkin sah Algol an.

»Es geht aber nicht darum, daß Ihnen geholfen wird. Es kommt darauf an, daß die Mutanten gerettet werden. Wenn es gelingen sollte, ein Mutantenbewußtsein in Ihren Körper zu projizieren, wird er das beherrschende Element sein. Sie werden sich ihm unterordnen müssen. Nicht etwa, weil das Mutantenbewußtsein Sie unterdrücken möchte, sondern weil es Ihnen in allen Belangen überlegen sein wird. Vor allem anderen besitzt es eine Erinnerung.«

»Das macht mir nichts aus!«

Alkin runzelte die Stirn. »Es kann sein, daß Sie längere Zeit als Bewußtseinsträger leben werden müssen.«

»Ja«, sagte Algol bereitwillig.

Ich nahm Alkin die Liste aus den Händen und zeichnete unter Algols Namen einen dicken Strich.

Dieses Wesen, über dessen Herkunft man nichts wußte, war meiner Ansicht nach ein geeigneter Träger. Algol besaß keine Persönlichkeit. Seinem verkümmerten Bewußtsein konnte es nicht schaden, wenn es sich an einem Mutantenbewußtsein aufrichten konnte.

»Ist das Ihr Ernst?« fragte Alkin.

Ich nickte. Wir schickten Algol in die Klinik für paraabstrakte Phänomene. Dort wurde er sehr gründlich untersucht und vorbereitet. Dann mußte er warten.

Wir wählten acht Kandidaten unter den insgesamt einhundertsechzehn Freiwilligen aus. Unter den acht Auserwählten war eine Frau, denn wir wollten Betty Toufrys Bewußtsein nicht in den Körper eines Mannes verpflanzen.

»Die Aussicht, bald in gesündere Körper überwechseln zu können, schien die Mutanten zu beleben. Ihr Allgemeinbefinden besserte sich etwas. Der Verfall der Synthokörper wurde dadurch jedoch nicht aufgehalten.

»Wenn es schiefgehen sollte, werden wir nicht mehr viel Zeit für andere Versuche haben«, prophezeite Andresen. »Der Schock des Fehlschlags wird die Synthos hart treffen.«

Diesmal gab ich ihm recht. Eine Niederlage zu diesem Zeitpunkt mußte das Todesurteil für die Körper aus der lemurischen Unterseestation bedeuten. Da die Bewußtseinsinhalte sich weigerten, die Synthokörper im Todesfall zu verlassen, würden sie mit ihnen sterben.

Unter diesen Umständen wunderte ich mich nicht, daß Rhodan und Atlan schon zu Beginn des Experiments in die Klinik kamen. Auch die meisten Mitglieder des neuen Mutantenkorps waren anwesend.

Die acht Kandidaten waren aufgeteilt worden. Jeder saß am Fußende eines Bettes. Sie alle machten einen nervösen Eindruck. Ich wartete förmlich darauf, daß der eine oder andere sein Angebot zurückziehen würde. Doch das wagten sie offenbar nicht.

Betty Toufry rief mich. »Sehen Sie nicht, daß diese Wesen Angst haben?« fragte sie.

»Sie sind ein bißchen aufgeregt«, gab ich zu.

»Ich bin Telepathin«, sagte sie. »Ich spüre genau, was mit diesen armen Teufeln los ist. Sie haben sich freiwillig gemeldet, weil sie hoffen, daß wir ihnen helfen können. Dabei sind *wir* es, die Hilfe brauchen.«

»Wir haben jetzt alles vorbereitet. Der Vorschlag, Freiwillige zu suchen, kam schließlich von Ihnen.«

Sie drehte den Kopf zur Seite. Von diesem Augenblick an wußte ich, daß dieser Versuch fehlschlagen würde. Ich will nicht unterstellen, daß es den Bewußtseinsinhalten der Mutanten an mangelnder Bereitschaft fehlte (darüber haben kompetentere Wissenschaftler sich die Köpfe zerbrochen), aber die Erkenntnis, daß es sich bei den Kandidaten um wirklich arme Teufel handelte, beeinflußte die Bewußtseinsinhalte in nicht zu übersehender Weise.

»Warum fangen wir nicht endlich an?« rief Professor Andresen.

Ich trat an Ralf Martens Bett. Für den Teleoptiker hatten wir Algol als Bewußtseinsträger ausgewählt.

»Es geht jetzt los«, sagte ich zu Algol. »Bleiben Sie ruhig. Entspannen Sie sich!«

Algol schien wirklich als einziger Kandidat die Prozedur völlig gelassen hinzunehmen. Er begriff offenbar überhaupt nicht, was ihm unter Umständen bevorstand.

»Gut, Mr. Marten!« Ich blickte in das Nährbett. »Er ist bereit.«

»Soll ich beginnen?« fragte Marten.

»Ja«, sagte ich.

Die Mutanten in den anderen Nährbetten richteten sich auf. Die Zuschauer drängten näher heran. Alle spürten, daß eine Entscheidung bevorstand.

Marten lag scheinbar unschlüssig da. Ich fragte mich, ob er sich überhaupt konzentrierte.

»Los!« schrie ich ihn an. »Fangen Sie endlich an! Versuchen Sie es! Verlassen Sie diesen verwesenden Körper.«

Ich sah, daß er sich verkrampfte. Algol sah mich mit großen Augen an.

»Ich spüre nichts!« äußerte er sich nach einer Weile.

»So geht es nicht«, sagte ich zu Marten. »Machen Sie noch einen Versuch. Strengen Sie sich an.«

Der Synthokörper spannte sich. Das Mutantenbewußtsein, das als einzigen freien Weg bisher nur den Hyperraum gekannt hatte, versuchte, dem freiwillig gewählten Gefängnis in anderer Richtung zu entkommen. Marten konzentrierte sich auf den namenlosen Schiffbrüchigen. Beinahe bildlich sah ich vor mir, wie das Bewußtsein Martens in dem Synthokörper herumtobte und nach einem Ausweg suchte, der nicht wieder in die Verbannung des Hyperraums führte.

Ruckartig kam Martens Oberkörper hoch. Sein Gesicht verzerrte sich. Die Backen blähten sich auf. Blut schoß in die verkrustete Haut.

»Er kämpft!« sagte Alkin erschüttert. »Er will den Synthokörper verlassen.«

Zwanzig Minuten blieb Marten in dieser Stellung. Dann sank er stöhnend zurück.

»Nun?« fragte ich Algol.

»Nichts ändert sich«, sagte der Namenlose enttäuscht. »Ich bin wie früher.«

»Das dachte ich mir«, sagte ich niedergeschlagen. Ich beugte mich über den Marten-Syntho und untersuchte ihn. Die Lebensimpulse waren deutlicher, als ich zu hoffen gewagt hatte. Der Versuch hatte dem Körper also nicht besonders geschadet, sondern ihn sogar belebt. Die Frage war nur, wie der Marten-Bewußtseinsinhalt die Niederlage hinnehmen würde.

»Bleiben Sie bei ihm!« befahl ich Alkin. »Ich kümmere mich um den nächsten.«

Tako Kakuta war jetzt an der Reihe. Natürlich hatte er das Versagen von Marten erlebt. »Wenn Marten es nicht geschafft hat, ist es sinnlos, daß ich es versuche, Doc.«

»Unsinn!« widersprach ich ohne Überzeugung. »Es müßte Ihnen doch klar sein, daß es nicht gleich beim erstenmal funktionieren kann. Vielleicht müssen wir das Experiment ein dutzendmal wiederholen, bevor einer von Ihnen das Glück hat.«

»Das halten wir nicht durch!«

»Wollen Sie es versuchen oder nicht?«

»Nun gut«, seufzte Kakuta. »Ich versuche es.«

Das Wesen, das wir für ihn ausgesucht hatten, war ein strahlenkranker Rumaler, der an Knochenerweichung litt und sich deshalb nur schwer bewegen konnte. Er hatte noch vier oder fünf Jahre zu leben.

Kakuta richtete sich auf und sah den Rumaler an. »Was denken Sie jetzt?«

Der Strahlenkranke blinzelte verwirrt. »Ich versuche an nichts zu denken. Ich hoffe, daß es Ihnen gelingt.«

Kakuta lachte humorlos.

»Sie sollen sich nicht mit ihm unterhalten«, ermahnte ihn Andresen. »Fangen Sie jetzt an!«

Jetzt wiederholte sich, was wir bereits bei Marten erlebt hatten. Allerdings gab Kakuta nach zwanzig Minuten nicht auf, sondern kämpfte weiter.

Plötzlich wurde Kakuta vor meinen Augen unsichtbar und materialisierte gleichzeitig auf dem Rumaler, der mit seinem Stuhl umkippte. Die beiden wälzten sich am Boden.

»Instinkteffekt!« rief Fellmer Lloyd. »Er hat sich so auf den Rumaler konzentriert, daß er schließlich teleportierte.«

Die Ärzte trennten die beiden sich am Boden wälzenden Körper. Der Strahlenkranke wurde auf seinen Stuhl gesetzt, der tobende Kakuta-Syntho wieder in sein Nährbett gelegt. Der Syntho-Körper erhielt eine Beruhigungsinjektion.

»Das genügt!« mischte Perry Rhodan sich ein. »Ich denke, daß wir uns weitere Versuche ersparen können.«

»Glauben Sie das auch?« fragte mich Atlan.

Ich nickte.

»Was jetzt?« erkundigte sich der Arkonide.

Ich wich seinem Blick aus. So, wie es jetzt aussah, gab es für die Mutanten keine Rettung mehr. Wir mußten ihnen noch einmal empfehlen, sich in den Hyperraum zurückzuziehen. Aber das, so wußte ich, würden sie nicht tun.

»Wir haben immer noch die Kayberris«, stellte Fellmer Lloyd fest.

»Und das Plasma, das Waringer von der Hundertsonnenwelt hierherbringt«, fügte Ras Tschubai hinzu.

Die beiden Mutanten wollten sich die Niederlage nicht eingestehen. Sie hofften noch immer, daß es eine Rettung geben könnte.

»Lassen Sie die Freiwilligen hinausbringen!« befahl ich Alkin. »Die Kranken brauchen jetzt vor allem Ruhe. Sie müssen sich von diesem Schock erholen. Morgen werden wir es dann mit den Kayberris versuchen.«

Das Krankenzimmer leerte sich. Nur die Ärzte, Rhodan, Atlan und Ras Tschubai blieben zurück.

Zu meiner Überraschung hielt Andresen sich mit einer Kritik zurück. Es schien ihm zu genügen, daß ich einen Fehlschlag erlitten hatte. Vielleicht bedauerte er es auch. Bei einem Terraner weiß man nie so genau, woran man ist.

»Wir wollen uns nichts vormachen«, sagte Rhodan. »Obwohl ich kein Mediziner bin, weiß ich, was dieser Fehlschlag bedeutet. Mit den Tieren wird es sicher nicht anders ausgehen.«

Niemand widersprach.

Rhodan gab sich einen Ruck. »Ich werde mit ihnen sprechen«, kündigte er an. »Sie müssen sich in den Hyperraum zurückziehen. Das ist immer noch besser als der Tod.«

»Die ganzen Schwierigkeiten bestehen doch nur, weil wir kein PEW-Metall haben!« erinnerte Atlan.

»Du meinst, daß ich ein Schiff nach Asporc schicken soll?«

»Wir sollten es riskieren«, bestätigte der USO-Chef.

»Die Gefahr, daß wir uns danach noch in größeren Schwierigkeiten befinden könnten als jetzt, ist zu groß«, lehnte Rhodan ab. »Noch sind nicht alle Möglichkeiten erschöpft.«

Das bedeutete, daß nach wie vor wir Mediziner am Zug waren. Ich war ratlos. Wie der Versuch mit den Kayberris ausgehen würde, konnte ich mir denken. Waringer war mit dem Zellplasma von der Hundertsonnenwelt nach Tahun unterwegs. Nur Optimisten konnten glauben, daß das die Rettung bedeutete.

»Sie sind skeptisch, Doc?« stellte Atlan fest.

»Ja«, gab ich zu. »Abgesehen davon bleibt uns nicht mehr viel Zeit.«

Alkin war über ein 3-D-Mikroskop gebeugt und untersuchte Gewebeproben. Er hoffte noch immer, daß es ihm und seinen Mitarbeitern gelingen könnte, den Zellverfall der Synthokörper aufzuhalten. Als er mich eintreten hörte, richtete er sich auf.

»Zweifellos wurde die Katastrophe durch das übertrieben schnelle Wachstum der Synthos ausgelöst«, erklärte er. »Was wir jetzt erleben, ist im Grunde genommen nichts anderes, als unkontrolliertes Zellwachstum. Eine Art Krebs, der den gesamten Körper befallen hat.«

Ich sah mich im Labor um. Nur Alkin und drei andere Ara-Mediziner waren anwesend.

»Wo ist Andresen?« fragte ich meinen Stellvertreter. »Ich suche ihn schon seit einer Stunde. Er ist nicht im Krankenzimmer und auch nicht in seinem Wohnraum.«

»Ich habe ihn schon seit ein paar Stunden nicht mehr gesehen«, entgegnete Alkin gleichgültig. Bisher hatte er Andresen weitgehend ignoriert.

»Machen Sie weiter«, sagte ich zu Alkin. »Ich werde ihn schon finden!«

Ich nahm an, daß Andresen zu Rhodan gegangen war, um irgendwelche neuen Pläne vorzuschlagen. Wenn er eine Idee hatte, trug er sie Rhodan oder dem Lordadmiral vor. Zu mir kam er nie. Im Grunde genommen arbeiteten wir nur gezwungenermaßen zusammen.

Ich verließ die Klinik und begab mich zum Wohngebäude. Die kranken Synthos hatten ein Beruhigungsmittel erhalten und schliefen. Nach der Ruhepause sollten sie versuchen, in die Kayberris überzuwechseln.

Als ich das Wohngebäude betrat, traf ich mit Balton Wyt zusammen. Ich kannte den Mutanten nur flüchtig, trotzdem blieb er stehen, um mich zu begrüßen.

»Wenn Sie den Chef sprechen wollen, müssen Sie ein paar Stunden warten«, informierte er mich. »Er ist mit Atlan zur Hauptklinik geflogen. Von dort aus will er zum Raumhafen, um Waringer abzuholen.«

Ich dachte nach. »Ist Andresen bei dem Großadministrator?«

»Der Professor?« Wyt schüttelte den Kopf. »Atlan und Perry sind allein in einem Gleiter losgeflogen.«

»Haben Sie Andresen irgendwo gesehen?«

Er verneinte.

Um meine Verwirrung zu verbergen, verabschiedete ich mich von dem Telekineten. Eigentlich war es unsinnig, daß ich mir wegen Andresens Abwesenheit Sorgen machte. Meine Unruhe legte sich jedoch nicht. Seit unserer Ankunft auf Tahun war Andresen kaum von der Seite der Kranken gewichen. Jetzt war er seit ein paar Stunden verschwunden und niemand konnte sagen, wohin er gegangen war. Vielleicht war der terranische Mediziner heimlich in eine andere Klinik aufgebrochen, um dort Material oder Informationen für neue Experimente zu besorgen.

Ich begab mich zum Landeplatz in der Nähe der Klinik und fragte einen der Techniker, ob in den letzten Stunden ein Gleiter gestartet war.

»Nur die Maschine mit Rhodan und Atlan an Bord«, erhielt ich als Antwort. »Andresen war nicht hier.«

Das machte die Sache noch rätselhafter. Hatte der Professor sich irgendwo eingeschlossen, um einen Versuch vorzubereiten, von dem ich nichts erfahren sollte? Meine Unruhe wuchs. Aus irgendeinem Grund ahnte ich, daß etwas Besonderes vorgefallen war.

Ich kehrte in meine Klinik zurück, um nachzusehen, wer vom neuen Korps »Wache« hatte. Zu meiner Erleichterung sah ich Fellmer Lloyd neben der Tür sitzen.

»Ich weiß, daß Sie Ihre telepathischen Fähigkeiten nicht grundlos anwenden«, sagte ich zum Anführer der Mutanten. »Aber ich muß so schnell wie möglich mit dem Professor sprechen und kann ihn nicht finden. Würden Sie mir helfen?«

Lloyd sah mich aufmerksam an. Ich hatte den Verdacht, daß er mich durchschaute und fürchtete schon, er könnte meine Bitte ablehnen. Doch er nickte mir freundlich zu. »Ich will es versuchen.«

Er schloß die Augen und konzentrierte sich. Ich fragte mich, wie er arbeitete. Wahrscheinlich fing er alle mentalen Strömungen auf und versuchte die von Andresen darunter zu entdecken. Aus den Gedanken des Professors konnte er dann Rückschlüsse auf dessen Aufenthaltsort ziehen.

Plötzlich veränderte sich Lloyds Gesicht. Es drückte Überraschung aus. Nicht nur das – Lloyd schien erschrocken zu sein. Er öffnete die Augen.

»Was ist passiert?« fragte ich.

Er brauchte ein paar Sekunden, um in die Wirklichkeit und in die reale Umgebung zurückzufinden. Dann sah er mich an.

»Kommen Sie!« sagte er nur.

»Wollen Sie mir nicht sagen, was los ist?« fragte ich verwirrt. »Ist irgend etwas nicht in Ordnung?«

Er schüttelte den Kopf. Draußen im Korridor blieb er stehen. Ich sah ihn irritiert an. In diesem Augenblick materialisierte Gucky direkt vor uns. Zwischen Lloyd und dem Ilt fand eine stumme Zwiesprache statt.

Dann watschelte Gucky auf den Eingang des Krankenzimmers zu. Während Lloyds Abwesenheit würde der Mausbiber bei den alten Freunden wachen.

Der Telepath führte mich in den Park hinaus. Wortlos ging er bis zum großen Brunnen am Ende des kiesbestreuten Weges. Er legte einen Finger an die Lippen und bedeutete mir zu schweigen. Die Sache wurde immer rätselhafter.

Lloyd verließ den Weg und drang zwischen den Büschen auf die große Wiese vor, wo die Patienten ab und zu Sport trieben. Dort blieb der Mutant stehen, als müßte er sich erneut orientieren. Er änderte die Richtung und bewegte sich etwa hundert Meter parallel zum Weg. Ich hatte nur die Möglichkeit, ihm zu folgen, wenn ich herausfinden wollte, was los war.

Endlich blieb Lloyd stehen und deutete auf den Boden. Als ich genauer hinsah, entdeckte ich den Abdruck eines kleinen viereckigen Gegenstands im Gras.

»Da stand irgend etwas!« stellte ich fest.

Er nickte und winkte mir, ihm weiter zu folgen. Wir näherten uns einigen Büschen. Unmittelbar davor blieb Lloyd stehen.

»Sie wollten doch den Professor sprechen!« sagte er ruhig. »Nun, da ist er!«

Ich starrte erst die Büsche, dann wieder Lloyd an. War der Mutant verrückt geworden? Ich konnte keine Spur des terranischen Mediziners sehen.

In diesem Augenblick sah ich Andresen. Er schälte sich aus dem Nichts. In der rechten Hand hielt er ein kleines Funkgerät, in der linken eine Waffe, die er jetzt auf Lloyd und mich richtete. Sein Gesicht war vor Wut entstellt.

»Was bedeutet das?« fragte ich völlig verwirrt. »Was tun Sie hier, Professor?«

Lloyd lächelte. Die Waffe in der Hand des Arztes schien ihn in keiner Weise zu beeindrucken.

»Er hat soeben seinen Mikro-Deflektor ausgeschaltet, weil er weiß, daß er sich vor einem Telepathen auf diese Weise nicht verstecken kann«, erklärte Lloyd. »Das ist doch richtig, Professor?«

»Sie verdammter Schnüffler!« stieß Andresen hervor. »Sie und Ihresgleichen müßte man für alle Zeiten ausrotten.«

Ich glaubte mich verhört zu haben. War das ein typisch terranischer Gefühlsausbruch, oder steckte etwas anderes dahinter? Allmählich gewann ein fürchterlicher Verdacht in meinem Innern die Oberhand.

»Andresen!« sagte ich. »Legen Sie die Waffe weg!«

»Bewegen Sie sich nicht!« fuhr er mich an. »Und Sie bleiben auch an Ihrem Platz, Lloyd. Es war leichtsinnig von Ihnen, daß Sie ohne Waffen und ohne Unterstützung hierhergekommen sind.«

»Haben Sie Ihren Funkspruch schon abgesetzt, Andresen?« fragte der Mutant. »Was gab es diesmal Interessantes? Was bezahlt Ihnen Bount Terhera dafür, daß Sie ihn ständig über alles informieren?«

Andresen verlor die Gewalt über sich. Er stieß einen Schrei aus und drückte die Waffe ab. Lloyd wurde vom Thermostrahl in eine golden schimmernde Kugel gehüllt, aber es geschah ihm nichts. Der Mutant machte einen Schritt auf Andresen zu.

»Ohne meinen Individualschutzschirm wäre ich Ihnen nicht gegenübergetreten, Professor! Sie sind ein Verräter. Sie waren es auch, der alle Informationen von Imperium-Alpha an die Opposition weitergegeben hat.«

Lloyd machte noch einen Schritt auf ihn zu und schlug ihm die Waffe aus der Hand.

»Wir hatten Sie nicht im Verdacht, Professor! Nein, wir glaubten sogar, daß Dr. Terzyu geredet haben könnte. Nun haben wir Sie zufällig überführt. Terzyu wollte mit Ihnen sprechen und konnte Sie nirgends finden. Deshalb bat er mich um Hilfe. Es war Ihr Pech, daß ich gerade in Ihren Verstand eindrang, als sich Ihre Gedanken mit dem Funkspruch beschäftigten, den Sie an den Verbindungsmann Terheras absetzen wollten.«

Lloyd nahm dem willenlos dastehenden Mann das Funkgerät aus den Händen. »Sie hassen Mutanten, Andresen! Ich kann es spüren. Geahnt habe ich es schon immer. Doch jetzt bin ich sicher.«

Ich stand noch immer fassungslos dabei. Mit dieser Entwicklung hatte ich nicht gerechnet.

»Das muß alles ein schrecklicher Irrtum sein«, wandte ich mich an Lloyd.

»Hören Sie sich diesen Schwachsinnigen an«, sagte Andresen verächtlich. »In ein paar Monaten hätte er mir aus der Hand gefressen, wenn Sie nicht dazwischengekommen wären.«

»Damit«, sagte Lloyd abschließend, »wäre Ihre Rolle als Chefarzt in der Klinik für paraabstrakte Phänomene ausgespielt.«

24.

Rhodan kam vom Raumhafen zurück, obwohl die UMORA THALO, mit der Geoffry Waringer auf Tahun eintreffen sollte, noch nicht angekommen war. Inzwischen war Andresen verhört und abgeführt worden. Während des Verhörs hatte er die USO-Spezialisten verhöhnt und verkündet, daß den acht kranken Mutanten sowieso nicht geholfen werden könne.

»Wahrscheinlich hat Andresen viel Unheil angerichtet«, sagte Rhodan ohne Umschweife. »Daran bin ich nicht unschuldig, Doc.«

Ich antwortete nicht. Es war mir unangenehm, daß er die Sprache auf vergangene Dinge brachte. Warum schwieg er nicht? Es war doch jetzt alles klar?

»Wir haben Sie falsch eingeschätzt, Terzyu.«

»Ich bin ein Ara«, sagte ich. »Sie sind ein Terraner. Das erklärt alles.«

»Würden Sie die Verantwortung bei der Behandlung der Synthos ab sofort übernehmen?«

»Natürlich«, sagte ich. »Aber ich muß Sie darauf aufmerksam machen, daß nicht mehr viel Hoffnung besteht.«

»Was werden Sie als erstes tun?«

»Ich bringe die Kayberris weg«, antwortete ich. »Der von Andresen vorgeschlagene Versuch findet nicht statt. Ich halte es sowieso für sinnlos, ohne PEW-Metall weitere Experimente in dieser Richtung auszuführen. Dagegen werden wir uns in verstärktem Maße bemühen, den körperlichen Zerfall der Synthos aufzuhalten.«

»Sie sind der Arzt«, sagte Rhodan.

Nach kurzem Zögern fragte ich: »Was wird mit Andresen geschehen?«

»Viel können wir ihm nicht vorwerfen«, sagte Rhodan. »Er gilt als politischer Überzeugungstäter. Wir werden ihn entlassen. Das ist alles.«

»Er versuchte Lloyd zu ermorden!«

»Lloyd will dazu nicht aussagen.«

Wieder einmal konnte ich die Terraner nicht verstehen. Rhodan mußte doch wissen, daß Andresen weiter gegen ihn arbeiten würde, sobald er Gelegenheit dazu erhielt. Doch warum sollte ich mir deshalb Sorgen machen? Ich hatte gerade genug mit den Synthos zu tun.

Ich war froh, als Rhodan ankündigte, daß er wieder zum Raumhafen zurückkehren wollte, um Professor Waringer abzuholen.

»Es gibt jetzt so etwas wie einen neuen Anfang«, verabschiedete er sich von mir. »Sie können jetzt …«

Eine heftige Explosion übertönte seine weiteren Worte. Das gesamte Gebäude wurde erschüttert. Rhodan reagierte mit unglaublicher Schnelligkeit. Während ich noch wie erstarrt dastand, stürmte er bereits aus dem Büro.

»Das kam von der Krankenstation!« hörte ich ihn rufen. »Sicherheitsalarm!«

Ich hatte mich von meinem Schrecken erholt und folgte ihm. Was war geschehen? Hatten die Kranken eine Dummheit begangen?

Auf dem Korridor wimmelte es jetzt von Mitarbeitern der Klinik. Sie schrien durcheinander, aber niemand schien genau zu wissen, was überhaupt passiert war.

»Macht Platz!« rief ich. »Laßt mich vorbei! Geht wieder an die Arbeit.«

Als ich das Krankenzimmer erreichte, waren dort bereits alle Mitglieder des neuen Korps eingetroffen. Auch Rhodan und Atlan waren da. Sie unterhielten sich mit Alkin, der die Explosion offenbar aus unmittelbarer Nähe miterlebt hatte und dessen Kleidung deutliche Spuren von Verbrennungen zeigte.

Unter der Decke schwebten Rauch- und Staubspuren. Auf der der Tür gegenüberliegenden Seite des Raumes gähnte ein metergroßes Loch in der Wand. Trümmer waren in das Nährbett von Son Okura gefallen und wurden gerade von den Ärzten beseitigt.

»Die Sauerstoffanlage ist explodiert«, hörte ich Rhodan sagen. »Das kann kein Zufall sein.«

»Sie denken an Sabotage?« fragte Alkin bestürzt.

Der Terraner nickte. »Jetzt, da Andresen verhaftet ist, fürchten unsere Gegner, daß sie keine Informationen mehr bekommen. Sie schrecken nicht davor zurück, die Synthos anzugreifen. Es ist ihre Absicht, die lemurischen Körper zu vernichten.«

Er trat in das Krankenzimmer und deutete auf die Explosionsstelle.

»Es ist deutlich zu sehen, daß die Aufbereitungsanlage die Heftigkeit der Explosion gedämpft hat. Das war das Glück der Synthos. Doch wir müssen damit rechnen, daß es zu weiteren Anschlägen kommt. Ab sofort wird diese Klinik unter schärfste Bewachung gestellt.«

Dagegen war nichts zu sagen. Es stand jetzt fest, daß es auf Tahun Intelligenzen gab, die eine Erweiterung des Mutantenkorps mit acht längst totgeglaubten Mutanten nicht zulassen wollten. Jedes Mittel war ihnen recht – sogar Mord.

Rhodan wandte sich an mich. »Sie werden verstehen, daß ich solche Vorkehrungen treffen muß. Wir werden versuchen, Sie so wenig wie möglich bei Ihren Arbeiten zu behindern.«

»Ich werde jetzt die Mutanten untersuchen«, sagte ich.

Es stellte sich heraus, daß keiner der Synthos verletzt worden war, auch Okura nicht. Die meisten Kranken waren so benommen, daß sie die Explosion nur unbewußt wahrgenommen haben. Es gab also auch keine seelischen Schocks zu behandeln.

Das Loch in der Wand wurde zugeschweißt und die schadhafte Anlage ausgetauscht. Das dauerte nicht länger als eine knappe Stunde. Danach gab es keine Spuren des Anschlags mehr.

Überall in der Klinik bezogen jedoch USO-Spezialisten Wache. Die Klinik wurde abgeriegelt. Über ihrem Dach kreiste ein Gleiter. Der Park wurde durchsucht. Man konnte sich keine drei Schritte mehr bewegen, ohne nicht auf einen Aufpasser zu stoßen.

Das Krankenzimmer mit den Synthos blieb von alledem glücklicherweise verschont. Lediglich die Mitglieder des neuen Mutantenkorps verstärkten ihre »Wache«. Jeweils zwei Mutanten saßen jetzt neben dem Eingang.

Bald waren meine Kollegen und ich wieder so in unsere Arbeit vertieft, daß wir die Unannehmlichkeiten, die mit den Sicherheitsmaßnahmen verbunden waren, vergaßen.

Alkin hatte Blutproben der Synthos auf verschiedenste Weise untersucht und dabei festgestellt, daß das Blut der Kranken dem Verfallsprozeß nur in einem weitaus geringeren Maße ausgesetzt war als ihr Körper.

»Wir hätten uns den ständigen Blutaustausch ersparen können«, sagte er zu mir. »Das strengt die Kranken nur an. Die eigentliche Ursache liegt im Zellgewebe. Das Blut ist nur sekundär betroffen. Es würde sich in einem gesunden Körper wahrscheinlich allein regenerieren.«

Das war zwar eine recht interessante Erkenntnis, aber sie half uns nicht weiter.

Wir machten immer neue Entdeckungen, aber zum Kern des Problems konnten wir nicht vorstoßen.

Ich richtete mich auf und öffnete den oberen Teil meines Umhangs.

Alkin sah mich an. »Ist Ihnen heiß?«

Ich sah mich um. »Hier im Labor immer.« Ich lächelte matt. »Wir experimentieren zuviel herum, Alkin.«

»Ja«, stimmte er zu. »Aber was sollen wir denn tun?«

»In ein paar Stunden wird das Zellplasma von der Hundertsonnenwelt eintreffen. Ich hoffe, daß wir damit Erfolg haben werden.«

Doch auch in dieser Beziehung erlebten wir eine böse Überraschung. Die Ankunft Waringers, so teilte uns Rhodan über Funk mit, würde sich um einen halben Tag verzögern. Die UMORA THALO hatte Triebwerksschaden und mußte ihren Flug unterbrechen.

Waringer schloß nicht aus, daß es an Bord seines Schiffes ebenfalls zu Sabotageakten gekommen war. Rhodans Gegner konzentrierten sich jetzt ausschließlich auf die Synthos.

Ironisch überlegte ich, daß es also immerhin jemanden gab, der an eine Genesung der Synthos glaubte. Warum hätte man sonst solche Anstrengungen unternommen, unsere Arbeit zu sabotieren?

Natürlich hatten die Bewußtseinsinhalte erfahren, warum Andresen sie nicht mehr behandelte. Ich hatte erwartet, daß sie mich deswegen befragen würden, doch sie streiften dieses Thema mit keinem Wort. Es war ihnen offenbar daran gelegen, Andresen aus allen Gesprächen auszuklammern. Diesen Gefallen tat ich den Kranken gern.

Am Morgen des 3. Juni 3444 schrieb ich in meinen medizinischen Bericht: *Jetzt ist der Zeitpunkt erreicht, da alle ärztlichen Bemühungen sinnlos erscheinen. Was wir jetzt tun, ist Beschäftigungstherapie. Wir müssen die Wahrheit akzeptieren. Die Mutanten sind verloren. Es gibt nur noch eine kleine Hoffnung: Das Plasma von der Hundertsonnenwelt …*

Ich überlegte, was ich noch hinzufügen könnte, als Atlan das kleine Labor betrat. Er kam an den Tisch, blickte über meine Schulter und las, was ich geschrieben hatte.

»Hm!« machte er. »Das liest sich nicht gerade ermutigend.«

»Es ist die Wahrheit!«

Er strich sich über das Kinn. Obwohl er Arkonide war, sah ich in ihm einen Terraner. Ob er wußte, wie sehr er seinen Freunden ähnlich geworden war?

»Wir sollten noch einmal mit den Kranken reden«, überlegte er laut. »Vielleicht können wir sie doch dazu bringen, daß sie sich in den Hyperraum zurückziehen.«

»Ich bezweifle, daß Ihnen das gelingen wird.«

Das Sprechgerät auf dem Tisch summte. Ich schaltete auf Empfang. Auf dem Bildschirmteil wurde ein mir unbekannter Mann sichtbar.

»Die UMORA THALO hat sich wieder gemeldet. Sie wird in zwei Stunden landen. Rhodan übermittelt Ihnen diese Nachricht.«

Ich bedankte mich und wandte mich wieder an den Arkoniden.

»Ich wünsche mir unbewußt, wir könnten den Versuch mit dem Plasma hinauszögern. Solange er nicht stattgefunden hat, können wir noch hoffen.«

Er lächelte verständnisvoll. »Bereiten Sie alles vor«, sagte er. »Und sagen Sie den Kranken, was wir vorhaben. Es wird ihre Lebensgeister wecken.«

Atlan verließ die Klinik, um Rhodan und Waringer abzuholen. Ich begab mich ins Krankenzimmer, wo Alkin inzwischen die Synthos behandelt hatte. Viel konnten wir nicht mehr für sie tun.

Ich ging zu Kitai Ishibashi, dessen Zustand sich in den letzten zwölf Stunden besonders verschlechtert hatte. Zu meiner Überraschung saß er im Bett und blätterte in einem Buch. Seine deformierten Hände konnten die Seiten kaum umschlagen. Ich sah, daß er ein philosophisches Werk las.

Alkin kam heran und entfernte mit einer sterilisierten Pinzette einen abgestorbenen Hautlappen, der über Ishibashis rechtem Auge hing und ihn beim Lesen störte.

»Früher«, sagte der Syntho mit dumpfer Stimme, »galt ich als ausgesprochener Realist. Jetzt habe ich plötzlich das Bedürfnis, dieses Zeug zu lesen.« Er hob das Buch. »Es geht mir verdammt schlecht, Doc. Eigentlich wollte ich in einem anderen Körper sterben.«

»Es ist nur der Körper, dem es schlecht geht, Kitai«, erinnerte ich ihn. »Ihr Bewußtseinsinhalt ist davon nicht betroffen. Sie brauchen ihn nur aus dem Körper zu lösen.«

»Und mich in den Hyperraum zurückziehen? Da können ...« Ein Hustenanfall unterbrach ihn. Sein monströser Körper wurde durchgeschüttelt. Wie er da im Bett hockte, erinnerte mich Ishibashi an einen überdimensionalen braunen Schwamm, an dem Algen kleben.

Als er wieder Luft bekam, sagte Ishibashi: »Nur ein Mensch, der nicht fünfhundert Jahre wie wir im Überraum zugebracht hat, kann vorschlagen, daß wir uns dorthin zurückziehen sollen.«

Ich hob meine Stimme, damit alle Synthos mich hören konnten.

»Die UMORA THALO ist gelandet. Bald wird Waringer mit Zellplasma von der Hundertsonnenwelt hier in der Klinik eintreffen.«

Ishibashi klappte das Buch so heftig zu, daß es einen Knall gab. »Warum läßt man uns nicht endlich in Ruhe?«

»Ja!« rief Betty Toufry aufgeregt. »Diese ganzen Versuche sind doch sinnlos.«

»Das stimmt nicht!« protestierte ich. »Das Zellplasma bedeutet eine echte Chance. Wir können damit zwei Versuche machen. Zunächst einmal können Sie versuchen, Ihre Bewußtseinsinhalte in das Plasma zu versetzen. Wenn das mißlingt, wird das Plasma versuchen, Ihre Körper zu stabilisieren.«

»Der Chef hat recht«, bestätigte Alkin. »Sie dürfen jetzt noch nicht aufgeben.«

»Wie können wir hoffen, wenn uns unser Arzt schon aufgegeben hat?« fragte André Noir traurig.

Das traf mich hart. Hatte Noir etwa recht? Ich ging zu Betty Toufry.

»Betty, ich verlange, daß Sie mein Gehirn telepathisch untersuchen. Stellen Sie fest, was ich wirklich von der Plasmasache halte.«

Ich entspannte mich. Alkin trat neben mich und packte mich am Arm. »Tun Sie das nicht, Doc!«

Doch ich wollte es tun, weil ich mir über meine eigene Haltung nicht im klaren war. Ich bildete mir ein, daß das Zellplasma eine Hoffnung war. Aber vielleicht war das nicht meine Überzeugung. Es war möglich, daß ich mir etwas vormachte.

»Fangen Sie an, Betty!« rief ich dem Toufry-Syntho zu.

Nach einer Weile hob Betty den Kopf. Die anderen sahen sie erwartungsvoll an. Sie zögerte, ich sah es deutlich, daß sich ihre aufgequollenen Lippen bewegten. Gespannt beobachtete ich sie.

Schließlich sagte sie: »Er sagt die Wahrheit! Er hat Hoffnung!«

Beschämt senkte ich den Kopf und wandte mich von den Betten ab. In dem Augenblick, da sie zu sprechen begonnen hatte, wußte ich, daß sie log. Und die anderen Kranken wußten es auch. Sie nahmen die Lüge hin, um ihrem Arzt eine Illusion zu lassen.

Ich zog Alkin mit ins Labor.

»Gewonnen!« stieß er erleichtert hervor. »Sie haben sie noch einmal überzeugen können.«

»Alkin!« sagte ich. »Sie hat gelogen!«

»Was?«

»Ich habe keine Hoffnung mehr – und sie hat es erkannt. Die anderen wissen es auch. Alles, was wir jetzt noch tun, dient nur noch als Bestätigung für uns Ärzte.«

»Aber ...« Er biß sich auf die Unterlippe und ging hinaus.

Ich war ihm dankbar, daß er mich allein ließ. Nun kam es darauf an, daß ich mich nicht irritieren ließ. Das Spiel mußte weitergehen. Sobald das Plasma eingetroffen war, mußten die Versuche beginnen. Den Mutanten wurde dadurch nicht geholfen, aber sie würden das Gefühl haben, daß man sich bis zum Schluß intensiv um sie bemühte.

Vielleicht kam es im Augenblick des Todes bei ihnen zu einer Kurzschlußreaktion, und sie würden sich wieder in den Hyperraum zurückziehen. Allerdings war es fraglich, ob sie dann jemals wieder mit dem Normaluniversum in Kontakt treten konnten.

Professor Dr. Geoffry Abel Waringer war ein linkisch wirkender Mann, der mir unter anderen Umständen wahrscheinlich nicht aufgefallen wäre. Er begrüßte mich scheu und deutete ohne lange Vorrede auf den Spezialbehälter, der von den Robotern mit Hilfe von Antigravprojektoren aus dem gerade gelandeten Gleiter geholt und zur Klinik gebracht wurde.

»Das ist das Zellplasma, das ich mitgebracht habe.«

Da er neben mir stand, konnte ich die kleine Ausbuchtung an seinem Hemd sehen, dort ruhte der Zellaktivator an seiner Brust. Zusammen mit Waringer waren zwei berühmte Ärzte eingetroffen: Dr. Bartjas Talschunin und Dr. Kenji Matsutani. Sie hatten bisher auf der Hundertsonnenwelt mit Gewebeverpflanzungen gearbeitet.

Talschunin war ein wuchtiger Mann, dessen Gesicht von einem dunklen Bart umrahmt wurde. Matsutani dagegen war zierlich und trug elegante Kleider. Die beiden Männer schienen sich gut zu verstehen.

»Wir haben von Ihren Problemen gehört«, sagte Talschunin, als er mich begrüßte. »Wir freuen uns, daß wir mit Ihnen zusammenarbeiten können.«

Diese unerwartete Herzlichkeit überraschte mich angenehm.

»Bartjas und ich sind Spezialisten, was das Zellplasma angeht«, fügte Matsutani hinzu. »Wir hoffen, daß wir Ihnen ein bißchen unter die Arme greifen können.«

»Ich bin glücklich, daß Sie hier sind«, sagte ich. Und so war es auch. Die Anwesenheit dieser Kapazitäten bedeutete, daß ich endlich nicht mehr allein die Verantwortung für den Gesundheitszustand der Mutanten trug.

Waringer, dem diese Begrüßung offenbar schon zu lange gedauert hatte, machte durch ein Räuspern auf sich aufmerksam. »Wir haben schon genügend Zeit verloren«, ermahnte er uns. »Lassen Sie uns nach den Kranken sehen.«

Rhodan, der mit demselben Gleiter wie Waringer und die beiden Mediziner vom Raumhafen zurückgekommen war, begleitete uns in die Krankenstation.

»Mein Team kann ich später vorstellen«, sagte ich zu Waringer. »Ich nehme an, daß Sie jetzt die Synthos sehen wollen.«

Die Wissenschaftler waren erschüttert, als sie die lemurischen Biozüchtungen auf den Nährbetten liegen sahen. Matsutani mußte sich abwenden. Waringer wurde blaß.

»So schlimm haben wir uns es nicht vorgestellt«, flüsterte er mir zu. »Es ist ja ein Wunder, daß sie noch leben.«

»Sie haben einen starken Willen«, erläuterte ich. »Doch lange werden sie nicht mehr durchhalten.«

»Lassen Sie uns keine Zeit verlieren!« schlug Waringer vor.

Die beiden Ärzte zogen sich um. Inzwischen hatten die Roboter den Behälter mit der Plasmamasse ins Krankenzimmer gebracht.

»Sie müssen entscheiden, wie wir jetzt vorgehen, Doc«, sagte Waringer.

»Ich habe keine Erfahrung mit dem Zellplasma«, wich ich aus. »Aber ich kann mir vorstellen, daß die beiden Ärzte, die Sie begleiten, bestimmte Vorstellungen haben, was wir damit erreichen können.«

»Zunächst bieten wir den Bewußtseinsinhalten das Plasma als Trägerkörper an«, sagte Matsutani.

»Ohne PEW-Metall?«

»Das Plasma ist parapsychisch aktiv«, erläuterte Talschunin. »Wir hoffen, daß seine psionische Energie ausreicht, um die Bewußtseinsinhalte aufnehmen zu können.«

Ich erklärte den acht kranken Synthos, was wir vorhatten.

»Es ist möglich, daß es schiefgeht«, beugte ich vor. »Doch das bedeutet noch lange nicht, daß die Möglichkeiten des Plasmas damit erschöpft wären. Wenn das Plasma Sie nicht aufnehmen sollte, werden wir es mit einer anderen Methode versuchen.«

»Fangen Sie an!« forderte Ralf Marten. »Wir haben jetzt lange genug gewartet.«

Gucky stellte mit seinen telepathischen Sinnen eine Verbindung zu dem Zellplasma her, um festzustellen, ob es bereit war.

»In dieser relativ geringen Menge entwickelt es nicht viel Intelligenz«, klang Matsutanis Stimme auf. »Doch wir haben die kritische Masse, die das Minimum bildet, sicherheitshalber überschritten. Das bedeutet, daß das Plasma in diesem Behälter durchaus ein Bewußtsein hat und gewisse Instinktentscheidungen treffen kann. Bevor es aus der Gesamtmasse gelöst wurde, haben wir das Kollektiv auf der Hundertsonnenwelt über unsere Absichten informiert.« Er sah mich an. »Ich sage das nur, weil ich mir vorstellen kann, daß Sie vielleicht gewisse Skrupel empfinden.«

»Der Ehrenkodex der Ara-Mediziner entspricht nicht dem ihrer terranischen Kollegen«, sagte ich.

Seine Augen verengten sich. Ich begann zu befürchten, daß ich jetzt eine ausführliche Erklärung abgeben mußte, doch Matsutani zuckte nur mit den Achseln.

»Es gibt keine Schwierigkeiten«, meldete sich der Mausbiber. »Die Plasmamasse hat sich seit dem Start von der Hundertsonnenwelt bereitgehalten.«

»Gut«, sagte Waringer. »Dann können wir anfangen.«

Ich wandte mich an die Synthos. »Wer will beginnen?«

Das Zögern der Mutanten war unverkennbar. Keiner der acht Bewußtseinsinhalte wollte zuerst die Erfahrung machen, daß ein Transfer in das Plasma nicht möglich war.

Talschunin wollte etwas sagen, doch ich legte schnell meine Hand auf seinen Arm. »Sie dürfen sie nicht drängen!« ermahnte ich ihn leise. »Lassen Sie ihnen Zeit.«

Es dauerte fast zehn Minuten, bis sich Son Okura in seinem Bett aufrichtete. »Ich mache den Anfang«, sagte er.

Die anderen sahen ihn an. Okura ließ sich zurücksinken. Es war dem Synthokörper nicht anzusehen, daß sein Fremdbewußtsein sich zu konzentrieren begann.

Es muß gelingen! dachte ich instinktiv. *Diesmal muß es gelingen!*

Niemand wagte auch nur ein Wort zu flüstern oder sich zu bewegen. In der Klinik schien die Zeit stillzustehen. Nach einer Weile wurde Okuras Körper schlaff. Waringer stieß einen Triumphschrei aus.

»Sie täuschen sich«, sagte ich niedergeschlagen. »Die Symptome sind eindeutig. Er hat es nicht geschafft.«

Waringer sah mich bestürzt an. Die Farbe war aus seinem Gesicht gewichen. Dann drehte er sich langsam in Richtung von Okuras Bett. Dort stand Rhodan. Der Großadministrator suchte nach Worten.

»Das war lediglich der erste Versuch«, versuchte er Okura zu trösten.

»Lassen Sie ihn jetzt!« rief Wuriu Sengu. »Er muß sich erst erholen.«

Die Verzweiflung über den erneuten Mißerfolg war deutlich aus seiner Stimme herauszuhören.

Matsutani faßte sich als erster. »Das bedeutet noch gar nichts«, sagte er gelassen. »Wir machen weiter.«

»Ja«, stimmte Sengu zu. »Wir wollen es hinter uns bringen. Endgültig.«

Nun gab es wieder Arbeit für uns Ärzte. Das Zellplasma von der Hundertsonnenwelt mußte aus dem Behälter geholt und in den acht Nährbetten verteilt werden. Die einzelnen Plasmaklumpen verloren endgültig jede Intelligenz. Doch dadurch wurde das Experiment nicht gefährdet. Auf der Hundertsonnenwelt, wo es noch Mitglied des Kollektivlebewesens gewesen war, hatte man das Plasma vorbereitet. Es war sozusagen vorprogrammiert.

Die Plasmaklumpen hatten ihre volle Beweglichkeit behalten. Sie verteilten sich über den Körpern der Mutanten und legten sich als dünne Schicht über die geschwürige Haut. Auf diese Weise wurden die gesamten Synthokörper eingeschlossen.

»Was versprechen Sie sich davon?« fragte Rhodan die beiden terranischen Ärzte.

»Wir hoffen, daß das Plasma auf diese Weise den körperlichen Verfall aufhalten kann«, erläuterte Dr. Matsutani. »Nicht nur das, es kann sogar sein, daß die Synthos regeneriert werden.«

Ich kümmerte mich um die Kranken. Alle Körper waren inzwischen eingehüllt worden. Ich fragte Sengu, ob ihm das Plasma Schwierigkeiten bereitete.

»Ich spüre es überhaupt nicht, Doc!«

»Ausgezeichnet! Sie werden sehen, daß es von jetzt an aufwärtsgeht.« Ich wandte mich an die Ärzte. »Vorläufig können wir nichts tun. Wir müssen abwarten, wie die Synthos auf das Plasma reagieren. Es werden ein paar Stunden vergehen, bevor wir etwas über diese Reaktion sagen können.«

Ich zog mich in meinen Wohnraum zurück und legte mich auf das Bett. Trotz der vielen Probleme, die mich beschäftigten, schlief ich sofort ein.

Ich wußte nicht, wieviel Zeit verstrichen war, als ich vom Lärm der draußen auf dem Korridor entstanden war, erwachte. Als ich die Tür öffnete, wäre ich fast mit Alkin zusammengeprallt, der offenbar gekommen war, um mich zu wecken. Im Hintergrund sah ich ein paar aufgeregte Ärzte miteinander diskutieren.

»Die Klinik wird angegriffen!« stieß Alkin atemlos hervor.

Ich sah ihn an wie eine Erscheinung. »Was ist los?«

»Wir werden angegriffen«, wiederholte er. »Die Mutanten und die USO-Spezialisten sind bereits draußen, um den Angriff zurückzuschlagen, aber es sieht so aus, als hätten sie Schwierigkeiten. Perry Rhodan hat inzwischen Verstärkung angefordert.«

Überzeugt, daß alles ein Mißverständnis war, rannte ich durch den Korridor zum Ausgang. Bewaffnete USO-Spezialisten versperrten mir den Weg. Ein Captain schob mich zurück.

»Niemand darf jetzt raus, Doc. Tut mir leid, aber das ist ein Befehl, der für alle gilt.«

Durch die offene Tür glaubte ich das Aufblitzen von Energiewaffen zu sehen. Irgend jemand stieß durchdringende Schreie aus. Ich sah einen Gleiter im Sturzflug auf den Park niedergehen und auf irgend etwas feuern, was sich hinter den hohen Büschen befand.

Ich wandte mich an den Captain. »Was geht draußen überhaupt vor? Wer greift die Klinik an?«

»Das weiß ich nicht genau.« Ich merkte, daß der Mann nervös war. »Ich habe gehört, daß die Klankys ausgebrochen sind.«

Ich wußte nicht viel über die Klankys, aber es kursierten Gerüchte über sie auf Tahun. Vor sechs Monaten hatten USO-Spezialisten einen geheimen Stützpunkt auf dem Planeten Xorta im Reymus-System ausgehoben. Von dort aus waren immer wieder schnelle kleine Schiffe gestartet und hatten terranische Frachtschiffe überfallen. Es war berichtet worden, daß der Geheimstützpunkt von mehreren Springern, Akonen und Ertrusern besetzt gewesen war. In den Bergen von Xorta hatten die USO-Spezialisten große Forschungsanlagen entdeckt, wo von ertrusischen Wissenschaftlern verbotene biologische Experimente ausgeführt worden waren. Die Ertruser hatten versucht, Kampfandroiden zu züchten. Ihre Schöpfungen hatten sie Klankys genannt.

Es hieß, daß die USO-Spezialisten etwa tausend Klankys gefunden und zur Behandlung nach Tahun gebracht hätten. Wenn man jenen, die die Gerüchte in Umlauf gebracht hatten, Glauben schenken durfte, mußten diese Androiden über unglaubliche Fähigkeiten verfügen.

Ich wußte, daß etwa siebzig Meilen von meiner Klinik entfernt eine Wachstation existierte, der man sich nicht einmal nähern durfte. Die Spezialisten, die dort arbeiteten, durften keinen Kontakt mit anderen auf Tahun lebenden Intelligenzen haben. Sie kamen von den entferntesten Welten und wurden nach Ablauf einer kurzen Dienstzeit wieder dorthin zurückgebracht.

Aus dieser Klinik waren die Klankys jetzt offenbar ausgebrochen und griffen die Station an, in der die kranken Synthos behandelt wurden.

Das konnte kein Zufall sein. Irgend jemand hatte die Kampfandroiden aktiviert und losgeschickt.

»Ich gehe aufs Dach!« sagte ich zu Alkin. »Vielleicht kann ich von oben irgend etwas sehen.«

»Sie müssen vorsichtig sein!« ermahnte mich der Captain. Er blickte immer wieder nach draußen, als rechnete er jede Sekunde mit einem Angriff auf den Haupteingang. Aus diesem Verhalten schloß ich, daß die Verteidiger bisher nicht besonders erfolgreich operiert hatten.

Der Antigravlift war abgeschaltet. Ich wußte nicht, wer dafür verantwortlich war, aber da Rhodan und Atlan sich im Gebäude aufhielten, konnte ich sicher sein, daß es einen guten Grund dafür gab.

»Wir nehmen die Treppe!« rief ich Alkin zu.

Wir begegneten ratlosen Ärzten, aber wir konnten ihre Fragen nicht beantworten, denn wir wußten selbst nicht genau, was draußen vorging. Es wäre gut gewesen, wenn Rhodan über das Lautsprechersystem eine Erklärung abgegeben hätte. Aber vielleicht hatte er noch keine Gelegenheit dazu gefunden.

Überall stießen wir auf bewaffnete Spezialisten, auch auf der Treppe. Entsetzt stellte ich fest, daß sie sich bereits auf Kämpfe innerhalb der Klinik vorzubereiten begannen.

Waren diese Klankys wirklich so gefährlich? Konnte man sie mit den zur Verfügung stehenden Mitteln nicht aufhalten? Ich vermutete, daß man aus Sicherheitsgründen noch keine schweren Waffen eingesetzt hatte.

Der Ausgang zum Dach wurde ebenfalls bewacht. Zu meiner Erleichterung sah ich Merkosh und Tschubai vom neuen Mutantenkorps bei den Spezialisten stehen.

»Warum greifen die Mutanten nicht ein?« fragte ich den Teleporter.

»Die Klankys sind gegen parapsychische Angriffe immun«, antwortete Tschubai. »Sie sind mentalstabilisiert und besitzen starke Anti-Kräfte.«

»Was wissen Sie noch von diesen Wesen?«

Der Afroterraner hob die Schultern. »Sie sollen Energieschüsse bis zu großer Stärke absorbieren können. Der bisherige Kampfverlauf hat das bestätigt.«

Ich deutete auf den Ausgang. »Alkin und ich möchten aufs Dach hinaus!«

Einer der USO-Offiziere protestierte, doch Tschubai ignorierte diese Einwände. »Dr. Terzyu ist Leiter dieser Klinik. Auf dem Dach droht ihm keine Gefahr.«

»Sie übernehmen die Verantwortung«, sagte der Spezialist verdrossen.

Er räumte den Weg. Alkin und ich traten ins Freie. Auf dem Dach gab es ein paar kuppelförmige Auswüchse, in denen die Energieaggregate der Klinik untergebracht waren. Ein meterhoher Sims grenzte den Rand des Daches ab.

Es war später Nachmittag, der Himmel hatte eine bleigraue Farbe. In der kommenden Nacht würde es regnen. Kein Windhauch war zu spüren. Es war genau die Atmosphäre, wie sie zu dieser Situation paßte.

Ein Gleiter raste dicht über das Dach hinweg, der Pilot wollte feststellen, wer herausgekommen war. Ich winkte ihm zu. Er ließ die Maschine höher steigen.

Alkin und ich gingen zum Rand des Daches, von wo aus wir über den gesamten Park hinwegsehen konnten. Zwischen den Büschen und auf dem Gras hatten Spezialisten der USO Stellung bezogen. Sie schossen auf große Kreaturen, die von allen Seiten angriffen.

Zum erstenmal sah ich die Kampfandroiden. Sie waren zweieinhalb Meter groß, wuchtig gebaute Wesen. Ihre Haut war weiß wie Kochspeck und wies keinerlei Verfärbung auf. Die Körper der Klankys besaßen kein Gesicht. Sinnesorgane waren nicht zu erkennen.

Lähmstrahlen und Energieschüsse wurden von den Monstren mühelos absorbiert. Die Klankys besaßen nur ihre Körper als Waffen. Sie konnten sich blitzschnell in den Boden eingraben, ohne daß sich dabei ihre Gangart bedeutend verlangsamte. Sie pflügten durch den Boden wie Schiffe durch das Wasser. Wo immer sie einen Spezialisten erreichten, walzten sie ihn nieder und erdrückten ihn.

Es war wie eine Szene aus einem Alptraum. Unmittelbar neben dem Hauptweg brachten ein paar Männer ein schweres Thermogeschütz in Stellung. Ein Gleiter schwebte über dem Park und warf Ausrüstungsgegenstände ab, vor allem Antigravprojektoren, mit deren Hilfe sich die Männer der USO vor den Kreaturen in Sicherheit bringen konnten, denn fliegen konnten diese unheimlichen Wesen offenbar nicht.

Die USO-Spezialisten gingen dazu über, auf einzelne Klankys konzentriert zu feuern. Auf diese Weise brachten sie ein paar der Angreifer zum Stillstand.

Entsetzt sah ich, daß die Klankys im Begriff waren, die Linie der Verteidiger zu überrennen, indem sie einfach alles niederwalzten, was ihnen im Weg war. Sie schienen weder Schmerzen noch Furcht zu kennen. Einzig und allein zum Kämpfen programmiert, stürzten sich diese künstlich gezüchteten Geschöpfe auf alles, was sich ihnen in den Weg stellte.

Ich ahnte, daß diese Kampfandroiden nur das Anfangsprodukt einer sorgfältig geplanten Entwicklung waren. Hätte die USO die Geheimstation auf

Xorta nicht gefunden, wäre die Galaxis in ein paar Jahren wahrscheinlich von Millionen Klankys mit noch schrecklicheren Eigenschaften überschwemmt worden.

Aber wer hatte diese Horde, die sorgfältig abgeschirmt in einer Klinik gelebt hatte, auf meine Station losgelassen? Irgend jemand auf Tahun stand nicht auf unserer Seite. Dieser Gegner hatte eine Möglichkeit gefunden, die Klankys zu aktivieren. Über die Absichten dieser Wesen konnten keine Zweifel bestehen. Sie hatten den Auftrag, die Klinik zu vernichten und alles zu töten, was sich bewegte.

»Schrecklich!« sagte Alkin erschüttert. »Hoffentlich kommt bald Verstärkung.«

Ich wußte, daß es dann schon zu spät sein konnte. Tahun war das medizinische Zentrum der USO. Auf Kämpfe solchen Ausmaßes war man hier nicht vorbereitet. Ich sah, wie die Gleiter, die jetzt zu Dutzenden über dem Park schwebten, immer wieder niederstießen und aus ihren Bordwaffen auf die Klankys schossen. Die Flut weißer Körper hatten sie bisher jedoch nicht aufhalten können.

»Wenn sie erst einmal in das Gebäude eingedrungen sind, wird man sie nicht mehr aufhalten können«, ahnte ich. »Dann sind sie nur noch zu bremsen, wenn wir die Klinik dabei vernichten.«

Alkin stieß eine Verwünschung aus.

Am Horizont tauchten ein paar Kugelschiffe auf: Korvetten von der MARCO POLO. Sie besaßen die Waffen, mit denen man die Klankys aufhalten konnte.

Doch die Kampfandroiden hatten bereits die zweite Verteidigungslinie überrannt. Etwa zweihundert Monstren waren dabei auf der Strecke geblieben.

Vor dem Haupteingang wurde bereits geschossen. Etwa dreihundert Klankys wollten die Klinik stürmen.

Ich beugte mich über den Rand des Daches. Das verzweifelte Abwehrfeuer der Spezialisten im Eingang brachte den Vormarsch der Klankys einen Augenblick zum Stillstand, doch dann drängten die Androiden nach und schoben ihre Artgenossen weiter auf den Eingang zu.

Drei Männer kamen auf das Dach gerannt. Sie beachteten uns nicht. Ich sah, daß sie Mikrobomben in den Händen hielten. Sie beugten sich über den Sims und ließen die Bomben in die Meute der Klankys fallen. Die Explosionen erschütterten das gesamte Gebäude. Ein paar Dutzend der Androiden wurden weggeschleudert und blieben bewegungslos liegen. Die anderen kämpften weiter.

Wieder warfen die drei Spezialisten Bomben in den Hof. Ich befürchtete, daß sie größeren Schaden am Eingang und unter den Verteidigern anrichteten als bei den Klankys. Doch ich war Arzt und erlebte damals zum erstenmal eine Auseinandersetzung dieser Größenordnung.

Die Angst um die Klinik und meine Patienten machte mich fast verrückt. »Wir müssen irgend etwas tun!« rief ich Alkin zu.

Mein Stellvertreter sah mich verständnisvoll, aber auch mitleidig an. »Was können wir schon tun?«

»Wir besorgen uns Waffen und helfen bei der Verteidigung des Eingangs«, schlug ich vor.

»Wir würden die anderen nur behindern«, versetzte Alkin. »Eigentlich können wir nur abwarten.« Natürlich hatte er recht.

Inzwischen waren die Korvetten über den Park angekommen und eröffneten aus ihren Bordgeschützen das Feuer auf die Klankys, die sich noch im Freien aufhielten. Der Kampf außerhalb der Klinik war in wenigen Minuten entschieden. Doch ich wußte, daß mindestens fünfzehn bis zwanzig dieser Monstren im Vorraum der Klinik waren und sich weiter vorkämpften.

»Wir müssen zu den Kranken!« rief ich Alkin zu. »Sie sind in Gefahr.«

Widerstrebend folgte er mir zur Treppe. Von unten klang Kampflärm zu uns herauf. Immerhin bewies uns das, daß es noch Verteidiger gab. Von unten kamen uns Ärzte entgegen. Fellmer Lloyd war bei ihnen. Er hielt uns an.

»Wohin gehen Sie?« erkundigte er sich.

»Zu den Synthos!« rief ich ihm zu.

Er schüttelte den Kopf. »Sie sehen doch, daß das Personal evakuiert wird. Gleiter werden Sie und Ihre Kollegen vom Dach abholen.«

Meine Teammitglieder sahen mich scheu und verlegen an. Ich ahnte, daß sie nur allzu bereitwillig der Aufforderung zum Verlassen der Klinik nachgekommen waren. Ich konnte es ihnen nicht verdenken.

»Sie können evakuieren, wen Sie wollen!« fuhr ich den Mutanten an. »Unser Platz ist jedenfalls bei den Kranken.«

»Sie werden ebenfalls evakuiert«, beharrte er. »Wir müssen uns nun in die Krankenstation vorkämpfen. Der Korridor dorthin wird von ein paar Klankys blockiert.«

Diese Auskunft entsetzte mich. Sie bedeutete, daß die Monstren sich schon bis in die Innenräume der Klinik durchgeschlagen hatten.

»Nun?« fragte Lloyd gedehnt. »Ändert das Ihre Haltung?«

Ich schüttelte trotzig den Kopf. »Bringen Sie die anderen weg – ich gehe nicht, bevor ich weiß, daß die Synthos in Sicherheit sind.« Ich gab Alkin einen Schubs. »Verschwinden Sie mit den anderen!«

Sein langes Gesicht verzog sich zu einem gezwungenen Grinsen. »Ich bin Ihr Stellvertreter, Doc! Wenn Ihnen etwas zustößt, muß ich zur Stelle sein.«

Seite an Seite stürmten wir die Treppe hinab, ohne uns länger um Fellmer

Lloyd und die anderen Ärzte zu kümmern. Eine Etage tiefer hatten Perry Rhodan und Atlan ein provisorisches Hauptquartier im Korridor errichtet. Fast alle Mutanten vom neuen Korps waren da. Ebenso Waringer und Talschunin.

Rhodan begrüßte mich mit einem mißbilligenden Blick. »Sie sehen doch, was hier los ist! Gehen Sie wieder nach oben.«

Ich ignorierte ihn und wandte mich an Atlan. »Wo ist der zweite terranische Arzt? Matsutani?«

»Er und Gucky befinden sich bei den Synthos. Wir können sie im Augenblick nicht herausholen, denn die Klankys sind im Korridor vor dem Behandlungsraum. Der Ilt könnte mit Matsutani teleportieren, aber er will offenbar bei den Kranken bleiben.«

Zwei Verwundete schleppten sich die Treppe herauf. Sie wurden sofort von den Mutanten behandelt.

»Wir können unsere Waffen nicht so einsetzen, wie es nötig wäre«, sagte einer der Verletzten. »Bei jedem Schuß müssen wir darauf achten, daß wir die Einrichtungen der Klinik nicht vernichten.«

»Und wir Mutanten sind mehr oder weniger hilflos«, sagte Ras Tschubai grimmig.

Die Aufmerksamkeit war einen Augenblick von Alkin und mir abgelenkt. Wir benutzten die Gelegenheit, um uns zur Treppe zu schleichen und nach unten zu stürmen.

»Diese Narren!« hörte ich Rhodan rufen. »Haltet sie auf!«

Doch wir hatten die nächste Etage fast erreicht. Ich riß die Tür zu einem kleinen Behandlungszimmer auf und stieß Alkin hinein. Dann zog ich die Tür zu. Draußen hörte ich ein paar Männer vorbeistürmen, die offenbar den Befehl hatten, uns zurückzuholen. Ich verriegelte die Tür und grinste Alkin zu.

»Sackgasse!« stellte er lakonisch fest.

Ich deutete mit einem Daumen auf den Boden. »Das Krankenzimmer der Synthos liegt genau unter uns, Alkin. Wir klettern aus dem Fenster und binden uns mit ein paar Tüchern, die wir als Stricke verwenden, hier oben fest. Die wenigen Meter bis zur nächsten Etage hinab schaffen wir. Alle Fenster sind bei den Explosionen zertrümmert worden. Wir können also leicht unten einsteigen.«

Ich fragte mich, warum die anderen noch nicht auf diese Idee gekommen waren. Der Angriff der Klankys hatte sie offenbar so überrascht, daß sie noch keine Strategie entwickelt hatten.

Alkin öffnete einen Schrank und nahm Tücher heraus. Wir rollten sie zusammen und banden sie aneinander. Als ich das eine Ende des so entstandenen Strickes am Fenster festband, wurde das Türschloß aufgeschossen.

Jemand trat gegen die Tür, die mit einem Knall aufsprang. Alkin und ich blieben wie versteinert stehen.

Atlan kam herein. Er sah sich im Raum um, als wären wir nicht vorhanden. Als er zum Fenster kam, überprüfte er den Knoten, den ich gerade gebunden hatte.

»Der müßte auch mich aushalten! Meinen Sie nicht, Doc?«

»Doch, doch!« brachte ich verwirrt hervor.

»Schließen Sie die Tür!« befahl er. »Stellen Sie einen Stuhl davor, denn das Schloß wird nicht mehr funktionieren.«

Widerspruchslos kam ich seiner Aufforderung nach. Als ich zum Fenster zurückkam, war er bereits hinausgeklettert. Ich blickte hinaus und sah ihn nach unten gleiten.

Alkin sah mich an. »Ist er verrückt?«

»Nicht verrückter als wir, Alkin. Wir folgen ihm.«

Ich wartete, bis Atlan sich eine Etage weiter unten in ein Fenster geschwungen hatte, dann folgte ich ihm. Mühelos erreichte ich die tiefer gelegene Fensterreihe. Ich konnte ins Innere des Krankenzimmers blicken. Unwillkürlich atmete ich auf, als ich sah, daß die Klankys noch nicht bis hierher vorgedrungen waren. Gucky und Matsutani standen neben den Nährbetten der Synthos.

»Kommen Sie herein, Doc!« forderte Atlan mich auf.

Ich landete mit den Füßen auf der Fensterbank und sprang in das Krankenzimmer. Wenige Augenblicke später tauchte Alkin auf.

»Wie sieht es aus?« wandte ich mich an Matsutani.

»Sie sind auf dem Vormarsch hierher«, sagte er. Er sah mich abschätzend an. »Haben Ihr Kollege und Sie Kampferfahrung?«

Ich schüttelte den Kopf, was ihn zu einem Lächeln veranlaßte. »Ich auch nicht, Dr. Terzyu. Aber wir haben Atlan und Gucky.«

Der Arkonide schaltete sein Armbandgerät ein. »Hier wird niemand zu kämpfen brauchen«, sagte er. »Wir bringen die Kranken in ihren Betten mit Hilfe der Antigravprojektoren durch die Fenster aufs Dach hinauf und lassen sie von Gleitern in eine andere Klinik fliegen.«

Er begab sich zu den Betten, um festzustellen, ob sie noch flugbereit waren.

Die Kontrolle verlief zufriedenstellend.

»Fangen wir an«, sagte er. Über sein Minisprechgerät informierte er Rhodan und die Spezialisten auf dem Dach von seinen Absichten. »Wir brauchen die Betten nur aus dem Fenster zu schieben. Die Spezialisten werden sie oben in Empfang nehmen.«

Er schaltete den Antigravprojektor von Martens Bett ein. Schwerelos geworden, ließ sich das Bett leicht bewegen. Atlan schob es auf die offenen Fenster zu.

In diesem Augenblick gab es einen explosionsähnlichen Knall. Ich fuhr herum. In der aufgebrochenen Tür standen zwei Klankys.

25.

Für Sekunden schien die Zeit innerhalb des Raumes stillzustehen. Weder die Klankys noch wir bewegten uns. Im Korridor tobte noch immer der Kampf zwischen den Androiden und den Spezialisten. Der Lärm war fürchterlich.

Offenbar war es den beiden Monstren gelungen, bis hierher vorzudringen. Ich starrte sie an. Sie sahen aus wie groteske Gummitiere. Hätte ich sie nicht im Park kämpfen sehen, wären sie mir wahrscheinlich harmlos erschienen.

Atlan ließ das Bett los und zog seine beiden Waffen. Es waren ein Paralysator und ein schwerer Desintegrator. Ich bezweifelte, daß er damit etwas erreichen würde. Matsutani brachte ein Vibratormesser zum Vorschein. Ich fragte mich, wo er es sich beschafft hatte. Er lächelte mir verzerrt zu, als wollte er mir Mut machen.

Atlan schaltete seinen Minikom ein. »Sie sind hier in der Krankenstation!« informierte er Rhodan. »Du mußt uns Hilfe schicken, am besten über das Dach.«

»Bei allen Planeten!« stieß Gucky hervor. »Sie lassen sich nicht beeinflussen.«

Er hatte sich die ganze Zeit über mit seinen parapsychischen Sinnen auf die beiden Klankys konzentriert, aber keinen Erfolg erzielt.

Langsam wichen wir bis zur Fensterwand zurück.

Nun erwachten auch die beiden Eindringlinge aus ihrer Starre und drangen endgültig in das Behandlungszimmer ein. Atlan eröffnete das Feuer. Die Lähmstrahlen waren völlig wirkungslos. Die Energiestrahlen wurden von den Klankys absorbiert. Aber die Monstren bewegten sich jetzt langsamer. Ihr Verhalten schien sich gegenüber den Kämpfen im Park verändert zu haben. Irgendwie wurde ich den Eindruck nicht los, daß diese beiden Kreaturen *überlegt* handelten. Jetzt, da sie mir sehr nahe waren, sah ich an ihrem kaum vorhandenen Halsansatz kiemenähnliche Schlitze, mit denen sie Kaubewegungen vollführten. Ob sie auf diese Weise atmeten?

»Verdammt!« schrie Atlan in seinen Minikom. »Beeilt euch!« Er stellte das Feuer ein, denn er erkannte, daß er damit nichts erreichen würde.

Die Klankys ignorierten uns. Ihr Ziel waren die acht Betten. Das bedeutete, daß sie exakte Befehle hatten.

Mit aufgerissenen Augen sah ich zu, wie sie auf das Bett von Son Okura zugingen. Die Synthos zeigten keine Reaktion. Eingehüllt in die Plasmahäute, lagen sie wie tot in ihren Betten.

Matsutani stieß einen wilden Schrei aus und schwang das Vibratormesser über seinem Kopf. Dann stürmte er auf die beiden Klankys zu.

»Zurück!« schrie Atlan.

Doch Matsutani war bereits bei den Klankys und hieb mit dem Vibratormesser auf sie ein. Eines der Monstren holte mit einem Arm aus und versetzte Matsutani einen Schlag. Der Arzt wurde quer durch den Raum geschleudert und blieb vor dem letzten der acht Betten liegen. Gucky watschelte auf ihn zu.

Ich sah, daß die Klankys sich bückten, um Son Okuras Bett hochzuheben. Ich wußte nicht, was sie vorhatten, aber bestimmt waren ihre Absichten nicht gutartig.

Das Zischen von Energiestrahlen, die über meinen Kopf hinweg auf die Klankys abgefeuert wurden, lenkte meine Aufmerksamkeit in Richtung der Fenster.

Zehn Bewaffnete, allen voran Perry Rhodan, schwangen sich in das Zimmer und begannen, auf die Klankys zu schießen. Innerhalb weniger Augenblicke füllte sich der Raum mit ätzendem Rauch. Die Klankys ließen von Okuras Bett ab und kamen auf die Angreifer zu.

»Punktfeuer!« hörte ich Rhodan rufen.

Immer mehr Männer sprangen jetzt durch die Fenster in das Krankenzimmer. Ich wurde zur Seite gestoßen. Gegen die Wand gelehnt, beobachtete ich, wie der erste Klanky zu schwanken begann. Er konnte die gesamte Energie nicht mehr absorbieren.

Die zweite Kreatur erreichte die in der vorderen Reihe stehenden USO-Spezialisten und hieb auf sie ein. Die gellenden Schreie der Getroffenen ließen mich zusammenzucken.

Ich hatte das Gefühl, daß ich etwas tun mußte, um diese sinnlose Kämpferei zu unterbrechen, doch ich blieb wie angewurzelt an der Wand stehen.

Der erste Klanky brach zusammen. Jetzt kamen auch bewaffnete Männer durch den Eingang des Krankenzimmers. Ich schloß daraus, daß die Klankys draußen in den Gängen besiegt worden waren.

Der letzte Kampfandroide tobte zwischen den schießenden Spezialisten herum, doch die Männer wichen ihm sehr geschickt aus. Schließlich erlag auch er dem konzentrierten Beschuß aus mehr als zwei Dutzend Strahlwaffen.

Der Lärm brach abrupt ab. Die Klimaanlage war überlastet. Der Rauch zog nur langsam durch die offenen Fenster ab.

»Durchsucht die Klinik und den Park!« rief Rhodan. »Wir wollen sicher sein, daß sich keine der Kreaturen irgendwo verkrochen hat.«

Die USO-Spezialisten verließen den Raum. Ein paar Mutanten kamen herein. Sie überzeugten sich davon, daß den Kranken nichts geschehen war.

»Wir bringen die Synthos in einen anderen Raum«, entschied ich. »Hier wird es stundenlang nach Rauch und Feuer riechen, außerdem wurden verschiedene Einrichtungsgegenstände zerstört.«

Auch die Ärzte kamen jetzt zurück. Man hatte sie vom Dach aus nicht abgeflogen, denn die Niederlage der Klankys hatte sich noch vor der vollzogenen Evakuierung abgezeichnet.

Die Ärzte übernahmen den Transport der Synthos in einen anderen Raum.

»Der Angriff der Kampfandroiden war kein Zufall«, sagte Rhodan. »Jemand, der ihre Reaktionen genau kannte, hat sie mit einem Senders aktiviert und gesteuert. Die Klankys reagierten auf bestimmte Funkimpulse. Es war ein Fehler, sie nach Tahun zu bringen. Inzwischen hat die Suche nach den Verantwortlichen begonnen. Sie müssen sich noch auf Tahun aufhalten. Wir werden sie finden und verhaften.«

Atlan und Waringer untersuchten die beiden am Boden liegenden Klankys. Matsutani, der schwer verletzt war, wurde in eine andere Klinik gebracht.

Bei der allgemeinen Aufregung hatte ich die Synthos fast vergessen. Ich begab mich in den Raum, wohin die Ärzte sie gebracht hatten. Meine Kollegen standen um die acht Betten und blickten ratlos auf die Synthos hinab.

Talschunin kam auf mich zu. Sein Gesichtsausdruck verhieß Unheil. »Das müssen sie sich ansehen!«

Ich trat an Tama Yokidas Bett. Das Plasma, das ihn wie eine Haut umspannte, hatte sich völlig verfärbt.

»Haben Sie eine Erklärung dafür?« fragte Talschunin.

Ich wunderte mich, daß er den Grund für die Veränderung nicht erkannte. Schließlich war er der Fachmann für das Zellplasma von der Hundertsonnenwelt.

»Sehen sie alle so aus?« fragte ich müde.

Er nickte zustimmend. Ich warf ihm einen Seitenblick zu. Vielleicht *wollte* er den Grund für das veränderte Aussehen des Plasmas nicht erkennen.

»Wir müssen das Plasma entfernen«, sagte ich zu den Ärzten. »Es ist abgestorben.«

Die abschließenden Untersuchungen ergaben, daß das Plasma keinerlei Lebensfunktion mehr besaß. Es hatte versucht, die schädliche Zellstrahlung zu absorbieren und war dabei getötet worden. Das Experiment mit dem Zellplasma war fehlgeschlagen.

Der Angriff der Klankys, die damit verbundenen Schwierigkeiten und das Ende des Zellplasmas reichten aus, um die Stimmung in der Klinik für paraabstrakte Phänomene zu verschlechtern. Hinzu kam noch die Nachricht, daß Dr. Matsutani an den Folgen seiner schweren Verletzungen gestorben war.

Alle Mitglieder des neuen Mutantenkorps kamen in den Behandlungsraum der Synthos und weigerten sich, ihn wieder zu verlassen. Das konnte nur bedeuten, daß sie mit dem baldigen Tod der Bewußtseinsinhalte rechneten und auf diese Weise ihre Verbundenheit mit den Hilflosen demonstrieren wollten.

Erstaunlicherweise reagierten die Bewußtseinsinhalte auf den Fehlschlag, der fast einem Todesurteil gleichkam, mit äußerster Gelassenheit. Natürlich war nicht feststellbar, was in ihnen vorging, aber sie hatten ihre Körper unter Kontrolle. Wahrscheinlich wollten sie es ihren Freunden nicht unnötig schwermachen.

»Wir erleben jetzt das eigentliche Ende der Second-Genesis-Krise«, sagte Perry Rhodan.

Wir hatten uns im Hauptbüro der Klinik versammelt, um eine Besprechung abzuhalten. Ich war mit gemischten Gefühlen gekommen, denn ich konnte mir nicht vorstellen, daß bei der Diskussion etwas herauskommen würde.

»Dr. Terzyu ist der verantwortliche Arzt«, sagte Atlan. »Er soll uns sagen, wieviel Zeit er den Synthos noch gibt.«

Man erwartete von mir eine formelle Aussage.

»Wir werden natürlich weiterhin versuchen, den Verfall der Synthokörper zu stoppen«, sagte ich. »So, wie es jetzt aussieht, werden die Mutanten in zwei oder drei Tagen nicht mehr leben.«

»Das ist eine sehr optimistische Schätzung«, meinte Dr. Talschunin.

»Unter diesen Umständen möchte ich einen Vorschlag machen«, mischte sich Geoffry Abel Waringer ein. »An Bord der UMORA THALO befinden sich zahlreiche Matten-Willys, die den Flug von der Hundertsonnenwelt nach Tahun mitgemacht haben. Wir müssen mit ihnen verhandeln und sie dazu bringen, in die Klinik zu kommen. Ich kann mir vorstellen, daß sie den Kranken besser helfen können als das Plasma.«

Ich ahnte, worauf Waringer hinaus wollte, doch es widerstrebte mir, Experimenten mit den Matten-Willys zuzustimmen. Diese harmlosen und gutmütigen Wesen durften nicht gefährdet werden. Es wäre unmoralisch gewesen, ihr Leben zu riskieren.

Talschunin erhob sich. »Was haben Sie mit den Matten-Willys vor?«

»Sie könnten ebenso wie das Plasma die Körper der Kranken einhüllen«, sagte Waringer.

Einige Ärzte protestierten.

»Wie können Sie sicher sein, daß die Matten-Willys nicht ein ähnliches Ende erleben würden wie das Zellplasma?« wollte Atlan wissen.

»Zwischen den Matten-Willys und dem Zellplasma bestehen ein paar grundlegende Unterschiede.« Waringer schien sich an seiner Idee zu begeistern. Er legte jede Verlegenheit ab. »Die Matten-Willys können sich selbst kontrollieren, das heißt, daß sie sich zurückziehen können, wenn es ihnen zu gefährlich erscheint, länger mit den Synthos verbunden zu bleiben. Außerdem sind sie gegen alle Arten von Strahlungseffekten wesentlich unempfindlicher als das Zellplasma.«

»Es müßte auf freiwilliger Basis geschehen«, sagte Atlan.

»Ich bin bereit, zum Raumhafen zu fliegen und mit den Matten-Willys zu verhandeln«, bot Waringer sich an. »Dr. Terzyu kann mich begleiten, damit er sich schon an Bord der UMORA THALO von der bedingungslosen Hilfsbereitschaft der Matten-Willys überzeugen kann.«

Obwohl ich mir wenig von dem geplanten Versuch versprach, willigte ich ein. In dieser Situation hatte ich auch keine andere Wahl.

»Wir wollen nicht länger warten«, schlug Waringer vor.

Noch bevor wir aufbrachen, erreichte uns eine Nachricht von Alkin. Mein Stellvertreter berichtete bestürzt, daß sich der körperliche Zerfall der Synthos noch stärker beschleunigt habe. Unter diesen Umständen mußte mit dem endgültigen Tod der Kranken bereits morgen gerechnet werden.

»Das habe ich befürchtet«, sagte Dr. Talschunin. »Dieser Effekt wurde durch das Zellplasma ausgelöst. Es war für die Synthokörper schädlich.«

»Halten Sie es unter diesen Umständen für klug, die Matten-Willys einzusetzen?« fragte Rhodan.

Talschunin warf Waringer einen hilfesuchenden Blick zu.

»Wie ich bereits sagte, sind die Willys und das Plasma nicht miteinander zu vergleichen«, bekräftigte Waringer seine bereits ausgesprochene Meinung. »Ich darf Sie in diesem Zusammenhang daran erinnern, daß die Willys von einer anderen Welt kommen als das Plasma. Man kann sogar sagen, daß es Lebensformen zweier verschiedener Galaxien sind.«

Er bekam von Atlan Unterstützung.

»Das ist richtig! Perry brachte die Willys zur Hundertsonnenwelt. Vergessen wir nicht, daß sich diese Wesen oft gern als Säuglingsschwestern bezeichnen. Schon von diesem Namen her, so scheint mir, können wir eine Hilfsbereitschaft gegenüber den Kranken ableiten.«

»Es kann aber auch sein, daß es beim Kontakt zwischen den Willys und den Synthos zu einem endgültigen Zusammenbruch der Kranken kommt«, gab Perry Rhodan zu bedenken.

»Was würde das im Endeffekt denn ändern?« erkundigte sich Waringer.

Keine weiteren Einwände wurden erhoben. Ich hatte mich schon mit dem unabwendbaren Ende der Bewußtseinsinhalte abgefunden, doch jetzt ertappte ich mich dabei, daß ich dem neuen Experiment entgegenzufiebern begann. Ich mußte mich zu einer realistischen Denkweise zwingen. Alle Versuche, den Synthos zu helfen, waren bisher fehlgeschlagen. So, wie es im Augenblick aussah, hatten auch die Matten-Willys keine Chance.

Waringer unterbrach mich in meinen Gedanken. »Wir wollen keine Zeit verlieren, Doktor Terzyu. Je eher wir beginnen, desto größer ist die Chance, die Kranken zu retten.«

Wir verließen die Klinik und begaben uns an Bord eines Gleiters, mit dem wir zum Raumhafen flogen.

Neben der gigantischen MARCO POLO, die wie ein stählerner Berg über dem Raumhafen lag, wirkte der nur fünfhundert Meter durchmessende Schlachtkreuzer UMORA THALO winzig. Waringers Schiff stand in unmittelbarer Nähe der MARCO POLO.

Der gesamte Raumhafen war wegen der Vorfälle mit den Klankys abgesperrt worden. Wir mußten mehrere Kontrollen passieren und genaue Prüfungen über uns ergehen lassen, bevor wir schließlich neben der UMORA THALO landen durften. Auch der Schlachtkreuzer wurde überwacht. Unsere Identität wurde abermals überprüft. Es wunderte mich nicht, daß ich dabei gründlicher untersucht wurde als Waringer. Einem Ara brachte man eben unbewußt weniger Vertrauen entgegen als einem Terraner. Ich ließ mir jedoch nichts anmerken.

Endlich wurde die Gangway freigegeben.

Inzwischen war es Nacht geworden. Der Raumhafen jedoch wurde von unzähligen Scheinwerfern beleuchtet. In der unmittelbaren Umgebung der Schiffe war es taghell. Über uns sah ich die Positionslichter zahlreicher schwerer Gleiter, die ständig über dem Raumhafen patrouillierten.

Wer immer die Klankys aktiviert hatte, er würde nicht mehr lange in Freiheit sein. Wahrscheinlich hatte man den oder die Verantwortlichen bereits in die Enge getrieben.

»Auf der Hundertsonnenwelt ist man von der übrigen Galaxis wie abgeschnitten«, erläuterte Waringer, als wir zusammen die Gangway zur Hauptschleuse hochstiegen. »Man ist auf Funknachrichten angewiesen. Ich hätte nie gedacht, daß Perrys politische Gegner so aktiv sein könnten.«

»Auf der Erde ist es am schlimmsten«, gab ich zurück. »Ich kümmere mich zwar nicht um Politik, doch ich hatte auf Terra den Eindruck, daß sich Rhodans Position immer weiter verschlechtert.«

Er nickte bekümmert. Wir betraten das Schiff durch die Schleuse.

Major Argo Saggoner begrüßte uns. Er war der Stellvertretende Kommandant.

»Die Matten-Willys sind überall im Schiff verteilt«, informierte er uns. »Sie wissen ja, wie gesellig diese Wesen sind. Sie unterhalten sich mit der Besatzung und nehmen an allen möglichen Spielen teil, die überall an Bord stattfinden.«

»Ich werde sie in den kleinen Konferenzraum rufen«, entschied Waringer.

Ich sah Saggoner an, daß er gern ein paar Fragen gestellt hätte. Sicher wußte noch niemand an Bord, was in der Klinik geschehen war. Doch der Major unterdrückte seine Neugierde. Er schien zu spüren, daß wir wenig Zeit hatten.

Waringer schickte zwei Besatzungsmitglieder hinaus, die im kleinen Konferenzraum des Schiffes Schach spielten, weil sie, wie sie erklärten, nur dort völlig ungestört seien.

Waringer lächelte. Für einen Augenblick vergaß er die Sorgen, die uns alle beschäftigten. »Auf der Hundertsonnenwelt haben die meisten Raumfahrer zuwenig Betätigungsmöglichkeiten. Ich fürchte, daß wir sie alle zu Spielern erziehen.«

Ich lächelte höflich zurück, obwohl ich den Spieltrieb der Terraner nicht verstand. Wenn ein Ara spielt, dann ohne jede Lust und nur aus Anstand.

Waringer schaltete den Interkomanschluß. »Hier spricht Waringer! Ich bitte alle Matten-Willys sofort in den kleinen Konferenzraum in Deck drei zu kommen. Es ist dringend.«

Er ließ sich am Ende eines langen Tisches nieder. Ich setzte mich neben ihn.

»Man hat mir gesagt, daß Sie ungewöhnlich zuverlässig sind, Doktor Terzyu.« Dieser so unvermittelt hervorgebrachte Ausspruch überraschte mich.

»Ich tue nichts Ungewöhnliches«, versetzte ich kühl. »Wenn das von Ihren Artgenossen als bemerkenswert angesehen wird, ist das nicht meine Sache.«

Er kratzte sich verlegen am Hinterkopf. Wahrscheinlich wäre er froh gewesen, wenn er seine Worte nicht ausgesprochen hätte.

»Ich bin nur Arzt«, sagte ich versöhnlich. »Alles andere interessiert mich nicht. Auf meiner Heimatwelt hätte ich bestimmt keine vergleichbare interessante Tätigkeit finden können wie auf Tahun. Übrigens würde ich es für richtig halten, wenn unsere beiden Völker ihre etwas verklemmten Beziehungen allmählich normalisieren würden.«

Er breitete die Hände flach auf dem Tisch aus. »Da bin ich ganz Ihrer Ansicht.«

Die ersten Matten-Willys kamen herein. Erleichtert, daß er das von ihm begonnene Gespräch in eine andere Richtung lenken konnte, deutete Waringer in Richtung des Eingangs.

»Da kommen sie! Wir können in wenigen Minuten anfangen. Ich schlage vor, daß Sie einen kurzen Situationsbericht geben, wie es in der Klinik aussieht. Dann werde ich auf unseren Plan zu sprechen kommen.«

Ich hatte schon Bilder von den Willys gesehen, stand ihnen aber in diesem Augenblick zum erstenmal persönlich gegenüber. Kein Bild, auch wenn es dreidimensional und farbig war, konnte das ungewöhnliche Aussehen eines Matten-Willys wiedergeben.

Die Willys waren etwa zwei Meter groß. Sie konnten ihre Körperform beliebig verändern. Dabei fuhren sie an verschiedenen Stellen ihres Körpers Pseudoglieder und Stielaugen aus. Sie bewegten sich auf unzähligen winzigen Beinen.

»Wenn sie sich gefährdet fühlen, beginnen sie zu rotieren«, erläuterte Waringer. »Mit ihren diamantharten Teleskopfüßchen können sie sich blitzschnell in den Boden bohren.«

Die skurrilen Geschöpfe nahmen überall an den Tischen Platz. Sie redeten alle gleichzeitig. Waringer begrüßten sie wie einen guten alten Freund. Aber auch mir riefen sie freundliche Worte zu, obwohl sie mich noch nie gesehen hatten. Harmlosere und freundlichere Wesen konnte man sich nicht vorstellen.

Meine Gewissensbisse wuchsen. Diese Willys waren so hilfsbereit, daß sie gar nicht auf den Gedanken kommen würden, unsere Wünsche abzuschlagen.

Aber Waringer, der bestimmt nicht weniger empfindsam war als ich, schien keine Bedenken zu haben. Er hatte die Willys jahrelang studiert und kannte sie besser als ich. Er wußte sicher, was er ihnen zumuten konnte.

Als hätte er meine Gedanken erraten, sagte der Terraner: »Lassen Sie sich nicht allein vom Verhalten dieser Wesen beeinflussen. Im Grunde genommen sind sie sehr robust. Sie vergessen schnell.«

»Ich habe Skrupel«, gestand ich.

»Die hat jedes intelligente Wesen mit Gefühl, das den Willys gegenübersteht. Ihre Freundlichkeit ist geradezu ansteckend.«

Endlich waren alle Willys versammelt. Ich wunderte mich, wie schnell es im Konferenzraum still wurde, als Waringer sich erhob, um zu den Willys zu sprechen.

»Ich brauche eure Hilfe, Freunde«, eröffnete Waringer seine Rede. Er deutete auf mich. »Dieser Ara-Mediziner wird euch einen kurzen Bericht über acht kranke Wesen geben. Danach werde ich euch sagen, was wir vorhaben.«

Er warf mir einen aufmunternden Blick zu. Als ich aufstand, blickten mich ein paar Dutzend Willys aus ihren Stielaugen neugierig an.

»Ich bin Doktor Terzyu«, stellte ich mich vor. »Ich leite eine Klinik für paraabstrakte Phänomene auf Tahun.«

Obwohl ich anfangs nur stockend sprechen konnte, legte ich im Verlauf meiner Rede jede Unsicherheit ab. Ich vergaß Waringer und die Willys und konzentrierte mich nur auf die medizinischen Probleme und die acht Synthos.

»Sparen Sie sich Ihre medizinischen Fachausdrücke!« rief mir Waringer leise zu.

Ich ging dazu über, das Schicksal der Bewußtseinsinhalte in einfachen Worten zu schildern, obwohl das bestimmt nicht leicht war. Dann berichtete ich über unsere fehlgeschlagenen Versuche. Die Willys hörten schweigend zu. Es gab keine Zwischenrufe oder Fragen. Als ich das Schicksal des Plasmas erwähnte, glaubte ich Unruhe unter meinen Zuhörern feststellen zu können.

»Waringer wird jetzt sprechen«, sagte ich abschließend. »Er kennt Sie länger und besser als ich.«

Der Wissenschaftler erhob sich. »Es gibt nicht viel zu sagen«, meinte er. »Wir brauchen eure Hilfe, das erklärte ich bereits. Wir möchten, daß ihr euch zur Verfügung stellt und den Bewußtseinsinhalten helft. Wir werden zunächst versuchen, die Bewußtseinsinhalte in eure Körper zu verpflanzen. Sollte das mißlingen, könntet ihr versuchen, die Synthos zu stabilisieren und den Zerfallsprozeß ihrer Körper aufzuhalten.«

Einer der Matten-Willys sprach für die ganze Gruppe. »Wir helfen, wenn wir können. Sie müssen uns sagen, was wir zu tun haben.«

»Ich schlage vor, daß wir uns in die Klinik begeben«, sagte Waringer. »An Ort und Stelle könnt ihr euch vergewissern, daß unsere Angaben richtig sind. Vielleicht können wir in ein paar Stunden schon anfangen.«

Keines der seltsamen Wesen erhob einen Einwand. Ich hatte nicht erwartet, daß es so schnell gehen würde. Die Matten-Willys waren tatsächlich so unkompliziert und freundlich wie Waringer behauptet hatte.

Als wir die UMORA THALO verließen, traf ein Funkspruch ein. Zwei ertrusische USO-Spezialisten waren festgenommen worden. Sie standen unter dem Verdacht, die Klankys aktiviert zu haben. Wahrscheinlich hatten sie heimlich für eine jener Organisationen gearbeitet, die Rhodan und dessen politische Ziele bekämpften.

»Ich hoffe, daß jetzt auf Tahun wieder Ruhe eintritt«, sagte ich zu Waringer.

Er schüttelte den Kopf. »Die Zeichen stehen auf Sturm. Seit der durch den Schwarm ausgelösten Verdummungswelle hat sich die Position der Terraner innerhalb der Galaxis noch nicht wieder stabilisiert. Ich befürchte, daß es zu schlimmeren Schwierigkeiten kommen wird, als wir sie jetzt gerade erleben. Die Futurologen prophezeien einen beginnenden Umbruch.«

Ich sah ihn an. Konnte ich als Ara mit ihm über das zukünftige Schicksal der Menschheit sprechen, ohne daß er unwillig wurde? Waringer schien ein völlig vorurteilsloser Mensch zu sein.

»Glauben Sie denn, daß die Menschheit ihre Vormachtstellung verlieren wird?«

»Das ist nicht unbedingt gesagt«, erwiderte er. »Es wird aber zu Verschiebungen und neuen Bündnissen kommen. Die Menschen werden sich neu arrangieren müssen. Auch ihr Selbstverständnis muß sich ändern, denn die Menschen sind jetzt auf derart viele Welten verteilt, daß es nicht mehr zu gemeinsamen Willensentscheidungen kommen kann. Die Erde verliert allmählich ihre Bedeutung. Es werden neue Zentralplaneten entstehen.«

»Aber Terra ist ein Symbol«, gab ich zu bedenken.

»Genau wie Perry Rhodan«, sagte er.

Ich rätselte am tieferen Sinn seiner Antwort, doch ich wurde in meinen Überlegungen unterbrochen, als die Matten-Willys die Gangway herabkamen. Zwei große Gleitflugzeuge standen bereit, um sie sofort in die Klinik zu bringen.

»Es gibt noch einmal Arbeit, Doc«, sagte Waringer. »Wenn es diesmal schiefgeht, sind die Bewußtseinsinhalte nicht mehr zu retten.«

Als wir den Gleiter bestiegen, mit dem wir zum Raumhafen gekommen waren, meldete sich mein Stellvertreter Alkin über Funk. Ich merkte seiner Stimme sofort an, daß etwas nicht in Ordnung war.

»Die Bewußtseinsinhalte wollen sich keine weiteren Behandlungen mehr gefallen lassen«, berichtete Alkin. »Es geht ihnen sehr schlecht. Sie haben beschlossen, die letzten Stunden ihres Lebens mit Meditationen zuzubringen und möchten dabei nicht gestört werden.«

»Alkin!« rief ich beschwörend. »Sie dürfen nicht zulassen, daß sie mit ihren Meditationen beginnen. Bringen Sie sie irgendwie dazu, daß sie auf die Ankunft der Matten-Willys warten. Wir brechen gerade vom Raumhafen aus auf und werden in wenigen Minuten zurück sein.«

»Ich versuche alles«, versprach Alkin, aber seine Skepsis war nicht zu überhören.

Während unsere Maschine startete, berichtete ich Waringer, was geschehen war.

»Das habe ich befürchtet«, sagte er grimmig. »Jetzt werden sie lethargisch. Wir müssen sie noch einmal wachrütteln.«

Der Gleiter raste in die Nacht. Die wenigen Flugminuten verbrachten Waringer und ich zwischen Hoffen und Bangen.

Alkin, Rhodan und Fellmer Lloyd empfingen uns im Eingang der Klinik. Roboter hatten die Spuren des Kampfes mit den Klankys inzwischen weitgehend beseitigt und mit den Reparaturarbeiten begonnen.

Ich brauchte nur Fellmer Lloyd anzusehen, um zu ahnen, daß die Schwierigkeiten nicht beigelegt waren. Der Anführer des neuen Mutantenkorps machte einen nervösen Eindruck.

Im Hof der Klinik landeten die beiden großen Gleiter.

»Da sind wir!« begrüßte Waringer die drei Männer. Er deutete hinter sich. »Und da sind die Matten-Willys.«

»Die Lage hat sich zugespitzt«, sagte Rhodan ohne Umschweife. »Die Kranken haben einen Parablock aufgestellt und die Eingänge zum Behandlungsraum mit Psi-Sperren verriegelt. Ras Tschubai, Balton Wyt und Doktor Talschunin sind bei ihnen, aber wir bekommen keine Verbindung zu diesen drei Männern. Wahrscheinlich wurden sie paralysiert. Es scheint den Kranken mit ihrem Entschluß also ernst zu sein.«

Ich konnte meine Enttäuschung nicht verbergen. »Können wir nicht gewaltsam eindringen?«

Rhodan verneinte. »Es gibt nur eine Möglichkeit«, sagte er. »Wir müssen alle Mitglieder des neuen Korps auf einen der gesperrten Eingänge konzentrieren. Wenn ihre Psi-Kräfte stärker sind, können sie den Zugang vielleicht freilegen.«

»Aber eine solche Aktion ist mit einem großen Risiko verbunden«, fügte Fellmer Lloyd hinzu. »Sie kann unsere acht Freunde soviel Kraft kosten, daß sie sterben, bevor wir bei ihnen sind.«

Ich war ratlos.

Im Hof versammelten sich die Matten-Willys. Niemand kümmerte sich im Augenblick um sie.

»Wir müssen die Entscheidung dem behandelnden Arzt überlassen«, sagte Perry Rhodan. »Doktor Terzyu, wenn Sie es für sinnvoll halten, werden die Mitglieder des neuen Korps gegen ihre alten Freunde antreten.«

Unterschwellig hörte ich aus diesen Worten heraus, daß die Situation komplizierter war, als man mir gesagt hatte. Durch die Verbindungen, die zwischen den Mutanten und den Kranken bestanden, konnte es zu Konsequenzen kommen, die ich nicht einmal erahnen konnte.

»Ich glaube nicht, daß sie noch viel Kraft haben«, sagte ich zu Rhodan. »Vielleicht läßt sich eine der Sperren leicht beseitigen.«

Damit, so wußte ich, würden wir uns zunächst einmal nur einen Zugang verschafft haben. Ob das ausreichte, um die Weigerung der Kranken, sich weiterbehandeln zu lassen, überwinden zu können, war mehr als fraglich. Aber wir hatten jetzt soviel experimentiert, daß wir einfach nicht aufgeben durften.

»Ich bin dafür, daß wir einen Durchbruchsversuch wagen.«

Rhodan war sofort einverstanden. »Rufen Sie die Mutanten zusammen!« befahl er Lloyd. »Wir fangen sofort an.«

Als ich sah, daß sich die Mutanten nur widerstrebend im Korridor vor dem Krankenzimmer versammelten, wurde ich in meiner Entschlossenheit schwankend. Die Mitglieder des Korps verspürten offenbar nur wenig Lust, sich mit den acht Bewußtseinsinhalten in eine parapsychische Auseinandersetzung treiben zu lassen. Aber es gab keine andere Möglichkeit, um zu den Kranken zu gelangen.

Ich begann zu befürchten, daß einige Mutanten ihre Kräfte nicht voll einsetzen würden, um auf diese Weise ein Scheitern unseres Planes zu begünstigen. Doch das waren Vermutungen, die sich nicht beweisen ließen. Ich wußte viel zuwenig über die Mentalität dieser Wesen, um sicher zu sein, wie sie sich schließlich verhalten würden.«

Endlich waren die Mutanten bereit. Rhodan forderte die Ärzte zu völliger Ruhe auf, damit die Mutanten sich konzentrieren konnten.

Dann begann der Angriff mit den lautlosen und unsichtbaren Waffen der Mutanten auf eine der Sperren, die von den Bewußtseinsinhalten errichtet worden war.

Voller Spannung wartete ich auf äußere Anzeichen der Auseinandersetzung, doch es geschah nichts. Die Mutanten standen bewegungslos auf dem Korridor. Die Spannung wuchs. Minute um Minute verging, ohne daß etwas geschah.

Ich blickte immer wieder auf die Uhr. Als eine Viertelstunde verstrichen war, ohne daß ein Fortschritt erkennbar wurde, gab ich Alkin ein Zeichen. Er folgte mir in ein leerstehendes Behandlungszimmer.

Ich schloß leise die Tür. »Was halten Sie davon?«

»Ich weiß es nicht«, entgegnete er unsicher. »Es müßte längst etwas passiert sein.«

»Das meine ich auch! Und ich bin außerdem der Meinung, daß die Mutanten sich nicht richtig einsetzen.«

Er sah mich überrascht an. »Wie kommen Sie auf diese Idee?«

»Es ist nur ein Gefühl, aber ich bin trotzdem ziemlich sicher.«

»Ich glaube es nicht. Es gibt keinen Beweis, ja es gibt noch nicht einmal einen Grund. Warum sollten die Mutanten den Kranken nicht helfen wollen?«

Darauf wußte ich auch keine Antwort. Als Alkin und ich wieder in den Korridor zurückkehrten, war immer noch nichts geschehen. Die Ärzte wurden allmählich unruhig.

Ich warf Rhodan einen fragenden Blick zu, auf den er jedoch nicht reagierte. Da ich den Eindruck hatte, daß der stumme Kampf um den Eingang noch einige Zeit anhalten würde, begab ich mich in die Räume, in denen man die Matten-Willys untergebracht hatte. Noch immer fühlte ich ein gewisses Schuldbewußtsein gegenüber diesen harmlosen Wesen.

Auch Waringer war bei den Willys. Erstaunt sah ich zu, wie er Flüssigkeit auf die Rücken der seltsamen Wesen schüttete. Er lächelte mir zu.

»Das gefällt ihnen«, erklärte er. »Vor vielen Jahren war einer der Willys auf der Erde und ließ sich mit Whisky begießen. Das hat sich unter dem lustigen Völkchen herumgesprochen.« Er hob zwei leere Flaschen hoch. »Mit Whisky kann ich den Burschen nicht dienen, immerhin aber mit Alkohol, wie er in der Klinik benutzt wird.«

»Es gefällt mir ausgezeichnet«, sagte einer der Matten-Willys.

Waringer griff nach zwei weiteren vollen Flaschen. »Wie sieht es draußen aus?« erkundigte er sich beiläufig.

»Schwer zu sagen. Meiner Ansicht nach dauert es zu lange.«

»Sie werden es schon schaffen«, antwortete er zuversichtlich. »Sie sollten draußen warten, damit Sie gleich zur Stelle sind, wenn wir den Eingang passieren können. Vergessen Sie nicht, daß es *Ihre* Patienten sind. Zu Ihnen haben sie Vertrauen.«

Er öffnete die Flaschen und schwenkte sie über die Rücken einiger Matten-Willys, die die Flüssigkeit mit ihrem Körper aufsaugten.

Ich ließ ihn allein. Auf jeden Fall waren die Willys bei guter Laune und konnten jederzeit eingesetzt werden. Als ich vor dem Behandlungszimmer ankam, waren außer den Mutanten nur noch Rhodan, Atlan und Alkin anwesend.

»Rhodan hat die anderen Ärzte weggeschickt«, flüsterte mir Alkin zu. »Sie stören die Mutanten.«

Ich bezweifelte, daß dies Erfolg haben würde. Die Szene, die sich meinen Augen bot, hatte etwas Gespenstisches. Die Mutanten standen wie erstarrt im Korridor. Nicht alle hatten die Blicke auf den Eingang gerichtet. Unwillkürlich versuchte ich mir vorzustellen, wie es im Krankenzimmer aussah. Obwohl ich nicht glaubte, daß ihr Leben gefährdet war, machte ich mir Sorgen um die drei eingeschlossenen Männer.

Die Zeit verstrich. Ein Blick auf die Uhr zeigte mir, daß die Mutanten jetzt seit über einer Stunde versuchten, eine der Psi-Sperren aufzubrechen.

Bisher hatte sich der Parablock der Bewußtseinsinhalte als stärker erwiesen. Stärker als die individuell eingesetzten Kräfte der Mutanten aus dem neuen Korps.

Plötzlich geriet Bewegung in die Gruppe der Mutanten. Gucky löste sich von den anderen und kam zu uns. Er atmete schwer.

»Ich habe gerade versucht, in den Krankenraum zu teleportieren«, informierte er uns. »Es ist mißlungen, obwohl ich sicher war, daß wir eine Lücke geschlagen haben.«

»Was jetzt?« fragte Rhodan.

»Ich muß mich ein paar Minuten ausruhen, dann geht es weiter.«

»Kannst du irgend etwas über den Zustand der Kranken sagen?« erkundigte sich Rhodan gespannt.

»Nein!« bedauerte der Ilt. »Wir spüren nur den Parablock. Er ist sehr stark. Ich bin fast sicher, daß es eine paraphysikalische Vereinigung der Bewußtseinsinhalte ist. Wir kennen diesen Vorgang von der Second-Genesis-Krise her.«

»Aber diesmal werden sie nicht in den Hyperraum verschwinden!«

»Das ist richtig!« stimmte der Mausbiber zu. »Diesmal werden sie mit diesen monströsen Körpern endgültig sterben. Daran ist nichts zu ändern.« Er gab sich einen Ruck und kehrte zu den anderen zurück, um seine Anstrengungen zu wiederholen.

Ich wurde immer ungeduldiger.

»Ich weiß, daß wir nicht mehr viel Zeit haben«, sagte Atlan, der mich beobachtet hatte, wie ich immer wieder auf die Uhr blickte. »Aber wir können nichts anderes tun, als auf einen Erfolg der Mutanten zu warten.«

Ich kam auf die absurde Idee, einen der Eingänge mit Waffengewalt zu öffnen. Als ich Rhodan einen entsprechenden Vorschlag machte, sah er mich nur erschrocken an.

Während ich noch darüber nachdachte, was wir tun könnten, stieß Fellmer Lloyd plötzlich einen Schrei aus.

»Durchbrochen!« rief Merkosh. »Kommen Sie schnell!«

Nur Lloyd und Gucky drangen in das Krankenzimmer ein, die anderen machten Platz, um vor allem Alkin und mich durchzulassen. Hinter meinem Stellvertreter und mir stürmten Rhodan und Atlan ins Behandlungszimmer.

Mit einem Blick erfaßte ich die Lage. Tschubai, Wyt und Talschunin lagen bewegungslos am Boden. Wie wir vermutet hatten, waren sie mit parapsychischen Mitteln paralysiert worden.

Die Synthos hatten ihre Nährbetten verlassen. Sie hockten in einem Kreis am Boden, die Oberkörper nach vorn gebeugt. Sie sahen schlimmer aus als jemals zuvor.

Ich ahnte, daß sie in diesem Zustand eine schreckliche Gefahr für uns alle bedeuteten. Wenn sie jetzt wieder den Verstand verloren, konnte das verheerende Folgen für die gesamte Menschheit haben.

»Nicht anrühren!« schrie ich.

Die Mutanten waren jetzt alle hereingekommen und standen schweigend an der Wand. Rhodan und Atlan hatten sich den Kranken genähert.

Ich vergaß alle Sicherheitsvorkehrungen, die unter diesen Umständen angebracht gewesen wären, und drang in den Kreis der Synthokörper ein.

»Hören Sie auf mich!« rief ich ihnen zu. »Ich verspreche Ihnen, daß wir jetzt wissen, wie wir Ihnen helfen können. Kehren Sie in die Betten zurück.«

Ihre Oberkörper schwankten in einem trägen Rhythmus hin und her. Die Bewußtseinsinhalte schienen mich überhaupt nicht wahrzunehmen. Entsetzt dachte ich an die Möglichkeit, daß sie schon jeden Kontakt mit der Realität verloren haben konnten. Dann würde keine Macht des Universums sie wieder in die Wirklichkeit zurückholen können.

»Wir können Sie alle heilen!« schrie ich. Ich ging auf einen der Körper zu. Jetzt, da sie sich außerhalb ihrer Betten aufhielten, gab es kaum noch Unterscheidungsmerkmale. Jeder dieser in Auflösung begriffenen Synthos ähnelte den sieben anderen.

Ich glaubte jedoch, Ralf Marten vor mir zu haben. Es kostete mich viel Überwindung, aber ich packte den Syntho an den Schultern und schüttelte ihn heftig.

»Sie brauchen nicht zu sterben! Wir können Sie retten. Kommen Sie endlich zu sich!«

Keine Reaktion. Ich verließ den Kreis, packte Rhodan am Arm und zog ihn mit zu den Kranken. »Wir müssen sie überzeugen!« sagte ich leise.

Zusammen mit Rhodan trat ich erneut zwischen die Kranken.

»Das ist Perry Rhodan! Sie kennen ihn alle. Er ist Ihr Freund, der in großen Schwierigkeiten ist. Er und die Menschheit können nicht auf Sie verzichten. Sie brauchen Sie. Wehren Sie sich gegen diese schwachen Körper, und Sie werden weiterleben.«

Einer der Synthos hob den Kopf. Ich ahnte, daß es Tako Kakuta war. Seine Augen waren kaum zu sehen. Sie lagen unter herabhängenden Hautfetzen und hinter aufgequollenem Fleisch.

»Rhodan«, sagte er stockend.

»Sie haben ihn erkannt!« Ich mußte diese Chance nutzen. »Wir helfen Ihnen. Kehren Sie in die Betten zurück.«

Kakuta – oder der Syntho, von dem ich annahm, daß es Kakuta war – wollte aufstehen, brach aber sogleich vor Schwäche zusammen. Als er vornüber fiel, hoben auch die anderen die Köpfe. Einer war aus ihrem Parablock ausgeschieden. Das ließ ihre paraphysikalische Vereinigung zusammenbrechen.

Ich faßte einen blitzschnellen Entschluß. »Bringt sie sofort in die Betten zurück!«

Die inzwischen wieder herbeigeholten Ärzte hoben die Synthos auf und legten sie in die Betten. Ich hoffte, daß wir sie entsprechend ihren Namen verteilt hatten, denn sie waren zu schwach, um sich uns gegenüber zu erkennen geben zu können.

Ich hörte mich aufatmen. »Immerhin haben wir ihren Widerstand gebrochen. Vielleicht sind sie jetzt bereit, mit uns zusammenzuarbeiten und einen Versuch mit den Willys zu riskieren. Doch dazu müssen sie sich erst erholen, damit sie wissen, worum es geht.«

Dr. Talschunin, der inzwischen ebenso wie Tschubai und Wyt sein Bewußtsein zurückerlangt hatte, trat an die Betten und schüttelte bedauernd den Kopf. »Die erholen sich nicht mehr!«

Die Synthos wurden wieder an die lebenserhaltenden Systeme angeschlossen und von den Ärzten behandelt. Wie Dr. Talschunin jedoch befürchtet hatte, half keine unserer Maßnahmen. Die Mutanten besaßen keine Kraft mehr. Die Bildung des Parablocks hatte ihre letzten Substanzen aufgezehrt.

»Sie haben keine Kraft mehr, um in die Matten-Willys überzuwechseln«, stellte ich nach einer abschließenden Untersuchung fest. »Deshalb können wir uns den ersten Teil des geplanten Versuchs ersparen und müssen alle Aktivität den Willys überlassen.«

Es war geplant, daß jeweils ein Willy mit seinem voll beweglichen Körper einen der acht Synthos völlig einhüllen sollte.

Wir hofften, daß den Willys das gelingen würde, was das Plasma nicht geschafft hatte: die Neutralisierung der gefährlichen und zerstörerischen Zellstrahlung, die in erster Linie für den Zerfall der Synthos verantwortlich war.

Waringer holte acht Matten-Willys ins Behandlungszimmer.

»Sie haben sich alle freiwillig gemeldet«, verkündete er. »Das war nicht anders zu erwarten. Im Grunde genommen ist es gleichgültig, wen wir auswählen. Alle Willys verfügen über die gleichen Fähigkeiten.«

Den Bewohnern der Hundertsonnenwelt wurde noch einmal in allen Einzelheiten erklärt, was sie zu tun hatten. Sie schienen es kaum abwarten zu können, mit ihrer Arbeit zu beginnen.

»Wir werden den armen Mutanten helfen«, sagte einer der Willys. »Das schaffen wir.«

Die acht Willys wurden an den Betten verteilt. Die kletterten mühelos hinein. Ihre Körper dehnten sich aus, wurden dünner und begannen die Synthos zu umschließen. Das Organplasma, aus dem die Körper der Willys bestanden, erreichte jede Stelle der äußeren Haut der Synthos.

Innerhalb weniger Sekunden hatten die Willys alle acht Kranken umschlossen.

Ich trat an eines der Betten. »Alles in Ordnung?« erkundigte ich mich.

»Natürlich!« Es war nicht auszumachen, woher die Stimme des Wesens kam. »Ich bin fest überzeugt davon, daß ich meinem Träger helfen kann.«

Die Zuversicht des Matten-Willys wirkte ansteckend. Ich begann wieder zu hoffen.

»Jetzt müssen wir die weitere Entwicklung abwarten«, sagte Waringer. »Ein paar Stunden werden vergehen, bevor wir wissen, wie die Kranken auf die Berührung mit den Willys reagieren.«

Von Perry Rhodan erfuhr ich, daß die beiden verhafteten Ertruser gestanden hatten, für den Überfall der Klankys verantwortlich zu sein. Antis, die auf Xorta gearbeitet hatten, waren die Hintermänner. Sie hatten den beiden ertrusischen Spezialisten die Unterlagen zugespielt, die sie zum Aktivieren der Klankys benötigt hatten.

»Wir müssen leider davon ausgehen, daß es auf Tahun noch andere Mitglieder der USO gibt, auf die wir uns nicht verlassen können«, sagte Perry Rhodan zu Alkin und mir. »Das bedeutet, daß Sie in Zukunft alle Mitarbeiter aufmerksam beobachten müssen. Inzwischen haben wir die allgemeinen Sicherheitsvorkehrungen verstärkt.«

Ich brauchte nur aus dem Fenster meiner Klinik zu blicken, um feststellen zu können, daß es keine leeren Worte waren. Im Park wimmelte es von bewaffneten Männern. Auch innerhalb der Klinik hielten sich Spezialisten auf. Auf dem Dach hatte man ein Desintegratorgeschütz montiert. Gleiter patrouillierten ständig über dem gesamten Gebiet.

Rhodan rechnete also mit weiteren Angriffen. Starke Gruppen wollten unter allen Umständen eine Neueingliederung der acht totgeglaubten Mutanten in das Korps verhindern.

Dabei, überlegte ich sarkastisch, hätten sie sich die ganze Arbeit ersparen können, denn nach wie vor sah es so aus, als sollten die Synthos die schwere Krise nicht überleben.

Zwei Stunden waren vergangen, seitdem die Matten-Willys die Synthokörper eingehüllt hatten. Dr. Talschunin und Alkin, die ständig die Aufzeichnungen der Kontrollinstrumente verglichen, glaubten eine gewisse Stabilisierung im Zustand der Kranken feststellen zu können.

Ich hütete mich, diese Nachricht an Rhodan oder Atlan weiterzugeben, denn ich wollte auf keinen Fall grundlos Optimismus verbreiten. Eine solche Stabilisierung konnte vorübergehend sein.

Weitere zwei Stunden später jedoch hatte sich der Zustand der Synthos etwas gebessert. Sie konnten sich mit uns unterhalten. Wir korrigierten die Namensschilder an den Betten, denn es stellte sich heraus, daß wir ein paar Synthos falsch identifiziert hatten.

Ich ließ Perry Rhodan, Atlan und Waringer in das Behandlungszimmer rufen.

»Ich wußte, daß die Willys es schaffen würden«, sagte Waringer begeistert.

Seine überschäumende Freude erschien mir verfrüht, denn nach vier Stunden ließ sich noch nichts Endgültiges sagen. Wir mußten abwarten, wie sich der Zustand der Kranken in den nächsten Stunden entwickelte.

Die Matten-Willys schienen sich wohlzufühlen. Sie sagten jedenfalls aus, daß sie keine Schwierigkeiten hätten.

Die Bewußtseinsinhalte entschuldigten sich für ihr Verhalten.

»Es war eine schwere Krise«, versuchte Marten zu erklären. »Ich kann nicht ausschließen, daß wir im Begriff waren, wieder verrückt zu werden.«

»Hätten Sie sich unter diesen Umständen vielleicht doch wieder in den Hyperraum zurückgezogen?« fragte Atlan.

»Bestimmt nicht!« versicherte Marten entschieden. »Die Furcht vor diesem Zustand ist so tief in uns verankert, daß wir unter keinen Umständen die Synthokörper verlassen hätten. Wir wären mit ihnen gestorben.«

Ich glaubte ihm.

Rhodan und Atlan wollten den Bewußtseinsinhalten weitere Fragen stellen, doch ich schickte die beiden Männer und alle Korpsmitglieder hinaus. Die Patienten brauchten jetzt Ruhe.

Waringer, Talschunin und ich blieben im Krankenzimmer zurück, um die Synthos beobachten zu können. Nach fünf Stunden hatte sich der körperliche Zustand der Synthos weiter gebessert.

Wir hofften schon, daß dieser Prozeß anhalten würde, als es zu einer unerwarteten Entwicklung kam.

Die Körper der Matten-Willys begannen sich zu verfärben. Dr. Talschunin bemerkte es zuerst am Toufry-Syntho. Er rief uns an das Bett der Mutantin und machte uns darauf aufmerksam. Waringer stieß eine Verwünschung aus.

»Eine ähnliche Entwicklung wie beim Zellplasma«, befürchtete Dr. Talschunin.

Unmittelbar darauf entdeckten wir die alarmierenden Anzeichen auch an den anderen Körpern.

»Wir müssen die Matten-Willys auffordern, die Synthokörper zu verlassen«, sagte Waringer. »Wenn wir das nicht tun, verurteilen wir sie zum Tod.«

Er sprach mit den Willys. Sie weigerten sich jedoch, die Körper freizugeben. Sie gaben an, daß sich ihr eigenes Befinden ständig verschlechterte, aber sie wollten aushalten, solange es ging. Die Körper der Matten-Willys wurden allmählich dunkelrot.

Nachdem fast sechs Stunden seit dem ersten körperlichen Kontakt zwischen Synthos und Matten-Willys verstrichen waren, mußten die Wesen von der Hundertsonnenwelt ihre Trägerkörper verlassen, um ihr eigenes Leben zu retten.

Inzwischen hatte Waringer acht andere Willys in den Behandlungsraum gerufen. Sie übernahmen die Stelle der acht Plasmawesen.

»Wir müssen von der Tatsache ausgehen, daß ein Willy nicht länger als sechs Stunden mit einem Syntho in Kontakt bleiben kann«, sagte Waringer. »Wir haben zwar den Verfallsprozeß der Synthos aufhalten können, doch die Matten-Willys sind keine endgültige Lösung.«

Da die Bewußtseinsinhalte sich wieder normalisiert hatten, wagten wir einen Verpflanzungsversuch. Wie ich erwartet hatte, schlug er fehl. Es gelang den Bewußtseinsinhalten nicht, von den Synthos auf die Matten-Willys überzuwechseln.

Der Zellverfall der Synthos war gestoppt worden, doch uns standen nur eine begrenzte Anzahl von Matten-Willys zur Verfügung. Waringer schickte eine Hyperfunknachricht zur Hundertsonnenwelt und bat darum, ein paar hundert weitere Willys nach Tahun zu schicken. Die Frage war nur, ob sie rechtzeitig eintreffen würden.

Die erkrankten Willys wurden in ein Behandlungszimmer gebracht. Zwei Ärzte unter der Führung von Dr. Talschunin kümmerten sich um sie.

»Glauben Sie, daß wir sie ein zweites Mal einsetzen können, wenn sie sich erholt haben?« fragte ich meine terranischen Kollegen.

Er verneinte.

»Sie werden lange brauchen, um wieder die ursprünglichen Fähigkeiten zu entwickeln. Aber auch dann werden sie noch nicht in der Lage sein, die Synthos noch einmal zu stabilisieren.«

Ich hoffte, daß er sich täuschte. Wenn er recht hatte, waren wir in ein paar Stunden in der gleichen Situation wie am Tag zuvor.

Waringers anfängliche Freude machte einer begreiflichen Niedergeschlagenheit Platz. Wir hatten nur einen Aufschub erreicht.

Ich sprach mit den Kranken. Es hatte keinen Sinn, die Bewußtseinsinhalte zu belügen. Sie wußten genau, was los war. Ich hatte Betty Toufry im Verdacht, daß sie meine Gedanken ebenso oft kontrollierte wie die der anderen Verantwortlichen.

»Immerhin haben wir den Zellverfall aufhalten können«, sagte ich zu den Kranken. »Das ist mehr, als wir zu erreichen erhofft hatten. Jetzt werden wir weiter um Ihre Gesundheit kämpfen.«

»Nur PEW-Metall kann uns helfen«, stellte Son Okura fest. »Wenn wir PEW-Metall haben, wird es leicht sein, in einen anderen Körper überzuwechseln.«

»Sie wissen, daß Rhodan nicht das Risiko eingehen will, durch einen zweiten Flug nach Asporc die gesamte Menschheit zu gefährden. Auch Sie können uns keine Garantie geben, daß dieser geheimnisvolle Meteor ungefährlich ist.«

Das sahen die Bewußtseinsinhalte ein. Ich fragte mich jedoch, ob diese Einsicht von Dauer sein würde. Wenn ihr Wille zum Leben wieder wuchs, würden sie vielleicht überlegen, ob es nicht eine Möglichkeit gab, den Großadministrator doch zu einem Flug nach Asporc zu veranlassen.

Vielleicht würden sie sogar versuchen, ihn dazu zu zwingen. Ich fuhr mit einer Hand über meine Stirn, als wollte ich diese Gedanken vertreiben. Wann würde ich endlich aufhören, diesen Bewußtseinsinhalten zu mißtrauen?

Ich durfte mir deswegen keine Vorwürfe machen. Es war eine natürliche Reaktion meines Bewußtseins gegenüber etwas *Fremdem.*

Ich verließ das Krankenzimmer. Alkin, der kam, um mich abzulösen, sah mich skeptisch an.

»Sie werden doch keine Ruhepause einlegen, Doktor Terzyu?« fragte er. Der ironische Unterton in seiner Stimme war nicht zu überhören.

Ich lächelte. »Doch! Ich glaube sogar, daß ich etwas schlafen werden. Solange uns Matten-Willys zur Verfügung stehen, sind die Kranken ungefährdet.«

Er blickte auf die Uhr. »Die nächste Krise kommt bestimmt!«

»Ja, in genau fünfeinhalb Stunden. Doch bis dahin werde ich mich ausruhen.«

Alkin blickte sich um. Als er sah, daß niemand in der Nähe war, sagte er leise: »Ob das alles einen Sinn hat? Schließlich sind es Terraner, um deren Leben wir kämpfen. Noch nicht einmal normale Terraner, sondern Mutanten, die, wenn wir sie retten, helfen werden, das Solare Imperium auf Kosten anderer Völker weiter auszubauen.«

»Alkin!« rief ich überrascht. »Sie sind ja ein Politiker.«

Er blickte finster drein. »In erster Linie bin ich ein Ara. Und als Mitglied meines Volkes frage ich mich, ob wir das verantworten können, was wir in dieser Klinik tun.«

»Wir behandeln Kranke. Nichts weiter. Kranke Intelligenzen. Daß es sich dabei zufällig um Menschen und sogar um Mutanten handelt, ist bedeutungslos. Wir sind Ärzte, Alkin. Wir tun unsere Pflicht.«

Er wirkte nicht überzeugt.

»Vielleicht bringe ich Unheil über andere, weil ich den acht Synthos helfe. Ich kann mir vorstellen, daß viele Wesen sterben werden, wenn diese Bewußtseinsinhalte gerettet werden.«

»Das steht nicht fest. Es ist eine Vermutung, nicht mehr und nicht weniger.«

Ich spürte, daß die Kluft, die zwischen uns zu Beginn unseres Gesprächs entstanden war, sich vergrößerte. Wir redeten beide, aber keiner von uns gab sich auch nur die Mühe, den anderen zu verstehen.

»Sie können die Behandlung ablehnen, Alkin«, bot ich ihm an. »Niemand wird Sie zwingen. Rhodan wird Verständnis für Sie haben.«

»Ich mache weiter!«

Er ließ mich stehen und betrat das Krankenzimmer.

(Ende Bericht Paih Terzyu)

26.
Tahun

Vermutlich war es das farbenprächtigste Lebewesen, das je zum dritten Planeten der Sonne Tah gekommen war.

Der Miclarczwitter kauerte in einem Kasten aus gesiebten Panzerplastplatten, als er in die Klinik für extraterrestrisches Leben transportiert wurde. Dieses sonst so neugierige Wesen zeigte keinerlei Interesse für das, was um es herum geschah. Die Ärzte deuteten dieses Verhalten als deutliches Zeichen der schweren Krise, in der es sich befand. Unter anderen Umständen wäre es nicht so einfach gewesen, es vom Raumhafen durch sechs mikrobiologische Sicherheitsschleusen in die Klinik zu bringen.

Die zwei Meter langen, vielfach aufgegliederten Fühler schimmerten zwar noch in allen erdenklichen Farben, hingen jedoch schlaff zu beiden Seiten des rotgelb gescheckten Kopfes herab, während sie sonst in fiebrig zitternder Bewegung zu sein pflegten. Die hervorquellenden Augen starrten bewegungslos nach vorn, als seien sie nicht in der Lage, sich vom Kopf zu lösen. Auch die mächtigen Greif- und Beißzangen regten sich nicht. Sie lagen mit offenen Scheren vor dem Miclarc auf dem Boden.

Der fünf Meter lange Körper, der schwer auf den säulenförmigen Beinen lastete, schwankte ständig um einige Zentimeter um seine Längsachse, so als wiege sich der Miclarc in einem unsichtbaren Bad. Von dem schlank auslaufenden Hinterkörper stiegen die drei Federbüsche auf, die von Nicht-Miclanern als »Pfauenbüsche« bezeichnet wurden. Sie waren so bunt, als habe sich die schaffende Natur in einem Farbenrausch befunden, als sie die Artenfamilie der Miclarcs hervorbrachte. Die Tatsache, daß die Federn ebenfalls müde herabhingen, war ein deutliches Symptom für das Leiden dieses Zwitters. Darüber hinaus fehlte diesem seltsamen Geschöpf jeglicher Geruch, während er sonst süßlich-betäubende Düfte verströmte, die es auf seinem Heimatplaneten so außerordentlich beliebt gemacht hatten.

Die Transportroboter brachten den Behälter in die Klinik und schoben ihn in einen Gleittunnel. Der Mic wimmerte, als er aus dem rötlichen Licht der aufgehenden Sonne in das künstliche Licht der Klinik kam. Die Zelle rollte weiter bis zu einer Weiche, wo sie von Greifarmen gepackt und schließlich in eine offene Kammer gedrückt wurde.

Der Miclarc hob den mächtigen Kopf, als er die terranischen Mediziner plötzlich vor sich sah. Die mit gefährlichen Zangen bewaffneten Arme ruckten hoch und krachten gegen die Panzerplastwand. So konnte sich der Kranke jedoch nicht befreien. Das erkannte er. Wütend erhob er sich auf seinen zwölf Säulenbeinen und schüttelte sich.

Dr. Kwan Kwain trat dicht an den Transportbehälter heran. Er lächelte.

»Sehen Sie sich das an«, riet er den anderen Ärzten. »Der Bursche hat uns noch eine kleine Überraschung mitgebracht.«

Die anderen Ärzte näherten sich ebenfalls, unter ihnen ein auffallend großer Ara-Wissenschaftler. Sie sahen, wie sich ein noch sehr kleiner Miclarc unter dem Bauch hervor durch das Gewirr der Säulenbeine drängte.

»Erstaunlich, daß dieses Baby nicht unter der Last der Alten zerquetscht worden ist«, sagte Paih Terzyu, der Ara.

»Miclarcs können ungeheuer viel ertragen«, entgegnete Kwan Kwain. »Gerade deshalb ist es beunruhigend für uns, daß die Alte krank ist. So etwas kommt unter den Miclarcs eigentlich gar nicht vor. Sie leben und sind gesund, oder sie sterben. Ein Zwischenstadium war uns bisher nicht bekannt.«

»Sie haben noch niemals einen Miclarc behandelt?«

»Dies ist der erste«, antwortete Kwan Kwain ohne sichtliche Aufregung. »Einer ist immer der erste.«

Das Junge tollte übermütig in dem Krankenkäfig herum. Seine Zangen waren noch unvollkommen ausgebildet und reichten noch nicht aus, der Mutter Verletzungen beizubringen. Dennoch versuchte der kleine Miclarc immer wieder, die Panzerschalen an den Beinen der Kranken aufzubrechen. Schließlich bewegten sich die Augen der Mutter. Sie schoben sich auf langen Stielen heraus und näherten sich dem Zögling.

»Sie sieht ihn sich ziemlich genau an«, bemerkte Dr. Kwain. »Also scheint es ihr doch nicht ganz so schlechtzugehen.«

»Abwarten!« riet der Ara gelassen. Seine Ruhe legte sich jedoch sehr schnell, als die mächtigen Greifzangen den jungen Miclarc plötzlich packten und heftig herumschleuderten.

»Sie bringt ihr Baby um!« rief Dr. Kwain. »Sehen Sie doch, ein Bein hat sie ihm schon gebrochen.«

Offensichtlich äußerst erregt warf der Miclarczwitter den Kopf herum und schleuderte das Kind mit unglaublicher Wucht gegen die Panzerplastwand. Das harte Material splitterte. Mehrere Risse zeigten sich. Abermals griff der Zwitter nach dem Jungen und warf es erneut gegen das Panzersieb. Als es zu Boden fiel, konnte es sich nicht mehr aufrichten. Die Fühler waren gebrochen, und in dem farbenprächtigen Körperpanzer hatten sich zahlreiche Risse gebildet.

Dr. Kwan Kwain handelte sofort. Er fuhr eine Narkosonde in den Käfig ein und blies der unsanften Kranken ein narkotisierendes Gas in die Atemöffnungen dicht unter den Stielaugen. Bevor das Wesen von Miclarn seinen Amoklauf fortsetzen konnte, setzte die Wirkung ein. Es sank in sich zusammen und entspannte sich.

»Öffnen!« befahl Dr. Kwain. »Schnell, bevor die würdige Onkeltante wieder zu sich kommt. Wir müssen das Baby rausholen.«

Mehrere Helfer befolgten den Befehl des Arztes.

»Ich verstehe nicht ganz«, sagte der Ara zu dem Terraner. »Wieso wollen Sie diesen Miclarc hier behandeln?«

»Von wollen kann gar keine Rede sein«, erwiderte Kwain heftig. »Mir ergeht es nicht anders als vielen von uns, Herr Kollege. Die Miclarner haben uns die Dame einfach auf den Hals geschickt. Die Miclarcs spielen auf Miclarn eine sehr große Rolle. Sie sind sozusagen eine entscheidende Schaltstelle im biologischen Kreislauf, der ohne sie zusammenbrechen würde.«

»Mir erscheinen die Aktionen doch ein wenig zu dramatisch. Auf diesen einen Miclarc wird es doch wohl nicht so sehr ankommen, Herr Kollege. Sicher werden Sie alles tun, um dem Miclarc zu helfen, aber was haben Sie mit Veterinärmedizin zu tun?« Der Ara lächelte sanft. Seine roten Albinoaugen leuchteten spöttisch.

Dr. Kwan Kwain antwortete nicht. Er ließ den bewußtlosen Jungmiclarc wegbringen und befahl, für die Kranke eine Spezialkammer aus extrem weichem Wandmaterial herzurichten.

»Wir müssen verhindern, daß sie sich selbst umbringt«, sagte er und wandte sich dann Paih Terzyu zu. »Was sagten Sie, Herr Kollege?«

»Nichts«, antwortete der Ara lächelnd. »Absolut nichts. Ich möchte Ihre Nervosität nicht noch weiter steigern. Besten Dank für den Audiovortrag, den ich in Ihren Räumen genießen durfte.«

»Gern geschehen«, sagte Kwain und blickte dem Ara nach, der sich schnell entfernte. Er glaubte, Paih Terzyu verstanden zu haben, auch wenn dieser nicht direkt ausgesprochen hatte, was er meinte. Der Ara hatte das Problem erkannt, vor das er durch den Miclarc gestellt wurde. Kwain lächelte unmerklich.

Er beneidete den Ara-Mediziner auch nicht um seine Aufgabe, die noch viel schwieriger war als seine. Sicher – er mußte den Miclarczwitter retten. Das war für Miclarn äußerst bedeutungsvoll. Aber wenn er es nicht schaffte, war damit noch nicht alles für die Heimatwelt dieses seltsamen Geschöpfes verloren. Es gab noch mehr Miclarcs, wenn auch nicht sehr viele.

Paih Terzyu stand jedoch vor einer von den Medizinern so gefürchteten Alles-oder-Nichts-Aufgabe. Versagten er und sein Team, dann zog das unabsehbare Folgen nach sich.

Kwan Kwain wünschte, er könnte dem Ara helfen, das Problem zu lösen. Aber er gehörte noch nicht zu jenem kleinen Kreis medizinischer Kapazitäten, die nur mit den schwierigsten und bedeutungsvollsten Fällen konfrontiert wurden.

Patienten wie jetzt hatte Paih Terzyu allerdings noch nie gehabt.

Paih Terzyu blieb stehen, als er Atlan aus dem Schatten eines Baumes hervorkommen sah. Der Oberbefehlshaber dieser Welt näherte sich ihm langsam. Die Hitze schien auch seine Unternehmungslust zu dämpfen.

Der Ara war unruhig. Ihm wäre es lieber gewesen, wenn er später mit dem Arkoniden hätte sprechen können. Jetzt konnte er noch nicht viel Neues über den Zustand der acht wichtigsten Patienten von Tahun sagen. Es schien, als sei die Klinik ursprünglich ausschließlich für diese acht Mutanten gegründet worden, und als habe sie von Anfang an überhaupt nur für sie geforscht und gearbeitet. Jetzt aber zeigte sich, daß alles Wissen der Klinik noch nicht ausreichte.

Atlan blieb stehen, als er den Trauerstilbaum neben dem Ara erreichte. Er griff nach einer der tief herabhängenden Ranken und hielt sich daran fest. Die blauen Blätter kontrastierten eigenartig mit der hellen Haut seiner Hand.

»Nun?« fragte der Lordadmiral. »Wie sieht es aus?«

Paih Terzyu schüttelte den Kopf. »Wir tun alles, was wir können«, erklärte er. »Die gesamte Klinik mit allen Wissenschaftlern und Hilfskräften arbeitet an dem Problem der Mutanten. Ein umfangreiches Konsortium von Ärzten aus den anderen Kliniken diskutiert ständig mit mir über weitere Möglichkeiten, das Leben der Synthokörper zu erhalten – aber wir haben noch keine gefunden. Vorläufig stützen wir den Kreislauf. Es ist uns vor allem gelungen, die Herzarbeit zu ökonomisieren. Mit Hilfe von modernen Beta-Rezeptorenblockern in Kombination mit Nitrokörpern konnten wir die gesamte innere Atmung der Kranken verbessern. Damit ließ sich immerhin zusammen mit den Matten-Willys der selbstzerstörerische Prozeß der Zellauflösung anhalten. Erwarten Sie bitte jetzt nicht von uns, daß wir ihn innerhalb weniger Stunden auch völlig umkehren können.«

»Das wäre wohl auch ein wenig zuviel verlangt«, entgegnete Atlan.

»Vergessen Sie nicht, daß die Synthokörper schon tot wären, wenn sie nicht durch uns und die Quallenwesen versorgt würden. Außerhalb der Matten-Willys wären sie längst tot.«

»Haben Sie den Austausch von Organen erwogen?«

»Das trifft nicht den Kern des Problems. Wir könnten ohne weiteres sämtliche Organe der Körper auswechseln, aber damit wäre nichts gewonnen. Nicht die Organe versagen, sondern die Zellen als kleinste Elemente. Sie lösen sich auf – überall, auch in den Organen und im Gehirn. Wir nähern uns der eigentlichen Ursache für den Verfall nur sehr langsam. Es ist uns gelungen, die Zellen besser mit Sauerstoff zu versorgen, aber deshalb wissen wir immer noch nicht, weshalb die Zellen vernichtet werden. Wenn wir das herausgefunden haben, dann können wir vielleicht noch eine Wende herbeiführen. Wenn nicht, dann ...«

Er hob die Hände. Atlan blickte ihm prüfend ins Gesicht. Er hatte den Arzt verstanden. Paih Terzyu war enttäuscht. Seit Jahren hatte er auf einen Fall wie diesen gewartet. Jetzt hatte er keine Möglichkeit, ihn zu lösen. Die ungeklärten Fragen waren zu umfangreich und die Zeit, die ihm und seinem Team zur Verfügung stand, zu kurz.

»Bis jetzt haben wir herausgefunden, daß die Zahl der Mitochondrien im Zytoplasma unterschiedlich stark abnimmt. Sie lösen sich auf und gehen in der Zellflüssigkeit auf. Sie sind nicht nur die Träger der Atmungsfermente, sondern auch die energetischen Zentren des Zellhaushaltes, worin Traubenzucker, Fette und Aminosäuren durch Sauerstoff oxydiert werden und Energie gewonnen wird«, fuhr der Ara fort. »Nun haben wir verschiedene Möglichkeiten, diese Aufgabe der Mitochondrien wenigstens teilweise zu übernehmen, aber das reicht nicht aus. Wir müßten herausfinden, warum die Mitochondrien zerstört werden. Und das ist bis jetzt nicht gelungen. Wir stehen vor einem Rätsel.«

Atlan nickte. »Ich verstehe schon«, sagte er. »Nur frage ich mich, wie ich das Rhodan erklären soll.«

»Wir benötigen mehr Zeit«, sagte Paih Terzyu heftig. »Zeit ist alles für uns.«

»Ich werde sehen, was ich tun kann«, versprach der Arkonide.

Er verabschiedete sich von dem Ara und entfernte sich. Paih Terzyu blickte ihm nach und fragte sich, was Atlan in den laboratoriumsdiagnostischen Zentren suchte, denen er sich näherte. Er selbst war vor einer Stunde dort gewesen und hatte mit dem Chefarzt konferiert. Das Ergebnis hatte er Atlan in groben Zügen bereits mitgeteilt.

Der Ara wandte sich ab und ging weiter. Er wollte sich nicht den Kopf darüber zerbrechen, was Atlan plante, sondern sich allein auf die acht Patienten in seiner Klinik konzentrieren.

Atlan blieb stehen, als Perry Rhodan aus der Tür der Klinik trat. Ihm folgten einige ranghohe Politiker und Beamte des Imperiums. Rhodan verabschiedete sie und ging zu dem Arkoniden.

»Du hast vermutlich auch nichts Neues für mich«, sagte er.

»Ich stelle eine ausgesprochen pessimistische Tendenz bei dir fest«, entgegnete der Lordadmiral ironisch.

»Ich gebe zu, daß diese laienhafte Diagnose berechtigt ist.«

Ein junger Arzt kam ihnen eilig entgegen. »Sir«, meldete er atemlos, »die Mutanten möchten Sie sprechen. Es scheint dringend zu sein.«

»Sagen Sie ihnen, daß ich sofort kommen werde!« befahl Rhodan, der stehengeblieben war. Er legte Atlan eine Hand auf den Arm und wartete, bis der Bote sich wieder entfernt hatte.

»Die Nachrichten von der Erde sind nicht sehr ermutigend«, teilte er dem Arkoniden mit. Er deutete über die Schulter zurück auf die Politiker und Beamten, die am laboratoriumsdiagnostischen Zentrum in bereitstehende Prallgleiter stiegen. »Ich habe gerade einige Neuigkeiten erfahren, die mich eigentlich gar nicht überraschten. Meine politischen Gegner scheinen vergessen zu haben, daß es genügend demokratisch zulässige Mittel und Wege gibt, mich zu bekämpfen. Man versucht nicht nur mit demagogischen, sondern auch mit illegalen Methoden an die Macht zu kommen. Dabei hat sich so ziemlich alles auf mich eingeschossen, was sich Chancen bei den Wahlen am 1. August ausgerechnet hat.«

Atlan runzelte die Stirn. Er blickte den Großadministrator forschend an.

»Das klingt fast so, als hättest du dich entschlossen, endlich den Kampf gegen deine Gegner aufzunehmen«, sagte er hoffnungsvoll.

Rhodan schüttelte den Kopf. »Die Entscheidung ist noch offen«, erwiderte er in einem Tonfall, als sei genau das Gegenteil richtig.

»Es ist nicht ganz leicht, die Haltung der Massenmedien zu verstehen«, sagte Atlan. »Nie zuvor habe ich eine derartig wankelmütige und unruhige Menschheit erlebt. Mir kommt es so vor, als habe sie sich noch immer nicht von dem Schock der Verdummungsstrahlung erholt. Sie scheint seelisch krank zu sein.«

»Atlan versucht sich als Diagnostiker«, stellte Rhodan spöttisch fest. »Hoffentlich werde ich nicht auch noch zum Opfer deiner neuen Leidenschaft.«

»Die Diagnose ist bereits gestellt.«

Perry Rhodan lächelte gequält. »Die Mutanten warten«, sagte er schnell.

»Interessiert dich meine Diagnose nicht?«

Rhodan, der bereits einige Schritte weitergegangen war, drehte sich zu dem Arkoniden um. Er sah ihn ernst an und überlegte, dann schüttelte er langsam den Kopf.

»Nein, Freund Atlan, ich möchte sie nicht wissen.«

Er wartete, bis der weißhaarige Arkonide an seiner Seite war, und eilte dann weiter. Er bewegte sich absichtlich schneller als nötig, weil er das Gespräch als beendet ansah.

Die Abteilung, in der die acht Mutanten nunmehr behandelt wurden, unterschied sich grundlegend von denen anderer Spezialkliniken. Perry Rhodan blieb überrascht stehen, als er von Paih Terzyu in den großen Raum geführt wurde, der zur wichtigsten Station des gesamten Planeten geworden war.

Die acht Quallenkörper der Matten-Willys befanden sich jetzt in eiförmigen Antigravitationsfeldern, die in einem Meter Höhe über dem Boden schwebten. Die seltsamen Wesen von der Hundertsonnenwelt hatten bereits eine rötliche Farbe.

Rhodan konnte die Umrisse der Trägerkörper in den Matten-Willys nicht sehen. Ein seltsames Gefühl beschlich ihn, als er sich den Quallenwesen näherte.

Paih Terzyu bat ihn mit leiser Stimme, stehenzubleiben. Er deutete auf die Kabel, die die Patienten mit den Kontrollinstrumenten an den Wänden und an der Decke des Raumes verbanden. Auf zahlreichen Bildschirmen zeichneten sich die Lebensfunktionen der Mutanten als Leuchtpunkte ab. Ständig aufblitzende Lichter zeigten an, daß die Synthokörper lebten.

Rhodan unterdrückte den Impuls, sofort mit den Mutanten zu sprechen. Er wußte, daß sie über alles informiert waren, was hier im Raum geschah. Mit ihren parapsychischen Sinnen konnten sie alles wahrnehmen und verfolgen. Vor ihnen gab es kaum Geheimnisse. Der sie behandelnde Ara-Arzt konnte nicht zur milden Lüge greifen, um ihnen psychologischen Auftrieb zu geben. Sie würden die Unwahrheit sofort erkennen und zurückweisen. So mußte sich die Behandlung einer Krankheit, die mit den Methoden der exakten Wissenschaft nicht definierbar war, auf objektivierbare Therapien beschränken.

Der Ara-Mediziner kommentierte die Anzeigen der Instrumente nicht. Er wußte, daß Rhodan recht gut seine eigenen Schlüsse aus den optischen Signalen ziehen konnte. Als der Großadministrator sich ihm wieder zuwandte, sah er enttäuscht aus. Sein Gesicht war ernst. Tiefe Falten hatten sich in seinen Augenwinkeln gebildet.

»Also«, sagte Rhodan. »Ich höre.«

Die Mutanten schienen nur darauf gewartet zu haben, daß er etwas sagte. Sie sprachen mit Hilfe der Matten-Willys.

»Ich bin Betty Toufry. Ich werde für uns alle sprechen«, eröffnete die Telepathin und Telekinetin das Gespräch. »Die Instrumente reden eine deutliche Sprache. Unsere Wirtskörper sind nicht mehr zu halten.«

»Das steht noch nicht fest«, entgegnete Rhodan. »Noch haben wir die Hoffnung, daß wir eine Wende herbeiführen können.«

»Ich bin Telepathin und kann feststellen, daß Sie eher pessimistisch als optimistisch sind. Es ist nun einmal eine Tatsache, daß die Synthokörper praktisch tot sind. Sie sind wie Leichen, die mit allen Mitteln der Medizin am Leben gehalten werden, aber nicht eine einzige Sekunde lang allein leben könnten. Wir wissen so gut wie Sie, daß sie sofort tot wären, wenn die Matten-Willys sie freigeben würden.«

»Solange sie noch funktionieren, sind sie nicht tot.«

»Es hat keinen Sinn, über diese Frage zu diskutieren. Für uns steht fest, daß der Prozeß nicht mehr umkehrbar ist. Diese »So-gut-wie-Toten« können niemals wieder genesen.«

Rhodan blickte Paih Terzyu an. Der Ara-Mediziner schüttelte den Kopf. Auf seiner Stirn standen Schweißtropfen. Er fühlte sich unbehaglich.

»Uns bleibt nur eine einzige Möglichkeit«, fuhr Betty Toufry fort.

Perry verschränkte die Arme vor der Brust. Mit verengten Augen blickte er auf den Matten-Willy, der die Mutantin in sich barg. Er war überrascht und betroffen, wie klar und überlegt Betty argumentierte. In den letzten Minuten war ihm bewußt geworden, daß die Mutanten sich geistig fast vollständig wieder erholt hatten. Betty dachte und sprach wie früher, als sie noch ihren eigenen Körper besessen hatte. Die Mutanten waren zeitweilig völlig unberechenbar, flatterhaft und unsicher gewesen. Ihre Handlungen und Überlegungen waren so völlig wesensfremd gewesen, daß zunächst niemand sie hinter den rätselhaften Ereignissen der letzten Zeit vermutet hatte.

»Ich höre«, sagte Rhodan abermals.

»Wie wir erfahren haben, ist NATHAN zu der Auffassung gekommen, daß wir PEW-Metall benötigen.«

Das war richtig. NATHAN hatte eine unbequeme Lösung gefunden und Rhodan eröffnet, daß die Mutanten nur durch den Parabio-Emotionalen-Wandelstoff, allgemein PEW-Metall genannt, gerettet werden konnten.

»Wir haben versucht, Paih Terzyu zu unterstützen. Wir haben nach einem Ausweg gesucht und sind dabei zu dem gleichen Ergebnis gekommen wie NATHAN: Wir benötigen PEW-Metall.«

»Es gibt keine andere Möglichkeit!« unterstrich der Mutant in dem Matten-Willy neben der Telepathin. »Verzeihung, ich bin Tako Kakuta.«

Die Stimme des Teleporters klang humorvoll. Tako Kakuta schien fest davon überzeugt zu sein, daß alle Probleme nunmehr ausgeräumt waren. Mit den nächsten Worten spielte er auf seine Teleporterfähigkeit an.

»In den Synthokörpern können wir uns nicht mehr lange halten«, fuhr er fort. »Wir müssen PEW-Metall haben. Dafür wäre ich notfalls sogar bereit, in einen Ochsenfrosch überzusiedeln – schließlich bin ich das Springen ja gewohnt.«

Perry Rhodan lächelte unmerklich, doch er sah keineswegs belustigt dabei aus. Deutlicher denn je zuvor erkannte er, daß aus den todkranken und vor Wochen noch völlig verwirrten Mutanten wieder seine alten Freunde und Gefährten geworden waren. Sie hegten nicht den geringsten Zweifel daran, daß er ihnen bedenkenlos helfen würde. Er war bestürzt, denn er sah den Ausweg aus der verzweifelten Situation, in der sich die Patienten Paih Terzyus befanden, keineswegs so klar wie diese.

»Sie haben Überlegungen angestellt, erneut nach Asporc zu fliegen«, sagte Betty Toufry. »Haben Sie sich entschlossen, das zu ...?«

»Ich werde nicht nach Asporc fliegen«, erwiderte Rhodan heftig.

Die Mutanten antworteten nicht. Betty schien ein wenig befremdet über die schroffe Antwort zu sein. Der Matten-Willy, der sie beherbergte, gab einige unverständliche Laute von sich, so als sei er nicht mehr so fest wie vorher unter der Kontrolle der Telepathin.

»Wir sind etwas überrascht«, sagte sie schließlich, als Rhodan nicht weitersprach. Ihre Stimme klang unsicher. Sie hätte Perrys Gedanken direkt mit ihren telepathischen Sinnen erfassen können, aber sie tat es nicht, weil Rhodan sie nicht dazu aufgefordert hatte.

»Wir werden Mittel und Wege finden, Ihnen zu helfen«, begründete Rhodan. »Hier auf Tahun!«

Liman Hambug legte die Hand vor den Mund und versuchte so, vor den anderen zu verbergen, daß er gähnte. Ganz gelang ihm sein Vorhaben nicht. Der Famulus blickte ihn befremdet an.

»Schon gut«, sagte der Terraner und strich sich verlegen über seinen roten Haarschopf. »Kann doch mal vorkommen, daß man etwas müde ist – oder nicht?«

»In diesem Schiff wäre ich vermutlich auch ständig in Ihrem Zustand«, entgegnete der Famulus, drehte sich um und kehrte zu seinem Prallgleiter zurück, mit dem er auf das Raumlandefeld hinausgekommen war.

Hambug schickte ihm einen Fluch hinterher. Er war sich nicht ganz klar darüber, wie der andere seine Worte gemeint hatte. Erneut gähnte er in die heiße Morgenluft hinein und schlenderte dann zum zentralen Lift. Als er in das unsichtbare Antigravfeld glitt, schalteten versteckte Sensoren die omniophone Musikanlage ein. Mit gewaltigem Donnerhall brach die Ouvertüre der 24. Kristallsymphonie über ihn herein. Liman stöhnte auf und preßte die Hände gegen die Ohren. Zugleich strampelte er mit den Beinen, obwohl er seinen Aufstieg dadurch nicht beschleunigen konnte. Die schrillen Dissonanzen jagten ihm kalte Schauer über den Rücken und verursachten Zahnschmerzen.

Als er den Liftschacht verließ und damit der neuarkonidischen Musik entkam, atmete er erleichtert auf.

Dann fluchte er laut und anhaltend, massierte sich seine Ohren und ging bis an die Randzone der kristallischen Gemächer. Jetzt war er hellwach. Er verstand überhaupt nicht mehr, daß er vor einigen Minuten noch unter einem unwiderstehlichen Gähnreiz gelitten hatte.

Ein Naat kauerte wie ein terranischer Hund vor der Kabine von Poynor 52, dem Kristallprinzen. Er saß halbaufgerichtet auf seinem breiten Hinterteil und stützte seinen Oberkörper auf die langen Arme. Der Kugelkopf mit den drei Augen und dem sehr schmalen Mund ruhte zwischen den Schultern. Der dunkelhäutige Koloß erreichte auch in dieser Haltung die gleiche Höhe wie der Terraner. Grüne Seidentücher hüllten ihn ein und ließen ihn noch massiger erscheinen, als er tatsächlich war.

Liman Hambug wedelte mit seinen Händen vor den Augen des Naats herum.

»He, Dicker«, sagte er in Interkosmo, »mach die Guckerchen ein bißchen weiter auf. Ich muß den Chef sprechen.«

Der Naat reagierte nicht. Hambug sah das Blut unter der bräunlichen Haut des Riesen pulsieren. Wäre das nicht gewesen, so hätte er annehmen können, daß jegliches Leben aus dem Diener gewichen war. So entschloß der Terraner sich zur Gewalt: Er hob die rechte Hand und ließ sie klatschend auf den Kopf des Naats herabsausen. Das wirkte. Der Koloß erzitterte und wackelte verwirrt mit dem Kopf. Ermutigt von dieser Reaktion, schlug Liman abermals zu.

Er traf die außerordentlich kleine Stirn des Naats. Dieser stieß einen Schrei aus und sprang auf die kurzen, stämmigen Beine. Der gewaltige Körper schwankte hin und her.

»Wie kann man nur so verschlafen sein«, sagte Liman Hambug, der sich alle Mühe gab, seine Stimme so vorwurfsvoll wie nur möglich klingen zu lassen. »Es ist schon fast heller Tag auf Tahun. Los doch, melde mich dem Kristallprinzen! Er wartet auf eine Nachricht von mir.«

Der Naat kratzte sich mit beiden Händen den Hinterkopf. Dabei erzeugte er ein lautes, scharrendes Geräusch. Hambug fürchtete, er werde sich die Schädeldecke aufreißen. Am liebsten hätte er dem Diener des Kristallprinzen noch einen Tritt gegen das Schienbein versetzt, aber er wollte nicht übertreiben. Dieses Hilfsvolk der Arkoniden war nicht nur praktisch schmerzunempfindlich, sondern auch oft mit eher geringer Intelligenz ausgestattet. Der Naat hätte nur ein wenig schneller gehorcht, wenn er seine Anweisung auf diese Art unterstrichen hätte. Er hätte ihm eine derartige Behandlung nicht verübelt. Dennoch wollte der Terraner sich zurückhalten.

Niemand konnte vorhersagen, wie Poynor 52 reagieren würde, wenn er erfuhr, wie man mit seinen Naats umsprang. Liman hielt den Neuarkoniden für völlig verrückt, und im Grunde seiner Seele haßte er ihn. Lieber heute als morgen hätte er ihn verlassen – wenn er nur eine Möglichkeit gefunden hätte. Was auch immer er tat, meistens war es falsch. Behandelte er die Naats freundlich und zuvorkommend, dann drohte Poynor 52 mit empfindlichen Strafen, weil er angeblich befürchtete, die Zyklopen könnten übermütig werden.

Dabei fehlte ihnen nahezu alles, was dazu nötig war. Davon war Hambug fest überzeugt.

Gingen die Nerven mit ihm durch, dann paßte dem Kristallprinzen das ebenfalls nicht. Dabei blieb manchmal tatsächlich nichts anderes übrig als eine Serie von »handfesten« Befehlen, um die Lethargie der Naats zu überwinden.

Liman Hambug atmete auf, als der Koloß sich endlich umdrehte und schwerfällig auf die Gemächer des Neuarkoniden zuging. Dabei fiel ihm ein, daß er sich an diesem Morgen noch gar nicht danach erkundigt hatte, ob auf einem der anderen Raumschiffe auf Tahun ein tüchtiger junger Mann gebraucht wurde, der zu Botengängen zu verwenden war.

Um sich die Warterei zu vertreiben, überlegte er sich wieder einmal, ob es richtig gewesen war, die Erde als blinder Passagier ausgerechnet auf einem arkonidischen Raumschiff zu verlassen, ohne auch nur die Andeutung einer Ausbildung genossen zu haben. Wie üblich wich er den unvermeidlich peinlichen Antworten, die er sich selbst geben mußte, aus, indem er sich darauf konzentrierte, um wieviel besser sein Entschluß gewesen wäre, wenn er statt des arkonidischen ein terranisches Raumschiff gewählt hätte. Dann wäre alles ganz anders gekommen, und er wäre heute vielleicht – nein, sicher – schon …

»Du sollst reinkommen«, unterbrach der Naat seine Gedanken mit brummiger Stimme.

Liman Hambug betrat die luxuriös eingerichteten Gemächer des Kristallprinzen, der mit ausgebreiteten Armen und Beinen auf einer Antigravliege ruhte. An seinen Schläfen hingen die Kontakte zweier Traummaschinen. Das genügte noch nicht, das Bewußtsein des großen Poynor 52 auszuschalten. Aus halbgeschlossenen Augen blickte er dem Terraner entgegen, bis dieser vor ihm stehenblieb, nach Worten suchte und linkisch an seinem Gürtel herumnestelte.

Ein kleiner Kosmetikroboter behandelte den Kristallprinzen mit Pinseln, Tüchern, Kompressen, Salben, Pasten und Lotions. Liman Hambug war fest davon überzeugt, daß der Fürst aus dem Clan der Poynor ohne diese Pflege seines Gesichts und seines Körpers noch unendlich viel häßlicher gewesen wäre.

»Nun rede schon, Dummkopf!« drängte Poynor 52. »Oder willst du mich, den Göttlichen, warten lassen?«

»Keineswegs, Kommender«, antwortete der Terraner eilig. Am liebsten hätte er den Neuarkoniden gepackt und durchgeschüttelt, um ihm dann ins Gesicht zu schreien, daß er alles andere war, nur nicht der kommende Herrscher über die Milchstraße.

Davon aber war der Neuarkonide fest überzeugt. Er hielt sich für den Nabel der Galaxis und übersah dabei geflissentlich, daß er im Grunde nur von der Gnade der Akonen lebte, die ihn aus wirtschaftlichen, politischen und militärischen Gründen schalten und walten ließen.

Der völlig verweichlichte Schiffseigner schob den Roboter zur Seite. Jetzt öffnete er seine wäßrigen Augen ganz und blickte Hambug ängstlich an. Offenbar erinnerte er sich endlich daran, weshalb der Terraner bei ihm war.

»Also – was ist, Überflüssiger? Was haben die Ärzte gesagt?«

Liman Hambug biß sich auf die Lippen. Wiederum handelte er nicht so, wie er es am liebsten getan hätte. Die Ärzte dieser Welt ließen Poynor 52 wissen, daß er sich zum Teufel scheren sollte. Seine Hautveränderungen in den Augenlidern und den Wangentaschen konnte jeder Schiffsarzt ausreichend behandeln. Damit mußte man nicht Ärzteteams behelligen, die ohnehin stark überlastet waren.

»Hm, die Ärzte lassen Sie ehrerbietig grüßen, Erhabener«, log der zwanzigjährige Hambug. »Sie bedauern, Ihnen mitteilen zu müssen, daß sich zur Stunde kein Arzt auf Tahun aufhält, der edelblütig genug wäre, Euer Allmächtigkeit zu behandeln.«

Poynor 52 sank verblüfft auf sein Lager zurück, von dem er sich in seiner ersten Überraschung aufgerichtet hatte.

Jetzt wußte er wohl nicht, wie er reagieren sollte. Die Antwort des Terraners ließ ihm keinen Raum für einen Wutausbruch, obwohl sie eine glatte Absage an ihn bedeutete.

»Ich glaube nicht, daß das stimmt«, behauptete er endlich. Dann folgten eine Reihe von absolut sinnlosen Worten.

Liman Hambug unterdrückte nur mühsam ein Lächeln. Das kannte er schon. Da Poynor 52 an die Traumprogramme von zwei Sendern gleichzeitig angeschlossen war, brachte er alles durcheinander. Hambug wußte nicht, ob der Arkonide absichtlich so handelte, um Zeit zu gewinnen, oder ob er tatsächlich die Übersicht verloren hatte.

»Das ist eine bösartige Intrige von Atlan, diesem Verräter«, fuhr Poynor 52 endlich fort. »Er fürchtet, daß ich die Macht über die Galaxis schon jetzt übernehmen will, und er glaubt, mich mit derartigen Methoden behindern zu können. Er soll sich getäuscht haben. Er soll mich kennenlernen, mich, den Allmächtigen, den einzig Göttlichen. Richte ihm das aus! Und jetzt verschwinde endlich! Ich habe zu träumen!«

Er schloß die Augen und atmete tief durch, offensichtlich erschöpft von der anstrengenden Unterredung.

»Geh zu Atlan und sage ihm, daß ich ihn hier erwarte! Er darf jetzt mit mir sprechen. Aber er soll schnell kommen. Meine Geduld ist bald erschöpft.«

Liman Hambug zog sich langsam zurück. Er hatte ein flaues Gefühl im Magen. Was sollte er jetzt tun? Den Befehl von Poynor 52 mußte er irgendwie ausführen, wenn er nicht brotlos werden wollte. Zugleich aber konnte er sich sehr gut vorstellen, was geschehen würde, wenn er tatsächlich mit Atlan sprach und diesem die Wünsche des Neuarkoniden mitteilte.

Als er an dem Naat vorbeiging, versetzte er ihm einen leichten Tritt gegen die Beine.

»Ja, Herr?« fragte der Wächter unterwürfig. »Was darf ich für dich tun?«

»Laß mich in Ruhe!« antwortete Hambug verärgert.

Er glitt in den Liftschacht. Omniophone Musik brach donnernd und kreischend über ihn herein. Er stöhnte gequält auf und schwor sich erneut, dieses Höllenschiff so schnell wie möglich für immer zu verlassen.

Lordadmiral Atlan, der bisher an der Wand dicht neben dem Eingang zur Behandlungsstation gelehnt hatte, ging zu Perry Rhodan und legte ihm die Hand auf die Schultern.

»Perry«, sagte er in mildem Ton. »Paih Terzyu hat sehr zurückhaltend gesprochen. Sagen wir es deutlicher: Die Mediziner von Tahun sind mit ihrem Latein am Ende.«

Rhodan blickte erst auf den Ara-Mediziner, dann auf die acht Matten-Willys, welche die Körper mit den Mutanten-Bewußtseinsinhalten beherbergten.

»Das ist nicht ganz richtig, Atlan. Noch gibt es eine Hoffnung.«

»Sir«, meldete Betty Toufry sich erneut. »Wir sind fest davon überzeugt, daß der Flug zum Planeten Asporc mit keinem Risiko verbunden ist, wenn wir an Bord des Raumschiffs sind, das dorthin geschickt wird. Wir waren es doch, die aus dem Pararaum heraus das PEW-Metall und damit auch den metallhaltigen Riesenmeteoriten aktiviert haben. Von uns hängt doch alles ab. Deshalb sind wir ganz sicher, daß unsere Anwesenheit und unsere Machtkonzentration ausreichen wird, jede Gefahr von eventuell landenden Menschen abzuhalten.«

Perry Rhodan antwortete nicht. Er war keineswegs davon überzeugt, daß der Flug der Mutanten nach Asporc ein risikoloses Unternehmen war. Die vergangenen Ereignisse hatten gezeigt, daß die Mutanten in Verbindung mit dem PEW-Metall zu einer außerordentlich gefährlichen Macht werden konnten.

Rhodan war froh, den bisherigen Amoklauf der Mutanten beendet zu haben. Damit schien – zunächst wenigstens – eine unabsehbare Gefahr für die Galaxis und vor allem für das Solare Imperium abgewendet worden zu sein. Er zweifelte nicht daran, daß die Mutanten ihr Leben mit Hilfe des PEW-Metalls retten konnten, aber er fürchtete zugleich, daß in Verbindung mit diesem Metall ein erneuter Amoklauf beginnen könnte. Dabei war er mittlerweile fest davon überzeugt, daß die Mutanten geistig weitgehend stabilisiert waren.

Wer aber konnte vorhersagen, was geschehen würde, wenn sie erneut in die Nähe des Parabio-Emotionalen-Wandelstoffes kommen würden? Selbst NATHAN konnte nicht mit absoluter Sicherheit errechnen, wie sie reagieren würden. Erst nach räumlich und zeitlich relevanter Trennung von dem PEW-Metall war es den Mutanten gelungen, zu sich selbst zurückzufinden. War dieser Prozeß umkehrbar? Würden sie in uferlose Verwirrung zurückstürzen, wenn sie nach Asporc zurückkehrten?

Ihre Behauptung, das PEW-Metall sei erst durch sie zu einem Paraleben erwacht, war nach wie vor unbewiesen.

Die Matten-Willys gerieten in Bewegung. Die in ihnen verborgenen Mutanten konnten den Gedanken Perry Rhodans folgen.

Betty Toufry spürte die innere Not des Großadministrators. Es ging hier ja nicht nur um das Leben der Mutanten, das ihnen selbst naturgemäß am nächsten stand. Rhodan dachte an die gesamte Menschheit des Solaren Imperiums, die den Schock der Verdummung noch immer nicht überwunden hatte. Nie zuvor war sie so wankelmütig, unsicher und seelisch labil gewesen.

Bisher hatte Rhodan es abgelehnt, erneut zu kandidieren. Dann aber waren Faktoren aufgetreten, mit denen vorher niemand hatte rechnen können. Die politisch über Jahrhunderte saubere und faire Atmosphäre hatte sich plötzlich vergiftet. Jetzt zeigte sich, daß wirklich profilierte Nachfolger Rhodans nicht zu sehen waren – oder noch zu stark unter den Nachwirkungen des Verdummungsschocks litten. Von Stunde zu Stunde zeigte sich deutlicher, daß dem Solaren Imperium ein Chaos drohte, falls es nicht gelang, einen wirklich geeigneten Großadministrator zu finden.

Rhodan wußte, daß die Menschheit einer Katastrophe entgegentrieb, und er war entschlossen, dies zu verhindern. Das war auch eines der Hauptmotive dafür, daß er sich nicht dazu durchringen konnte, die Mutanten nach Asporc zu schicken, denn hier konnte – völlig unbeabsichtigt – die Zündschnur gelegt werden, die später die galaxisweite Bombe zur Explosion bringen könnte.

»Perry«, sagte Betty Toufry. »Bitte, glauben Sie uns. Wir wissen, daß wir uns nicht irren. Wir sind in der Lage, das PEW-Metall zu beherrschen. Nur wir bestimmen über sein Verhalten, niemand sonst. Wir selbst sind durch PEW nicht mehr beeinflußbar, weil wir zu uns selbst zurückgefunden haben.«

Perry Rhodan blickte Atlan an. In dem Gesicht des Arkoniden bewegte sich kein Muskel. Die rötlichen Augen verrieten nicht, was er dachte.

»Wir möchten Sie um ein mittelgroßes Schiff bitten, mit dem wir nach Asporc gebracht werden können«, fuhr die Mutantin fort, wobei sie wiederum die Sprechwerkzeuge des Matten-Willys benutzte. »Alles Weitere findet sich von selbst.«

Rhodan antwortete noch immer nicht. Seine Blicke glitten über die elektronischen Meßanzeigen der medizinischen Überwachungsgeräte. Auf ihnen wurden die Lebensmerkmale der Synthokörper sichtbar gemacht. Deutlicher als zuvor wurde Rhodan sich bewußt, daß die flimmernden, kriechenden und tanzenden Lichtpunkte im Grunde überhaupt keinen Aussagewert hatten. Sie berichteten lediglich darüber, wie die synthetisch aufgezogenen Körper funktionierten, in denen die Bewußtseinsinhalte der Mutanten sich aufhielten. Über die geistige Stabilität der Mutanten selbst verrieten sie nichts. Die Synthokörper waren nicht mehr als biologische Maschinen, die verbraucht waren.

Der Matten-Willy stieß einen eigentümlichen Laut aus, so, als habe er versucht, selbst etwas zu sagen, sei aber von Betty Toufry zurückgehalten worden.

»Was hindert Sie daran, nach Asporc zu fliegen?« fragte Betty Toufry. »Sind Sie vielleicht nur deshalb nicht gewillt, unserer Bitte nachzukommen, weil Sie Ihre unbewußten inneren Widerstände nicht überwinden können?«

Perry Rhodan richtete sich rasch auf. Seine Augen verengten sich etwas, als er einen Schritt zurücktrat und so zum Ausdruck brachte, daß er unwillkürlich versucht war, die Distanz zwischen ihm und den Mutanten zu vergrößern. Er wußte, daß er von den Mutanten durchschaut worden war. Vor ihnen und ihren parapsychischen Sinnen konnte er nichts verbergen. Er war verärgert und beschämt zugleich.

»Sie machen es sich ein wenig zu einfach, Betty«, antwortete er in einem Ton, der wesentlich schroffer ausfiel, als er selbst beabsichtigt hatte.

Der Gedanke an das zukünftige Schicksal der Menschheit belastete Rhodan schwer und verleitete ihn nun zu etwas zu heftigen Reaktionen.

»Es bleibt bei meiner Entscheidung«, fuhr er mit unverminderter Schärfe fort. »Vorläufig wird kein Raumschiff nach Asporc fliegen, und kein Mutant wird Tahun ohne meine Zustimmung verlassen. Die Risiken für das Solare Imperium und die Menschheit sind zu groß. Niemand von Ihnen kann mir eine überzeugende Garantie dafür geben, daß es auf Asporc nicht zu Rückfällen kommt. Dadurch könnten Gefahren entstehen, die wir nicht bewältigen können.«

»Wir wissen, daß Sie von unserer Freundschaft und Ehrlichkeit überzeugt sind«, entgegnete Betty Toufry.

»Sie verkennen die Situation, Betty«, sagte Rhodan. »Ich bin ebenso sicher wie Sie, daß Sie nicht absichtlich Dinge tun werden, die der Menschheit schaden könnten. Sie können jedoch nicht vorhersehen, ob Sie nicht unbeabsichtigt zu einer Angriffswaffe gegen die Menschheit werden.«

»Wir haben die volle Stabilität zurückerlangt!«

»Das mag sein, Betty, dennoch wird niemand von Ihnen Tahun verlassen, solange die Mediziner noch nicht sämtliche Möglichkeiten ausgeschöpft haben, die ihnen zur Verfügung stehen. Außerdem sind weitere Matten-Willys von der Hundertsonnenwelt nach hierher unterwegs. Sie werden Ihnen Hilfestellung leisten und die Synthokörper erhalten, bis die Mediziner eine endgültige Lösung gefunden haben.«

»Es wird hier keine endgültige Lösung geben«, behauptete Betty Toufry nach kurzem Zögern. »Wir alle sind dieser Ansicht.«

Rhodan blickte sich um. An den Mienen der Mediziner, Atlans und der militärischen Berater, die sich im Hintergrund fast unbemerkt aufhielten, konnte er erkennen, daß sie alle daran zweifelten, daß die Mutanten hier wieder gesunde Wirtskörper finden würden.

Perry Rhodan drehte sich um und verließ den Raum. Er ging weiter, ohne auf den Zuruf Atlans zu reagieren.

27.

Dr. Kwan Kwain unterdrückte einen Fluch. Er schaltete den Holokubus aus und erhob sich. Völlig in Gedanken versunken, griff er nach einem Becher, den er längst geleert hatte, und wollte daraus trinken. Als er merkte, daß kein einziger Tropfen mehr in dem Gefäß war, warf er es ärgerlich auf das Pult zurück.

»Sie machen nicht gerade einen glücklichen und zufriedenen Eindruck«, stellte Paih Terzyu fest, der gerade die Audio-Bibliothek betrat.

»Warum auch?« fragte Kwain. »Genau das Gegenteil ist ja schließlich der Fall.«

»Mir scheint, wir sind Leidensgenossen«, sagte der Ara-Mediziner lächelnd. »Sie kommen also auch nicht weiter.«

»Überhaupt nicht«, gestand Kwan Kwain. »Jetzt ist diese Miclarc-Familie schon eine ganze Stunde auf Tahun, und ich weiß immer noch nichts von ihr.« Er deutete auf die Informationsgeräte. »Es ist jämmerlich wenig, was ich bisher erfahren konnte. Ich weiß jetzt nur, daß Miclarcs Wechselintelligenzen sind.«

»Wechselintelligenzen? Nie davon gehört.« Paih Terzyu, der bereits weitergehen wollte, blieb stehen. Er war neugierig geworden.

»Ich habe vorher auch noch nie davon gehört«, erläuterte Kwain. »Miclarcs machen im Laufe ihres Lebens einen ständigen Wechsel durch. Mal sind sie strohdumm, mal halbintelligent und mal superintelligent – immer nur für einige Tage oder Wochen. Nun möchte ich wissen, in welchem Stadium meine Patienten sind.«

»Das könnte allerdings eine erhebliche Rolle bei der Behandlung spielen.«

»Zumal die Miclarcs dann, wenn sie den höchsten Intelligenzgrad erreichen, auch über parapsychische Kräfte verschiedenster Art verfügen«, ergänzte Dr. Kwan Kwain mit einem versteckten Lächeln.

Der Ara-Mediziner lachte laut auf. Er schüttelte den Kopf.

»Nein, mein Lieber, so fangen Sie mich nicht. Ich habe mehr als genug mit den Mutanten zu tun. Dieses Problem beschäftigt mich vollauf. Glauben Sie nur nicht, ich würde auch noch Ihre Miclarcs in meine Klinik übernehmen! Gehen Sie ruhig davon aus, daß sie gerade jetzt die dümmste Phase ihres Lebens durchmachen.« Er schnippte mit den Fingern und verließ Dr. Kwain.

»Pech gehabt«, sagte Gucky.

Der Arzt drehte sich erschrocken um. Der Mausbiber saß mit übergeschlagenen Beinen auf dem Programmtisch und grinste ihn fröhlich an.

»Gucky!« rief Dr. Kwain erleichtert. Er tippte sich an den Kopf. »Du bist die Lösung. Niemand könnte mir besser helfen als du! Daß ich nicht schon früher darauf gekommen bin.«

»Mag sein.« Der Ilt zeigte seinen Nagezahn. »Aber jetzt werde ich von den Mutanten gerufen. Dort braucht man mich noch dringender. Ich habe überhaupt keine Zeit.«

Dr. Kwan Kwain sah enttäuscht aus. Gucky schwebte zu ihm heran und klopfte im gönnerhaft auf die Schulter.

»Nicht weinen, Doktorchen. Ich komme später ganz bestimmt wieder und helfe dir.«

Die Miene des Arztes hellte sich ein wenig auf. Der Ilt teleportierte. Unmittelbar darauf erschien der Mausbiber erneut in etwa einem Meter Höhe im Raum. Verblüfft starrte er Dr. Kwain an, fiel etwa vierzig Zentimeter und verschwand abermals.

Ein Assistent betrat den Raum. »Doktor, bitte, kommen Sie schnell, der Miclarc spielt verrückt«, rief er und lenkte den Arzt damit von Gucky ab.

Er veranlaßte ihn zugleich, sich wieder voll auf seine exotischen Patienten zu konzentrieren. Eilig verließ er die Bibliothek. Als er wenig später in die Behandlungsstation kam, sah er schon von der Tür aus, daß der kleine Mic in seinem Käfig tobte.

»Alle Maßnahmen, ihn zu beruhigen, haben versagt«, erläuterte der Assistent. »Was wir auch unternommen haben, alles war umsonst. Er ist nicht zu halten. Und sein Muttervater verhält sich kaum ruhiger.«

Das Miclarc-Baby rannte so schnell durch den Behandlungskäfig, daß die Konturen der Beine nicht mehr zu sehen waren. Mit aller Kraft seines kleinen Körpers warf er sich gegen die Panzerplastwand.

Als Dr. Kwain vor ihm stehenblieb, unterbrach der Mic seine wütenden Angriffe. Er richtete sein eines unbeschädigtes Stielauge auf den Arzt und stieß dann eine Serie von meckernden Lauten aus.

»Das klingt, als ob er mich verhöhnen wollte«, sagte Dr. Kwain. Hastig unterrichtete er seine Assistenten von dem, was er in der Bibliothek erfahren hatte. »Ich wünschte wirklich, ich wüßte, in welchem Stadium die Biester sind. Wenn sie jetzt tatsächlich strohdumm sind – und es sieht ganz so aus –, dann würde ich sie in die veterinärmedizinische Klinik hinübergeben, und wir hätten unsere Ruhe. Dies ist schließlich die Klinik für Intelligenzen des Solaren Imperiums, nicht wahr?«

Der Mic warf sich auf den Rücken und strampelte mit den Beinen. Dann sprang er auf und raste in eine Ecke. Krachend prallte er gegen die Wand. Sein farbenprächtiger Panzer zersplitterte. Das Baby stöhnte, als ob es sich von unendlicher Last befreit habe. Es schüttelte sich und wälzte sich auf dem weichen Boden. Dabei warf es die letzten Reste seines Panzers ab und kroch schließlich aus den Stümpfen, die zuvor seine Säulenbeine umhüllt hatten. Danach blieb nur noch ein wolliger, grauer Ball übrig, dessen Volumen um etwa dreißig Prozent größer war als das des panzerbewehrten Mics zuvor.

Die Ärzte blickten sich verblüfft an. Sie begannen befreit zu lachen, als der Wollball im Behandlungskäfig herumzuhüpfen begann und dabei Laute ausstieß, die deutliches Behagen erkennen ließ.

»Das war es also«, sagte Dr. Kwain endlich. »Das Baby fühlte sich in seinen Windeln zu beengt und wollte heraus! Jetzt scheint es sich ganz gut zu fühlen.«

Mehrere Minuten vergingen, in denen der Mic übermütig herumtollte. Dann kehrte er zu den Resten seines Panzers zurück, sprühte eine Flüssigkeit aus einer Körperöffnung, die vermutlich der Mund war, und löste sie damit zu einer weißlichen Flüssigkeit auf. Diese verzehrte er laut schmatzend.

Dr. Kwain erinnerte sich siedendheiß an den älteren Miclarc, um den es eigentlich ging. Er war als krank eingeliefert worden und mußte behandelt werden. Er war das eigentliche Problem, nicht das Mic-Baby.

Er eilte in den Nebenraum. Der Miclarc machte einen lebhaften und gesunden Eindruck. Schnaufend ging er in seinem Behandlungsraum auf und ab, wobei er den Panzerplastwänden ab und zu einen kräftigen Tritt versetzte.

»Du siehst ganz und gar nicht krank aus, Mic«, sagte Dr. Kwain und kratzte sich ratlos hinter dem Ohr. »Was ist los mit dir? Wenn du gerade intelligent bist, dann versuche gefälligst, mir zu helfen.«

Der Miclarc verhielt mitten in der Bewegung und trat dann dreimal kräftig gegen die Panzerplastwand. Danach nahm er seine Wanderung wieder auf. Dr. Kwain hörte ihn leise pfeifen.

»Jetzt drehe ich langsam durch«, sagte der Arzt zu einem der Assistenten, die ihm gefolgt waren. »Hören Sie das auch? Der Mic pfeift eine richtige Melodie. Irgend etwas scheint ihm ungeheuer viel Spaß zu machen.«

»Was sagt das EEG?«

»Danach ist sein Gehirn so primitiv wie das eines Regenwurms.«

»Machen Sie ein neues EEG«, ordnete Dr. Kwain an. »Ich möchte wissen, ob sich etwas verändert hat.«

Als Lordadmiral Atlan die Klinik für paraabstrakte Phänomene verließ, nieselte es. Der Regen brachte den schweren Duft der Berglandblüten mit sich, die in diesem Jahr die Pollen später ausgeworfen hatten als sonst. Vereinzelt brachen Sonnenstrahlen durch die Wolken. Ein Schwarm rotgefiederter Krötenreiher kämpfte gegen den heißen Wind an, der von Süd-Westen kam. Die Luft war schwül und drückend, obwohl der Tag noch jung war.

Atlan verzichtete auf einen Regenschutz und legte die wenigen Schritte bis zur Intensivstation zu Fuß zurück, in der Perry Rhodan einen Arbeitsraum hatte einrichten lassen. Als er den Eingang der Klinik erreichte, blieb er stehen und blickte zurück zu den Bergen. Er zögerte einige Zeit, bevor er eintrat.

Rhodan saß an einem Arbeitstisch und zeichnete einige Akten ab, die ihm ein Leutnant vorgelegt hatte. Als er Atlan sah, schob er die Papiere zur Seite und bat den Offizier, sie allein zu lassen. Die beiden Freunde sahen sich an. Atlan lächelte unmerklich, während das Gesicht des Großadministrators unbewegt blieb.

»So geht es nicht weiter, Perry«, sagte der Arkonide langsam. »Jetzt muß etwas geschehen. Du kannst die Dinge nicht länger treiben lassen.«

»Mir ist durchaus klar, was ich zu tun und zu lassen habe«, entgegnete Rhodan kühl. Er erhob sich, ging zum Fenster und lehnte sich mit dem Rükken gegen die Scheibe. Er schob die Hände in die Taschen seiner dunkelblauen Kombination.

»Diesen Eindruck habe ich leider ganz und gar nicht«, beharrte der Lordadmiral, an dessen Uniform die Embleme der USO funkelten. »Im Gegenteil – du erweckst den Eindruck eines ausgemachten Zauderers.«

»Schnell entschlossenes Handeln kann angebracht sein oder auch nicht«, argumentierte Rhodan abweisend. »Im Fall der Mutanten sind die Diskussionen beendet. Ich habe klare Befehle erteilt.«

Atlan seufzte. Er ließ sich in einen Sessel sinken und streckte die Beine lang aus. Die Arme verschränkte er vor der Brust.

»Eine echte Entscheidung steht in meinen Augen noch aus. Bisher hat es nur Halbheiten gegeben«, sagte der Arkonide. Seine rötlichen Augen sahen feucht aus und verrieten damit deutlich, wie aufgeregt er war. Seine Haltung täuschte nur Gelassenheit vor. Tatsächlich stand er unter äußerster Anspannung. Er wägte jedes Wort sorgfältig ab, bevor er sprach.

»Das ist doch wohl übertrieben. Wir werden hier mit Hilfe der Aras eine Lösung für die Mutanten finden, mit der alle einverstanden sein können.«

»Daran glaubt leider niemand mehr. Selbst die Ärzte sind anderer Ansicht. Nein, Terraner, deine sogenannte Entscheidung stimmt hinten und vorne nicht. In meinen Augen hast du die Flucht vor der Verantwortung angetreten.«

Rhodan richtete sich ruckartig auf. »Das ist ein sehr hartes Wort, Arkonide.«

Atlan erhob sich. Er hielt es nicht mehr im Sessel aus. »Vielleicht, aber es trifft den Kern der Sache. Du zerfleischst dich innerlich, weil du dich nicht überwinden kannst, zu einer wirklichen Entscheidung zu kommen. Bisher hast du dich lediglich um einen Aufschub für dich selbst bemüht. Mehr nicht.«

»Das genügt jetzt. Beenden wir die Diskussion!«

Atlan schüttelte den Kopf. Seine Augen schienen zu flammen. »Bist du so unsicher geworden, daß du klare Worte nicht mehr vertragen kannst?«

Perry Rhodan preßte die Lippen zusammen. Er sah verärgert aus. Die harten Linien um seinen Mund vertieften sich noch.

»Sprich nur weiter! Ich höre.«

»Du zweifelst, weil du nicht weißt, was du tun sollst«, sagte der Arkonide mit fester Stimme. Er nährte sich dem Freund. »Diese Haltung ehrt dich, aber sie paßt nicht zu dir. Du solltest das Risiko wagen und nach Asporc fliegen.«

»Auf keinen Fall.«

»Nur so wirst du eindeutig klären können, wie es um die Mutanten steht. Nur so kannst du zu einer dauerhaften Vertrauensbasis mit ihnen kommen, nicht aber auf dem Weg, den du eingeschlagen hast – oder vorgibst, eingeschlagen zu haben.«

»Wenn es ausschließlich nach dir ginge, würden wir alle blind ins Verderben rennen. Die Ereignisse der Vergangenheit waren wohl noch nicht beängstigend genug für dich?«

»Du willst die Realitäten nicht sehen. Die Gefahr, die von den Mutanten ausging, ist behoben. Jetzt geht es darum, sie zu retten und für das Solare Imperium zu erhalten.«

»Das ist genau meine Absicht.«

»Die du mit falschen Mitteln verfolgst«, sagte Atlan mit ärgerlich erhobener Stimme. Er beruhigte sich jedoch schnell und fuhr in sachlichem Ton fort: »Wir kennen uns schon eine ganze Weile, Freund, aber derart wankelmütig habe ich dich noch nie erlebt.

Es gibt nur eine Alternative für dich: Du mußt entweder sofort zur Erde zurückfliegen und dort endlich in den Wahlkampf einsteigen, oder du mußt endgültig auf die Kandidatur als Großadministrator verzichten. Dann mußt du den Mutanten wirkliche Hilfe leisten und sie nach Asporc fliegen. Für dich gibt es nur einen einzigen Weg.«

Die beiden Freunde blickten sich in die Augen.

»Das waren deutliche Worte«, sagte Rhodan verärgert.

»Anders ist die Wahrheit ja wohl nicht in deinen Dickschädel hineinzubringen«, knurrte der Arkonide nicht weniger heftig. Er drehte sich um und verließ den Raum.

Rhodan ließ ihn gehen. Mühsam beherrscht setzte er sich wieder an seinen Arbeitstisch, nachdem die Tür hinter dem Arkoniden zugefallen war.

Als Atlan die Vorhalle der Klinik für Intensivpflege erreichte, erschien Gucky vor ihm. Der Ilt tauchte aus dem Nichts auf, schwebte etwa in einem Meter Höhe über dem Boden, blickte nach unten, fand, daß er nicht zu hoch war, und ließ sich herabfallen. Klatschend prallten seine Füße und der Biberschwanz auf den Fliesenbelag.

»Hallo, Kleiner«, sagte Atlan.

»Hallo, Jüngling. Ärger gehabt?«

Atlans Gesicht entspannte sich. »Du nennst mich Jüngling? Im Vergleich zu mir bist du doch noch gar nicht aus der Kinderstube herausgekommen.«

»Du nimmst es aber sehr genau mit diesen paar Jährchen, die du älter bist. Dabei sind es höchstens 10.000 und ein paar zerquetschte. So etwas pflegt man in gebildeten Kreisen kaum zu erwähnen.« Gucky krauste die Stirn und bohrte sich mit einem Finger in seinem rechten Ohr. Dann schüttelte er den Kopf, als wolle er sich von einer gewissen Taubheit befreien. »Na, lassen wir das. Ich habe ein paar unangenehme Nachrichten von der Erde für den Jüngsten von uns dreien.«

»Du meinst Perry?«

»Wie bist du darauf gekommen?« fragte der Mausbiber und tat so, als sei er maßlos verblüfft. »Mir scheint, ich habe dich doch unterschätzt.«

»Das liegt in deiner Natur, du Dreikäsehoch. Also – was ist los?«

Gucky schloß den Mund und versteckte seinen Nagezahn. Er blickte Atlan schief an und überlegte, ob er beleidigt sein sollte. Dann entschloß er sich, die Bemerkung des Arkoniden zu überhören.

»Auf der Erde ist die Hetze gegen Perry auf einem vorläufigen Höhepunkt angelangt. Marschall Bount Terhera hat Perrys sofortigen Rücktritt und eine Vorverlegung der Wahl gefordert«, berichtete der Ilt. »Darüber hinaus hat er in der Vergangenheit herumgewühlt und so ziemlich alles ausgegraben, was gegen Perry spricht.«

»Und die Menschen fallen vermutlich auf dieses Gerede herein.«

»Es sieht ganz so aus. Sie warteten bisher vergeblich auf eine entschiedene Antwort des Großadministrators auf diese Angriffe.«

Atlan blickte Gucky überrascht an, weil dieser sehr ernsthaft und sogar erregt gesprochen hatte. »Nanu, Kleiner, fängst du auch schon an?«

»Terhera schreckt vor keinem Mittel mehr zurück, an die Macht zu kommen. Er will Perry vernichten, und er glaubt, daß jetzt die Zeit dafür gekommen ist. Offensichtlich hat er einige Industrielle gefunden, die ihm Millionenbeträge für seinen Wahlkampf gespendet haben.«

»Oder spenden mußten, weil er und seine Freunde ein wenig nachgeholfen haben«, fügte Atlan sarkastisch hinzu.

Gucky blickte ihn mit geweiteten Augen an. Er wollte offensichtlich etwas sagen, brachte jedoch keinen Ton über die Lippen. Plötzlich begann er heftig mit den Armen zu rudern. Gleichzeitig trommelten seine Füße auf den Boden. Dann entmaterialisierte er. An seiner Stelle entstand ein silbrig schimmerndes Feld, das erst rund war, sich dann aber zu einem aufrecht gestreckten Oval verformte. Atlan wich unwillkürlich zurück. Er verengte die Augen und versuchte, etwas zu erkennen, aber bevor er ausgemacht hatte, was da vor ihm erschienen war, verschwand das Feld wieder.

Zwei Schritte seitwärts materialisierte Gucky. Er schwebte in etwa einem Meter Höhe über dem Boden. Als er Atlan sah, klatschte er in die Hände, blickte sich um und ließ sich dann auf die Teppichfliesen herabfallen.

»Hallo, Jüngling!« rief er. »Du siehst aus, als hättest du Ärger gehabt.«

»Gucky, was war los?«

»Wieso? Das wollte ich dich fragen, alter Arkonide. Hast du Krach mit Perry gehabt?«

»Darüber haben wir doch eben schon gesprochen.«

»Hihi – du wirst alt. Du siehst zwar unverändert jung aus, aber eben war mir doch, als könnte ich den Kalk rieseln hören«, antwortete der Mausbiber. Er watschelte auf Atlan zu und blickte zu ihm auf, wobei er die Fäuste herausfordernd in die Hüften stemmte. »Weißt du, woher ich komme?«

»Keine Ahnung«, sagte Atlan. »Ich weiß nur, daß du eben noch mit mir gesprochen hast. Deine dummen Witze klingen mir noch im Ohr.«

Gucky legte die Stirn in Falten. Er streckte die Arme aus und spreizte die Finger.

»Ganz ruhig bleiben, Alter, ganz ruhig bleiben. Ich hole jetzt schnell einen Doktor, und dann wird alles wieder gut.«

Atlans Augen begannen zu tränen.

»Jetzt reicht es aber«, sagte er mit scharfer Stimme. »Höre mir jetzt zu! Wir beide haben hier vor einigen Sekunden miteinander gesprochen, dann hast du teleportiert. Du warst einige Sekunden lang verschwunden. Dafür habe ich eine Leuchterscheinung gesehen. Du willst jetzt doch wohl nicht behaupten, daß du nicht wüßtest, wo du warst?«

»Ich weiß genau, wo ich war, Atlan«, antwortete der Ilt ernsthaft.

»Wo?«

»In der MARCO POLO. Ich komme direkt von dort, weil ich dir und Perry unbedingt mitteilen muß, was auf der Erde geschieht. Dort läuft die Anti-Rhodan-Welle auf Hochtouren. Marschall Bount Terhera fordert Perry vorzeitigen Rücktritt und ...«

»Schon gut, Kleiner. Geh jetzt zu Perry und erzähle ihm, was du weißt.« Atlan nickte dem Mausbiber zu und verließ die Klinik. Er sah besorgt aus. Gucky blickte ihm nach. Auch er machte jetzt einen sehr beunruhigten Eindruck. Blitzschnell sondierte er Atlans Gedanken und stieß dabei auf keinerlei Abwehr. Unmittelbar darauf wußte er, daß etwas Rätselhaftes geschehen war, das sich nicht hätte ereignen dürfen. Er erkannte, daß er mit Atlan gesprochen hatte, ohne sich auch nur teilweise daran zu erinnern. Irgend etwas Fremdes und Unbegreifliches hatte ihn zu einer Teleportation gezwungen, in den Pararaum gedrängt und dabei in ihm ausgelöscht, was zwischen der ersten und der zweiten, der gewollten und der erzwungenen Teleportation geschehen war.

Gucky fühlte sich unbehaglich. Ihm gefiel ganz und gar nicht, daß ausgerechnet ihm so etwas passiert war. Verwirrt watschelte er durch die Halle und den anschließenden Gang bis zu dem Arbeitsraum Perry Rhodans. Plötzlich überlegte er sich, ob die Entscheidung, die Mutanten ausschließlich auf Tahun zu behandeln, nicht doch richtig gewesen war.

In den nächsten zwei Stunden trafen noch mehr Boten bei Perry Rhodan ein und teilten ihm mit, was auf der Erde geschah. Der gefährlichste Kontrahent des Großadministrators, Marschall Bount Terhera, fuhr weitere schwere Geschütze gegen die augenblickliche Regierung des Solaren Imperiums auf.

Seine Angriffe richteten sich nicht mehr nur gegen Rhodan, sondern auch gegen die Menschen, die zu ihm standen. Er forderte eine unabhängige Untersuchungskommission, welche die Arbeit Rhodans in den letzten tausend Jahren unter die Lupe nehmen sollte.

Einige hohe Staatsbeamte hatten um vorzeitige Pensionierung gebeten und dabei recht durchsichtige Begründungen für ihren Rücktritt angegeben. So erweckten sie den Eindruck, als könnten sie sich nicht mehr mit der Arbeit und der Grundhaltung des Großadministrators identifizieren.

Eine angesehene Wirtschaftsfachzeitung hatte sich mit der Vermögenslage Perry Rhodans befaßt und untersucht, was mit seinem Einkommen während seiner Regierungszeit geschehen war. Dabei war jedoch kein objektives und wahrheitsgetreues Ergebnis herausgekommen, sondern ein Report, der voller Verdächtigungen und Verleumdungen steckte. Zwischen den Zeilen, aber doch für jeden halbwegs intelligenten Leser klar zu erkennen, behaupteten die Redakteure, Rhodan verfolge einen mehrtausendjährigen Plan, der ihm zu dem größten Kapitalvermögen verhelfen sollte, über das jemals ein Mensch verfügt hatte. Der Bericht schloß mit einer eingehenden Warnung vor der gigantischen Macht, über die Rhodan angeblich verfügen werde, wenn der Plan gelinge.

In einer anderen Zeitschrift wurde behauptet, der Großadministrator habe NATHAN zu seinem persönlichen Machtinstrument gemacht, das einzig und allein dazu dienen solle, die gefährlichste Diktatur der Menschheitsgeschichte aufzubauen.

In einem medizinischen Report einer von Wirtschaftskonzernen abhängigen Fernsehstation erklärte ein Konsortium von Nervenärzten Perry Rhodan schlicht für geisteskrank. Die Mediziner führten eine Reihe von scheinbar überzeugenden Beweisen dafür an und untermauerten ihre These mit der Behauptung, Rhodans Zellaktivator habe einen gewissen Verfall seines Gehirns nicht verhindern können.

Marschall Bount Terhera bezog sich in seiner Rede vor einem Publikum von jugendlichen Zwangsrentnern in Terrania City auf diese Sendung und fragte höhnisch, ob Rhodan denn wirklich noch existiere, oder ob man der Menschheit in den letzten Jahren nur einen Bioroboter mit dem Aussehen des Großadministrators vorgeführt habe.

Rhodan nahm alle Berichte äußerlich gelassen entgegen. Er verließ sein provisorisches Arbeitszimmer nicht, weil er in der Nähe der Mutanten bleiben wollte. Zur gleichen Zeit jagten sich die Konferenzen an Bord der MARCO POLO, wo zahlreiche hohe Staatsbeamte versammelt waren und wichtige Regierungsgeschäfte erledigten.

Erst als Gucky erneut zu Rhodan kam und ihm mitteilte, daß die Mutanten ihn sprechen wollten, erhob sich der Großadministrator. Er begleitete den Mausbiber sofort in die Klinik für paraabstrakte Phänomene. Atlan und einige Offiziere hielten sich bereits im Behandlungsraum auf. Rhodan zog einige beschriebene Bögen aus seiner Brusttasche und reichte sie dem Mausbiber.

»Sei so nett, Kleiner, bring diese Notizen zur MARCO POLO!« bat er ihn.

Der Ilt nahm sie entgegen und steckte sie achtlos in die Tasche. Dann tippte er sich grüßend gegen ein Ohr und entmaterialisierte. Rhodan wandte sich den Mutanten zu, als Gucky erneut vor im erschien.

»Was ist denn, Kleiner?« fragte Rhodan.

»Was? Wieso? Ach – ich bin schon weg«, entgegnete der Ilt, grinste und verschwand.

Atlan trat einen Schritt auf Rhodan zu. Als dieser jedoch nicht reagierte, überlegte er es sich anders. Seine Lippen schlossen sich wieder. Er blieb stehen und schwieg. Er wollte jetzt keine zusätzliche Unruhe schaffen.

»Betty, ich bin gekommen«, eröffnete Rhodan das Gespräch mit den Mutanten. »Weshalb haben Sie mich rufen lassen?«

Seine Blicke glitten über die Instrumente an den Wänden und die Gesichter der Mediziner. Er konnte keine Veränderung gegenüber dem Zustand feststellen, den er vor zwei Stunden vorgefunden hatte. Paih Terzyu schüttelte den Kopf, als Rhodan ihn ansah. Er ließ deutlich erkennen, daß er keine Hoffnung hatte. Er und seine Assistenten hatten keine Fortschritte erzielt.

Betty Toufry benutzte wiederum die Sprechwerkzeuge der quallenförmigen Matten-Willys von der Hundertsonnenwelt, in deren Körper sie eingebettet war.

»Wir möchten Sie fragen, ob Sie Ihre Entscheidung revidiert haben«, begann die Mutantin.

Rhodan warf Atlan einen raschen Blick zu. »Nein«, erwiderte er dann. »Ich glaube nicht, daß irgend etwas geschehen ist, was mich dazu veranlaßt haben könnte.«

»Perry«, fuhr Betty zögernd fort, »dann zwingen Sie uns dazu, selbst etwas zu tun.«

»Wenn Sie das so formulieren, Betty, dann wollen Sie mir vermutlich erklären, daß ich in Ihren Augen einen schweren Fehler gemacht habe.«

»So ungefähr.«

»Nun gut, Betty, sprechen Sie weiter. Ich bin gespannt, was Sie mir zu sagen haben.«

Rhodan trat dichter an die Matten-Willys heran. Fast die Hälfte der Zeit war verstrichen, die sie die Synthokörper in sich bergen konnten, ohne dabei selbst zu sterben. Rhodan glaubte, die Umrisse einer menschlichen Gestalt in dem Quallenwesen sehen zu können.

»Wir wollen leben«, erklärte Betty Toufry. »Wir können nicht zusehen, wie wir zugrunde gehen. Wir wollen leben. Nicht mehr. Deshalb zwingen Sie uns mit Ihrer Weigerung, uns nach Asporc zu bringen, selbst die Initiative zu ergreifen. Uns bleibt gar keine andere Wahl. Auf keinen Fall wollen wir zurück in die grausame Daseinsform in einer fremden Dimension.«

Perry antwortete nicht sofort. Er lauschte der Stimme nach. Er wußte, daß die Mutanten es ehrlich meinten. Sie befanden sich in einer Situation, aus der es nach ihrer Ansicht nur einen einzigen Ausweg gab. Vielleicht wollten sie die Gefahr gar nicht sehen, die ihnen und der Menschheit unter Umständen von Asporc drohte.

»Ich rechne es Ihnen hoch an, Betty, daß Sie so offen und rückhaltlos mit mir sprechen. Ich glaube, daß Sie es wirklich aufrichtig meinen. Dennoch kann ich Ihnen nicht zustimmen. Warum wollen Sie alles überstürzen? Die Gefahr für Sie ist nicht so groß, wie Sie vielleicht meinen. Wenn die anderen Matten-Willys eingetroffen sind, können wir die Synthokörper erhalten. Sie brauchen nur ein wenig geduldig zu sein, Betty«, sagte Rhodan mit ruhiger Stimme. Sie ließ erkennen, daß er sich nicht von seiner Entscheidung abbringen lassen wollte. »Sie haben fünf Jahrhunderte überlebt. Warum wollen Sie jetzt nicht noch ein paar Tage ausharren? Vielleicht schafft das Ärzteteam es schon in einigen Stunden, eine annehmbare Lösung für Sie zu finden.«

»Wir können nicht mehr warten.« Die Stimme, die von den Sprechwerkzeugen des Matten-Willys geformt wurde, zitterte. »Perry, wir müssen Sie warnen. Wir wollen leben – und für dieses Ziel werden wir notfalls kämpfen. Mit allen Mitteln, die uns zur Verfügung stehen.«

Perry Rhodan hatte eine derartige Warnung bereits befürchtet. Er sah ein, daß es sinnlos geworden war, entsprechend entschieden zu reagieren. Die Mutanten schienen sich einer Panik zu nähern, und er fürchtete, daß sie seinen Argumenten nicht mehr zugänglich waren. Damit hatte sich die Lage unerwartet schnell zugespitzt. War von den Medizinern wirklich keine schnelle Lösung mehr zu erwarten?

»Wir sprechen später noch einmal miteinander«, sagte Rhodan. »Bis dahin bitte ich Sie um Geduld. Ich weiß nicht, was Sie planen. Versuchen Sie nicht, die Klinik zu verlassen, sonst zwingen Sie mich, etwas zu tun, was ich überhaupt nicht will. Ich hoffe, wir haben uns verstanden.«

»Aber wir …«

»Warten Sie, Betty. In spätestens einer Stunde werden wir erneut miteinander reden. Glauben Sie mir, auch ich möchte, daß Sie leben. Um nichts anderes geht es hier. Die Lösung werden wir jedoch auf meine Weise finden.«

Er gab den Ärzten einen befehlenden Wink und verließ die Station. Als die Türen hinter ihnen zugefallen waren, sagte er: »Ich erwarte Sie in fünf Minuten im großen Konferenzsaal.«

Zusammen mit Atlan verließ er die Klinik. Der Arkonide sagte kein Wort, als sie in den Nieselregen hinaustraten, und auch Rhodan schwieg. Seine Gedanken kehrten immer wieder zu den Mutanten zurück. Er spürte, daß ihm die Zeit weglief, und er zweifelte daran, daß sie geduldig genug waren, noch eine weitere Stunde zu warten.

Rhodan ging einige Schritte auf den nassen Rasen hinaus. Dann blieb er stehen und drehte sich zu dem Arkoniden um. Er wollte etwas sagen, kam aber nicht mehr dazu. Denn plötzlich heulten die Sirenen über Tahun! Über den Dächern der Klinik jaulten die Warninstrumente auf. Sie gaben Vollalarm.

Der Boden schien unter den beiden Männern zu erzittern, als die unterirdisch installierten Kraftwerke der Klinik ansprangen. Die Luft über ihnen erzitterte. Knisternd baute sich ein Energieschirm auf.

Doch zu spät.

Atlan zeigte nach oben. Ein Schwarm von seltsam geformten Gleitern stürzte sich auf sie herab. Mit der freien Hand griff der Arkonide zur Hüfte, genauso wie es Perry Rhodan getan hatte. Doch seine Hand glitt ebenso ins Leere wie die des Freundes. Niemand hatte hier damit gerechnet, daß es zu Gewalttätigkeiten kommen könnte. Sie befanden sich in einer riesigen Klinik, nicht aber auf einem Schlachtfeld.

»Meine Waffe liegt im Büro!« rief Perry. »Lauf zu den Mutanten. Wir müssen sie irgendwie abschirmen.«

»Ich versuche, Gucky zu rufen«, antwortete der Arkonide, während er mit Riesensätzen zur Klinik für paraabstrakte Phänomene zurückkehrte. »Er muß die anderen Mutanten aus der MARCO POLO holen.«

Perry Rhodan hörte seine Worte kaum noch. Er rannte auf das Klinikgebäude zu, in dem er sich sein Arbeitszimmer hatte einrichten lassen. Die Gleiter kamen außerordentlich schnell herab. Einige Schüsse fielen. Links und rechts von Rhodan schlugen helle Energiestrahlen in den Boden und verbrannten die Grasnarbe. Manche Explosivgeschosse rissen den Rasen auf. Rhodan fühlte, wie Schmutz und Dreck gegen seinen Rücken flogen.

Der Weg bis zum Eingang der Klinik schien endlos zu sein. Schräg vor ihm landete einer der Kampfgleiter. Er schlidderte einige Meter über den nassen Boden, während mehrere völlig fremdartig geformte Roboter bereits aus ihm heraussprangen. Bei dem Versuch, die Klinik mit einem weiten

Sprung zu erreichen, stolperte Rhodan. Er fiel auf den Boden und überschlug sich. Das war seine Rettung, denn gleichzeitig zischten zwei Raketengeschosse über ihn hinweg. Sie schlugen in die Wand ein und zerfetzten sie. Die Splitter sirrten über Rhodan hinweg, der sich jetzt endlich in den Eingang retten konnte.

Die Halle und der sich anschließende Gang waren wie leergefegt.

Rhodan jagte auf sein Arbeitszimmer zu. Weit vor sich sah er einen der fremden Roboter auf den Gang kommen. Er war offenbar durch den jenseitigen Eingang eingedrungen. Jetzt feuerte er, doch die Entfernung war noch zu groß. Perry lief lediglich in eine Hitzewelle hinein, die ihn nicht ernsthaft gefährdete. Dann riß er die Tür zu seinem Arbeitsraum auf.

Sein Blick fiel auf den Energiestrahler, der zusammen mit seinem Gürtel auf dem Arbeitstisch lag. Er ließ die Tür hinter sich zufallen und blieb keuchend stehen. Zugleich versuchte er, seine Gedanken zu ordnen. Flüchtig kam ihm der Verdacht, dies könnte die von den Mutanten um Betty Toufry angekündigte Initiative sein, doch er verwarf diesen Gedanken sofort wieder.

Betty Toufry und die anderen Mutanten befanden sich in höchster Not, aber sie waren keine Feinde. Sie waren Freunde, die ihr Leben retten, aber andere dabei nicht gefährden wollten. Nein – dieser Angriff galt entweder ihnen oder ihm allein.

Rhodan mochte nicht daran glauben, daß Marschall Bount Terhera zu einem offenen Attentat greifen würde, um ihn auszuschalten. Zu einer derartigen politischen Dummheit war selbst er nicht fähig.

Also konnte der Anschlag nur den Mutanten in den Synthokörpern gelten. Irgend jemand fürchtete diese alten Freunde Rhodans so sehr, daß er vor einem Verbrechen nicht zurückschreckte, um sie auszuschalten, bevor Rhodan sie erneut zu einem schlagkräftigen Kampfinstrument formen konnte. Zugleich wurde Rhodan sich bewußt, daß dieser Angriff nicht unbedingt von Marschall Bount Terhera ausgehen mußte! Er konnte auch von einem anderen, bislang noch unbekannten Feind des Solaren Imperiums kommen, der verhindern wollte, daß dieses mit den Mutanten zu neuer, ungeheurer Stärke anwuchs.

Diese Gedanken jagten Rhodan in Bruchteilen von Sekunden durch den Kopf, während er auf seine Waffe zueilte. Als er seine Hand nach ihr ausstreckte, krachte ein bizarr geformter Roboter mit voller Wucht gegen die Panzerplastscheiben des Fensters und zerschmetterte es. Der Großadministrator ließ sich gedankenschnell fallen, um in den Sichtschutz seines Arbeitstisches zu kommen.

Auf der Kante über ihm lag seine Waffe. Der Griff schimmerte matt in dem Licht, das von draußen hereinfiel. Rhodan hörte das Triebwerk des

Roboters leise summen, als dieser näherschwebte. Er zwang sich zur Ruhe. Jetzt nach der Waffe zu greifen, wäre ein tödlicher Fehler gewesen. Die Sensoren der Kampfmaschine hätten die Bewegung sofort wahrgenommen und die Energiestrahler ausgelöst.

Er preßte sich fest an den Arbeitstisch und wartete. Endlos langsam verstrichen die Sekunden. Rhodan zweifelte nicht daran, daß es ihm gelingen würde, die Maschine zu erledigen. Kritischer war, daß der Telekom auf dem Tisch stand, der eine sofortige Verbindung mit der MARCO POLO ermöglichte. Das Schiff befand sich auf dem nächsten Raumhafen, weit von der Klinik entfernt. Noch war ungewiß, ob man dort bemerkt hatte, was hier geschah, oder ob es irgend jemandem in der Klinik bisher gelungen war, die Offiziere des Raumschiffes von den Vorgängen in der Klinik zu informieren. Es ging um Minuten oder vielleicht gar nur um Sekunden. Die angreifenden Roboter waren auf so gut wie keinen Widerstand gestoßen. Sie würden die Mutanten in der Klinik für paraabstrakte Phänomene mühelos erreichen können.

An der Tür entstand eine Bewegung. Der Roboter ruckte vor und schwebte über Rhodan hinweg. Blitzschnell griff dieser nach seinem Strahler, entsicherte ihn und schoß. Der Energiestrahl fuhr mitten in das bizarre Gewirr von Metall und Plastik und zerfetzte es. Perry rollte sich zur Seite, als die Hitze zu ihm herabschlug und der Roboter abstürzte.

Er sprang auf, lief zum zerstörten Fenster und blickte hinaus. Auf den ersten Blick sah er wenigstens dreißig Fluggleiter. Sie waren alle leer. Die Kampfroboter, die mit ihnen gekommen waren, rückten auf die Klinik für paraabstrakte Phänomene zu. Von dort her fiel kein einziger Schuß.

Rhodan sprang aus dem Fenster auf den Rasen hinab. Noch immer heulten die Sirenen.

»Sie bleiben hier!« befahl Dr. Kwan Kwain mit harter Stimme. »Der Alarm geht uns nichts an. Wir sind unbewaffnet und zudem mit anderen Aufgaben betraut.«

Der Assistent blickte unruhig zum Fenster hinaus. Er konnte mehrere Robotmaschinen landen sehen. Immer wieder blitzte es draußen auf. Das Grollen einiger entfernter Explosionen drang bis zu ihnen vor, obwohl die Wände und die Scheiben schallisolierend wirkten.

»Geben Sie mir jetzt das Ergebnis Ihrer letzten Intelligenzprüfungen!« forderte Dr. Kwain.

Der Assistent schreckte auf. Er eilte zu einem Schrank, vor dessen beleuchteten Scheiben mehrere Röntgenaufnahmen hingen, nahm einige Aufzeichnungsstreifen auf und reichte sie dem Stationsarzt. Dieser ließ sie durch seine Finger gleiten, während er die aufgezeichneten Kurven ablas. Überrascht blickte er schließlich auf.

»Das kleine Biest ist also plötzlich sehr intelligent geworden.«

»Seine Intelligenz entspricht der eines vierzehnjährigen terranischen Jungen.«

»Und die Mutter?«

Der Assistent reichte einen anderen Streifen, auf dem fast nur sehr flache Kurven verzeichnet waren. »Der alte Zwitter ist nach wie vor in einer Phase sehr stark herabgesetzter Intelligenz.«

Dr. Kwain griff erneut zu dem Streifen des Jungen. Jetzt sah er ihn sorgfältig durch und teilte ihn in kleinere Abschnitte auf. Schließlich nickte er mehrmals. Er erhob sich und blickte sich suchend nach seinem Assistenten um.

»Mannes«, rief er ärgerlich. »Können Sie sich nicht auf unsere Aufgabe konzentrieren?«

Der Assistent stand am Fenster und starrte hinaus. Er war blaß geworden, und seine Hände bebten.

»Chef – ich weiß nicht, was sich da unten abspielt, aber ich habe das Gefühl, wir sollten etwas tun.«

»In Ordnung«, stimmte Dr. Kwain zu. »Ich bin einverstanden. Nehmen Sie eine Spritze und eilen Sie nach unten. Verpassen Sie einem der Roboter Zyankali oder so etwas.«

»Sie sind sehr sarkastisch, Sir.«

»Etwas anderes bleibt mir kaum übrig. Also, kommen Sie schon her! Wir haben hier wichtigere Probleme. Die Mutanten dürfen uns jetzt nicht belasten. Wir haben unsere eigenen Patienten, die wir behandeln müssen.«

Mannes hob abwehrend eine Hand. »Sie irren sich, Chef. Es gibt wohl kein größeres Problem als das der Mutanten für uns alle.«

»Eben. Dann sehen Sie sich noch einmal den Streifen des Kleinen an. Danach werden Sie wissen, daß wir unmittelbar mit dem Problem der Mutanten konfrontiert worden sind.«

Der Assistent starrte Dr. Kwain ungläubig an. Er nahm den EEG-Streifen entgegen und prüfte die Aufzeichnungen. Er ging sehr sorgfältig vor, weil er wußte, daß Dr. Kwain außerordentlich unangenehm werden konnte, wenn seine Assistenten sich als allzu begriffsstutzig erwiesen. Schließlich ruckte sein Kopf hoch. Jetzt hörte auch Mannes die Explosionen der Geschosse nicht, die draußen von den Robotern abgefeuert wurden.

»Chef – das würde bedeuten, daß der Kleine über parapsychische Fähigkeiten verfügt. Seine Kurven sind sehr unregelmäßig. Er wird also vermutlich keine stetige Leistung hervorbringen, sondern ...«

»Er stottert«, ergänzte Dr. Kwan Kwain. »Und dadurch könnte er wie ein Störsender wirken.«

»Ich sehe noch nicht, was er mit den Mutanten in der ›Paraabstrakten‹ zu tun haben könnte.«

»Er könnte einen negativen Einfluß auf ihre geistige Gesundung haben. Vielleicht ist er eine Belastung für sie. Das müssen wir herausfinden. Hoffentlich sehen Sie jetzt ein, daß wir keine Zeit haben, uns um die Kämpfe dort unten zu kümmern. Dafür gibt es wieder andere Spezialisten.«

»Sie haben mich überzeugt, Chef.«

»Gut. Dann verschwinden Sie jetzt und sehen Sie nach dem Baby. Ich glaube, wir sollten es für ein paar Stunden paralysieren.«

Dr. Mannes verließ das Arztzimmer und eilte auf die Station. Er kam schon nach wenigen Minuten wieder zurück.

»Dr. Kwain«, sagte er aufgeregt. »Das Baby ist verschwunden.«

»Das ist doch unmöglich!«

Die beiden Ärzte verließen das Zimmer und stürmten auf den Gang hinaus. Sie benötigten nur Sekunden bis zu dem Behandlungskäfig, in dem der junge Miclarc bisher versorgt worden war. Er war leer.

Nebenan lag der erwachsene Zwitter. Er hatte die Stielaugen hoch erhoben und starrte die beiden Ärzte an. Dr. Kwain stellte fest, daß es diesem Miclarc sehr gut ging, obwohl sie gar nicht viel getan hatten, um sein Befinden zu bessern.

»Das begreife ich nicht«, sagte Mannes.

»Dafür gibt es nur eine Erklärung. Der Kleine muß teleportiert sein.«

»Alles hätte uns passieren dürfen, nur nicht das. Das Baby kann eine Katastrophe auslösen.«

»Wem sagen Sie das!« entgegnete Kwain ärgerlich. Er überlegte, ob er Alarm geben sollte, sah aber ein, daß das in dieser Situation sinnlos war. Die Klinik hatte andere Sorgen.

28.

Atlan kehrte mit einem schweren Energiestrahler aus dem Wachraum zurück, der vor der Behandlungsstation für die Mutanten lag. Hier hatte er in einem der Schränke einige Waffen vorgefunden. Von hier aus hatte er auch Einsatzbefehl an die USO-Truppen geben können und eine Nachricht an die

MARCO POLO übermittelt. Von dem Ultraschlachtschiff rückten bereits die Mutanten an. Sie würden schon in wenigen Sekunden in den Kampf eingreifen können – und dann war es vielleicht noch nicht zu spät.

Er brauchte dem Ansturm der feindlichen Roboter nicht lange standzuhalten, weil er bald Unterstützung bekommen würde, dafür stand er aber einer großen Übermacht gegenüber.

Mit einem Fußtritt öffnete der Arkonide die Außentür der Klinik, deren Schaltsensor versagte. Er hob das Gewehr, um auf einen Roboter zu schießen, als plötzlich vor ihm ein goldgelb schimmerndes Energiefeld entstand. Ihm schien, als ob matt glühende Gasmassen rasend schnell rotierten und dann zu einer annähernd humanoiden Gestalt auseinanderflossen. Für den Bruchteil einer Sekunde erschien mitten in diesem Feld ein seltsames Wesen, das wie ein graues Wollbündel mit zahlreichen Beinen aussah. Es schrie kläglich und verschwand zusammen mit der Leuchterscheinung wieder.

Atlan überwand die Verwirrung und feuerte sofort auf den Roboter, der unbeirrt auf ihn zuschwebte. Die Maschine explodierte und schleuderte eine zweite zur Seite, die ihr unmittelbar folgte. Der Lordadmiral wurde von der Druckwelle umgeworfen. Ein Splitter fuhr ihm sengend heiß über die rechte Schulter und zerriß seine Uniform.

Atlan warf sich hinter einen Schrank, um etwas Deckung zu haben. Er schoß in ununterbrochener Folge auf alles, was sich dem Eingang der Klinik näherte, und schuf damit ein chaotisches Durcheinander. Eine nahezu pausenlose Folge von Explosionen zerriß die Stille. Sprödes Material zersplitterte, Türen und Fenster flogen aus den Halterungen. Ein Explosivgeschoß traf die Dachkante und deckte den Gang ab.

Jetzt erschienen zwei Roboter schräg über dem Arkoniden, der verzweifelt feuerte.

Hier kommst du nicht mehr lebend raus, meldete sein Extrasinn mit nüchterner Feststellung. *Du hast dir ein wenig zuviel vorgenommen.*

»Abwarten«, sagte Atlan.

Er atmete schwer. Die Luft war glühend heiß. Er hatte das Gefühl, daß seine Haut im Gesicht vor Hitze platzte. Qualm, Feuer und Schmutz wirbelten um ihn herum. Trümmer polterten auf seine Beine herab.

»Nun mal sachte«, sagte eine helle Stimme hinter ihm, und eine Hand legte sich auf seine Schulter. »Du machst ja alles kaputt, alter Arkonidenhäuptling. Dies ist ein Krankenhaus, falls du das noch nicht bemerkt haben solltest, und in einem solchen verhält man sich ruhig.«

»Das wurde Zeit, Gucky!« rief Atlan schnaufend. Er zog sich zusammen mit dem Mausbiber weiter zurück.

Vor der Klinik wurde pausenlos geschossen. USO-Truppen griffen nun in den Kampf ein. Gucky teilte Atlan mit, daß die wichtigsten Mutanten von der MARCO POLO gekommen waren und ebenfalls gegen die Roboter kämpften.

»Die letzten Roboter versuchen jetzt mit aller Macht, in die Klinik einzudringen. Hier wird's gleich brenzlig werden«, schloß der Ilt.

»Noch brenzliger geht's wohl kaum«, entgegnete Atlan.

Wieder schoß er auf einen Kampfroboter, der über den Trümmern auftauchte. Ein Energiestrahl zuckte an dem Arkoniden vorbei. Er traf genau die Stelle, an der Gucky vor einer Sekunde noch gestanden hatte. Jetzt war der Mausbiber verschwunden.

Betroffen blickte Atlan sich nach ihm um. Er wußte nicht, wie er allein verhindern konnte, daß die Roboter bis zu den erkrankten Mutanten vordrangen.

»Wir haben alles versucht«, erklärte Betty Toufry. »Wir haben mehr getan, als man eigentlich von uns erwarten kann.«

»Das ist richtig«, entgegnete Wuriu Sengu.

»Jetzt wird es Zeit für den Plan Phönix. Wenn wir länger warten, könnten wir alles gefährden.«

Das »Gespräch« fand auf einer parapsychologischen Ebene statt, die selbst einem Mutanten wie Gucky nicht zugänglich gewesen wäre. Die Bewußtseinsinhalte der Mutanten, die in den Synthokörpern lebten, konnten sicher sein, daß niemand ihren Gedankenaustausch abhören konnte.

»Bisher hat niemand gemerkt, wie es wirklich um uns steht«, stellte Betty fest. »Ich bin ein wenig überrascht.«

Sowohl den Ärzten als auch dem überaus aufmerksamen Perry Rhodan war entgangen, in welchem Umfang sich die Mutanten geistig wirklich erholt hatten. Voraussetzung für die fast rasante Entwicklung war die Zellstabilisierung der Synthokörper. Als ihr Verfall – wenigstens vorläufig – gestoppt wurde, setzte auch eine überaus kräftige Genesung der Mutanten-Wachbewußtseine ein.

»Das ist richtig«, stimmte Wuriu Sengu zu. »Wir haben jetzt ein Stadium erreicht, in dem wir geistig fast völlig gesund sind. Damit sind die besten Voraussetzungen für den Plan Phönix geschaffen.«

»Das sollte uns vielleicht veranlassen, noch einmal mit Perry zu sprechen. Hat sich die Situation nicht doch ein wenig auch für ihn geändert?« fragte Tako Kakuta.

»Nein«, entschied Betty Toufry. »Er würde seine Meinung doch nicht ändern. Vielleicht würden wir den Plan Phönix gefährden.«

»Die Klinik wird angegriffen«, berichtete Wuriu Sengu. »Roboter versuchen, hier einzudringen. Sie wollen uns töten.«

Diese Nachricht rief keinerlei Aufregung bei den anderen Mutanten hervor. Man hatte festgestellt, daß draußen gekämpft wurde. Das genügte. Man konnte nichts tun, also war es besser, sich auf den Mutantenplan Phönix zu konzentrieren.

Die Mutanten strebten ein außerordentlich kühnes Ziel an: Sie wollten Psi-Materie schaffen und sich mit ihrer Hilfe selbst retten.

Betty Toufry war es gewesen, die als erste auf diese Idee gekommen war. Bisher hatten sie keine Möglichkeit gehabt, sie zu verwirklichen, denn sie waren noch viel zu verwirrt und verstört gewesen. In ihrem bisherigen Zustand hätten sie sich niemals so konzentrieren können, wie unbedingt notwendig, wenn der Plan gelingen sollte.

Jetzt aber war die entscheidende Wandlung eingetreten. Sie waren geistig fast gesund.

»Wir werden es versuchen«, kündigte Betty Toufry an, »aber das hätte jetzt nur wenig Sinn. Die Zeit ist zu kurz. Die Matten-Willys halten nicht mehr lange durch. Ihre Körper haben sich bereits sehr stark verfärbt. Uns bliebe höchstens noch eine Stunde in ihnen, und während dieser Zeit ist der Plan nicht durchzuführen.«

»In einer Stunde treffen die neuen Matten-Willys ein«, teilte Wuriu Sengu mit. »Wir müssen den Wechsel nutzen und einen Vorsprung gewinnen. Im entscheidenden Augenblick muß alles blitzschnell gehen, sonst werden uns die Mutanten von der MARCO POLO einen Strich durch die Rechnung machen.«

»Wir werden vorzeitig um eine Auswechslung der Matten-Willys bitten«, schlug Betty vor. »Ich bin auf einen Gedanken gekommen, den ich für gut halte.«

»Berichte!« bat Tako Kakuta. »Was sollen wir tun?«

»Wir müssen zuerst einmal hier heraus und uns der Aufsicht der Ärzte entziehen«, entgegnete Betty. »Das ist überhaupt die Voraussetzung für den Plan Phönix. Hier kommen wir nicht zum Ziel.«

Sie lauschte mit ihren Sinnen nach draußen, wo noch immer gekämpft wurde. Dann erläuterte sie ihre Überlegungen.

Perry Rhodan sah zwei Roboter, die auf unsichtbaren Antigravfeldern über die Trümmer einiger anderer Automaten hinwegflogen, die von Atlan zerschossen worden waren. Jetzt bemühten sie sich, mit Hilfe ihrer Energiestrahler, eine Wand der Klinik aufzubrennen, um so besser eindringen zu können. Zugleich griffen drei weitere Roboter den Haupteingang an, wo der Arkonide kämpfte.

Der größte Teil der feindlichen Robotarmee war von dem sich aufbauenden Energieschirm zurückgeschlagen worden. Er kämpfte jetzt noch mit den USO-Truppen, die drückend überlegen waren und in Schrott verwandelten, was sich ein noch unbekannter Gegner viel Geld hatte kosten lassen.

Auch innerhalb der Energieschirmglocke hatte sich die Situation entscheidend geändert. Gucky teleportierte mit anderen Mutanten aus der MARCO POLO und mit Spezialisten aus den USO-Verbänden bis in die Nähe der Roboter. Noch während Rhodan sich einige Schritte von der Mauer entfernte, die ihm bisher Rückendeckung gewährt hatte, verloren die Roboter die Schlacht außerhalb der Glocke. Der kommandierende Einsatzoffizier der Schutztruppe ließ den Energieschirm verschwinden, so daß nunmehr auch die USO-Truppen bis in den zentralen Kampfbereich vorstoßen konnten. Zugleich aber griffen die letzten Roboter die Klinik an. Sie gehorchten ihrem vorprogrammierten Befehl und waren durch nichts zu beirren.

Etwa zwanzig Wachen umringten Rhodan und schirmten ihn ab. Für ihn war die Gefahr gebannt. Wenig später erschien Gucky mit Atlan an der Hand im Freien. Er hatte den Arkoniden aus der Klinik geholt, obwohl dieser damit nicht ganz einverstanden war. Der Ilt entzog sich den zornigen Worten des Lordadmirals durch eine erneute Teleportation.

Perry Rhodan ging zu den Trümmern eines abgeschossenen Roboters und betrachtete sie. Maschinen dieser Art hatte er bisher noch nicht gesehen. Er zweifelte nicht daran, daß sie auf einem Planeten des Solaren Imperiums oder vielleicht sogar auf der Erde produziert worden waren, wenngleich auf den ersten Blick nichts darauf hindeutete.

Atlan kam zögernd zu ihm. Die beiden Männer blickten sich an, und ihre Mienen ließen erkennen, daß sie ihre Auseinandersetzung keineswegs vergessen hatten.

»Ist den Mutanten etwas passiert?« fragte Rhodan.

»Alles in Ordnung«, sagte Atlan. »Kein Roboter ist bis zu den Behandlungsräumen vorgedrungen. Dennoch scheint sich die Lage für sie verschlechtert zu haben. Wie ich eben hörte, haben sie darum gebeten, eine volle Stunde früher als sonst an frische Matten-Willys übergeben zu werden. Sie haben erklärt, daß ihre jetzigen Wirte vollkommen erschöpft seien und eine weitere Stunde nicht mehr lebend überstehen werden.«

Rhodan war überrascht. Er setzte zu einer Entgegnung an, als der warnende Ruf eines Offiziers sie unterbrach. Zwei Roboter flogen schnell auf die Gruppe zu. Sie wurden sofort beschossen und explodierten in einer Entfernung von fast einhundert Metern. Rhodan schloß geblendet die Augen.

»Auf den von Ihnen verwalteten Planeten fühlt man sich ausgesprochen wohl, Herr Oberkommandierender«, sagte er sarkastisch zu Atlan. »Bislang war ich stets der Ansicht, die USO sei ein recht gut organisierter Haufen. Diese Meinung muß ich wohl revidieren.«

Atlan biß sich ärgerlich auf die Lippen. Nur mühsam unterdrückte er eine scharfe Entgegnung. Der Überrumpelungsangriff der Roboter hatte ihn ebenso getroffen wie Rhodan. Die Klinik für paraabstrakte Phänomene war zwar bewacht und abgesichert worden, hatte aber keineswegs einem Militärlager geglichen. Niemand hatte mit einem derart massiven Angriff rechnen können.

Vereinzelt wurde immer noch gekämpft.

Mehrere Führungsoffiziere erschienen bei Atlan, während Rhodan langsam zur Klinik der Mutanten ging. Der Lordadmiral erteilte seine Befehle. Ihm kam es nicht nur darauf an, einen zweiten Überfall unmöglich zu machen.

Er wollte auch den Urheber dieses Attentats so schnell wie möglich ermitteln. Dafür setzte er die volle Kapazität der USO-Kräfte ein. Wer immer für den Robotangriff verantwortlich war, er hatte sich mit einem mächtigen Gegner eingelassen, über den bisher noch keine Macht der Galaxis einen bedeutenden Sieg davongetragen hatte.

Einer der Ärzte kam Rhodan entgegen. Der Großadministrator kannte ihn nicht.

»Sir, die Mutanten benötigen unbedingt neue Matten-Willys«, berichtete der Mediziner. »Sie haben uns wissen lassen, daß die Matten-Willys sterben werden, wenn nicht sofort etwas geschieht.«

»Geben Sie die entsprechenden Anweisungen!« befahl Rhodan.

Er blieb stehen und blickte auf die Trümmer vor der Klinik. Zahlreiche Arbeitsroboter räumten bereits auf. Obwohl die Schäden beträchtlich waren, würden sie schon in wenigen Stunden restlos behoben sein. Am Abend dieses Tages würde man kaum noch sehen können, daß die Klinik überfallen worden war.

Mehrere Sicherheitsoffiziere kamen zu Rhodan, um ihn zu informieren. Der Terraner hörte sich ihren Bericht schweigend und kommentarlos an. Er wartete, bis Atlan kam.

Dann sagte er: »Ich nehme an, daß du auch über einige Offiziere verfügst, die dich entlasten können. Wenn es so ist, dann wirst du vermutlich Zeit haben, mit mir zu Mittag zu essen.«

Atlan lächelte. In seinen Augen blitzte es spöttisch auf. »Ich verfüge über einen gesunden Appetit. Und den werde ich mir auch durch dich nicht verderben lassen. Gehen wir also.«

Rhodan wurde sachlich, als er mit dem Arkoniden über den Angriff diskutierte. Er verzichtete darauf, Atlan durch weitere Seitenhiebe herauszufordern. Das Interesse wandte sich wieder dem Kernproblem zu: Wie waren die Mutanten zu retten?

Da war es wieder! Betty Toufry verspürte ein kaum beschreibliches Unbehagen, das ihre Konzentrationsfähigkeit vorübergehend fast völlig lahmlegte. So sehr sie sich auch bemühte, sie konnte ihre Gedanken nicht ordnen. Irgendwo in der Nähe befand sich eine Art Störsender, der starken Einfluß auf sie nahm. Ihr war, als ob etwas Fremdes über ihr schwebte und ihren Geist anzapfte. Sie fürchtete sich. Das gefiel ihr nicht. Furcht war ihr fremd. Sie versuchte, sich gegen das Störende zu wehren, aber ihr war, als griffe sie dabei ins Nichts hinein.

Die sieben anderen Mutanten teilten ihr mit, daß sie ähnlich empfanden. Auch sie waren unruhig und verwirrt. Wuriu Sengu fühlte sich gefangen. Er wähnte sich in der Sackgasse, aus der es keinen Ausweg mehr gab. Seine Gedanken verrieten, daß er nicht mehr so recht an den Plan Phönix glauben mochte.

»Wenn wir uns nicht genügend konzentrieren können, dann ist alles verloren«, prophezeite er. »Es hängt zuviel davon ab.«

Betty versuchte, ihn zu beruhigen, doch er ging gar nicht auf ihre Gedanken ein.

»Du mußt jetzt weiterdenken, Betty. Es genügt nicht mehr, nur an den nächsten Schritt zu denken. Wir müssen das Fremde beseitigen, sonst kommen wir nicht heil hier heraus.«

»Vielleicht will man uns nur prüfen«, gab Betty zu bedenken.

»Daran glaube ich nicht. Wenn es so wäre, würden wir es erfahren. Keiner der Ärzte kann seine Gedanken vor uns verbergen. Irgend jemand würde sich verraten. Nein – sie wissen selbst nichts. Sie ahnen nicht einmal, daß es hier etwas gibt, das uns so belastet.«

»Wir sollten uns nicht aufhalten lassen. Jetzt stehen unsere Chancen gut. Die Situation ist günstig, wenn wir einmal den Störfaktor unberücksichtigt lassen. Er ist jedoch nicht immer vorhanden, sondern tritt nur sporadisch auf. Mit ein wenig Glück schaffen wir es dennoch.«

»Du hast recht, Tako. Das Ding ist nicht immer da. Wenn es aber eingreift, ist sein Einfluß so stark, daß es alles überschattet. Es hat uns schon zweimal zu Versuchen gezwungen, die wir eigentlich gar nicht wollten.«

Von Tako kam so etwas wie ein beruhigendes Gelächter. »Zusammen sind wir stark. Wir können das Störende abwehren. Wenn wir uns voll darauf konzentrieren, den psi-materiellen Astralkörper zu schaffen, dann wird alles andere von uns abprallen wie von einem Schild. Achtung! Die Matten-Willys kommen.«

Takos Gedanken hatten die Wogen geglättet. Die anderen Mutanten fühlten sich wieder ein wenig besser. Tako hatte recht. Sie waren stark. Alle zusammen waren kaum zu schlagen. Wenn das Fremde sie bisher gestört hatte, dann nur, weil es sie unvorbereitet getroffen hatte.

Acht Quallenwesen watschelten herein.

»Das wurde Zeit!« sagte Betty Toufry mit Hilfe des Matten-Willys, in dem sie steckte. »Sie haben uns lange warten lassen, Paih Terzyu.«

Der Ara-Mediziner kam an der Spitze einer Gruppe von Ärzten, Assistenten, Helferinnen und USO-Spezialisten herein.

»Ich habe getan, was ich konnte.« Der Ara strich sich mit seiner knochigen Hand über den eiförmigen Schädel. Seine bläulich schimmernden Lippen zuckten. Der Tadel hatte ihn sichtlich getroffen.

Paih Terzyu sah womöglich noch blasser aus als sonst. Er wirkte zerbrechlich und schwach. Seine Haut schien durchsichtig zu sein. Der Eindruck übergroßer Empfindlichkeit täuschte jedoch. Dieser Mann aus dem Volk der Altarkonidenabkömmlinge konnte sehr hart und ausdauernd arbeiten, wenn es darauf ankam. Er verfügte über eine ungewöhnlich hohe Intelligenz. Die Mutanten wußten das, und sie waren sich auch darüber klar, daß es nicht leicht war, ihn zu überlisten. Betty wollte ihn mit ihren aggressiven Worten ablenken.

Die Matten-Willys verteilten sich im Raum, bis jeder vor dem rötlich verfärbten Körper seines Vorgängers stand. Ihre Oberfläche bewegte sich so, als werde sie vom Wind verzerrt.

Die Ärzte warteten. Die Sekunden verstrichen, ohne daß etwas geschah. Schließlich räusperte sich Paih Terzyu.

»Worauf warten Sie noch, Betty?«

»Wir oder vielmehr unsere Wirtskörper sehen nicht mehr sehr gut aus.«

»Das ist uns bekannt, Betty.«

Wiederum verstrich fast eine Minute, bis die Mutantin erneut sprach.

»Verstehen Sie denn nicht?« fragte sie aufgeregt. »Begreifen Sie nicht, daß es uns unangenehm ist, bei dieser Prozedur ständig beobachtet zu werden?«

Paih Terzyu senkte unwillkürlich den Kopf.

»Verzeihen Sie mir, Betty. Daran habe ich nicht gedacht. Ich kann es nachempfinden, daß Sie diese Körper nicht zeigen mögen. Sie sind kein schöner Anblick – weder für uns noch für Sie. Wir werden Sie allein lassen. Bitte, geben Sie uns Bescheid, wenn alles in Ordnung ist.«

»Ich danke Ihnen, Paih Terzyu. Sie haben mehr Mitgefühl, als ich angenommen habe.«

Der Ara lächelte. Er nickte dem Quallenwesen zu, in dem er Betty wußte. Dann gab er den anderen Besuchern den Befehl, die Station zu verlassen. Er konnte sich wirklich vorstellen, daß es den Mutanten unangenehm war, die Wirtskörper vor aller Augen aus den Umschlingungskörpern der Matten-Willys herauszulassen. Jedes bewußt denkende Wesen hat einen gewissen Sinn für Schönheit und Reinheit. Wer weiß, daß sein Anblick Entsetzen auslösen muß, der scheut sich, sich anderen zu zeigen.

Paih Terzyu akzeptierte den Wunsch der Mutanten, ohne den geringsten Verdacht zu hegen. Als Arzt war er es gewohnt, grauenhaft verunstaltete Wesen ohne innere Gefühle gegenüberzutreten und sie zu behandeln. Aber auch für ihn gab es gewisse Grenzen. Auch er konnte sich dem Einfluß nicht entziehen, den das äußere Bild eines Kranken auf den Arzt ausüben mußte.

Ein Gefühl unendlicher Erleichterung erfaßte die Mutanten, als sich die Tür hinter den Besuchern schloß.

Die acht frischen Matten-Willys machten sich bereit, die Mutanten zu übernehmen. Aber plötzlich griffen diese an.

Eine hypnosuggestive Welle erfaßte sie und überwältigte sie auf der Stelle. Schlagartig vergaßen die Quallenwesen die Wirklichkeit. Als sie die Plätze ihrer Vorgänger einnahmen, glaubten sie, die Synthokörper in sich zu tragen. Jeder von ihnen war fest davon überzeugt, eine äußerst wichtige Rolle bei der Behandlung der Mutanten zu spielen. So blickten sie den erschöpften Matten-Willys gelassen nach, als diese die Station verließen.

Auf dem Gang vor der Station räumten einige Arbeitsroboter die Reste der abgeschossenen Kampfmaschinen weg. Ein junger Arzt stand bei ihnen. Er beobachtete, wie die Matten-Willys an ihm vorbeiwatschelten.

»Ihr seid die nettesten Krankenschwestern, die ich je kennengelernt habe«, verkündete er, beugte sich vor und streichelte ein Quallenwesen. Ein Pseudoarm fuhr aus der rötlichen Masse und drängte seine Hand zur Seite.

»Wir sind vollkommen groggy«, behauptete der Matten-Willy. »Jetzt benötigen wir dringend Ruhe, also halten Sie uns bitte nicht auf.«

»Diese Absicht hatte ich ganz und gar nicht«, sagte der Assistent verlegen.

Die Matten-Willys schwankten hinaus, als ob sie betrunken seien. Zu dieser Zeit ahnte niemand, daß die Mutanten die Flucht angetreten hatten.

Als Paih Terzyu in die Station zurückkam, befahl er seinen Helfern, die Meßinstrumente wieder anzulegen. Einer der Matten-Willys, den der Ara für den Träger von Betty Toufry hielt, sagte: »Das ist sinnlos. Unterlassen Sie das bitte. Wir glauben nicht daran, daß Sie uns damit helfen könnten. Sie belästigen uns nur.«

»Ich benötige die Ergebnisse.«

»Geben Sie uns einige Stunden Ruhe! Bitte!«

»Na gut. Im Grunde genommen haben Sie recht. Viel erreichen wir ohnehin nicht.«

»Ich danke Ihnen für die ehrlichen Worte.«

Viel länger hätte das Gespräch nicht dauern dürfen, denn weitere Fragen hätten den Matten-Willy in Verlegenheit gebracht.

Die Mutanten hatten dieses Gespräch aus einer Entfernung von fast zweihundert Metern verfolgt und zum Teil gesteuert. Jetzt wußten sie, daß sie den Rücken frei hatten und die Flucht energisch vorantreiben konnten.

Die Zeiger in der Klinik für paraabstrakte Phänomene rückten auf 12.48 Uhr Ortszeit vor. Die Sonne stand jetzt hoch am Himmel. Die Wolkenbänke hatten sich aufgelöst. Es war heiß und stickig.

Dreihundert Meter von der Klinik entfernt warteten die Posbis mit Spezialfahrzeugen. Näher hatten die USO-Truppen sie nicht herangelassen, damit die Aufräumarbeiten nicht gestört wurden. Die erschöpften Willys krochen in die Fahrzeuge. Wenig später schwebten sie langsam auf den dreifach gestaffelten Kordon der Sicherheitstruppen zu. Der überraschende Angriff hatte das Oberkommando veranlaßt, die Sicherheitsvorkehrungen erheblich zu verstärken. Man wollte sich nicht noch einmal überrumpeln lassen und die acht Mutanten gefährden.

»Poynor 52, du degeneriertester aller Degenerierten, ich verfluche dich!« rief Liman Hambug zornig. »Verdammt sollst du sein! Möge ein gnädiges Schicksal die Menschen der Galaxis davor bewahren, daß du jemals Imperator wirst!«

Der Terraner bürstete sich sein rotes Haar durch – ohne großen Erfolg. Er hatte vorher nichts gehabt, was man als Frisur bezeichnen konnte, und er erreichte auch jetzt nichts Derartiges. Ärgerlich warf er die Bürste in eine Ecke seiner Kabine. Dann machte er sich daran, die Schubladen seiner Schränke aufzureißen. Er suchte nach einer passenden Uniform für den bevorstehenden Besuch bei Atlan. Jedenfalls gab er sich alle Mühe, etwas zu finden, was er tragen konnte. Dabei war er davon überzeugt, daß er niemals bis zum Lordadmiral vordringen würde. Dennoch wollte er nicht darauf verzichten, alle möglichen Voraussetzungen für den Fall zu schaffen, daß er den Arkoniden doch sprechen konnte.

Er grinste erfreut, als er eine noch fast neue Uniform entdeckte, die er bei einer verrückten Wette in einer Kneipe auf Shalkit erstanden hatte. Sie hatte einem Shalkitaner gehört und war entsprechend prächtig. Zugleich erinnerte Hambug sich daran, daß er auf einem anderen Planeten – er wußte nicht mehr welchem – eine Sammlung galaktischer Orden und Ehrenzeichen beim

Spiel gewonnen hatte. Er kramte den Kasten mit den soldatischen Schmuckstücken heraus und heftete sich wahllos an, was an seiner Brust Platz hatte. Danach fühlte er sich ausreichend für seinen schweren Gang gerüstet.

Allerdings war er recht froh, daß er auf dem Wege zum Gleiterhangar keinen der terranischen Offiziere traf, die auf dem Schiff Dienst taten. Er kannte deren rauhe Witze zur Genüge. Man hätte ihn wohl kaum passieren lassen, ohne sich auf seine Kosten ausgiebig zu amüsieren. So glich sein Gang zum Hangar einer vorsichtigen Flucht.

Er war der Ansicht, daß zur Uniform auch ein passender Gleiter gehörte, und wählte deshalb das Fahrzeug des Ersten Offiziers aus. Dazu mußte er einige verbotene Eingriffe an dem Sicherungscomputer vornehmen, aber das war nicht weiter schwierig für ihn. Das hatte er schon öfter getan.

Wenig später verließ er das Raumschiff des Neuarkoniden und raste mit Höchstgeschwindigkeit davon. Der Wind pfiff um die Kabine, als er ein kleines Waldgebiet überflog. Er war nicht überrascht, als das Ruflicht am Interkom aufleuchtete. Er ignorierte es, da er sich schon denken konnte, mit wem er zu rechnen hatte. Vermutlich hatte der Erste gerade gemerkt, daß sein Gleiter verschwunden war.

Liman Hambug lächelte, als das Licht erlosch. Von jetzt an würde er Ruhe haben. Später allerdings standen ihm einige unangenehme Minuten bevor. Er hoffte, sie dadurch etwas erträglicher machen zu können, daß er wenigstens den Nachweis erbringen konnte, mit Atlan gesprochen zu haben.

Als die Klinikgebäude in Sicht kamen, kreuzte ein schwerer Gleiter seine Bahn. Der Terraner mußte sein eigenes Fluggerät steil nach oben ziehen, um einem Zusammenstoß auszuweichen. Dabei merkte er, daß er doch noch ein wenig mehr beschädigt hatte als nur den Sicherungscomputer. Er fluchte.

Unter sich sah er die Wachen, welche die Klinik abschirmten. Abermals flammte das Ruflicht am Armaturenbrett auf. Jetzt schaltete er ein.

»Landen Sie sofort!« befahl eine befehlsgewohnte Stimme, noch bevor sich das Bild auf dem 3-D-Schirm ganz stabilisiert hatte.

Liman Hambug entdeckte die Trümmer zahlreicher Roboter und die Spuren eines schweren Kampfes. Das sagte ihm genug. Er riß den Gleiter herum und setzte weit außerhalb der Wachkreise zur Landung an. Dabei beobachtete er acht rötlich verfärbte Matten-Willys, die schwerfällig auf einige Posbis zuliefen. Er machte sich keine Gedanken über sie, obwohl er plötzlich ein seltsames Druckgefühl im Kopf hatte. Es verriet ihm, daß Mutanten in der Nähe waren. Da er angesichts der USO-Truppen mit einer derartigen Beobachtung gerechnet hatte, machte er sich keine Sorgen darüber. Er hatte ein reines Gewissen und brauchte nichts zu befürchten.

Ein Offizier kam zu seinem Gleiter, als er gelandet war und die Tür geöffnet hatte. Verblüfft blickte er auf die Uniform des Boten. Liman Hambug konnte ihm ansehen, daß er krampfhaft überlegte, ob ihm eine derartige Uniform schon einmal begegnet war.

Frechheit siegt, sagte er sich und sprang mit einem eleganten Satz aus dem Gleiter. Er grüßte lässig, blinzelte in die Sonne und blickte sich suchend um, wie ein Feldherr, der die Aussichten seiner aufmarschierenden Truppen abwägt.

»Gut, gut, mein Lieber«, sagte er herablassend. »Verzichten Sie auf allzu exakte Grußformalitäten. Kommen wir gleich zur Sache. Melden Sie mich dem Lordadmiral!«

Der Offizier blickte unverwandt auf die ordenübersäte Brust des jungen Mannes. Liman Hambug begann innerlich zu fluchen. Seine anfängliche Sicherheit schwand schnell dahin, zumal der USO-Spezialist seine Lippen zu einem genüßlichen Grinsen verzog.

»In Ordnung«, sagte er. »Ich werde Atlan hierherzitieren, wenn Ihnen das recht ist. Setzen Sie sich doch solange!«

Er deutete auf einen Punkt hinter Hambug. Dieser ließ sich täuschen und blickte zurück. Aber da war kein Stuhl, sondern nur leerer Rasen. Er biß sich auf die Lippen, krauste die Stirn und starrte den Offizier mit verengten Augen an. Er brauchte sich keine Mühe zu geben, erzürnt auszusehen. Während er noch nach einer passenden Antwort suchte, entdeckte er Gucky.

Der Mund blieb ihm offen stehen. Langsam hob er den rechten Arm und streckte ihn aus. »Wa... wa... was ist denn das?« stotterte er.

Die Mundwinkel des Offiziers wanderten noch ein wenig näher an seine Ohrläppchen heran. Die Sache mit diesem Jüngling schien ihm immer mehr Spaß zu machen.

»Das ist der Weihnachtsmann, Sir, der kommt zur Bescherung.«

»Mi... mitten im Sommer?« stammelte Hambug. Dann erröteten seine Wangen. »Quatsch! Und warum hüpft er so?«

Der Offizier überwand sich selbst. Er hatte sich nicht ablenken lassen wollen, wurde jetzt aber doch neugierig. Er drehte sich um. Und jetzt blieb auch ihm der Mund offen stehen.

Gucky näherte sich ihnen tatsächlich – in winzigen Teleportersprüngen von jeweils einem Meter. Nach jedem Sprung schien er schräg nach oben zu schießen. Sein Mund stand weit offen, so daß der Nagezahn wie ein großes Ausrufezeichen darin leuchtete. Liman Hambug fühlte sich an einen Kieselstein erinnert, den man über das Wasser hüpfen läßt.

»Warum macht er das?« fragte er. »Ist das nicht ziemlich anstrengend?«

»Weiß der Teufel.«

Gucky raste dicht an ihnen vorbei. Hambug konnte deutlich hören, daß er leise Schreie ausstieß. Und erst jetzt bemerkte er das winzige Wollbündel, das sich an seinen Gürtel krallte.

Der Druck in seinem Kopf verstärkte sich. Er preßte die Hände gegen die Schläfen. Vor seinen Augen drehten sich feurige Kreise, und eine rotglühende Sonne raste auf ihn zu.

Hambug ruderte mit den Armen. Er traf den Offizier am Hals und stieß ihn um. Dann klärten sich seine Blicke schlagartig. Er schüttelte den Kopf, um sich von der Benommenheit zu befreien, und rieb sich die Augen. Überrascht und verwirrt stellte er fest, daß er schweißgebadet war. Innerhalb von wenigen Sekunden schien er durch eine glühende Hölle gegangen zu sein.

Als er aufblickte, sah er unmittelbar in das flammende Abstrahlfeld eines Energiestrahlers. Das Gesicht des Offiziers sah jetzt ganz und gar nicht mehr fröhlich aus. Hinter ihm hockte der Mausbiber auf dem Rasen und hielt sich den Kopf.

»Mensch, Humbug, wie hast du das gemacht?« fragte er stöhnend.

Der Bote des Edlen Poynor 52 verneigte sich steif. »Hambug«, stellte er richtig. »Liman Hambug von Terra.«

Gucky watschelte auf ihn zu und reichte ihm die Hand. »Jedenfalls hast du mir das Leben gerettet. Und dafür danke ich dir.«

Der Offizier ließ seine Waffe in den Halfter zurückgleiten. Er sah sehr überrascht aus. Liman Hambug ließ seine Hand bescheiden über seine ordenübersäte Brust gleiten, so daß ein helles Klingeln ertönte. Er wußte nicht, was der Ilt meinte, aber das war ihm egal. Blitzschnell erkannte er seine Chance.

»Das war doch selbstverständlich«, erklärte er und winkte großmütig ab. »Ich konnte doch nicht zulassen, wie der wichtigste Freund der Menschheit umgebracht wurde.«

»Ich werde dafür sorgen, daß du einen echten Orden bekommst, Humbug. Sozusagen, einen Humbug-Orden.«

Der USO-Offizier räusperte sich. »Was ist denn eigentlich passiert?« fragte er in einem Ton, der deutlich erkennen ließ, daß er Gucky nicht ganz folgen konnte.

Der Ilt rieb sich die Stirn. »Ganz einfach«, antwortete er. »Ich wurde von einem entflohenen Patienten der Klinik erwischt. Ich glaube, es war ein Miclarc. Das Biest hängte sich an meinen Gürtel und zwang mich zu pausenlosen Teleportationen.«

»Und dagegen sollte ein Gucky machtlos sein?« fragte der Offizier zweifelnd.

Der Ilt kratzte sich hinter dem Ohr. »Das ist es ja gerade, was mich so wurmt«, gab er zu. »Ich weiß nicht, was geworden wäre, wenn dieser junge Bursche den Mic nicht geblockt hätte.«

Gucky blickte zu den Posbis hinüber, die mit den erschöpften Matten-Willys durch den Wachkordon hindurchflogen. Vor seinen Augen flimmerte es. Er schrieb es den Nachwirkungen der Zwangsteleportationen zu. Während er sich dem rothaarigen Terraner wieder zuwandte, fühlte er, daß etwas nicht in Ordnung war. Er versuchte, telepathisch zu sondieren, hatte aber keinen Erfolg damit. Mit großen Augen blickte er Hambug an.

»He«, sagte er. »Ich kann deine Gedanken nicht lesen, Humbug. Und die von den Matten-Willys dort auch nicht. Was machst du für einen Humbug mit mir?«

»Ich bin ein Blocker«, antwortete Hambug kläglich. »Ich kann nichts dafür, daß Mutanten in meiner Nähe hilflos sind. Nichts funktioniert mehr.«

»Das habe ich aber gar nicht gern.«

Der Ilt blickte wieder zu den Matten-Willys hinüber.

»Ich verschwinde auch schnell, wenn du mich zu Atlan bringst«, sagte Liman Hambug. »Dann ist alles wieder in Ordnung.«

»Na gut. Du hast mir das Leben gerettet. Ich muß mich revanchieren. Komm! Wir teleportieren.«

Er reichte Hambug die Hand und schloß die Augen, um sich zu konzentrieren. Als er sie wieder öffnete, war er noch immer an der gleichen Stelle. Jetzt erst begriff er wirklich. Gucky schimpfte laut und anhaltend.

29.

»Das war knapp«, stellte Betty Toufry fest. Unendliche Erleichterung ging von ihr aus.

»Diesmal müssen wir dem kleinen Störenfried sogar dankbar sein«, ergänzte Wuriu Sengu. »Ohne ihn hätten wir es nicht geschafft.«

»Armer Gucky! So etwas hat er noch nie erlebt«, sagte Betty mitfühlend.

Die Posbis erreichten die Spezialunterkunft der Matten-Willys. Die Robotarme hoben die erschöpften Quallenwesen aus den Fahrzeugen heraus und ließen sie auf eine Antigravrutsche gleiten, auf der sie sanft in das Innere des Gebäudes glitten.

Die Mutanten begannen sich sicherer zu fühlen, als sie einen mit Sauerstoff stark angereicherten Raum erreicht hatten, dessen Bodenschale mit einer aromatischen Flüssigkeit gefüllt war. Sie sollte offensichtlich dazu dienen, die Kräfte der Matten-Willys schnell wieder zu regenerieren.

»Wir beginnen sofort«, beschloß Betty Toufry.

Die anderen stimmten zu, nachdem sie vorsichtig sondiert hatten, ob die Mutanten der MARCO POLO in der Nähe weilten. Vor ihnen hatten sie den größten Respekt. Sie achteten sie hoch und fürchteten gerade deshalb, mit ihnen kämpfen zu müssen. Sie hofften, daß sie ihren Plan Phönix durchführen konnten, ohne von den anderen Mutanten behindert zu werden. Wenn sie mit ihnen hätten kämpfen müssen, hätten sie auf ihr Vorhaben verzichtet.

Der erste Impuls kam von Betty Toufry. Er war stark und klar. Er zwang die anderen, sich ebenfalls zu konzentrieren. Allmählich versanken die anderen Probleme, die sie belasteten. Die Aufgabe, die sie zu bewältigen hatte, nahm mehr und mehr Gestalt an. So verschmolzen acht Persönlichkeiten zu einer einzigen. Alle individuellen Eigenschaften und Besonderheiten wurden unwichtig. Nur noch ein einziger Wunsch erfüllte sie. Nur ein einziges Ziel stand vor ihren geistigen Sinnen.

Mitten im Raum entstand ein gelblich schimmerndes, zunächst noch sehr nebelhaftes Feld. Irrlichternde Flammen hüpften über die kahlen Wände und die Ränder der Schalen, in denen die Matten-Willys ruhten und sich erholten.

Der Nebel verdichtete sich im Laufe von etwa zwanzig Minuten und formte sich zu einer flackernden Spindel, die sich unstet im Raum hin- und herbewegte, als ob sie sich nicht entschließen könne, an einem bestimmten Platz zu verharren.

Ein eigentümliches Stöhnen erfüllte den Raum. Die Mutanten schienen unter der gewaltigen Konzentration zu zerbrechen. Für einige Minuten zerflatterte der Nebel wieder zu konturlosen Fetzen, die ziellos an den Wänden entlangstrichen, als suchten sie sich einen Weg nach draußen. Dann kam ein Befehl, hart und entschlossen.

War es Betty? Oder war es einer der anderen Mutanten? Die parapsychische Stimme schien zu niemandem zu gehören und von jedem zugleich zu kommen. Sie mahnte verzweifelt und voller wilder Kraft.

Nicht aufgeben! Nur jetzt nicht aufgeben!

Die leuchtenden Nebel flossen wieder zusammen. Plötzlich, als strömten sie in eine vorgefertigte Form, bildete sich ein menschlicher Körper heraus! Ein unbekleideter Mann stand vor den Matten-Willys und strich sich linkisch über das wirre Haar.

Überströmende Freude zerstörte die Konzentration erneut und vernichtete den eben erst geschaffenen psimateriellen Astralkörper wieder. Ein zorniger

Gedanke durchdrang die Bewußtseinsinhalte der Mutanten wie ein Peitschenhieb.

»Das darf nicht passieren«, mahnte Betty Toufry. Ihre Gedanken kamen langsam und schwerfällig. »Wir dürfen keine Zeit verschwenden. Wenn Perry merkt, was geschehen ist, müssen wir bereits am Ziel sein, sonst ist es vielleicht für immer zu spät.«

Sie spürte das Bedauern über den Fehler, und sie fühlte sich versucht, sich für ihre strafenden Gedanken zu entschuldigen. Da sie damit die Konzentration der anderen erneut gestört hätte, verzichtete sie darauf und schob die versöhnenden Worte für später auf.

»Bitte!« wisperte ihre Stimme.

Die anderen begannen sofort damit, sich erneut auf die große Aufgabe einzustellen. Abermals verdichtete sich der Nebel, der bereits aus Psi-Materie bestand, die von den Mutanten geschaffen worden war. Wiederum vergingen viele Minuten, bis die Irrlichter ineinanderströmten und sich miteinander vermischten wie verschiedene Farben, die in einen Topf gerührt wurden.

Eine menschliche Gestalt entstand.

Zuerst vervollkommnete sich der Kopf. Schwarze Stachelhaare bildeten sich über einem breiten, gutmütigen Gesicht mit vollen Lippen und schräg gestellten Augen. Dann formten sich die Schultern, der Rumpf, die Arme und schließlich die Beine aus einer Sphäre, die von den Mutanten »koexistenzielle Stabilitätszone« genannt wurde.

Lange Minuten verstrichen, in denen der PA-Körper völlig bewegungslos im Raum stand. Dabei nahm er eine immer stärker werdende Ähnlichkeit mit dem Japaner Wuriu Sengu an. Zunächst hatte der Körper aus Psi-Materie noch durchsichtig und schwach ausgesehen, jetzt aber wurde er immer kräftiger. Die anfangs verwaschene Oberfläche schien zunehmend fester zu werden.

Ein Beobachter wäre an ein dreidimensionales Bild aus einer Televisionssendung erinnert worden, das zunächst sehr unscharf war und dann langsam schärfer und kontrastreicher wurde, bis es bis in die kleinsten Einzelheiten durchgezeichnet war.

Der psimaterielle Astralkörper bewegte sich zögernd. Er ging einige Schritte auf und ab, wobei er es noch nicht ganz schaffte, die Bewegungsabläufe harmonisch zu koordinieren. So wirkte der ohnehin wuchtig gebaute und untersetzte Wuriu Sengu noch bulliger. Aber das änderte sich schon bald. Er reckte sich und verschränkte dann die Arme vor der Brust.

Jetzt war der Zeitpunkt gekommen, auf den Betty Toufry gewartet hatte. Sie gab das Zeichen.

Unsichtbar und für niemanden wahrnehmbar verließen die Handlungsbewußtseine der sieben anderen Mutanten ihre zerfallenen Wirtskörper. Sie lösten sich aus den nunmehr wirklich grenzenlos erschöpften Matten-Willys heraus, fielen zu Boden und blieben leblos liegen. Die Körperfunktionen erloschen. Die Herzen der Synthokörper hörten auf zu schlagen. Die Organismen brachen zusammen.

Zugleich etablierten sich in dem Astralkörper von Wuriu Sengu die sieben Bewußtseinsinhalte mit all ihren Fähigkeiten und all ihrem Können.

Der Mutantenplan Phönix war in seiner ersten Phase gelungen. Die Mutanten lebten im PA-Körper Wuriu Sengus.

Der Astralkörper bewegte sich erneut. Auch jetzt sah er noch unbeholfen aus. Er taumelte ein wenig und versuchte, sich an der Wand abzustützen. Das aber gelang ihm nicht.

Seine Hand glitt ins Leere. Sie stieß auf keinerlei Widerstand, so als griffe sie nicht in dichte Materie, sondern lediglich in die Luft hinein.

Wuriu Sengu wäre fast gestürzt. Mit einer geschickten Bewegung fing er sich im letzten Augenblick ab. Er senkte den Kopf und blickte auf seine Füße, die teilweise im Boden verschwunden waren.

Die in ihm vereinigten Mutanten kämpften gegen den Schock an. Sie mußten verhindern, daß der psi-materielle Astralkörper wieder zerfiel, denn dann wären sie verloren gewesen.

In diesen entscheidenden Sekunden spürten sie die Nähe des »Stör-Körpers«. Von ihm ging die größte Gefahr aus. Er konnte sie allein dadurch vernichten, daß er anwesend war. Die Unruhe der Mutanten steigerte sich. Vergeblich bemühte Betty Toufry sich, die aufsteigende Panik abzufangen.

»Beherrscht euch!« drängte sie. »Seid ruhig! Wir verraten uns durch unsere Unruhe. Noch ist es viel zu früh. Der Körper ist leider noch viel zu instabil.«

Ihre Rufe verhallten im Nichts. Die Mutanten merkten, daß sich die Entfernung zwischen ihnen und dem »Stör-Körper« zusehends verringerte.

»Nun, verehrter Kollege, darf man fragen, wie weit Sie sind mit Ihren Kummer-Patienten?« fragte Paih Terzyu.

Dr. Kwan Kwain, der aus dem Seitenarm der Klinik für extraterrestrisches Intelligenzleben gekommen war, blieb stehen.

»Wir haben ausgesprochenes Pech«, antwortete er und blickte auf sein Chronometer. Es zeigte 14.18 Uhr am 5. Juni 3444 an. »Das Baby ist mir entwischt.«

Paih Terzyu sah beunruhigt aus. »Sie haben noch keinen Alarm gegeben?«

»Doch – aber er dürfte bei der allgemeinen Unruhe untergegangen sein.

Dabei ist der Kleine gefährlicher, als wir ursprünglich angenommen haben.« Mit knappen Worten erklärte er, was er und sein Ärztestab herausgefunden hatten. Der Ara wurde immer unruhiger, da er sofort erkannte, daß der kleine Miclarc auch einen ungünstigen Einfluß auf die Mutanten haben konnte.

Dr. Mannes kam in großer Eile nach draußen. »Jetzt wird unsere Onkeltante gescheit!« rief er. »Bitte, kommen Sie.«

Der Ara-Mediziner schloß sich Dr. Kwain an. Er interessierte sich brennend für die Probleme des Kollegen, da er wichtige Hinweise für die Therapie der eigenen Patienten zu erhalten hoffte. Dies war nicht das erstemal, daß es innerhalb der Klinik durch verschiedene Kranke zu Abhängigkeiten kam. Paih Terzyu erinnerte sich an zwei terranische Patienten, die unter schwersten Lähmungserscheinungen gelitten hatten. Niemand konnte sich zunächst die Ursache der Nervenblockierungen erklären, bis zufällig Gehirnstrommessungen Aufschluß über latente parapsychische Fähigkeiten gaben. Diese standen in einem paraenergetischen Gegensatz zueinander und führten zu Unverträglichkeiten des motorischen Nervensystems. Das Krankheitsbild wurde überdeckt durch schwere vegetative Störungen, so daß die Symptome nicht eindeutig voneinander getrennt werden konnten. Erst als man einen der beiden Patienten in eine weit entfernte Klinik brachte, verschwanden die Beschwerden, die Paih Terzyu unter dem Begriff parapsychisch-vegetatives Syndrom zusammengefaßt hatte. Mit einer Arbeit über diesen Krankheitsfall hatte einer seiner terranischen Assistenten promoviert.

Jetzt fürchtete der Ara-Mediziner noch ungleich kompliziertere Abhängigkeiten, da hier zwei Miclarcs acht geistig noch instabilen Mutanten gegenüberstanden. Er glaubte bereits, der Lösung seiner Probleme nähergekommen zu sein.

Der erwachsene Miclarczwitter wanderte aufrecht in seinem Behandlungsraum umher. Seine Stielaugen starrten die Ärzte neugierig an. Als Dr. Kwain gegen die Scheibe der Kabine klopfte, blieb der Mic stehen.

»Gesund!« rief er. Dabei stieß er eine Reihe von zirpenden, auf- und abschwingenden Lauten aus, die von dem elektronischen Dolmetscher zu einem Wort zusammengefaßt wurden. »Nach Hause. Gesund.«

»Wir wollen erst noch ein paar Tage abwarten, bis wir wirklich wissen, ob das richtig ist«, sagte Dr. Kwain in ein Mikrophon, das aus der Wand ragte. »Vorläufig haben wir andere Sorgen. Wo ist das Baby?«

»Tollt umher. Übermütig.«

»Das ist verblüffend«, sagte Paih Terzyu. »Die Onkeltante macht einen ganz vernünftigen Eindruck.«

»Wir haben einen IQ von 67 gemessen«, erläuterte Dr. Mannes. »Und er steigt noch. Ich verstehe das nicht. Eigentlich müßte sich doch das Gehirn verändern. Das aber ist nicht der Fall.«

»Wir müssen das Baby finden«, fuhr Dr. Kwan Kwain fort. »Es ist sehr wichtig. Wir haben ermittelt, daß es einen gefährlichen Einfluß auf andere Kranke hat.«

»Nichts tun. Gesund. Nach Hause!«

»Warum eigentlich nicht?« fragte Mannes. »Wenn der Mic sich gesund fühlt und gern wieder nach Hause möchte, dann lassen wir ihn doch sausen. Vielleicht schließt sich ihm das Baby an. Dann sind wir unsere Sorgen los.«

Eine keifende Stimme lenkte sie ab. Eine Frau redete empört auf einen Eindringling ein. Offensichtlich versuchte sie vergeblich, ihm beizubringen, daß er hier nichts zu suchen hatte.

Dr. Kwan Kwain lächelte, als er das verblüffte Gesicht des Ara-Mediziners sah.

»Das ist Oberschwester Heidelinde«, erklärte er. »Sie ist manchmal etwas ...«

Eine Schwingtür öffnete sich. Gucky stolzierte herein. An der Hand führte er einen rothaarigen, jungen Mann in einer farbenprächtigen Uniform, die mit einer unübersehbaren Menge von Orden- und Ehrenzeichen geschmückt war. Der Ilt zeigte vergnügt seinen Nagezahn, als er die Ärzte sah.

»Doktor«, rief er. »Bin ich hier in der Psychiatrie? Hinter mir ist jemand, der glaubt, Oberschwester zu sein.«

Er deutete mit dem Daumen auf ein zierliches Persönchen, das entrüstet die Fäuste in die Hüften stemmte.

»Willst du einzahnige Supermaus damit vielleicht behaupten, daß ich hier oben ... oh! Doktor, ich erwarte, daß Sie eingreifen und dieses Ungeheuer energisch zurechtweisen.«

»Aber, Heidelinde«, mahnte Dr. Kwain in mildem Ton. »Das ist doch kein Ungeheuer. Das ist Gucky, der persönliche Freund von Lordadmiral Atlan. Und der junge Mann neben ihm, das ist ... hm ...«

»Das ist ein Multiplikator«, warf der Miclarc aufgeregt ein. »Von ihm gehen hypersensorische Stimulanzimpulse aus. Sie erschließen mir völlig neue Intelligenzebenen. Doktor, bitte, lassen Sie mich heraus. Ich bin nunmehr völlig gesund. Bitte, lassen Sie sich nicht irritieren. Ich habe keinen größeren Wunsch, als mit Ihnen zusammenzuarbeiten.«

Paih Terzyu horchte verblüfft diesen Worten nach. Er konnte kaum glauben, was er eben mit eigenen Ohren gehört hatte. Innerhalb weniger Sekunden erwachte der Miclarc zu immer größerer Intelligenz.

»Auf mich wirkt der Kleine wie eine Schlafpille«, behauptete Gucky.

»Eine Intelligenzsteigerung hätte ich ja auch gar nicht nötig, nicht wahr, Doktor?«

Liman Hambug trat verlegen von einem Fuß auf den anderen. Er wünschte sich weit weg. Jetzt ärgerte er sich darüber, daß er überhaupt versucht hatte, in die Nähe Atlans zu kommen. Viel besser wäre es gewesen, wenn er vorgegeben hätte, eine Audienz bei dem Lordadmiral zu bekommen. Das hätte für den degenerierten Poynor 52 auch genügt. Am liebsten hätte Hambug sich jetzt die Orden von der Brust gerissen. Er kam sich reichlich lächerlich in seiner Uniform vor.

Der Ilt merkte, daß er die Ärzte in Verlegenheit gebracht hatte. Er grinste vergnügt, weil ihm eine derartige Situation immer gefiel. Dann beschloß er, den Miclarc vorläufig zu ignorieren. Er wandte sich an Paih Terzyu.

»Ich möchte Ihnen erzählen, was der Mini-Mic mit mir gemacht hat«, sagte er. »Dieser Lauselümmel hat mich gezwungen, pausenlos zu teleportieren, auch dann, als ich schon keine Lust mehr hatte. Mein Freund Humbug hat mich davor bewahrt, die Mittagspause zu verpassen.«

»Hambug«, verbesserte der Terraner diskret.

»Jetzt dachte ich, man sollte meinen Freund Humbug mal in die Nähe der Mutanten bringen. Vielleicht hat er einen heilenden Effekt auf sie.«

Paih Terzyu überlegte nur kurz. Obwohl er gern verfolgt hätte, wie sich die Intelligenz des alten Miclarcs weiterentwickelte, entschloß er sich, einen Versuch mit Liman Hambug zu machen. Er versprach sich zwar nicht allzu viel davon, wollte aber nichts auslassen, was seinen Patienten unter Umständen helfen konnte. Interessiert musterte er den Boten.

Entweder half Hambug den Mutanten, indem er Ruhe in ihren Kampf um geistige Stabilität brachte, oder er half ihnen dadurch, daß er den jungen Miclarc daran hinderte, parapsychische Spiele zu betreiben. Während sie die Station verließen, plapperte Gucky munter drauf los. Er berichtete minuziös genau, was mit ihm geschehen war. Paih Terzyu hörte schweigend zu. Liman Hambug folgte dem ungleichen Paar. Er wußte nicht recht, was man mit ihm vorhatte. Von Schritt zu Schritt steigerte sich seine Unruhe.

»Eh, hallo«, sagte er schüchtern, als sie sich der Klinik für paraabstrakte Phänomene näherten. Nur noch geringe Zerstörungen deuteten darauf hin, daß hier ein Kampf stattgefunden hatte.

Gucky blieb stehen und drehte sich zu ihm um. »Was ist denn, Junge?«

»Wir wollten doch zu Atlan«, erinnerte ihn Hambug mit leiser Stimme.

»Was willst du eigentlich von ihm?« erkundigte sich der Ilt.

»Ich soll ihn fragen, ob …«, begann der Rothaarige. Dann stockte er und überlegte. Ja, was sollte er eigentlich ausrichten? Poynor 52 bildete sich ein, daß der Lordadmiral zu ihm aufs Schiff kommen würde. Das war natürlich

Unsinn. Atlan würde keine Zeit verschwenden und sich die Klagen eines degenerierten und übergeschnappten Neuarkoniden anhören, der noch nicht einmal wirklich krank war. Im Grunde hatte Atlan überhaupt nichts mit dem Problem zu tun, das Poynor 52 beschäftigte.

Liman Hambug lächelte. Er kratzte sich hinter dem rechten Ohr.

»Wenn ich es mir genau überlege, dann habe ich gar nicht mehr die Absicht, zu Atlan zu gehen«, verriet er. »Ehrlich gesagt, eigentlich wollte ich nur abmustern. Ich bin auf der Suche nach einem Schiff, das mich mitnimmt.«

»Ich wünschte, ich könnte deine Gedanken lesen, Humbug.«

»Sei froh, daß du es nicht kannst, Gucky«, sagte Paih Terzyu. »Ich fürchte, bei dem Chaos, das in diesem Kopf herrscht, würdest du nur Kopfschmerzen bekommen.«

»Tatsächlich. Er macht seinem Namen alle Ehre, der kleine Humbug.«

»Hambug, Gucky.«

»Sage ich doch, Rotschopf. Humbug.«

Liman Hambug bekam feuerrote Ohren. Am liebsten wäre er jetzt weggerannt. Noch nie hatte er sich in seiner Haut so unwohl gefühlt wie jetzt. Plötzlich spürte er einen harten Druck im Hinterkopf. Er stöhnte leise. Die Farbe wich aus seinem Gesicht. Seine Blicke richteten sich auf den kleinen Miclarc, der auf dem Rasen kauerte und sich mit einem fühlerartigen Auswuchs das wollige Fell putzte. Jetzt war deutlich zu erkennen, wo sein Kopf war, denn auf der Stirn und an den Kiefern bildete sich bereits der neue, farbenprächtige Panzer.

»Da ist er!« rief Gucky, der plötzlich sehr nervös wurde. Er watschelte in höchster Eile auf den Miclarc zu, war jedoch viel zu langsam und zu schwerfällig.

Kurz bevor er ihn erreichte, rettete sich das Baby mit einer Teleportation auf den Kopf von Liman Hambug. Er krallte seine Pfoten in die etwas abstehenden Ohren des Jungen und verschaffte sich so einen sicheren Halt.

Betty fand den treffendsten Vergleich.

»Als ob das Licht ausgeschaltet wird«, wisperte sie, und die anderen sieben Mutanten stimmten ihr sofort zu. Die Gefahr, die eben noch von dem »Störfaktor« gekommen war, existierte nicht mehr. Von einer Sekunde zur anderen verschwand, was sie bisher bedroht hatte.

»Es war das Mic-Baby«, stellte Betty gelassen fest. So etwas wie ein unbeschwertes Lachen klang in ihr auf. »Wir haben vor einem spielenden Kind Angst gehabt.«

»Nicht ganz zu Unrecht«, sagte Wuriu Sengu. Der Mutant, dessen Ebenbild sie für den PA-Körper gewählt hatten. »Glaubt nur nicht, daß wir sehr sicher oder sehr stark wären. Tatsächlich habe ich zwei schwache Punkte entdeckt.«

Für kurze Zeit herrschte betroffenes Schweigen. Jetzt versuchten auch die anderen Mutanten, Gefahrenpunkte aufzuspüren. Je besser sie über sich selbst informiert waren, desto besser waren sie auch auf Zwischenfälle vorbereitet.

»Wir besitzen eine vierdimensionale Nichtstofflichkeit«, eröffnete Tako Kakuta. »Das hat Vor- und Nachteile. Obwohl wir optisch stabil und fest aussehen, können andere Menschen durch uns hindurchgreifen, als wären wir nur ein Nebelhauch.«

»Das ist richtig«, stimmte Wuriu Sengu zu. »Wir können aber auch durch feste Materie hindurchgehen, als wäre sie nicht da.«

»Der Körper gehört nicht zu den vier Dimensionen des Einsteinraumes«, meldete sich jetzt André Noir, »und existiert dennoch in ihm.«

»Das alles ist nicht so wichtig«, unterbrach Betty Toufry kühl. »Ich habe mehr herausgefunden. Wir schweben ständig in Explosionsgefahr.«

»Das kann niemand jetzt schon wissen«, protestierte Tako Kakuta.

»Vielleicht doch, Tako. Ich glaube, alles durchgerechnet zu haben, und ich irre mich nicht. Sobald unser koexistenzieller Körper zu dicht an fünfdimensionale oder sechsdimensional orientierte Energiefelder herankommt, wird er explodieren.«

»Du sagst: zu dicht«, hakte Tako Kakuta nach. »Was ist zu dicht?«

»Das weiß ich nicht. Ich vermute nur, daß wir nicht näher als ein oder zwei Meter an die genannten Energiefelder herantreten dürfen«, sagte Betty. »Vielleicht sind es jedoch auch noch mehr Meter.«

»Das sollten wir doch einmal genau ausprobieren«, riet Wuriu Sengu.

»Witzbold«, entgegnete André Noir. »Wenn dir unsere Gesellschaft so wenig wert ist, daß du dich per Explosion von uns entfernen willst, dann entschwebe doch lieber gleich.«

»Besten Dank für den guten Rat, André, aber ich bleibe doch lieber bei euch. Ich würde es allerdings vorziehen, bekleidet herumzulaufen. Hier ist schließlich kein Freikörperkulturgelände, sondern ein Quartier für die Matten-Willys.«

»Wir werden noch ein wenig trainieren«, sagte Betty Toufry. »Erst wenn wir die Bewegungen so koordinieren können, daß wir nicht mehr sofort auffallen, können wir nach draußen gehen.«

Die anderen Mutanten folgten diesem Rat ohne Widerrede. Der Kollektivmutant mit dem Aussehen des Spähers Wuriu Sengu ging, hüpfte und sprang in dem Raum herum, bis alle acht Mutanten davon überzeugt waren, den Körper jetzt unter Kontrolle zu haben.

»Es wird Zeit, von hier zu verschwinden«, schlug Betty vor. »André und Kitai sollten sich um jemanden bemühen, der unsere Spuren beseitigt.«

Der PA-Körper blieb mitten im Raum stehen. Er blickte auf das Eingangsschott. Knapp zwei Minuten vergingen, dann rollten die beiden Elemente auseinander. Ein untersetzter USO-Offizier trat ein. Er sah an der nackten Gestalt vorbei, als wäre sie nicht vorhanden. Hypnosuggestive Befehle drangen lautlos auf ihn ein. Er zog seine Strahlwaffe und schaltete sie auf Desintegratorstrahlung. Ohne ein äußerliches Zeichen einer Gemütsbewegung zerstrahlte er die acht Synthokörper, die von den Matten-Willys ausgestoßen worden waren. Nur ein wenig grauer Staub blieb auf dem Boden zurück. Dann drehte der Offizier sich wieder um und verließ die Unterkunft.

Als er wieder an dem Tisch im Vorraum saß und auf seinen Bildschirm blickte, wußte er nicht mehr, daß er seinen Sessel verlassen hatte. Die Erinnerung an das, was mit den Toten geschehen war, war gelöscht worden.

Der Kollektivmutant hatte biologische Prozesse im Gehirn des USO-Offiziers in Gang gebracht, die alle Spuren dieser Erlebnisse beseitigten. Keine Macht der Galaxis hätte mit keiner noch so ausgefeilten Technik die Erinnerung zurückholen können.

»Das wär's«, stellte Betty erleichtert fest. »Jetzt sollten wir dieses Haus verlassen.«

»Draußen ist es noch nicht dunkel«, entgegnete Wuriu Sengu. »Es ist erst kurz vor 15 Uhr.«

»Du meinst, ein nackter Mann könnte auffallen«, fragte Betty. »Wir werden teleportieren. In der Nähe befindet sich die UNTRAC-PAYT, ein kugelförmiges Raumschiff. Durchmesser: 75 Meter. Es könnte unseren Ansprüchen vollauf genügen. Die terranische Besatzung hat vor einer Stunde geschlossen das Schiff verlassen, um im Süden für einige Tage Urlaub zu machen.«

»Nur ein junger Mann namens Liman Hambug ist noch hier«, sagte Wuriu Sengu. »Wir sollten ihn nicht übersehen.«

»Er wird kaum zu Poynor 52 zurückkehren.«

»Das ist eine Vermutung, Betty.«

Die anderen Mutanten zerstreuten die Bedenken Wuriu Sengus. Für ein Schiff mußten sie sich entscheiden, und die UNTRAC-PAYT bot gute Voraussetzungen. Sie hatten auch andere Raumschiffe sondiert, aber keines sagte ihnen so zu wie das des Neuarkoniden.

»Poynor 52 ist ein aufgeblasener Schwächling«, erläuterte Kitai Ishibashi.

»Ihn können wir besonders leicht unter unsere Kontrolle bringen. Auf anderen Schiffen könnten wir auf hartnäckigen Widerstand stoßen.«

»Gut, ich bin einverstanden«, stimmte Wuriu Sengu zu.

Die Mutanten schwiegen. Sie konzentrierten sich auf das Raumschiff, das sie zu ihrem Ziel auserkoren hatten. Einige Sekunden verstrichen, dann begann der Astralkörper plötzlich zu verschwinden. Er flackerte noch einmal hell auf und verschwand aus der Unterkunft der Matten-Willys. Die in das Vakuum strömende Luft wirbelte den Staub vom Fußboden auf, der von den Synthokörpern übriggeblieben war.

30.

Atlan schüttelte den Kopf. »Sicher könnte der Eindruck entstehen, daß Gucky nur Unsinn getrieben hat, das ist jedoch nicht richtig«, sage er.

Perry Rhodan blickte ihn fragend an.

»Wir können froh sein, daß Liman Hambug hierhergekommen ist«, erklärte er. »Ohne es zu wissen, hat er die parapsychische Aktivität mehrerer Mutanten behindert, oder bei Gucky sogar blockiert, während das Miclarc-Baby uns durch parapsychische Störstrahlungen ebenfalls erhebliche Schwierigkeiten gemacht hat.«

Die beiden Männer verließen den Arbeitsraum des Großadministrators in großer Eile. Als sie zum Ausgang der Klinik kamen, begegnete ihnen Dr. Kwan Kwain, der einen sehr nervösen Eindruck machte. Er ließ die beiden Männer vorangehen und folgte ihnen in geringem Abstand. Auf dem Rasen vor der Klinik standen sich Gucky und ein rothaariger Mann in einer farbenprächtigen Uniform gegenüber. Auf dem Kopf des Rothaarigen kauerte ein Miclarc-Junges.

»Ich habe mich an den Nachforschungen der anderen Mutanten nach den Attentätern auf die Klinik beteiligt«, sagte der Ilt zu Rhodan, »aber dieser Floh da auf dem Kopf meines Freundes hat mich daran gehindert.«

Dr. Kwain lächelte. »Unbeabsichtigt, Sir. Das ist wirklich noch ein Baby.«

»Und jetzt?«

»Ich bin wieder frei«, rief Gucky vergnügt. »Dafür haben sich Humbug und das Baby selbst pattgesetzt. Einer blockiert den anderen.«

Auch Paih Terzyu kam aus der Klinik. Er machte einen erleichterten Eindruck. Dr. Kwain informierte ihn mit knappen Worten.

»He, Jüngling!« sagte der Mausbiber zu dem Rothaarigen. »Jetzt bist du doch am Ziel. Also teile Atlan mit, was du willst.«

»Ich?« Liman Hambug wurde flammend rot. Er nestelte an seinem Gürtel herum. Dann schüttelte er entschieden den Kopf. »Nein, ich habe nichts auszurichten. Überhaupt nichts. Ich suche nur einen Job. Weiter nichts.«

»Einen Job hätte ich für Sie«, reagierte Dr. Kwain sofort.

Rhodan blickte ihn überrascht an.

»Verzeihen Sie, Sir, daß ich mich einmische«, sagte der Arzt schnell. »Ich kann mir nicht vorstellen, daß Sie mit diesem jungen Mann etwas anfangen können. Für mich ist er jedoch Gold wert. Da er die für unsere Mutanten so unangenehmen parapsychischen Streiche des Mics blockiert, wäre er der ideale Transporteur für das Baby und seine Mutter. Wenn wir die beiden von Tahun entfernen, kehrt wieder Ruhe in die Klinik ein – und die Mutanten können ungestört arbeiten.«

»Wäre das etwas für Sie?« fragte Rhodan.

Liman Hambug suchte nach Worten. Er stotterte und stammelte einige undefinierbare Laute, bis Gucky ihm zu Hilfe kam.

»Er würde sogar noch etwas draufzahlen, wenn er den Job bekommt«, behauptete er.

»Gut, Dr. Kwain, dann ist der Mann für Sie engagiert – vorausgesetzt, Lordadmiral Atlan als Ihr Vorgesetzter hat keine Einwände.«

»Ich bin einverstanden. Regeln Sie das übrige, Doktor.«

Liman Hambug atmete tief durch. Dann warf er sich in die Brust, daß seine Orden klimperten, und folgte dem Arzt in die Klinik. Insgeheim schickte er Poynor 52 tausend gute Grüße – genauer gesagt, er hoffte, daß der Neuarkonide aus fürstlichem Geblüt erst merkte, daß er abgemustert hatte, wenn es schon zu spät für ihn war.

Unendlich erleichtert ging er mit Dr. Kwain in die Klinik. Dabei hielt er den Miclarc auf seinem Kopf mit beiden Händen fest, um ihn nicht noch im letzten Augenblick zu verlieren.

Kaum hatten sie die Klinik betreten, als erneut die Alarmsirenen aufheulten. Fast in der gleichen Sekunde baute sich ein Energieschirm über dem Gelände auf. Hambug konnte seine Neugierde nicht bändigen. Er rannte zu einem Fenster und starrte hinaus. Hoch über ihnen, aber weit außerhalb der Energieglocke, griff ein Trupp Kampfroboter an. Der Versuch, blitzschnell zu der Behandlungsstation der Mutanten vorzustoßen, war bereits jetzt gescheitert. Überall blitzten die Energiestrahlwaffen auf. Hambug hörte die donnernden Explosionen, als die Kampfroboter vernichtet wurden.

»Kommen Sie, Mann!« drängte Dr. Kwain. »Wir haben keine Zeit. Die beiden Miclarcs müssen von hier verschwinden. Je schneller, desto besser.«

Sie eilten auf die Spezialstation des Arztes, wo der Miclarczwitter in einem großen Behälter auf sie wartete. Eine Anzeigetafel an der Seite zeigte an, daß das Wesen sich jetzt auf besonders hoher Intelligenzstufe befand. Dr. Kwain erstickte alle Konversationsversuche seines rätselhaften Patienten, indem er die Übersetzungsanlage ausschaltete. Sekunden später schon glitt der mit Panzerplast gesicherte Behandlungsraum auf Antigravpolstern nach draußen, wo er von Spezialrobotern auf einen Prallgleiter gehoben wurde.

Ein USO-Offizier erschien mit einigen Papieren.

»Fahren Sie zur ASKAL-UF-3! Das ist ein kleines Transportschiff. Es wird Sie und die beiden Biester hier aufnehmen.«

Liman Hambug nickte stumm. Er eilte mit dem Baby auf dem Kopf nach draußen, stieg in den Gleiter und näherte sich mit ihm dem Energieschirm, der die ganze Anlage überspannte. Der Bildschirm vor ihm auf dem Armaturenbrett erhellte sich.

»Wir schaffen eine Strukturschleuse für Sie, junger Mann. Sie können hindurchfahren«, teilte ihm ein Offizier mit.

»Danke, verstanden«, antwortete der rothaarige Terraner, der noch immer nicht an sein Glück glauben wollte. Der Luftraum über ihm war jetzt schon wieder frei von feindlichen Robotern. Der Kampf war beendet.

Als Liman Hambug sich der Strukturschleuse näherte, fühlte er, daß etwas Seltsames geschah. Er spürte einen bedrohlichen Druck in seinem Kopf. Vor seinen Augen flimmerte es plötzlich. Seine Hände zitterten so stark, daß der Gleiter zu schwanken begann. Dann schien jemand nach seinen Händen zu greifen und sie zur Ruhe zu zwingen.

Der Schock traf sie härter, als alle Martern, die sie bisher hatten erdulden müssen!

Wuriu Sengu schrie sein Entsetzen hinaus, als der PA-Körper wieder in der Unterkunft der Matten-Willys rematerialisierte. Die anderen reagierten äußerst schnell, obwohl sie selbst um ihre Existenz rangen. Sekundenlang schien es, als würde der psi-materielle Astralkörper in einer energetischen Strahlung vergehen.

Und wieder war es Betty Toufry, die mit besonderer Energie und Kraft kämpfte. Sie fing sich eher als die anderen, sie bäumte sich eher gegen das scheinbar unausweichliche Schicksal auf – und sie erkannte auch als erste, was eigentlich geschehen war.

»Wir sind zurückgeschleudert worden«, meldete sie, wobei sie sich bemühte, ihre Gedanken möglichst ruhig auszustrahlen. Sie wollte besänftigen und dadurch Reserven mobil machen, die sie dringend benötigten.

»Rhodan hat einen Energieschirm aufbauen lassen – und wir sind hineingesprungen.«

»Dann stimmen deine vorherigen Berechnungen nicht!« Die Gedanken Tako Kakutas waren voller Überraschung und Zweifel.

»Doch. Sie sind richtig.«

»Dann hätten wir explodieren müssen.«

»Wir haben eine Teleportation versucht, Tako«, mischte sich André Noir ein. Auch er hatte sich jetzt ganz in der Gewalt. »Damit hatten wir eine andere Energieform angenommen. Der Schock war schon groß genug. Mir reicht es jedenfalls.«

»Wir sind gefangen«, stellte Wuriu Sengu nüchtern fest. »Den Energieschirm können wir nicht durchbrechen. Jetzt ist es nur noch eine Frage der Zeit, bis Perry uns aufspürt.«

»Warum so pessimistisch, Wuriu? Der Schirm wird auch wieder abgebaut werden«, entgegnete Betty.

Der Kollektivmutant hatte seine innere Ruhe und sein Gleichgewicht wiedergefunden. Jetzt stand er bewegungslos im Raum, als die Türen sich öffneten und mehrere USO-Offiziere hereinkamen. Sie starrten betroffen auf den nackten Mann.

Kitai Ishibashi, der Suggestor, und der Hypno André Noir handelten schnell. Als der Astralkörper sich den Offizieren zuwandte, weiteten sich seine Augen. Hypnosuggestive Befehle gingen mit unvorstellbarer Wucht an die Männer und löschten aus ihrem Bewußtsein, was sie gesehen hatten. Wie Marionetten drehten sie sich schon nach Sekunden um und verließen den Raum.

»Die Situation wird brenzlig«, stellte Betty Toufry fest. »Wir sollten von hier verschwinden.«

Die anderen Mutanten stimmten zu. Der Astralkörper ging durch einen Matten-Willy hindurch, ohne daß dieser etwas spürte. Vor der Wand zögerte er kurz, schritt dann aber weiter und überwand die Kunststoffbarriere ohne Schwierigkeiten.

Das Licht der Sonne fiel in seine Augen und blendete ihn. Der Mann, der wie Wuriu Sengu aussah, aber die Persönlichkeiten von sieben weiteren Mutanten beinhaltete, trat hinter einen blühenden Halaunbusch. Hier war er ausreichend gegen die anderen Klinikgebäude gedeckt.

»Hier können wir auch nicht bleiben«, teilte Wuriu Sengu den anderen mit. »In der Nähe arbeiten einige Gärtnerrobots, und einige Offiziere nähern sich der Unterkunft.«

»Der Kampf gegen angreifende Roboter ist zu Ende«, bemerkte André Noir.

Betty Toufry lenkte die Aufmerksamkeit der anderen Mutanten auf einen seltsamen Prallgleiter, der mit einem großen Panzerplastkasten beladen war.

»Seht, der Rothaarige trägt unseren »Störfaktor« auf dem Kopf.«

Sekundenlang herrschte Schweigen. Dann erkannten alle Mutanten, wohin Liman Hambug wollte.

»Kitai – das ist deine Aufgabe.«

»Ich bin schon dabei, Betty.«

Sie sahen, daß Hambug sich steil aufrichtete, während seine Arme schlaff an ihm herunterfielen. Der Suggestor Ishibashi hatte seine eigene Persönlichkeit ausgeschaltet und ihm seinen Willen aufgepfropft. Ein kurzer Impuls von Betty Toufry genügte. Der Kollektivmutant teleportierte und rematerialisierte wieder auf dem Prallgleiter. Er kauerte unmittelbar vor dem rothaarigen Terraner auf dem Fußboden und blickte zu ihm hinauf. Eine blitzschnelle Kontrolle ergab, daß Hambug sich fest in seiner Hand befand.

Der Prallgleiter flog mit unverminderter Geschwindigkeit auf den Energieschirm zu, in dem sich eine Strukturlücke von etwa zehn Metern Breite bildete. Jetzt zeigte sich, daß die vollkommene Integration aller Individuen noch nicht gelungen war. Einer der Mutanten – niemand konnte sagen, wer es war – verzögerte die Fahrt des Prallgleiters, als dieser nur noch wenige Meter von dem Energieschirm entfernt war. Die Furcht vor einer alles auslöschenden Explosion brach durch.

Liman Hambug kam zu sich. »Du verrückte Laus!« schrie er und packte das Miclarc-Baby wütend bei den Beinen. »Du sollst mich in Ruhe lassen; hast du verstanden? Ich will nach Terra zurück – aber ohne geistiges Leck. Kapiert?«

Der Mic quiekte kläglich. Bevor Hambug noch mehr sagen konnte, übernahm der Kollektivmutant wieder die Kontrolle über ihn und lähmte seine Zunge.

Der Prallgleiter schwebte durch die Strukturlücke aus dem Energiekessel auf einen Posten zu, der sich ihm mit angeschlagenem Energiegewehr in den Weg stellte. Liman Hambug stoppte das Fahrzeug. Er war so verstört, daß er nur ein paar gestammelte Laute über die Lippen brachte. Diese Unsicherheit paßte überhaupt nicht zu seiner Uniform und dem blitzenden Sammelsurium angeblicher Heldentaten auf seiner Brust. Der Wachtposten musterte den Terraner zunächst argwöhnisch. Das Gesicht Hambugs überzeugte ihn jedoch von dessen Harmlosigkeit. Er lachte lautlos.

»Ob … ob du … du es eilig ha-hast oder ni-nicht, ist mi-mir egal«, äffte er Hambug nach. »Ich schau-schau mir ma-mal deinen komischen Kasten an!«

Mit der Waffe im Anschlag stieg der USO-Mann auf den Gleiter und untersuchte ihn sorgfältig bis in den letzten Winkel hinein. Er fand nichts

Verdächtiges. Kopfschüttelnd blickte er auf die ordenklimpernde Brust Hambugs und auf das Miclarc-Baby auf seinem Kopf.

»Hau ab, Klimperkasten!« sagte er und gab den Weg frei.

Liman Hambug erwachte wie aus einem tiefen Traum. Verwirrt wischte er sich die Augen. Er wußte nicht, wo er war, und wie er durch den Energieschirm gekommen war. Sein Bewußtsein hatte etwa einhundert Meter vor der flimmernden Schranke ausgesetzt und kehrte erst jetzt voll wieder. In der Zwischenzeit mußte etwas geschehen sein, das nicht in Ordnung war. Nachdenklich blickte er den Posten an. Er fühlte, daß er Meldung machen mußte. Immerhin war Rhodan ein gewisses Risiko eingegangen, als er für ihn die Strukturschleuse im Energieschirm öffnete. Damit bestand die Möglichkeit, daß einer der unbekannten Gegner überraschend hereinkam und seinen Angriff hier fortsetzen konnte.

Liman Hambug nestelte nervös an den Orden auf seiner Brust herum. Zugleich beobachtete er das Gesicht der Wache, und er konnte förmlich sehen, was diese von ihm dachte. Er beugte sich vor.

»Hören Sie«, sagte er so ruhig wie möglich. Krampfhaft suchte er nach einigen Worten, mit denen er dem anderen einen Seitenhieb versetzen konnte. Er wollte ihm unbedingt beweisen, daß er nicht ganz so beschränkt war, wie der andere annahm.

Der USO-Posten schob seinen Schutzhelm in den Nacken zurück.

»Mensch!« sagte er stöhnend. »Wer transportiert hier eigentlich wen? Bringst du diese komischen Dinger hinaus oder sie dich?«

Er fand seine Bemerkung recht komisch und lachte herzhaft darüber. Ein Offizier näherte sich ihnen.

»Was ist los, Henriks?« fragte er in barschem Ton.

Der Posten deutete auf Hambug und erklärte respektlos: »Ich habe den Eindruck, daß sie diesen Mann als geheilt aus der Psychiatrie entlassen haben, Sir.«

Der Offizier musterte Hambug. Dann fragte er: »Ist mit dem Gleiter alles in Ordnung? Haben Sie alles kontrolliert?«

»Alles in Ordnung, Sir.«

»Verschwinden Sie!« befahl der Offizier Hambug. »Halten Sie uns nicht auf!«

Der rothaarige Terraner fluchte. Er griff nach dem Mic-Baby auf seinem Kopf und schob es etwas weiter nach hinten in den Nacken, weil es ihm sonst über die Stirn ins Gesicht gerutscht wäre. Er fluchte laut, tippte einige Knöpfe ein und flog in schneller Fahrt davon. Er wußte, daß etwas nicht in Ordnung war. Seinen eigenen Geisteszustand konnte er recht gut beurteilen. Also erkannte er auch, daß die Ursache seiner inneren Unruhe nicht bei ihm selbst lag. Irgend etwas hatte ihn stark behindert, so daß er nicht frei sprechen konnte. Sein erster Verdacht richtete sich auf die beiden Miclarcs. War es ein Fehler, sie von hier wegzubringen?

Er überlegte, ob er nicht doch noch Meldung machen sollte. Dann dachte er daran, wie lange man ihn aufhalten würde, wenn er tatsächlich ernst genommen werden sollte. Vermutlich würde es endlos dauern, bis man den Gleiter sorgfältig genug durchsucht und die beiden Mics genau genug geprüft hatte. Er beschloß, sich um nichts mehr zu kümmern und weiterzufliegen.

Dann erinnerte er sich daran, daß der Gleiter seines Ersten Offiziers immer noch irgendwo im Gelände herumstand. In den nächsten vierundzwanzig Stunden würde der Erste vermutlich nichts sagen. Mannschaften und Offiziere waren heute für einige Tage in Urlaub gegangen. Wenn sie zur UNTRAC-PAYT zurückkehrten, war er – mit etwas Glück – schon zwischen den Sternen und weit von Tahun entfernt.

Er riß sich die Orden von der Brust und schleuderte sie von sich. Jetzt konnte er nicht mehr verstehen, daß er sich darauf eingelassen hatte, sich mit diesen Ehrenzeichen zu schmücken. Sie paßten überhaupt nicht zu ihm.

»Poynor 52 ist es gewesen, der mich auf diese verrückte Idee gebracht hat«, sagte er laut, als der Prallgleiter sich einem kleinen Raumschiff näherte. »Dieser übergeschnappte Möchtegern-Imperator hat mich halbwegs um meinen Verstand gebracht.«

Er drehte sich um und suchte die UNTRAC-PAYT, konnte sie aber nicht finden.

»Poynor 52 – eigentlich verdanke ich es dir, daß ich jetzt in Richtung Erde reisen kann. Dennoch – ich wünsche dir einen Haufen echter Schwierigkeiten auf den Hals. Jemand sollte dir heimzahlen, was du mit mir gemacht hast!«

Nach diesen Worten fühlte er sich erleichtert. Seine Aufmerksamkeit wandte sich wieder dem Raumschiff zu, mit dem er Tahun verlassen würde.

Der Kollektivmutant hatte sich sorgfältig auf die kritische Situation eingestellt und wurde dennoch aus dem Gleichgewicht geworfen. Die von dem Miclarc-Baby ausgehenden Störungen wurden weitgehend durch den Terraner ausgeglichen. Der erwachsene Miclarczwitter erwies sich als energetisch neutral, nicht jedoch der Energieschirm. Der psi-materielle Astral-körper wurde von dem hochenergetischen Spannungsfeld der Schirmglocke erfaßt und durch die Strukturlücke hinausgeschleudert. Dabei erfuhr er eine derart hohe Beschleunigung, daß er wie ein Blitz an dem USO-Posten vorbeizuckte, ohne daß dieser etwas bemerkte.

Wieder einmal kämpften die Mutanten um die Stabilität des Astralkörpers, während dieser schräg in das Erdreich stürzte, wobei er wie ein Kreisel rotierte. Im Bruchteil einer Sekunde durchflog er die oberen Sand- und Kiesschichten und drang in massives Gestein ein.

In diesem Gebiet gelang es Betty Toufry, die Drehbewegung zu stoppen und die Fluggeschwindigkeit erheblich herabzusetzen. Sie konnte jedoch nicht mehr verhindern, daß sie ein rotglühendes Magmafeld durchkreuzten. Obwohl sie alle wußten, daß die Hitze sie nicht erreichen konnte, glaubten sie, in der Glut zu verbrennen. Sie alle zuckten unwillkürlich zurück und brachten damit ihre Einheit abermals in Gefahr.

Betty fing sich als erste. »Keine Angst«, teilte sie beruhigend mit. »Wir können uns die Pfoten gar nicht verbrennen.«

»Du hast recht«, versetzte Wuriu Sengu. »Dabei hätte mir ein bißchen Bräune ganz gut gestanden.«

»Falls du ein gesteigertes Schönheitsbedürfnis haben solltest, werde ich dir einsuggerieren, daß du alles hast, was deine Eitelkeit befriedigen könnte«, mischte sich Kitai Ishibashi ein. »Ich finde es hier ausgesprochen interessant. Wer hat schon Gelegenheit, so etwas zu sehen wie wir?«

Der Kollektivmutant hatte das Magmafeld passiert und fiel jetzt langsam durch eine langgestreckte Höhle, an deren Wänden geheimnisvolle Zeichnungen leuchteten. Niemand hatte damit gerechnet, auf einem Planeten wie Tahun Derartiges zu finden.

Alle bisherigen Untersuchungen der Archäologen hatten ergeben, daß hier keine Uraltkulturen existiert hatten – und jetzt fanden sie Darstellungen von humanoiden Lebewesen.

Betty hatte den Sturz vollständig aufgefangen. Jetzt schwebte der Astralkörper auf der Stelle. Fasziniert blickten die Mutanten auf die Zeugnisse längst vergangenen Lebens.

»Vielleicht später einmal«, drängte Betty. »Jetzt haben wir keine Zeit, uns damit zu befassen. Vielleicht haben wir später einmal Gelegenheit, hierher zurückzukehren. Wir müssen Tahun verlassen haben, bevor Perry merkt, was geschehen ist.«

»Du hast recht«, stimmte Tako Kakuta zu. »Die Zeit drängt.«

Sie verweilten noch einige Sekunden und versuchten, sich die Bilder einzuprägen. Lebewesen wie die hier gezeichneten waren ihnen nirgendwo in der Galaxis begegnet. Sie sahen humanoid aus, hatten aber ein schweres Gehörn auf dem Kopf. Die übergroßen Augen ließen sie melancholisch aussehen. Arme besaßen sie nicht, so daß sich die Vermutung aufdrängte, daß sie Telekineten gewesen waren, da sie sonst die Zeichnungen nicht hätten anfertigen können.

Betty Toufry gab den entscheidenden Impuls. Der Astralkörper stieg wieder nach oben. Abermals passierten sie ein Magmafeld und gerieten danach in ein von zahlreichen Spalten und Höhlen zerrissenes Felsgebiet.

»Dort ist eine Stadt«, bemerkte Wuriu Sengu und lenkte die Aufmerksamkeit der anderen auf einige grün schimmernde Gebäude, die in bizarrer Form zwischen Höhlendecke und -boden errichtet worden waren. Keiner von ihnen zweifelte daran, daß es sich wirklich um künstliche Bauten aus einem fluoreszierenden Material handelte.

Betty stemmte sich gegen das Verlangen der anderen, diese seltsame Anlage näher zu betrachten. Sie erinnerte daran, daß sie praktisch auf der Flucht waren.

»Unser Ziel ist Asporc. Nur das dürfen wir im Auge behalten. Wenn wir uns ablenken lassen, werden Atlan und Perry uns früher eingeholt haben, als uns lieb sein kann.«

Die anderen widersprachen nicht. Jetzt stieg der PA-Körper schneller, durcheilte massives Felsgestein und tauchte dann durch Kies und Sand an die Oberfläche von Tahun empor. Die in dem Körper vereinigten Mutanten orientierten sich mit parapsychischen und optischen Mitteln, kehrten dann wieder in den Boden zurück und glitten in ihm auf den Raumhafen zu, auf dem die UNTRAC-PAYT parkte.

In der UNTRAC-PAYT heulten die Alarmsirenen.

Poynor 52 griff sich stöhnend an die Brust. Mit schlotternden Knien kam er aus dem Gesundheitsrobot hervor, der ihn von allen Seiten mit Massagebürsten, Wasserstrahlen und Aufbauwalzen bearbeitet und mit duftenden Flüssigkeiten übergossen hatte.

Er schrie. »Ist denn hier niemand?«

Der Panik nahe, blickte er sich um und rannte zu den verschiedenen Ausgängen des robotischen Pflegezentrums. Sein schwammiges Gesicht war nahezu farblos geworden. Die dicht gelockten Haare klebten naß an seinem Körper. Sie reichten bis zu den Hüften herunter.

Mit schriller, weinerlicher Stimme rief er nach seinen persönlichen Beratern, aber zunächst erschien lediglich einer der Naats. Die drei Meter hohe, plumpe Gestalt blieb an den Eingangsschotten stehen und glotzte den Neuarkoniden aus seinen drei Augen an.

»Warum gibt es Alarm?« fragte Poynor 52 mit weinerlicher Stimme. Er streckte die dürren Arme hilfesuchend in die Höhe. »Warum? So antworte doch! Versuchen meine Feinde und Widersacher, mich, den Göttlichen, zu vernichten? Wollen sie durch Meuchelmord verhindern, daß ich die Macht über die Milchstraße übernehme? Warum sind keine Wachen bei mir? Wo sind die Terraner? Warum habt ihr mich alle verlassen, mich den Gütigen, den Gnadenreichen? So sprich doch endlich, du Ungeheuer!«

Der Naat trottete näher, wobei er sich einmal kurz auf alle viere herabfallen ließ, um sich schneller bewegen zu können.

»Ich weiß nicht, Kommender«, antwortete er. »Die Terraner haben Urlaub. Deine Berater befinden sich in der Zentrale.«

Er reichte Poynor 52 die Kleider. Der Neuarkonide wollte sie überstreifen, als ihm auffiel, daß er noch immer naß war. Eilig stellte er sich unter den Lufttrockner, wobei er mit ängstlicher Stimme die Gefahren aufzählte, die ihm möglicherweise drohten.

Noch immer heulten die Sirenen. Poynor 52 hielt es nicht mehr in dem Gesundheitszentrum aus. Er eilte aus dem Raum und ließ sich im Lift bis zur Zentrale absinken. Als er sie betrat, verstummte endlich das nervenzermürbende Geheul. Zwei Naats standen an dem Instrumentenpult und hantierten an den Schaltungen. Sie waren es gewesen, die die Alarmsirenen ausgeschaltet hatten. Die Berater von Poynor 52 redeten auf sie ein. Sie verstummten schlagartig, als der Fürst eintrat.

Poynor 52 räusperte sich mehrmals, bis er sicher war, daß seine Stimme wieder fester klang. Dann fragte er nach der Ursache der Warnung.

»Eine der Kliniken ist von einem Robotkommando angegriffen worden«, antwortete einer der Berater, ebenfalls ein Neuarkonide. »Daraufhin erhielten wir die Anweisung, das Raumschiff mit einem Energieschirm zu schützen. Leider wissen diese nichtsnutzigen Naats nicht, wie man so etwas macht.«

»Wir mußten erst eingreifen, Edler, um das Schiff aus größter Gefahr zu retten«, mischte sich ein anderer Berater ein.

Die beiden Naats, die offensichtlich die Arbeit getan hatten, zeigten sich gleichmütig. Sie waren es gewohnt, beschimpft und gedemütigt zu werden.

Poynor 52 atmete auf. Seine aufgeschwemmten Wangen röteten sich wieder. Mit gezierten Handbewegungen strich er sich das lange Haar aus dem Gesicht, als er mit leicht schwingenden Hüften zum Kontrollpult ging. Er lächelte überlegen, als wüßte er genau, was die Instrumente und Geräte vor ihm zu bedeuten hatten. Scheinbar sehr gelangweilt überblickte er sie, tippte hier und dort mit den sorgfältig gepflegten Fingern an, als prüfe er, ob alles in Ordnung war, und wandte sich schließlich einem Bildschirm zu. Er nickte.

»Ich bin sehr zufrieden mit euch. Das Schiff ist doppelt gesichert worden.

Der Energieschirm wird unsere Feinde fernhalten. Ich bin glücklich, euch zu haben.«

Die Berater verneigten sich geschmeichelt vor ihm. Keiner von ihnen wußte, was Poynor 52 mit doppelter Sicherung gemeint hatte, aber das war ihnen nicht so wichtig.

Der Neuarkonide glaubte, nun sei kein Grund mehr vorhanden, noch länger Angst zu haben. Stolz wie ein Pfau wanderte er in der Zentrale auf und ab, wobei er vorgab, über die Situation nachzudenken, während er sich tatsächlich überlegte, ob es politisch geschickt sei, einen Mann wie Perry Rhodan zu einer Bordparty einzuladen. Seine Grübeleien führten zu keinem Ergebnis.

Unmittelbar vor ihm stieg eine nackte Männergestalt durch den Boden der Zentrale auf. Sie glitt durch die feste Materie hindurch, als sei sie gar nicht vorhanden.

Poynor 52 stieß einen entsetzten Schrei aus. Am ganzen Körper zitternd, sank er in den Sessel des Piloten und starrte mit weit geöffneten Augen auf den Kollektivmutanten, der nunmehr vollständig in die Zentrale eingedrungen war.

»Das mir, das mir!« wimmerte der Fürst mit weinerlicher Stimme. Er rang die Hände, warf die Arme theatralisch nach oben und raufte sich die braunen Haare. »Wie entsetzlich! Das muß mir geschehen!«

Der Kollektivmutant trat einen Schritt auf den Neuarkoniden zu. Dieser verkroch sich förmlich in seinem Sessel und streckte die Arme abwehrend aus. Er wandte das Gesicht ab und flehte seine Berater mit halberstickter Stimme an, ihn von dem Anblick des nackten Mannes zu befreien.

Der Hypno André Noir und der Suggestor Kitai Ishibashi überwältigten ihn mit hypnosuggestiven Kräften. Bewußtlos sank Poynor 52 in seinem Sessel zusammen. Wenn er wieder erwachte, würde er alles vergessen haben, was geschehen war.

Die in dem Astralkörper vereinigten Mutanten wandten sich den Beratern und den Naats zu. Sie hatten nicht die geringste Mühe mit ihnen. Ihr geistiger Widerstand war so schwach, daß sie dem parapsychischen Angriff fast augenblicklich erlagen.

»Vorläufig können wir den edlen Kristallprinzen und sein Gefolge hier in der Zentrale lassen«, teilte Betty Toufry mit. »Sie stören uns nicht.«

»Bevor wir damit beginnen, das Schiff zu überprüfen, sollten wir auch die anderen Naats ausschalten, die noch an Bord sind«, empfahl Wuriu Sengu. »Wenn uns niemand stört, können wir in spätestens zwei Stunden starten.«

Rhodan räumte die Akten zur Seite, an denen er gearbeitet hatte. Sein Blick fiel auf das Wandchronometer. Es zeigte 16.03 Uhr an. Überrascht, daß schon soviel Zeit verstrichen war, schaltete er eine Interkomverbindung zur Klinik für paraabstrakte Phänomene. Einige Sekunden vergingen, bis Paih Terzyu sich meldete.

Der Ara-Mediziner sah müde und enttäuscht aus. Seine Lippen bildeten einen schmalen Strich.

»Gibt es etwas Neues?« fragte Rhodan.

»Leider nicht«, entgegnete der Arzt. »Die Mutanten haben sich vollständig zurückgezogen und verschließen sich selbst vor mir.«

Rhodan krauste die Stirn. »Wann haben Sie zuletzt mit ihnen gesprochen?«

»Vor wenigen Minuten. Sie haben mich gebeten, sie in Ruhe zu lassen. Angeblich benötigen sie Zeit, um sich erholen zu können.«

»Sie scheinen mit dieser Erklärung nicht ganz einverstanden zu sein«, stellte Rhodan fest.

Paih Terzyu zögerte. Er blickte Rhodan an und überlegte, ob er offen sprechen durfte. Schließlich rang er sich dazu durch, seine Meinung zu äußern.

»Also«, sagte er mit leicht erhobener Stimme, »ich bin der Ansicht, daß die Mutanten Ihnen die Entscheidung verübeln, nicht nach Asporc zu fliegen. Jetzt sieht es so aus, als hätten sie es aufgegeben, noch länger mit uns zusammenzuarbeiten.«

»Wie soll ich das verstehen?«

»Wir befinden uns in einer Sackgasse. Ich sehe keine Möglichkeit, den Mutanten zu helfen, und das wissen sie sehr genau. Deshalb befürchte ich, daß sie nach einer Fluchtmöglichkeit suchen.«

Rhodan lächelte. Er schüttelte den Kopf. »Daran glaube ich nicht. Die Mutanten haben keine Möglichkeit, von hier zu fliehen.«

»Vielleicht doch.«

»Dann erklären Sie mir, wie sie das anstellen sollten.«

Paih Terzyu hob abwehrend die knochigen Hände. »Ich bin Arzt, und ich möchte mein Fachgebiet nicht verlassen. Sie, Perry, und Atlan sollten aber doch einmal überlegen, ob die Mutanten tatsächlich in der Station gefangen sind.«

»Sie sind keine Gefangenen, Paih Terzyu.«

»Ich weiß, doch das ändert ja nichts an ihrer Situation.«

Rhodan überlegte kurz. »Warten Sie, ich werde noch einmal mit den Mutanten sprechen«, verkündete er dann. »Sie sind ein guter Arzt, Paih Terzyu.«

Der Ara-Mediziner schien über das unerwartete Kompliment nicht überrascht zu sein. Er begriff, was Rhodan mit seinen Worten hatte sagen wollen.

Nachdenklich schaltete der Terraner das Gerät ab. Unmittelbar darauf trat Lordadmiral Atlan ein.

»Wuriu hat zwar keine schlechte Figur«, meinte Betty Toufry mit einem geistigen Impuls, der ein gewisses Lächeln beinhaltete, »dennoch halte ich es nicht gerade für lobenswert, daß er ständig nackt herumläuft. Was haltet ihr von einer hübschen Uniform?«

»An derartige Dinge kann in solchen Momenten wirklich nur eine Frau denken«, entgegnete Wuriu. »Es ist doch wirklich egal, ob ich etwas anhabe oder nicht. Wichtig ist doch nur, daß wir Tahun bald verlassen können.«

»Wir können erst starten, wenn wir die Flugdaten für den Planeten Asporc haben«, wandte Tako Kakuta ein. »Wir sollten uns möglichst bald darum bemühen, und zwar bevor eine Großaktion eingeleitet wird, weil wir aus der Station geflohen sind.«

»Tako hat recht«, stimmte Betty zu. »Wir müssen die Daten besorgen.«

»Wir müssen also zur MARCO POLO hinüber. Dort sind sie in der Speicherpositronik enthalten«, stellte Tako fest.

»In die MARCO POLO? Unmöglich«, lehnte Wuriu Sengu ab. »In der MARCO POLO befinden sich die anderen Mutanten. Gucky würde zum Beispiel sofort merken, daß wir an Bord gekommen sind. Er würde uns innerhalb von wenigen Sekunden aufspüren. Nein – wir müssen uns die Daten an anderer Stelle beschaffen.«

»Das geht leider nicht«, widersprach Betty Toufry. »Die Daten sind nur in der Speicherpositronik der MARCO POLO zu finden. Nirgendwo sonst. Uns bleibt also gar keine Wahl.«

»Was geschieht, wenn wir von Gucky entdeckt werden?« fragte Wuriu Sengu. »Ich möchte nicht gegen einen alten Freund kämpfen müssen.«

»Perry Rhodan wird kämpfen!« behauptete André Noir. »Er muß in unserer Aktion eine feindliche Haltung sehen. Er kann nicht wissen, daß wir tatsächlich uneingeschränkt zu ihm und dem Solaren Imperium stehen. Und selbst wenn er es wüßte, könnte er kaum anders handeln, da er von dem PEW-Metall eine eindeutig gegen ihn gerichtete Gefahr kommen sieht.«

»Die Diskussionen sind fruchtlos«, mischte sich Betty energisch ein. »Sie führen zu nichts, da wir nur eine einzige Möglichkeit haben: Wir müssen nach Asporc, und der Weg dorthin führt über die MARCO POLO. Wir können entweder aufgeben oder weitergehen.«

»Wir geben nicht auf«, entgegneten die anderen einstimmig.

Der Kollektivmutant schaltete einen öffentlichen Sender von Tahun ein und forderte die allgemeinen Nachrichten ab. Minuten später waren sie über die Situation auf Tahun informiert. Die Mutanten des Neuen Mutantenkorps kämmten die Städte und Raumhäfen des Planeten auf der Suche nach dem Urheber des Roboterangriffs durch. Eine beruhigende Ansprache von Rhodan wurde eingeblendet. Er erklärte, es sei nur eine Frage von wenigen Stunden, bis der heimtückische Gegner gestellt sei. Mit weiteren Angriffen sei nunmehr nicht zu rechnen.

Die weiteren Meldungen interessierten nicht. Der Kollektivmutant schaltete ab und wandte sich dann einem der parapsychisch lahmgelegten Neuarkoniden zu, der bewußtlos in einem der Sessel lag. Er weckte ihn mit einem befehlenden Impuls auf, ohne ihn geistig freizugeben.

Kitai Ishibashi befahl ihm, den Energieschirm kurzzeitig zu öffnen und auf einen bestimmten Funkspruch später ganz abzuschalten. Bevor diese Anweisungen jedoch wirksam werden konnten, teilte die Raumüberwachung von Tahun mit, daß der Alarm aufgehoben worden war. Damit konnten die Schutzschirme wegfallen.

Die Mutanten zeigten sich sichtlich erleichtert. Diese Lösung war weitaus besser.

Ishibashi schickte den »Ratgeber« des Fürsten Poynor 52 wieder schlafen. Dann übernahm Tako Kakuta die Kontrolle und brachte den PA-Körper mit einem kurzen Sprung in die Kleiderkammer des Raumschiffes. Wuriu Sengu übernahm die Auswahl der richtigen Kleidungsstücke, da er über seine Körpermaße am besten Bescheid wußte. Er fand bald eine passende Kombination aus korallenrotem Stoff. Auf der linken Brustseite trug sie das runde Emblem von Poynor 52. Es stellte eine hell-leuchtende Galaxis auf dunklem Grund dar und brachte damit die Wunschvorstellung des neuarkonidischen Fürsten deutlich zum Ausdruck.

Betty hob die Uniform telekinetisch aus dem Bord heraus und entfaltete sie. Der PA-Körper griff danach, doch seine Hände stießen durch den Stoff hindurch, ohne auf Widerstand zu treffen. Das Kleidungsstück fiel durch den psi-materiellen Körper hindurch auf den Boden.

»Ich gehe eigentlich auch ganz gerne nackt«, eröffnete Wuriu Sengu den anderen. »Wenn wir die Uniform tragen wollen, müssen wir zusätzlich ein besonderes Kraftfeld schaffen, das sie an unserem Körper hält. Ist das nicht ein wenig unbequem?«

»Nackt fallen wir in der MARCO POLO sofort auf«, protestierte Betty Toufry.

»In dieser Paradeuniform nicht weniger«, meinte Wuriu Sengu.

»Sie ist immerhin besser als nichts auf der Haut.«

»Du sollst deinen Willen haben, Betty«, lenkte Sengu ein. »Ich habe nie geahnt, daß du so prüde bist.«

»Was hat das mit Prüderie zu tun? Vielleicht hättest du davon sprechen können, wenn der Körper *mein* Aussehen bekommen hätte.«

»Aber, aber, Betty! Eine nackte Frau an Bord der MARCO POLO würde doch zweifellos einen Skandal auslösen«, spöttelte Wuriu Sengu.

Von Betty kam so etwas wie ein Seufzen. Sie sah ein, daß weiteres Reden nicht viel Sinn hatte. So konzentrierte sie sich zusammen mit den anderen auf ein besonderes Kraftfeld, mit dem das Kleidungsstück von Poynor 52 so exakt an dem PA-Körper gehalten werden konnte, als finde es tatsächlich an einem menschlichen Körper überall Widerstand. Der Kollektivmutant schritt einige Minuten mal langsam, mal schnell in der Kammer auf und ab, bis die Uniform perfekt saß.

Betty war bis zuletzt am kritischsten gewesen. Als auch sie zufrieden war, teleportierte Tako Kakuta erneut. Der Kollektivmutant rematerialisierte in unmittelbarer Nähe der MARCO POLO, neben einem Lastengleiter, der an einem Transportband parkte. Wie ein gewaltiges Gebirge ragte das Ultraschlachtschiff vor ihm auf. Die nun schon tiefstehende Sonne Tah spiegelte sich in dem Ynkelonium-Spiegel der Außenhaut. An mehreren der vierundzwanzig teleskopartigen Landebeine arbeiteten Reparaturroboter. Einige mit Antigravgleitern kombinierte Waffen-Kontrollroboter überprüften die aus der Hülle hervorragenden Spiralen der Transformkanonen. Auf der riesenhaften Fläche der Kugel verloren sich jedoch diese wenigen Geräte.

»Einige Schleusen der Korvettenhangars stehen offen«, berichtete Wuriu Sengu. »Dort könnten wir vielleicht in das Schiff eindringen.«

»Wir werden zunächst auf den Wulst springen«, beschloß Tako Kakuta. »Von dort aus können wir die Situation besser beurteilen. Alles wäre verloren, wenn wir vorzeitig entdeckt würden.«

»Das ist richtig«, stimmte Betty Toufry zu. »Wir sollten auf jeden Fall solange wie möglich darauf verzichten, durch Wände und Fußböden zu gehen. Erstens müßten wir dann die Uniform zurücklassen, und zweitens würde jeder eventuelle Beobachter sofort Alarm schlagen.«

Tako Kakuta antwortete nicht. Er transportierte den PA-Körper mit einer Teleportation auf den Außenwulst des Schiffes hinauf, in dem die Hangars für fünfzig Raumkreuzer untergebracht waren. Von hier aus versuchte die Telepathin Betty Toufry einen der nächsten Hangars zu sondieren. Sie brauchte nur einige Sekunden, bis sie herausgefunden hatte, daß es hier geradezu von Besatzungsmitgliedern wimmelte. Kakuta sprang weiter. Wieder suchte Betty und mußte abermals davor warnen, hier in das Schiff einzudringen.

Der dritte Versuch war erfolgreicher. Betty fand heraus, daß sich unter ihnen im Kreuzerhangar kein Mensch befand. Der Kollektivmutant teleportierte bis unter eines der Raumschiffe in der MARCO POLO und suchte Dekkung hinter einer Landestütze. Betty wiederholte ihre Sondierung.

»Alles ist in Ordnung«, berichtete sie. »Wir können weitergehen.«

Der Astralkörper verließ das Versteck und eilte mit großen Schritten auf die Innenschleuse zu, als an dieser plötzlich ein Licht aufleuchtete. Tako Kakuta reagierte blitzschnell. Er teleportierte neben das Schott, wo ein Transportroboter stand. Drei Offiziere betraten den Hangar und schlenderten auf den Kreuzer zu. Sie unterhielten sich über den Angriff der unbekannten Roboter. Aus ihren Worten konnte der Kollektivmutant entnehmen, daß die Mutanten des neuen Mutantenkorps noch immer suchten. Lordadmiral Atlan hatte alle USO-Spezialisten eingesetzt, die auf Tahun zur Verfügung standen.

Bevor die Schleusenschotte sich schlossen, eilte der Kollektivmutant durch die Öffnung auf den Gang davor hinaus. Er war menschenleer.

»Laßt uns durch den anschließenden Hangar weitergehen«, riet Betty Toufry. »Auch dort scheint niemand zu sein. Es sind vor allem keine Mutanten an Bord – aber Perry Rhodan hat eben mitgeteilt, daß er zurückkommen und Atlans Suchaktion von hier aus unterstützen wird.«

»Das ist unangenehm. Dann ist damit zu rechnen, daß Mutanten an Bord auftauchen. Gucky wird sicherlich kommen und Rhodan direkt benachrichtigen, wenn er etwas Wichtiges gefunden hat.«

»Nicht so ängstlich, Tako! Wir schaffen es schon.«

»Natürlich, Betty.«

Kakuta teleportierte in den nächsten inneren Hangar. Als der Kollektivmutant rematerialisierte, flogen seitlich von ihnen einige Männer mit einem Prallgleiter in die Halle. Wieder handelte der Teleporter gedankenschnell. Er sprang sofort weiter bis in eine energetische Schaltstation, die im nächsten inneren Ring des Decks lag. Hier war Ruhe. Sie hörten nur das leise Summen von einigen Maschinen.

Sie verharrten auf der Stelle, um Betty Gelegenheit zu geben, telepathisch zu sondieren. Sie tastete Raum um Raum ab und näherte sich so der Hauptleitzentrale immer mehr. Je dichter sie an das Zentrum des Ultraschlachtschiffes herankam, desto zahlreicher wurden die Offiziere und Mannschaften.

»Das positronische Rechenzentrum ist besetzt«, teilte sie schließlich mit. »Einige Biologen, Robotiker und Astrophysiker arbeiten dort. Ständig kommen und gehen andere Wissenschaftler.«

»Können wir sie nicht ausschalten?« fragte Kitai Ishibashi.

»Es sind zu viele, Kitai«, antwortete Betty. »Wir müssen warten.«

»Warum nicht einen Versuch machen?«

»Er würde uns sehr schnell verraten, Kitai. Wir sind hier nicht auf dem

Schiff des Trottels Poynor 52, sondern in einer ultramodernen Kampfmaschine, die auf allen wichtigen Posten von äußerst fähigen und sehr wachsamen Terranern besetzt ist.«

»Du hast recht. Wir dürfen sie nicht unterschätzen.«

Betty veranlaßte den Astralkörper weiterzugehen. Er verließ den Raum und passierte eine Lagerhalle, die mit Ersatzteilen bis unter die Decke vollgepackt war. Hier arbeiteten einige Roboter, die jedoch unbeachtet bleiben konnten. Diese Automaten waren nur für niedere Arbeiten vorgesehen und verfügten über entsprechend primitive elektronische Ausstattungen.

»Jetzt beginnt sich die positronische Zentrale zu leeren«, meldete Betty. »Achtung – es geht bald los! Meine Herren – wenn ich um Aufmerksamkeit bitten dürfte!«

»Mußt du uns immer stören, Betty?« fragte André Noir.

»Habe ich das? Wobei denn?«

»Natürlich beim Denken, werte Dame.«

»Darf man erfahren, worüber die Herren nachgedacht haben?«

»Aber sicher doch, Betty«, entgegnete André. »Wir versuchten gerade, herauszufinden, wer von uns sieben dir am nächsten ist.«

»Das ist doch ganz einfach«, verkündete Betty amüsiert. »Wer mir exakt beantworten kann, wo in unserem gemeinsamen Astralkörper ich genau bin, der dürfte mir doch wohl am nächsten sein – oder nicht?«

Die anderen schwiegen verblüfft.

Perry Rhodan gab einem der Offiziere, die ihn vor der Klinik empfingen, den Befehl, auf der MARCO POLO einige Vorbereitungen für seine Rückkehr zu treffen. Danach betraten Atlan, Paih Terzyu und er den Raum, in dem die acht Matten-Willys ruhten.

Rhodan blieb an der Eingangstür stehen und betrachtete die Quallenwesen. Er konnte nicht sagen, was es war, aber irgend etwas störte ihn.

»Betty!« rief er.

»Ich bin hier«, antwortete einer der Matten-Willys. Er befand sich an der Stelle, an der vorher auch die Mutantin in einem anderen Quallenwesen gewesen war.

»Ihr Verhalten gefällt mir nicht«, sagte Rhodan. »Weshalb lassen Sie sich die Sonden nicht anlegen? Weshalb lassen Sie keine Behandlung zu?«

»Wir müssen Ruhe haben.«

»Wir haben nicht vor, Sie mehr als nötig zu belästigen.«

»Wir wollen Ruhe haben.«

»Ohne Ihre Mithilfe kommen wir nicht weiter, Betty.«

Rhodan wartete auf eine Antwort, aber er bekam keine. Die Mundwerkzeuge des Matten-Willys, in dem er Betty vermutete, bewegten sich kein bißchen. Der Großadministrator wiederholte seine Worte. Die Antwort blieb aus.

Noch immer wurde Rhodan nicht argwöhnisch. Er war unruhig geworden, aber er glaubte immer noch, daß die Mutanten in den Synthokörpern in den Quallenwesen lagen.

»Betty, ich möchte …«

»Bitte, lassen Sie uns in Ruhe. Morgen können wir ausführlich über alles sprechen.« Die Stimme des Matten-Willys klang monoton. Rhodan stutzte und wechselte rasch einige Worte mit Atlan. Der Arkonide zuckte mit den Achseln.

»Also gut, Betty. Verschieben wir unser Gespräch auf morgen«, entschied Rhodan. Er verabschiedete sich und verließ den Behandlungsraum. Atlan und Paih Terzyu folgten ihm.

»Sie ist müde«, sagte Atlan. »Ich halte es wirklich für sinnvoll, sie bis morgen in Ruhe zu lassen. Der Zellverfall ist gestoppt – also spielt die Zeit jetzt keine große Rolle mehr.«

Rhodan nickte. »Vielleicht hast du recht.«

Er verabschiedete sich ebenfalls von dem Lordadmiral und ließ einen Gleiter rufen, der ihn zur MARCO POLO bringen sollte.

Siedend heiß erinnerte sich Liman Hambug daran, daß er einige Erinnerungsstücke, für die er einmal viel Geld ausgegeben hatte, an Bord der UNTRAC-PAYT zurückgelassen hatte.

Er befand sich zusammen mit dem Gleiter in der großen Schleuse der ASKAL-UF-3. Alles war in Ordnung. Der Kommandant hatte seine Anweisungen von Atlan erhalten. Die Startfreigabe lag vor. Hambug brauchte dem Kommandanten nur noch Bescheid zu geben, daß er starten konnte, dann würde die Reise nach Miclarn beginnen.

»Der ganze Krempel ist ja nicht viel wert«, murmelte Hambug vor sich hin. »Auf die Hasghai-Bilder, die Kummrath-Federn und die Wappen von Ooghoohot könnte ich ja zur Not verzichten, aber nicht auf den Blaster von Shakaly.«

Er ging zum nächsten Interkom und teilte dem Kommandanten mit, daß er das Schiff noch einmal für einige Minuten verlassen mußte. Dabei behielt er das Miclarc-Baby ständig auf dem Kopf, weil es dort am besten aufgehoben war. Er mußte sich einige Unfreundlichkeiten anhören, kümmerte sich jedoch nicht darum. Schnell bestieg er einen freien Gleiter, startete ihn und verließ das Schiff. Da er ungefähr wußte, in welcher Ecke des ausgedehnten Raumhafens das Schiff von Poynor 52 stand, entdeckte er es ziemlich schnell. Er landete vor der Bodenschleuse und blickte dann verwundert auf die geschlossenen Schotte. In der Tasche trug er jedoch einen elektronischen Schlüssel bei sich, so daß er in das Schiff eindringen konnte.

Er pfiff laut und falsch vor sich hin, als er durch die leeren Gänge eilte. Im Grunde genommen war er recht froh, daß er niemandem begegnete, aber wohl war ihm dennoch nicht. Zunächst verhielt er sich noch ruhig, aber je tiefer er in das Schiff ging, desto nervöser wurde er. Als es hinter ihm knackte, fuhr er wie vom Blitz getroffen herum. Erleichtert atmete er auf, als er sah, daß ein Reinigungsroboter das Geräusch verursacht hatte, als er über eine Kante im Boden glitt.

Liman Hambug eilte weiter. Er verwünschte seine Idee, sich den Blaster zu holen, mochte jetzt jedoch nicht mehr umkehren, da er seinem Ziel nun einmal schon so nahe gekommen war.

Seine Kabine war unverschlossen. Hastig riß er den Schrank auf und nahm die Waffe heraus. Und da er gerade hier war, raffte er noch einige andere Souvenirs seiner abenteuerlichen Fahrten zu den Sternen zusammen.

Als er über die Gänge wieder nach außen lief, kamen ihm Bedenken. Sollte er nicht wenigstens einmal nachfragen, ob alles in Ordnung war? Er brauchte doch nur den Interkom zu benutzen. Bestimmt würde sich jemand melden.

Da er zugleich aber befürchtete, aufgehalten zu werden, verschob er sein Vorhaben so lange, bis er die Bodenschleuse erreicht hatte. Er fuhr die Schotte auf, so daß er notfalls mit einigen Sätzen zu seinem Gleiter kommen konnte. Dann drückte er die Ruftaste.

Nichts geschah. Niemand meldete sich. Beunruhigt wählte er die verschiedenen Abteilungen des Schiffes.

»Die können doch nicht alle ausgeflogen sein«, brummte er.

Aber er hatte keinen Erfolg. Der Bildschirm erhellte sich nicht. Da beschloß er, einen letzten Versuch zu machen. Er tippte die Rufnummer von Fürst Poynor 52 ein und wartete atemlos. Was sollte er sagen, wenn der Neuarkonide sich melden sollte?

Liman Hambug kam nicht in die Verlegenheit, etwas erklären zu müssen. Der Interkom blieb stumm.

Nachdenklich und mit sich selbst sehr unzufrieden, trottete er zum Gleiter zurück. Er startete den Motor und beschleunigte. Als er an die Schleuse der ASKAL-UF-3 kam, erwartete ihn der Zweite Offizier mit düsterem Gesicht.

»Sie werden uns erklären müssen, wo Sie gewesen sind, junger Mann«, sagte er drohend.

Liman Hambug zog den Kopf ein und flog den Gleiter in den Hangar. Der

Offizier eilte neben ihm her und redete ärgerlich auf ihn ein, bis Hambug die Nerven durchgingen. Er schaltete den Antrieb des Fluggerätes abrupt aus. Schlagartig wurde es still. Der Gleiter sank lautlos zu Boden.

»Verbinden Sie mich mit Lordadmiral Atlan. Sofort!« schrie der rothaarige Terraner so laut, wie er gerade konnte.

Der Offizier starrte ihn überrascht an. »Muß es unbedingt Atlan selbst sein?« fragte er ironisch. »Würden sich der Herr eventuell auch mit dem Großadministrator begnügen?«

»Das ist mir völlig egal. Ich habe etwas zu melden.«

Der Offizier ging zum nächsten Interkom und gab an die Zentrale durch, daß alles startklar war. Sekunden darauf schüttelte sich der Raumer. Die Schleusenschotte schlossen sich. Liman Hambug kletterte aus dem Gleiter. Die Erschütterungen, die den Boden durchliefen, verrieten ihm, daß die ASKAL-UF-3 vom Boden abhob.

»Hören Sie«, sagte er. »Ich muß Ihnen erzählen, was ich auf dem Schiff von Poynor 52 erlebt oder besser nicht erlebt habe.«

»Tun Sie das«, bat der Offizier herablassend.

Liman Hambug berichtete. »Ich weiß«, schloß er, »daß alles Zufall sein kann. Die terranische Mannschaft ist nicht an Bord. Vielleicht sind auch die Neuarkoniden weggegangen. Aber die Naats hätten sich eigentlich melden müssen.«

Der Offizier blickte auf das Mic-Baby auf dem Kopf Hambugs.

»Sie sind ein bißchen überarbeitet«, sagte er ruhig. »Vielleicht sehen Sie Gespenster, aber wenn es Sie beruhigt, werde ich eine Meldung an die USO durchgeben. Die können sich das Schiff einmal ansehen.«

Liman kraulte dem Mic das Fell. Das seltsame Wesen gab Laute des Behagens von sich. Der Offizier näherte sich dem Ausgang des Hangars, als sich der Kommandant erneut meldete. Er rief seinen Offizier.

»Mendriksen, beeilen Sie sich, verdammt, wir haben hier einige Schwierigkeiten. Wir brauchen Sie dringend. Tempo, Mann!«

Der Zweite begann zu rennen. Liman Hambug blickte ihm nach. Er war beinahe sicher, daß die USO keine Nachricht von der eigentümlichen Leere auf dem Schiff des Fürsten Poynor 52 erhalten würde.

»Was habe ich gesagt?« Betty Toufry triumphierte. »Der Weg ist frei. Wir können zur großen Rechenzentrale gehen.«

»Meinst du das wörtlich, oder können wir auch teleportieren?« fragte Tako Kakuta.

»Laßt uns gehen. Wir müssen vorsichtig sein. Ich habe eben Ras Tschubai und Merkosh, den Gläsernen, geortet. Wir wollen kein unnötiges Risiko eingehen. Außerdem ist es nicht mehr weit bis zu unserem Ziel.«

»Ich würde lieber teleportieren. Mir tun schon jetzt die Füße weh«, verkündete Tako Kakuta. Er erntete allgemeines lautloses Gelächter.

Der Kollektivmutant durcheilte einige kleinere Räume, die der Lagerhaltung dienten. In einer kleinen Halle arbeiteten einige Techniker an elektronischen Maschinen, deren Sinn sie nicht erkannten. Dann mußten sie doch mehrere Male teleportieren, weil sie sonst an einigen Gruppen von Offizieren nicht vorbeigekommen wären.

»Perry ist an Bord gekommen«, berichtete Betty über die Ergebnisse ihrer ständigen telepathischen Sondierungen.

In einem astronomischen Arbeitszentrum liefen sie fast in eine Falle. Da Perry Rhodan eingetroffen war, konzentrierten sich die Gedanken vieler Männer und Frauen an Bord ausschließlich auf ihn. Einige Männer in der astrophysikalischen Abteilung waren an die Bildschirme herangetreten und sprachen mit einem Wissenschaftler, der zusammen mit Rhodan gekommen war. Betty »übersah« diese Gruppe. Plötzlich stand der Kollektivmutant mitten unter ihnen.

Wissenschaftler und Kollektivmutant starrten sich wortlos an. Keiner der Astrophysiker wußte etwas mit diesem Mann anzufangen, der in einer so auffallenden Kleidung zu ihnen hereingekommen war. Dann erinnerte sich einer von ihnen plötzlich an ein altes Bild, das den Späher Wuriu Sengu zeigte. Wie Schuppen fiel es ihm von den Augen.

»Sie sind doch … Wuriu Sengu!« rief er. »Wie kommen Sie hierher?«

Kitai Ishibashi und André Noir schlugen konzentriert zu und schalteten die Männer aus. Sie löschten die Erinnerung an diese Begegnung in ihren Hirnen.

»Schnell weg!« riet Betty. »Es kommen noch mehr Männer hierher. Sie dürfen nichts merken.«

Tako Kakuta zwang den Astralkörper zu einer erneuten Teleportation. Mitten im positronischen Rechenzentrum rematerialisierte er. Sie waren am Ziel. Langsam drehte der Kollektivmutant sich um sich selbst.

»Phantastisch«, sagte Wuriu Sengu. »So hatte ich mir ein modernes Rechenzentrum doch nicht vorgestellt.«

»Die Technik ist in den vergangenen Jahrhunderten nicht stehengeblieben«, meinte André Noir.

»Wir dürfen keine Zeit verlieren«, mahnte Betty Toufry. »Daß ihr Männer immer erst schwärmen müßt, wenn ihr ein bißchen Technik seht! Dafür habt ihr später noch Gelegenheit.«

»Ein bißchen Technik!« Kitai Ishibashi gab sich empört. »Eine Frau kann wohl nie ermessen, was wirklich in so einem Rechenzentrum steckt, selbst wenn sie ihr halbes Leben als Technikerin tätig war.«

»Wie charmant, Kitai!«

Wuriu Sengu bat um Ruhe. Er wollte und durfte jetzt nicht abgelenkt werden. Seine Fähigkeit durch massive Wände hindurchsehen zu können, hatte ihm zu einer wichtigen Entdeckung verholfen.

Hinter den Reihen der positronischen Rechen- und Speicherbänke gab es einen geheimen Raum.

»Wo, Freunde, würdet ihr so geheime und wichtige Flugdaten wie die für Asporc speichern?«

»In dem versteckten Raum, Wuriu«, antwortete Betty, die seine Gedanken verfolgt hatte.

»Teleportieren wir doch hin«, schlug der Spähe vor.

»Das hätte wenig Sinn«, wandte André Noir ein. »Wenn wir die Daten anrufen wollen, dann müssen wir Spezialisten haben, die das für uns erledigen. Wir allein kämen niemals zum Ziel, ohne einen Alarm auszulösen!«

Nur Sekunden vergingen, bis Betty einen warnenden Impuls gab.

»Wir bekommen Besuch«, teilte sie mit.

Tako Kakuta brachte den Astralkörper mit einer Teleportation in den getarnten Nebenraum. Wuriu Sengu beobachtete mehrere Wissenschaftler, die in das Rechenzentrum kamen und an den Geräten arbeiteten. Fast zehn Minuten vergingen, bevor sich alle, bis auf zwei, wieder zurückgezogen hatten.

»Die beiden nehmen wir«, entschied Betty. »Sie sind gut für uns geeignet.«

»Ihr Wunsch ist mir Befehl, Madam!« verkündete Tako Kakuta. Er teleportierte nach nebenan und legte den beiden Männern die Hände auf die Schultern. Dann kehrte er gemeinsam mit ihnen in den Geheimraum zurück. Bevor die Wissenschaftler sich ihrer Situation voll bewußt wurden, griffen Ishibashi und Noir ein. Sie zwangen die beiden Männer unter ihre Gewalt.

»Okay – wir sind soweit«, stellte Betty erleichtert fest.

Die beiden Hypnotisierten beugten sich über die Schalttafeln und wollten damit beginnen, die gewünschten Daten abzurufen, als völlig überraschend eine tiefe Stimme erklang. Sie kam aus dem dunklen Hintergrund des großen Raumes. Ein Hauch von Spott schwang in ihr mit.

Der Kollektivmutant erstarrte, als sei er von einem energetischen Sturm überrascht worden. Er kannte dieses dumpf klingende Organ!

»Wenn Sie *das* tun«, sagte der Unbekannte aus dem Dunkel, »ist ein Schiffsvollalarm unausbleiblich! Ihre elegante Flucht ist soeben entdeckt worden. Das war gekonnt. Sie möchten doch wohl nicht Ihren derzeitigen Standort verraten, oder?«

Der Kollektivmutant verharrte noch immer hinter den beiden Positronikern und drehte langsam den Kopf.

Epilog: Atlan

Das Ding, das wie Wuriu Sengu aussah, erstarrte in seinen Bewegungen. Ich sah, daß seine Füße ein paar Zentimeter in den Stahlboden einsanken. In seiner Erregung vergaß das Ding, sich vollständig zu stabilisieren.

Dann machte es plötzlich ein paar Schritte nach vorn und drehte sich herum. Wuriu Sengu sah mich an.

»Atlan!« stieß er hervor. Sein Kopf drehte sich langsam zur Seite. »Und Icho Tolot!«

Da ich genau wußte, in welch schlimmer psychischer Verfassung sich die acht Bewußtseinsinhalte befanden, war ich mir auch über die eventuellen Konsequenzen meiner Handlungsweise im klaren. Sengu, der mit seinem Astralkörper die acht Bewußtseinsinhalte repräsentierte, hätte Tolot und mich mit einem Schlag vernichten können. Die Gefahr, daß er es tun würde, ließ sich nicht von der Hand weisen. In dieser Stimmung waren die Mutanten unberechenbar.

Ich lächelte und hob langsam und demonstrativ die Arme, damit die Mutanten erkennen konnten, daß ich keine Waffe besaß. Vielleicht war es nicht richtig gewesen, Tolot mitzubringen, aber auch er war ein alter Freund der so lange Verschollenen.

Das Ding – und dieser Ausdruck erschien mir als die zutreffendste Bezeichnung – schwankte unschlüssig hin und her. Es trug eine korallenrote Kombination mit dem Familienemblem von Poynor 52. Wahrscheinlich mußte es Psi-Kräfte aktivieren, um dieses uniformähnliche Kleidungsstück auf dem Astralkörper zu stabilisieren.

Ich erkannte die volle Kampfbereitschaft des Kollektivmutanten. Er war mit einem bestimmten Ziel in die Rechenzentrale der MARCO POLO gekommen. Von der Ausführung seines Planes würde er sich kaum abbringen lassen.

Ich war hier, um den acht Mutanten zu helfen. Das Schweigen lastete schwer auf mir. Unwillkürlich warf ich einen Blick zu den beiden Technikern hinüber, aber sie starrten ins Leere. Die Mutanten hatten sie nachhaltig beeinflußt. Sie würden bei einer Auseinandersetzung nicht eingreifen können.

Tolot und ich standen diesem potentiellen Gegner allein gegenüber. Ich spürte, daß die Anspannung des Kollektivmutanten wuchs. Die acht Bewußtseinsinhalte kamen in eine immer schlimmere Zwangssituation. Sie wußten nicht, wie sie sich verhalten sollten. Einerseits wollten sie unter allen Umständen die wichtigen Daten entwenden, andererseits waren Tolot und ich alte Freunde, die man nicht skrupellos ausschalten konnte.

Ich gab mir einen Ruck. Es galt jetzt, die Initiative zu ergreifen.

»Ich bin nicht hier, um Ihnen – oder sollte ich sagen *euch?* – Schwierigkeiten zu machen. Eure Flucht habe ich schon vor fünf Stunden entdeckt und darüber geschwiegen.«

Das schien zu wirken. Der PA-Körper bewegte sich, aber nicht mehr so ruckartig wie kurz zuvor.

»Eigentlich«, fuhr ich so gelassen wie möglich fort, »war es ein Zufall, daß ich eure Flucht entdeckte. Ihr wißt inzwischen, daß ich Rhodans Haltung nicht verstehen kann. Ich bin dafür, daß ihr so schnell wie möglich nach Asporc gebracht werdet, auch wenn damit ein gewisses Risiko verbunden sein sollte. Vor fünf Stunden suchte ich die Matten-Willys auf, weil ich dachte, daß ihr euch noch in ihren Körpern aufhalten würdet. Doch ich konnte euch nicht finden. Ich war mit der Absicht gekommen, euch ein Angebot zu machen. Ich hätte euch auf eigene Verantwortung nach Asporc gebracht.«

Alles hing jetzt davon ab, ob meine Erklärungen glaubwürdig genug waren.

Sengu sah mich an. Ich fragte mich, warum die Bewußtseinsinhalte ausgerechnet Sengus Körper als Vorbild gewählt hatten. Vielleicht versprachen sie sich von dem stämmig aussehenden Japaner eine optische Wirkung. Es war aber auch möglich, daß psychische Gründe bei der Wahl eine Rolle gespielt hatten. Sengu hatte schon immer als einer der ausgeglichensten alten Mutanten gegolten.

Der Kollektivmutant schien zu überlegen. Ich wußte, daß die Bewußtseinsinhalte jetzt hastig berieten, wie sie sich verhalten sollten.

»Ich will euch noch immer helfen!« versicherte ich eindringlich. »Ich bin auf eurer Seite.«

»Würden Sie sich tatsächlich gegen Perry Rhodan stellen?« fragte Sengu.

Ich grinste unverschämt. »Ihr erinnert euch noch genau, daß mir das nichts ausmacht. Ich habe schon immer auf eigene Faust gehandelt, wenn ich es für richtig hielt.«

»Das stimmt!« gab der Kollektivmutant zu. Unbewußt wollte er sich mit einer Hand auf einen Kartentisch stützen, doch seine Hand sank durch den

Kunststoff. Der Arm verschwand bis zum Ellenbogen. Hastig richtete sich Sengu wieder auf.

»Er ist euer Freund, meine Kinder!« klang Tolots dröhnende Stimme auf. »Ein Haluter lügt nicht, das wißt ihr genau.«

Sein mächtiger Körper kam hinter dem Sitz hervor. Er hatte Mühe, sich in dem schmalen Gang zwischen den Rechenanlagen zu bewegen, ohne irgendwo hängenzubleiben.

»Tolot!« rief ich schnell. »Machen Sie keinen Unsinn!«

Natürlich wußte ich, daß er nicht vorhatte, den Kollektivmutanten anzugreifen (wie hätte er dabei auch vorgehen sollen?), doch sein Verhalten konnte von den Bewußtseinsinhalten falsch gedeutet werden.

Doch Tolot kümmerte sich nicht um meinen Zwischenruf. Erst vor dem PA-Körper blieb er stehen.

»Ich hege tiefes Mitgefühl für euch, meine Kinder«, sagte er. »Sengu, du und deine sieben Freunde, ihr könnt uns vertrauen.«

Ich fragte mich, wie es möglich war, daß ausgerechnet ein so monströses Geschöpf wie Tolot soviel Vertrauen ausstrahlen konnte. In diesem Augenblick wäre ich bereit gewesen, ihm mit geschlossenen Augen überall hin zu folgen.

Doch die Bewußtseinsinhalte blieben mißtrauisch. »Woher wußten Sie, daß wir hier auftauchen würden?« fragte mich der PA-Körper.

Ich nickte anerkennend. »Eine berechtigte Frage! Aber ich kenne das Motiv für eure Flucht. Ihr wollt unter allen Umständen nach Asporc, um euch PEW-Metall zu beschaffen. Da ihr die Koordinaten und Flugdaten nicht kennt, war es nur logisch, daß ihr in die Rechenzentrale der MARCO POLO kommen würdet, um die wichtigsten Daten aus der Bordpositronik abzurufen.«

»Das klingt überzeugend!« gab Sengu zu.

»Es ist die Wahrheit!« beteuerte ich. Ich hielt eine kleine Spule hoch. »Darin sind alle Daten enthalten, die wir benötigen.«

»Wir?« echote Sengu.

»Natürlich!« Ich mußte sie jetzt überrumpeln. »Ich werde euch begleiten. Es ist alles vorbereitet. Im Orbit von Tahun befindet sich ein fünfhundert Meter durchmessender USO-Schlachtkreuzer, die GOLKONA. Mit diesem Schiff werden wir nach Asporc fliegen.«

Ich hatte begeisterte Zustimmung erwartet, doch die Bewußtseinsinhalte blieben zurückhaltend. Es war unverkennbar, daß sie bereits andere Pläne hatten und sich davon nicht abbringen lassen wollten. Unter diesen Umständen mußte ich geduldig sein.

Jedes Drängen hätte das Mißtrauen der Mutanten nur wieder erhöht. Erst, wenn ich ihr völliges Vertrauen gewonnen hatte, konnte ich die Durchsetzung meiner Vorschläge versuchen. Inzwischen mußte ich mich den Wünschen der Kranken beugen.

»Wundert ihr euch nicht, daß sich keine Mitglieder des neuen Mutantenkorps an Bord aufhalten?« fragte ich.

Zögernd antwortete Sengu: »Sie halten sich in der Klinik für paraabstrakte Phänomene auf. Dort haben sie geholfen, den Angriff der Kampfroboter zurückzuschlagen.«

»*Ich* war es, der den Befehl zum Eingreifen der Mutanten gab!« Diesmal würden meine Worte ihre Wirkung nicht verfehlen. »Ich wollte erreichen, daß ihr ungestört an Bord kommen konntet. Aber die Mutanten werden bald wieder zurückkommen. Und es ist sicher nur noch eine Frage der Zeit, bis man euch entdeckt hat.«

Ich gestehe, daß es mir ein innerliches Vergnügen bereitete, wenn ich an Rhodans Gesicht dachte, das er beim Erhalt der Nachricht vom Verschwinden der Mutanten machen würde. Unterschwellig bestand zwischen dem Terraner und mir noch immer eine gewisse Rivalität. Natürlich waren wir sehr gute Freunde, aber jeder von uns freute sich, wenn er dem anderen die eigene »Überlegenheit« demonstrieren konnte.

Ich durfte jetzt nicht in den Fehler verfallen, nur daran zu denken, wie ich meinen Plan durchsetzen und Rhodan überlisten konnte. Hier ging es um das Überleben von acht Freunden, die gleichzeitig unersetzliche Helfer der Menschheit waren.

»Wir waren tatsächlich über die Abwesenheit der Mutanten an Bord überrascht«, gab der Sprecher der Bewußtseinsinhalte zu. Ich fragte mich, ob es tatsächlich Sengu war, der zu mir sprach, oder ob sich die Bewußtseinsinhalte abwechselten. Oder unterhielt ich mich mit Betty Toufry? Der PA-Körper sprach mit Sengus Stimme, doch das war bedeutungslos, denn es handelte sich um eine Erscheinung, die eigentlich nicht in unser normales Raum-Zeit-Kontinuum paßte.

»Deshalb wird es Sie nicht erstaunen, daß wir mit einer Auseinandersetzung mit den Mutanten gerechnet hatten«, fuhr Sengu fort.

Ich schloß die Augen. Ohne selbstgefällig zu sein, konnte ich mich zu dem Entschluß, die Mitglieder des Neuen Korps in die Klinik für paraabstrakte Phänomene geschickt zu haben, beglückwünschen. Es war nicht auszudenken, was bei einem Aufeinanderprall der beiden Mutantengruppen geschehen wäre. Aber völlig war eine solche Gefahr auch jetzt nicht ausgeschaltet.

»Es wird Zeit, daß wir die MARCO POLO verlassen«, sagte ich. »Ich biete euch noch einmal den Schlachtkreuzer GOLKONA an.«

»Nein!« lehnte Sengu ab.

Bevor er die Pläne der Bewußtseinsinhalte erläutern konnte, begannen die Alarmsirenen an Bord der MARCO POLO zu schrillen. Obwohl mir dieses Geräusch aus mehr als tausend Einsätzen vertraut war, zuckte ich diesmal heftig zusammen.

Trotzdem zwang ich mich, im Sessel sitzenzubleiben. Die Bewußtseinsinhalte durften nicht unruhig werden. Wenn eine Panik ausbrach, konnte das verheerende Folgen haben.

»Soeben hat man euer Verschwinden entdeckt!« sagte ich ruhig. »Ein Beiboot steht bereit. Es kann uns in wenigen Augenblicken zur GOLKONA bringen.«

»Wir werden die UNTRAC-PAYT benutzen«, hörte ich Sengu zu meiner Überraschung sagen.

»Das Schiff des Neuarkoniden?«

»Ja. Es halten sich fünfzig Naats an Bord dieses Schiffes auf. Wir haben die Naats bereits getestet. Ihre Körper sind für eine Übernahme durch uns sehr gut geeignet. Wir brauchen dazu nur Spuren von PEW-Metall.«

Meine Augen verengten sich. »Ich schließe aus dieser Aussage, daß ihr diesen PA-Körper nicht immer stabil halten könnt.«

»Das ist richtig.«

Durch diese Tatsache ergaben sich völlig neue Perspektiven. Die Mutanten hatten die Synthokörper, in denen sie sich während der letzten Wochen aufgehalten hatten, zerstören lassen. Ohne PEW-Metall konnten sie auf keine anderen Körper überwechseln. Wenn sie jetzt behaupteten, daß sie den Astralkörper nur vorübergehend stabilisieren konnten, waren sie erneut gefährdet, wenn man sie nicht schleunigst nach Asporc brachte.

Das Heulen der Sirenen brachte mich in die Wirklichkeit zurück. »Wir müssen verschwinden!« stieß ich hervor.

»Wir können Sie und Tolot mit zur UNTRAC-PAYT nehmen«, schlug das Ding vor. »Eine Teleportation mit Ihnen bereitet uns keine Schwierigkeiten.«

»Das Raumschiff des Neuarkoniden ist zu langsam«, erklärte ich. »Es hat außerdem nur eine relativ geringe Reichweite. Ihr kommt vielleicht nach Asporc, aber dort sitzt ihr dann fest.«

Der PA-Körper wandte sich von Tolot und mir ab. »Dann gehen wir ohne euch!«

Ich wechselte einen Blick mit dem Haluter.

»Wir können sie nicht allein lassen!« dröhnte Tolots Stimme durch die Rechenzentrale. »Es sind genauso meine Kinder wie alle anderen Menschen.«

Ich stieß eine lautlose Verwünschung aus. Tatsächlich hatte ich keine andere Wahl, als die Wünsche der Bewußtseinsinhalte bedingungslos zu akzeptieren. Einen Vorteil hatte der Entschluß des Kollektivmutanten: An Bord der UNTRAC-PAYT würde man die Bewußtseinsinhalte vorläufig bestimmt nicht vermuten.

Sengu trat zwischen Tolot und mich. »Sie sind also bereit?«

Ich nickte grimmig.

Das Ding streckte beide Arme aus. Voller Unbehagen sah ich, wie die Hände des Mutanten in Tolots und meinem Körper versanken. Ich spürte dabei überhaupt nichts.

»Ob es unter diesen Umständen überhaupt möglich ist, uns mitzunehmen?« erkundigte ich mich besorgt.

»Natürlich!« versicherte Sengu.

Die Umgebung verschwamm vor meinen Augen. Einen besseren Beweis für die Fähigkeiten der Bewußtseinsinhalte hätte es nicht geben können. Ich spürte einen schwachen Entzerrungsschmerz – dann war nichts mehr.

ENDE

Raumschiff der Aspo

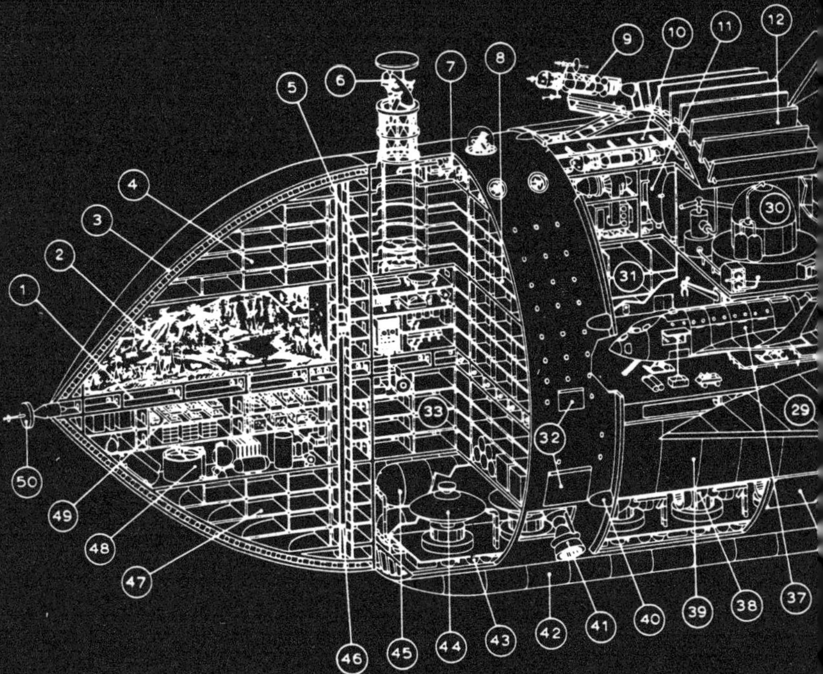

25. Trägergerüst mit Querstreben zur Stabilisation
26. Kraftwerk mit Kernreaktor und Energieumwandler für den hinteren Schiffsteil
27. Treibstofftanks (insgesamt 20) zur Betankung der Raumfähren
28. Raumschleuse für Reparaturen
29. Ausfahrbare Stabilisierungsflosse für die Planetenlandung
30. Hauptkraftwerk mit vier Kernreaktoren
31. Ersatzteillager mit Reparaturwerkstatt
32. Reparatur- und Frachtschleusen mit dahinter liegenden Ausrüstungslagern für die Kolonisation
33. Kühlräume für Lebensmittel
34. Radioteleskop mit Parabol-Reflektorspiegel (38 Meter Durch messer) und Richtfunkantenn
35. Radarantenne
36. Absprengbare Landetriebwerksverkleidung
37. Raumfähre mit 50 Metern Länge und 30 Metern Spannweite (insgesamt vier)
38. Landetriebwerksschubdüse in Lagerstellung